YENİAY

YENİAY

Orijinal Adı: New Moon
Yazarı: Stephenie Meyer
Genel Yayın Yönetmeni: Meltem Erkmen
Çeviri: Öncü Saraç Tüzüner
Editör: Ayşe Tunca
Düzenleme: Gülen Işık
Düzelti: Fahrettin Levent

Kapak Tasarımı: Berna Özbek Keleş
Film-Grafik: Figür Grafik

1. Baskı: Ekim 2008

2. Baskı: Kasım 2008

ISBN: 978 9944 82-110-0

Baskı ve Cilt: Kitap Matbaacılık
Davutpaşa Cad. No: 123 Kat: 1 Topkapı-İst
Tel: (0212) 482 99 10 (pbx)
Fax: (0212) 482 99 78

Yayımlayan:
Epsilon Yayıncılık Hizmetleri Tic. San. Ltd. Şti.
Gürsel Mah. Nurtaç Cad. İcabet Sk. No: 3 Kâğıthane/İstanbul
Tel: 0212.252 63 96 pbx Faks: 252 63 98
İnternet adresi: www.epsilonyayinevi.com
e-mail: epsilon@epsilonyayinevi.com

YENİAY

Stephenie Meyer

Çeviri
Öncü Saraç Tüzüner

epsilon®

Şiddetle başlayan hazlar, şiddetle son bulurlar,
Ölümleri olur zaferleri,
Öpüşürken yok olan ateşle barut gibi.

Romeo ve Juliet, *Perde II, Sahne VI*

GİRİŞ

Kendimi, o korkunç kâbuslardan birinin içinde, kapana kısılmış gibi hissediyordum. Hani koşarsınız, ciğerleriniz yanana kadar koşarsınız, ama yine de vücudunuzun yeteri kadar hızlı gitmesini sağlayamazsınız. Vurdumduymaz kalabalığa yaklaştıkça ayaklarım sanki gittikçe yavaşlıyordu ama büyük saat kulesinin üzerindeki ellerim yavaşlamıyordu. Acımasızca, umursamaz bir güçle ilerliyorlardı, her şeyin sonuna doğru.

Ama bu bir rüya değildi ve kâbusun aksine, *hayatım* için koşmuyordum; çok kıymetli olan başka bir şeyi kurtarmak için yarışıyordum. Kendi hayatımın benim için bir değeri yoktu. Alice, ikimizin de burada ölme olasılığının oldukça yüksek olduğunu söylemişti. Eğer parlak gün ışığı ona engel olmasaydı, belki de sonuç daha farklı olurdu. Sadece ben, bu parlak ve kalabalık meydana koşabiliyordum.

Ve yeteri kadar hızlı koşamadım.

Olağanüstü düşmanlarımız tarafından çevrilmiş olmak umurumda değildi. Kuledeki saat çalmaya başlayınca hareketsiz ayaklarımın altındaki zemin titremeye başladı. Çok geç olduğunu biliyordum ama kanatların altında kana susamış bir şey olduğunu bilmek beni sevindiriyordu. Bunda başarısız olursam, yaşamak için bütün isteğim yok olur, giderdi.

Saat tekrar çaldı ve güneş gökyüzünün tam ortasından biraz daha aşağıya kaydı.

1. PARTİ

Rüya gördüğümden yüzde doksan dokuz nokta dokuz emindim.

Bu kadar emin olmamın ilk sebebi, parlak gün ışığının ortasında dikilmem – sürekli yağmur çiseleyen memleketim Forks, Washington'da böylesine kör edici açık bir güneş görmenin imkânı yoktu – ikinci sebebi de büyükannem Marie'ye bakıyor olmamdı. Büyükannem öleli altı yıl oldu ve bu da, rüya gördüğüme dair olan teorimin en elle tutulur kanıtıydı.

Büyükannem hiç değişmemişti; yüzü aynen hatırladığım gibiydi. Cildi yumuşak ve solgundu, binlerce kırışıkla kaplıydı ve suratı derisinin altındaki kemiğe yapışmış gibi görünüyordu. Tıpkı kuru kayısı gibi, ama kalın telli, beyaz saçları olan bir kayısı.

Ağızlarımız – onunki pörsümüş ve buruşuktu – aynı şaşkın gülümsemeyle yarım kalmıştı. Görünüşe göre beni görmeyi beklemiyordu.

Ona soracak çok fazla sorum vardı. Benim rüyamda ne işi vardı? Son altı senedir neler yapmıştı? Büyükbabam iyi miydi ve artık her neredelerse, birbirlerini bulmuşlar mıydı? Ben ağzımı açtığımda o da açtı, o yüzden o başlasın diye sustum. O da durdu ve böyle olunca ikimiz de güldük.

"Bella?"

İsmimi söyleyen büyükannem değildi, bunun üzerine kavuşmamıza katılanın kim olduğunu görmek için döndük. Aslında bunu anlamak için dönüp bakmama gerek yoktu; bu sesi nerede olsa tanır, karşılık verirdim, uyanık da olsam, uyuyor da olsam... Hatta bahse girerim ölü de olsam bilirdim. Bu ses için yangının içinden yürüyerek geçerdim, ya da biraz daha az dramatize edeyim, soğuk ve hiç durmayan yağmurun altında, çamurdan yürürdüm.

Edward.

Onu görmek beni her zaman için heyecanlandırsa ve rüyada olduğuma neredeyse emin olsam da Edward'ı güneş ışığının altında bize doğru yürürken görünce panikledim.

Panikledim çünkü büyükannem bir vampire âşık olduğumu bilmiyordu, hiç kimse bilmiyordu. Sanki kristal ya da elmasmış gibi, tenine değen güneş ışınlarının kırılıp binlerce gökkuşağı parçasına dönüşmesini ona nasıl açıklayabilirdim?

Evet büyükanne, erkek arkadaşımın parıldadığını fark etmişsindir. Güneşin altında böyle oluyor. Sakın telaşlanma...

Burada ne *yapıyordu?* Forks'da yaşama sebebi, dünyada sürekli yağmur yağan tek yer olmasıydı. Bu sayede gündüz vakti dışarıda gezinebilir ve ailesinin sırrını açığa çıkartmazdı. İşte buradaydı ve melek yüzünde oldukça güzel bir gülümsemeyle, sanki buradaki tek kişi benmişim gibi nazikçe bana doğru yaklaşıyordu.

O an, keşke bu gizemli yeteneğini bilen tek kişi ben olmasaydım, diye düşündüm. Bir tek benim düşüncelerimi duymuyordu. Ama şu an benim düşüncelerimi duyuyor olmasını, beynimin içinden çığlık çığlığa verdiğim uyarıları duyabilmesini isterdim.

Panikle büyükanneme baktım ve artık her şey için çok geç olduğunu fark ettim. Bana bakmak için kafasını çevirmişti ve gözlerinde en az benimkiler kadar telaş vardı.

Edward – hâlâ çok güzel gülümsüyordu, sanki kalbim şişip şişip göğüs kafesimden fırlayacak gibi hissediyordum - kolunu omzuma doladı ve yüzünü büyükanneme döndü.

Büyükannemin yüzündeki ifadeyi görünce şaşırdım. Dehşet içinde olmak yerine, gözlerini mahcup mahcup bana dikmiş, sanki onu azarlamamı bekliyordu. Ve çok garip bir pozisyonda duruyordu; bir kolu vücudundan garip bir şekilde uzakta duruyordu, gerilmiş ve havaya dolanmış gibiydi, sanki kolunu görmediğim birine dolamış gibi, görünmez birine...

İşte o zaman, yaldızlı çerçevenin, büyükannemin şeklini kapsadığını gördüm. Ne yaptığımın farkında olmayarak Edward'ın beline dolamadığım diğer eli kaldırdım ve ona dokunmak için uzattım. O da bu hareketi aynı şekilde tekrar etti ama parmaklarımızın dokunması gereken yerde, soğuk camdan başka bir şey yoktu...

Baş döndürücü bir sarsıntıyla, rüyam aniden kâbusa dönüştü.

Büyükannem yoktu.

O bendim. Aynada ben vardım. Ben; yaşlı, buruşuk ve solgun.

Edward tam arkamda durdu, yansıması yoktu, dayanılmaz derecede sevimli ve sonsuza kadar on yedi yaşında.

Soğuk, tapılası dudaklarını, kırışmış yanağıma dayadı.

"İyi ki doğdun," diye fısıldadı.

Nefes nefese kalktım – göz kapaklarım sonuna kadar açıktı. Rüyamdaki kör edici, parlak güneş ışığının yerini, aşina olduğum, kasvetli, donuk, gri ışık aldı.

Sadece bir rüya dedim kendi kendime. *Sadece bir rüyaydı.* Derin bir nefes aldım ve alarmım çalmaya başladığında tekrar yerimden fırladım. Saatin ekranının köşesindeki minik takvim bugünün eylülün otuzu olduğunu gösteriyordu.

Sadece bir rüya, ama bir şekilde doğruydu. Bugün benim doğum günümdü. Resmen on sekiz yaşındaydım.

Aylardır dehşetle bugünü bekliyordum.

Bu kusursuz yaz boyunca, ki hayatımdaki en mutlu, herhangi birisinin yaşayacağı en mutlu ve Olympic Yarımadası'nın tarihindeki en yağışlı yazdı, bu kasvetli gün, pusuya yatmış sonbaharın gelmesini bekliyordu.

Ve işte nihayet gelmişti, korktuğumdan daha da kötüydü. Hissedebiliyordum, yaşlıydım. Her gün yaşlanıyordum ama bu daha farklıydı, kötüydü, sayısallaşmıştı. On sekizdim.

Ve Edward hiçbir zaman on sekiz olamayacaktı.

Dişlerimi fırçalamaya gidip de aynadaki yüzün değişmediğini gördüğümde neredeyse şok oldum. Kendime baktım, fildişi rengindeki tenimde bir kırışıklık aradım. Tek kırışıklık alnımdaydı. Biraz rahatlarsam yok olacaklarına emindim. Yapamadım. Çatık kaşlarım, endişeli gözlerimin üzerinde duruyorlardı.

Sadece bir rüyaydı, diye hatırlattım kendime tekrar. Sadece bir rüya... Ama bu, hayatımda gördüğüm en kötü kâbusumdu.

Kahvaltı etmedim. Evden bir an önce çıkabilmek için acele ediyordum. Babamdan kaçabilmeyi beceremeyince bir kaç dakika boyunca neşeliymişim gibi davrandım. Ona daha önce almamasını söylediğim hediyelere bakarken çok heyecanlanmış gibi görünmek için kendimi zorladım. Yüzümde kocaman bir gülümseme olmasına rağmen her an ağlayacakmışım gibi hissediyordum.

Arabayla okula doğru giderken kendime gelmeye çalıştım. Büyükannemin görüntüsünü aklımdan çıkaramıyordum. Forks Lisesi'nin otoparkına girip Edward'ın gümüş cilalı Volvosu'na eğilmiş halini görene kadar umutsuzluktan başka bir şey hissedemiyordum. Güzellik tanrısına hediye etmek için yapılmış mermerden bir heykele benziyordu. Rüya ona hiç adil davranmamıştı. Ve işte *beni* bekliyordu, tıpkı diğer günler beklediği gibi.

Umutsuzluk bir anda yok oldu ve yerini meraka bıraktı.

Neredeyse yarım yıldır beraber olmamıza rağmen bu derece iyi bir varlığı hak etmek için ne yaptığımı bilmiyordum.

Kız kardeşi Alice de onun yanında duruyor, o da beni bekliyordu.

Tabii ki, Edward ve Alice gerçekten akraba değillerdi (Forks'da bilinen hikâye şöyleydi: bütün Cullen kardeşler, Dr. Carlisle Cullen ve karısı Esme tarafından evlat edinilmişlerdi, ikisi de yetişkin çocuk sahibi olmak için oldukça gençlerdi), ama tenleri aynı soluk tona sahipti ve gözleri de aynı garip altınımsı renkti, aynı derinlikteydiler ve gözaltlarında morartı gibi gölgeler vardı. Kız kardeşinin yüzü de onunki gibi olağanüstü güzeldi. Bilen birisi için – benim gibi – bu benzerlikler, onların ne olduğuna dair açık birer işaretti.

Alice'in koyu, parlak gözleri heyecandan ışıldıyordu ve elinde minik, gümüş renkli kâğıda sarılmış bir kutu tutuyordu. Onun da burada bekliyor olduğunu görmek beni sinirlendirdi. Alice'e hiçbir şey istemediğimi söylemiştim, *hiçbir şey*. Doğum günüm için ne bir hediye ne de yoğun bir ilgi istiyordum. Belli ki bütün isteklerim hiçe sayılmıştı.

1953 model Chevy kamyonetimin kapısını hızla çarptım ve yavaşça beni bekledikleri yere doğru yürüdüm. Alice beni karşılamak için ileriye atıldı, solgun yüzü, diken diken saçlarının altında parıldıyordu.

"Doğum günün kutlu olsun, Bella!"

"Şştt!" diye tısladım ve onu kimsenin duymadığından emin olmak için çevreme bakındım. En son istediğim şey, bu kara günün bir kutlamaya dönüşmesiydi.

Beni umursamadı. "Hediyeni şimdi mi açmak istersin, yoksa daha sonra mı?" diye hevesle sordu. Bir yandan Edward'ın beklediği tarafa doğru yürüyorduk.

"Hediye istemiyorum," diye mırıldandım.

En sonunda ruh halimi anladı ve, "Tamam o zaman, daha sonra açarsın. Annenin sana gönderdiği albümü beğendin mi? Peki Charlie'nin yolladığı fotoğraf makinesini?"

Derin bir iç çektim. Tabii ki, doğum günü hediyelerimin ne olduğunu biliyordu. Bu garip yetenekler sadece Edward'a özgü değillerdi. Ailem ne yapacaklarını planlar planlamaz, Alice de bilecekti tabii.

"Evet, mükemmeller."

"Bence çok iyi bir fikir. Sadece bir kere son sınıf oluyorsun. Bu tecrübeyi belgelemen gerek."

"Hayatında kaç kere son sınıf oldun?"

"Bu farklı."

Edward'ın olduğu yere varmıştık, elimi tutmak için elini uzattı. Elini sinirle tuttum fakat tutar tutmaz üzgün ruh halimi de unuttum. Teni, her zamanki gibi pürüzsüz, sert ve soğuktu. Parmaklarımı yavaşça sıktı. Onun ıslak, topaz renkteki gözlerine baktım ve içimden gelerek biraz sertçe sıktım. Kalp atışlarımın teklemesini duyunca gülümsedi.

Serbest elini kaldırdı ve soğuk parmak uçlarından bir tanesini dudağımın bir kenarında tutarak konuşmaya başladı. "Evet, söz verdiğim üzere, sana iyi ve mutlu bir doğum günü dilemeyeceğim, doğru mu?"

"Evet, doğru." Ben, onun mükemmel telaffuzunu asla beceremezdim. Bu önceki yüzyıllardan kaptığı bir konuşma tarzıydı.

"Sadece kontrol ediyordum." Elini, karmakarışık saçlarının arasından geçirdi. "Belki fikrini değiştirmişsindir. Çoğu insanlar doğum günlerinden ve hediyelerden çok hoşlanırlar."

Alice bir kahkaha attı, sesi metal bir rüzgâr çanı gibi çıkmıştı. "Tabii ki de hoşlanacaksın. Herkes bugün sana karşı çok iyi olmak zorunda ve söz hakkı da sana ait. Kötü ne olabilir ki?" yanıtı beklenmeyen bir soru olmuştu.

"Yaşlanmak," diye cevapladım ve bunu söylerken sesim istediğim gibi sakin çıkmadı.

Edward'ın gülümsemesi birden sert bir çizgiye dönüştü.

"On sekiz hiç de büyük bir yaş değil," dedi Alice. "Kadınlar genelde yirmi dokuz yaşına geldiklerinde üzülmeye başlamazlar mı?"

"Edward'dan yaşlıyım," diye mırıldandım.

Edward iç çekti.

"Aslında," diye devam etti hafif bir ses tonuyla. "Sadece bir yıl yaşlısın."

Aslında ... Eğer gelecekten *emin* olabilsem, tek istediğim sonsuza kadar Edward'la yaşamaktı. Alice'le ve Cullen ailesinin diğer fertleriyle (buruşuk yaşlı teyze hariç) sadece bir ya da iki yıl yaşamak istemiyordum. Ama Edward'ın gelecekle ilgili hiç bir kaygısı yoktu. Tabii eğer gelecek de, beni onun gibi yaparsa, yani ölümsüz yaparsa, başkaydı.

O buna bir çıkmaz diyordu.

Dürüst olmak gerekirse, Edward'ın ne demek istediğini anlamıyordum. Ölümlülüğün nesi güzeldi? Bir vampir olmak çok da kötü bir şeymiş gibi gözükmüyordu, en azından Cullens ailesininkiler için.

"Saat kaçta eve geleceksin?" diyerek konuyu değiştirdi Alice, ifadesinden, benim kaçındığım şeyi yapmak üzere olduğunu hissettim.

"Eve gitmek gibi bir planım yok."

"Of, hadi ama Bella!" diye şikâyet etti. "Böyle bir eğlenceyi berbat etmeyeceksin değil mi?"

"Hani doğum günümde benim istediklerim olacaktı."

"Onu Charlie'nin oradan alırım okul çıkışında," dedi Edward, beni tamamen yok sayarak.

"Çalışmam gerek," diye karşı çıktım.

"Aslında gerek yok," dedi Alice kendini beğenmiş bir ifadeyle. "Ben çoktan Bayan Newton'la görüştüm bile. Senin vardiyanla kendi vardiyasını değiştirdi ve sana mutlu yıllar dediğini iletmemi istedi."

"Ben... Ben yine de gelemem," diye kekeledim, bir bahane aravarak. "Ben eve... Ben ingilizce dersi için seyretmem gereken Romeo ve Juliet'i hâlâ izlemedim."

"Sen Romeo ve Juliet'i ezbere biliyorsun," diye homurdandı Alice.

"Ama Bay Berty, gösterilerini görmezsek tam olarak anlayamayacağımızı söyledi. Shakespeare'in özelliği sahnede sunulması."

Edward gözlerini devirdi.

"Ama sen çoktan filmini izledin," diye Alice karşı çıktı.

"Ama bin-dokuz-yüz-altmışlardaki versiyonunu değil. Bay Berty onun en iyi versiyonu olduğunu söylüyor."

En nihayetinde Alice'in kendini beğenmiş sırıtışı kayboldu ve bana dik dik baktı. "Bu kolay ya da zor, ama yine de olacak. Bir şeklini seç – "

Edward, onun tehdidini yarıda kesti. "Rahatla Alice, eğer Bella filmi seyretmek isterse, seyreder. Bu onun doğum günü."

"Sonunda," dedim.

"Onu yedi gibi getiririm," diye devam etti. "Bu sana da biraz vakit kazandırmış olur."

Alice'in kahkahası tekrar çınladı. "Harika bir fikir. Bu akşam görüşürüz, Bella! Harika olacak, göreceksin." Geniş geniş sırıtarak, mükemmel, parıl parıl dişlerini ortaya çıkarttı. Sonra yanağıma bir öpücük kondurdu ve ben tepki veremeden dans edercesine sınıfına doğru koşturdu.

"Edward lütfen – " diye yalvarmaya başlamıştım ki soğuk parmaklarını dudaklarıma bastırdı. "Bunu sonra konuşalım. Derse geç kalıyoruz."

Sınıfın en arkasındaki sıralarımıza geçerken kimse bize bakmadı. Neredeyse bütün derslerimiz aynıydı çünkü Edward kadın idarecilere istediğini yaptırabilmek konusunda ustaydı. Edward'la o kadar uzun zamandır beraberdik ki artık bir dedikoduya malzeme olmuyorduk. Hatta Mike Newton bile asık suratını yüzüme dikip suçlu hissetmeme neden olacak şekilde bakmayı bırakmıştı. Artık gülümsüyordu ve nihayet arkadaş olabileceğimiz için halimden memnundum. Mike yazdan beri çok değişmişti. Yüzünün yuvarlaklığı gitmiş, elmacık kemikleri daha belirginleşmişti. Soluk sarı saçlarının modelini değiştirmişti, sert modelden ziyade, daha uzun ve sıradan bir dağınıklıkla saçını jölelemeye başlamıştı. İlham kaynağının kim olduğunu bilmek kolaydı ama Edward'ın görünüşü taklit edilerek becerilecek bir şey değildi.

Gün boyu, Cullenler'in evinde gerçekleşecek akşamki olaydan kaçabilmenin yollarını düşündüm. Yas tutmayı düşünürken doğum günümü kutlamak benim için gerçekten de çok zor olacaktı. Daha da kötüsü, ilgi ve hediyeler beni oldukça zorlayacaktı.

İlgi hiçbir zaman iyi bir şey değildir. Sakar birisi de bunu kabul edecektir. Hiç kimse herkesin ilgisini üzerinde istemez.

Oysaki bunu özellikle istemiştim, hatta emrettim bile diyebiliriz. Bana bu yıl kimsenin hediye almasını istemiyordum. Ve sanırım bu isteğime uymayan bir tek Charlie ve Renée değildi.

Hiçbir zaman yeteri kadar param olmadı ve bu beni hiç rahatsız etmedi. Renée beni anaokulu öğretmenliğinden kazandığı paralarla yetiştirdi. Charlie yaptığı işle zengin olamadı, o Forks kasabasının polis şefiydi. Benim kişisel kazancım, haftanın üç günü çalıştığım, kasabanın spor malzemeleri dükkânından geliyordu. Böyle küçük bir kasabada iş sahibi olmak mucizeydi. Her kazandığım kuruşu, üniversite fonuma yatırıyordum. Üniversite, Plan B idi. Hâlen Plan A için dua ediyordum ama Edward benim insan olarak kalmam konusunda oldukça inatçıydı.

Edward'in oldukça fazla parası vardı. Ben bile ne kadarı olduğunu düşünmek istemiyordum. Paranın ne Edward için ne de diğer Cullen fertleri için hiçbir anlamı yoktu. Özellikle de elinizde biriktirebilmek için sınırsız bir zaman, bir de borsa piyasasında trendleri önceden kestirebilecek esrarengiz yeteneği olan bir kız kardeşiniz varsa. Edward benim için parasını harcamak isterken neden benim ona itiraz ettiğimi anlıyormuş gibi görünmüyordu, neden beni Seattle'da pahalı bir restorana götürmek istediğinde rahatsız olduğumu, neden bana saatte elli beş milin üzerine çıkabilecek bir araba almasına engel olduğumu ya da neden benim üniversite paramı ödemesini istemediğimi... Komik bir şekilde Plan B için oldukça hevesliydi.

Ama karşılığını verebilecek durumda değilken bunu nasıl kabul edebilirdim? Anlaşılmaz bir şekilde benimle birlikte olmak istiyordu. Bunun haricinde bana verdiği şeyler sadece düzenimizi bozmaya yarıyordu.

Günün geri kalanında ne Edward ne de Alice bir daha benim doğum günümün lafını ettiler, biraz olsun rahatlamaya başlamıştım.

Öğlen yemeği için her zamanki masamıza oturduk. Üçümüz, Edward, Alice ve ben, yemekhanenin en güney ucuna oturduk. Artık en yaşlı ve en korkunç (Emmet'a göre kesinlikle korkunç) Cullen kardeşler mezun olmuşlardı. Alice ve Edward pek korkutucu değillerdi ve burada tek başlarına oturmuyorlardı. Benim öteki arkadaşlarım Mike ve Jessica (ki şu an kendilerine yakışık almayan bir şekilde benimle küslerdi), Angela ve Ben (onların ilişkisi bu yaz düzeldi), Eric, Conner, Tyler ve Lauren (aslında bu sonuncusu pek de arkadaş kategorisine dahil sayılmaz) hepsi aynı masada oturuyorlardı, görünmez çizginin diğer tarafında. O çizgi, güneşli havalarda Edward ve Alice'in okula gelemedikleri gün kaybolurdu.

Edward ve Alice, bu küçük topluluğu benim gibi garip ve incitici bulmuyorlardı. Fark etmiyorlardı bile. İnsanlar her zaman Cullenlar'a karşı kötü hissederlerdi, kendilerine açıklayamadıkları sebeplerden dolayı onlardan neredeyse korkarlardı. Ben ise istisnaydım. Bazen benim Edward'a olan yakınlığım onu rahatsız ediyordu. Sağlığım için tehlikeli olduğunu düşünüyordu, bu düşüncesini ne zaman söylese şiddetle karşı çıkardım.

Öğlen çabuk geçti. Okul bitti ve Edward her zaman yaptığı gibi kamyonetimin yanına kadar bana eşlik etti Ama bu sefer, benim için yolcu kapısını açtı. Alice, kaçmama engel olabilmek için onun arabasını almış olmalıydı.

Kollarımı kavuşturdum ve yağan yağmurun altında hiç kıpırdamadan durdum. "Bugün benim doğum günüm, benim kullanmam gerekmez mi?"

"Senin doğum günün değilmiş gibi davranıyorum, aynı benden istediğin gibi."

"Eğer bugün benim doğum günüm değilse, o zaman bu gece senin evine gelmeme de gerek yok..."

"Tamam." Yolcu kapısını kapattı ve diğer tarafa geçip şoför kapısını açtı. "Doğum günün kutlu olsun."

"Şşş," diye susturmaya çalıştım. Açık kapıdan koltuğa tırmandım. İçimden keşke dediğini yapsaydım, diye düşünüyordum.

Ben arabayı sürerken, Edward da radyoyla oynuyor kafasını sağa sola sallıyordu.

"Radyon çekmiyor."

Kaşlarımı çattım. Kamyonetimi kötülemesinden hoşlanmıyordum. Kamyonetim muhteşemdi, bir kişiliği vardı.

"Daha iyi bir radyo mu istiyorsun? Kendi arabanı sür öyleyse." Alice'in planı beni sinirlendirmişti, zaten kasvetli bir ruh halim vardı bu yüzden de kelimeler düşündüğümden daha da sivri çıktı. Edward'a asla kötü davranmazdım fakat bu ses tonum yüzünden dudaklarını sımsıkı sıkmak zorunda kalmıştı.

Charlie'nin evinin önüne park ettiğimde, yüzümü ellerinin arasına aldı. Bana dikkatlice dokundu, parmak uçlarını yumuşakça şakaklarım, elmacık kemiklerim ve çenemin üzerinde gezdirdi. Kırılganmışım gibi davranıyordu. Bu kesinlikle doğruydu, özellikle de onunla kıyaslanacak olursa.

"Özellikle bugün kendini iyi hissetmelisin," diye fısıldadı. Tatlı nefesi yüzümü okşadı.

"Eğer iyi hissetmezsem?" dedim şüpheyle.

Altın renkli gözlerinden adeta ateş fışkırdı. "Çok kötü."

Bana yaklaşıp soğuk dudaklarını benimkilere bastırırken başım çoktan dönmeye başlamıştı bile. İyice yakınıma geldiğinde bütün korkularımı unuttum ve nefes alıp vermeyi hatırlamaya konsantre oldum.

Dudakları, ben onun boynuna sarılıp kendimi şevkle öpücüklerine bırakana kadar, benimkilerin üzerinde dolaştı. Soğuk, pürüzsüz ve yumuşaktı. Yüzümden uzaklaşırken ve beni kendinden uzaklaştırmak için harekete geçmeden önce dudaklarının yukarıya kıvrıldığını hissettim.

Edward, benim yaşamam için, fiziksel ilişkimize sınırlar çizmişti. Aslında beni jilet kadar keskin ve zehirle kaplı dişlerinden güvenli bir uzaklıkta tutmasına saygı duyuyordum ama beni öptüğü zamanlarda böyle tehlikeleri unutuveriyordum.

"İyi ol lütfen," derken nefesini yanağımda hissettim. Dudaklarını bir kez daha nazikçe benimkilere dayadı ve sonra çekti.

Nabzım, kulaklarımı sağır edercesine atıyordu. Bir elimi kalbime dayadım. Avuç içimin altında yerinden çıkacakmış gibi attığını hissedebiliyordum.

"Sence bu konuda daha iyi olabilecek miyim?" diye sordu merakla. "Belki bir gün, sen bana dokunduğunda kalbim göğüs kafesimden fırlamaktan vazgeçer. "

"Umarım böyle bir şey olmaz," dedi biraz ukalaca.

Gözlerimi devirdim. "Haydi gidip Capulet ve Montagueler'in birbirleriyle uğraşmalarını seyredelim, olur mu?"

"Senin isteğin benim için emirdir."

Ben filmi başlatırken ve başındaki isimleri hızla geçerken, Edward gelişigüzel koltuğa yayıldı. Koltuğun kenarına iliştiğimde, kollarını belime doladı ve beni göğsüne doğru çekti. Göğsü soğuk ve sert olduğu için koltuk kadar rahat değildi, sanki buzdan yapılmış bir heykel gibiydi ama yine de mükemmeldi. Koltuğun üzerindeki eski battaniyeyi aldı ve üzerime örttü, böylece vücudu beni üşütmeyecekti.

"Biliyorsun, Romeo'ya hiç tahammülüm yok," dedi, film başlarken.

"Romeo'nun nesi var?" diye sordum, açıkçası biraz gocunmuştum. Romeo benim en sevdiğim hayali karakterdi. Edward'a rastlayana kadar.

"Birincisi, o Rosaline'e âşık. Sence de bu onu biraz maymun iştahlı göstermiyor mu? Ve düğünlerinden hemen sonra Juliet'ın kuzenini öldürüyor. Pek akıllıca değil. Hata üzerine hata. İnsan kendi mutluluğunu hiç bu kadar aptalca berbat eder mi?"

İç çektim. "Tek başıma seyretmemi ister misin?"

"Hayır, seninle seyredeceğim." Parmakları kolumun üzerinde gezindi ve derimin üzerindeki pütürcüklerle oynamaya başladı. "Ağlayacak mısın?"

"Muhtemelen," dedim, "eğer dikkatimi verebilirsem."

"O zaman senin dikkatini dağıtmayayım." Fakat hemen sonra dudaklarını saçlarımda hissettim ve bu oldukça dikkat dağıtıcıydı.

Filme hemen konsantre oldum, özellikle de Edward, Romeo'nun satırlarını kulağıma fısıldarken. Onun karşı konulmaz, kadifemsi ses tonu, aktörün sesini zayıf ve bayağı bir hale getirmişti. Sonra, Juliet uyanıp yeni eşinin ölü olduğunu gördüğünde ağlamaya başladım.

"Kabul etmeliyim, onu bu sahnede kıskanıyorum," dedi Edward, gözyaşlarımı silerken.

"Oldukça güzel bir kadın."

İğrenmiş gibi bir ses çıkarttı. "Ama kadını kıskanmıyorum, sadece intiharının kolaylığını kıskanıyorum," dedi alaycı bir ses tonuyla. "Siz insanlar için ne kadar kolay! Bir şişe bitki özü yeterli..."

"Ne?" diye soluyarak sordum.

"Bir keresinde bu konuyu düşünmeye mecbur kalmıştım ve Carlisle'ın tecrübesinden biliyorum ki kolay değil. Carlisle kim bilir kaç kere kendisini öldürmeye kalktı... Ne zaman anladı ki bu imkânsız..." Sesi ciddi bir şekilde yükseldi ve sonra tekrar azaldı. "Şu an oldukça sağlıklı."

Yüzünü okuyabilmek için ona döndüm. "Neden bahsediyorsun?" diye ısrarla sordum. "Düşünmeye mecbur kalmak, ne demek?"

"Geçen bahar, sen... neredeyse öldüğünde..." Derin bir nefes alabilmek için sustu ve alaycı ses tonuyla konuşmaya çalıştı. "Tabii ki seni canlı bulmak için odaklanmıştım ama beynimin bir tarafi da acil durum planı yapıyordu. Dediğim gibi, bu bizim için bir insana olduğu kadar kolay değil."

Bir an, aklıma Phoenix'e yaptığım son yolculuk geldi ve kendimi halsiz hissettim. Her şeyi olduğu gibi görebiliyordum; kör edici güneş ve bana öldüresiye işkence yapmış sadist vampirden kaçarken betondan gelen sıcak hava dalgası. James, aynalı oda da annemle beraber rehin beklerken. Ya da ben öyle zannediyordum... Bütün bunların bir oyun olduğunu bilmiyordum. Aynı James'in, Edward'ın beni kurtarmaya geldiğini bilmediği gibi. Edward tam vaktinde gelmişti ama neredeyse işim bitikti. Parmaklarım, düşüncesizce elimin üzerindeki hilal şeklindeki yaraya dokundu; orası vücut ısımdan bir kaç derece daha soğuktu.

Sanki kötü hatıraları silebilecekmişim gibi başımı salladım ve Edward'ın ne dediğini idrak etmeye çalıştım. Mideme acılar saplanıyordu. "Acil durum planları mı?" diye tekrar ettim.

"Sensiz yaşamak istemiyordum. Ama nasıl yapmam gerektiğini bilmiyordum—Emmett ve Jasper yardım etmezdi... Bu yüzden de, belki İtalya'ya gider ve Volturiler'i kışkırtırım diye düşünmüştüm."

Ciddi olduğunu düşünmek istemiyordum ama altın rengi gözleri öyle derin bakıyordu ki. Uzaktaki bir nesneye odaklanmış, hayatını bitirmek için yöntemler tasarlıyordu . Birden küplere bindim.

"Volturi de neyin nesi?" diye sordum.

"Volturi, bir aile," diye açıkladı, gözleri hâlâ uzağa dikiliydi. "Oldukça eski bir aile ve bizim türün en güçlüsü. Sanırım, ayrıca bizim türün en soylu ailesi. Carlisle, erken yaşlarda, Amerika'ya gelmeden önce onlarla İtalya'da yaşıyordu. Hikâyeyi hatırlıyor musun?"

"Tabii ki hatırlıyorum"

Evine ilk gittiğim günü asla unutamazdım; büyük beyaz mansiyon, nehrin kenarında, ormanın içinde gömülüydü. Carlisle, Edward'ın babası, odasına kendi kişisel tarihini yansıtan resimler asmıştı. Duvardaki en canlı ve en çılgın renklere sahip tuval ise en büyüğü, Carlisle'ın İtalya'dan getirdiğiydi. Aşağıdaki kargaşaya bakan ve en yüksek balkona çizilmiş sakin, hepsinin zarif ve meleğimsi yüzü olan dört adamı hatırlıyorum. Resim yüzyıllar yaşındaydı, Carlisle, sarışın melek, hiç değişmemişti. Diğer üçünü de hatırlıyordum, Carlisle'ın önceden tanıdığı kişilerdi. Edward, bu güzel üçlü için hiç bir zaman Volturi adını kullanmamıştı. İkisinin siyah, birinin bembeyaz saçları vardı. Onlara Aro, Caius ve Marcus derdi, sanatın gece yarısı efendileri...

"Her neyse, Volturi'yi rahatsız edemezsin," diye devam etti Edward hayallerimi bölerek. "Eğer ölmek istiyorsan ayrı, ya da yaptığımız her neyse." Sesi oldukça sakindi, oldukça sıkılmış gibiydi.

Öfkem korkuya dönüştü. Mermerimsi yüzünü avuçlarımın içine aldım ve sıkı sıkı tuttum.

"Hiç-hiç-hiçbir zaman böyle bir şey düşünmemelisin!" dedim. "Bana ne olursa olsun, kendini incitemezsin!"

"Seni hiç bir zaman tehlikeye atamam, o yüzden tartışmak gereksiz."

"Beni tehlikeye atmak mı? Sanıyorum bütün bu kötü şansın benim hatam olduğu konusunda anlaşmaya varmıştık."

Sinirleniyordum. "Nasıl böyle düşünürsün?" Edward'ın varlığını sona erdirme düşüncesi oldukça acı vericiydi.

"Tam tersi bir durum olsaydı ne yapardın?"

"Aynı şey değil."

Farkı anlamış gibi görünmüyordu. Kıkırdadı.

"Eğer sana bir şey olursa?" sorarken benzim atmıştı. "Kendimi bırakmamı ister miydin?"

Mükemmel yüzünde acı dolu izler oluştu.

"Sanırım demek istediğini anladım..." diye kabul etti. "Ama sensiz ne yapardım?"

"Ben gelip senin hayatını allak bullak etmeden önce ne yapıyorsan onu."

İçini çekti. "Çok kolaymış gibi söylüyorsun."

"Öyle olması gerek. O kadar da enteresan biri değilim."

Tartışmaya girmek üzereydi ama sonra bıraktı. "Tartışmalı bir konu," dedi. Aniden, kendine resmi bir duruş verdi ve beni yana doğru çekti. Artık birbirimize dokunamayacak kadar uzaktık.

"Charlie mi?" diye bir tahmin yürüttüm.

Edward gülümsedi. Bir dakika sonra, polis motorunun bizim parka girdiğini duydum. Uzandım ve elini sımsıkı tuttum. Babam herhalde bu kadarını kaldırabilirdi.

Charlie elinde pizza kutusuyla içeriye girdi.

"Hey çocuklar," diyerek bana gülümsedi. "Doğum gününde, yemek yapmaktan ve bulaşık yıkamaktan muaf olabilirsin, diye düşündüm. Aç mısınız?"

"Evet baba, teşekkürler."

Charlie, Edward'ın iştahsızlığı üzerine bir yorum yapmadı. Edward'ın akşam yemeğini atlamasına alışmıştı.

"Akşam Bella'yı ödünç alabilir miyim?" diye sordu Edward, Charlie ve ben yemeğimizi bitirdiğimiz zaman.

Umut dolu gözlerle Charlie'ye baktım. Doğum günlerinde evde oturulur, aileyle vakit geçirilir gibi bir kuralı olabilirdi. Bu onunla ilk doğum günümdü, annem, Renée'nin yeniden evlenip Florida'ya taşınmasından sonraki ilk doğum günümdü ve ne beklemem gerektiğini bilemiyordum.

"Problem değil, zaten bu akşam Marinerler'le Soxlar'ın karşılaşması var," dedi Charlie ve içimdeki son umut ışığını da söndürdü. "Bu yüzden size arkadaşlık edemeyeceğim... Bunu alabilirsin." Renée'nin tavsiyesi olan (çünkü fotoğraf albümüm için fotoğraflara ihtiyacım olacaktı) fotoğraf makinesini bana doğru fırlattı.

Bana atılan şeyleri yakalamak konusunda hiç iyi olmadığımı bilmesi gerekirdi. Fotoğraf makinesi parmaklarımın ucundan kaydı ve yere doğru düşüşe geçti. Fakat Edward, makine yer muşambasının üzerine düşmeden havada kaptı.

"Harika kurtarış," dedi Charlie. "Eğer Cullenlar bu gece eğlenceli bir şeyler yapıyorlarsa, kesinlikle fotoğraf çekmelisin, Bella. Biliyorsun, annen sen daha fotoğrafları çekmeden önce onları görmek ister."

"Harika fikir, Charlie," dedi Edward ve makineyi bana uzattı.

Fotoğraf makinesini Edward'a çevirdim ve ilk fotoğrafı çektim. "Çalışıyor."

"Bu harika. Alice'e benden selam söyleyin. Bayağıdır uğramadı." Charlie'nin dudakları üzüntüyle aşağı sarktı.

"Sadece üç gün oldu baba," diye hatırlattım. Charlie, Alice'e oldukça düşkündü. Geçen baharda, Alice, benim garip iyileşme dönemimde yardımcı olduğu zaman babam ona oldukça bağlanmıştı. Charlie ona sonsuza kadar minnettar kalacaktı. Bir babanın neredeyse bir yetişkin olan kızını banyo yaptırmasından kurtarmıştı. "Selamını iletirim."

"Tamam. Çocuklar bu gece iyi eğlenin." Kelimenin tam anlamıyla, bizi adeta kovaladı ve oturma odasındaki televizyona doğru ilerlemeye başladı.

Edward gülümsedi, galip gelmişti. Elimi tuttu ve beni mutfaktan dışarıya çıkarttı.

Kamyonetime geldiğimizde tekrar yolcu kapısını açtı ama

bu sefer itiraz etmedim. Onun evini bulmakta hâlâ güçlük çekiyordum, özellikle de karanlıkta.

Edward, Forks'un kuzeyine doğru sürdü, milattan kalmış Chevy'nin hız limitini zorluyordu. Motor, elliyi geçtiğinde her zamankinden daha fazla kükremeye başladı.

"Yavaş ol," diye uyardım.

"Neyi severdin biliyor musun? Minik, spor bir Audi. Oldukça sessiz ve bir o kadar da güçlü..."

"Kamyonetimin bir şeyi yok ki. Gereksiz harcamalardan bahsetmişken, senin için ne iyi olurdu biliyor musun, doğum günü hediyelerine para harcamamak."

"Beş kuruş bile harcamam," dedi dürüstçe.

"Harika."

"Bana bir iyilik yapar mısın?"

"Ne olduğuna bağlı."

Derin bir iç çekti, güzel yüzü ciddileşmişti. "Bella, en son kutladığımız doğum günü Emmett'inkiydi ve 1935 yılındaydı. Lütfen bu gece zor bir insan olup insanların hevesini kırma. Herkes çok heyecanlı."

Böyle konuştuğu zaman beni ürkütüyordu. "Tamam, uslu olacağım..."

"Seni uyarmam gerek..."

"Lütfen uyar."

"Herkes çok heyecanlı derken... *herkesi* kastettim."

"Herkes mi?" dedim, sesim zor çıkmıştı. "Emmett ve Rosalie'nin Afrika'da olduklarını zannediyordum." Bütün Forks kasabası, yaşlı Cullenlar'ın bu sene, üniversiteye Dartmouth'a gittiklerini zannediyorlardı ama ben gerçeği biliyordum.

"Emmett burada olmak istedi."

"Ama... Rosalie?"

"Biliyorum Bella. Telaşlanma, gayet iyi davranacak."

Bir şey demedim. Sanki telaş yapmamamın imkânı varmış gibi. Alice'in aksine, Edward'ın öteki evlatlık kız kardeşi, altın sarısı saçlı ve çok güzel Rosalie, benden pek hoşlanmıyordu. Aslında, sadece hoşlanmamakla da kalmıyordu. Rosalie'nin tek korkusu, onların aile sırrını bilen bir yabancı olmamıdı.

Şu anki durumdan dolayı korkunç bir suçluluk duygusu hissettim, gizli gizli bu duruma sevinsem de Rosalie ve Emmett'ın uzun süreli yoklukları benim yüzümdendi. Emmett, Edward'ın oyuncu erkek kardeşiydi, onu özlemiştim. Benim birçok yönden isteyebileceğim bir erkek kardeş... Sadece çok daha korkuncu.

Edward konuyu değiştirdi. "Eğer sana Audi'yi almama izin vermiyorsan, doğum günün için istediğin başka bir şey söyle?"

Kelimeler fısıltı halinde ağzımdan döküldü. "Ne istediğimi biliyorsun."

Mermer gibi düz alnını derin bir kırışıklık kapladı. Rosalie konusunu değiştirdiğine pişman olduğundan emindim.

Sanki bu tartışmayı gün içinde fazlasıyla yaşamıştık.

"Bu gece olmaz, Bella. Lütfen."

"Peki, belki Alice istediğimi verir bana."

Edward'dan tehditkâr bir hırıltı çıktı. "Bu senin son doğum günün olmayacak, Bella."

"Bu hiç adil değil!"

Bir an için dişlerini gıcırdattığını duyduğumu zannettim.

Eve yaklaşıyorduk. İlk iki katın pencerelerinden parlak bir ışık saçılıyordu. Balkon demirlerine uzun bir sıra boyunca asılmış Japon lambalar, sedir ağacının yapraklarına yumuşak bir ışık yayıyordu Büyük saksılardaki çiçekler ve pembe güller, geniş merdivenden kapının önüne kadar sıralanmıştı.

Sızlandım.

Edward sakinleşmek için birkaç derin nefes aldı. "Bu bir parti," diye hatırlattı bana. "Eğlenmene bak."

"Olur," diye mırıldandım.

Kapımı açmak için arabanın etrafını dolaştı ve elini bana uzattı.

"Bir sorum olacak."

Dikkatlice bekledi.

"Eğer bu filmi banyo ettirirsem," dedim elimdeki fotoğraf makinesini göstererek, "fotoğraflarda gözükecek misin?"

Edward gülmeye başladı. Beni arabadan indirdi ve merdivenlere doğru çekti. Evin kapısını açarken hâlâ gülümsüyordu.

Herkes büyük oturma odasında bekliyordu, içeri girer girmez hepsi aynı anda, "İyi ki doğdun Bella!" diye bağırdılar. Yüzüm kızarmıştı, utancımdan yere bakıyordum. Sanırım Alice, bütün düz yüzeyi pembe mumlarla ve içi yüzlerce gül dolu düzinelerce kristal vazoyla doldurmuştu. Edward'ın kuyruklu piyanosunun yanında duran masanın üzerine beyaz bir örtü serilmişti ve üzerinde pembe doğum günü pastası, biraz daha gül, cam tabaklar ve tepeleme gümüş hediye paketine sarılı hediyeler duruyordu.

Tahmin ettiğimden yüzlerce kat daha kötüydü.

Edward, sıkıntımı hissetmişti, dayanak olurcasına kolunu belime sardı ve alnıma bir öpücük kondurdu.

Kapıya en yakın duranlar, Edward'ın anne ve babası Carlisle ve Esme'ydi, inanılmaz derecede genç görünüyorlardı ve her zamanki gibi sıcakkanlılardı. Esme beni dikkatlice kucakladı, yumuşak alnıma öpücük kondururken, karamela rengi saçları yanaklarıma değdi ve Carlisle kolunu omzuma dokundurdu.

"Kusurumuza bakma Bella," diye fısıldadı. "Alice'i dizginleyemedik."

Rosalie ve Emmett hemen arkalarında duruyorlardı. Rosalie gülümsemedi. Emmett'ın yüzü sırıtmaktan gerilmişti. Onları görmeyeli aylar olmuştu. Rosalie'nin ne kadar güzel olduğunu unutmuştum ve ona bakmak biraz içimi acıtıyordu. Ve Emmett ne zamandan beri bu kadar... kocamandı?

"Hiç değişmemişsin," dedi Emmett yüzünde sahte bir düş kırıklığıyla. "Fark edilebilir bir değişiklik bekliyordum ama işte buradasın, kıpkırmızı suratın her zamanki gibi."

"Çok teşekkürler Emmett," dedim daha çok kızararak.

Emmett kahkaha attı. "Bir saniyeliğine dışarı çıkmam gerek," dedi. Sonra biraz durdu ve aşikâr bir şekilde Alice'e göz kırptı. "Ben yokken komik bir şey yapmayın sakın."

"Denerim."

Alice, Jasper'ın elini bıraktı ve bir adım öne gitti. Bütün dişleri ışığın altında bembeyaz parlıyordu. Jasper da gülümsüyordu ama bir yandan da mesafesini korudu. Uzun boylu ve sarışındı. Uzandı ve merdivenlerin tırabzanına dayandı. Phoenix'de beraber kafeste geçirmek zorunda olduğumuz günden beri, bana olan nefretinin biraz olsun azalacağını düşünmüştüm. Ama tamamen eski günlerde nasıl davranıyorsa aynı o şekilde davranmaya devam ediyordu. Benden mümkün olduğunca uzakta duruyordu, artık beni korumasına gerek yoktu. Kişisel bir konu olmadığını biliyordum, sadece bir önlemdi ve bu yüzden de konuda fazla hassas olmamaya özen gösterdim. Jasper, Cullenlar'ın diyetine uymak için oldukça zorlanıyordu, insan kanına karşı kendisini engellemek, diğerlerine göre daha zordu ve uzun zamandır kendisini dayanmaya zorlamıyordu.

"Hediyeleri açma vakti," diye seslendi Alice. Serin elini dirseğimin altına soktu ve beni doğum günü pastasıyla parlak paketlerin olduğu masaya doğru çekti.

En üzgün yüzümü takındım ve "Alice, sana hiçbir şey istemediğimi söylemiştim..."

"Ama seni dinlemedim," diye sözümü kesti, kendini beğenmiş yüz ifadesi vardı. "Haydi aç."

Kutu o kadar hafifti ki boş zannettim. Üzerindeki etiketten Emmett, Rosalie ve Jasper'dan geldiği yazıyordu. Kendime güvenerek hediye paketini yırttım ve içindeki kutuya baktım.

Elektrikle ilgili bir şeydi, markasının üzerinde bir sürü numaralar vardı. içindeki hakkında biraz daha bilgim olsun diye kutuyu açtım. Ama kutu boştu.

"Aaa... Teşekkürler."

Rosalie bir kahkaha kopardı. Jasper da gülümsedi. "Kamyonetin için araba teybi," diye açıkladı. "Emmett şu an arabana takıyor ki teybi iade etmeyesin."

Alice her zaman benden bir adım önce davranırdı. "Teşekkür ederim Jasper, Rosalie," dedim, bir yandan da öğlen Edward'ın teybim hakkındaki söylenmelerini hatırlayıp gülümsedim. "Teşekkürler Emmett!" diye seslendim.

Onun kamyonetimin yanından gelen kahkahalarını duyunca ben de kahkahama engel olamadım.

"Şimdi benimkini aç, sonra da Edward'ınkini açarsın," dedi Alice, heyecandan sesi oldukça yüksek çıkmıştı. Elinde küçük ve düz bir kare tutuyordu.

Edward'a döndüm ve dik dik bakarak. "Söz vermiştin," dedim.

Bana cevap vermeden önce, Emmett kapıdan içeriye girdi. "Tam vaktinde!" dedi yüksek sesle ve her şeyi detaylı görebilmek için iyice yanıma yaklaşan Jasper'ın arkasına geçti.

"Tek sent bile harcamadım," dedi Edward ikna edici bir ses tonuyla ve yüzüme düşmüş bir tutam saçı eliyle kulağımın arkasına itti.

Derin bir iç çektim ve Alice'e dönüp, "Ver," dedim.

Emmett neşeyle kıkırdadı.

Minik paketi aldım, paket kağıdının kenarına parmağımı sokmuş, bandı açmaya çalışırken Edward'a bakarak gözlerimi devirdim.

"Kahretsin," dedim kâğıt parmağımı kesince ve parmağımı kaldırıp ne kadar derin kestiğime bakmak istedim. Minik kesikten bir damla kan aktı.

Her şey çok ani oldu.

Edward, "Hayır!" diye haykırdı.

Bana doğru fırladı ve hızla masanın arkasına doğru çekti. Benimle beraber masa da devrildi. Doğum günü pastası, hediyeler, çiçekler ve tabaklar yere saçıldı. Kristal parçalarının ortasına düştüm.

Jasper, Edward'a tokat atınca bir kaya parçasının dağdan aşağı yuvarlanması gibi bir ses çıktı.

Başka bir gürültü daha oldu. Jasper'ın göğsünden dehşet verici bir hırıltı geliyordu. Jasper, Edward'ı geçmeye çalıştı, dişleri Edward'ın yüzünün birkaç santim ilerisinde açılıp kapanıyordu.

Emmett, Jasper'ı sıkıca tuttu. Jasper kurtulmak için çabalıyordu, vahşi, boş gözleri bana odaklanmıştı.

Şokun haricinde, acı da vardı. Piyanonun yanında yere düşmüş duruyordum ve kollarımı içgüdüsel olarak hızla yere koyduğum için cam kırıklarına tutunmak durumunda kalmıştım. Derin bir yanma ve batma hissediyordum. Acı, bileklerimden dirseklerime kadar çıkıyordu.

Afallamış ve şaşkın bir şekilde, kolumdan akan parlak kırmızı kana baktım ve sonra ateşi çıkmış, bir anda acıkmış altı vampirle göz göze geldim.

2. DİKİŞLER

Sakin kalmayı başarabilen tek kişi Carlisle idi. Yüzyıllardır acil serviste edindiği tecrübesi, sessiz ve ikna edici ses tonundan belli oluyordu.

"Emmett, Rose, hemen Jasper'ı dışarıya çıkartın."

Emmett, ilk defa gülümsemeden kafasını salladı. "Haydi Jasper."

Jasper, Emmett'ın kuvvetli kollarında bir kere daha çırpındı, kendi etrafında döndü ve tehditkâr bir şekilde erkek kardeşine dişlerini gösterdi.

Bana doğru emekleyerek gelen Edward'ın yüzü kemik kadar beyazdı, savunma pozisyonu almıştı. Sımsıkı kapanmış dişlerinin arasından kısık bir hırıltı çıktı. Sanki nefes almıyor gibiydi.

Rosalie'nin güzel yüzünde kendini beğenmiş bir tavır vardı, Jasper'ın önüne geçti ve keskin dişleriyle arasına bir mesafe koyarak Emmett'a yardım etti. Esme bir yandan tek eliyle kapıyı açmış, diğer eliyle de ağzını ve burnunu kapatmış duruyordu.

Esme'nin kalp şeklindeki yüzü utançla kızardı. "Çok üzgün'üm Bella," dedi ağlamaklı bir sesle ve dışarıya çıkanları takip etti.

"Müsaade et, Edward," diye mırıldandı Carlisle.

Bir saniye geçti ve Edward yavaşça başını sallayarak kenara çekildi.

Carlisle yanıma diz çöktü ve koluma bakmak için eğildi. Yüzümdeki şok ifadesini hissedebiliyordum. İfademi değiştirmeye çalıştım.

"Bunu al Carlisle," dedi Alice, bir havlu uzatarak.

Başını salladı. 'Yaranın içinde oldukça fazla cam var." Uzandı ve beyaz masa örtüsünden uzun, ince bir parça kumaş koparttı. Kumaşı, dirseğimin üzerinden kolumun etrafına doladı ve turnike yaptı. Kanın kokusu başımı döndürdü. Kulaklarım çınlıyordu.

"Bella," dedi Carlisle yumuşak bir ses tonuyla. "Seni hastaneye mi götüreyim yoksa burada tedavi etmemi mi istersin?"

"Burada lütfen," diye fısıldadım. Eğer beni hastaneye götürürse, olanları Charlie'ye açıklamam oldukça güç olurdu.

"Çantanı getireyim," dedi Alice.

"Onu mutfak masasına taşıyalım," dedi – Carlisle, Edward'a.

Edward beni kaldırdı. Carlisle kanın durması için koluma baskı uyguluyordu.

"Kendini nasıl hissediyorsun, Bella?" diye sordu Carlisle.

"iyiyim." Sesimin pürüzsüz çıktığına sevindim.

Edward'ın yüzü taş kesilmişti.

Alice, Carlisle'ın siyah çantasını çoktan getirmişti. Küçük ama parlak bir masa lambası duvardaki fişe takılıydı. Edward beni yumuşakça sandalyeye oturttu, Carlisle da başka bir sandalye çekti ve hiç vakit kaybetmeden işe koyuldu.

Edward başımda dikilmiş duruyordu. Hâlâ beni korumaya çalışıyor ve nefes almıyordu.

"Edward, içeriye git," dedim.

"Dayanabilirim," diye direndi. Ama çenesi kaskatı kesilmişti ve gözleri susuzluktan yanıyordu. Direniyordu. Bu, özellikle onun için, çok daha zor bir durumdu.

"Kahraman olmana gerek yok," dedim. "Carlisle, senin yardımın olmadan beni iyileştirebilir. Git biraz hava al."

Tam o sırada Carlisle koluma dokununca ağzımdan minik bir inilti çıktı.

"Kalıyorum," dedi.

"Neden bu kadar mazoşistsin?" diye mırıldandım.

Carlisle arayı bulmaya karar vermişti. "Edward, bence git ve daha ileri gitmeden Jasper'ı bul. Eminim şu an çok üzgündür. Senden başka kimseyi dinleyeceğini zannetmiyorum."

"Evet," diye onayladım. "Git ve Jasper'ı bul."

"Faydalı bir şeyler yapabilirsin," diye ekledi Alice.

Edward'ın gözleri, bizim işbirliğimizi görünce kısıldı ama sonunda başıyla onayladı ve mutfaktaki arka kapıdan dışarıya çıktı. Parmağımı kestiğimden beri nefes almadığından emindim.

Giderek kolumu bir hissizlik sarıyordu.

Ama en azından batma acısı bitmişti ve bu acı bana yaralarımı unutturmuştu. Dikkatlice Carlisle'ın yüzüne bakıyor ve böylece elleriyle bana ne yaptığını görmeme engel oluyordum. Koluma eğildiğinde saçları parlak ışığın altında altın gibi parlıyordu. Midemdeki bulanmaların azaldığını hissediyordum. Artık hiç acı yoktu, sadece yumuşak bir his vardı. Bebek gibi davranmaya gerek yoktu.

Eğer benimle aynı hizada olmasaydı, Alice'in kendini bırakıp mutfağın kapısından sıvıştığını göremezdim.

"Evet herkes gitti," dedim ve derin bir nefes aldım. "En azından odada kimse kalmadı."

Carlisle, "Senin hatan değildi," diyerek beni rahatlatmaya çalıştı. "Herkesin başına gelebilirdi."

"Gelebilirdi?" diye tekrarladım. "Ama böyle şeyler genelde bir tek benim başıma geliyor."

Gülümsedi.

Herkes böylesine tepkiler verirken, onun bu derece rahat olması bana çok iyi geliyordu. Yüzünde tek bir endişe belirtisi bile yoktu. Hızlı ve kendinden emin hareketlerle işini yapıyordu. Bizim sessizce nefes alış verişlerimizin haricinde duyulan tek ses, yumuşakça *pıt pıt pıt* diye masanın üzerine damlayan kanın sesiydi. •

"Bunu nasıl yapabiliyorsun?" diye sordum merakla. "Alice ve Esme bile..." Sesim gittikçe azalıyordu, kafamı merakla iki tarafa sallıyordum. Gerçi diğerleri de, tıpkı Carlisle'ın yaptığı gibi, geleneksel vampir diyetinden vazgeçmişlerdi ama bir tek Carlisle kanımın kokusunu çok az hissediyordu ve buna karşı koyarken de hiç acı çekmiyordu. Bu göründüğünden çok daha zor olmalıydı.

"Senelerdir süren egzersizlerim sayesinde," dedi . "Artık kokuyu oldukça az duyuyorum."

"Sence eğer hastaneden uzun süre tatil iznine ayrılsaydın daha mı zor olurdu? Hiç etrafında kan olmasaydı?"

"Belki de." Omuzlarını silkti ama elleri sabit bir şekilde işini yapmaya devam ediyordu. "Hiç bir zaman uzun bir tatile ihtiyaç duymadım." Bana bakıp gülümsedi. "İşimi çok seviyorum."

Pıt, pıt, pıt. Kolumdan çıkan cam parçalarını görünce şaşırdım. Üst üste çıkarttığı cam parçalarına bakmamak için kendimi zor tutuyordum ama bu kusmama çalışmalarıma pek de yardımcı olmayacakmış gibi görünüyordu.

"Bu işin en çok nesini seviyorsun?" diye sordum merakla. Çünkü bana oldukça anlamsız geliyordu. Bir insan yıllarca direnip aslını inkâr ederek nasıl bu noktaya gelebilirdi? Onunla konuşmak istememin bir başka sebebi de onu lafa tutmaktı. Konuşarak midemin bulantısını unutuyordum.

Bana cevap verirken koyu gözleri oldukça sakin ve düşünceli görünüyordu. "Hmm. En çok sevdiğim, gelişmiş yeteneklerim sayesinde ölme olasılığı yüksek olan birilerinin hayatını kurtarmak. Bunu bilmek oldukça mutlu ediyor beni, yeteneklerim sağ olsun, varlığım sayesinde bazı insanların hayatı normalinden daha iyi. Hatta bu kan kokusuna karşı olan hassasiyetim bazı teşhisleri koymama yardımcı oluyor."

Bütün cam parçalarını çıkarttığından emin olmak için koluma iyice baktı. Sonra çantasını alt üst etti ve yeni aletler çıkarttı, gözümde iğne ve dikiş ipliğini canlandırmamaya çalıştım.

"Senin hatan, olmayan şeyleri kendine yüklemek için fazla çaba göstermen," dedim. Bir yandan kolumda çekilmeler hissediyordum. "Demek istediğim, sen bunu istemedin. Bu şekilde yaşamayı sen seçmedin ve iyi olmak için bu kadar *çok* çalışmana da gerek yok."

"Kendime bir şeyler yüklediğimi düşünmüyorum," dedi hafifçe. "Hayattaki her şey gibi, sadece bana verilenlerle neler yapmam gerektiğini seçtim."

"Kulağa çok basit geliyor."

Kolumu tekrar muayene etti. "İşte bu kadar," dedi iğneyi çekerek. "Bitti." Büyük kulak pamuğunu şurup renkli sıvının içine batırdı ve yaramın üzerini sildi. Koku oldukça garipti ve başımın dönmesine sebep oldu. Şurup derimin üzerinde bir leke bıraktı.

Carlisle, yaramın üzerine bir tane daha gazlı bezi yerleştirdi. "Ne yapman gerektiği bu kadar belliyken neden başka bir iş yapmayı düşünesin ki?"

Dudaklarını muzip bir gülümseme aldı. "Edward sana hikâyeyi anlatmadı mı?"

"Evet ama senin ne düşündüğünü anlamaya çalışıyorum..."

Yüzü tekrar ciddileşti, düşünceleri benimkilerle aynı mı diye merak etim. Acaba ben ne düşünürdüm, tabii onun yerinde olmayı hiç istemezdim, ama ya ben olsaydım?

"Biliyorsun babam bir papazdı," masayı dikkatlice temizlerken derin düşüncelere dalmış gibi görünüyordu. Islak bir gazlı bezle her yeri sildi ve bu işlemi birkaç kez tekrarladı. Alkol kokusu burnumu yaktı. "Dünyaya sert bir bakış açısı vardı. Değişmeden önce bu bakış açısını hep sorgulardım." Carlisle bütün kirli gazlı bezleri ve cam parçaları boş bir kristal tabağın içine koydu. Ne yaptığını anlamadım, hatta bir kibrit çaktığında bile hâlâ ne yaptığını anlamaya çalışıyordum. Yanan kibriti alkole batırılmış kumaşların üzerine atınca bir anda çıkan alevlerden korkup yerimden sıçradım.

"Özür dilerim," dedi. "Bu yeterli olacaktır... Ve ben, babamın kadere olan inancına katılmıyordum. Ama hiçbir zaman, doğduğumdan beri neredeyse dört yüzyıl geçti, Tanrı'nın bazı şekillerde var olduğuna dair bir şüphem yoktu. Aynadaki yansıma bile."

Konuşmamızın gittiği noktaya şaşırmıştım ve ifademi saklamak için kolumdaki sargı bezlerini inceliyormuş gibi yaptım. Diğer bütün konuların yanında, din tartışmayı beklediğim son konuydu. Kendi hayatım inançlardan oldukça yoksundu. Charlie, Lutheryan* mezhebine inanıyordu, çünkü kendi ailesi öyleydi, ama pazarları nehre gidip balık tutarak ibadet ederdi. Renée bir kaç kere kiliseye gitmeyi denedi ama genellikle tenis, çömlekçilik, yoga ve fransızca derslerini tercih ediyordu.

"Eminim bütün bu duyduklarının bir vampirden geliyor olması sana biraz tuhaf geliyordur." Her zaman bu kelimeyi rahatça kullanmalarını bilmeme rağmen her duyduğumda şoka giriyor olmama güldü. "Ama hâlen bu hayatın bir anlamı olmasını umut ediyorum, bizim için bile. Çok uzun olduğunu kabul etmeliyim. Belki aptalca, ama umarım denediğimiz için biz de bir şeyler kazanabiliriz."

"Aptalca olduğunu sanmıyorum," diye mırıldandım. Hiç kimsenin, buna tanrı da dahildi, Carlisle'dan etkilenmeyece-

*Lutheryanizm, eski bir Augustinusçu keşiş olan Alman teolog Martin Luther'in yazıları temelli bir Hristiyan mezhebidir. Protestan Reform Hareketi sonucu ortaya çıkmıştır.

ğini düşünemiyordum. Ayrıca, Edward'ın dahil olacağı bir cennetin olması için neler vermezdim. "Ve başka kimsenin de bunun aptalca olduğunu düşüneceğini zannetmiyorum."

"Aslında, bana katılan ilk kişi sensin."

"Diğerleri seninle aynı fikri paylaşmıyor mu?" diye sordum, özellikle birini düşünerek.

Carlisle benim kimi kastettiğimi tahmin ederek "Edward bir noktaya kadar bana katılıyor. Tanrı ve cennet var... Cehennem de. Ama hayattan sonra bizim için bir şey yok." Carlisle'ın sesi oldukça yumuşaktı, lavabonun üzerindeki büyük camdan dışarıya karanlığa doğru baktı. "Anladın mı? Bizim ruhlarımızı kaybettiğimizi düşünüyor."

İşte o an aklıma, bu öğlen Edward'ın söyledikleri geldi; *eğer ölmek istiyorsan ya da bize göre her ne ise.* Kafamda bir ışık çaktı.

"Esas problem bu, değil mi?" diye sordum. "Bu yüzden bana karşı böyle davranıyor."

Carlisle yavaşça konuştu. *"Oğluma* bakıyorum. *Gücü,* merhameti... Sadece umut ediyor, kaderinden daha fazlasını bekliyor. Nasıl olur da Edward için bir yer olamaz?"

Heyecanlı bir şekilde kafamı salladım.

"Ama eğer öyle olduğuna inanıyorsan..." Gözlerinde anlaşılmaz bir ifadeyle bana baktı ve devam etti, "Eğer öyle olduğuna inansaydın. Ruhunu ondan alabilir miydin?"

Eğer Edward için ruhumu riske atıp atmayacağımı sorsaydı, cevabım çok aşikârdı. Ama Edward'ın ruhunu riske atabilir miydim? Dudaklarımı mutsuzca kıpırdattım. Bu hiç adil bir takas olmazdı.

"Problemi anladın mı?"

Kafamı salladım, çenemdeki inatçı kasılmanın farkındaydım.

Carlisle derin bir iç çekti.

"Bu benim seçimim," diye ısrar ettim.

"Onun da seçimi." Benim tartışmaya başlayacağımı görünce elini kaldırdı. "Sana bunu yapmaktan sorumlu olan o olsa da."

"Bunu yapabilecek tek kişi o değil." Carlisle'a şüpheli bir bakış attım.

Aniden bir kahkaha attı ve ortamı yumuşattı. "Ah! Hayır! Bunu *onunla* beraber kararlaştıracaksın." Sonra tekrar içini çekti. "İşte bir tek bundan emin değilim. Sanırım, diğer yönlerden, yapabildiğimin en iyisini yaptım. Ama diğerlerini bu hayata mahkûm etmek doğru mu? Buna karar veremiyorum."

Cevap vermedim. Eğer Carlisle yalnız olan varlığını değiştirmek için direnseydi, benim hayatım nasıl olurdu diye hayal ettim... tüylerim ürperdi.

"Benim aklımı çelen Edward'ın annesiydi." Carlisle'ın sesi neredeyse bir fısıltı halinde çıkmıştı. Camdan karanlığa doğru görmeyen gözlerle bakıyordu.

"Onun annesi mi?" Edward'a ne zaman ailesini sorsam, bana yalnızca çok uzun zaman önce öldüklerini ve hafizasından neredeyse silindiklerini söylerdi. Ama Carlisle'ın hafizası, oldukça tazeydi.

"Evet. İsmi Elizabeth'di. Elizabeth Masen. Babasının adı Edward'dı. Maalesef o hiç kendine gelemedi. Virüsün ilk ortaya çıktığı zaman öldü. Ama Elizabeth'in şuuru neredeyse son anına kadar açıktı. Edward tıpkı ona benziyor, aynı değişik bronz tona sahip ve gözleri de neredeyse aynı yeşillikte."

"Gözleri yeşil miydi?" diye mırıldandım, bir yandan kafamda resmetmeye çalışarak.

"Evet..." Carlisle'ın aklı yüzyıllar öncesine gitmişti. "Elizabeth oğlu hakkında oldukça endişeliydi. Hasta yatağında oğlunu emzirmeye çalışarak kendi hayatını riske atmıştı. İlk oğlu ölür diye düşündüm çünkü annesinden çok daha kötü bir durumdaydı. Annesinin sonu çok çabuk geldi. Güneş battıktan hemen sonraydı ve ben, bütün gün çalışan doktorların yerini almak için yeni gelmiştim. Yapılması gereken çok iş vardı ve benim dinlenmeye ihtiyacım yoktu. Evde karanlıkta saklanıp uyuyormuş gibi yaparken insanların ölüyor olduğunu düşünmekten nefret ediyordum."

"İlk önce Elizabeth'i ve oğlunu kontrol etmeye gittim. Onlara giderek bağlanıyordum. Ateşi kontrol edilemiyordu ve artık zayıf vücudu daha fazla savaşamıyordu."

"Örtüsünün altından bana bakarken çok da zayıf görünmüyordu."

"Oğlumu kurtar!' diye emretti."

"Gücümün elverdiği her şeyi yaparım,' diye söz verdim ve elini tuttum. Ateşi oldukça yüksekti, muhtemelen benim ellerimin ne kadar soğuk olduğunu düşünemeyecek kadar sıcaktı."

"Yapmalısın,' diye ısrar etti, elimi oldukça güçlü sıkıyordu. Gözleri sertti, aynı bir taş gibi, aynı bir zümrüt gibi. 'Gücünün elverdiği her şeyi yapmalısın. Diğerlerinin yapamadığını Edward için sen yapmalısın.'

"Beni korkutmuştu. Delici gözleriyle bana bakınca bir an benim sırrımı bildiğini düşündüm. Vücudunu iyice ateş bastı ve şuuru bir daha yerine gelmedi. Bana verdiği emirden bir saat sonra da öldü."

"Kendime bir arkadaş yaratmak için onlarca yıl harcardım. Sadece bir tane yaratık, beni çok iyi bilen biri, benim olmaya çalıştığımdan daha iyi biri."

"Edward orada yatıyordu, ölmek üzereydi. Sadece saatleri kalmıştı. Yanında yatan annesinin yüzü huzursuzdu, öldükten sonra bile huzura erememişti."

Carlisle olanları tekrar yaşıyor gibiydi. Yüzyıllar geçmesine rağmen hatıraları oldukça netti. Öyle canlı anlatıyordu ki, kafamda canlandırabiliyordum. Hastanedeki umutsuzluğu, ölümün ağırlığını hissedebiliyordum. Edward ateşten yanıyordu, hayatı saatin her tıklayışında kayıp gidiyordu... Tekrar ürperdim ve görüntüyü kafamdan uzaklaştırmaya çalıştım.

"Elizabeth'in sözleri kafamda yankılanıyordu. Ne yapabileceğimi nerden tahmin ediyordu? Birisi oğlu için bunu ister miydi?"

"Yıllarca süren karar verme aşamasından sonra, gelip geçici bir hevesle hareket ettim. Önce annesini morga götürdüm ve sonra onun için tekrar geldim. Hiç kimse onun hâlâ nefes alabildiğinin farkında değildi. Yeteri kadar insan yoktu, hiç kimse hastaların yarısının neye ihtiyacı olduğunu takip edemiyordu. Morg boştu, en azından insanlar yaşıyordu. Onu arka kapıdan kaçırdım, evime kadar çatıların üzerinden geçerek gittik."

"Ne yapılması gerektiğinden emin değildim. Olduğundan daha acı ve daha zordu."

"Gerçi yeteri kadar üzgün değildim. Edward'ı kurtardığım için asla üzgün değildim." Bu ana geri dönerken kafasını salladı. Bana gülümsedi. "Sanırım seni şimdi eve götürmeliyim."

"Ben götürürüm," dedi Edward. Karanlık yemek odasından gelmişti. Yavaşça yanımıza yaklaştı. Yüzü pürüzsüzdü ve düşüncelerini belli etmiyordu, ama gözlerinde başka bir şey vardı, gizlemekte güçlük çektiği bir şey. Midemde bir spazm hissettim.

"Carlisle beni götürür," dedim. Bluzuma baktım, açık mavi koton kumaş, kolumdan damlayan kanla kırmızıya dönmüştü. Sağ omzum kalın, pembe bir tabakayla kaplanmıştı.

"iyiyim," dedi Edward, sesinde duygudan eser yoktu. "Üzerini değiştirmen gerek. Charlie seni böyle görürse kalp krizi geçirir. Alice'e söylerim sana bir şeyler getirir," dedi ve mutfak kapısından çıkıp gitti.

Endişeyle Carlisle'a baktım. "Çok üzgün."

"Evet," diye bana katıldı. "Bu gece, özellikle en korktuğu geceydi. Bizim yüzümüzden hayatının tehlikede olması."

"Bu onun hatası değil."

"Senin de hatan değil."

Bu konuda ona katılmıyordum.

Carlisle elimi tuttu ve masadan kalkmama yardım etti. Onu salona doğru takip ettim. Esme geri geldi, düştüğüm yeri siliyordu. Çamaşır suyu dökmüş, kan kokusunu gidermeye çalışıyordu.

"Esme, bırak ben yapayım." Yüzümün kızardığını hissedebiliyordum.

"Yaptım bile," dedi ve gülümseyerek bana baktı. "Kendini nasıl hissediyorsun?"

"İyiyim," dedim. "Carlisle, diğer doktorumdan çok daha hızlı dikti."

İkisi de kıkırdadı.

Alice ve Edward arka kapıdan içeriye girdiler. Alice bana doğru hızlı adımlarla yaklaştı ama Edward arkada durdu.

"Haydi," dedi Alice. "Sana daha az korkunç bir kıyafet vereyim."

Bana Esme'nin bir bluzunu verdi, üzerimdekiyle aynı renkteydi. Charlie'nin fark edemeyeceğine emindim. Uzun beyaz bandaj, pıhtılaşmış kan lekeleri olmayınca çok da ürkütücü görünmüyordu. Hem Charlie beni bandajla görmeye alışıktı.

"Alice," diye fısıldadım, arka kapıya doğru yürürken.

"Evet?" O da sesini kısık tutmuş, bana merakla bakıyordu.

"Ne kadar kötü?" Öylesine bir fısıltıyla konuşuyordum ki sesimin çıkıp çıkmadığından bile emin değildim. Yukardaydık, kapı kapalıydı, ama yine de beni duyabilirdi.

Yüzü gerildi. "Henüz emin değilim."

"Jasper nasıl?"

Derin bir iç çekti. 'Yaptığına çok üzüldü. Kendisini zayıf hissetmek onun için daha büyük bir üzüntü."

"Onun suçu değil. Lütfen ona sinirlenmediğimi iletir misin? Hem de hiç kızgın değilim."

"Tabii ki."

Edward ön kapıda bekliyordu. Ben merdivenin en alt basamağına ulaştığımda, hiç bir kelime etmeden kapıyı açıp bekledi.

"Eşyalarını al!" diye seslendi Alice. İki paketi aldı, birisi yarım açılmıştı, fotoğraf makinem piyanonun altındaydı. Alice bunları alıp sağlam kolumun altına sıkıştırdı. "Bana daha sonra teşekkür edersin."

Esme ve Carlisle sessizce iyi geceler dilediler. İkisinin de, aynı benim gibi, hissiz oğullarına hızlı bir bakış attıklarını fark ettim.

Dışarıda olmak çok iyi geldi. Edward benimle yürürken oldukça sessizdi. Bana yolcu kapısını açtı ve hiç şikayet etmeden bindim.

Arabanın ön panelinde büyük kırmızı bir kurdele vardı, yeni araba teybim hemen altında duruyordu. Kurdeleyi çıkarttım ve yere attım. Edward şoför koltuğuna geçerken de kurdeleyi ayağımla koltuğun altına doğru ittim.

Ne bana ne de yeni teybime baktı. ikimiz de açma düğmesine basmadık ve her nasılsa sessizlik, motor sesinin gürültüsüyle daha da pekişti. Kıvrılan şeritlerde ve karanlıkta hızla yol almaya başladık.

Sessizlik beni çıldırtıyordu.

"Bir şeyler söyle," dedim en sonunda otobana doğru giderken.

"Ne söylememi istiyorsun?" diye sordu.

Aramıza koyduğu mesafe beni huzursuz ediyordu. "Beni affettiğini söyle."

Bu sözlerim, Edward'ın yüzüne bir hayat belirtisi getirdi ve sinirle gerildi. "Seni affetmek mi? Ne için?"

"Eğer biraz daha dikkatli olsaydım, hiçbir şey olmazdı."

"Bella, sadece kâğıtla parmağını kestin, bunun için ölüm cezasına çarptırılacak değilsin ya."

"Ama yine de benim hatam."

Bu sözlerim bardağı taşıran son damla oldu.

"Senin hatan mı? Eğer parmağını Mike Newton'un evinde kesseydin, yanında Jessica, Angela ve diğer normal arkadaşların olsaydı, başına gelebilecek en kötü şey ne olurdu? Belki parmağını saracak bandaj bulamazlardı. Eğer takılıp cam tabakların içine düşseydin, o zaman bile, en kötüsü ne olabilirdi? En fazla seni acil servise götürürlerken arabalarının koltuklarını kan lekesi yapardın. Mike Newton, senin koluna dikiş atarlarken elini tutardı, seni öldürmek istemezdi. Sakın bunları kendi suçun gibi gösterme, Bella. Bu sadece kendimden daha çok nefret etmeme sebep olur."

"Nasıl oldu da Mike Newton bu konuşmanın içine girebildi?" diye sordum hayretle.

"Mike Newton bu konuşmanın içine girdi çünkü Mike Newton senin için daha sağlıklı birisi olur," diye bağırdı.

"Mike Newton'la beraber olmaktansa ölmeyi tercih ederim," diye kızdım. "Senin haricinde başkasıyla olmaktansa ölmeyi tercih ederim."

"Lütfen olayı dramatize etme."

"O zaman lütfen sen de saçmalama."

Cevap vermedi. Ön camdan dışarıya bakıyordu, ifadesi donuktu.

Bu geceyi kurtarmak için ne yapabilirim, diye beynimle savaşıyordum. Evimin önüne yanaştığımızda, hâlen aklıma bir şey gelmemişti.

Motoru durdurdu, ama elleri hâlâ direksiyonu sıkı sıkı kavramış bir halde duruyordu.

"Bu gece bizde kalır mısın?" diye sordum.

"Eve gitmeliyim."

İstediğim en son şey benim için pişmanlık duymasıydı.

"Doğum günüm için," diye ısrar ettim.

"ikisini birden isteyemezsin. Ya insanların doğum gününü kutlamasına izin verme, ya da izin ver. Birinden birini seç."

Sesi katıydı ama en azından az önceki sesi kadar ciddi değildi. Rahatlayıp derin bir iç çektim.

"Tamam, doğum günümü kutlamana karar verdim. Yukarıda görüşürüz."

Arabadan indim ve arka taraftan paketlerimi aldım. Kaşlarını çatmış duruyordu.

"Onları almana gerek yok."

"Almak istiyorum," diye cevap verdim. Acaba ters bir psikoloji mi deniyordu?

"Hayır istemiyorsun. Carlisle ve Esme senin için para harcadı."

"Sanırım bununla yaşayabilirim." Hediyeleri biçimsizce iyi olan kolumun altına sıkıştırdım ve kapıyı arkamdan kapattım. Çok geçmeden kamyonetten inip yanıma geldi.

"Bırak en azından ben taşıyayım," dedi ve elimden paketleri aldı. "Odanda olacağım."

Gülümsedim. "Teşekkürler."

"Doğum günün kutlu olsun." Derin bir iç çekti ve eğilip beni öptü.

Parmak ucumda yükseldim ve öpücüğünün normalden uzun sürmesini sağlamaya çalıştım. Geriye çekildi, en güzel gülümsemesiyle güldü ve karanlığın içinde kayboldu.

Maç hâlâ devam ediyordu, ön kapıya varır varmaz spikerin bağıra bağıra konuştuğunu duydum.

"Bell?" diye seslendi Charlie.

"Evet baba," dedim köşeyi döndüğümde. Yaralı kolumu kendime doğru çektim.

"Nasıl geçti?"

"Alice biraz ileriye kaçmıştı. Çiçekler, doğum günü pastası, mumlar, hediyeler..."

"Sana ne almışlar?"

"Kamyonetime araba teybi." Ve bir sürü bilinmeyen hediyeler.

"Vayyy."

"Evet bence de," diyerek ona katıldım. "Ben yatayım."

"Tamam, sabaha görüşürüz."

El salladım. "Görüşürüz."

"Koluna ne oldu?"

Bir an kıpkırmızı oldum ve kendime lanet ettim. "Bir yere takıldım. Önemli bir şey yok."

"Bella," diyerek kafasını iki tarafa salladı.

"İyi geceler, baba."

Böyle zamanlar için pijamalarımı sakladığım banyoya doğru alelacele koşturdum. Birbirine uyan pijama üstümle altımı giydim, eskiden giydiğim kalın pijamaları artık giymiyordum. Üzerimi değiştirirken dikişlerimin acımasından korktum. Tek elimle yüzümü yıkadım, dişlerimi fırçaladım ve odama gittim.

Edward yatağımın ortasında oturuyor, gümüş paketli hediyelerden biriyle oynuyordu.

"Selam," dedi. Sesi, mutsuz ve çekingendi.

Yatağa gittim, elinden hediyeleri aldım ve kucağına oturdum.

"Selam," diyerek sert göğsüne yaslandım. "Hediyelerimi şimdi açabilir miyim?"

"Bu heyecan da nereden çıktı şimdi?" diye sordu merakla.

"Beni meraklandırdın."

Uzun dikdörtgen kutuyu aldım. Carlisle ve Esme'den geliyor olmalıydı.

"İzin ver ben yapayım" dedi. Elimden hediyeyi aldı ve gümüş paketi tek bir hareketle açtı. Beyaz dikdörtgen kutuyu bana verdi.

"Sence kapağını açabilecek miyim?" diye mırıldandım ama bu sözlerimi umursamadı.

Kutunun içinde uzun, kalın bir kâğıt vardı. Ne olduğunu anlamam bir dakika sürdü.

"Jacksonville'e mi gidiyoruz?" Heyecanlanmıştım. Hediye, ikimiz için bir çift uçak biletiydi.

"Öyle görünüyor."

"İnanamıyorum. Renée sevinçten çıldıracak. Senin için problem olur mu? Güneşli bir yer ve bütün gün içeride oturman gerekecek."

"Sanırım idare edebilirim," dedi ve bir an kaşlarını çattı. "Eğer bu hediyeye bu şekilde sevineceğini bilseydim, kutuyu Carlisle ve Esme'nin önünde açmanı isterdim. Şikâyet edeceğini düşünmüştüm."

"Aslında gerçekten de hiç gerek yoktu. Ama benimle geliyor olman çok güzel."

Kıkırdadı. "Şimdi keşke hediye için para harcasaymışım diyorum. Böylesine makûl olabileceğin aklımın ucundan geçmemişti."

Biletleri kenara koydum ve onun hediyesine uzandım. Paketi aldı ve ilk hediye gibi bunu da benim için açtı.

Süslü bir CD kutusu ve boş gümüş bir CD verdi.

"Nedir bu?" diye sordum şaşkınlıkla.

Hiçbir şey söylemedi, CD'yi aldı ve yatağın kenarındaki CD çalara uzandı. Düğmeye bastı, sessizce bekledik. Sonra müzik başladı.

Sessizce dinledim. Tepkimi beklediğini biliyordum ama konuşamıyordum. Yanaklarımdan aşağıya gözyaşları inmeye başladı ve gözümü silmek için elimi kaldırdım.

"Kolun acıyor mu?" diye sordu kaygılı bir ses tonuyla.

"Hayır kolum değil. Harika bu Edward. Bana bu kadar çok sevebileceğim başka bir şey veremezdin. İnanamıyorum." Dinlemek için sustum.

Onun müziğiydi, onun besteleriydi. CD'deki ilk parça benim ninnimdi.

"Sana bir piyano almama izin vermeyeceğini düşündüm, aslında burada çalabilirdim."

"Haklısın."

"Kolun nasıl?"

"Fena değil." Doğruyu söylemek gerekirse, bandajın altında yanmaya başlamıştı. Buz istedim. Aslında buz yerine elini koyabilirdim ama bu beni ele verirdi.

"Sana ağrı kesici getireyim."

"Hiçbir şey istemiyorum," dememe rağmen beni kucağından indirdi ve kapıya yürüdü.

"Charlie;" dedim sessizce. Edward'ın sıkça benle kaldığından Charlie'nin haberi yoktu. Eğer bilseydi, herhalde felç geçirirdi. Ama kendimi hiç suçlu gibi hissetmiyordum çünkü hiçbir şey yapmıyorduk. Edward ve kuralları...

"Beni fark etmez." Sessizce kapıdan çıktı. Sonra geri geldi ve kapı çarpmasın diye yavaşça kapattı. Elinde banyodan getirdiği bir bardak su ve bir şişe ilaç vardı.

İlaçları bana uzattığında hiç itiraz etmeden içtim, itiraz etsem kaybedeceğimi biliyordum. Üstelik kolum beni rahatsız etmeye başlamıştı.

Ninnim, yumuşak ve samimi bir tonda arka planda çalmaya devam ediyordu.

"Geç oldu," dedi Edward. Beni tek koluyla kucakladı ve diğer koluyla örtüyü açtı. Sonra beni yatağın üzerine yatırdı ve yorganı üzerime örttü. Yanıma uzandı, üşümemem için battaniyenin üzerine uzandı ve kolunu etrafıma sardı.

Başımı omzuna dayadım ve mutlulukla iç çektim.

"Tekrar teşekkürler," diye fısıldadım.

"Bir şey değil."

Ninnimin sesi gittikçe azaldı ve bir süre sessizlik oldu. Bir başka şarkı çalmaya başladı. Esme'nin en sevdiği şarkıydı.

"Ne düşünüyorsun?" diye fısıldadım.

Bir an çekindi. "Doğru ve yanlış hakkında düşünüyordum."

Omuriliğimden aşağıya bir ürperti geldi.

"Senin doğum günümü yok saymanı söylediğimi hatırladın mı?" Aklını başka tarafa çevirdiğimi fark etmesin diye hızlıca sormuştum.

"Evet," diye onayladı dikkatlice.

"Hâlâ benim doğum günüm ve beni bir daha öpmeni istiyorum."

"Bu gece çok arzulusun."

"Evet öyleyim ama yapmak istemiyorsan lütfen yapma," dedim, incinmiştim.

Kahkaha attı ve sonra bir iç çekti. "Yapmak istemeyip de yapacaksam Tanrı bizi korusun," Sesinde değişik bir çaresizlik vardı. Elini çenemin altına koyup yüzümü yüzüne yaklaştırdı.

Öpücük her zamanki gibi başladı, Edward her zaman ki gibi dikkatliydi ve kalbim her zamanki gibi hızla çarpıyordu. Sonra sanki bir şeyler değişti. Bir anda dudakları daha kaçınılmaz oldu, boştaki eli saçımı kavradı ve yüzümü kendi yüzüne dayadı. Benim elim de onun saçlarına dolanmıştı ama onun sınırlarını aşmama rağmen ilk defa beni durdurmadı. Vücudunun soğukluğu ince battaniyenin üzerinden hissediliyordu ama yine de kendimi ona doğru istekle bastırdım.

Haşin bir şekilde durdu ve beni nazik ve sağlam elleriyle itti.

Yastığımın üzerine düştüm, nefes nefese kaldım, başım dönüyordu. Hafizama kolayca hatırlayamadığım bir şey takıldı.

"Üzgünüm," dedi nefesi kesilmişti. "Sınırı aştım."

"Umurumda değil." Hızla soluyordum.

Karanlıkta kaşlarını çatarak bana baktı. "Uyumaya çalış, Bella."

"Hayır beni tekrar öpmeni istiyorum."

"Kendime olan hakimiyetimi fazla hafife alıyorsun."

"Seni en çok heyecanlandıran nedir? Vücudum mu, kanım mı?" Zor bir soruydu.

"Her ikisi de." Bu lafın üzerine gülümsedi, sonra tekrar ciddileşti. "Şimdi neden şansını zorlamayı bırakıp yatmıyorsun?"

"Tamam," dedim ve ona yanaştım. Kendimi gerçekten

yorgun hissediyordum. Bir çok yönden uzun bir gün olmuştu. Kendimi hiç rahat hissetmiyordum. Sanki yarın her şey daha kötü olacaktı. Aptalca bir önseziydi, yarın daha kötü ne olabilirdi ki?

Biraz sinsice, yaralı kolumu omzuna koydum ve soğuk teninin yanmamı azaltmasını bekledim. Vücudunun soğukluğu ilk defa işe yaramıştı.

Yarı uykulu bir halde dururken beni öperken hafizama ne takıldığını hatırladım. Geçen baharda, beni James'le bırakıp giderken, Edward bana güle güle öpücüğü vermişti, ne zamandı bilmiyorum ya da birbirimizi görüp görmediğimizden emin değildim. O öpücükte de hatırlayamadığım aynı acı vardı. Bilinçsizce titredim, sanki bir kâbus görüyordum.

3. SON

Sabah uyandığımda kendimi iğrenç hissediyordum. İyi uyuyamamıştım, kolum yanıyordu ve başım ağrıyordu. Edward'ın yüzünün güzelliği ve camdan çıkıp gitmeden önce alnıma kondurduğu öpücük bile fayda etmedi. Bilinçsiz geçirdiğim zamanı düşününce korktum, ben uyurken tekrar neyin doğru neyin yanlış olduğunu düşünmüş olabileceğinden korktum. Bu endişe başımın ağrısını daha da arttırdı.

Edward, her zamanki gibi beni okulda bekliyordu. Yüzünde hâlâ bir gariplik vardı. Gözlerinde bir şeyler gizliydi, ne olduğundan emin değildim ama korkuyordum. Dün gece olanları açmak istemiyordum ama konudan uzak durmak da daha kötü sonuçlara yol açabilirdi.

Benim için kapıyı açtı.

"Kendini nasıl hissediyorsun?"

"Harika." Yalan söylemiştim. Çarpan kapının çıkardığı ses başımdaki ağrının artmasına sebep oldu.

Sessizce yürüdük, adımlarını bana uydurmak için küçük küçük atıyordu. Sormak istediğim o kadar çok soru vardı ki, ama bazı sorular bekleyebilirdi. Bir kısmını da Alice'e sorabilirdim. Jasper bu sabah nasıldı? Ben gittikten sonra ne konuşulmuştu? Rosalie ne demişti? En önemlisi de, şimdi neler olacaktı? Rosalie geleceği olduğu gibi görebiliyordu. Edward'ın ne düşündüğünü, neden bu kadar umutsuz durduğunu biliyor muydu? Önemsiz ve içgüdüsel korkularımdan kurtulmamın bir yolu var mıydı?

Sabah yavaş geçti. Alice'i görmek için sabırsızlanıyordum. Gerçi yanımda Edward varken rahatça konuşamayacaktım. Edward hâlâ soğuk davranıyordu. Sadece arada bir kolumun acıyıp acımadığını sordu ve ben de yalan söylemeye devam ettim.

Alice öğlen yemeğine bizden önce gelir, benim gibi tembel değildir. Ama bugün masada yoktu. Her zaman olduğu gibi elinde yemeyeceği yemek dolusu tepsiyle bizi beklemiyordu.

"Alice nerede?"

Edward, elinde tuttuğu çikolataya bakarak iki parmağı arasında ezdi. "Jasper'la beraber."

"İyi mi?"

"Kısa bir süreliğine uzaklaşmak istedi."

"Ne? Nereye?"

Edward omuz silkti. "Belirli bir yere değil."

"Alice de onunla beraber mi gitti?" diye sordum çaresizlik içinde. Eğer Jasper'ın ona ihtiyacı varsa, elbette o da gitmeliydi.

"Evet. O da bir süre uzakta olacak. Onu Denali'ye gitmeye ikna etmeye çalışıyor."

Denali diğer vampirlerin olduğu yerdi, iyi olanlar Cullens'da yaşıyorlardı. Tanya ve ailesi gibi. Ara sıra onlardan haber alıyordum. Edward, geçen kış benim Forks'a taşınmamdan rahatsız olmuş ve onların yanına gitmişti. En uygar üyelerden olan Laurent da, James'le Cullenlar'ın arasında kalmaktansa oraya gitmeyi tercih etmişti. Bu yüzden Alice'in de Jasper'ı cesaretlendirip oraya götürmesini anlıyordum.

Boğazıma takılan yumrunun gitmesi için yutkundum. Suçluluk duygusu kafamı eğmeme sebep oldu ve omuzlarım düştü. Onların evlerini terk etmelerine sebep olmuştum, tıpkı Rosalie ve Emmett gibi. Tam bir baş belasıydım.

"Kolun mu ağrıyor?" diye endişeyle sordu.

"Benim salak kolum kimin umurunda?"

Cevap vermedi. Kafamı masaya dayayıp öylece durdum.

Günün sonunda, bu sessizlik giderek daha saçma bir hal almaya başladı. Sessizliği bozan kişi olmak istemiyordum ama onun benimle konuşmasını sağlamam için de bir şey söylemem gerekiyordu.

"Bu gece ben döndükten sonra gelecek misin?" diye sordum, sessizce kamyonete doğru yürürken. Her zaman gelirdi.

"Döndükten sonra mı?"

Şaşırması hoşuma gitti. "Çalışmalıyım. Dün izin almak için Bayan Newton'la yer değiştirmiştim ya."

"Doğru," diye mırıldandı.

"Ama ben eve döndüğümde geleceksin, değil mi?" Emin olamama duygusundan nefret ediyordum.

"Eğer gelmemi istersen."

"Her zaman isterim."

Bu sözlerime karşılık bir kahkaha, bir gülücük ya da en azından ufak bir tepki bekledim. .

"Tamam o zaman," dedi kaygısızca.

Tekrar alnımı öptü ve kapıyı kapattı. Sonra arkasını döndü ve kendi arabasına yürümeye başladı.

Panik dalgası bedenimi sarmadan otoparktan çıkmayı becerdim ama Newtonlar'ın oraya gittiğimde hızla soluk alıp vermeye devam ediyordum.

Biraz daha zamana ihtiyacı var, dedim kendime. Bunun üstesinden gelecek. Belki ailesi yok olduğu için mutsuzdu. Ama Alice ve Jasper yakında geleceklerdi, hatta Rosalie ve Emmett da. Eğer faydası olacağını bilseydim, nehrin kenarındaki büyük beyaz evden uzak dururdum ve bir daha ayak basmazdım. Hiç dert değildi. Alice'i okulda görebilirdim.

Okul için geri gelmesi gerekiyordu, değil mi? Hem ne de olsa sürekli bize geliyordu. Uzak durup Charlie'nin duygularını incitmezdi.

Ayrıca, acil serviste Carlisle'la karşılaşıp duracağıma da emindim.

Aslına bakılırsa, dün yaşananlar hiçbir şey değildi. Hiçbir şey olmamıştı. Sadece düştüm, o kadar. Geçen baharda olanlara kıyasla oldukça önemsizdi. James beni neredeyse kan kaybından ölmek üzere bırakmış, Edward da hastanede benimle birlikte sonu gelmez haftalar geçirmişti. Şimdi böyle olmasının sebebi, beni koruması gereken kişinin düşman olmaması mıydı? Bu seferkinin kardeşi olması mıydı?

Belki ailesini dağıtmaktansa, beni uzaklara götürmesi daha iyi olurdu. Sürekli yalnız yaşadığım zamanlarda çok fazla bunalmıyordum. Eğer sene sonunu bekleyebilirsek, Charlie'nin buna itiraz edeceğini sanmıyordum. Üniversite için uzaklaşır ya da üniversiteye gidiyor gibi yapardık, tıpkı Rosalie ve Emmett'ın bu sene yaptıkları gibi. Eminim Edward bir sene bekleyebilirdi. Ölümsüz birisi için bir senenin ne önemi vardı ki? Bana bile o kadar uzun gelmiyordu.

Kendi kendime konuşarak kamyonetten indim ve dükkâna doğru yürümeye başladım. Mike Newton benden önce gelmişti. İçeriye girdiğimde gülümseyerek elini salladı. Ceketimi aldım ve başımı eğerek selam verdim. Hâlâ zihnimdeki bin bir türlü senaryoyla uğraşıyordum. Edward'la uzaklara gidip nasıl mutlu yaşayacağımıza dair senaryolar.

Mike hayallerimi yarıda kesti. "Doğum günün nasıl geçti?"

"Ah," diye mırıldandım. "Bittiği için çok mutluyum."

Mike deliymişim gibi bana baktı.

İş çok sıkıcıydı. Tekrar Edward'ı görmek istiyordum. Bütün bu kötü duyguların geçmesi için dua ediyordum, bütün bu duygular her ne ise, onu gördüğümde geçmelerini istiyordum. Hiçbir şey yoktu, bunu defalarca kendi kendime tekrar ettim. Her şey normale dönecekti.

Oturduğum sokağa dönüp Edward'ın gri arabasının evimin önünde park halinde olduğunu gördüğümde ferahladım.

Aceleyle ön kapıya koşturdum ve daha içeriye girmeden seslendim.

"Baba? Edward?"

Salondan ESPN kanalındaki spor programının müziği geliyordu.

"Buradayız," diye seslendi Charlie.

Yağmurluğumu astım ve aceleyle salona girdim.

Edward tekli koltukta, babam da kanepede oturuyordu. İkisinin de gözü televizyondaydı. Babamın televizyona odaklanması normal olsa da Edward için öyle değildi.

"Selam," dedim zayıf bir ses tonuyla.

"Selam Bella," diye karşılık verdi babam, gözlerini ekrandan ayırmadan. "Soğuk pizza yedik, sanırım masanın üzerinde biraz daha var."

"Tamam."

Kapının önünde dikilmeye devam ettim. Sonunda Edward bana baktı ve kibarca gülümsedi. "Hemen geliyorum," diye söz verdi ve tekrar televizyona döndü.

Bir süre ona bakakaldım, şok olmuştum. İkisi de beni önemsememişti. Bir şeyler hissediyordum, sanırım panik dalgası göğsümden yukarıya tırmanıyordu. Mutfağa kaçtım.

Pizza hiç ilgimi çekmedi. Sandalyeye oturdum, dizlerimi kendime doğru çektim ve kollarımı dizlerimin etrafına sardım. Yanlış giden bir şeyler vardı, belki de tahminimden daha da yanlış. Televizyondan bir erkeğin konuşması geliyordu.

Kendimi kontrol altında tutmaya çalıştım.

Daha kötü ne olabilir? Ürperdim. Bu kesinlikle yanlış bir soruydu. Düzgün nefes almakta zorluk çekiyordum.

Tamam, diye düşündüm,. *en kötü ne yaşayabilirim?* Bu soruyu da o kadar çok sevmedim. Sonra bugün gözden geçirdiğim olasılıkları düşündüm.

Edward'ın ailesinden uzak durmak. Alice'ten uzak durmamı bekleyemezdi. Ama eğer Jasper'ın durumu kötüyse, o zaman da Alice'le geçireceğim zamanlar azalırdı. Sanırım bununla yaşayabilirdim.

"Va da uzaklara gitmek. Belki de sene sonuna kadar beklemek istemezdi, belki de şimdi gitmek gerekiyordu.

Masada Charlie ve Renêe'nin hediyeleri duruyordu. Fotoğraf makinem. Maalesef Cullenslar'da kullanma şansım olmamıştı. Annemin bana vermiş olduğu albümün şirin kapağına dokundum, derin bir iç çektim ve Renêe'yi düşündüm. Bunca süredir onsuz yaşamak, benim için ayrılığı kolaylaştırmamıştı. Charlie burada tek başına kalacaktı, terkedilmiş. İkisi de oldukça incinecekti...

Ama geri gelebilirdik, değil mi? Ziyarete gelebilirdik.

Bu sorunun cevabından o kadar da emin değildim.

Bu seçtiğim yolun çok zor olacağını biliyordum. En kötü ihtimalle, yaşayabileceğim en kötü senaryo ailemden ayrı kalmak olacaktı.

Fotoğraf albümümü tekrar elime aldım ve kapağını açtım. Hayatımla ilgili bazı anıları kaydetmek için çok da kötü bir fikir değildi. İçimi garip bir duygu kapladı. Belki de Forks'da pek fazla vaktim kalmamıştı.

Fotoğraf makinesinin bileklik kayışıyla oynarken dün çektiğim fotoğrafı merak ettim. Gerçeğe yakın bir fotoğraf olmuş muydu? Bundan şüpheliydim. Ama sanki o, boş olmasından korkmamıştı. Kendi kendime güldüm, aklıma dün gece attığı kaygısız kahkaha geldi. Gülümsemem birden yok oldu. O kadar çok şey değişmişti ki. Biraz başım döndü, sanki bir uçurumun kenarında duruyordum, oldukça yükseklerde.

Bu konu hakkında daha fazla düşünmek istemiyordum. Fotoğraf makinemi aldım ve merdivenlere doğru yürüdüm.

Odam son on yedi yıldır hiç değişmemişti. Duvarlar hâlâ

açık maviydi ve camda aynı sarı dantelli perdeler asılıydı. Bebek karyolamın yerinde yatak vardı, yatağın üzerindeki yatak örtüsü babaannemden hediyeydi.

Odamın bir fotoğrafını çektim. Dışarısı oldukça karanlıktı. İçimdeki sıkıntı gittikçe büyüyor ve bir baskı yaratmaya başlıyordu. Burayı terk etmeden önce Forks'taki her şeyi kaydetmek istiyordum.

Değişim geliyordu. Hissediyordum. Hem de hayatım oldukça iyi giderken.

Yavaşça merdivenlerden aşağıya indim, fotoğraf makinem elimdeydi. Edward'ın tepkisinin ne olacağını merak ediyor, heyecanımı bastırmaya çalışıyordum. Üstesinden gelecektir, diye düşündüm.

Köşeyi dönerken kamerayı elimde hazır tuttum. Sinsice yürüyordum. Edward'ı şaşırmış halde göreceğimden emindim ama o bana bakmadı bile. İçimde bir ürperti hissetmeme rağmen yine de fotoğrafını çektim.

İkisi de aynı anda bana baktı. Charlie kaşlarını çattı. Edward'ın yüzünde ise hiç bir ifade yoktu.

"Ne yapıyorsun Bella?" diye sordu Charlie.

"Hadi ama!" Gülümsüyormuş gibi yaptım ve Charlie'nin oturduğu kanepenin önüne oturdum. "Biliyorsun annem yakında geliyor ve muhakkak onun hediyesini kullanıp kullanmadığımı soracaktır. Hemen kullanmaya başlamalıyım ki duyguları incinmesin."

"Peki neden benim fotoğrafımı çekiyorsun?" diye homurdandı.

"Çünkü çok yakışıklısın," diye cevapladım biraz alttan alarak. "Ve kamerayı sen aldığın için de, benim konularımdan biri olmak zorundasın."

Anlaşılmayan bir şeyler mırıldandı.

"Hey Edward," dedim sesimdeki heyecanı belli etmeden. "Babamla benim bir fotoğrafımı çeker misin?"

Göz göze gelmemeye çalışarak fotoğraf makinesini ona doğru fırlattım. Charlie derin bir iç çekti.

"Biraz gülmelisin Bella," diye mırıldandı Edward.

Verebileceğim en iyi pozu vermeye çalıştım ve fotoğraf makinesinin flaşı çaktı.

"Ben de sizin bir fotoğrafınızı çekeyim çocuklar," dedi Charlie. Bir an evvel fotoğraf makinesinin odağı olmaktan kurtulmak istediğini biliyordum.

Edward kalktı ve makineyi Charlie'ye uzattı.

Edward'ın yanında durmak için yerimi değiştirdim. Bir kolunu hafifçe omzuma attı, ben de kolumu onun beline doladım. Onun yüzüne bakmak istiyordum ama korkuyordum.

"Gülümse Bella," dedi Charlie tekrar.

Derin bir nefes aldım ve gülümsedim. Flaşın ışığı gözümü neredeyse kör ediyordu.

"Bu gece için bu kadar fotoğraf yeter," dedi Charlie ve fotoğraf makinesini kanepenin üzerine bıraktı. "Bütün film rulosunu şimdi bitirmen gerekmiyor."

Edward ellerini omzumdan çekti ve kendini kollarımdan kurtardı. Sonra tekrar koltuğuna gömüldü.

Önce çekindim ama sonra ben de kanepeye oturdum. Ellerim titriyordu, saklamak için ellerimi karnıma bastırdım, çenemi dizlerime dayadım ve boş gözlerle önümdeki televizyon ekranına bakmaya başladım.

Program sona erdiğinde hiç kımıldamadan durmaya devam ettim. Göz ucumla Edward'ın kalktığını gördüm.

"Eve gitsem iyi olacak," dedi.

Charlie seyrettiği reklamdan gözünü ayırmadan, "Görüşürüz," dedi.

Zorla ayağa kalktım, hiç kıpırdamadan oturduğum için bacaklarım uyuşmuştu. Edward'ın peşinden gittim. Doğruca arabasına yöneldi.

"Kalacak mısın?" diye sordum, sesimde tek bir ümit belirtisi bile yoktu.

Cevabını bekledim.

"Bu gece değil."

Sebebini sormadım.

Arabasına bindi ve ben orada hiç kıpırdamadan dikilirken uzaklaştı. Yağmur yağdığını sonradan fark ettim. Bekledim, neyi beklediğimi bilmeden bekledim, arkamdaki kapı açılana kadar bekledim.

"Bella, ne yapıyorsun?" Charlie orada tek başıma ve sırılsıklam beklediğimi görünce şaşırmıştı.

"Hiçbir şey." Döndüm ve eve girdim.

Uzun bir geceydi.

Penceremin önünde hafif bir ışık görür görmez kalktım. Okul için hızlıca giyindim ve havanın aydınlanmasını bekledim. Kahvaltımı bitirince, fotoğraf çekmek için yeteri kadar ışık olduğuna karar verdim. İlk önce kamyonetimi, sonra da evin önünün bir fotoğrafını çektim. Daha sonra Charlie'nin evinin arkasındaki ormanı çektim. Burayı özleyeceğimi fark ettim, sonsuz yeşillik ve ormanın sırrı. Hepsini özleyecektim.

Evden çıkmadan önce fotoğraf makinemi okul çantama koydum. Edward'ı düşünmeyi bir kenara bırakarak yeni projeme yoğunlaşmaya çalıştım.

Biraz korkuyordum ve sabırsızlanmaya başlamıştım. Bu daha ne kadar sürecekti?

Edward sabah da aynı şekilde davranmaya devam etti. Yanımda sessizce yürüdü ve yüzüme hiç bakmadı. Derslerime konsantre olmaya çalıştım ama bugün ingilizce dersi bile ilgimi çekmemişti. Hatta Bay Berty, Lady Capulet'le ilgili sorduğu soruyu iki kere tekrar etmek zorunda kaldı. Soruyu bana sorduğunu anlamamıştım. Edward, yavaşça cevabı bana fısıldadı ve umursamaz tavırlarına geri döndü.

Sessizlik öğle yemeğinde de devam etti. Her an bağıracakmışım gibi hissediyordum, bu yüzden de dikkatimi dağıtmak için masadaki görünmez çizginin öteki tarafında oturan Jessica'yla konuşmak için eğildim.

"Nasılsın Jess?"

"Nasıl gidiyor Bella?"

"Bana bir iyilik yapar mısın?" Çantama eğildim. "Annem fotoğraf albümüm için arkadaşlarımın fotoğraflarını çekmemi istiyor. Benim için herkesin fotoğrafını çeker misin?"

Ona kamerayı uzattım.

"Seve seve," diyerek gülümsedi ve Mike'a dönerek onun ağzı dolu bir fotoğrafını çekti. Önceden tahmin ettiğim gibi tam bir fotoğraf çekme savaşı başladı. Fotoğraf makinesini elden ele birbirlerine geçirirken, masanın başından onları izledim. Kıkırdayanlar, poz verenler, fotoğrafları çekildiği için şikâyet edenler... Oldukça çocuksu hareketler sergiliyorlardı. Belki de ben, normal insan davranışı sergileyebilecek durumda değildim.

Jessica özür dileyerek makinemi geri verdi. "Sanırım bütün filmi bitirdik."

"Mühim değil. Sanırım ihtiyacım olan bütün fotoğraflar makinenin içinde."

Okuldan sonra, Edward, yine sessizlik içerisinde benimle otoparka doğru yürüdü. O gün de çalışmam gerekiyordu ve ilk defa bu durumdan memnundum. Benimle geçirdiği sürenin hiçbir şeye faydası yoktu. Belki biraz yalnız vakit geçirirse daha iyi olurdu.

Newton'a giderken filmleri banyo edilmek üzere Thriftway'e bıraktım ve işten çıkarken de aldım. Eve geldiğimde, Charlie'ye kısaca selam verdim, mutfaktan bir çikolata aldım ve kolumun altına sıkıştırdığım fotoğraf zarfiyla odama koştum.

Yatağımın ortasına oturdum ve büyük bir merakla zarfı açtım. Gülünç bir şekilde, hâlâ ilk fotoğrafın boş olacağını düşünüyordum.

İlk fotoğrafi zarftan çıkardığımda yüksek sesle bir iç çektim. Edward gerçek hayattaki gibi güzel çıkmıştı, son günlerde özlediğim o sıcak bakışıyla fotoğrafa bakıyordu. Binlerce kelime kullansam bile bu fotoğrafin güzelliğini anlatmak için yetersiz kalırdı.

Diğer fotoğraflara hızlıca baktım ve üç tanesini yatağımın üzerine yan yana dizdim.

Birincisi Edward'ın mutfakta çekilmiş olduğu fotoğraftı, sıcak gözleri hoşgörülü ve eğlenceli bakıyordu. İkinci fotoğrafta Edward ve Charlie televizyon seyrediyorlardı. Edward'ın gözlerindeki bakış sert ve soğuktu. Bu fotoğrafta gözleri daha dikkatli ve çekingen görünüyordu. Yine de nefes kesici bir güzelliği vardı ama yüzü soğuktu, sanki cansız bir heykel gibiydi.

Sonuncusu da Edward'la benim yan yana durduğumuz fotoğraftı. Edward'ın yüzü diğer fotoğraftaki gibi soğuk ve heykel gibiydi. Ama bu fotoğraftaki asıl problem bu değildi. İkimizin arasındaki tezat acı vericiydi. O adeta bir tanrı gibi görünüyordu. Ben ise daha ortalama, utanç verici şekilde sadeydim. Bu fotoğraftan iğrendiğim için ters çevirdim.

Ödevlerimi yapmak yerine, fotoğrafları albüme dizdim. Tükenmez kalemle resimlerin alt kısmına isimleri ve tarihleri yazdım. İkimizin fotoğrafını Edward üstte kalacak şekilde ortasından katlayarak metal köşeliğin altına sıkıştırdım.

İkinci set fotoğrafları da başka bir zarfa koyduktan sonra oturdum ve Renée'ye uzun bir teşekkür mektubu yazdım.

Edward hâlâ gelmemişti. Geç vakte kadar uyanık kalmamın sebebini kendi kendime itiraf edemesem de tabii ki onu bekliyordum. En son ne zaman bu kadar haberleşmeden durduğumuzu hatırlamaya çalıştım, ne bir telefon, ne bir özür... Daha önce asla böyle bir şey yapmamıştı.

Yine iyi uyuyamadım.

Okul, son iki günde olduğu gibi yine sessiz, gergin ve korkunç geçti. Edward'ı otoparkta beni beklerken gördüğüm zaman bir an içim ferahlasa da sonra hemen içimi bir sıkıntı sardı. Son günlerden hiç farklı değildi. Sadece biraz daha yabancıydı.

Bütün bu problemlerin sebebini hatırlamak bile güçleşmişti. Doğum günüm çoktan geçmişti. Tek istediğim Alice'in geri gelmesiydi. Bu durum daha fazla kontrolden çıkmadan, bir an önce gelmesi gerekiyordu.

Ama ona güvenemezdim. Kararımı verdim. Eğer bugün Edward'la konuşursam, gerçekten konuşabilirsem, yarın Carlisle'ı görmeye gidecektim. Bir şeyler yapmalıydım.

Okuldan sonra mutlaka Edward'la konuşmalıydım.

Benimle kamyonetime kadar yürüdü.

"Bugün gelmemin bir sakıncası var mı?" diye sordu. Sesi bir yumruk gibi sert çıkmıştı.

"Tabii ki de yok."

"Peki ya şimdi?"

"Tabii ki gelebilirsin." Sesimi aynı tonda tutmak için kendimi zorladım çünkü onun sesindeki acelecilik hoşuma gitmemişti. "Renée'ye yazdığım mektubu posta kutusuna atmam gerekiyor. Seninle evde görüşürüz."

Kalın zarfa baktı. Uzandı ve elimden zarfı aldı.

"Ben atarım ve yine de senden önce varırım," dedi ve en sevdiğim gülümsemesiyle bana baktı. Fakat her zamanki gibi sıcak bir gülümseme değildi. Gözleriyle gülmemişti.

"Tamam," dedim ama gülümseyemedim. Kapımı kapattı ve kendi arabasına doğru yürüdü.

Gerçekten de benden önce gelmişti. Evin önüne geldiğimde, arabasını Charlie'nin park ettiği yere park etmiş olduğunu gördüm. Bu kötüye işaretti. Kalmayı düşünmüyordu. Başımı salladım ve derin bir nefes aldım, biraz cesaret kazanmaya çalıştım.

Kamyonetimden indiğimde o da kendi arabasından çıktı ve yanıma geldi. Çantamı almak için uzandı. Bu normaldi.

Arka koltuğa fırlattı. İşte bu normal değildi.

"Gel biraz yürüyüşe çıkalım," dedi duygusuz bir sesle ve elimi tuttu.

Cevap vermedim. İtiraz etmek için bir yol bulamadım ama içgüdüsel olarak gitmek istiyordum. Bu hiç iyiye işaret değildi. Kafamdaki ses, *bu kötü, çok kötü,* diye tekrarlıyordu.

Beni bahçenin doğu tarafına doğru çekti, ormanlığın başladığı yere doğru. Bunu yapmak istemesem de onu takip ettim ve panik içinde bir şeyler düşünmeye çalıştım. Bunu ben zaten istiyordum diye hatırlattım kendime. Neler konuşacağımı biliyordum. O zaman neden bu kadar panik olmuştum?

Ağaçlığa girdikten birkaç adım sonra durduk. Daha patikaya bile varmamıştık hâlâ evimizi görebiliyordum.

Biraz yürüyüş dediği, bu muydu?

Edward sırtını ağaca dayadı ve anlaşılmaz bir yüz ifadesiyle bana baktı.

"Tamam, haydi konuşalım," dedim. Hissettiğimden çok daha cesur konuşmuştum.

Derin bir nefes aldı.

"Bella, buradan ayrılıyoruz."

Derin bir nefes aldım. Güya kendimi buna hazırlamıştım. Ama yine de sormam gerekiyordu.

"Neden şimdi? Bir yıl daha..."

"Bella, zamanı geldi. Forks'ta daha ne kadar kalabiliriz ki? Carlisle otuzu geçmiş gibi görünmüyor ama herkese otuz üç olduğunu söylüyor. Ne olursa olsun baştan başlamalıyız."

Cevabı kafamı karıştırdı. Gitmenin esas amacı ailesini huzur içinde bırakmaktı. Madem ailesi de gidiyordu, o zaman neden biz de gidiyorduk ki? Ona baktım ve ne dediğini anlamaya çalıştım.

O da bana baktı ama bakışları oldukça soğuktu.

Birdenbire midem bulanmaya başladı. Yanlış anladığımı fark ettim.

"Biz derken?" Sesim fısıltıyla çıkmıştı.

"Ben ve ailemi kastetmiştim."

Anlamaya çalışıyordum. Sabırsızla bekledi. Ancak birkaç dakika geçtikten sonra konuşabildim.

"Tamam," dedim. "Ben de seninle geleceğim."

"Gelemezsin Bella. Gittiğimiz yer... Sana uygun bir yer değil."

"Senin olduğun her yer bana uygundur."

"Ben sana göre değilim, Bella."

"Saçmalama." Kızgın konuşmaya çalışsam da sesim yalvarır gibi çıkmıştı. "Sen hayatımın en mükemmel parçasısın."

"Benim dünyamda sana yer yok," dedi acımasızca.

"Jasper'la olanlar, hiçbir şey değildi, Edward! Hiçbir şey!"

"Haklısın," diye onayladı. "Olması muhtemel olaylardı."

"Söz vermiştin! Phoenix'teyken, bana burada kalacağına dair söz – "

"Eğer senin için iyi olacaksa kalacaktım," diye düzeltti.

"Hayır! Bu benim ruhumla ilgili, değil mi?" bağırdım. Kızgındım, kelimeler ağzımdan adeta patlayarak çıkıyordu. "Carlisle her şeyi anlattı ve hiç umurumda değil, Edward. Umurumda değil! Ruhumu alabilirsin. Sen olmadığın sürece zaten ihtiyacım yok. Ruhum zaten senin!"

Derin bir nefes aldı ve boş gözlerle yere baktı. Ağzı hafifçe eğilmişti. Başını kaldırıp bana baktığı zaman kaya gibi sert bakışlarıyla karşılaştım.

"Bella, benimle gelmeni istemiyorum." Kelimeler ağzından yavaşça ve tane tane çıkarken, soğuk gözleriyle onu anlayıp anlamadığıma bakıyordu.

Söylediği kelimeleri içimden tekrarlıyor, Edward'ın gerçek amacını anlamaya çalışıyordum. Bir süre tek kelime etmeden durdum.

"Sen... beni...istemiyor musun?" Kulaklarım, dudaklarımdan çıkan bu kelimeleri duymaya itiraz ediyordu.

"Hayır."

Anlamayan gözlerle ona baktım. O da bana baktı ama gözlerinde özür dilermiş gibi bir ifade yoktu. Gözleri sert, şeffaf ve derindi. Gözlerinin içine bakınca kilometrelerce derine kadar inebilirdim ama yine de söylediği sözcükleri yalanlayacak bir şey bulamazdım.

"Evet, bu bazı şeyleri değiştirir." Sesimin bu kadar sakin ve makûl çıkmasına şaşırmıştım. Bana söylediklerini algılayamıyordum.

Tekrar konuşmaya başlamadan önce ağaçlara doğru döndü. "Tabii ki, seni her zaman sevdim. Ama geçen gece olanlar bana bazı değişiklikler yapmamın vaktinin geldiğini gösterdi. Çünkü ben... olmadığım gibi olmaktan çok yoruldum, Bella. Ben insan değilim." Bana döndü, mükemmel yüzünün buzumsu yüzeyleri insan gibi görünmüyordu. "Bu işin bu kadar uzamasına ben müsaade ettim ve bunun için çok üzgünüm."

"Sakın." Sesim artık fısıltı halinde çıkıyordu. "Bunu yapma sakın."

Bana baktı, gözlerinden anladığım kadarıyla bunu söylemekte geç kalmıştım. Çoktan yapmıştı.

"Sen benim için iyi değilsin, Bella." Daha önce söylediği kelimeleri tersine çevirip tekrar etti. İtiraz edecek durumda değildim. Ona göre olmadığımı biliyordum.

Bir şey söylemek için ağzımı açtım ama sonra tekrar kapadım. Sabırla bekledi, yüzündeki bütün duygular silinmişti.

"Eğer... yapmak istediğin buysa."

Kafasını onaylarcasına salladı.

Bütün vücudum uyuştu. Boynumdan aşağısını hissedemiyordum.

"Benim için bir iyilik yapmanı isteyeceğim, tabii senin için bir sakıncası yoksa," dedi.

Birdenbire, yüzünden bir tepki kıpırtısı gelip geçince yüzümde ne gördüğünü merak ettim. Fakat ne olduğunu anlamadan yüzüne tekrar aynı sakin maskeyi taktı.

"Ne istersen," dedim, sesim gücünü yitiriyordu.

Ne söyleyecek diye onu izlerken donmuş gözlerinin erimeye başladığını gördüm. Gözlerime bakarken gittikçe eriyordu.

"Sakın aptalca ve tehlikeli bir şey yapma," diye emretti. "Ne dediğimi anlıyor musun?"

Başımı salladım.

Gözleri tekrar donuklaştı. "Charlie'yi düşünüyorum. Sana ihtiyacı var. Onun için kendine dikkat etmelisin."

Başımı tekrar salladım. "Edeceğim," diye fısıldadım.

Biraz rahatlamış gibi görünüyordu.

"Ve buna karşılık olarak bende sana bir söz vereceğim," dedi. "Sana söz veriyorum ki bu beni son görüşün olacak. Geri gelmeyeceğim. Seni bir daha böyle bir duruma sokmayacağım. Hayatına bundan sonra bensiz devam edeceksin. Sanki hiç varolmamışım gibi."

Dizlerim titremeye başladı. Kanımın normalden hızlı pompalanmasını kulaklarımda hissedebiliyordum. Edward'ın sesi sanki çok uzaktan geliyordu.

Nazikçe gülümsedi. "Merak etme. Sen bir insansın, hafızanın elekten farkı yok. Zaman bütün acılarını azaltacaktır."

"Ya senin anıların?" diye sordum. Sesim, sanki boğazıma bir şey takılmış gibi çıkmıştı, sanki boğuluyordum.

"Yani," dedi. Bir kaç saniye ne söyleyeceğini bilemeden durdu. "Ben unutmam. Ama benim türüm... Biz dikkatimizi hızla başka taraflara yönlendirebiliriz." Gülümsedi, gülümsemesi durgundu.

Benden bir adım uzaklaştı. "Sanırım hepsi bu kadar. Seni bir daha rahatsız etmeyeceğiz."

Çoğul konuşması dikkatimi çekti. Şaşırmıştım, hiçbir şeyden haberim olmadığını düşündüm.

"Alice geri dönmeyecek," diye düşündüm. Beni nasıl duydu bilemiyorum ama beni anlamış gibi gözüküyordu.

Yüzüme bakarak başını yavaşça salladı.

"Hepsi gitti. Bir tek ben kaldım. Sana veda etmek için."

"Alice gitti mi?"

"Sana veda etmek istedi, ama ben onu, seni rahatsız etmemesinin senin için daha iyi olacağı konusunda ikna ettim."

Başım dönüyordu, konsantre olmam zordu. Söylediği kelimeler başımın içinde dönüyordu. Phoenix'teki doktoru hatırladım, geçen bahar bana röntgenlerimi gösteriyordu. *Gördüğün gibi kırık,* parmağı kırılmış kemiğimin üzerindeydi. *Bu iyi, daha çabuk iyileşecek.*

Normal bir şekilde nefes almaya çalıştım. Bu kâbustan uyanmam için konsantre olmam gerekiyordu.

"Hoşça kal Bella," dedi aynı sakin ve huzurlu ses tonuyla.

"Bekle!" diye bağırdım ve ona uzandım. Uyuşmuş ayaklarımın beni taşıması için dua ediyordum.

Soğuk elleriyle bileklerimi tuttu ve kendinden uzaklaştırdı. Sonra eğildi ve hafifçe dudaklarını alnıma dokundurdu. Gözlerimi yumdum.

"Kendine iyi bak," dedi. Nefesinin soğukluğunu tenimde hissetim.

Bir ışık geldi, sonra doğal olmayan bir esinti. Gözlerimi açtım. Minik üzüm asmasının üzerindeki yapraklar, onun hafif rüzgârıyla sallanıyordu.

Gitmişti.

Titreyen bacaklarla, bir faydası olmadığını bile bile, onu ormana doğru takip ettim. Patikadaki izi aniden yok oldu. Hiçbir ayak izi yoktu. Yapraklar artık kıpırdamıyordu ama yine de ormana doğru yürümeye devam ettim. Başka bir şey yapamazdım. İlerlemek zorundaydım. Eğer onu aramaya devam etmezsem her şey bitecekti.

Aşk, hayat... bitecekti.

Yürüdüm, yürüdüm. Kalın çalıları iterek ilerliyordum. Zamanın anlamı kaybolmuştu. Geçen saatlerin benim için saniyeden farkı yoktu. Belki de zaman donmuştu... Ne kadar ilerlersem ilerleyeyim ormanda bir değişiklik olmuyordu. Acaba kendi etrafımda daireler mi çiziyordum? Yine de devam ettim. Tökezleyerek yürüdüm. Hava karardı, karardı... Sürekli düşüyordum.

Sonunda bir şeyin üzerine düştüm. Hava kararmıştı, ayağımın nereye takıldığını bilmiyordum ve yerde kaldım. Nefes alabileyim diye döndüm ve dizlerimi kendime çektim.

Uzanmış yatarken, zamanın sandığımdan daha geç olduğunu fark ettim. Havanın ne zaman karardığını hatırlayamıyordum. Geceleri burası bu kadar zifiri karanlık mı oluyordu? Eminim, doğanın kanunu olarak biraz ay ışığı bulutlardan aşağıya doğru süzülecek ve ağaçların gölgelerinin arasından yere ulaşacaktı.

Ama bu gece değil. Bu gece gökyüzü inanılmaz karanlıktı. Belki de bu gece ay doğmamıştı, ay tutulmuştu, ya da yeniaydı.

Yeniay. Titredim.

Etraf zifiri karanlıktı.

Birisi bana sesleniyordu. Sessizdi, ıslak zemin etrafımı sararak sesleri boğuyordu ama bu söylenen kesinlikle benim ismimdi. Sesi tanıyamadım. Cevap vermek istedim ama sersemlemiştim. Epey zaman geçtikten sonra cevap vermem gerektiğini fark ettim. Tabii, o zamana kadar ses çoktan durmuştu.

Bir süre sonra yağmurun sesiyle uyandım. Uyuya kalmış olamazdım, sadece bir baygınlığın içinde kaybolmuştum.

Yağmur beni biraz rahatsız etti. Soğuktu. Kollarımı bacaklarımın etrafından çektim ve yüzüme kapattım.

Tam o sırada birisinin tekrar bana seslendiğini duydum. Ses bu sefer oldukça uzaktan geliyordu. Bazen, aynı anda birçok sesi birlikte duyuyordum. Derin derin nefes almaya çalıştım. Cevap vermem gerektiğini hatırladım ama beni duyabileceklerini zannetmiyordum. Acaba yeteri kadar bağırıp sesimi duyurabilir miydim?

Birden başka bir ses daha duydum, yavaş yavaş yaklaşıyordu. Hayvan hırıltısına benziyordu. Yüksek bir sesti. Acaba korkmam mı gerekiyordu? Korkmadım, hiçbir yerimi hissetmiyordum. Hırıltı uzaklaştı.

Yağmur devam etti. Suların yanağımda biriktiğini hissediyordum. Yüzümü çevirmeye çalışırken ışığı gördüm.

İlk başta çok uzaklardan gelen bir ışıktı. Sonra büyüdü, büyüdü ve bir fener gibi etrafı aydınlattı. Yanıma yaklaşınca bunun bir gaz lambası olduğunu fark ettim. Başka bir şey göremiyordum. Işık gözümü almıştı.

"Bella."

Ses derinden geliyordu.

Yukarıya baktım, tahmin ettiğimden daha yüksekteydi. Yüzü karanlıktaydı.

'Yaralandın mı?"

Kelimeleri bir şey ifade etmiyordu. Sadece bakıyordum, şaşkındım. Artık kelimelerin bir anlamı yoktu.

"Bella, benim ismim Sam Uley."

İsim hiç tanıdık gelmemişti.

"Seni bulmam için beni Charlie gönderdi."

Charlie mi? Ne söylediğine daha çok dikkatimi vermeye çalıştım. Charlie önemliydi.

Uzun boylu adam elini uzattı. Baktım. Ne yapmam gerektiğini bilmiyordum.

Ani ve sert bir kavrayışla beni yerden kaldırdı ve kucağına aldı.

Islak ormanı hızla arşınlarken kucağında gevşek bir halde duruyordum. Bir yanım bu durumun beni üzmesi gerektiğini söylüyordu. Ama üzülecek durumda değildim.

Bir süre sonra bir kalabalığın içine vardığımızı fark ettim. Sam Uley mırıldanan kargaşaya yaklaşınca yavaşladı.

"Onu buldum!" diye seslendi gür sesiyle. İlk önce mırıltılar kesildi fakat daha sonra yoğun bir şekilde tekrar başladı. Herkes bana bakıyordu. Kaosun içinden en net duyulan ses Sam'in sesiydi.

"Hayır, yaralı olduğunu sanmıyorum," dedi birisine. "Tek söylediği 'Gitti,' oldu."

Yüksek sesle mi söylüyordum? Dudaklarımı ısırdım.

"Bella, tatlım, iyi misin?"

İşte bu sesi nerede olursam olayım tanırdım.

"Charlie?"

"Buradayım bebeğim."

Altımda bir kayma oldu ve babamın şerif ceketinin deri kokusunu duydum. Charlie ağırlığım altında biraz sendeledi.

"Belki ben tutsam daha iyi olur," dedi Sam Uley.

"Hayır ben tutuyorum," dedi Charlie, nefesi kesilmişti.

Yavaşça ve sendeleyerek yürüdü. Keşke ona beni yere bırakmasını ve yürüyebileceğimi söyleyebilseydim ama sesim çıkmıyordu.

Her yerde ışıklar vardı. Onun yanında yürüyen kalabalığın elinde fenerler vardı. Kendimi bir cenaze alayında gibi hissettim. Gözlerimi yumdum.

"Neredeyse geldik tatlım," diye mırıldandı Charlie.

Gözlerimi tekrar açtım ve kapının kilidinin açılışını duydum. Evimizin girişindeydik ve uzun, koyu tenli Sam isimli adam Charlie'ye yardım ediyordu.

Charlie beni kapıdan içeriye, koltuğa kadar taşıdı.

"Baba, sırılsıklamım," diye itiraz ettim.

"Sorun değil." Sesi boğuktu. Sonra birisine bir şeyler söyledi. "Yukarıdaki merdivenin yanındaki dolapta battaniyeler var."

"Bella?" Yeni bir sesti bu. Gri saçlı adam bana doğru eğildi. Bir kaç saniye sonra kim olduğunu anladım.

"Dr. Gerandy?" diye mırıldandım.

"Evet, bir tanem," dedi. "Yaralı mısın, Bella?"

Dr. Gerandy cevap vermemi bekliyordu. Bir kaşı havaya kalktı, alnındaki kırışıklıklar derinleşti.

"Yaralanmadım," diye yalan söyledim. Sorduğu soruya göre doğru cevap vermiştim.

Sıcak eli alnıma dokundu ve parmakları bileğimi kavradı. Nabız atışlarımı sayarken dudaklarını izledim.

"Ne oldu sana böyle?"

Elleri çok soğuktu. Boğazımda bir panik hissettim.

"Ormanda kayıp mı oldun?" diye sordu. Bir sürü insanın bizi dinlediğinin farkındaydım. Üç tane, koyu tenli uzun boylu adam, La Push'dan, Quileute Indian Kızılderili arazisindendiler. Sanırım Sam Uley de onlarla beraberdi. Yan yana durmuş bana bakıyorlardı. Bay Newton Mike ve Bay Weber'la beraberlerdi, Angela'nın babası, hepsi beni dikkatlice izliyorlardı. Mutfaktan ve dışardan daha başka sesler de geliyordu. Kasabanın yarısı beni aramış olmalıydı.

Charlie yanı basımdaydı. Cevabımı duymak için eğildi.

"Evet," diye fısıldadım. "Kayboldum."

Doktor düşünceli düşünceli baktı ve parmaklarını çenemin altındaki bezelere bastırdı. Charlie'nin yüzü sertleşti.

"Kendini yorgun hissediyor musun?" diye sordu Dr. Gerandy.

Kafamı salladım ve gözlerimi yumdum.

"Herhangi bir problemi olduğunu düşünmüyorum," diye mırıldandı doktor Charlie'ye. "Sadece aşırı yorgun. Bırakın uyusun, ben yarın gelir ona bakarım." Durakladı. Saatine bakmış olmalıydı. 'Yani bugün ilerleyen saatlerde."

"Doğru mu bu?" diye fısıldadı Charlie. Sesler uzaktan geliyordu. Duymak için çabaladım. "Gittiler mi?"

"Dr. Cullen bize bir şey söylememememizi tembihledi," dedi Dr. Gerandy. "Çok ani bir teklif gelmiş, hemen karar vermeleri gerekmiş. Carlisle de buradan ayrılmalarının büyük bir olay haline gelmesini istememiş."

"Minik bir uyarı fena olmazdı," dedi Charlie.

Dr. Gerandy bu soruyu cevaplarken çok rahat değildi. "Evet, bu durumda, ufak bir uyarı iyi olabilirdi."

Daha fazla dinlemek istemiyordum. Birilerinin gelip üzerimdeki örtüyü yüzüme kadar çekmesini diledim.

Uyku ve uyanıklık arasında gidip geliyordum. Charlie'nin gönüllülere teşekkür ettiğini duydum. Sonra teker teker gittiler. Parmaklarını alnımda hissettim, üzerime bir battaniye daha örttü. Telefon bir kaç kere çaldı ve babam telefonun sesi beni uyandırmadan açmak için hızla koşturdu. Arayan her kimse, kısık sesle iyi olduğumu söyledi.

"Evet, bulduk. Şu an iyi. Kaybolmuş. Çok iyi." Tekrar ve tekrar aynı şeyleri söylüyordu.

Geceyi geçirmek üzere tek kişilik koltuğa yerleşirken koltuğun yaylarının gıcırdadığını duydum.

Birkaç dakika sonra telefon tekrar çaldı.

Charlie ayağa kalktı ve homurdanarak telefonu açmaya gitti. O mutfağa giderken ben de kendimi battaniyelerin altına gömdüm. Tekrar aynı kelimeleri duymak istemiyordum.

"Evet," dedi Charlie, bir yandan esniyordu.

Sesi değişti, tekrar konuşmaya başladığında daha canlı çıkıyordu. "Nerede?" Bir süre durdu. "Kızılderili arazisinde olduğundan emin misin?" Tekrar kısa bir duraklama. "Orada ne yanıyor olabilir ki?" Sesi hem kaygılı hem de hayret doluydu. "Tamam, şimdi orayı arayıp kontrol ediyorum."

Bu sefer onu daha dikkatli dinledim.

"Hey Billy, ben Charlie. Kusura bakma çok geç bir saatte arıyorum. – Hayır hayır, o iyi. Şu an uyuyor. – Teşekkür ederim ama asıl arama sebebim bu değil. Bayan Stanley aradı az önce ve ikinci kat penceresinden, tepelerin üzerinde bir yangın olduğunu görmüş ama ben..." Sesi sertleşti, sinirlendi. "Neden böyle bir şey yapıyorlar? – Hı hı. – Gerçekten mi?" son kelimeyi iğneleyici bir ses tonuyla söylemişti. "Tamam benden özür dilemene gerek yok. – Evet evet. Sadece kıvılcımların sıçramadığından emin ol... Biliyorum, biliyorum, sadece bu mevsimde hepsini yakmış olmalarına şaşırdım o kadar."

Bir süre sonra Charlie isteksizce konuşmaya başladı. "Sam ve diğerlerini gönderdiğin için teşekkürler. Haklıydın, onlar ormanı bizden daha iyi biliyorlar. Onu Sam buldu, o yüzden sana bir iyilik borçluyum... Tamam daha sonra tekrar konuşuruz."

Charlie, salona doğru gelirken kendi kendine anlaşılmayan bir şeyler mırıldandı.

"Ne oldu?" diye sordum.

Koşar adımlarla yanıma geldi.

"Özür dilerim, seni uyandırdım tatlım."

"Bir yer mi yanıyor?"

"Önemli değil," diyerek beni sakinleştirmeye çalıştı. "Tepede ateş yakmışlar."

"Ateş mi?"

Charlie somurttu. "Bazı gençler çok yaygaracı."

"Neden?" diye sordum donuk bir merakla.

Bana cevap vermek istemediğini anladım. Ayaklarına doğru baktı. "Yeni haberleri kutluyorlar." Sesi üzgün çıkmıştı.

Aklıma gelen bir tek haber vardı. Sonra kafamdaki parçalar yerine oturdu. "Çünkü Cullen ailesi gitti," diye fısıldadım. "Cullen ailesinin La Push'da sevilmediğini unutmuştum."

Quileuteler'in 'soğuk olanlara' karşı batıl inançları vardı. Kan emiciler onların kabilesinde düşman ilan edilmişti, aynı efsanevi kurt adam ataları gibi. Kimisine göre bunlar sadece hikâye ve halk masalından ibaretti. Fakat küçük bir kısmı inanıyordu. Mesela Charlie'nin en yakın arkadaşı Billy Black, kendi öz oğlu Jacob bunların aptalca uydurmalar olduğunu söylemesine rağmen inanıyordu. Billy, Cullenlar'dan uzak durmamı tembih etmişti...

Cullen ismi içimde bir telaş yarattı. Sanki içimdeki bir şey yüzeye çıkmak için çabalıyordu, unutmaya çalıştığım bir şey.

"Bütün bu olanlar çok saçma." Charlie öfkeden köpürüyordu.

Sessizlik içinde oturduk. Gökyüzü artık karanlık değildi. Sağanak yağmurun ardından güneş doğmaya başlamıştı.

"Bella?"

Sıkıntılı bir halde ona baktım.

"Seni ormanda tek başına mı bıraktı?"

Sorusuna soruyla karşılık verdim. "Beni nerede bulacağını nerden biliyordun?" Kaçınılmaz anın yaklaştığını hissediyordum.

"Notundan," dedi Charlie. Kotunun arka cebinden kırışık bir kâğıt çıkarttı. Kirli ve buruşuktu. Katlanmış kâğıdı açtı. Kötü el yazısı benimkine oldukça benziyordu.

Edward'la yürüyüşe çıkıyorum, patikadayız. Hemen dönerim, B.

"Geri gelmeyince Cullenlar'ı aradım ama kimse açmadı. Sonra hastaneyi aradım ve Dr. Gerandy bana Carlisle'ın ayrıldığını söyledi."

"Nereye gittiler?"

Bana baktı. "Edward sana söylemedi mi?"

İrkildim. Bilmiyordum. Kafamı salladım. Âdını duymak, içimi yırtan pençeyi harekete geçirmişti. Acı beni nefessiz bıraktı, donakaldım.

Charlie kuşkuyla bana baktı. "Carlisle'a Los Angeles'taki büyük bir hastaneden iş teklifi gelmiş. Sanırım oldukça yüksek bir maaş teklif ettiler."

Güneşli L.A. gitmeleri gereken en son yer. Kâbusuma giren aynayı hatırladım, parlak güneş ışığının teninde parıldaması...

Yüzünü hatırlayınca içimde şiddetli bir acı hissettim.

"Edward'ın, seni, tek başına, bilmediğin ormanın ortasında bırakıp bırakmadığını öğrenmek istiyorum, "diye ısrar etti

Adını duymak vücudumu yeni bir işkence dalgasının sarmasına sebep oldu. Acıdan kurtulmak için başımı çaresizce salladım. "Benim hatamdı. Beni tam patikanın başında bıraktı, evin hizasında. Ama ben onu takip etmeye çalıştım."

Charlie tam bir şey söylemek üzereydi ki çocuklar gibi kulaklarımı tıkadım. "Artık daha fazla konuşamayacağım baba. Odama gitmek istiyorum."

Onun bir cevap vermesini beklemeden koltuktan kalktım ve merdivenlere yürüdüm.

Birisi eve girmiş ve Charlie'ye bir not bırakmıştı. Beni bulabilmesi için bir not. Bunu fark ettiğim anda içimde korkunç bir şüphe uyandı. Odama koşturdum, kapıyı kapatıp kilitledim ve doğruca CD çaları kontrol etmeye gittim.

Her şey bıraktığım gibi duruyordu. CD çaların kapağına bastırdım. Kapak yavaşça açıldı.

Boştu.

Renée'nin bana verdiği albüm, en son koyduğum yerde, yatağın yanında yerde duruyordu. Kapağını titreyen ellerimle açtım. İlk sayfadan diğer sayfalara geçmeme gerek yoktu. Küçük metal resim tutacaklarındaki fotoğraf artık yoktu. Sayfa boştu, bir tek benim el yazım *duruyordu: Edward Cullen, Charlie'nin mutfağı, Eylül* 13.

Durdum. Her şeyi çok mükemmel bir şekilde planlamıştı.

Sanki hiç varolmamışım gibi olacak, diye söz vermişti.

Pürüzsüz tahta zemini dizlerimin altında hissettim, sonra avuç içlerimde, daha sonra da yanağımda. Bayıldığımı ümit ediyordum ama maalesef şuurum hâlâ yerindeydi. Acı dalgası gittikçe yayılıyordu.

Ayağa kalkamıyordum.

EKİM

KASIM

ARALIK

OCAK

4. UYANIŞ

Zaman geçiyor. İmkânsız göründüğü zaman bile. Hatta saatin her tik tak edişi insanın canını acıtsa da. Yavaş yavaş geçiyordu saniyeler. Yalpalayarak ve sessizliklerin içinde sürünerek. Ama bir şekilde geçiyordu. Benim için bile.

Charlie, hızla yumruğunu masaya çarptı. "Yeter, Bella! Seni eve gönderiyorum."

Kahvaltımdan kafamı kaldırdım ve şok içinde Charlie'ye baktım. Zaten yemekten çok yiyormuş gibi yapıyordum. Aslında söylediklerini duymuyordum, hatta bir konuşma içerisinde olduğumuzun farkında bile değildim ve ne demek istediğinden de emin değildim.

"Evdeyim," diye mırıldandım. Kafam karışmıştı.

"Seni Jacksonville'e, Renée'nin yanına yolluyorum," diye açıkladı.

Ben söylediklerini anlamaya çalışırken Charlie hiddetle beni izliyordu.

"Ne yaptım ki?" Yüzümü buruşturdum. Bu hiç adil değildi. Son dört aydır, yanlış tek bir harekette bile bulunmamıştım. İlk haftadan sonra, ikimiz de bu olaydan hiç bahsetmemiştik. Ve ben, okulu da, işi de, tek bir gün bile asmamıştım. Notlarım mükemmeldi. Sokağa çıkma yasağını kırmamıştım, dışarı çıkmıyordum.

Charlie suratını astı.

"Hiçbir şey yapmadın. Sorun da bu ya. Hiçbir şey yapmıyorsun."

"Başımı belaya mı sokmamı istiyorsun?" Kaşlarım hayretle yukarıya kalktı. Dikkatimi vermek için çaba sarf ediyordum. Kolay değildi. Her şeye kulaklarımı kapatmaya çok alışmıştım, bu yüzden de artık kulaklarım etrafımdakileri duymuyordu.

"Belaya bulaşmanın, suratını asıp dolaşmaktan iyi olduğuna eminim!"

İşte bu canımı acıtmıştı. Bütün huysuzluklardan kaçınmaya çalışıyordum, buna surat asmak da dahil.

"Suratımı asıp dolaşmıyorum."

"Yanlış kelime," diye kabul etti isteksizce. "Sadece dolaşmak daha iyi olur, en azından bir şey yapıyor olursun. Sen sadece... Cansız gibisin, Bella. Sanırım aradığım kelime bu."

İşte bu suçlama beni gerçekten yaraladı. Derin bir iç çektim.

"Özür dilerim, baba." Özrüm biraz sade geldi, bana bile. Sanırım onu kandırabileceğimi düşünmüştüm. Tek istediğim Charlie'yi üzmemekti ve bunun için elimden gelen her şeyi yapmaya çalışıyordum. Fakat bütün bu çabalarımın sonuçsuz kaldığını görmek beni oldukça üzüyordu.

"Benden özür dilemeni istemiyorum."

"O zaman benden ne istediğini söyle."

"Bella," sözüne devam etmekte çekiniyor, vereceğim tepkiden korkuyor gibiydi. "Tatlım, bu tecrübeleri yaşayan ilk insan sen değilsin, biliyorsun."

"Biliyorum." Onun sözlerine katılıyordum ama bu konuda pek de inandırıcı değildim.

"Beni dinle tatlım. Sanırım... Belki de yardıma ihtiyacın var."

"Yardım?"

Durakladı, söyleyecek doğru kelimeyi bulmaya çalışıyordu. "Annen beni terk ettiğinde," diye başladı, kaşları çatıldı, "ve seni de beraberinde götürdüğünde," Derin bir nefes aldı. "Benim için oldukça kötü bir zamandı."

"Biliyorum baba," diye mırıldandım.

"Ama üstesinden geldim," diye vurguladı. "Tatlım, sen üstesinden gelemiyorsun. Bekledim, belki kendini iyi hissedersin diye bekledim." Bana baktı, hemen başımı yere eğdim. "Sanırım ikimiz de biliyoruz ki bu durum iyiye doğru gitmiyor."

"Ben iyiyim."

Sözlerimi duymazlıktan geldi. "Birisiyle bu konu hakkında konuşsan. Bir profesyonelle."

"Psikologa mı gitmemi istiyorsun?" Ne söylemeye çalıştığını fark ettiğim andan itibaren sesim bir ton daha sert çıkmıştı.

"Belki bir faydası olur."

"Belki de bir gıdım bile faydası olmaz."

Psikanaliz hakkında çok fazla şey bilmiyordum ama hasta her şeyi doğru anlatmadığı sürece pek bir faydası olacağından da emin değildim. Aslında doğruyu söyleyebilirdim, tabii hayatımın geri kalanını yumuşak duvarlı bir hücrede geçirmek istiyorsam.

İnatçı görüntümü inceledi ve başka bir taraftan atağa geçmeye çalıştı.

"Bu konu beni aşıyor Bella. Belki annen – "

"Bak," dedim düz bir sesle. "Çok istiyorsan, bu gece dışarıya çıkacağım. Jess'i ya da Angela'yı ararım."

"İstediğim bu değil ki." Tartışmaya başladı, sinirliydi. "Seni sürekli çabalarken görmeyi istemiyorum. Hiç kimseyi bu kadar çok çabalarken görmedim. Ve bunu görmek içimi acıtıyor."

Anlamıyormuş gibi davrandım ve başımı eğdim. "Anlamıyorum baba. Önce, hiçbir şey yapmıyorum diye bana kızdın, şimdi de dışarı çıkmamı istemiyorsun."

"Senin mutlu olmanı istiyorum. Hatta o kadar bile değil. Sadece sefil olmanı istemiyorum. Sanırım Forks'tan ayrılırsan, mutlu olma şansın daha çok artacak."

Gözlerimde bir ışık çaktı, düşünmek için çok fazla zamana ihtiyacım yoktu.

"Hiçbir yere gitmiyorum," dedim.

"Neden?" diye ısrarla sordu.

"Okulumun son dönemindeyim – ayrılırsam, her şey berbat olur."

"Çok iyi bir öğrencisin, bir yolunu bulursun."

"Annemle Phil'in başında kalabalık yaratmak istemiyorum."

"Annen seni görmek için ölüyor."

"Florida çok sıcak."

Yumruğunu tekrar masaya indirdi. "İkimiz de burada neler olduğunu çok iyi biliyoruz Bella ve bu senin için hiç de iyi değil." Derin bir nefes aldı. "Aylar geçti. Ne bir telefon ettiler, ne bir mektup gönderdiler ne de başka türlü bir kontak kurdular. Onu beklemeye devam edemezsin."

Dik dik baktım. Ateş neredeyse yüzüme kadar ulaşmıştı. Uzun zamandan beri, ilk defa duygularımdan dolayı kızarıyordum.

Bu konu olduğu gibi yasaklanmıştı ve o da bunun farkındaydı.

"Hiçbir şey beklemiyorum. Hiç ümidim de yok zaten." Sesim oldukça kısık çıkmıştı.

"Bella," Charlie sinirlenmeye başlıyordu.

"Okula gitmem gerek," diyerek sözünü yarıda kestim, kalktım ve hiç dokunmadığım kahvaltımı masadan topladım. Kâseyi lavabonun içine hiç yıkamadan koydum. Bu konuşmaya daha fazla dayanamayacaktım.

"Jessica'yla bir şeyler yapacağım." Okul çantamı aldım ve onunla göz göze gelmemeye çalışarak, "Belki akşam yemeğe gelmem. Port Angeles'a sinemaya gideriz," dedim.

Ve onun bir tepki vermesine fırsat vermeden kendimi dışarı attım.

Charlie'den uzaklaşmak için evden o kadar erken çıkmıştım ki, okula ilk gelenlerden biri oldum. Bunun en iyi tarafı, iyi bir park yeri bulmak oldu. Kötü tarafı ise önümde boş geçireceğim bir zaman diliminin olmasıydı. Oysa ben, elimden geldiğince boş vakitlerden kaçmaya uğraşıyordum.

Çabucak, Charlie'nin ithamlarını düşünmeye başlamadan, matematik kitabımı çıkarttım. Bugün derste göreceğimiz bölüme geldim ve çalışmaya koyuldum. Matematiği okumak, dinlemekten daha zordu ama artık becerebiliyordum. Son birkaç aydır, matematiğe her zamankinden on kat fazla zaman ayırmıştım. Bu sayede, genelde A gibi notlar almaya başlamıştım. Bay Varner, bu yükselişi kendi üstün ders anlatma becerisine veriyordu. Ve eğer bu onu mutlu ediyorsa, onun bu mutluluğunu bozmaya pek niyetim yoktu.

Kendimi, otopark dolana kadar okumaya zorladım ve koşarak ingilizce dersine yetiştim. *Hayvan Çiftliği** üzerinde çalışıyorduk, oldukça basit bir konuydu. Komünizmi çok dert etmiyordum, müfredattaki yorucu romantik konulardan sonra oldukça iyi bir değişim olmuştu. Zihnimi meşgul etmeme yardımcı oluyordu.

Zaman, okuldayken daha kolay geçiyordu. Zil çok çabuk çaldı. Çantamı toplamaya başladım.

"Bella?"

Mike'ın sesini hemen tanıdım. Bir sonraki kelimesinin ne olduğunu o söylemeden biliyordum.

"Yarın çalışıyor musun?"

Ona baktım. Sıraların arasından tedirgin bir yüz ifadesiyle bana doğru yaklaşıyordu. Her cuma bana aynı soruyu soruyordu. Çok fazla hastalık izni kullanmıyordum. Aslında bir kere kullanmıştım, aylar önce. Ama bana sürekli böyle sorular sormasına gerek yoktu. Ben iyi bir çalışandım.

"Yarın cumartesi değil mi?" dedim. Sesim o kadar cansız çıkıyordu ki.

"Evet öyle, ispanyolca dersinde görüşürüz," ve el sallayıp gitti. Artık benimle beraber sınıfa yürümeye tenezzül bile etmiyordu.

---

* George Orwell'in 1945 yılında yayınlanmış ünlü eseri.

Matematik sınıfına doğru, ağır ve zalim bir yüz ifadesiyle yürüdüm. Bu derste Jessica'yla yan yana oturuyordum.

Jess'in beni koridorda görüp selamlamasının üzerinden haftalar, belki de aylar geçmişti. Biliyorum, son zamanlardaki mesafeli tavrımla onu kırmıştım ve bana küsmüştü. Şimdi onunla konuşmak, özellikle de benim için bir iyilik yapmasını istemek pek kolay olmayacaktı. Oyalanarak sınıfa giderken seçeneklerimi gözden geçirdim.

Sosyal bir aktiviteye katılmadan Charlie'yle tekrar yüzleşmek istemiyordum. Yalan söyleyemediğimi biliyordum, gerçi Port Angeles'a kadar gidip gelmek de – kilometre sayacı en azından doğru kilometreyi gösterecekti, eğer kontrol ederse diye – oldukça iyi bir fikir gibi görünüyordu. Jessica'nın annesi kasabadaki en büyük dedikoducularındandı ve Charlie, er ya da geç Bayan Stanley ile görüşecekti. Eğer görüşürse, bu yolculuktan söz açılacağına hiç şüphem yoktu. İşte o zaman yalanım ortaya çıkardı.

Derin bir iç çekişle kapıyı açtım.

Bay Varner, bana kızgın bir bakış attı. Ders çoktan başlamıştı. Acele adımlarla sırama geçtim. Jessica, yanına otururken bana bakmadı bile. Önümde, kendimi psikolojik olarak hazırlayabilmeme yetecek, elli dakikam olduğu için memnundum.

Bu ders ingilizce dersinden daha hızlı geçti. Zaten ne zaman istemediğim bir şey yapacak olsam, vakit hep böyle hızlı geçerdi.

Bay Varner, dersi vaktinden beş dakika önce bitirdiği için yüzümü ekşittim.

"Jess?"

Sandalyesinde döndü ve kocaman açtığı gözleriyle bana baktı. "Bana bir şey mi dedin, Bella?"

"Tabii ki," dedim ve yüzüme masum bir ifade yerleştirdim.

"Efendim? Matematikte yardıma mı ihtiyacın var?"

"Hayır. Aslında, bu gece benimle sinemaya gelir misin diye soracaktım? Kız kıza bir gece geçirelim." Kelimeler ağzımdan, sanki kötü bir şeyler söylüyormuşum gibi, biraz sert çıkmıştı. Kuşku dolu gözlerle bana bakıyordu.

"Bunu neden bana soruyorsun?" diye sordu, sesinde hâlâ arkadaşça bir ton yoktu.

"Kız kıza vakit geçirmek istediğimde aklıma gelen ilk kişi sensin." Gülümsedim ve gülümsememin gerçekçi görünmesi için dua ettim. Belki de gerçekti. Charlie'den ne zaman uzak durmak istesem aklıma gelen ilk insan oydu.

Biraz yumuşamış göründü. "Hımm, bilemiyorum."

"Başka bir planın mı var?"

"Hayır... Sanırım seninle gelebilirim. Hangi filmi görmek istiyorsun?"

"Şu sıra neler var bilmiyorum, hiçbir fikrim yok.""Beynimi zorladım. Son zamanlarda birilerinin bir sinema filmi hakkında konuştuklarını hiç duymamış mıydım? Hiç poster görmemiş miydim? "Bayan başkanlı olan filme ne dersin?"

Bana garip garip baktı. "Bella, o film gişelerden kalkalı yıllar oldu."

"Ah." Kaşlarımı çattım. "Senin görmek istediğin bir film var mı?"

Jessica yüksek sesle düşünür gibi konuşmaya başladı. "Aslında görmek istediğim ve güzel eleştiriler alan bir romantik komedi var. Onu görmek istiyorum. Bir de babam geçenlerde *Ölüm Çıkmazı* diye bir filme gitti, çok beğenmiş."

İsmi hoşuma gidince hemen atladım. "Ne hakkında?"

"Yaşayan ölüler ya da onun gibi bir şeyler. Dedi ki, son yıllarda gördüğü en korkunç filmmiş."

"Harika gözüküyor." Romantik bir şeyler seyretmektense yaşayan ölüleri görmeyi tercih ederdim.

"Tamam." Verdiğim tepkiye şaşırmıştı. Korku filmi sevip sevmediğimi hatırlamaya çalıştım ama emin değildim. "Okuldan sonra seni almamı ister misin?" diye teklifte bulundu.

"Tamam."

Jessica gitmeden önce bana ufak bir gülümseme fırlattı. Biraz geç de olsa karşılık olarak ben de ona gülümsedim.

Günün kalanı oldukça hızlı geçti. Sürekli akşam ne yapacağımızı düşündüm. Daha önceki tecrübelerimden bildiğim kadarıyla Jessica'yı konuşturursam ve uygun boşluklarda dinliyormuş gibi başımı sallarsam, konuşmaktan kaçabilirdim. Sadece ufak bir iletişim kurmam gerekiyordu.

Düşüncelerimi bulandıran kalın sis tabakası bazen beni yanıltıyordu. Kendimi odamda bulduğumda şaşırdım. Eve arabayı sürdüğümü, hatta ön kapıyı açtığımı bile hatırlamıyordum. Ama bunun bir önemi yoktu. Hayattan tek isteğim zamanın geçip gitmesiydi.

Sonra üzerime giyecek bir şeyler seçmek için dolabı açtım. Hiç giymediğim kıyafetlerin altında siyah bir poşet dikkatimi çekti.

Gözlerim siyah çöp poşetinin içindeki, son doğum günümden kalma hediyeyi algılamıyordu. Poşetin içinde duran araba teybini görmüyordu. Arabanın ön panelinden söküp çıkartmak için uğraşıp tırnaklarımı nasıl kanattığımı hatırlamıyordum.

Çiviye asılı duran ve hiç kullanmadığım eski çantamı aldım ve kapıyı çarparak çıktım.

Tam o anda çalan kornayı duydum. Hızla cüzdanımı okul çantamdan çıkardım ve eski çantamın içine attım. Acelem vardı, sanki acele davranırsam, gece daha hızlı bitecekmiş gibi geliyordu.

Kapıyı açmadan önce koridordaki aynada kendime baktım ve yüzüme sahte bir gülümseme yerleştirdim.

"Bu gece benimle geldiğin için tekrar teşekkürler," dedim Jess'e, arabaya binerken.

"Ne demek. Ee, bunu neye borçluyuz?" diye sordu Jess merakla.

"Ne borcu?"

"Neden bir anda dışarı çıkmak istedin?"

Omuz silktim. "Sadece biraz değişikliğe ihtiyacım vardı."

Radyoda çalan şarkıyı duyunca değiştirmek için düğmeye uzandım. "Sakıncası var mı?" diye sordum.

"Hayır, yok."

İstasyonları aradım ve zararsız bir şarkıya gelince durdum. Yeni müzik parçası arabanın içini sararken göz ucuyla Jess'e baktım.

Gözleri kısıldı. "Ne zamandan beri rap müzik dinliyorsun?"

"Bilmiyorum," dedim. "Bir süredir."

"Bu şarkıyı seviyor musun?" diye sordu şüpheyle.

"Evet."

Jessica'yla normal bir konuşmaya girmek çok zordu. Kafamı sallamaya başladım ve müziğin ritmine uymak için dua ettim.

"Peki..." Şaşkın gözlerle ön camdan dışarıya bakmaya devam etti.

"Ee, son günlerde Mike ile aranız nasıl?" diye sordum hızlıca.

"Sen onu benden çok görüyorsun."

Soru umduğum gibi bir konuşmanın başlamasını sağlamamıştı.

"İşte konuşmak oldukça zor," diye mırıldandım ve tekrar denedim. "Son zamanlarda çıktığın birileri oldu mu?"

"Aslında pek sayılmaz. Bazen Conner'la çıkıyorum. İki hafta önce Eric'le çıktım." Gözlerini devirdiğini gördüm ve bunun altında uzun bir hikâye olduğunu hissettim. Hemen bu fırsatı değerlendirdim.

"Eric Yorkie mi? Kim kime teklif etti?"

"O sordu tabii ki de! Hayır demek için iyi bir yol bulamadım."

"Seni nereye götürdü?" diye ısrarla sordum, konuyla ilgilendiğimi sanacağını düşünüyordum. "Anlat bana."

Hikâyesine başladı, ben de koltuğuma gömüldüm. Artık daha rahattım. Dikkat kesildim, sempatiyle mırıldandım ve gerektiğinde de korkuyla iç çektim. Eric'le ilgili hikâyesi bitip de onu Conner'la mukayese etmeye başlayınca artık onu konuşturmaya çalışmama gerek olmadığını gördüm.

Film erken başlıyordu, o yüzden Jess filmden sonra alacakaranlık gösterisini izleyip sonrasında da yemek yemeyi teklif etti. Onun söylediği ve istediği her şeye ayak uydurmak hoşuma gidiyordu, istediğimi elde etmiştim; Charlie'den kurtulmuştum.

Jess'in film tanıtımlarında da konuşmasını sağladım. Ama film başladığında gerildim. Genç bir çift el ele sahilde yürüyordu ve aralarında aşırı bir duygusallık vardı. Konuşmalarını duymak istemiyordum. Kulaklarımı kapatıp şarkı mırıldanmamak için kendimi zor tuttum. Romantizm görmeye dayanamıyordum.

"Yaşayan ölülerle ilgili olan filmi seçtiğimizi sanıyordum," dedim Jessica'ya.

"Bu o film zaten."

"O zaman neden kimse kimseyi yemiyor?" diye sordum çaresizce.

Gözlerini açarak bana baktı ve "Eminim o bölüm biraz sonra başlar," diye fısıldadı.

"Patlamış mısır alacağım. İster misin?"

"Hayır, teşekkürler."

Arkadan birisi bize susun dedi.

Büfede biraz oyalandım, saate baktım ve doksan dakikanın yüzde kaçında romantizm vardır, diye düşündüm. On dakikanın oldukça yeterli olduğuna karar verdim ama yine de emin olmak için salonun girişinde durakladım. Kolonlardan korku çığlıklarının geldiğini duyunca yeteri kadar beklemiş olduğumdan emin oldum.

"Her şeyi kaçırdın," diye mırıldandı Jess ben yerime otururken. "Artık neredeyse herkes zombi oldu."

"Uzun bir sıra vardı." Mısırımdan alması için uzattım. Bir avuç dolusu aldı.

Filmin geri kalanı, korkunç zombi saldırıları ve sayıları gittikçe azalan bir avuç hayatta kalmış insan ile doluydu. İlk önce bunda beni rahatsız edebilecek bir şey yoktur, diye düşünsem de birden kendimi garip hissetmeye başladım. Fakat neden böyle olduğunu anlayamıyordum.

Filmin sonlarına doğru, ayaklarını sürüye sürüye son kalan ve tiril tiril titreyen insanın üzerine doğru giden zombiye biraz daha dikkatlice bakınca sorunun ne olduğunu anladım.

Ve bir an kime benzediğini fark ettim.

Ayağa kalktım.

"Nereye gidiyorsun? Sadece iki dakikası kaldı," diye fısıldadı Jess.

"Bir içeceğe ihtiyacım var," dedim ve koşar adımlarla çıktım.

Sinemanın dışındaki banka oturdum ve bu ironi hakkında düşünmemek için kendimi zorladım. Ama gerçekten de çok ironik bir durumdu.

Her şey hesaba katılacak olursa, sonunda ben de bir *zombi* olabilirdim. Bunun gelebileceğini bilmiyordum.

Efsanevi bir canavara dönüştüğümü hiç düşünmedim değil ama kendimi hiç hareketli bir ceset olarak hayal etmemiştim. Kafamı sallayarak bu düşünceleri beynimden silmeye çalıştım.

Artık hikâyenin kahramanı olmadığımı fark etmek beni depresyona soktu, benim hikâyem sona ermişti.

Jessica sinema binasının dışına çıktığında beni nerede araması gerektiğini bilemediğinden biraz endişeli görünüyordu. Beni görünce bir an için rahatladı.

"Film senin için çok mu korkunçtu?" diye sordu merakla.

"Evet," dedim. "Sanırım korkağın tekiyim."

"Komik." Kaşlarını çatmıştı. "Korktuğunu düşünmemiştim. Ben bütün film boyunca bağırdım ama senin bir kere bile bağırdığını duymadım. O yüzden de neden çıktığını anlayamadım."

Omuz silktim. "Biraz korktum sadece."

Rahatladı. "Gördüğüm en korkunç filmlerden biriydi. Bu gece bir sürü kâbus göreceğimize eminim."

"Kesinlikle," dedim. Kâbus görmem kaçınılmazdı ama bu kâbus zombilerle ilgili olmayacaktı. Jessica gözlerini yüzüme dikti ve sonra uzaklara daldı.

"Nerede yemek istersin?" diye sordu.

"Fark etmez."

"Tamam."

Yürürken, Jess filmdeki erkek karakter hakkında konuşmaya başladı. Aktörün ne kadar yakışıklı olduğundan bahsedip duruyordu.

Jessica'nın beni nereye götürdüğünün fark edememiştim. Karanlık ve oldukça sessiz bir yoldu. Neden sessiz olduğunun çok sonra farkına vardım. Jessica mırıldanmayı kesmişti. Ona özür dileyen bir bakış attım, duygularını incitmek istemiyordum.

Jessica bana bakmıyordu. Yüzü gergin görünüyordu. İleriye baktı ve hızlı yürümeye başladı. Onu izlerken, gözlerinin çabucak sağa, yolun karşısına ve tekrar geriye baktığını fark ettim.

Ben de ilk defa etrafıma bakındım.

Karanlık kaldırımın kısa kısmındaydık. Sokağın kenarındaki dizi dizi dükkânlar gece olduğundan dolayı kapanmışlardı, vitrinleri siyahtı. Yarım blok ötede sokak lambaları yanıyordu. Biraz uzakta, Mc Donalds'ın altın yazılarının parladığını görebiliyordum.

Sokağın karşı tarafında açık bir dükkân vardı. Vitrini içerden kapatılmıştı. Dış tarafında üzerinde değişik marka biraların reklamları olan neon tabelalar vardı. En büyük tabela parlak yeşildi ve üzerinde barın ismi yazıyordu: Tek Göz Pete'in Yeri. Barın dışardan belli olmayan, bir korsan teması mı var diye merak ettim. Metal kapı aralık duruyordu içerisinin ışığı kısıktı ve içeriden mırıltılar, kadeh sesleri geliyordu.

Jessica'ya baktım. Gözleri yola kilitlenmiş, hızla ilerliyordu. Korkmuş görünmüyordu, sadece ihtiyatlıydı. Dikkat çekmek istemiyordu.

Hiç düşünmeden durakladım ve arkadaki dört adama baktım. Bir deja vu yaşadığımı hissettim. Bu başka bir yoldu, başka bir geceydi, ama sahne tamamen aynıydı. Adamlardan bir tanesi oldukça kısa ve koyu tenliydi. Dönüp onlara baktığımda, o da ilgiyle bana baktı.

Kaldırımda donmuştum.

"Bella?" diye fısıldadı Jess. "Ne yapıyorsun?"

Kafamı salladım, ben de ne yaptığımdan emin değildim. "Sanırım onları tanıyorum..." diye mırıldandım.

Ne yapıyordum? Bu anıdan olabildiğince hızlı kaçmalıydım, kafamdaki dört adamın görüntüsünü engellemeliydim. Neden böylesine sersemlemiştim?

Jessica'yla Port Angeles'da, hatta karanlık bir sokakta, olmam tesadüf gibi gözüküyordu. Gözlerim kısa boyluya odaklanmıştı. Yaklaşık bir sene önce beni tehdit eden adamla karşılaştırıyordum. Eğer gerçekten de bu, o adamsa, onu tanımama faydası olacak bir yol var mı, diye merak ettim. O gecenin bazı bölümleri benim için hâlâ bulanıktı. Vücudum kafamdan daha iyi hatırlıyordu; ayaklarımdaki gerginlik koşmam mı yoksa dikilip durmam mı gerektiğini düşünürken artıyor, boğazımdaki kuruluk, ben bağırmak için ağzımı açtıkça çoğalıyor, ellerimi yumruk yapmaya çalışırken, parmaklarımın eklemindeki deri geriliyordu. Koyu tenli adamın beni "tatlım" diye çağırdığını hatırladıkça boynumun arkasında bir ürperti oluyordu.

Belki de bu adamların o geceyle bir alakaları yoktu. Tamamen yabancıydılar. Sokak oldukça karanlıktı ve bizden sayıca fazlaydılar. Jessica panikle bana seslendi.

"Bella, hadi."

Onu duymazlıktan geldim, yavaşça yürüdüm. Adımlarım bilinçli değildi. Neden olduğunu anlamıyordum, bir şey beni adamlara doğru çekti. Budalaca bir dürtüydü ama uzun zamandan beri böyle bir şey hissetmemiştim...

Damarlarımda, hiç tanıdık gelmeyen bir şey atmaya başladı. Bunun adrenalin olduğunu fark ettim; sistemimde uzun zamandan beri eksik olan bir şey. Nabzımın hızla atmasına sebep oluyor ve duygularıma karşı savaşıyordu. Oldukça tuhaftı. Korku yoksa, adrenalin neden vardı? Geçen sefer hissettiklerimi tekrar yaşıyordum.

Korku için bir sebep görmüyordum. Yeryüzünde daha fazla korkmama sebep olacak bir şeyin kaldığını düşünmüyordum. Her şeyi kaybediyor olmanın az sayıda avantajlarından biri de buydu.

Yolu yarıladığım sırada Jess gelip beni kolumdan tuttu.

"Bella! O bara gidemezsin!" dedi.

"Gitmiyorum," dedim ilgisizce ve elini ittim. "Sadece bir şey görmek istiyorum..."

"Delirdin mi?" diye fısıldadı. "Canına mı susadın?"

"Hayır, susamadım." Bu doğruydu. Hatta ilk günlerde ölüm bir ferahlama olacaksa bile, bunu hiç düşünmemiştim. Charlie'ye çok şey borçluydum. Kendimi Renée'ye karşı sorumlu hissediyordum. Onları düşünmeliydim.

Aptalca ve umursamazca bir şeyler yapmamaya söz vermiştim. Hâlâ nefes alıyorsam, bu sebepler yüzündendi.

Verdiğim sözü hatırlayınca içimde bir suçluluk duygusu hissettim. Ama şu an yaptıklarım sayılmazdı. Bileklerime bıçak dayamıyordum ya.

Jess'in gözleri fal taşı gibi açılmıştı. İntiharla ilgili sorduğu sorunun cevap bekleyen bir soru olmadığını çok geç anlamıştım.

"Sen git ve ye," dedim ona restoranı işaret ederek. Bana olan bakışları hoşuma gitmemişti. "Ben de birazdan geliyorum."

Başımı tekrar bizi eğlenerek seyreden adamlara çevirdim.

"Bella, kes şunu!"

Olduğum yerde dona kaldım. Çünkü beni azarlayan Jessica'nın sesi değildi. Sinirli bir sesti, tanıdık bir sesti, güzel bir sesti. Hiddetli olmasına rağmen kadife gibi yumuşaktı.

Onun sesiydi. İsmini aklıma getirmemek için gerektiğinden fazla çaba sarf ediyordum. Sesini duyunca diz üstüne çökmemiş olmam beni şaşırtmıştı. Kaldırıma kıvrılıp onun için ağlamamıştım. Hiç acı yoktu, hem de hiç.

Sesini duyduğum an, her şey aydınlandı. Sanki kafam karanlık bir havuzun dibinden yüzeye çıkmış gibiydi. Her şeyin daha çok farkındaydım; gördüklerimin, seslerin, yüzüme vuran soğuğun, barın açık kapısından gelen yemek kokularının.

Şok içinde etrafıma bakındım.

"Jessica'nın yanına git," diye emretti sıcak ses ama hâlâ kızgındı. "Söz vermiştin, aptalca bir şey yapmayacaktın."

Yalnızdım. Jessica benden bir kaç metre ileride duruyor, korku dolu gözlerle bana bakıyordu. Duvara dayanmış duran yabancılar beni izliyorlardı. Yolun ortasında donmuş bir şekilde ne yaptığımı merak etmişlerdi.

Kafamı salladım, anlamaya çalışıyordum. Orada olmadığını biliyordum ama onu hâlâ mümkün olmayacak kadar yakınımda hissediyordum. O günden bu yana ilk defa bu kadar yakın... Sesindeki kızgınlık endişelendiği içindi. Sesini sanki yıllardır duymamışım gibi hissediyordum.

"Sözünü tut." Ses kayıp gidiyordu, sanki radyonun sesinin kısılması gibi.

Bir çeşit halüsinasyon gördüğümden şüphelendim. Hiç şüphesiz anılarım tetiklenmişti; deja vu.

Hızlıca olasılıkları düşündüm.

Birinci olasılık: Delirmiştim. Kafamın içinden sesler duyuyordum.

Mümkün.

İkinci olasılık: Bilinçaltını istediğim düşüncenin yerine gelmesini sağlıyordu. Bu bir arzuyu yerine getirmekti. Onun, yaşadığımı ya da öldüğümü umursadığına dair anlık bir ferahlamaydı. Ne söyleyeceğini tahmin etmeye çalıştım, eğer, A) burada olsaydı ve B) bana bir şey olduğundan korktuysa.

Muhtemel.

Üçüncü bir olasılık göremiyordum, o yüzden ikinci olasılık olduğunu umdum. Bu bilinçaltımın cinnet geçirmesiydi.

Oldukça makûl bir tepki vermiştim. Aslında minnettardım. Onun sesini kaybetmekten öylesine korkuyordum ki. Bilinçaltımın bu bilgiyi saklamış olmasına sevinmiştim.

Kendime onu düşünmeyi yasaklamıştım. Bu konuda oldukça katıydım. Tabii, arada kaçamak yaptığım oluyordu, sonuçta insandım. Ama daha iyiye gidiyordum ve acıyı hissetmemeyi becerebiliyordum. Acı ve hiçbir şey arasında bir seçim yapmam gerekmiş, ben de hiçbir şeyi seçmiştim.

Şimdi acıyı bekliyordum. Hissiz değildim – hislerim birkaç aydan beri arada şiddetleniyordu – ama normal acı gitmişti. Tek hissettiğim acı, onun sesinin gittikçe azalmasından dolayı duyduğum hayal kırıklığıydı.

İkinci bir seçenek daha vardı.

Yapılacak en akıllıca şey daha fazla zarar görmeden kaçıp gitmekti ama yine de emin olamıyordum, zihnen kararsızdım. Halüsinasyonları körüklemek çok aptalca olurdu.

Ama sesi azalıyordu.

Hâlâ orada olup olmadığını anlamak için bir adım daha attım.

"Bella, geriye dön," diye kükredi.

Ferahladım ve derin bir nefes aldım. Ben de zaten onun

sinirlendiğini duymak istiyordum. Aslında istediğim öfkesi değildi, beni önemsediğini duymak hoşuma gitmişti.

Bunları düşünürken aradan birkaç saniye geçti. Seyircilerim hâlâ merakla beni izliyorlardı. Dışardan onların yanına gitme konusunda kararsız kalmış gibi görünüyordum. O sırada iç dünyamda yaşadığım çelişkiden büyük bir haz aldığımı nereden bilebilirlerdi ki?

"Merhaba," dedi içlerinden biri, sesi hem emin hem de iğneleyiciydi. Açık tenliydi ve açık renk saçları vardı. Duruşundan kendisini yakışıklı bulduğu belli oluyordu. Yakışıklı mıydı değil miydi, bilemiyorum. Bu konuda önyargılıydım. Kafamdaki ses güzelce hırladı. Gülümsedim. Kendine güvenen adam gülümsememden cesaret aldı.

"Sana yardım edebilir miyim? Kaybolmuş gibisin," dedikten sonra sırıttı ve göz kırptı.

Hendeğin üzerinden dikkatlice geçtim, karanlıktan dolayı içinden akan su siyah gözüküyordu.

"Hayır, kaybolmadım."

Şimdi daha da yakındım. Koyu tenli adama odaklanmıştım. Neredeyse bir yıl önce canımı acıtan korkunç adam bu muydu?

Kafamdaki ses susmuştu.

Kısa boylu adam ona baktığımı fark etti. "Sana bir içki ısmarlayabilir miyim?" diye sordu. Anlaşılan, sadece ona bakıyor olmam gururunu okşamıştı.

"Henüz çok gencim," dedim aceleyle.

Şaşırmıştı. Neden yanlarına doğru geldiğimi merak etmişlerdi. Kendimi bir açıklama yapmak zorunda hissettim.

"Kaldırımın karşısından bakınca sizi tanıdığım birine benzettim. Kusura bakmayın."

Sonra içimdeki tereddüt birden buharlaşıp gitti. Bunlar hatırladığım tehlikeli adamlar değillerdi. Muhtemelen iyi adamlardı. Güvenilir.

"Önemli değil," dedi kendinden emin olan sarışın adam. "Kal ve bizimle tabi."

"Teşekkürler ama kalamam." Jessica, ne yapacağını bilmez bir halde yolun ortasında duruyordu.

"Sadece bir kaç dakika için."

Kafamı salladım ve Jessica'ya doğru ilerlemeye başladım..

"Haydı gidip yemek yiyelim," dedim, gözlerimi ondan kaçırmaya çalışarak. Kısa bir anlığına da olsa, filmin etkisinden kurtulmuştum. Aklım bir şeylerle meşguldü. O güven veren durgunluk geri gelmedi. Dönmediği her saniye daha da gerginleşiyordum.

"Aklından ne geçiyordu?" diye çıkıştı Jessica. "Onları tanımıyorsun, psikopat olabilirlerdi."

Bu konuyu kapatmasını umut ederek omuz silktim. "Aralarından birini tanıdığımı zannettim."

"Çok garipsin Bella Swan. Artık seni tanıyamıyorum."

"Üzgünüm." Daha başka ne söyleyebilirdim, bilemiyorum.

McDonalds'a kadar sessizce yürüdük. İddiaya girerim ki, bu kısa mesafeyi yürümektense arabaya servis bir şeyler almayı tercih ederdi. O da benim gibi bu gecenin bir an önce bitmesini diliyordu.

Yemeğimizi yerken bir kaç kere konuşmaya çalıştım ama belli ki Jessica hiç istemiyordu. Onu kesinlikle gücendirmiştim.

Arabaya döndüğümüzde konuşmayalım diye müziğin sesini sonuna kadar açtı.

Uzun zamandan bu yana ilk defa zihnimi uyuşuk ve boş hissetmiyordum, şarkıdan başka düşüneceğim çok şey vardı.

Uyuşukluğun geri dönmesi için bekledim, ya da acının. Çünkü acı geri dönmek zorundaydı. Kendi kişisel kurallarımı yıktım. Hafizalardan kaçınmaktansa, onlara doğru yürüdüm ve selamladım. Sesini duymuştum. Bunun bedelini ödeyeceğimden emindim. Hele bir de kafamdaki sis bulutunu ehlileştiremezsem her şey daha kötü olacaktı ve bu beni korkutuyordu.

Ama yine de vücudumda hissettiğim en yoğun duygu, ferahlamaydı.

Onu düşünmemek için kendimi zorlasam da, *unutmaya* zorlayamamıştım. Geceleri bitkin düşüp uyuduğum zamanlarda zihnimden kayıp giderse, diye korkuyordum. Aklım bir elek gibiydi ve gün gelecek onun gözlerinin rengini hatırlayamayacaktım, soğuk tenini veya sesinin dokusunu... Onu düşünemeyecektim, ama bunları unutmamalıydım.

Yaşayabilmek için bir tek şeye ihtiyacım vardı; onun var olduğunu bilmek. Hepsi bu kadar. O var olduğu sürece diğer her şeye katlanabilirdim.

İşte bu yüzden Forks'ta kendimi, daha önce hiç olmadığı kadar kapana kısılmış hissediyordum. O zaman neden Charlie bana bir değişiklik fırsatı sunduğu zaman onunla kavga etmiştim? Dürüst olmak gerekirse, bu bir sorun yaratmamalıydı çünkü hiç kimse geri gelmiyordu.

Ama eğer Jacksonville'e ya da başka bilinmeyen bir yere gidersem, onun gerçek olduğundan nasıl emin olabilirdim? Onu hayal edemediğim bir yerde, inancım azalabilirdi... Ve ben, bununla yaşayamayabilirdim.

Hatırlamanın yasak, unutmanın korkunç olduğu, zor bir çizgide yürüyordum.

Jessica, bizim evin önünde durunca şaşırdım. Yolculuk çok uzun sürmemişti. Jessica'nın yol boyunca konuşmamış olması alışıldık bir şey değildi.

"Benimle dışarı çıktığın için teşekkürler, Jess," dedim kapıyı açarken. "Çok eğlenceliydi." Eğlenceli kelimesinin bu durum için uygun olup olmadığından emin değildim.

"Evet," diye mırıldandı.

"Filmden sonra olanlar için üzgünüm."

"Boş versene, Bella." Bana değil, ön camdan dışarıya bakıyordu. Unutmaktan çok, her an daha da sinirleniyor gibiydi.

"Pazartesi görüşür müyüz?"

"Evet, hoşça kal."

Pes ettim ve kapıyı kapattım. Bana hiç bakmadı ve gaza basıp gitti.

İçeriye girdiğim an onu unuttum.

Charlie koridorun ortasında, kollarını göğsünde kavuşturmuş beni bekliyordu.

"Merhaba baba," dedim. Uzun zamandan beri *onu* düşünüyordum ve babam beni yakalamadan odama gitmek istiyordum.

"Nerede kaldın?" diye sordu Charlie.

Babama baktım, şaşırmıştım. "Jessica'yla beraber Port Angeles'da sinemaya gittim. Sabah konuşmuştuk ya."

"Hımm."

"Umarım bir sorun yoktur."

Yüzümü inceledi, gözleri ummadığı bir şey görmüş gibiydi. "Evet, sorun yok. Eğlendin mi?"

"Tabii," dedim. "Zombilerin insanları yemesini seyrettik. Harikaydı."

Gözlerini kısarak bana baktı.

"İyi geceler, baba."

Geçmeme müsaade edince koşarak odama çıktım.

Birkaç dakika içinde yatağımdaydım. En sonunda, acı yeniden içime yerleştiğinde, kendimi bıraktım.

İnsanı adeta felç ediyordu. Sanki göğüs kafesimin ortasında koca bir delik vardı, bütün hayati organlarım oyulmuş, paçavraya dönmüştü. Nefes alabilmek için hızlı hızlı soluyordum. Başım dönüyor, kalbim hızlı hızlı atıyordu ama nabzımın atışını duyamıyordum. Ellerim soğuktan morarmış gibiydi. Cenin pozisyonu aldım ve kendimi toparlamaya çalıştım.

Bütün bunlar, bana hayatta kalabileceğimi gösterdi. Uyanıktım ve acıyı hissediyordum. Bununla yaşayabilirdim. Acı beni güçsüzleştirmemiş, aksine daha da güçlendirmişti.

Bu gece her ne olduysa – ya zombiler, ya adrenalin ya da halüsinasyonlar – beni uyandırmıştı.

Uzun zamandan beri ilk defa, yeni günün getirecekleri konusunda heyecanlıydım.

5. HİLEBAZ

"Bella, neden artık çıkmıyorsun?" dedi Mike. Öylesine dalmıştım ki, ne zamandır çalıştığımın farkında değildim.

Newton'da sakin bir akşamüstüydü. O sıra dükkânda sadece iki tane müşteri vardı, konuşmalarından gezgin tipler olduklarını anlamıştım. Mike son bir saattir onlarla hangi marka çantanın daha hafif olduğu konusunda konuşuyordu. Müşteriler aralarında fiyat hakkında konuşmaya başlayınca bunu fırsat bilen Mike da yanıma gelmişti.

"Kalabilirim," dedim. Sanki kulaklarımdaki pamuğu çıkarmışım da bütün sesler çok yüksek çıkıyormuş gibi geliyordu. İki gezginin kahkahaları kulaklarımı delip geçmişti.

"Sana söylüyorum," dedi şişman adam. Turuncu sakalları ve kahverengi saçı birlikte çok uyumsuz görünüyordu. "Yellowstone'da birkaç tane boz ayı görmüştüm ama burada hiçbir şey yok." Saçları yağlıydı, üzerindeki kıyafetleri günlerdir çıkarmadığından emindim. Yaptıkları dağ gezisinden daha yeni dönmüşlerdi.

"Sanmam. Siyah ayılar o kadar büyümüyor. Gördüğün boz ayılar muhtemelen onların yavrularıydı." İkinci adam daha uzundu, yüzü bronzlaşmıştı.

"Gerçekten Bella, bu ikisi bir karara varır varmaz dükkânı kapatacağım," diye mırıldandı Mike.

"Eğer gitmemi istiyorsan..."

"Dört ayak üzerindeyken bile senden uzundu," diye ısrar ediyordu sakallı adam. "Bir ev kadar büyük ve simsiyahtı. Buradaki orman koruyucusuna bildireceğim. İnsanlar uyarılmalı. Dikkatini çekerim dağ başında görmedim, patikadan sadece birkaç mil ötedeydi."

Bronz yüzlü adam kahkaha attı ve gözlerini devirdi. "Dur tahmin edeyim! Bir hafta boyunca gerçek bir yemek yememiştin ve uyumamıştın, değil mi?"

"Hey, şey, Mike'tı, değil mi?" dedi sakallı adam bize bakarak.

"Pazartesi görüşürüz," diye mırıldandım.

"Evet efendim," dedi Mike onlara dönerek.

"Söylesene, son zamanlarda hiç siyah ayıyla ilgili bir uyarı yapıldı mı?"

"Hayır, efendim. Ama her zaman mesafeni koruyup yiyecekleri ortadan kaldırmakta fayda vardır. Yeni yemek kavanozlarımızı gördünüz mü? Sadece bir kilogram ağırlığında..."

Otomatik kapı açıldı ve dışarıya çıktım. Yağmur yağıyordu. Ceketimi kafamın üzerine geçirerek hızla kamyonetime doğru koşmaya başladım. Motorun gürültüsü, yağmurun şiddetli sesini bastırdı.

Charlie'nin boş evine dönmek istemiyordum. Özellikle dün gece çok acımasızdı ve tekrar aynı sahneyi çekmeye hiç niyetim yoktu. Daha sonra acım uyuyabilecek kadar hafiflediğinde bile devam etmişti. Sinemadan sonra Jessica'ya söylediğim gibi, kâbus göreceğime hiç şüphem yoktu.

Artık sürekli kâbus görüyordum, her gece. Hep *aynı* kâbusu görüyordum. Bu kadar aydan sonra artık sıkıldığımı, bağışıklık kazandığımı düşünebilirsiniz. Ama gördüğüm bu rüya, her seferinde beni korkutabilmeyi beceriyordu ve çığlık atarak uyanmamla bitiyordu. Charlie artık ne oluyor, diye gelmiyordu bile. Eskiden olsa, bir yabancının beni boğmaya çalıştığını düşünürdü ama artık alışmıştı.

Gördüğüm kâbus muhtemelen benden başka kimseyi korkutamaz. Birden sıçrayıp, "Böö!" diye bağıran yaratıklar yok. Zombi yok, hayalet yok, psikopatlar yok. Aslında hiçbir şey yok. Hiçbir şey yok. Sadece ağaçlarla kaplı, sonsuz bir labirent var. Bu ormana öylesine keskin bir sessizlik hakim ki, sessizlik kulak zarıma büyük bir basınç yapıyor. Sanki bulutlu bir günde akşam karanlığı inmiş gibi bir karanlık, sadece hiçbir şey olmadığını görmeye yetecek kadar hafif bir aydınlık var. Bir patika olmadan karanlık içinde koşturuyorum, sürekli arıyorum, arıyorum, arıyorum... Zaman ilerledikçe çılgına dönüyorum ve daha hızlı hareket etmeye çalışıyorum... Ve rüyamın en önemli kısmı geliyor. Geldiğini hissedebiliyorum ama kendimi uyandıramıyorum, neyi aradığımı hatırlayamıyorum. Ne zaman ki arayacak bir şey olmadığını fark ediyorum, hiçbir şey bulamıyorum. Benim için, bu boş, kasvetli ormandan başka bir şey olmadığının ve olmayacağının farkına varıyorum. Hiçbir şey...

Genellikle tam burada çığlıklar başlıyor.

Kamyoneti nereye sürdüğümü bilmiyordum. Gidecek hiçbir yerim olmadığı için boş, ıslak yolda geziniyorum.

Keşke eski uyuşukluğuma geri dönebilsem. Daha önceden nasıl becerdiğimi hatırlamıyorum. Bu kâbus kafamı yiyor ve acı verecek şeyleri düşünmeme neden oluyordu. Ormanı unutmaya çalışıyordum ama aklıma gelen görüntüler içimi ürpertiyordu. Birden gözlerimin yaşlarla dolduğunu göğsümün ağrıdığını fark ettim. Tek elimi direksiyondan çektim ve gövdemi tek parça tutmaya çalıştım.

Hiç varolmamışım gibi olacak. Kelimeler kafamın içinde dolaşıyor, dün geceki halüsinasyonun berraklığını yok ediyordu. Sadece kelimeler vardı, sessiz kelimeler, sayfa üzerindeki yazılar gibi. Sadece kelimeler... Bir anda frene asıldım, bu şekilde araba kullanmamam gerektiğini biliyordum.

Öne eğildim, yüzümü direksiyona dayadım ve nefes almaya çalıştım.

Bunun daha ne kadar süreceğini merak ediyordum. Belki bir gün, yıllar sonra – eğer ki acı dayanabileceğim bir hale gelirse – onunla geçirdiğim zamana, hayatımın en güzel zamanı olarak bakabilecektim. Eğer acı bunu yapabileceğim ölçüde azalırsa, geçirdiğimiz vakit için minnet duyabilecektim. İstediğimden, hak ettiğimden daha fazlası... Belki bir gün bu şekilde düşünmeyi başarabilirdim.

Ya içimdeki bu delik hiç kapanmazsa? Ya hiç iyileşmezse? Ya bu zarar kalıcıysa ve geri dönüşü yoksa?

Kendime sıkı sıkı sarıldım. *Sanki hiç varolmamış gibi,* diye umutsuzca düşündüm. Ne kadar aptalca ve imkânsız bir söz! Benim resimlerimi çalabilirdi ve hediyeleri geri alabilirdi, ama bu yaşadığımız anıların silinmesini sağlamazdı. Fiziksel kanıt, denklemin en anlamsız bölümüydü. Değişmiştim. Olayı kabullenmek beni değiştirmişti. Neredeyse fiziğim bile farklıydı. Yüzüm şişmişti ve gördüğüm kâbuslar gözlerimin altında mor halkalar bırakmıştı. Gözlerim, solgun yüzüme karşılık oldukça koyuydu. Eğer yeterince güzel olsaydım, beni uzaktan gören birisi vampir olduğumu düşünebilirdi. Fakat güzel değildim ve yakından, muhtemelen, bir zombi gibi görünüyordum.

Sanki hiç varolmamış gibi? Bu delilikti. Hiç tutamayacağı bir sözdü, verdiği anda bozulmuş bir sözdü.

Kendimi bu keskin acıdan uzaklaştırmak için kafamı direksiyona vurdum.

Sözümü tuttuğum için kendimi aptal gibi hissettim. Karşı taraf kuralları çoktan ihmal etmişken bunun için üzülmenin bir mantığı yoktu. Diyelim ki umursamaz ve aptaldım, kimin umurundaydı? Umursamaz ya da aptal olmamamı gerektirecek bir sebep yoktu.

Nefes almaya çalışırken kendi kendime kahkaha attım. Forks'ta Bir Umursamaz.

Bunu düşünmek biraz da olsa acımı dindirdi. Nihayet düzgün bir şekilde nefes almaya başladım ve arkama yaslandım. Hava soğuk olmasına rağmen ter içinde kalmıştım.

Dayanılmaz anılarımın içinde kaybolup gitmektense, Forks'ta bir umursamaz olmanın nasıl bir şey olacağını düşünerek kendimi avutmaya karar verdim. Forks'ta umarsızca hareket etmek bayağı bir yaratıcılık gerektirecekti, belki de sahip olduğumdan daha fazlasını. Keşke başka bir yol bulabilseydim... Eğer bozulmuş bir sözleşmeye sarılmasaydım, belki kendimi daha iyi hissederdim. Ama bu zararsız kasabada nasıl hile yapabilirdim? Tabii ki, Forks *her zaman* böyle zararsız olmamıştı ama şimdi nasıl gözüküyorsa öyleydi. Sıkıcı ve güvenli.

Uzun bir zaman boyunca ön camdan dışarıya baktım. Düşüncelerim ağır ağır akıyordu ve sanırım onları başka tarafa çekemeyecektim. Uzun süre boşta çalıştığı için acınacak şekilde gürüldeyen motoru kapattım ve çiseleyen yağmurun altına çıktım.

Soğuk yağmur saçlarımdan aktı ve yanaklarımdan aşağı doğru gözyaşı gibi süzüldü. Kafamı boşaltmaya çalışıyordum. Boş gözlerle karşı yola bakarken gözlerimi kırptım ve suyun akmasını sağladım.

Bir dakika kadar baktıktan sonra nerede olduğumu fark ettim. Russell Caddesi'nin kuzey şeridinin tam ortasına park etmiştim. Cheneyler'in evinin önünde duruyordum. Onların evinin tam karşısındaki sokakta da Markslar yaşıyordu. Kamyonetimi oradan çekmem ve eve gitmem gerektiğini biliyordum. Bu şekilde etrafta dolanmak yanlıştı. Kafası dağınıktı. Forks yollarında bir tehdit. Üstelik, birileri görüp Charlie'ye yetiştirebilirdi.

Tam o sırada Markslar'ın bahçesindeki bir tabela gözüme çarptı; posta kutusuna asılmış büyük bir karton parçası üzerinde siyah harfler.

KADER.

Tesadüf müydü? Yoksa kader mi? Bilmiyordum, ama bir şekilde kader olduğunu düşünmek aptalca gözüküyordu, Markslar'ın ön bahçesindeki harap ve paslı motosikletlerin yanındaki SATILIK, SAHİBİNDEN gibi tabelalarının tam yanında bulunmaları, tam ihtiyacım olan yerde olmaları garipti.

Belki de kader değildi. Belki de umursamaz olmanın bazı yolları vardı ve ben artık bunları öğrenmeye başlamalıydım.

Umursamaz ve aptal. Bunlar Charlie'nin motosikletler hakkında en çok kullandığı kelimelerdi.

Charlie'nin işi, diğer büyük kasabalardaki polisler kadar aksiyon içermiyordu ama trafik kazaları olduğu zaman onu arıyorlardı. Uzun ve virajlı otoban, döne döne orman yoluna gidiyordu. Bu yol üzerinde sayısız kör dönüş vardı. Bu yüzden bu tip aksiyonlar hiç eksilmiyordu. Bu yolda en çok kaza yapan araç motosikletti. Charlie motosikletle kaza yapan bir sürü kurban görmüştü, çoğu gençti ve gövdelerini otobandan kazımışlardı. Daha on yaşımdayken, bana hiçbir zaman motosiklete binmeyeceğime dair söz verdirmişti. O yaştayken bile söz vermeden önce iki kere düşünmüyordum. Kim *burada* motosiklete binmek isterdi ki?

Hayatım boyunca tuttuğum sözlerden sadece bir tanesi...

Tam o anda jeton düştü. Aptal ve umursamaz olmak istiyordum, sözleri tutmak istemiyordum. Peki bu sözü neden tutuyordum?

Bir süre bunun üzerine düşündükten sonra şiddetli yağmurun içinden geçerek Markslar'ın ön kapısına geldim ve kapıyı çaldım.

Markslar'ın oğullarından biri kapıyı açtı, en genci. Adını hatırlayamadım. Kum rengi saçları omzuna geliyordu.

İsmimi hemen hatırladı. "Bella Swan?" dedi şaşkınlıkla.

"Şu motosiklet için ne kadar istiyorsun?" Nefes nefese kalmıştım, işaret parmağımı uzatarak satılık motorları gösterdim.

"Sen ciddi misin?" diye sordu.

"Tabii ki de."

"Çalışmıyorlar."

Derin bir iç çektim. Bu zaten açıkça belli oluyordu. "Ne kadar?"

"Eğer gerçekten bir tane istiyorsan, al birisini. Annem, çöpçüler alsın diye onları yolun aşağısına taşıttı."

Motorlara tekrar baktım. Bahçe demirlerine dayanmış duruyorlardı, etraflarını kuru bir çalılık sarmıştı. "Emin misin?"

"Tabii, anneme sormak ister misin?"

Bu konuyu Charlie'ye yetiştirebilecek yetişkinlere hiç bulaşmasam iyi olurdu.

"Hayır, sana inanıyorum."

"Sana yardım etmemi ister misin? Pek hafif değiller."

"Tamam, teşekkürler. Gerçi sadece bir taneye ihtiyacım var."

"İkisini de alabilirsin," dedi. "Belki bazı parçalarını kullanabilirsin."

Ağır yağmurun altında beni takip etti ve motosikletleri kamyonetimin arkasına yüklememe yardım etti. Onlardan kurtulmak için oldukça hevesli gözüküyordu, ben de hiç itiraz etmedim.

"Bunlarla ne yapacaksın?" diye sordu. 'Yıllardır çalışmıyorlar."

"Bunu tahmin etmiştim," dedim omuzlarımı silkerek. Henüz bir planım yoktu. "Belki onları Dowling'in oraya götürürüm."

Homurdandı. "Dowling bunlar için çok para alır."

Buna diyecek bir şeyim yoktu. John Dowling, pahalı fiyatlarıyla meşhurdu ve kimse, acil bir durum olmadıkça ona gitmezdi. Çoğunluk, eğer arabaları gidebilecek durumdaysa, Port Angeles'a gitmeyi tercih ederdi. Bu konuda oldukça şanslıydım, Charlie bana bu tarihi eser kamyoneti hediye ettiğinde, onu tamire götürmeye yetecek param yoktu. Ama bana tek bir problem bile çıkarmamıştı, çığlık atarcasına çalışan motor ve saatte en fazla doksan kilometreye çıkmasından başka. Jacob Black, kamyonet babası Billy'ye aitken, ona oldukça iyi bakmış olmalıydı.

Bir anda aklıma bir fikir geldi, sanki kafamda bir şimşek çakmıştı. Aslında fırtınayı düşünecek olursak, bu çok da yadsınacak bir durum değildi. "Biliyor musun? Bu sorun değil. Araba tamir eden birini tanıyorum."

"Ah, bu harika," dedi ve gülümsedi.

Arabayla uzaklaşırken arkamdan el salladı. Arkadaş canlısı bir çocuktu.

Kamyoneti hızlıca sürdüm. Bir an önce, Charlie gelmeden eve varmalıydım. Koşarak eve girdim ve telefonu aldım, anahtarlar hâlâ elimdeydi.

"Şef Swan, lütfen," dedim telefonu açan görevliye. "Bella arıyor."

"Ah, merhaba Bella," dedi Steve nazikçe. "Hemen çağırıyorum."

Bekledim.

"Ne oldu Bella?" diye sordu Charlie merakla.

"Ortada acil bir durum yokken seni işten arayamaz mıyım?"

Bir an sessiz kaldı. "Daha önce hiç aramamıştın. Acil bir durum mu var?"

"Hayır. Sadece Blackler'in yerine nasıl gidebilirim diye soracaktım, yolu hatırladığımdan emin değilim. Jacob'ı ziyaret etmek istiyorum. Aylardır görüşemedik."

Charlie tekrar konuştuğunda sesi neşeli geliyordu. "Bu harika bir fikir, Bells. Kalemin var mı?"

Bana verdiği tarif oldukça basitti. Dönmek için acele etmememi söylese de ona yemekten önce döneceğimi söyledim. Benimle La Push'ta buluşmak istedi ama ben istemedim.

Kasaba dışında, fırtınadan kararmış sokaklarda ilerliyordum. Jacob'ı tek başına bulmayı umuyordum. Billy neyin peşinde olduğumu bilirse beni gammazlayabilirdi.

Billy'nin beni gördüğünde vereceği tepki beni endişelendiriyordu. Öyle çok sevinecekti ki. Billy'ye göre, her şey güzel ve sevgi doluydu. Onun bu memnuniyeti ve rahatlığı bana katlanamadığını bir şeyi anımsatacaktı. *Bugün olmasın,* diye sessizce dua ettim. Artık tükenmiştim.

Blackler'in evini hayal meyal hatırlıyordum. Küçük, tahtadan bir evdi ve dar pencereleri vardı. Donuk kırmızı boyası, minik bir ahırı andırıyordu. Jacob, ben daha kamyonetten inmeden beni fark etmişti. Motorun sesini tanımış olmalıydı. Charlie, benim için Billy'nin kamyonetini alması Jacob'ı çok sevindirmişti. Artık bu yavaş kamyoneti kullanmak zorunda kalmayacaktı. Ben ise kamyonetimi çok seviyordum.

"Bella!" dedi. Heyecanı yüzüne yansımıştı, parlak dişleri, kahverengi yüzünde parlak bir kontrast oluşturuyordu. Saçlarını daha önce hep at kuyruğu gördüğüm için şaşırdım. Sanki yüzünün çevresine siyah, saten bir perde inmişti.

Jacob, son sekiz ayda biraz değişmişti. Çocukluktan kalma yumuşak kasları sertleşmiş, uzun ve zayıf bir genç olmuştu. Yüzü, hatırladığım kadar tatlıydı fakat artık daha sert bir ifadesi vardı. Elmacık kemikleri belirginleşmiş, çenesi köşeleşmiş, çocuksu yuvarlaklığı gitmişti.

"Hey Jacob!" Gülümsemesinde hiç tanıdık olmayan bir coşku vardı. Onu gördüğüme sevinmiştim ve bu beni oldukça şaşırtmıştı.

Ben de ona gülümsedim. Jacob Black'i ne kadar çok sevdiğimi unutmuştum.

İyice yanıma gelmeden, benden bir kaç adım uzakta durdu. Başımı eğdim ve şaşkınlıkla ona baktım. Yağmur damlaları yüzümden sıçrıyordu.

"Büyümüşsün yine!" dedim neşeyle.

Gürültülü bir kahkaha attı, yüzünde kocaman bir gülümseme vardı. "Bir doksan beşim," dedi kendiyle övünerek. Sesi derinden gelmesine rağmen hâlâ eskisi gibi kısık çıkıyordu.

"Hiç duracak mı? Kocaman olmuşsun."

"Fasulye sırığının tekiyim," dedi sırıtarak. "İçeri girsene! Islanıyorsun."

Önden gitti ve büyük elleriyle saçlarındaki yağmuru sıktı. Sonra cebinden bir lastik çıkarıp saçını topladı.

"Baba," diye seslendi. "Bak, kim geldi."

Billy küçük oturma odasındaydı, elinde bir kitap vardı. Kitabı dizlerinin üzerine koydu ve sandalyesiyle öne eğilip baktı.

"Bak sen, kimleri görüyoruz! Seni görmek çok güzel Bella."

El sıkıştık. Ellerim büyük avucunun içinde kayboldu.

"Seni buraya hangi rüzgâr attı? Charlie iyi mi?"

"Evet, çok iyi. Sadece Jacob'ı görmek istedim, uzun zamandır görüşemedik."

Bunu duyunca Jacob'ın gözleri büyüdü ve yüzüne kocaman bir gülümseme yerleşti.

"Yemeğe kalabilir misin?" diye sordu Billy hevesle.

"Hayır, gidip Charlie'yi doyurmam lazım, biliyorsun."

"Onu hemen ararım."

Rahatsızlığını gizlemek için bir kahkaha attım. "Beni bir daha görmeyecek değilsiniz ya. Söz veriyorum en kısa zamanda tekrar geleceğim. Hatta o kadar çok geleceğim ki, beni görmekten bıkacaksınız." Eğer Jacob motosikleti tamir ederse, nasıl kullanmam gerektiğini de öğretmesi gerekecekti.

Billy başını salladı. "Tamam, belki bir dahaki sefere."

"Evet Bella, ne yapmak istersin?" diye sordu Jacob.

"Fark etmez. Ben gelmeden önce ne yapıyordun?" Garipti ama burada kendimi çok rahat hissediyordum. Geçmiş zamana dair acı veren hatıralar yoktu.

Jacob, biraz çekinerek "Arabam üzerinde çalışmak için dışarıya çıkıyordum ama başka bir şeyler yapabiliriz..."

"Hayır, bu harika bir fikir!" diye sözünü kestim. "Arabanı görmeyi çok isterim."

"Tamam," dedi, pek ikna olmamıştı. "Arkada, garajda."

Daha da iyi, diye düşündüm. Billy'ye el salladım. "Sonra görüşürüz."

Garajın etrafında kalın bir sıra ağaç ve çalılık vardı. Bir kaç sundurmanın birbirine vidalanmasından oluşmuştu. Bu sığınağın altında, odundan kutuların üzerinde yükseltilmiş bir araba duruyordu. Ön paneldeki sembolden arabayı hemen tanımıştım.

"Ne çeşit bir Volkswagen bu?" diye sordum.

"Bu eski Rabbit, 1986 model bir klasik."

"Nasıl gidiyor?"

"Neredeyse bitti," dedi neşeyle. Sonra sesini alçaltarak ekledi. "Babam geçen baharda söz vermişti."

Cevap vermeyince konuyu açmak istemediğimi anladı. Geçen mayıstaki mezuniyet gecesini unutmaya çalışıyordum. Babası bir mesajı iletmesi karşılığında Jacob'a para ve istediği araba parçalarını almayı vaat etmişti. Benden de hayatımdaki en önemli insandan uzak durmamı istemişti. Gerçi şimdi bütün bu endişesinin yersiz olduğu ortaya çıkmıştı. Artık her şey gerektiğinden fazla güvenliydi.

Ama bunu değiştirmek için elimden geleni yapmaya hazırdım.

"Jacob, motosikletler hakkında ne biliyorsun?"

Omuz silkti. "Çok az. Arkadaşım Embry'nin bir yarış motoru var. Bazen onunla uğraşırım. Neden sordun?"

Ağzını sıkı tutabileceğinden emin değildim, ama başka bir seçeneğim de yoktu. "Bir çift motosiklet aldım ama hiç iyi durumda değiller. Acaba onları tamir edebilir misin?"

"Süper." Bu durumdan oldukça memnun olmuşa benziyordu. "Bir denerim."

"Esas konu," diye devam ettim. "Charlie motosikletlerden pek hoşlanmıyor. Dürüst olmak gerekirse, eğer bunu öğrenirse kalp krizi bile geçirebilir. O yüzden bunu Billy'e söylememelisin."

"Tabii, tabii." Jacob gülümsedi. "Anlıyorum."

"Sana bunu öderim," diye devam ettim.

Bu sözüm onu gücendirmişti. "Hayır, yardım etmek istiyorum. Ödemene gerek yok."

"Tamam. O zaman bir değiş tokuşa ne dersin ?" O sırada aklıma gelen bu fikir, oldukça mantıklı gözüküyordu. "Benim sadece bir motosiklete ihtiyacım var, bir de senden ders almak istiyorum. Sana öteki motosikleti hediye ederim ve sen de bana kullanmayı öğretirsin. Buna ne dersin?"

"Harika," dedi sevinçle.

"Yalnız bir dakika! Sen reşit misin? Doğum günün ne zaman?"

"Kaçırdın," diyerek beni kızdırdı. "On altı oldum."

"Doğum günün için kusura bakma."

"Merak etme. Ben de seninkini kaçırdım. Kaç oldun, kırk mı?"

Burnumu çektim. "Yaklaştın."

"Beraber bir parti yapar kutlarız."

"Bu bir randevu mu?"

Randevu kelimesini duyunca gözleri parladı.

Yanlış bir fikre kapılmasın diye hemen hevesini kırmalıydım. Uzun zamandan beri ilk kez kendimi bu kadar fırlama hissediyordum.

"Hem motorlarımızın tamiri bittiğinde de birbirimize hediyemiz olur," diye ekledim.

"Anlaştık. Ne zaman getirirsin?"

Dudağımı ısırdım, utanmıştım. "Kamyonetteler," dedim.

"Muhteşem," dedi sevinçle.

"Ya Billy görürse?"

Göz kırptı. "Gizlice getiririz."

Billy görmesin diye karşı taraftan dolandık ve pencereden

görünmemek için ağaçlara yapışarak yürüdük. Jacob, kamyonetin kasasından motosikletleri indirdi ve teker teker benim saklandığım çalılıklara getirdi. Motorlar oldukça ağır olmalarına rağmen taşırken hiç zorluk çekmemişti.

"O kadar da kötü değiller," dedi Jacob motorları ağaçların ardına iterken. "Özellikle de bunu tamir etmeyi bitirdiğimde değeri artacak. Eski bir Harley Sprint."

"O zaman o senin olsun."

"Emin misin?"

"Kesinlikle."

"Ama biraz paraya ihtiyacımız olacak," dedi kaşlarını çatarak motorlara bakarken. "Parçalar için para biriktirmeliyiz."

"*Biz* yok," diye itiraz ettim. "Eğer sen bunu bedavaya yapıyorsan, parçaların parasını da ben ödeyeceğim."

"Bilemiyorum..." diye mırıldandı.

"Biraz birikmiş param var. Üniversite için, biliyorsun." *Kolej, molej,* diye düşündüm kendi kendime. Zaten özel olarak gitmek istediğim bir yer yoktu, hem Forks'u terk etmeye de pek niyetli değildim. Paranın birazını harcamanın bir zararı olmazdı, değil mi?

Jacob sadece kafasını salladı. Bu fikir çok hoşuna gitmişti.

Garaja doğru ilerlerken, şanslı olduğumu düşündüm. Yalnızca benim yaşlarımda biri böyle bir teklifi kabul ederdi; Ailelerimizi kandırıp üniversite fonundan para almak. Onun için bu gayet olağan bir şeydi. Jacob, benim için, sanki Tanrı tarafından gönderilmiş bir hediyeydi.

6. ARKADAŞLAR

Motosikletleri daha fazla saklamaya gerek yoktu, Jacob'ın garajına koymamız yeterliydi. Zaten Billy'nin tekerlekli sandalyesinin, garajla evin arasındaki yoldan gitmesi oldukça güçtü.

Jacob ilk motorun parçalarını hemen sökmeye başladı; kaderime yazılmış kırmızı motor. Yere oturmak zorunda kalmayayım diye Rabbit'in kapısını açtı. Jacob çalışırken, bir yandan da neşe içinde benimle sohbet ediyordu. Sohbetin devam etmesi için hafif hafif kafamı sallamam yeterli oluyordu. Derslerinin nasıl gittiğinden ve en yakın iki arkadaşından bahsediyordu.

"Quil ve Embry mi?" diye sözünü kestim. "Ne kadar tuhaf isimler, ilk defa duyuyorum."

Jacob kıkırdadı. "Quil elden düşme demek ve sanırım Embry de bir pembe dizi yıldızının adı. İsimleri hakkında bir şey söyleyince hemen sinirlenip kavga etmeye yelteniyorlar."

"İyi arkadaşlarmış," dedim tek kaşımı kaldırarak.

"Evet, öyleler. İsimleri hakkında bir şey demediğin sürece tabii."

Tam o sırada, uzaktan bir ses, "Jacob?" diye bağırdı.

"Billy mi bu?"

"Hayır." Jacob kafasını salladı. Teni bronz olmasına rağmen kızardığı belli oluyordu. "İti an çomağı hazırla," diye mırıldandı.

"Jake? Orada mısın?" Ses artık daha yakından geliyordu.

"Evet!" diye seslendi Jacob ve derin bir iç çekti.

Sessizlik içinde bekledikten sonra kapıda uzun boylu, koyu tenli iki çocuk belirdi.

Biri ince ve neredeyse Jacob kadar uzundu. Siyah saçları çenesine geliyordu ve ortadan ikiye ayırmıştı. Bir tarafını kulağının arkasına sıkıştırmış, diğer tarafı gözünün önüne düşmüştü. Kısa olan daha iri yapılıydı. Beyaz tişörtü, kaslı vücudunun üzerine zorla oturmuş gibi görünüyordu. Saçları yok denecek kadar kısaydı.

İkisi de beni görür görmez dondular. İnce olan bir Jacob'a bir bana baktı, adaleli olansa gözlerini benim üzerime dikti ve yüzüne hafif bir gülümseme yayıldı.

"Hey arkadaşlar," diye karşıladı onları Jacob yarım ağızla.

"Hey Jake," dedi kısa boylu olan gözlerini benden ayırmadan. Ona karşılık vermek için ben de gülümsedim. Yüzünde hınzır bir sırıtışla göz kırpıp, "Selam," dedi.

"Quil, Embry, bu benim arkadaşım Bella."

Quil ve Embry. Hâlâ hangisi hangisiydi bilmiyorum.

"Charlie'nin kızı, değil mi?" dedi adaleli olan elini uzatarak.

"Evet doğru," diye onayladım ve ben de elimi uzattım. Sanki kol kaslarını deniyormuş gibi sıkıca elimi sıktı.

"Ben Quil Ataera."

"Tanıştığımıza memnun oldum, Quil."

"Merhaba Bella. Ben Embry Call. Sen de fark etmiş olmalısın," dedi ve utangaç utangaç gülümseyerek bir elini salladı.

"Memnun oldum."

"Ee, ne yapıyorsunuz arkadaşlar?" diye sordu Quil. Gözleri hâlâ üzerimdeydi.

"Bella ve ben bu motosikletleri tamir ediyoruz," dedi Jacob. *Motosiklet* onlar için sihirli bir kelimeydi. İkisi birden Jacob'ın projesini incelemeye ve anlamadığım sorular sormaya başladılar. Kullandıkları kelimeler bana öylesine yabancıydı ki bunu anlamam için Y kromozomumun olması gerektiğini fark ettim.

Onlar hâlâ motor parçalarından konuşurlarken ben de Charlie gelmeden eve gitsem iyi olur, diye düşünüp ayağa kalktım.

Jacob özür dilercesine bana baktı. "Seni sıktık değil mi?"

"Yoo." Aslında yalan da değildi. Yanlarında eğleniyordum, ne garip. "Gidip Charlie'ye yemek hazırlamam gerekiyor."

"Tamam, ben de bu gece motoru parçalara ayırıp yeniden bir araya getirmek için nelere ihtiyacım olacağına bir bakarım. Tekrar gelmek ister misin?

'Yarın gelebilir miyim?" Pazarları benim için felaket günü demekti. Hiçbir zaman beni meşgul tutmaya yeterli olacak kadar ödevim olmuyordu.

Quil, Embry'nin kolunu dürttü ve birbirlerine gülümsediler.

"Bu harika!"

"Eğer bir liste yaparsan, parçaları almak için alışverişe çıkarız," dedim.

"Hâlâ her şeyi senin ödemenin yanlış olduğunu düşünüyorum."

Başımı iki yana salladım. "İmkânsız. Masraflar benden. Sen sadece emek ve deneyimlerini kullan yeter."

Embry, gözlerini devirerek Quil'e baktı.

"Bu bana pek doğru gelmiyor."

"Jake, eğer bunları tamirciye götürsem, benden ne kadar fiyat isterler?"

Gülümsedi. "Tamam, anlaştık öyleyse."

"Sürüş derslerini söylemiyorum bile," diye ekledim.

Quil, Embry'e gülümsedi ve anlamadığım bir şeyler mırıldandı. Jacob, Quil'in kafasına vurdu ve "Yeter artık, dışarı çıkın," diye homurdandı.

"Hayır, gerçekten gitmem gerek," diye itiraz ettim. "Yarın görüşürüz, Jacob."

Kapıdan çıktığım anda Quil ve Embry'nin arkamdan, "Vıınnnnn!" dediklerini duydum.

Hemen ardından bir didişme sesi geldi.

"Eğer yarın ikinizden birisi buraya ayak basarsanız..." Jacob ikisini de tehdit ediyordu.

Sessizce kıkırdadım. Gülme sesimi işitince gözlerim fal taşı gibi açıldı. Gülüyordum, gerçek bir kahkaha atıyordum ama kimse beni görmüyordu. Öylesine keyifliydim ki, hemen ardından uzun bir kahkaha daha attım.

Eve vardığımda Charlie henüz gelmemişti. O geldiği sırada ben kızarmış tavuğu tavadan çıkartmış, kâğıt peçetenin üzerine yatırıyordum.

"Merhaba baba."

Beni görünce yüzündeki ifade birden değişti. "Selam tatlım," dedi. "Jacob'la iyi vakit geçirdiniz mi?"

"Evet geçirdim," dedim yemeği masaya taşırken.

"Çok güzel," dedi şüpheli bir ses tonuyla. "Ne yaptınız bakayım?"

Şimdi şüpheli olma sırası bendeydi. "Biraz garajında takıldım ve çalışırken onu izledim. Volkswagen tamir ettiğini biliyor muydun?"

"Evet, sanırım Billy bahsetmişti."

Charlie ağzındaki lokmayı çiğnerken sorgusuna ara vermek zorunda kaldı ama bir yandan yüzümü incelemeye devam ediyordu.

Yemekten sonra heyecanla ortalıkta dolandım, mutfağı iki kere temizledim ve Charlie salonda maç seyrederken yavaş yavaş ödevlerimi yaptım. Ayakta kalabildiğim kadar kaldım ama en sonunda Charlie geç olduğunu söyledi. Tepki vermeyince kalktı, gerindi ve odasına gitti. İsteksizce onu takip ettim.

Merdivenleri tırmanırken, öğleden sonra içimde oluşan o olağandışı iyiliğin sistemimden çıktığını, yerine durgun bir korkunun içimi sardığını ve benim de bununla yaşamam gerektiğini hissettim.

Artık hissiz değildim. Hiç şüphesiz bu gece de dün gece kadar korkunç geçecekti. Yatağıma uzandım ve örtünün altında kıvrılarak saldırıya hazırlandım. Gözlerimi sıkıca yumdum. Açtığımda sabah olmuştu.

Penceremden sızan gümüşi ışığı görünce afalladım.

Son dört aydır ilk defa rüya görmeden uyumuştum. Rüya görmek ya da haykırmak. Hangi duygular daha kuvvetliydi bilemiyorum – rahatlama mı şok mu.

Bir kaç dakika daha yatağımda yattım ve geri gelmesi için bekledim. Bir şeyler geliyor olmalıydı. Acı değilse bile hissizlik. Bekledim ama hiçbir şey olmadı. Uzun zamandan beri ilk defa bu kadar güzel dinlenmiştim.

Ne var ki bunun uzun süreceğine inanmıyordum. Kenarda dengemi bulmaya çalışıyordum, beni geri düşürmesi çok uzun sürmeyecekti, biliyordum. Odama artık daha iyi gören gözlerle bakabiliyordum. Ne kadar garip göründüğünü ve içinde hiç yaşanmamış gibi bir hava olduğunu fark ettim. İşte bu tehlikeliydi.

Bu düşünceyi kafamdan atmaya çalıştım ve bugün Jacob'ı göreceğimi düşünerek ne giyeceğime yoğunlaştım. Hatta bu düşünce beni nerdeyse umutlandırdı. Belki yine dünkü gibi olurdum. Belki de... Ama buna da güvenemezdim ki. Dünkü gibi kolay olmayabilirdi. Hayal kırıklığına uğramak istemiyordum.

Charlie, kahvaltı boyunca oldukça temkinliydi. Beni incelediğini gizlemeye çalışıyordu. Ona bakmadığım zamanlarda beni inceliyor, baktığımı anlayınca da gözlerini yumurtasına dikiyordu.

"Bugün neler yapmayı planlıyorsun?" diye sorarken bir yandan düğmelerini ilikliyor, benimle ilgilendiğini belli etmemeye çalışıyordu.

"Bugün yine Jacob'la takılacağım."

Bana bakmadan kafasını salladı. "Hımm," dedi.

"Sakıncası yoksa tabi," dedim telaşlanmış gibi davranarak. "İstiyorsan kalabilirim..."

Hızla bana baktı, gözlerinde bir panik vardı. "Hayır, hayır! Sen git. Zaten Harry gelecek ve beraber maç seyredeceğiz."

"Belki Harry, Billy'yi de alır," diye teklif ettim. Fazladan tek bir şahit bile her şeyi mahvedebilirdi.

"Bu harika bir fikir," dedi ve heyecanla telefona yöneldi.

Dışarıda bardaktan boşanırcasına yağmur yağıyordu. İstediğimden daha yavaş kullanmak zorundaydım. Kamyonetin önünde giden arabayı dahi görmekte zorlanmama rağmen çamurlu yollardan Jacob'ın evine gitmeyi başardım. Daha motoru durdurmadan ön kapı açıldı ve Jacob büyük siyah bir şemsiyeyle bana doğru koşmaya başladı.

Arabadan inerken şemsiyeyi üzerime tuttu.

"Charlie aradı. Senin yolda olduğunu haber verdi."

Birdenbire yüzüme kocaman bir gülümseme yayıldı ve boğazıma garip bir his takıldı. Soğuk yağmur damlaları yanaklarıma vuruyordu.

"Merhaba Jacob."

"Billy'yi davet etmeleri çok iyi bir fikir," dedi ve çakmak için elini kaldırdı.

Çakmak için yukarıya uzanmam gerekince güldü.

Birkaç dakika sonra Harry Billy'yi almaya geldi. Onların gitmesini beklerken Jacob bana küçük odasına gezdirdi.

"Evet, şimdi ne yapıyoruz Bay Tamirci?" diye sordum, Billy'nin ardından kapıyı kapattıktan sonra.

Jacob, cebinden katlanmış bir kâğıt çıkarttı ve düzleştirdi. "Önce hurdalıktan başlayacağız. Bakalım ne kadar şanslıyız. Bu tahmin ettiğimden daha pahalıya çıkabilir. Bu motorlar tekrar çalışmaya başlamadan önce oldukça yardıma ihtiyaçları olacak." Bunu söylerken sesi, yeteri kadar öfkeli çıkmayınca, "Yani yüz dolardan fazla bir paradan bahsediyorum," diye devam etti.

Çek defterimi çıkartıp yüzüne doğru salladım ve telaşlı yüzüne bakarak, "Merak etme," dedim.

Çok garip bir gündü. Çok eğlenmiştim. Hatta hurdalıkta yağan yağmur yüzünden bileklerimize kadar çamura batmışken bile. Acaba bu uyuşukluk kaybolduktan sonraki şok muydu?

Bütün bunların sebebinin Jacob olduğunu düşünmeye başlamıştım. Bunun sebebi, beni gördüğü zaman mutlu olması ya da bir an delireceğim diye göz ucuyla beni izleyip durmamasından değildi. Sebebinin benimle bir ilgisi yoktu.

Bunun sebebi Jacob'ın kendisiydi. Jacob sadece mutlu ve mutluluğu etrafına yaymayı becerebilen bir insandı. Yanında kim varsa, mutluluğu o kişiye de bulaşıyordu. Aynı güneş gibi, çekim alanına giren herkesi ısıtıyordu. Doğaldı ve bu ruh hali de kişiliğinin bir parçasıydı. Bu yüzden de onu bu kadar görmek istemem tuhaf değildi.

Kamyonetin ön panelindeki koca deliğe yorum yaptığı zaman bile panik olmamıştım.

"Teybin kırıldı mı?" diye merak etti.

"Evet," dedim. Yalan söylemiştim.

Boşluğa baktı. "Kim yaptı? Baya hasar olmuş..."

"Ben yaptım," diye itiraf ettim.

Kahkaha attı. "O zaman motosikletlere dokunmasan iyi olur."

"Sorun değil."

Jacob'a göre, hurdalıkta şansımız yaver gitmişti. Yağdan simsiyah olmuş bükük metalleri bulunca oldukça heyecanlandı. Ne olduklarını bana söylediği zaman ben de etkilendim.

Oradan çıkıp Hoquiam şehir merkezindeki Checker Araba Yedek Parçası dükkânına gittik. Neredeyse iki saatten fazla yol gitmemiz gerekmesine rağmen Jacob'la beraber zaman adeta uçup gidiyordu. Arkadaşları ve okulu hakkında konuştu. Bu sefer kendimi ona sorular sorarken buldum. Soruyormuş gibi yapmıyordum, gerçekten de ne söyleyeceğini merak ederek soruyordum.

"Hep ben konuşuyorum," diye şikayet etti en sonunda. Quil'in, uzun zamandır büyük sınıflardan bir çocukla beraber olan bir kıza çıkma teklif ettiğinde başına gelenleri anlatmıştı. "Neden sırayı sen almıyorsun? Forks'ta neler oluyor? La Push'tan daha eğlenceli olduğu kesin."

"Yanlış," diye iç çektim. "Gerçekten de hiçbir şey yok. Senin arkadaşların benimkilerden daha eğlenceli. Arkadaşlarına bayıldım. Özellikle de Quil'e."

Kaşlarını çattı. "Sanırım Quil de senden hoşlandı."

Kocaman bir kahkaha kopardım. "O benim için biraz küçük."

Jacob'ın kaşları iyice kalktı. "Senden çok da küçük değil. Sadece bir yıl ve birkaç ay."

Sanki artık Quil'den bahsetmiyorduk. Sesimi alçaktım. "Evet ama erkekler ve kadınlar arasındaki olgunluğu göz önünde tutarsak, köpek yaşıyla saymamız gerekmez mi?" diye dalga geçtim. "Bu da beni ne yapar, on iki mi?"

Kahkaha atarak gözlerini devirdi. "Tamam, ama böyle seçici olacaksan, senin de boy ortalamasına uyman gerekir. Biraz miniksin, bu yüzden de senden on yaş çıkartmam gerekiyor."

"Bir metre altmış iki santim bence oldukça normal. Senin bu kadar uzun olman benim hatam değil."

Yol boyunca şakalaştık ve yaş hesaplama formülüne karar vermek için kavga edip durduk. Nasıl tekerlek değiştirilir bilmediğim için iki yıl kaybederken, evdeki muhasebeyi tuttuğum için bir yıl kazandım. Checker'a vardığımızda Jacob'ın tekrar konsantre olması gerekiyordu. En sonunda Jacob listedeki her şeyi buldu. Epey bir ilerleme kaydettiğimiz için halinden oldukça memnundu.

La Push'a döndüğümüzde ben yirmi üçtüm, o da otuz.

Hangi sebeple orada olduğumu unutmamıştım. Ve düşündüğümden daha çok eğleniyor olmam da esas hedefimden sapmama neden olmamıştı. Hiçbir şeyi umursamıyordum. Forks'ta elimden geldiği kadar umursamaz olacaktım. Bu boş kontrata sadık kalan tek kişi ben olmayacaktım. Hem Jacob'la vakit geçirmek tahmin ettiğimden daha da eğlenceliydi.

Billy henüz geri dönmemişti, bu yüzden de bugün aldıklarımızı arabadan indirirken gizlice hareket etmemiz gerekmiyordu. Her şeyi Jacob'ın alet kutusunun yanına indirdik ve hemen işe koyulduk. Parmakları ustaca önündeki metal parçaları tararken, bir yandan benimle konuşmaya devam ediyor ve kahkahalar atıyordu.

Jacob inanılmaz bir iş çıkartıyordu ve çalışırken oldukça mutlu görünüyordu.

Gün boyu, Quil ve Embry hiç gözükmediler, belli ki Jacob'ın savurduğu tehditler işe yaramıştı.

Gün çok çabuk geçti. Garajın ağzı beklediğimden daha çabuk karardı ve Billy'nin bize seslendiğini duyduk.

Yere atladım ve parçaları saklaması için Jacob'a yardım etmeye çalıştım fakat nelere dokunup dokunmamam gerektiği konusunda çekinmiştim.

"Bırak," dedi. "Bu gece çalışacağım."

"Ödevlerini ihmal etme," dedim, kendimi biraz suçlu hissederek. Başını belaya sokmak istemiyordum. Bu planda tek başıma olmak istiyordum.

"Bella?"

Charlie'nin sesini duyunca birden kafalarımızı çevirince çarpıştık. Ses çok yakından geliyordu.

"Kahretsin," diye mırıldandım ve eve doğru, "Geliyorum!" diye seslendim.

"Haydi gidelim." Jacob gülümsedi. Bu gizli iş onu bayağı eğlendiriyordu. Işığı kapatınca bir an kör gibi oldum. Sonra Jacob elimi tuttu ve beni garajdan çıkartarak ağaçlara doğru götürdü. Yolu bildiği için ayakları rahatça ilerliyordu. Elleri sert ama sıcaktı.

Yol düz olmasına rağmen karanlıkta takılıp duruyorduk. Evi görünce ikimiz de kahkahalar attık. Gülmeye pek alışık değildim, o yüzden de kahkahalar atıyor olmam garibime gidiyordu.

Charlie küçük siyah balkonun altında, Billy de hemen arkasındaki kapının girişinde duruyordu.

"Merhaba baba," dedik ikimiz bir ağızdan ve tekrar kahkahalara boğulduk.

Charlie gözlerini kocaman açtı ve Jacob'ın bana sarılmış eline baktı.

"Billy bizi yemeğe davet etti."

"Gizli ve muhteşem spagetti tarifim. Nesillerdir yapılıyor," dedi Billy gülerek.

Jacob homurdandı. "Ragu'nun* uzun zamandan beri piyasada olduğunu sanmıyorum."

Ev kalabalıktı. Harry Clearwater ve ailesi de oradaydı; karısı Sue ve iki çocukları. Leah benim gibi son sınıf öğrencisiydi ama benden bir yaş büyüktü. Egzotik bir güzelliği vardı; mükemmel bakır rengi bir ten, parlak siyah saçlar ve uzun kirpikler. İçeri girdiğimizde Billy'nin telefonunda erkek arkadaşıyla konuşuyordu ve neredeyse bütün akşam boyunca telefonu hiç elinden bırakmadı. Seth, on dört yaşındaydı ve Jacob'a karşı büyük bir hayranlık duyuyordu.

Mutfak masası için çok kalabalıktık, o yüzden Charlie ve

---

* İtalya'da hamur işleriyle servis edilen et bazlı sos.

Harry bahçeden sandalyeleri taşıdılar ve tabakları dizimizin üzerine koyarak Billy'nin açık kapısından gelen kısık ışıkta spagetti yedik. Erkekler maç hakkında konuştu ve Harry'le Charlie balık tutma planları yaptılar. Sue kocasına kolesterol problemini hatırlattı, onu sağlıklı yeşil ve lifli bir şeyler yemeye ikna etmeye çalıştı fakat başarısız oldu. Jacob çoğunlukla benimle ve Seth'le konuştu. Bütün bu zaman boyunca Charlie beni izleyip durdu, belli etmemeye çalışıyordu ama memnun bir ifadesi vardı.

Ev o kadar gürültülüydü ki bazen herkes aynı anda konuşunca kafam karışıyordu. Bu yüzden de çok fazla konuşmadım ama fazlasıyla güldüm, mecburen değil gülmek istediğim için.

Gitmeyi istemiyordum.

Tabii burası Washington'dı ve doğal olarak kaçınılmaz bir yağmur partiyi böldü. Billy'nin salonu küçük olduğu için de herkes evlerine dağılmak zorunda kaldı. Charlie'yi Harry getirdiği için eve birlikte gittik. Bana günümü sordu ve ben de ona doğruyu anlattım; Jacob'la parça almaya gittiğimi ve çalışırken onu garajda seyrettiğimi.

"Onu tekrar ziyaret etmeyi düşünüyor musun?"

"Yarın okuldan sonra," diye itiraf ettim. "Ödevlerimi yanıma alırım merak etme."

"Götürdüğüne emin ol," dedi ciddi bir ses tonuyla. Mutluluğunu saklamaya çalışıyordu.

Eve girdiğimizde biraz gerilmiştim. Yukarı çıkmak istemiyordum. Jacob'ın yokluğunda gerginliğim daha çok artıyordu. Ayrıca, iki gece üst üste iyi bir uyku çekemeyeceğimden de emindim.

Uyumayı biraz olsun ertelemek için e-postalarımı kontrol ettim, Renée'den bir mesaj vardı.

Gününün nasıl geçtiğini anlatmıştı. Yeni girdiği kitap kulübünün bütün vaktini aldığı için meditasyon sınıfını bırakması gerektiğinden, ikinci sınıfların dersine girmeye başlayınca anasınıfını nasıl özlediğinden bahsetmişti. Phil'in yeni işinden çok memnun olduğunu ve Disney World'e ikinci bir balayı için tekrar gitmek istediklerini yazmıştı.

Ve fark ettim ki bütün posta birine yazılmış bir mektuptan ziyade bir günlük gibiydi. İçimi, arkasından ince bir sızı bırakan bir pişmanlık kapladı. Nasıl bir evlattım böyle.

Hemen ona geri yazdım. Mektubundaki her bölüme yorumlar yazdıktan sonra ben de büyük bir hevesle Billyler'in evindeki spagetti partisini, Jacob'ı çalışırken seyrettiğimi, onun her metal parçasını nasıl kullanışlı bir hale getirdiğini hayranlık ve biraz da kıskançlıkla anlattım. Bu mektubun son aylarda gönderdiğim diğer mektuplardan farklı olmasını istiyordum. Geçen hafta ona ne yazdığımı tam hatırlamıyordum ama pek içten gelerek yazılmadığına emindim. Bütün bunları düşündükçe kendimi daha çok suçlu hissettim, onu meraklandırmış olmalıydım.

E-postayı yazdıktan sonra biraz daha oyalandım ve yapmam gerekenden fazla ödev yaptım. Ama biliyordum, ne uyku problemi ne de Jacob'la geçirdiğim vakit, aslında bazı yönlerden beni oldukça mutlu etse de rüyamı benden iki gece üst üste uzak tutabilirdi.

Titreyerek uyandım, yüzüm yastığa gömülmüş olduğu için çığlığım çok yüksek çıkmamıştı.

Sabahın hafif ışığı, pencereden süzülünce yatağın içinde doğruldum ve rüyanın etkisinden kurtulmaya çalıştım. Dün gece gördüğüm rüyada farklı olan bir şeyler vardı.

Dün gece ormanda yalnız değildim. Sam Uley – beni yerden kaldırıp, kendimde değilken, eve kadar taşıyan adam – oradaydı. Bu garip ve beklenmeyen bir değişiklikti. Adamın koyu gözleri şaşırtıcı şekilde soğuktu, paylaşmak istemediği sırlarla doluydu. Onun da her zaman içinde olduğum bu panik ortamında olması beni rahatsız ediyordu. Belki de bunun sebebi ona direk olarak bakmıyor oluşumdu, adamın şekli titreşiyor ve değişiyordu. Orada öylece durmak ve izlemek haricinde başka bir şey yapmadı. Yardım teklifinde bile bulunmadı.

Charlie yine kahvaltı boyunca beni izledi ama ben onu görmezden geldim. Sanırım bunu hak ediyordum. Benim için meraklanmamasını bekleyemezdim. Muhtemelen haftalar önce benden ümidini kesmişti. Aslında, ben de normale döneceğim günü bekliyordum. Fakat yalnızca iki gün, iyileşmek için yeteri kadar uzun bir zaman sayılmazdı.

Okul ise tam tersiydi. İnsanların benimle ilgilenmediğinin yeni yeni farkına varmaya başlamıştım.

Forks Lisesi'ne başladığım ilk günü hatırlıyorum da, ıslak kaldırımın üzerine kıvrılıp bukelamun gibi renk değiştirmeyi ne kadar da çok istemiştim. Bu dileğim nihayet gerçekleşiyordu, ancak aradan koca bir sene geçtikten sonra.

Sanki orada değildim. Hatta öğretmenlerim bile boş gözlerle bana bakıp geçiyorlardı.

Bütün sabah boyunca dersi dinledim. Etrafımdaki insanların seslerini yeniden duymaya başlamıştım. Neler olup bittiğini anlamaya çalışıyordum ama konuşmalar birbirleriyle o kadar alakasızdı ki denemeyi bıraktım.

Matematik dersinde yanına oturduğumda Jessica bana bakmadı.

"Selam Jess," dedim umursamadan. "Hafta sonunun geri kalanı nasıl geçti?"

Bana şüpheli gözlerle baktı. Hâlâ sinirli olabilir miydi? Ya da çılgın bir insana vakit ayıramayacak kadar sabırsız mıydı?

"Süper," dedi ve tekrar kitabına döndü.

"Harika," diye mırıldandım.

Sırtını çevirmek kelimesi gerçekten de doğruydu. Yerden esen sıcak havayı hissetmeme rağmen hâlâ üşüyordum. Sandalyemin arkasına astığım ceketimi aldım ve tekrar üzerime giydim.

Dördüncü ders geç bitti. Yemekhaneye gittiğimde her zaman oturduğum masanın dolu olduğunu gördüm. Mike,

Jessica, Angela, Conner, Tyler, Eric ve Lauren oradaydılar. Katie Marshall, bizim sokağın köşesinde oturan kızıl saçlı kız, Eric ve Austin Marks'la beraber oturuyordu, motosikletli çocuğun büyük abisi de tam yanındaydı. Ne kadar zamandır burada oturduklarını merak ettim. İlk defa mı böyle oturuyorlardı yoksa bu uzun süredir devam ettirdikleri bir alışkanlık mıydı?

Kendime sinir olmaya başlamıştım. Geçen dönemden beri sanki kendimi koruyucu bir balonun içine hapsetmiştim.

Mike'ın yanına oturduğumda kimse kafasını kaldırıp bana bakmadı, hatta sandalyeyi çekerken yere sürtünüp korkunç bir ses çıkarttığımda bile kimsenin ilgisini çekmeyi başaramadım.

Muhabbete katılmaya çalıştım.

Mike ve Conner spor hakkında konuşuyorlardı, o yüzden sohbetlerine katılmaktan vazgeçtim.

Lauren, "Ben nerede bugün?" diye sordu Angela'ya. Kulak kesildim, konu ilgimi çekmişti. Acaba Angela ve Ben hâlâ birlikteler miydi?

Lauren'ı tanımakta güçlük çektim. Sarı, ipek gibi upuzun saçlarını kesmişti. O kadar kısaydı ki adeta bir erkeğe benziyordu. Bu ondan hiç beklenmeyecek bir davranıştı. Keşke neden bunu yaptığını bilseydim. Acaba sakız mı yapışmıştı? Satmış mıydı? Beden dersinde kötü davrandığı insanlar onu yakalayıp ceza olsun diye saçlarını mı kesmişlerdi? Eski davranışlarına göre onu yargılamak çok da adil bir davranış değildi. Tek bildiğim artık çok iyi bir insana dönüştüğüydü.

"Ben midesini üşüttü," dedi Angela sakin bir sesle. "Şansa uzun sürmedi. Dün oldukça kötüydü."

Angela'nın da saçları değişmişti. Katları uzamıştı.

"Siz ikiniz bu hafta sonu ne yaptınız?" diye sordu Jessica. Sesi, cevabı pek merak ediyormuş gibi çıkmamıştı. Sadece kendi hikâyelerini anlatmak için zemin hazırladığına emindim. Acaba ben onun, yalnızca iki sandalye uzağında otururken, Port Angeles'da neler olup bittiğini anlatacak mıydı? İnsanların yanımda dedikodumu rahatça yapabilecekleri kadar görünmez miydim?

"Aslında bu cumartesi pikniğe gidecektik ama vazgeçtik," dedi Angela. Sesindeki ton dikkatimi çekmişti.

Jess, "Bu çok kötü," dedi ve kendi hikâyesini anlatmaya hazırlandı. Fakat Angela'nın ses tonundaki garipliğin farkına varan tek kişi ben değildim.

"Ne oldu?" diye merakla sordu Lauren.

"Evet," dedi Angela, her zamankinden daha çekingendi. "Kuzeye doğru gidiyorduk. Neredeyse kaplıcalara kadar geldik, yoldan bir mil içeride çok iyi bir yer bulduk. Ama tam yarı yola gelmiştik ki... Bir şey gördük."

"Ne gördünüz? Ne?" Lauren'ın soluk kaşları yukarıya kalkmıştı. Hatta Jess bile dikkat kesilmişti.

"Bilemiyorum," dedi Angela. "Ayı olduğunu düşündük. Siyah ve kocamandı."

Lauren homurdandı. "Off, sen de mi?" Gözlerinde gördüğüm alaycılık onun hakkında oluşan tüm iyi düşüncelerimin uçup gitmesine sebep oldu. Görünen o ki kişiliği saçları kadar değişmemişti. "Tyler da aynı uyduruk hikâyeden bahsetti."

"Kaplıcalara o kadar yakında bir ayı görmenize imkân yok," dedi Jessica, Lauren'ın tarafına geçerek.

"Gerçekten mi?" dedi Angela itiraz ederek ve gözlerini masaya eğdi. "Biz gördük."

Lauren gülümsedi. Mike halen Conner'la konuşuyor, kızlarla ilgilenmiyordu.

"Hayır, doğru söylüyor," dedim sabırsızca. "Cumartesi günü bir gezgin de ayı gördüklerini söyledi Angela. Kocaman ve siyah olduğunu ve kasabanın hemen dışında gördüğünü söyledi, değil mi Mike?"

Bir an bir sessizlik çöktü. Masadaki bütün gözler şok içinde bana baktılar. Masadaki yeni kız, Katie, sanki bir patlamaya şahit olmuş gibi ağzını açtı. Kimse kıpırdamıyordu.

"Mike?" diye mırıldandım. "Ayı hikâyesini anlatan adamı hatırlıyor musun?"

"E-Evet," diye kekeledi Mike. Neden bana böyle garip baktığını anlamadım. Onunla işte konuşuyordum değil mi? Sanıyorum...

Mike kendine geldi. "Evet, bir adam geldi ve kocaman siyah bir ayı gördüğünü söyledi, boz ayıdan daha büyükmüş," diye onayladı.

"İşte," dedi Lauren ve Jessica'ya döndü omuzlarını dikleştirerek. Sonra konuyu değiştirdi.

"USC'den bir haber aldın mı?" diye sordu.

Mike ve Angela hariç herkes başka tarafa baktı. Angela bana bakarak hafifçe gülümsedi ve ben de ona gülümsedim.

"Sen bu haftasonu ne yaptın Bella?" diye sordu Mike, meraklı ve garip bir şekilde ihtiyatlıydı.

Lauren hariç herkes bana baktı.

"Cuma akşamı Jessica ve ben, Port Angeles'ta sinemaya gittik. Cumartesi öğleden sonrasını ve neredeyse bütün pazarı da La Push'da geçirdim."

Gözler Jessica'yla bana döndü. Jess bu durumdan oldukça rahatsız olmuşa benziyordu. Eminim benimle beraber vakit geçirdiğini kimsenin bilmesini istemiyordu. Belki de hikâyeyi kendisi anlatmak istiyordu.

"Hangi filmi gördünüz?" dedi Mike, bu sefer gülümsüyordu.

"*Ölüm Çıkmazı* – zombilerle ilgili bir film." Cesaretle gülümsedim. Belki de, kendimin de adeta bir zombiye dönüştüğü son aylardaki hatalarımı düzeltebilirdim.

"Çok korkunç bir film olduğunu duydum. Sence de öyle değil mi?" Mike konuşmayı devam ettirmek konusunda kararlıydı.

Jessica, "Bella filmin sonuna gelmeden çıktı, çıldırmış gibiydi," dedi ve sinsice güldü.

Kafamı salladım ve utanmış gibi gözükmeye çalıştım. "Oldukça korkunçtu."

Öğlen yemeği bitene kadar Mike bana soru sormaya devam etti. Diğerleri kendi muhabbetlerine devam etmelerine rağmen hâlâ bana bakıyorlardı. Angela, daha çok Mike ve benimle konuştu ve tepsimi boşaltmaya giderken de benimle geldi.

"Teşekkürler," dedi masadan yeteri kadar uzaklaştığımızda kısık bir sesle.

"Ne için?"

"Konuşup beni savunduğun için."

"Sorun değil."

Bana merakla baktı. "İyi misin?"

İşte bu yüzden kız kıza filme gitmek için. Angela yerine Jessica'yı seçmiştim, ki aslında Angela'yı her zaman daha çok severim. Angela çok daha zekidir.

"Tam olarak değil," diye itiraf ettim. "Ama biraz daha iyiyim."

"Sevindim," dedi. "Seni özledim."

Lauren ve Jessica bize doğru yaklaştılar, Lauren'ın yüksek sesle fısıldadığını duydum. "Ne güzel, Bella geri geldi."

Angela gözlerini devirdi ve bana cesaret vererek gülümsedi.

Her şeye en baştan başlıyormuşum gibi hissediyordum.

"Bugün günlerden ne?" diye meraklandım.

"On dokuz Haziran."

"Hımm."

"Ne oldu?" diye sordu Angela.

"Tam bir yıl önce dün, buradaki ilk günümdü."

"Hiçbir şey değişmedi," diye mırıldandı Angela, Lauren ve Jessica'ya bakarak.

"Biliyorum, ben de tam aynı şeyi düşünüyordum."

7. TEKRAR

Burada ne halt ettiğimden emin değildim. Kendimi zombi sersemliğine döndürmeye mi uğraşıyordum? Mazoşist mi olmuştum? Kendime işkence etmekten zevk mi alıyordum? Bir an önce La Push'a gitmeliydim, Jacob'ın yanında kendimi oldukça iyi hissediyordum. Bunu yapmak hiç sağlıklı değildi.

Fakat yine de, yavaşça geniş şeritten gitmeye devam ettim. Ağaçlar yolun üzerinde yeşil, canlı bir tünel gibi uzanıyordu. Ellerim titriyordu, direksiyonu daha sıkı kavradım.

Bunu yapmamın nedenlerinden bir tanesi de kâbusumda yer almasındandı. Şimdi uyanıktım ve rüyanın boşluğu, bir köpeğin kemiği kemirmesi gibi sinirlerimi kemiriyordu.

Aramam gereken bir şey vardı. Ulaşılamaz ve imkansız, umursamaz ve çılgın... ama orada bir yerdeydi. Buna inanmalıydım.

Diğer bir sebep de bugün okulda hissettiğim garip tekrar hissiydi, tarihin aynı olmasıydı. Her şeye yeniden başlıyormuş gibi hissetmemdi.

Kelimeler sessizce kafamda uçuştu, sanki onları duymaktan ziyade okuyordum:

Hiç varolmamışım gibi olacak.

Buraya geliş nedenimi iki ayrı sebebe ayırarak kendime yalan söylüyordum. Gelmemdeki en güçlü motivasyonu kendi kendime itiraf edemiyordum. Zihnim sağlıklı bir şekilde çalışmıyordu.

Gerçek şu ki, onun sesini tekrar duymak istiyordum, aynı cuma akşamı garip bir hayalde duyduğum gibi. Mükemmel ve tatlı bir yumuşaklıkta gelen sesini hiç acı duymadan hatırlıyordum. Hiç bitmiyordu, acı beni tekrar bulmuştu. Bu salaklıkla bulacağından da emindim zaten. Ama onu duyabildiğim bu hassas dakikaların dayanılmaz bir cazibesi vardı. Bu tecrübeyi tekrar yaşamak için bir yol bulmalıydım... Aslında tecrübe demek çok doğru değil, *olay*.

Anahtar kelimenin deja vu olduğunu umuyordum. İşte o yüzden onun evine gidiyordum, o uğursuz doğum günümden beri aylardır gitmediğim yere.

Büyümüş çalıların arasından ilerliyordum. Yol, yaramı açtıkça açıyordu. Daha hızlı gitmeye başladım. İyice tedirgin olmaya başlamıştım. Ne kadar zamandır yoldaydım? Çoktan eve gelmiş olmam gerekmiyor muydu? Yolun kenarındaki ağaçlar o kadar büyümüştü ki hiçbir şey tanıdık gelmiyordu.

Ya bulamazsam? Titredim. Ya etrafta dokunulur bir kanıt yoksa?

Bir anda ağaçların arasında bir boşluk oldu.. Eğreti otlar evin etrafındaki otlaktan içeriye süzülmüş, sedir ağaçlarının etrafını sarmıştı, hatta verandayı bile kaplamıştı. Sanki bahçeyi sel basmıştı; bel hizasında tüyden dalgalarla.

İşte ev oradaydı, ama aynı değildi. Aslında dışarıdan bakınca hiçbir şey değişmemişti. Boş olduğu camlardan belli oluyordu. Ürkütücüydü. Bu evi ilk gördüğüm günü hatırladım, ne kadar da güzeldi. Şimdi ise vampirlerin uğrak yeri gibi duruyordu.

Frene bastım ve uzaklara baktım. Daha ileriye gitmeye korkuyordum.

Ama hiçbir şey olmadı. Hiç ses duymuyordum.

Motoru çalışır vaziyette bıraktım ve otlardan oluşmuş denizin içine atladım. Belki, aynı cuma akşamı olduğu gibi, eğer ileriye doğru yürürsem...

Boşluğa doğru yaklaştım, yavaşça ilerledim. Kamyonetimden gelen yüksek homurtular beni rahatlatıyordu. Veranda merdivenlerine yaklaştığımda durdum çünkü orada hiçbir şey yoktu. Varlıklarını hissedebileceğim bir şey yoktu, onun varlığını da. Ev somut olarak buradaydı ama çok fazla bir şey ifade etmiyordu. Bu somut gerçek asla kâbuslarımın önüne geçemezdi.

Daha fazla yaklaşmadım. Camdan içeriye bakmak istemiyordum. Neyi görmenin benim için daha zor olacağından emin değildim. Eğer odalarda eşya yoksa, boşluktan yankı yapacaktı ve bu kesinlikle canımı acıtacaktı. Aynı büyükannemin cenazesindeki gibi... Annem dışarıda beklemem için ısrar etmişti. Ninemi öyle görmememin benim için daha iyi olacağını söylemişti, onu öyle hatırlamam iyi olmayacaktı.

Hiçbir değişiklik olmaması daha kötü olmayacak mıydı? Eğer koltuklar son gördüğüm gibi duruyorlarsa, duvarlardaki tablolar, piyano hâlâ yerindeyse? Ya her şey, hiç dokunulmamış ve unutulmuş bir şekilde yerinde duruyorsa?

Aynı benim gibi.

Boşluğa arkamı döndüm ve kamyonetime doğru hızla yürüdüm, neredeyse koşuyordum. Tekrar insanların arasına dönme fikri beni tedirgin ediyordu. Kendimi iğrenç bir şekilde boş hissediyordum, o an Jacob'ı görmek istedim. Belki de yeni bir hastalık geliştiriyordum. Bu, aynı hissizliğim gibi başka bir alışkanlıktı. Umurumda değildi. Gaza sonuna kadar bastım.

Jacob beni bekliyordu. Onu görür görmez, göğsümdeki sıkışma hissi kayboldu. Artık daha rahat nefes alabiliyordum.

"Hey Bella," diye seslendi.

Gülümsedim. "Hey Jacob," dedim, bir yandan da camdan bakan Billy'ye el salladım.

"Haydi işe koyulalım," dedi. Sesi kısık çıkmıştı ama oldukça hevesliydi.

"Cidden, benden hâlâ bıkmadın mı?" diye sordum gülerek Birinin arkadaşlığına çaresizce ihtiyacım olduğunu düşünüyor olmalıydı.

Jacob garaja doğru yürüdü.

"Hayır. Henüz değil."

"Lütfen senin sinirlerini gerdiğim zaman bana söyle. Senin için sıkıntı olmak istemiyorum."

"Tamam." Kahkaha attı. "Ama emin ol, bunu istemezdin."

Garaja girdiğimde, kırmızı motosikletin dik duruyor olmasına şaşırdım. Bir metal yığınından ziyade tam bir motosiklet gibi duruyordu.

"Jake, sen inanılmazsın," diye haykırdım.

Bir kahkaha daha attı. "Bir projem olduğunda kendimi kaybediyorum." Omuz silkti. "Eğer biraz aklım olsaydı, onu biraz daha geç bitirirdim."

"Neden?"

Yere baktı. Uzun süre cevap vermediği için sorumu duymadığını zannettim. Sonunda cevap verdi. "Bella, eğer sana bu motosikletleri tamir edemeyeceğimi söylesem, ne derdin?"

Hemen cevap vermedim. Başını kaldırdı ve yüzüme baktı.

"Derdim ki... Bu çok kötü, ama başka bir şeyler yapabiliriz. Hatta çok çaresiz kalırsak, ödev bile yapabiliriz."

Jacob gülümsedi, rahatlamış görünüyordu. Motorun yanına diz çöktü ve eline bir İngiliz anahtarı aldı. "Yani, tamiri bitirmiş olsam da yanıma gelirdin, öyle mi?"

"Bunun için mi sormuştun?" Başımı salladım. "Sanırım

senin mekanik yeteneklerinden faydalanıyorum. Ama sen benim gelmemi istediğin sürece, burada olacağım."

"Tekrar Quil'i görmek için, değil mi?" diye dalga geçti.

"Beni yakaladın."

Kıkırdadı. "Gerçekten benimle vakit geçirmeyi seviyor musun?" diye sordu hayretle.

"Hem de çok. Bunu sana kanıtlayacağım. Yarın çalışmam gerekiyor ama Çarşamba günü mekanik olmayan bir şeyler yapabiliriz."

"Ne gibi?"

"Hiçbir fikrim yok. Bizim eve gidebiliriz. Ödevlerini getirebilirsin. Geri kalmış olmalısın çünkü ben bir hayli geri kaldım."

"Ödev yapmak güzel bir fikir."

"Evet," diye onayladım. "Bazen sorumluluklarımıza sahip çıksak iyi olur çünkü Billy ve Charlie bizim yakamızı bırakmayacaklar." İkimizden bir arada bahsetmem hoşuna gitmişti, gözleri bir an ışıl ışıl oldu.

"Haftada bir gün ödev yapalım mı?"

"Belki de iki kere yapsak daha iyi olur," dedim, bugün verilen yığınla ödevi düşünerek.

Derin bir nefes aldı. Alet kutusunun yanındaki market poşetlerine uzandı. İki kutu gazoz çıkarttı ve bir tanesini açarak bana uzattı. Sonra ikinciyi açtı ve resmi bir havada kaldırdı.

"O zaman sorumluluk duygumuza," diyerek kadeh kaldırdı. "Haftada iki kere."

"Ve geride kalan diğer günlerdeki sorumsuzluğumuza," diye ekledim.

Gülümseyerek kutusuyla kutuma vurdu.

***

Eve planladığımdan daha geç gittim. Charlie beni beklemektense pizza sipariş etmişti. Özür dilememi istemedi.

"Umurumda değil," dedi. "Zaten yemek yapmaya ara vermenin zamanı gelmişti."

Benim tekrar normal bir insan gibi davranmamdan mutluluk duyduğunu biliyordum.

Ödevlerime başlamadan önce e-postalarımı kontrol ettim. Renée'den uzun bir cevap gelmişti. Ona yazdığım her detaya yorum yazmıştı. Ona tekrar, yorucu ve uzun günümle ilgili bir e-posta yazdım. Motosikletler hariç her şeyi. Kaygısız Renée bile motosikletleri duyunca panik olabilirdi.

Salı günü okul şöyle böyleydi. Angela ve Mike bana kucaklarını açtılar, ki son aylardaki anormal davranışlarımı düşünecek olursak bu büyük bir kibarlıktı. Jess daha dirençliydi. Acaba Port Angeles'ta olanlar için benden yazılı bir özür mü bekliyordu?

Mike, işteyken daha konuşkan ve hareketliydi. Sanki bir sömestr boyunca konuşacaklarını biriktirmişti ve şimdi hepsi taşıyordu. Onunla beraber gülüp kahkaha atabildiğimi fark ettim fakat yine de onunlayken Jacob'ın yanında olduğum kadar rahat değildim. Mesai bitimine kadar oldukça iyi vakit geçirdik.

Ben iş yeleğimi çıkartıp tezgâhın altına koyarken, Mike da *kapalı* tabelasını kapıya asıyordu.

"Bu akşam çok eğlendim," dedi mutlu mutlu gülümseyerek.

"Evet," dedim. Aslında bütün öğleden sonrasını garajda geçirmeyi tercih ederdim.

"Geçen hafta filmden erken çıkman kötü olmuş."

Böyle düşünmüş olmasına şaşırmıştım. Omuzlarımı silktim. "Sanırım korkağın tekiyim."

"Söylemek istediğim, hoşuna gidebilecek daha iyi bir filme gitmelisin."

"Hımm," diye mırıldandım, hâlâ şaşkındım.

"Bu cumaya ne dersin? Benimle. Mesela korkunç olmayan bir filme gidebiliriz."

Dudağımı ısırdım.

Mike'la aramızdakileri berbat etmek istemiyordum. Hele de yaptığım çılgınlığı affeden az sayıda insandan biri olduğu için. Ama yine de, beraber çıkma fikri bana oldukça uzak geliyordu. Sanki bu yıl hiç yaşanmamıştı. Keşke yine Jess'i bir bahane olarak kullanabilseydim.

"Çıkmak gibi mi?" diye sordum. Bu durumun üstesinden gelebilmek için muhtemelen en iyi tutum dürüstlük olacaktı.

Ses tonumun değiştiğini fark edince, "Eğer istersen. Ama öyle olmak zorunda da değil," dedi.

"Ben kimseyle çıkmıyorum," dedim yavaşça, bir yandan bunun ne kadar doğru olduğunun farkına vararak. Bütün dünya bana oldukça uzak görünüyordu.

"Sadece arkadaş olarak?" Mavi gözleri artık o kadar da istekli görünmüyordu. Gerçekten arkadaş olabileceğimizi istemesini diledim.

"İyi olabilirdi. Ama bu cuma için çok önceden bir plan yapmıştım. Haftaya ne dersin?"

"Ne yapacaksın?" diye sordu.

"Ödev. Bir arkadaşımla ödev yapmayı planlamıştık."

"Ah, tamam o zaman. Belki haftaya yaparız."

Arabama kadar bana eşlik etti, eskisine kıyasla daha az istekliydi. Bana Forks'taki ilk aylarımı hatırlattı. Çevrem genişti ama şimdi her şey yankı gibiydi. Alıştığı ilgiden yoksun boş bir yankı.

Bir sonraki gece, Jacob'la beni salonun yerine yayılmış kitapların içine gömülmüş gören Charlie hiç de şaşırmış görünmüyordu. Sanırım Billy ve Charlie arkamızdan konuşuyorlardı.

"Selam çocuklar," dedi ve gözleri mutfakta dolandı. Bütün öğleden sonramı harcayarak uğraştığım lazanyanın kokusu bütün holü sarmıştı. Bu işte gittikçe iyi oluyordum, hem de ısmarlanan pizzaları telafi etmek için daha çok çaba gösteriyordum.

Jacob akşam yemeğe kaldı ve giderken bir tabak da Billy'ye götürdü.

Cuma günü garajdaydık ve cumartesi, Newton'daki mesaimden sonra tekrar ödev yaptık. Charlie de gönül rahatlığıyla Harry'yle balığa çıktı. Döndüğünde, biz ödevlerimizi bitirmiş, Discovery Kanalı'nda *Canavar Garaj* belgeselini seyrediyorduk.

"Sanırım gitsem iyi olacak," dedi Jacob iç çekerek. "Tahmin ettiğimden daha geç olmuş."

"Tamam nasıl istersen," dedim üzgün bir ses tonuyla, "Seni eve bırakırım."

İsteksizliğim hoşuna gitmiş gibiydi.

"Yarın tekrar iş başına." Kamyonetin içinde duyulmayacağımız için rahatça söyledim. "Kaçta gelmemi istersin?"

"Ben seni ararım, tamam mı?" dedi. Sesinde açıklanamayacak bir heyecan vardı.

"Tamam." Kaşlarımı çattım, neler olduğunu merak etmiştim. Gülümsemesi bütün yüzüne yayıldı.

Ertesi günü Jacob'ın beni aramasını beklerken evi temizledim ve dün geceki kâbusun etkisini üzerimden atmaya çalıştım. Sahne değişmişti. Bu sefer geniş otlağın ve kocaman ağaçların içinde amaçsızca dolanıyordum. Kaybolmuştum ve yalnızdım. Geçen hafta yaptığım aptal yolculuk yüzünden kendimi tekmelemek istedim. Rüyayı aklımdan çıkartmaya çalıştım. Keşke bir yerde kilitli olsaydım ve hiç kaçamasaydım.

Charlie dışarıda motorunu siliyordu. Telefon çalınca tuvaleti temizlediğim fırçayı yerine bırakıp aşağıya koşturdum.

Nefes nefese kalmış bir halde, "Alo?" dedim.

"Bella," dedi Jacob, garip, resmi bir ses tonuyla.

"Selam Jake."

"Sanırım... Bir randevumuz var," dedi imalı bir şekilde.

Anlamam için bir saniye geçti. "Bittiler mi? İnanamıyorum!" Harika bir zamanlamaydı, beni kâbuslarımdan ve içimdeki delikten kurtaracak bir şeye ihtiyacım vardı."

"Evet, çalışıyorlar."

"Jacob, sen tanıdığım en yetenekli ve en mükemmel insansın. Bunun için sana on yaş veriyorum."

"Süper! Artık orta yaşlıyım."

Bir kahkaha attım. "Hemen geliyorum!"

Temizlik malzemelerini dolaba tıkıştırdım ve ceketimi aldım.

"Jake'i görmeye mi gidiyorsun," dedi Charlie yanımdan geçerken.

"Evet," dedim ve kamyonete atladım.

"Ben de istasyona gideceğim," diye seslendi.

"Tamam," diye bağırdım ve motoru çalıştırdım.

Charlie başka bir şey daha söyledi ama motorun gürültüsünden ne dediğini anlayamadım. Sanki "Yangın mı var?" der gibiydi.

Motosikletleri dışarıya çıkartmak kolay olsun diye kamyoneti Blackler'in evinin dış tarafına park ettim. İki parlak motosiklet, biri kırmızı biri siyah, çalılığın altına gizlenmişti ve evden görülmesi imkânsızdı. Jacob hazırdı.

Gidonlara mavi kurdele sarmıştı. Jacob evden koşarak gelirken kahkahayla gülüyordum.

"Hazır mısın?" diye sordu kısık bir sesle. Gözleri parıl parıldı.

"Evet," dedim ama kendimi önceden olduğu kadar heyecanlı hissetmiyordum. Kendimi motorun *üzerinde* hayal etmeye çalıştım.

Jacob motorları kamyonetin üzerine taşıdı ve gözükmesinler diye yana yatırdı.

"Haydi gidelim," dedi. Heyecanlıydı. "Bizi kimsenin göremeyeceği iyi bir yer biliyorum."

Kasabanın güneyine doğru yol aldık. Toprak yol, ormanın bir içinden bir kenarından gidiyordu, bazen sırf ağaç vardı ve bazen de Pasifik Okyanusu'nun ufka doğru uzanan nefes kesen görüntüsü. Sahilden yüksekteydik, plajın üzerindeki tepelerden gidiyorduk ve manzara tek kelimeyle muhteşemdi.

Hem yola hem de okyanusa bakabileyim diye, yavaş sürüyordum. Jacob motorları nasıl bitirdiğini anlatıyordu ama açıklamaları oldukça teknik olduğundan fazla dikkatimi vermiyordum.

Tam o sırada kayalığın ucunda, uçurumun dibinde dört kişinin durduğunu fark ettim. Mesafeden yaşlarını tahmin etmem güçtü ama erkek olduklarını anlamıştım. Havanın serinliğine rağmen üzerlerinde bir tek şort vardı.

Ben bakarken uzun olan kişi kenara yaklaştı. Otomatik olarak yavaşladım, ayağım fren pedalının üzerinde duruyordu.

Ve adam bir anda kendini uçurumdan attı.

"Hayıırr!" diye bağırdım ve frene bastım.

"Ne oldu?" diye bağırdı Jacob.

"Adam kendisini uçurumdan aşağıya attı! Neden onu durdurmadılar? Ambulans çağırmalıyız!" Kapıyı açıp dışarıya fırladım. Telefon için en yakın yer Billy'nin eviydi. Gördüklerime inanamıyordum. Belki de gördüklerimin hepsi bilinçaltımın bana oynadığı bir oyundu.

Jacob gülmeye başlayınca ona bakmak için döndüm. Nasıl bu kadar soğukkanlı olabiliyordu?

"Yamaç dalışı yapıyorlar Bella. Spor. Biliyorsun, La Push'ta alışveriş merkezi yok."

"Yamaç dalışı mı?" Afallamıştım. ikinci adam kenara yaklaşırken inanamayarak baktım. Adam kayalığın ucunda durdu, mutlu bir şekilde kendini bıraktı ve koyu gri dalgaların içine daldı.

"Çok yüksek," dedim arkama yaslanarak, hâla kalan iki dalgıca bakıyordum. "Otuz metre kadar olmalı."

"Evet, bazılarımız daha aşağılardan atlıyoruz, yarı mesafesindeki kayayı görüyor musun tam oradan." Gösterdiği yer daha makul bir yükseklikteydi. "Bu adamlar çıldırmış. Muhtemelen ne kadar cesur olduklarını göstermeye çalışıyorlar. Yani, bugün oldukça soğuk. Su da sıcak değildir herhalde." Suratı asıldı, konuşmam onu kırmış gibiydi. Biraz şaşırdım. Sanki Jacob hiç üzülmezmiş gibi geliyordu.

"Sen de mi atlıyorsun?"

"Tabii, tabii." Omuz silkti ve gülümsedi. "Oldukça eğlenceli. Biraz korkunç aslında."

Tekrar tepeye baktım, üçüncü adam kenara yaklaşıyordu. Hayatımda hiç bu kadar dünyayı umursamadan yapılan bir şey görmemiştim. Gülümsedim. "Jake, beni yamaç dalışına götürmelisin."

Kaşlarını çattı. "Bella, Sam için ambulans çağırmak üzereydin," diye hatırlattı. Uzaktan atlayanı tanımış olmasına şaşırmıştım.

"Denemek istiyorum," diye ısrar ettim. Arabadan indim.

Jacob bileğimden tuttu. "Bugün değil, tamam mı? En azından daha sıcak bir günü bekleyemez miyiz?"

"Tamam," diye onayladım. Esen rüzgârda tüylerim diken diken olmuştu. "Ama yakında gitmek isterim."

"Yakında." Gözlerini devirdi. "Bazen çok garip davranıyorsun, Bella. Farkında mısın?"

Derin bir iç çektim. "Evet."

"Ve en tepeden atlamayacağız."

İzlemeye devam ettim, büyülenmiştim. Üçüncü adam hızla koşarak kendini daha da ileriye doğru attı ve burgulu bir dalış yaptı. Kendini oldukça özgür hissediyor olmalıydı. Hiçbir şeyi düşünmüyor ve umursamıyor gibi.

"Bana uyar," dedim. "En azından ilkinde çıkmayız."

Bu sefer iç çekme sırası Jacob'taydı.

"Motosikletleri deneyecek miyiz, denemeyecek miyiz?"

"Tamam, tamam," dedim. Uçurumdan atlayan son insandan gözlerimi ayırdım ve kapıyı kapattım. Motor hâlâ gürültülü bir şekilde çalışıyordu. Tekrar yola koyulduk.

"Ee, kim bu çılgın çocuklar?" diye sordum merakla.

"La Push çetesi."

"Çete mi?" diye sordum. Sesim etkilenmiş gibi çıkmıştı.

Tepkime kahkahayla cevap verdi. "Öyle değil, sanki bozulmuş güvenlik kameraları gibidirler. Kavga etmezler, barışı sağlarlar." Homurdandı. "Makah civarından gelen bir adam vardı, bizden büyük, korkunç görünüşlü. Çocuklara esrar sattığına dair dedikodular dolanmaya başladı ve Sam Uley ile yandaşları, bu adamı bizim topraklardan uzaklaştırdılar. Tek bildikleri *bizim topraklar* ve *kabilenin onuru*... Gittikçe saçma olmaya başladı. En kötüsü de meclis bunları ciddiye almaya başladı. Embry, Sam'in meclisle bir ilişkisi olduğunu söyledi." Kafasını salladı, yüzünde bir burukluk vardı. "Embry, Leah Clearwater'dan duymuş. Onlar kendilerine 'koruyucular' gibi bir isim takmışlar."

Jacob, sanki bir şeye vuracakmış gibi yumruklarını sıktı. Onun bu yanını hiç görmemiştim.

Sam Uley'in adını duyduğuma şaşırmıştım. Görüntüsünün tekrar kâbuslarıma girmesini istemiyordum, o yüzden dikkatimi dağıttım. "Onlardan pek hoşlanmıyorsun."

"Çok mu belli ediyorum?" diye sordu.

"Aslında... Kötü bir şey yaptıkları yok." Onu rahatlatmaya, tekrar neşelenmesini sağlamaya çalıştım. "Rahatsız edici bir şekilde, çete için iyi tipler."

"Evet. Rahatsız edici iyi bir kelime. Sürekli gösteriş yapıyorlar, bu yamaç dalışı gibi. Şey gibi hareket ediyorlar... şey, bilmiyorum. Sanki sert adamlar gibi. Bir keresinde Embry ve Quil'le dükkândaydım, geçen dönem, ve Sam, *yandaşları* Jared ve Paul'le beraber geldi. Quil bir şey söyledi, ne kadar kocaman ağzın var gibi bir şey, ve bu Paul'u kızdırdı. Gözleri karardı. Delirmiş gibiydi, titriyordu. Sam, elini Paul'un göğsüne koydu ve kafasını salladı. Paul bir dakika boyunca ona baktı ve sakinleşti. Dürüst olmak gerekirse, onu sakinleştiren Sam'di. Sanki Sam onu durdurmasa, Paul bizi parçalayacaktı.

Sanki kötü bir kovboy filmi gibi. Biliyorsun, Sam oldukça büyük biri, yirmi yaşında. Ama Paul sadece on altı yaşında ve benden kısa, Quil kadar da iri değil. Sanırım aramızdan biri onu kolaylıkla alt edebilir."

"Sert çocuklar," diye onayladım. Kafamda canlandırabiliyordum ve bu düşünce bana bir şeyler hatırlattı... Uzun boylu, koyu tenli üç adam babamın salonunda duruyorlardı. Ben kanepede uzanmıştım ve yanımda Dr. Gerandy ve Charlie vardı... Onlar Sam'in çetesi miydi?

Kendimi karanlık hatıralardan başka tarafa çekmek için hemen konuşmaya başladım. "Sam bu tip işler için biraz fazla yaşlı değil mi?"

"Evet. Onun üniversiteye gitmesi gerekiyor ama o gitmedi. Ve hiç kimse bunu umursamadı. Kasaba meclisi, ablam yarım bursu geri çevirip evlendiğinde bir ton laf etmişti. Ama hayır, Sam Uley asla yanlış yapamaz."

Yüzünde daha önce hiç görmediğim çirkin çizgiler oluştu ve ilk bakışta anlayamadığım bir şey daha gördüm.

"Oldukça rahatsız edici ve... garip görünüyor. Ama neden bunu bu kadar kişisel algıladığını anlamıyorum." Yüzüne baktım ve onu kızdırmadığımı umdum. Sakinleşti ve camdan dışarıya bakmaya başladı.

"Çıkışı kaçırdın," dedi tekdüze bir sesle.

Geniş bir U dönüşü yaptım. Neredeyse yolun ucundaki ağaca çarpıyordum.

"Önceden haber verdiğin için çok sağ ol," diye homurdandım.

"Üzgünüm, dikkat etmiyordum."

Bir süre sessiz kaldık.

"Buralarda, herhangi bir yerde durabilirsin," dedi yumuşak bir ses tonuyla.

Kenara çektim ve motoru durdurdum. Kulaklarım, sessizliğe rağmen uğulduyordu. Dışarıya çıktık ve Jacob, arkadan motorları indirmeye gitti. Yüz ifadesini okumaya çalışıyordum. Bir şeylerin onu rahatsız ettiği belliydi. Sinirine dokunmuş olmalıydım.

Hafifçe gülümsedi ve kırmızı motoru indirdi. "Geçmiş doğum günün kutlu olsun. Hazır mısın?"

"Sanırım." Motor, artık tehdit ve korku dolu gözüküyordu.

"Yavaştan alacağız," diye söz verdi. Kendi motorunu indirmek için gittiğinde, dikkatli bir şekilde motorumu kamyonete yasladım.

"Jake..." dedim çekinerek.

"Evet?"

"Seni bu kadar rahatsız eden ne? Şu Sam meselesinden bahsediyorum. Yoksa başka bir şeyler mi var?" Yüzünü ekşitmişti ama sinirli gözükmüyordu. Toprağa baktı ve ayağıyla ön tekerleğin önüne vurmaya başladı. Sanki zaman kazanmak istiyordu.

Derin bir nefes aldı. "Sadece... bana karşı davranışı. Beni çıldırtıyor." Kelimeler ağzından hızlı hızlı çıkıyordu. "Biliyorsun, mecliste eşitlik olması gerekiyor ve eğer lider olacak biri varsa, o da babam. Neden insanların ona öyle davrandığını anlayamıyorum. Neden onun düşünceleri bu kadar önemli? Babası ve babasının babasıyla bir ilgisi olmalı. Benim büyük büyükbabam, Ephraim Black, sonuncu şefti ve belki de bu yüzden hâlâ Billy'yi dinliyorlar. Ama ben de herkes gibiyim. Hiç kimse bana *özel* davranmıyordu, bugüne kadar."

"Sam sana özel mi davranıyor?"

"Evet," dedi, korku dolu gözlerle bana bakarak. "Bana, sanki benden bir şeyler bekliyormuş gibi bakıyor... Sanki onun aptal çetesine katılacakmışım gibi. Bana, diğerlerinden daha çok ilgi gösteriyor ve ben bundan nefret ediyorum."

"Hiçbir şeye katılmak zorunda değilsin." Sesim sert çıkmıştı. Bu Jacob'ı gerçekten üzüyormuş gibi görünüyordu ve beni de çileden çıkartmıştı. Bu 'koruyucular' kendilerini ne zannediyorlardı?

"Evet." Ayağı tekerleğin önünde ritmik olarak gidip geliyordu.

"Ne?" Başka bir şeyler daha olduğunu fark ettim.

Kaşları çatıldı, yüzü kızgın olmaktan ziyade üzgün gibiydi. "Embry. Son günlerde benden uzak duruyor."

Bunun konuyla ilgisini anlayamadım. Acaba bunun sebebi ben miydim? "Benimle çok vakit geçirdin," diye hatırlattım. Kendimi biraz bencil hissettim, onu resmen tekelime almıştım.

"Hayır, ondan değil. Ve sadece ben de değil, Quil ve diğer herkes. Embry, bir hafta boyunca gelmedi, evine uğradık ama orada da yoktu. Geri geldiğinde, sanki çıldırmış gibiydi. Korkmuştu. Quil ve ben, ne olduğunu anlattırmaya çalıştık ama ikimizle de konuşmadı."

Tedirginlikle dudaklarımı ısırarak Jacob'a baktım, gerçekten de korkuyordu. Bana bakmadı. Lastiği tekmelemeye devam ediyordu.

"Sonra bu hafta, Embry'yi, Sam ve diğerleriyle takılırken gördük. Bugün yamaçta da vardı." Sesi kısık ve sertti.

Sonunda bana baktı. "Bella, benden çok onu rahatsız ederlerdi. Onlarla hiçbir şey yapmak istemezdi. Ama şimdi sürekli Sam'in etrafında dolaşıyor, sanki bir mezhebe katılmış gibi."

"Paul de aynı şekilde. Tamamen aynı durum. O da Sam'le arkadaş falan değildi. Sonra okula bir iki hafta gelmedi ve döndüğünde, Sam onun sahibi olmuştu. Bu ne anlama geliyor bilmiyorum. Çözemiyorum, ama çözmem gerektiğini biliyorum çünkü Embry benim arkadaşım ve... Sam'in bana bakışları..." Sustu.

"Bunu Billy'ye anlattın mı?" diye sordum. Korkusu bana da geçiyordu. Sırtımdan aşağıya bir ürperti indi.

Artık yüzüne sinir hakimdi. "Evet," diye homurdandı. "Çok yardımı oldu."

"Ne dedi?"

Jacob'ın yüz ifadesi alaycıydı ve babasının boğuk sesini taklit ederek, "Şu an dert etmen gereken bir şey değil, Jacob. Bir kaç yıl içersinde, eğer... aslında, bunu sana sonra açıklarım," dedi. Sonra kendi sesiyle devam etti. "Bundan ne anlamam gerekiyor? Bunun aptal bir buluğ çağı sorunu olduğunu mu söylemeye çalışıyor? Bu başka bir şey. Bir sorun var."

Alt dudağını ısırıyor, ellerini sıkıyordu. Sanki ağlayacak gibiydi.

İçgüdüsel olarak kollarımı beline doladım ve yüzümü göğsüne yasladım. Çok büyüktü, sanki ben çocuktum, o da büyük birisiydi.

"Ah Jake, her şey düzelecek!" diye söz verdim. "Eğer kötü giderse, ben ve Charlie'yle yaşa. Korkma, bir çaresini buluruz!"

Bir an dondu, sonra çekinerek uzun kollarını bana doladı. "Teşekkürler, Bella." Sesi her zamankinden daha kısık çıkmıştı.

Bir dakika boyunca öyle durduk. Bu beni üzmedi, hatta bu temas bana kendimi rahat hissettirdi. Ama bunun son sarıldığım kişiye karşı hissettiklerimle bir alakası yoktu. Bu arkadaşlıktı. Ve Jacob oldukça sıcaktı.

Bu kadar yakın olmak benim için garipti. Fizikselden ziyade duygusal olarak, aslında fiziksel olarak da garipti. Her zaman yaptığım bir şey değildi. Normalde insanlara bu kadar kolay bağlanamazdım.

insanlara değil.

"Eğer her zaman böyle karşılık vereceksen, daha çok çıldırırım." Jacob'ın sesi normal çıkmıştı. Kahkahası kulağımda gürledi. Parmakları saçlarımda gezindi, yumuşak ve çekingendi.

Evet, bu arkadaşlıktı.

Hemen geri çekildim ve onunla beraber güldüm. Onun da benimle hemfikir olduğundan emin olmalıydım.

"Senden iki yaş büyük olduğuma inanmak zor," dedim, *büyük* kelimesini özellikle vurgulayarak. "Kendimi cüce gibi hissediyorum." Yakınında dururken ona bakmak için kafamı kaldırmam gerekiyordu.

"Kırklarımda olduğumu unutuyorsun."

"Haklısın."

Hafifçe kafama vurdu. "Sanki minik, oyuncak bir bebeksin," diye dalga geçti. "Porselen bebek."

Gözlerimi devirdim ve geriye doğru bir adım daha attım. 'Yine mi ne kadar beyaz olduğumdan bahsedeceğiz?"

"Cidden Bella, olmadığına emin misin?" Yaprak kurusu rengindeki kolunu benimkinin yanına uzattı. Fark pek de iç açıcı değildi. "Senden daha solgun renkli birisini görmedim... Aslında şey hariç – " Sonra bir an sustu ve uzaklara baktı.

"Ee, sürecek miyiz?"

"Haydi o zaman," dedim heyecanla. Yarım dakika öncesinden daha hevesliydim. Yarım kalmış cümlesi, bana neden burada olduğumu hatırlatmıştı.

8. ADRENALİN

"Pekâlâ, debriyaj hangisi?"

Sol elimin altındaki kolu gösterdim. Bunu yaparken kolu bırakmak bir hataydı. Altımdaki ağır motor yalpaladı. Beni az kalsın üzerinden atıyordu. Tekrar kolu tuttum ve bırakmamaya özen gösterdim.

"Jacob, dik durmuyor," diye şikâyet ettim.

"Durur, sen ilerlediğinde duracak," diye söz verdi. "Şimdi freni göster."

"Sağ ayağımın altında."

"Yanlış."

Sağ elimi tuttu ve parmaklarımı gazın üstündeki kolun üzerine geçirdi.

"Ama sen dedin ki – "

"Bu senin kullanacağın fren. Şimdilik arka freni kullanma o sonrası için, ne yapman gerektiğini bildiğin zaman kullanırsın."

"Bu bana pek doğru gelmiyor," dedim şüpheyle. "İki fren de önemli değil mi?"

"Arka freni unut, tamam mı? Burası – " Elini, elimin üzerine koydu ve kolu sıkmamı sağladı. "Bu şekilde fren yapacaksın. Unutma." Elimi tekrar sıktı.

"Tamam," diye onayladım.

"Gaz?"

Sağdaki kolu çevirdim.

"Arka vites?"

Sol bacağımla dürtükledim.

"Harika. Sanırım bütün bölümleri biliyorsun. Artık gitmeye başlayabilirsin."

"Hı hı," diye mırıldandım, daha fazla bir şeyler söylemeye korkuyordum. Midemde garip bir ağrı vardı. Konuşursam, sesimin çatlak çıkmasından korkuyordum. Korkmuştum. Kendi kendime korkunun bir faydası olmayacağını hatırlattım. Buna oranla çok daha kötü şeyler geçirmiştim. Neden bundan bu kadar korkuyordum? Artık ölüme bakıp gülebilirdim.

Midem bu bahaneleri yemedi.

Uzun, toprak yola baktım. İki tarafi yeşil ağaçlarla kaplıydı. Yol, kum ve nemle kaplıydı. Çamurdan iyiydi.

"Debrivajı sıkıca tutmanı istiyorum."

Parmaklarımı debriyajın üzerine koydum.

"Şimdi, bu çok önemli Bella. Sakın bırakma, tamam mı? Farz et eline gerçek bir el bombası verdim. Pimi çekili ve sen de dile basıyorsun."

Daha da sıkı bastırdım.

"Harika. Sence marşa basabilecek misin?"

"Eğer ayağımı kaldırırsam, yana devrilirim,"

"Tamam ben yaparım. Sakın debriyajı bırakma."

Bir adım geriye gitti ve sonra ayağını hızla pedala bastı. Motorun gücüyle bir an yalpaladım. Yavaşça yana yatmaya başladım ama Jake, motor beni yere düşürmeden tuttu.

"Sıkı tut," diye cesaret verdi. "Hâlâ debriyajı sıkıyor musun?"

"Evet." Yutkundum.

"Ayağını yere koy, tekrar deneyeceğim." Emniyet için eliyle oturağın arkasını tuttu.

Marş basana kadar dört kere denedi. Motor, sinirli bir hayvan gibi kükrüyordu. Debriyajı, parmaklarım uyuşana kadar tuttum.

"Gazı çekmeyi dene," dedi. "Çok hafif. Ama sakın debriyajı bırakma."

Korkarak sağ kolu çevirdim. Hareketim çok hafif olmasına rağmen akımdaki motor kükredi. Hem sinirli hem de aç gibi bir ses çıkarmıştı. Jacob tatmin olmuştu.

"İlk vitesi nasıl geçirdiğimizi hatırlıyor musun?" diye sordu.

"Evet."

"Tamam, haydi yap o zaman."

"Tamam."

Birkaç saniye bekledi.

"Sol ayak," dedi.

"Biliyorum," dedim ve derin bir nefes aldım.

"Bunu yapmak istediğinden emin misin?" diye sordu. "Korkmuş görünüyorsun."

"iyiyim," diye geçiştirdim. Vitesi bire geçirdim.

"Harika," diye övdü. "Şimdi yavaşça elini debriyajdan çek, çok yavaş."

Motosikletten bir adım uzaklaştı.

"Yani kolu bırakmamı mı istiyorsun?" İnanamamıştım.

"Bu şekilde hareket edebileceksin, Bella. Yavaş yavaş yaparak."

Kolu yavaşça bırakırken birden bir ses duydum ve bu ses Jacob'tan gelmiyordu.

"Bu sorumsuzca, çocukça ve aptalca, Bella," dedi kadifemsi ses.

Ve elim bir anda debriyajı bıraktı.

Motor birden fırladı, beni ileriye fırlattı ve üzerime yıkıldı. Kükreyen motor sesi durmuştu.

"Bella?" Jacob üzerimdeki ağır motoru kolaylıkla kaldırdı. "Canın acıdı mı?"

Onu dinlemiyordum.

"Sana demiştim," dedi mükemmel ses, kristal kadar berrak geliyordu.

"Bella?" Jacob omuzlarımdan tutup beni salladı.

"İyiyim," diye mırıldandım.

İyiden de fazlasıydı. Kafamdaki ses geri gelmişti. Hâlâ kulaklarımda çınlıyordu, yumuşak ve kadifemsi.

Kafam olasılıklar üzerinde gidip geliyordu. Alışılmış hiçbir şey yoktu. Hiç bilmediğim bir yolda, daha önce hiç yapmadığım bir şeyi yapıyordum. Deja vu değildi. Demek ki halüsinasyonlar başka bir şey tarafından tetikleniyordu... Adrenalinin damarlarımda dolaştığını hissettim, sanırım cevabı biliyordum. Adrenalin ve tehlike karışımı bir şey, biraz da aptallık.

Jacob beni ayağa kaldırmaya çalışıyordu.

"Kafanı vurdun mu?" diye sordu.

"Sanmıyorum." Başımı sağa sola salladım ve kontrol ettim. "Motoru kırmadım, değil mi?" Tekrar denemek için deliriyordum. Umursamaz olmak, tahmin ettiğimden daha çok işe yaramıştı. Hilebazlığı boş ver. Belki de halüsinasyonları üretmenin bir yolunu bulmuştum ki bu oldukça önemliydi.

"Hayır. Sadece motoru boğdun," dedi Jacob. "Debriyajı çok hızlı bıraktın."

Başımı salladım. "Haydi tekrar deneyelim."

"Emin misin?"

"Kesinlikle."

Bu sefer marşa bastım. Çok karışıktı, pedala yeterli güçte basmam gerekiyordu ve bunu her yaptığımda, motor beni üzerinden atıyordu. Jacob'ın elleri beni tutmak için hazırda bekliyordu.

Birkaç kere çok iyi denemeler, birkaç kere de çok kötü denemeler sonunda, motor kükremeye başladı. El bombasını tuttuğumu düşünerek gazı çok hafif çevirdim. En ufak dokunuşumda sesi artıyordu.

"Debriyajı hafifçe bırak," diye hatırlattı.

"Kendini öldürmek mi istiyorsun? İstediğin bu mu?" Ses geri gelmişti, tonu sertti.

Gülümsedim ve soruyu duymazdan geldim. Jacob, bana ciddi bir şey olmasına izin vermezdi.

"Eve, Charlie'ye git," diye emretti ses. Sesteki güzellik ve saflık beni büyüledi. Sonucu ne olursa olsun, hafizamın bu sesi unutmasına izin veremezdim.

"Yavaşça bırak," diye cesaret verdi Jacob.

"Tamam," dedim. İkisine birden cevap veriyor olmak beni rahatsız etmişti.

Kafamdaki ses, motorun gürültüsünü bastırmak için daha yüksek çıkıyordu.

Bu sefer odaklanmaya çalıştım, sesin beni tekrar korkutmasına izin vermeden elimi hafifçe çevirdim. Bir anda kavrama noktasını buldum ve ilerlemeye başladım.

Uçuyordum.

Daha önce olmayan bir rüzgâr başladı. Saçlarımı arkaya savuruyordu, birisi çekiyormuş gibi kuvvetliydi. Adrenalin bütün vücudumu sarmıştı, damarlarım karıncalanıyordu. Ağaçlar hızla arkamda kalıyorlar, uzaktan yeşil bir duvar gibi gözüküyorlardı.

Bu daha birinci vitesti. Ayağım vitesi yukarıya itti ve daha fazla gaz vermek için elimi biraz daha çevirdim.

"Hayır Bella!" dedi kızgın ama tatlı ses. "Ne yaptığına bir bak!"

Ses, dikkatimi dağıtmıştı. Yolun sola kıvrıldığını fark etmemiştim. Fark ettiğimde düz gidiyordum. Jacob bana nasıl dönüş yapacağımı öğretmemişti.

"Frenler, frenler," diye mırıldandım kendi kendime ve bir an içgüdüsel olarak, kamyonetimdeymişim gibi, sağ ayağımı bastım.

Akımdaki motor bir anda dengesini yitirdi. Hızla giderken beni yeşil duvara doğru çekiyordu. Gidonu ters yöne döndürmeyi denedim ve bu ani hareketle beraber ağırlığım, motoru yere daha çok yatırdı. Ağaçlara doğru gitmeye devam ediyordum.

Motosiklet tekrar üzerime düştü ve bir yerlere çarpıp durana kadar beni ıslak zemin üzerinde sürükledi. Hiçbir şey göremiyordum. Yüzüm yosun içindeydi. Kafamı kaldırmayı denedim ama yolda bir şey vardı.

Başım dönüyordu ve kafam karışmıştı. Sanki homurdanan üç şey vardı; Üzerimdeki motosiklet, kafamdaki ses ve bir şey daha...

"Bella!" diye seslendi Jacob ve öteki motorun sesinin kesildiğini duydum.

Yan dönerek nefes almaya çalıştım. Bütün homurtular bir anda kesildi.

"Vay," diye mırıldandım, heyecanlanmıştım. Halüsinasyonun tarifi bu olmalıydı; adrenalin artı hata artı aptallık. Böyle bir şeydi.

"Bella!" Jacob üzerime eğilmiş, bağırıyordu. "Bella, yaşıyor musun?"

"Harikayım!" dedim. Kollarımı ve ayaklarımı gerdim. Her yerim yerli yerindeydi. "Haydi tekrar yapalım."

"Hiç sanmıyorum." Jacob hâlâ endişeliydi. "Sanırım seni hastaneye götürmeliyim."

"Ben iyiyim."

"Ama Bella? Alnında kocaman bir kesik var ve kanıyor."

Ellerimi yüzüme götürdüm. Islaklık ve yapışkanlıktan anlamıştım. Kafamdaki kokuyu duyuyordum ve bu da midemi bulandırıyordu.

"Of, üzgünüm Jacob." Sanki çıkan kanları tekrar kafamın içine sokabilecekmişim gibi yaranın üzerine bastırdım.

'Yaralandığın için neden özür diliyorsun?" diye sordu merakla, bana sarılmış yerden kalkmama yardım ederken. "Haydi gidelim, ben sürerim," dedi ve anahtarları almak için elini uzattı.

"Motosikletleri ne yapacağız?" diye sordum anahtarları verirken.

Biraz düşündü. "Burada bekle. Şunu al." Tişörtünü çıkartıp bana uzattı. Aldım ve kanayan alnıma bastırdım. Kanın kokusunu hissetmeye başlamıştım, ağzımdan derin derin nefes aldım ve başka bir şeye konsantre olmaya çalıştım.

Jacob siyah motora atladı, bir seferde çalıştırdı ve arkasından kumlar ve çakıl taşları fırlatarak gitti. Gidonun üzerinde, kafası aşağıda yüzü dimdik ileri bakarken oldukça atletik ve profesyonel gözüküyordu. Gözlerim kıskançlıkla onu izledi. Motorun üzerinde onun gibi durmadığıma emindim.

Ne kadar uzağa geldiğime şaşırmıştım. Jacob'ı zorlukla seçebiliyordum. Motoru kamyonetin arkasına attı ve sürücü koltuğuna geçti.

Kamyonetin gazını körüklemesiyle çıkan homurtuları duyduğumda pek umursamadım. Kafam biraz acıyordu ve midem bulanıyordu ama alnımdaki kesik çok önemli bir şey değildi. Kafadaki kesiklerin normal yerlere oranla daha çok kanadığını biliyordum.

Jacob, bana doğru koştururken kamyonetin motorunu açık bıraktı ve yanıma gelince kollarını tekrar belime doladı.

"Tamam, haydi kamyonete bin."

"Ben gerçekten de iyiyim," diyerek onu ikna etmeye çalıştım. "Kendini bu kadar yorma. Sadece birazcık kan."

"Sadece çok fazla kan," diye mırıldandığını duydum.

"Dur da bunu biraz düşünelim," dedim. "Eğer beni acil servise götürürsen, Charlie hemen duyacak." Kotumdaki kire ve kuma baktım.

"Bella, sanırım dikiş atmaları gerekecek. Kan kaybından ölmeni istemiyorum."

"Ölmem," diye söz verdim. "İstersen önce motorları götürelim, sonra bize uğrarız ve ben de hastaneye gitmeden üzerimdeki kanıtlardan kurtulurum."

"Charlie ne olacak?"

"Bugün çalışacağını söyledi."

"Emin misin?"

"İnan bana. Ben çabuk kananm. Göründüğü kadar korkunç değil."

Jacob pek mutlu değildi ama benim başımın belaya girmesini de istemiyordu. Camdan dışarıya bakıyor, o beni Forks'a doğru götürürken mahvolmuş tişörtünü alnıma bastırıyordum.

Motosiklet hayal ettiğimden daha iyiydi. Gerçek amacına ulaşmıştı. Hile yapmıştım ve verdiğim sözü bozmuştum. Umursamazca davranmıştım. İki taraf da sözünü bozduğundan dolayı artık kendimi daha iyi hissediyordum.

Ve halüsinasyonların sırrını keşfetmiştim! En azından öyle olduğunu umuyordum. Teorimi en kısa zamanda test edecektim. Eğer acil servisteki işim çabuk biterse, bu gece deneyebilirdim.

O kadar hızlı gitmek inanılmazdı. Yüzümdeki rüzgâr hissi, hız ve özgürlük... Bana geçmişteki hayatımı hatırlatmıştı; Yol olmadan en güçlü ormanların üzerinde uçmak, koşarken beni sırtına alması... Düşünmeyi kestim ve anıların can çekişmesine izin verdim. İçimi bir ürperti kapladı.

"Hâlâ iyi misin?" diye sordu Jacob.

"Evet," dedim, sesimin ikna edici çıkmasını dileyerek.

"Bu arada," diye ekledi. "Bu gece senin ayak freninin bağlantısını keseceğim."

Eve varınca, ilk işim aynada kendime bakmak oldu. Oldukça korkunçtu. Kan yanaklarımda ve boynumda kuruyarak kalın yollar oluşturmuş, çamurlu saçlarım keçe gibi olmuştu. Kendimi muayene ettim, midem kötü olmasın diye kanın boya olduğunu düşünmeye çalıştım. Ağzımdan nefes aldığım sürece iyiydim.

Becerebildiğim kadar yıkandım. Kirli ve kanlı kıyafetlerimi kirli çamaşır sepetinin en altına sakladım. Olabildiğince dikkatle temiz bir kot ve önü düğmeli bir gömlek (ki kafamdan geçirmek zorunda kalmayayım) giydim. Kan bulaşmasın diye bütün bunları tek elimle yapmıştım.

"Çabuk ol," diye seslendi Jacob.

"Tamam, tamam," diye bağırdım. Arkamda beni ele verecek bir şey bırakmadığımdan emin olarak aşağıya indim.

"Nasıl görünüyorum?"

"Daha iyi."

"Senin garajında düşmüş ve kafamı çekice vurmuş gibi miyim?"

"Evet, sanırım öyle."

"Haydi, gidelim o zaman."

Jacob beni hızla kapıya götürdü ve kamyoneti sürmek için ısrar etti. Hâlen tişörtsüz olduğunu fark ettiğimde yolu yarılamıştık.

Suçlu gözlerle ona baktım. "Sana bir ceket almalıydım."

"Bu bizi ele verirdi. Üstelik hava soğuk değil."

"Dalga mı geçiyorsun?" diye titredim ve arabadaki ısıyı yükselttim.

Jacob'a baktım. Acaba onun için endişelenmeyeyim diye sert adamı mı oynuyordu? Ama gerçekten de oldukça rahat gözüküyordu. Tek kolunu koltuğumun arkasına atmıştı. Isınmak için iki büklüm olmuştum.

Jacob gerçekten de on altı yaşından büyük gösteriyordu. Kırk da değildi ama benden büyük gösterdiği kesindi. Quil kadar kaslı değildi, hatta bir iskelet gibiydi. Uzun ve sırım gibiydi. Teninin rengi o kadar güzeldi ki, kıskanmıştım.

Jacob onu incelediğimi fark etti.

"Ne?" diye sordu utanmış bir halde.

"Bir şey yok. Daha önce fark etmemişim. Ne kadar güzel olduğunun farkında mısın?"

Kelimeler ağzımdan çıkar çıkmaz, beni yanlış anlamasından korktum.

Ama Jacob gözlerini devirdi. "Kafanı oldukça hızlı vurdun değil mi?"

"Ciddiyim."
"Tamam, teşekkürler o zaman. Biraz farkındayım."
Kıkırdadım. "Bir şey değil."

***

Alnımdaki yaraya toplam yedi dikiş atıldı. Lokal anesteziden sonra yapılan işlemde hiç acı hissetmedim. Doktor Snow yaramı dikerken Jacob elimi tuttu.

Hastanedeki işimiz bittiğinde Jacob'ı eve bıraktım ve Charlie'ye yemek pişirmek için eve gittim. Charlie, Jacob'ın garajında düşmemle ilgili uydurduğum yalanı yutmuş gibiydi. Zaten kendimi acil servise götürmem için çok fazla uğraşmama gerek olmadığını biliyordu.

Bu gece, o mükemmel sesi Port Angeles'ta duyduktan sonraki gece kadar kötü değildi. Jacob'tan uzaktayken hissettiğim delik geri gelmişti ama bu canımı acıtmıyordu çünkü kafam başka düşüncelerle meşguldü. İlerisini planlıyor, daha fazla hileler düşünüyordum ve bu beni oyalıyordu. "Yarın Jacob'la olacağımı bilmek, bilindik acının hafiflemesini sağlıyordu. Kâbusum etkisini kaybediyordu. Her zamanki gibi boşluktan korkmama rağmen beni çığlıklarla bilinçsizliğe itecek anın gelmesi için sabırsızlıkla bekliyordum. Bu kâbusun bitmesi gerektiğini biliyordum.

***

Bir sonraki çarşamba, ben acil servisten eve dönerken, Doktor Gerandy babamı uyarmak için aramıştı. Beyin sarsıntısı geçirmiş olabileceğim şüphesiyle, gece boyunca beni iki saatte bir uyandırmasını söylemiş. Charlie, benim tekrar düşmek üzerine uydurduğum yalandan şüphelenmiş gibiydi.

"Belki de garajdan bir süre uzak durmalısın Bella," diye önerdi.

Panikledim, Charlie'nin La Push'a gitmemi yasaklamasından ve tabii ki motosikletimden uzak kalmaktan korktum. Kolay kolay pes etmeyecektim. Bugün en acayip halüsinasyonu görmüştüm. Kadife ses, bugün beş dakika boyunca bana bağırdı. Aniden frene bastım ve ağaçlara doğru fırladım. Bu geceki bütün ağrıları çekmeye hazırdım.

"Bu garajda olmadı," diye itiraz ettim. "Yürüyüş yapıyordum ve kayaya takıldım."

"Ne zamandan beri yürüyorsun?" Charlie'nin sesi şüphe doluydu.

"Newton'ın yerinde çalıştığım için olsa gerek," dedim. "Her gün spor malzemeleri satınca insan nasıl bir şey diye merak ediyor."

Charlie inanmayarak bana baktı.

"Daha dikkatli olurum," diye söz verdim, masanın altından gizlice parmaklarımı çaprazlayarak.

"Yürüyüş yapabilirsin ama La Push'ta değil, kasaba yakınlarında yap, tamam mı?"

"Neden?"

"Son zamanlarda şikâyet telefonları geliyor. Orman bakanlığı kontrol edecek ama bu arada..."

"Aaa, büyük ayı," dedim. "Evet, bazı yürüyüşçüler Newton'a gelip konuşuyorlar. Sence gerçekten de oralarda kocaman bir boz ayı var mı?"

"Bir şey olduğu kesin. Kasabaya yakın ol, tamam mı?"

"Tabii tabii," dedim hızla ama yine de tam anlamıyla rahatlamış gözükmüyordu.

***

"Charlie gittikçe meraklanıyor," dedim Jacob'a. Günlerden cumaydı ve onu okuldan almıştım.

"Belki de bir süre motosiklete binmeye ara vermeliyiz." Sonra itiraz edeceğimi anladı ve ekledi. "En azından bir hafta kadar. Hem bir hafta hastaneden uzak durursun, ne dersin?"

"Ne yapacağız?" diye sordum kızgın bir ses tonuyla.

Neşeyle gülümsedi. "Ne istersen."

Bir dakika kadar ne istediğimi düşündüm.

Acıtmayan hatıralarımdan uzak kalmak düşüncesinden nefret ediyordum. Eğer motorlar olmasaydı, tehlikeye ve adrenaline çıkan başka bir yol bulmam gerekecekti ve bu da ciddi bir yaratıcılık gerektiriyordu. Bu sürede hiçbir şey yapmıyor olmak hiç çekici değildi. Ya yanımda Jake olmasına rağmen depresyona girseydim? Bir şeylerle meşgul olmalıydım.

Belki de başka bir yolu vardı, başka bir tarif... Başka bir yer.

Eve gitmek kesinlikle bir hataydı. Ama onun varlığı bir yerlere sinmiş olmalıydı.

Doğruyu tutan tek bir yer geliyordu aklıma. Ona ait tek bir yer. Sihirli bir yer, ışık dolu.

Güneş ışığıyla ve onun tenindeki yansımalarla aydınlanmış, hayatımda gördüğüm en güzel çayır.

Bu fikir, dehşet verici ve acı dolu olabilirdi. Düşüncesi bile göğsümü ağrıtmaya yetti. Kendimi dik tutmakta zorlandım. Ama onun sesini duyabileceğim tek yer burasıydı. Charlie'ye yürüyüş yaptığımı zaten söylemiştim.

"Bu kadar zor mu?" diye sordu Jacob.

"Aslında..." diye başladım. "Bir keresinde ormanda yürüyüş yaparken bir yer keşfetmiştim. Küçük bir çayır. Kendi kendime orayı bulabileceğimden emin değilim. Bir kaç denemede ancak bulabilirim..."

"Bir pusula yardımı ile bulabiliriz," dedi Jacob kendinden emin bir şekilde. "Nereden gittiğini hatırlıyor musun?"

"Evet, on birinci patikanın başlangıcından girmiştim. Sanırım sonra da güneye doğru gittim."

"Harika." Her zaman olduğu gibi Jacob benimle bir şeyler yapmaya hazırdı. Ne kadar garip olursa olsun.

Cumartesi öğleden sonra, yeni yürüyüş botlarımın bağaklarını bağladım – ilk defa yüzde yirmi çalışan indirimimi kullanarak almıştım – Olimpik Yarımada'nın haritasını aldım ve La Push'a doğru yola çıktım.

Hemen başlamadık, ilk önce Jacob salonda yere uzandı ve tam yirmi dakika boyunca, haritanın merkezinden ormana doğru karışık bir ağ dokusu çizmekle uğraştı. Bu sırada ben de mutfağa gitmiş, Billy'yle muhabbet ediyordum. Billy bizim önceden planlanmış yürüyüşümüzle pek alakadar olmamıştı. Jacob'ın ona nereye gittiğimizi söylemesine şaşırmıştım, özellikle de bütün insanlar gördükleri ayıdan bahsederlerken. Billy'ye bu planımızdan Charlie'ye bahsetmemesini rica etmeyi düşündüm ama sonra ters tepki yaratacağından korkarak hiçbir şey demedim.

"Belki de koca ayıyı görürüz," diye şakalaştı Jacob.

Bir an Billy'ye baktım ve Charlie'nin gösterebileceği türden bir tepki bekledim.

Ama Billy oğlunun sözleri üzerine bir kahkaha attı. "Belki de bir kavanoz bal almalısınız."

Jake kıkırdadı. "Bella, umarım yeni botların hızlıdır. Minik bir kavanoz bal, kocaman bir ayıyı uzun süre meşgul etmeyecektir."

"Senden hızlı olsam yeter."

"Bu konuda sana iyi şanslar!" Jacob güldü ve haritayı katladı. "Haydi gidelim."

"İyi eğlenceler," dedi Billy.

Charlie yaşaması güç bir insan değildi ama Jacob'ın bu konuda benden daha şanslı olduğu kesindi.

Arabayı toprak yolun en sonuna sürdüm ve patikanın başlangıcını işaret eden tabelanın yanında durdum. Buraya gelmeyeli çok uzun zaman olmuştu ve midem sinirden gerilmişti. Bu, belki de en kötüsü olacaktı. Ama eğer onu duyabileceksem, denemeye değerdi.

Dışarı çıktım ve yeşilliklerden oluşmuş duvarın kalınlığına baktım.

"Bu yönden gitmiştim," diye mırıldandım.

"Hımm."

"Ne?"

Gösterdiğim yöne, sonra da patikaya baktı.

"Patikadan gidecek bir kıza benziyorsun."

"Sanmam," diye güldüm. "Ben asiyim."

Kahkaha attı ve haritayı çıkarttı.

"Bana bir saniye ver." Pusulayı tuttu, haritayı çevirdi ve istediği açıya göre tuttu.

"Tamam, ağımızın ilk çizgisinden başlıyoruz. Haydi gidelim."

Jacob'ı yavaşlattığımı biliyordum ama hiç şikâyet etmedi. Ormanın bu tarafindaki son yürüyüşümü hatırlamamaya çalışıyordum. Şu an başka bir arkadaşımlaydım. Normal hatıralar hâlâ tehlikeliydi. Eğer kendimi kaybedersem ve kendimi yerde, kollarımla vücudumu tutup, nefes almaya çalışırken bulursam, bunu Jacob'a nasıl açıklardım?

Şu ana odaklanmak, düşündüğüm kadar zor değildi. Orman, yarımadanın öteki kısmıyla aynı gözüküyordu ve Jacob çok farklı bir ruh halindeydi.

Neşeyle ıslık çaldı, bilmediğim bir müzikti, kollarını sallıyor ve sık çalılıkların üzerinde hızla ilerliyordu. Gölgeler her zamanki gibi karanlık değillerdi.

Jacob, bir kaç dakikada bir pusulayı kontrol ediyor, bizi bir çizgi üzerinden yürütüyordu. Gerçekten de, ne yaptığını biliyor gibiydi. Tam ona iltifat edecekken sustum. Hiç şüphesiz yaşına bir kaç yıl daha eklerdi.

Yürürken düşünüyor ve gittikçe meraklanıyordum. Aklıma deniz kenarında yaptığımız konuşma geldi. Konuyu tekrar açmasını bekliyordum.

En sonunda dayanamadım ve, "Hey... Jake?" dedim.

"Evet?"

"Aranız nasıl... Embry ile? Tekrar normale döndü mü?"

Jacob bir dakika boyunca hiç konuşmadı, uzun adımlarla yürüyordu. Tam olarak benden üç metre kadar ilerideyken durdu ve bana döndü.

"Hayır. Normale dönmedi." Ağzının kenarları eğilmişti. Yürümeye devam etmedi. Bu konuyu açtığıma pişman olmuştum.

"Hâlâ Sam'le mi?"

"Evet."

Kollarını omuzlarıma doladı. O kadar canı sıkkındı ki, oyun olsun diye omuzlarımı salladım.

"Sana hâlâ garip garip bakıyorlar mı?" diye fısıldadım.

Jacob ağaçlara baktı. "Bazen."

"Ve Billy?"

"Her zamanki kadar yardımcı oluyor." Sesi buruk ve kızgın çıkmıştı.

"Bizim kanepe sana her zaman açık."

Kahkaha attı, sıkıntısı dağıldı. "Ama Charlie'nin durumunu düşün. Ya Billy polisi arayıp kaçırıldığımı söylerse."

Ben de güldüm, Jacob'ın normale dönmesine sevinmiştim.

Jacob on kilometre yürüdüğümüzü söyleyince durduk, bir süre batıya doğru gittik ve haritadaki bir başka çizgi üzerinde yürümeye başladık. Her şey birbirinin aynı gözüküyordu. Hava karamaya başladığında ve güneşsiz gündüz, yıldızsız gece inmeye başladığında aptallığımı kabul ettim ama Jacob kendinden emindi.

"Sen doğru yerden başladığımızdan eminsen..."

"Evet, eminim."

"O zaman bulacağız," diye söz verdi, elimi tuttu ve beni eğrelti otlarına, kamyonun olduğu yöne doğru çekti. "Güven bana."

"Harikasın," dedim. "Ama bir sonraki sefere fenerlerimizi de getirelim."

"Bundan sonra pazar günlerini yürüyüşe ayıralım. Bu kadar yavaş olduğunu bilmiyordum."

Elimi hızla çektim ve şoför koltuğuna geçtim.

"Yarın tekrar denemek istiyor musun?" diye sordu yolcu koltuğuna geçerken.

"Tabii. Ama sen bensiz gitmek istersen bilemem."

"İdare ederiz," dedi. "Eğer tekrar, yürüyeceksek, belki de yarın başka ayakkabı giymelisin. Eminim bu yeni botlar ayağını vurmuştur."

"Biraz vurdular." Muhtemelen ayaklarım su toplamıştı.

"Umarım yarın ayıyı görürüz. Bugün görmediğimiz için biraz hayal kırıklığına uğradım."

"Ben de," diye sadistçe ona katıldım. "Belki yarın biraz daha şanslı oluruz ve bir şeyler bizi yer!"

"Ayılar insan yemezler. O kadar leziz değiliz," dedi ve karanlıkta bana gülümsedi. "Tabii sen bir istisnasın. İddiasına varım ki sen lezzetlisindir."

"Çok teşekkür ederim," dedim uzaklara bakarak. Bunu bana söyleyen ilk kişi o değildi.

9. ÜÇÜNCÜ KİŞİ

Zaman öncesine oranla daha hızlı geçmeye başlamıştı. Okul, iş ve Jacob üçlemesi, takip etmesi düzenli ve kolay bir modeldi. Ve Charlie'nin dileği gerçekleşmişti: Artık hiç de kötü bir halde değildim. Tabii ki, kendimi tamamen kandıramazdım.

Sanki kaybolmuş bir ay gibiydim. Gezegenim büyük bir felakette yok olmuş ama buna rağmen geride kalan boş uzayda dar dairelerle yörünge çizmeye devam eden ve yerçekimi kanununu yok sayan bir ay.

Motosikletime alışmıştım, yani Charlie'yi endişelendiren daha az bandajım vardı. Bu aynı zamanda, kafamdaki sesin yok olması da demek oluyordu. Sessizce panikliyordum. Şiddetli bir şaşkınlık içerisindeydim. Kendimi başka adrenalin getirecek aktivitelere hazırlıyordum.

Geçen günlerin hesabını tutmuyor, mümkün olduğunca gelecekte yaşamaya özen gösteriyordum. Böyle olunca geçmiş silinmiyor, gelecek de felaket gibi görünmüyordu. Jacob, ödev günlerimizin birinde beni şaşırtmıştı. Evlerine gittiğimde beni kapının önünde bekliyordu.

"Sevgililer Günün kutlu olsun."

Elinde minik, pembe bir kutu vardı.

"Evet, kendimi salak gibi hissediyorum," diye mırıldandım. "Bugün Sevgililer Günü mü?"

Jacob üzgünmüş gibi yaptı. "Bazen her şeyi unutuyorsun. Evet bugün şubatın on dördü. Ee, benim sevgilim olacak mısın? Madem bana elli sentlik şeker almadın, en azından bunu yap."

Kendimi rahatsız hissetmeye başlamıştım.

"Bu neleri kapsıyor?"

"Bildiğin şeyler, hayatım boyunca kölem olacaksın falan."

"Ah, tamam, eğer bu kadarsa..." Şekerleri aldım. Ama bazı sınırlara açıklık getirmek için bir yol bulmalıydım çünkü Jacob'layken bu sınırlar oldukça bulanıyordu.

"Ee, yarın ne yapıyoruz? Yürüyüş mü, yoksa Acil Servis mi?"

"Yürüyüş," dedim. "Saplantılı olan bir tek sen değilsin. Bu yeri kafamda kurduğuma inanmaya başlıyorum..." Boşluğa doğru baktım.

"Bulacağız," diye bana söz verdi.

"Cuma günü motosiklete binmeye ne dersin?"

Bu fırsatı görünce hiç vakit kaybetmeden söze girdim.

"Cuma günü sinemaya gidiyorum."

"Uzun süre önce kafeterya arkadaşlarıma söz vermiştim." Mike sevinecekti.

Ama Jacob'ın yüzü düştü.

"Sen de gelirsin değil mi?" diye ekledim çabucak. "Ama senin için yaşlılarla takılmak sıkıcı olabilir" İkimizin arasına sınır çekmek şansını hiç kaçırmamaya çalışıyordum. Jacob'ı incitmeye dayanamazdım. Birbirimize garip bir şekilde bağlanmıştık ve onun üzülmesine dayanamıyordum. Üstelik bu büyük sıkıntılı buluşmada bize eşlik etmesi – Mike'a söz vermiştim ve bu sözü tutmak için içimde en ufak bir heyecan yoktu – oldukça cazip gelmişti.

"Arkadaşlarınla buluşurken seninle gelmemi mi istiyorsun?"

"Evet," dedim dürüstçe, eğer devam edersem kendimi ele verebilirdim. "Sen orada olursan daha çok eğleneceğimi biliyorum. Quil'i de getir, hep beraber parti yaparız."

"Quil çıldıracak. Büyük kızlar." Kıkırdadı. Embry'yi sormadım, o da bir şey demedi. Ben de kıkırdadım. "Onun için güzel kızlar getireceğim."

***

Mike'ı İngilizce dersinde gördüğümde konuyu açtım.

"Selam Mike," dedim ders bitiminde. "Cuma akşamı boş musun?"

Bana baktı, mavi gözleri umutla parladı. "Evet boşum. Dışarı mı çıkmak istiyorsun?"

Kelimeleri dikkatlice seçtim. "Grubu hazırlamayı düşünüyordum – kelimenin üzerinde durdum – hep beraber *Crosshairs* filmini izleriz diye düşündüm." Bu sefer dersime çalışmıştım, hatta film eleştirilerini bile okumuştum. Bu film, başından sonuna kadar kanın gövdeyi götürdüğü bir filmdi. Romantik bir film izlemek için kendimi hazır hissetmiyordum. "Sence nasıl bir fikir?"

"Harika," diye onayladı. Hevesi biraz kaçmış gibi görünüyordu.

"Süper."

Bir saniye sonra aynı heyecanı geri geldi. "Angela ve Ben'i çağırmaya ne dersin? Ya da Eric ve Katie'yi?"

Bunu bir çeşit çiftler gecesi yapmayı düşünmüş olmalıydı.

"Hepsine ne dersin?" dedim. "Hatta Jessica'yı da. Ve Tyler'la Conner, hatta Lauren," Quil'e çeşitli arkadaşlar diye söz vermiştim.

"Tamam," dedi Mike.

"Ve," diye devam ettim. "La Push'tan davet ettiğim bir çift arkadaşım daha var. O yüzden eğer herkes gelirse, senin minibüse ihtiyacımız olacak."

Mike'ın gözleri kısıldı.

"Bunlar sürekli ders çalıştığın arkadaşların mı?"

"Evet, ta kendileri," dedim neşeyle. "Aslında ders vermek olarak da görebilirsin, onlar sadece ikinci sınıf öğrencileri."

"Ah," dedi Mike, şaşırmıştı. Bir kaç saniye sonra gülümsedi.

Jessica ve Lauren, planın içinde benim de olduğumu öğrendiklerinde bir bahane uydurdular. Eric ve Katie'nin daha önceden yapmış oldukları başka bir plan vardı, üçüncü hafta dönümleriydi ya da öyle bir şey. Lauren, Mike'dan önce Tyler ve Conner'ı kapmıştı, o yüzden o ikisi de müsait değillerdi. Quil bile yoktu, okulda kavga ettiği için cezalıydı. En sonunda ben, Mike, Angela, Ben, bir de Jacob kaldık.

Azalan sayılar, Mike'ın umutlarını azaltmadı. Sürekli cuma gününden bahsedip duruyordu.

"*Yarın ve Sonsuz'u* görmek istemediğine emin misin?" diye sordu öğlen yemeğinde, şu sıralar oynayan romantik komediden bahsediyordu. "Oldukça iyi eleştiriler almış."

"*Crosshairs'i* görmek istiyorum," diye ısrar ettim. "Aksiyon havasındayım. Bütün kan ve dehşete hazırım!"

"Tamam." Çılgının teki olduğumu düşünüyor olmalıydı.

Okuldan eve döndüğümde, tanıdık bir arabanın evin önüne park etmiş olduğunu gördüm. Sonra Jacob'ı gördüm, yüzünde kocaman bir gülümseme vardı.

"İmkansız!" diye bağırdım kamyonetten atlarken. "Bitirdin! İnanamıyorum! Rabbit'i bitirdin!"

"Dün gece. Bu ilk seyahatimiz."

"İnanılmaz." Çakmak için elimi uzattım.

Elini benimkine çarptı, ama çekmedi, parmaklarını benimkilere geçirdi. "Bu gece arabayı ben mi kullanıyorum?"

"Kesinlikle," dedim ve iç çektim.

"Ne oldu?"

"Pes ediyorum, bunu geçemem. Sen kazandın. Sen benden büyüksün."

Omuz silkti, teslimiyetime şaşırmamıştı. "Tabii ki de büyüğüm."

Mike'ın minibüsü köşeden görününce elimi Jacob'ın elinden çektim.

"Bu çocuğu hatırlıyorum," dedi Jacob, Mike yolun karşısına park ederken. "Senin erkek arkadaşın olduğunu zanneden. Hâlâ kafası karışık mı?"

Tek kaşımı kaldırdım. "Bazı insanların cesaretini kırmak zordur."

"İşte," dedi Jacob düşünceli düşünceli, "bazen inat işe yarıyor."

"Bazı zamanlarda da çok rahatsız edici oluyor."

Mike arabasından indi ve karşıya geçti.

"Selam Bella," diye beni selamladı ve Jacob'a baktı. Jacob'a bir göz attım, ikinci sınıf öğrencisi gibi durmuyordu. Oldukça büyüktü, Mike ancak Jacob'ın omzuna yetişiyordu. Kendim onun neresine geliyordum? Bunu düşünmek bile istemedim, yüzü de eskisine, hatta bir ay öncesine, oranla daha olgun duruyordu.

"Selam Mike! Jacob Black'i hatırlıyor musun?"

"Pek değil." Mike elini uzattı.

"Eski bir aile dostu," diye tanıttı Jacob kendisini, elini sıkarken. Gerektiğinden fazla sıkmıştı. Çektiğinde Mike elini ovuşturdu.

Mutfaktaki telefonun çaldığını duydum.

"Bunu almalıyım, Charlie olabilir," dedim ve içeriye koşturdum.

Ben'di. Angela midesini üşütmüştü ve o da Angela olmadan gelmek istemiyordu. Bizi ekmek zorunda kaldıkları için özür diledi.

Beni bekleyen çocukların yanına giderken kafamı salladım. Angela'nın bir an önce iyileşmesini umdum. Sadece üçümüz, Mike, Jacob ve ben bu gece yalnızdık.

"Yokluğumda Mike ve Jacob arkadaşlıklarını pek ilerletmiş gibi gözükmüyorlardı. Birbirlerinden bir kaç metre uzakta duruyorlar ve göz teması kurmaktan kaçınıyorlardı. Mike somurtkandı ama Jacob her zamanki gibi neşeliydi.

"Ang hastalanmış," dedim üzgün üzgün. "O ve Ben gelemiyorlar."

"Sanırım grip herkese yayılıyor. Austin ve Conner'a da bulaşmış. Belki de başka bir zaman gitmeliyiz," diye önerdi Mike.

Ben daha cevap vermeden Jacob araya girdi.

"Ben hâlâ varım. Ama eğer gelmek istemiyorsan Mike..."

"Hayır geliyorum," diye sözünü kesti Mike. "Sadece Angela ve Ben'i düşünüyordum; Haydi gidelim." Minibüsüne doğru yürüdü.

"Hey, Jacob'ın arabasıyla gitsek, senin için sorun olur mu?" diye sordum. "Arabasını yeni bitirdi de. Her şeyini kendi yaptı." Böbürlenmiş, kendimi onur listesine girmiş bir öğrencinin annesi gibi hissetmiştim.

"Tamam," dedi Mike.

"Tamam o zaman," dedi Jacob. Herkesten daha rahat gözüküyordu.

Mike, Rabbit'in arka koltuğuna oturdu, yüzünde iğrenmiş gibi bir ifade vardı.

Jacob her zamanki gibi neşeliydi, Mike'ın arkada oturduğunu unutmuş, neşeyle muhabbet ediyordu.

Mike bir anda stratejisini değiştirdi. İleriye eğildi ve çenesini koltuğumun arkasına dayadı, yanağı neredeyse benimkine değiyordu. İleriye uzandım ve kafamı camdan tarafa doğru çevirdim.

"Bu şeyin radyosu çalışmıyor mu?" diye sordu. Jacob'ın sözünü kesmişti.

"Evet," diye cevapladı. "Ama Bella müzikten pek hoşlanmıyor."

Jacob'a baktım, şaşırmıştım. Böyle bir şey söylememiştim.

"Bella?" dedi Mike.

"Haklı," diye mırıldandım, Jacob'ın sakin profiline bakarak.

"Nasıl olur da, müzikten hoşlanmazsın?" diye ısrar etti Mike.

Omuz silktim. "Bilmiyorum, sadece rahatsızlık veriyor."

"Hımm," dedi Mike.

Sinemaya geldiğimizde, Jacob bana on dolar uzattı.

"Bu ne?" diye itiraz ettim.

"Bu filme girmek için yeteri kadar büyük değilim," diye hatırlattı.

Kahkaha attım. "Billy, çaktırmadan seni bu filme soktuğum için beni öldürür mü?"

"Hayır, ona benim masum gençliğimden istifade etmeyi planladığını anlatmıştım."

Mike, aramızda geçenleri anlamaya çalışıyordu.

İçimden Mike'ın çekip gitmesini diledim. Yüzü hâlâ asıktı ve gruba pek katılmıyordu. Arna Jacob'la tek başıma film seyretmek de istemiyordum. Bunun hiçbir şeye faydası olmazdı.

Film tam beklediğim gibiydi. Daha başlangıcında, hâlen yazılar geçiyorken dört kişi patladı ve birinin kafası koptu. Önümdeki kız elleriyle gözlerini kapattı ve yüzünü sevgilisinin göğsüne dayadı. Sevgilisi omzuna hafifçe vurdu ve onu teskin etmeye çalıştı. Mike seyrediyormuş gibi gözükmüyordu. Yüzü, sinema ekranının üzerindeki perdeye takılmıştı.

Kendimi iyice koltuğa gömdüm ve insanların, arabaların ve evlerin şekli yerine ekrandaki renkleri ve hareketleri seyretmeye başladım. Sonra Jacob bıyık altından gülmeye başladı.

"Ne oldu?" diye fısıldadım.

"Ah hadi!" diye tısladı. "Kan adamdan on metre ileriye fırladı. Ne kadar sahte!"

Bir bayrak direği adamı beton duvara çivilerken tekrar kıkırdadı.

O andan sonra ben de filmi seyretmeye başladım, kargaşa iyice saçmalamaya başlayınca ben de Jacob'la beraber güldüm. Onunla bu kadar eğlenirken, ilişkimizdeki bulanık sınırlar hakkında onunla nasıl kavga edebilirdim?

Hem Jacob hem de Mike, koltuğumun iki tarafina kollarını koydular. İkisinin de avuç içleri dışa bakıyordu. Metal ayı tuzakları gibi, açık ve hazır. Jacob her fırsatta elimi tutmaya alışmıştı ama bu karanlık sinema salonunda, Mike yanımızdayken, eminim o da bunun biraz zor olduğunun farkındaydı. Mike'ın da aynısını düşündüğüne inanamadım ama onun da eli aynen Jacob'ınki gibi duruyordu.

Kollarımı göğsümde kavuşturdum ve ikisinin ellerinin de yorulacağını umdum.

Önce Mike pes etti. Filmin yarısına doğru kolunu çekti ve ellerini başına dayadı. Önce ekranda gördüğü bir şeye tepki veriyor sandım ama sonra inledi.

"Mike iyi misin?" diye fısıldadım.

Önümüzde oturan çift, Mike tekrar inleyince dönüp baktılar.

Ekrandan yansıyan ışık sayesinde, yüzünden aşağıya inen ter damlalarını görebiliyordum.

Mike tekrar inledi ve kapıya gitmek üzere yerinden kalktı. Ben de onu takip etmek için kalktım ve Jacob da beni takip etti.

"Sen kal," diye fısıldadım. "İyi olduğuna emin olup geleceğim."

Jacob yine de benimle geldi.

"Senin gelmene gerek yok. Sekiz dolarlık katliamı seyretmeye devam et", diye ısrar ettim.

"Önemli değil. Böyle garip şeyleri seçmekte üstüne yok. Bu film çok sıkıcı." Koridorda Mike'ı bulamayınca Jacob erkekler tuvaletine girdi. Gelmesi işe yaramıştı.

"içerde ve iyi," dedi gözlerini devirerek. "Ne hassasmış.

Daha sağlam midesi olan birileriyle takılmalısın. Bazi zayıf erkekleri kusturan filmlere gülen birileriyle."

"Böyle birini bulmak için gözlerimi açık tutarım."

Koridorda yalnızdık. Sessizlikte mısır patlama seslerini duyabiliyorduk.

Jacob kadife kaplı banka oturdu ve yanındaki boşluğa eliyle hafifçe vurdu.

"Orada bir süre kalacakmış gibi gözüküyor," dedi.

İç çekerek ona katıldım. Sanki başka sınırları da bulandıracakmış gibi görünüyordu. Oturur oturmaz, kollarını omzuma doladı.

"Jake," diye itiraz ettim ve ileriye uzandım. Kolunu düşürdü, bu minik reddi çok umursamış gözükmüyordu. Uzandı ve elimi sıkı sıkı tuttu, öteki eliyle de dirseğimden tuttu. Bu cesareti nereden alıyordu?

"Şimdi bir dakika dur, Bella," dedi sakince. "Söyle bana."

Yüzümü ekşittim. Bunu yapmak istemiyordum. Bir tek şu an değil, hiçbir zaman. Hayatımda Jacob Black'ten daha önemli başka bir şey yoktu. Ama o, bunu da batırmayı düşünüyordu.

"Ne?" dedim yavaşça.

"Beni seversin, değil mi?"

"Evet bunu biliyorsun."

"Şu kusan sersemden daha mı fazla?" dedi başıyla erkekler tuvaletini işaret ederken.

"Evet," dedim.

"Tanıdığın bütün erkeklerden daha mı fazla?" Sakindi, sanki cevabım onun için önemli değildi çünkü zaten biliyordu.

"Kızlardan da fazla."

"Ama hepsi bu kadar," dedi.

Cevap vermesi zordu. İncinir ve benden uzak durur muydu? Buna nasıl dayanırdım?

"Evet," diye fısıldadım.

Bana bakıp gülümsedi. "Bu önemli değil, biliyorsun. Beni en çok sevdikten sonra. *Ve* benim yakışıklı olduğumu düşünüyorsan, rahatsız edici şekilde ısrarcı olmaya hazırım."

"Değişmeyeceğim," dedim. Sesimi normal tutmaya çalışsam da, içindeki hüzün kendini belli ediyordu.

Yüzü düşünceliydi, artık dalga geçmiyordu. "Hâlâ onu düşünüyorsun, değil mi?"

Ürperdim. Sanki adını söylememesi gerektiğini biliyordu, aynı arabada müziği açmaması gibi. Benim hakkımda o kadar çok şey biliyordu ki.

"Bununla ilgili konuşmak zorunda değilsin," dedi.

Başımı minnettar bir şekilde salladım.

"Ama bugün sana bunları söylediğim için bana kızma, tamam mı?" Jacob hafifçe elime vurdu. "Çünkü ben pes etmiyorum. Oldukça fazla zamanım var."

Derin bir iç çektim. "Bu zamanı benim için harcamasan daha iyi olur," dedim. Aslında istiyordum. Özellikle de beni bu şekilde kabul ediyorsa, defolu bir eşya gibi.

"Bu, sen benimle olmaktan hoşlandığın sürece, yapmak istediğim tek şey."

"Seninle olmaktan hoşlanmamayı düşünemiyorum bile," diye dürüstçe itiraf ettim.

Jacob'ın gözleri ışıldadı. "Bununla idare edebilirim."

"Sadece daha fazlasını bekleme," diye uyardım ve elimi kurtarmaya çalıştım. İnatla elimi tutmaya devam etti.

"Bu seni gerçekten rahatsız etmiyor, değil mi?" Israrcıydı, parmaklarımı sıktı.

"Hayır," dedim. Aslında güzel bir histi. Elleri benimkilerden daha sıcaktı. Zaten bu günlerde sürekli üşüyordum.

"Ve onun ne düşündüğü umurunda değil." Jacob eliyle erkekler tuvaletini gösterdi.

"Sanırım hayır."

"O zaman sorun ne?"

"Sorun," dedim, "bana verdiği anlamla sana verdiğim anlamın farkı."

"Tamam." Elimi iyice sıktı. "Bu benim sorunum, değil mır

"İyi," diye homurdandım. "Ama bunu unutma."

"Unutmam. El bombasının pimi benim için çekili değil mır

Gözlerimi devirdim. Sanırım konuşmanın yönünü değiştirmek istiyordu.

Sessizce gülümsedi, bir yandan eliyle avucumun içine desenler çiziyordu.

"Bu komik bir iz," dedi elimi incelerken. "Nasıl oldu?"

İşaret parmağıyla, elimin üzerindeki uzun, gümüş rengi yarım ayı gösteriyordu. İz soluk tenimde zar zor seçiliyordu. "Gerçekten hangi izin nasıl oluştuğunu hatırlamamı mı istiyorsun?"

Anının canlanmasını ve içimdeki deliği daha da genişletip canımı yakmasını bekledim. Ama yine, Jacob yanımda olduğu için hiçbir şey hissetmedim.

"Soğuk," diye mırıldandı, parmağını James'in dişleriyle yaptığı izin üzerine bastırırken.

Tam bu sırada, Mike tuvaletten çıktı, yüzü bembeyazdı ve ter içindeydi. Korkunç gözüküyordu.

"Ah Mike," dedim.

"Erken ayrılmamızın bir sakıncası var mı?" diye fısıldadı.

"Tabii ki, hayır." Elimi çektim ve yürümesi için Mike'a yardım ettim. Her an düşebilirmiş gibi yürüyordu.

"Film çok mu ağır geldi?" diye sordu Jacob. Sesi hiç içten değildi.

Mike ona ters ters baktı. "Hiçbir kısmını görmedim ki," diye mırıldandı. "Mide bulantım daha ışıklar kapanmadan başladı."

"Neden bir şey söylemedin?" diye sordum azarlarcasına.

"Boş bir mısır kovası alabilir miyim, lütfen?" diye sordu satış elemanına. Kız Mike'a baktı ve kovayı Jacob'a uzattı.

"Lütfen, arkadaşınızı dışarıya çıkartın," diye yalvardı. Yerleri silmesi gerekecek olan olmalıydı.

Mike'ı serin ve nemli havaya çıkarttım. Derin bir nefes aldı. Jacob tam arkamızdaydı. Mike'ı arka koltuğa oturtmama yardım etti ve ciddi bakışlarla kovayı ona uzattı.

"Lütfen," dedi Jacob.

Buzlu gece havasının, arabanın içinde dolaşması için bütün camları aşağıya indirdik. Isınmak için kollarımı bacaklarıma sardım.

"Yine mi üşüdün?" diye sordu Jacob ve ben cevap vermeden kollarını etrafıma doladı.

"Sen üşümedin mi?"

Kafasını salladı.

"Ateşin falan olmalı," diye mırıldandım. Donuyordum. Parmaklarımı alnına değdirdim, yanıyordu.

"Jake, yanıyorsun!"

"İyiyim." Omuz silkti.

Kaşlarımı çattım ve tekrar alnına dokundum. Teni parmaklarımın altında adeta tutuşuyordu.

"Senin ellerin buz gibi," diye şikâyet etti.

"Belki de bendendir," dedim.

Mike garip bir şekilde inledi ve sonra kovanın içine kustu. Yüzümü buruşturdum. Jacob omzunun üzerinden arabasının kirlenip kirlenmediğine baktı.

Yol dönüşte daha uzun geldi.

Jacob sessiz ve düşünceliydi. Sol kolu omzumdaydı. Ve o kadar sıcaktı ki, serin havadan sonra iyi gelmişti.

Ön camdan dışarıya bakarken suçluluk duydum.

Jacob'ı cesaretlendirmek istemiyordum. Bu gerçek bir bencillik olurdu. Kendi durumumu açık açık belirtmemiştim. Eğer küçük bir umut ışığı yakalarsa, bu onun için arkadaşlıktan başka bir şeye dönüşebilirdi.

Beni anlaması için ne yapabilirdim? Boş bir kabuk gibiydim. Aylardır kimsenin oturmadığı, boş bir ev. Şimdi biraz daha iyileşmiştim. Ön oda tamir edilmiş gibiydi. Ama hepsi bu kadardı, sadece minik bir parça. Jacob bundan daha iyisine, bir odadan fazlasına layıktı. Ne yaparsa yapsın beni tekrar eski durumuma sokamazdı.

Ama onu gönderemezdim. Ona çok ihtiyacım vardı ve bencildim. Belki kendi düşüncelerimi ona açıkça anlatabilirdim, o zaman beni rahat bırakırdı. Bu düşünce içimin ürpermesine neden oldu ve Jacob kolunu daha da sıkı sardı.

Mike'ı kendi minibüsüyle evine bıraktım, Jacob beni geri götürmek için bizi takip etti. Bizim eve gelene kadar oldukça sessizdi. Acaba benim düşündüğümü mü düşünüyor, diye merak ediyordum. Belki de fikirleri değişiyordu.

"Kendimi davet ettirirdim, saat henüz erken," dedi kamyonetimin yanına park ederken. "Ama sanırım ateş konusunda haklısın. Kendimi bir garip hissediyorum."

"Ah hayır, sen de mi? Seni evine bırakmamı ister misin?"

"Hayır." Kafasını salladı. "Henüz hasta hissetmiyorum. Sadece... garibim. Eğer kötü olursam, kenara çekerim."

"Gider gitmez beni arar mısın?"

"Tabii tabii." Kaşlarını çattı ve karanlığa bakarak dudağını ısırdı.

Arabadan inmek için kapımı açtığım da hafifçe bileğimden kavradı ve beni tuttu. Tekrar teninin sıcaklığını hissettim.

"Ne oldu Jake?" diye sordum.

"Sana söylemek istediğim bir şey var, Bella... Ama biraz modası geçmiş olabilir."

Derin bir nefes aldım. Sinemadaki konuşmamızın tekrar edeceğini hissediyordum. "Dinliyorum."

"Biliyorum, oldukça mutsuzsun. Ve belki hiç faydası olmayacak ama sadece bilmeni istiyorum ki, ben her zaman yanındayım. Seni hiç bir zaman bırakmayacağım. Bana her zaman güvenebilirsin. Vay be, gerçekten modası geçmiş sözler oldu. Ama artık biliyorsun, değil mi? Seni hiçbir zaman incitmem."

"Evet Jake. Biliyorum. Ve sana zaten güveniyorum, hatta senin sandığından daha çok."

Yüzüne büyük bir gülümseme yayıldı ve ben dilimi kesmek istedim. Ona tek kelime yalan söylememiştim ama belki de söylemeliydim. Gerçek yanlıştı ve onu incitebilirdi. Onu bırakmalıydım.

"Sanırım eve gitsem iyi olacak," dedi.

Hemen arabadan indim.

"Beni ara!" diye seslendim arkasından.

Onu giderken izledim. Gittiğinde boş sokağa bakakaldım. Ben de kendimi biraz hasta hissediyordum ama fiziksel olarak değil.

Jacob Black'in benim erkek kardeşim olarak doğmuş olmasını nasıl da isterdim, benim gerçekten kan bağı olan kardeşim, o zaman yasal olarak ona dava açıp beni bırakmasını isteyebilirdim. Tanrı biliyor ya, Jacob'ı hiç bir zaman kullanmamıştım ama şu an kendimi buna inandıramıyordum.

Hatta, onu sevmeyi bile düşünmemiştim. Tek bildiğim, sevginin bazı insanların gücünü bitirebildiğiydi.

Tamir edilemeyecek kadar çok kırılmıştım.

Ama şu an Jacob'a ihtiyacım vardı, benim için bir ilaç gibiydi. Onu destek olarak o kadar uzun süre kullanmış ve o kadar derine inmiştim ki, artık başka hiç kimseyle planlar yapamıyordum. Şimdi onu incitemezdim ve onu incinmekten koruyamazdım da. Zaman ve sabrın beni değiştireceğini düşünüyordu ama yanılıyordu.

O benim en yakın arkadaşımdı. Onu her zaman sevecektim ama bu hiç bir zaman yeterli olmayacaktı.

İçeriye girdim ve telefonun yanına oturdum.

"Film bitti mi?" Charlie, içeriye girdiğimde şaşırmıştı. Televizyondan sadece yarım metre uzaklıktaydı. Heyecanlı bir maç olmalıydı.

"Mike hastalandı," diye açıkladım. "Midesini üşütmüş."

"Sen iyi misin?"

"Şu an iyiyim."

Mutfak tezgâhına eğildim, ellerim telefondan birkaç santim uzakta, aramasını bekliyordum. Onu eve bırakmakta ısrar etmeliydim.

Dakikalar gittikçe ilerliyordu. On. On beş. Ben kullanırken bile on beş dakika sürerdi. On sekiz dakika. Telefonu aldım ve tuşlara bastım.

Çaldı, çaldı. Belki Billy hastaydı. Belki yanlış çevirmiştim. Tekrar denedim.

Sekizinci çalışta, tam kapatmak üzereyken Billy açtı.

"Alo?" dedi. Sesi ihtiyatlıydı, sanki kötü bir haber bekler gibiydi.

"Billy, ben Bella. Jake eve geldi mi? Buradan yirmi dakika kadar önce ayrıldı."

"Burada," dedi Billy donuk bir sesle.

"Beni araması gerekiyordu. Buradan ayrılırken kendini iyi hissetmiyordu ve ben de merak ettim."

"Aramak... için oldukça hasta. Şu an pek iyi hissetmiyor." Billy mesafeli konuşuyordu. Jacob'ın yanında olmalıydı.

"Eğer yardıma ihtiyacınız olursa, bana haber ver," dedim. "Hemen gelirim." Billy'yi düşündüm, tekerlekli sandalyesindeyken Jake'e bir faydası olmazdı.

"Hayır, hayır," dedi Billy çabukça. "Biz iyiyiz. Sen orda kal."

Çok kaba konuşmuştu.

"Tamam," dedim.

"Hoşça kal Bella."

Hat kesildi.

"Güle güle," diye mırıldandım.

En azından eve varmıştı. Garipti ama şimdi daha çok merak etmiştim. Ağır adımlarla yukarıya çıktım, içim içimi yiyordu. Belki de yarın işe gitmeden önce evden erken çıkıp ona uğrardım. Çorba götürürdüm, buralarda bir yerlerde bir kutu çorbamız olmalıydı.

Sabah kalktığımda bütün planların ertelendiğini fark ettim. Saatim dört buçuğu gösterirken banyoya koşturdum. Charlie yarım saat sonra beni yerde buldu.

Uzun bir süre bana baktı.

"Mideni üşütmüşsün," dedi.

"Evet," diye inledim.

"Bir şeye ihtiyacın var mı?"

"Benim için Newton'ı arar mısın?" dedim boğuk bir sesle. "Onlara Mike'a olanın bana da olduğunu ve bugün gelemeyeceğimi söyle. Üzgün olduğumu da söyle."

"Tabii, sorun değil."

Günün geri kalanını banyonun yerinde geçirdim. Katladığım bir havluya kafamı dayayıp uyudum. Charlie işe gitmesi gerektiğini söyledi ve susuz kalmayayım diye yere bir bardak su bıraktı.

Eve geri geldiğinde uyandım. Oda karanlıktı, gece olmuştu. Beni kontrol etmek için yukarıya çıktı.

"Hâlâ yaşıyor musun?"

"Sayılır," dedim.

"Bir şeye ihtiyacın var mı?"

"Hayır, teşekkürler."

"Tamam, o zaman," dedi ve mutfağa gitti.

Birkaç dakika sonra telefonun çaldığını duydum. Charlie, kısık sesle birisiyle konuştu.

"Mike kendisini daha iyi hissediyormuş," diye seslendi.

Evet, bu cesaret vericiydi. Benden sadece sekiz saat kadar önce hastalanmıştı. Sekiz saat daha. Düşüncesi midemi bulandırmaya yetti ve kafamı tuvalete soktum.

Kalktığımda başım yine havluya dayalıydı ama bu sefer yatağımdaydım ve dışarısı aydınlıktı. Taşındığımı hatırlamıyordum, herhalde Charlie beni odama kadar taşımıştı, hatta yatağımın kenarına bir bardak su bırakmıştı. İçimin yandığını hissettim. Bütün suyu içtim.

Bulantıların tekrar başlamaması için yavaşça kalktım. Güçsüzdüm ve ağzımda iğrenç bir tat vardı ama midem iyiydi. Saatime baktım.

Yirmi dört saatim dolmuştu.

Kendimi fazla zorlamadım, sadece kahvaltıda biraz tuzlu kraker yedim. Charlie iyileştiğimi görünce rahatlamıştı.

O günü banyoda geçirmeyeceğimi anladığımda hemen Jacob'ı aradım.

Telefona Jacob cevap verdi ama sesinden hâlâ hasta olduğu anlaşılıyordu.

"Alo?" Sesi çatlak çıkmıştı.

"Ah Jake," dedim. "Sesin korkunç geliyor."

"Korkunç hissediyorum," diye fısıldadı.

"Seni benimle dışarı çıkmaya zorladığım için özür dilerim."

"Çıktığım için memnunum." Hâlâ fısıltıyla konuşuyordu. "Kendini suçlama. Bu senin hatan değil."

"Yakında iyileşeceksin," diye söz verdim. "Ben bu sabah kalktığımda iyiydim."

"Sen de mi hastaydın?"

"Evet. Ama şimdi iyiyim."

"Bu iyi." Sesi kesildi.

"Birkaç saat içerisinde iyileşeceksin," diye cesaret verdim.

Cevabını zorla duydum. "Sanırım benimki farklı bir hastalık."

"Sen de mideni üşütmedin mi?"

"Hayır, bu başka bir şey."

"Neyin var?"

"Her şeyim," diye fısıldadı. "Her yerim ağrıyor."

Sesinde inanılmaz bir acı hissediliyordu.

"Senin için ne yapabilirim Jake? Ne getireyim sana?"

"Hiçbir şey. Buraya gelemezsin." Birden terslendi. Bu hareketi bana Billy'nin geçen geceki davranışını hatırlatmıştı.

"Sana bulaşan bana da bulaştı."

Beni duymazdan geldi. "Seni arayacağım."

"Jacob-"

"Kapatmam gerek," dedi aceleyle.

"Kendini iyi hissettiğin zaman beni ara."

"Tamam," dedi. Sesinde garip bir burukluk vardı.

Bir süre sessizlik oldu. Bana güle güle demesini bekledim ama o da beni bekliyordu.

"Yakında görüşürüz," dedim en sonunda. "Aramamı bekle," dedi tekrar. "Tamam. Hoşça kal Jacob."

"Bella." Adımı fısıldadı ve telefonu kapattı.

10. ÇAYIR

Jacob aramadı.

Aradığımda telefonu Billy açtı ve Jacob'ın hâlâ yatakta olduğunu söyledi. Meraklanmıştım. Billy'nin onu doktora götürüp götürmediğinden emin olmak istiyordum. Billy götürdüğünü söyledi ama nedendir bilmem, ona inanmamıştım. Günde bir kaç kere arıyordum ama son iki gündür kimse açmıyordu.

Cumartesi günü onu görmeye gitmeye karar verdim ama gittiğimde küçük kırmızı ev boştu. Bu beni korkuttu. Belki de Jacob'ın durumu çok kötü olduğu için hastaneye kaldırmışlardı. Eve dönerken hastaneye uğradım, ön masadaki hemşire ne Jacob'ın ne de Billy'nin uğramadığını söyledi.

Charlie eve geldiğinde Harry Clearwater'ı aramasını istedim. Jacob'ın adının geçmesini bekledim, gergindim. Görünen o ki Harry hastaneye gitmiş ve kalbi için bazı testler yaptırmıştı. Charlie'nin alnı kırıştı, Harry şakalar yaptı, Charlie kahkahalarla güldü. Charlie, Jacob'ı sorduğunda onun konuşmalarından pek bir şey anlamamaya başladım. Sadece hımm ve evetler vardı. Parmaklarımla mutfak tezgâhının üzerinde tempo tutmaya başlamıştı ki Charlie bana durmam için işaret verdi.

Sonunda Charlie telefonu kapattı ve bana döndü.

"Harry bana telefon hatlarında bir sorun olduğunu ve o yüzden onlara ulaşamadığını söyledi. Billy Jake'i hastaneye götürmüş, öpücük hastalığına yakalanmış. Çok yorgunmuş ve Billy hiç ziyaretçi istemiyormuş."

"Ziyaretçi istemiyor muymuş?" diye sordum inanamayarak.

Charlie'nin tek kaşı kalktı. "Şimdi sakın gitme Bells. Billy oğlu için iyi olanı biliyordur. Yakında iyileşir ve ayağa kalkar. Sabırlı ol."

Fazla zorlamadım. Charlie, Harry'yi merak etmişti. Onun için önemli olan buydu ve ben kendi sorunlarımla onu rahatsız etmeyecektim.

Daha sonra yukarıya çıktım ve bilgisayarımı açtım. Tıbbi bir site buldum ve arama kutusuna 'öpücük hastalığı' yazdım.

Tek bildiğim, bu hastalığın öpüşerek kapıldığıydı ama bunun Jake'le ilgisi yoktu. Semptomları hızla okudum, ateşi vardı ama ya geri kalanlar? Boğazı şişmemişti, yorgunluğu yoktu, başı ağrımamıştı, en azından sinemadan çıkarken bu belirtilerden hiçbiri yoktu. Kendini iyi hissettiğini söylemişti.

Yazının dediğine göre ilk önce boğazın şişmesi gerekiyordu.

Bilgisayar ekranına baktım ve neden bunu yaptığımı merak ettim. Neden bu kadar... bu kadar şüpheciydim, neden Billy'nin hikâyesine inanmamıştım? Neden Billy'nin, Harry'ye yalan söylediğini düşünmüştüm?

Salaklık ediyordum. Sadece endişelenmiştim ve dürüst olmak gerekirse, Jacob'ı görmem engellendiği için sinirlenmiştim.

Yazının geri kalanını okudum ve daha fazla bilgi var mı diye baktım. Bu hastalığın bir aydan fazla sürdüğünü okuyunca durdum.

Bir ay mı? Ağzım bir karış açık kaldı.

Ama Billy bu kadar uzun süre ziyaretçilere engel olamazdı.

Jake o kadar uzun süre, yatağa çakılı bir vaziyette, kimseyle konuşmadan duramazdı.

Billy neden korkuyordu? Yazıda bu hastalığa yakalanmış bir insanın fiziksel aktiviteden kaçınması gerektiği yazıyordu ama ziyaretçiler hakkında bir şey demiyordu. Hastalık o kadar da bulaşıcı değildi.

Israrcı olmaya başlamadan önce, Billy'ye bir hafta vermeye karar verdim. Bu yeterli bir süreydi.

***

Bir hafta *uzun* bir süreydi. Çarşamba günü geldiğinde cumartesiye kadar dayanabileceğimden pek emin değildim.

Billy ve Jacob'a bir hafta vermeye karar verdiğimde, Jacob'ın Billy'nin kurallarını uygulayacağından emin değildim. Okuldan eve her geldiğimde, telefona koşup mesajları kontrol ediyordum.

Onu üç kere aramayı denedim ama telefonları hâlâ çalışmıyordu.

Evde çok yalnızdım. Jacob olmadan, adrenalinim olmadan ve beni oyalayacak şeyler olmadan çıldıracak gibi oluyordum. Rüyalarım tekrar başlamıştı. Artık sonu gelmeden uyanıyordum. Sadece korkunç bir boşluk vardı, yarısı ormanda, diğer yarısı da artık beyaz evin olmadığı boş ot denizinde geçiyordu. Bazen Sam Uley ormanda, beni izliyor oluyordu. Fakat orda olmasının bir önemi yoktu, yalnızlığımı paylaşmıyordu. Her gece çığlık atarak uyanmama engel değildi, hem de her gece.

Göğsümdeki ağrı her geçen gün artıyordu. Kontrol altına alabildiğimi sanıyordum ama kendimi her geçen gün daha da kötü hissediyordum.

Yalnız başıma pek iyi idare edebildiğim söylenemezdi.

Kalktığım sabah, yine çığlık atarak uyandığım sabahlardan biriydi, o günün cumartesi olduğunu fark ettim ve rahatladım. Bugün Jacob'ı arayabilirdim. Eğer telefonları hâlâ çalışmıyorsa, La Push'a gidecektim. Öyle ya da böyle, bugün yalnız geçen günlerimi sonuncusu olmalıydı.

Numarayı çevirdim ve büyük bir umutla bekledim.

Billy ikinci çalışta açınca şaşırdım.

"Alo?"

"Harika, telefonunuz çalışıyor. Selam Billy, ben Bella. Jacob'ın nasıl olduğunu merak ettim. Ziyaretçi kabul ediyor mu? Bugün uğramayı düşünüyordum..."

"Üzgünüm Bella," diye sözümü kesti Billy. Acaba televizyon mu seyrediyor, diye merak ettim, aklı başka yerde gibiydi. "Evde değil."

Anlamam birkaç saniye sürdü. "Demek kendisini iyi hissediyor."

"Evet," dedi Billy biraz çekinerek. "Öpücük hastalığı olmadığı anlaşıldı. Başka bir virüsmüş."

"Peki nereye gitti?"

"Bir arkadaşıyla birlikte Port Angeles'a gitti. Sanırım iki film birden seyredeceklermiş. Bütün gün gelmeyecek."

"Tamam, bunu duyduğuma sevindim. Çok merak etmiştim. Dışarı çıkabilecek kadar iyi hissettiğine sevindim." Saçmaladığımı ve sesimin de oldukça yapay çıktığını biliyordum.

Jacob iyiydi ama beni arayacak kadar iyi değildi. Arkadaşlarıyla dışarıya çıkmıştı. Ben ise evde oturmuş, her geçen saat onu daha çok özlüyordum. Yalnızdım, merak etmiştim, sıkılmıştım...ve şimdi de, bir hafta ayrı kalmamızın ona bir etki yapmadığını görmek beni daha da fazla harap etmişti.

"Benden istediğin başka bir şey var mı?" diye sordu Billy kibarca.

"Hayır, hiçbir şey yok"

"Tamam, Jacob geldiğinde aradığını iletirim," diye söz verdi. "Hoşça kal Bella."

"Hoşça kal," dedim, ama o çoktan kapatmıştı.

Telefon hâlâ elimde, bir süre donakaldım.

Jacob fikrini değiştirmiş olmalıydı, tam korktuğum gibi. Benim öğüdümü dinlemişti ve onun duygularına karşılık vermeyecek biri için daha fazla zaman kaybetmek istemiyordu.

"Bir sorun mu var?" dedi Charlie merdivenlerden inerken.

"Hayır," diye yalan söyledim ve telefonu yerine astım. "Billy'yle konuştum. Jacob'ın iyi olduğunu söyledi. Öpücük hastalığı değilmiş. Bu iyi bir şey."

"Buraya mı geliyor, yoksa sen mi ona gidiyorsun?" Charlie dalgın dalgın dolapta bir şeyler arıyordu.

"Hiçbiri," dedim. "Başka arkadaşlarıyla dışarıya çıkmış."

Ses tonum Charlie'nin dikkatini çekti. Bana baktı, elinde peynir kutusu vardı.

"Öğlen yemeği için erken değil mi?" dedim ilgisini dağıtmak için.

"Hayır, nehre götürmek için hazırlık yapıyordum..."

"Balığa mı çıkıyorsun?"

"Evet. Harry aradı." Konuşurken bir yandan da tezgâhın üzerinde kendine sandviç hazırlıyordu. Bir an kafasını kaldırdı ve bir şey fark etmiş gibi sordu. "Eğer Jake'le buluşmayacaksan, seninle kalmamı ister misin?"

"Sorun değil baba," dedim, umurumda değilmiş gibi bir hava vermeye çalışarak. "Hava güzelken balığa çıksan iyi olur."

Uzun uzun baktı, yüzünde bir kararsızlık ifadesi vardı. Beni merak ettiğini biliyordum, beni yalnız bırakmaktan korkuyordu.

"Gerçekten baba. Herhalde Jessica'yı ararım," diye bir yalan uydurdum. Bütün gün beni seyretmesindense evde yalnız olmayı tercih ederdim. "Matematik sınavına çalışmamız gerekiyor. Onun yardımına ihtiyacım var."

"Bu güzel bir fikir. Bütün vaktini Jacob'la geçiriyordun, öteki arkadaşların sana küsecekti."

Güldüm ve kafamı salladım, sanki diğer arkadaşlarımın düşünceleri çok umurumdaydı.

Charlie arkasını döndü ama tekrar bana döndüğünde yüzünde endişeli bir ifade vardı. "Ya burada ya da Jessler'de çalışırsınız değil mi?"

"Tabii, başka nerede çalışacağız?"

"Tamam, sadece dikkatli ol ve ormandan uzak dur."

Anlamak birkaç dakikamı aldı. "Yine ayı meselesi mi?"

Charlie kafasını salladı. "Kaybolan bir yürüyüşçü var. Bu sabah orman koruyucuları adamın kamp eşyalarını buldular ama adamdan bir iz yok. Ve etrafta koca ayak izleri vardı... tabii belki bu izler başka bir zamandan kalmış olabilir. Ama şimdi etrafa tuzaklar kurmaya başladılar."

"Oo," dedim şaşkınlıkla. Aslında uyarılarını dinlemiyordum, Jacob'la olan duruma o kadar çok sıkılmıştım ki, bu konu benim için ayı tarafından yenmekten daha önemliydi.

Charlie'nin acelesi olmasına sevindim. Jessica'yı aramamı beklemedi ve ben de böylece sessiz sinema oynar gibi Jessica'yla telefonda konuşuyormuş gibi yapmaktan kurtuldum. Çantamı mutfak tezgâhına koydum ve okul kitaplarımı içine doldurdum. Hareketlerim fazlasıyla yapmacıktı ve eğer Charlie çıkmak için acele etmeseydi hareketlerimden şüphelenebilirdi.

Meşgul gözükmekten dolayı o kadar meşguldüm ki, Charlie arabasına binene kadar koca boş bir günün beni beklemekte olduğunu fark etmedim bile. Mutfaktaki sessiz telefona bakıp evde boş boş oturmayacağıma karar vermem iki dakikamı aldı. Neler yapabileceğimi düşündüm.

Jessica'yı aramayacağıma emindim.

La Push'a gidip motosikletimi alabilirdim. Bu fikir çok çekici görünüyordu ama küçük bir sorun vardı: Kim beni acil servise kaldıracaktı?

Ya da... pusula ve harita kamyonetteydi. Ama artık gideceğimiz yolu çok iyi anlamıştım, kesinlikle kaybolmazdım. Belki Jacob varlığıyla beni onurlandırmaya karar verene kadar, çizdiğimiz yollardan iki tanesini deneyebilirdim. Hem bu bize zaman da kazandırmış olurdu. Gerçi, Jacob'ın ne zaman döneceğini bilmiyordum, belki de hiç dönmeyecekti.

Bunu öğrendiğinde Charlie'nin ne düşüneceğini fark ettiğimde içimi bir suçluluk duygusu kapladı ama yine de kararımdan vazgeçmedim. Bugün evde kalamazdım.

Birkaç dakika sonra, tanıdık toprak yolda ilerliyordum. Camları açmıştım ve kamyonetimin elverdiği kadar hızlı sürüyordum. Rüzgârın yüzüme çarpmasını seviyordum. Hava bulutluydu ama kuruydu, Forks'un her zamanki havasına göre mükemmel bir gündü.

İşe başlamam Jacob'ın hazırlanmasından daha uzun sürdü. Her zamanki yere park ettikten sonra, on beş dakika boyunca pusulanın üzerindeki iğneyi ve haritanın üzerindeki işaretleri çözmeye çalıştım. Haritadaki çizgiyi doğru takip ettiğimi anladığımda da ormanın içine daldım.

Orman bugün capcanlıydı, sanki bütün minik yaratıklar toplanmış, bu kuru günü kutluyorlardı. Fakat kuşlar cıvıldayıp, kanat çırpsa, böcekler kafamın etrafında vızıldasa ve fareler çalılıkların arasında dolansa da, orman bugün gözüme oldukça ürpertici gelmişti. Bana son gördüğüm kâbusumu hatırlattı. Belki de yalnız olduğum için bana öyle geliyordu. Jacob'ın umursamaz ıslığını ve başka bir çift ayağın yaprakları hışırdatarak yanımdan yürümesini özlemiştim.

Huzursuzluk hissi, ağaçların arasına daldığımda daha da çoğaldı. Nefes almam giderek güçleşiyordu; fazla hızlı yürüdüğümden değil, göğsümdeki aptal delik yüzünden. Kollarımı sıkıca karnıma bastırdım ve düşüncelerin acısını kafamdan atmayı denedim. Bir an geri dönmeyi düşündüm ama sarf ettiğim bunca çabayı çöpe atamazdım.

Adımlarımın ritmi kafamı ve acımı uyuşturdu. Nefesim düzeldi. Geri dönmediğim için memnundum. Otları iterken artık eskisi gibi zorlanmıyordum, hatta oldukça hızlı olduğumu bile söyleyebilirdim.

Ne kadar verimli bir çalışma çıkardığımın farkında değildim. Altı kilometre kadar yürümüş olmama rağmen hâlâ varamamıştım. Sonra bir diklik benim yönümü şaşırtınca kendimi üzüm asmalarından oluşan yay şeklindeki bir eğiklikte buldum. Boyum kadar olan otları ittim ve çayıra çıktım.

Aynı yerdi, kesinlikle emindim. Bu kadar simetrik başka bir alan daha görmemiştim. Sanki birisi eliyle çizmiş gibi görünen mükemmel bir yuvarlaklıktı. Doğu tarafında akan suyun sesini duyabiliyordum.

Burası, güneş ışığı olmadan o kadar büyüleyici olmasa da, hâlâ güzel ve sakindi. Kır çiçekleri için yanlış bir mevsimdi. Yeryüzü kalın ve uzun çimlerin hafif rüzgâr esintisiyle sallanmasıyla dalgalanan bir göl gibi gözüküyordu.

Burası orasıydı... ama aradığımı hâlâ bulamamıştım.

Yaşadığım hayal kırıklığı beni derinden sarstı, Olduğum yere çöktüm ve nefes almaya çalıştım.

Daha uzağa gitmenin anlamı neydi? Buralarda oyalanacak bir şey yoktu. İstediğim zaman hatırlayabileceğim hatıralardan başka hiçbir şey yoktu: Acıyı çağrıştıran anılar. O olmadan bu yerin hiçbir özelliği yoktu. Burada ne hissetmeyi istediğimden emin değildim ama çayırda bir boşluk hissi vardı. Her şey boştu, tıpkı diğer yerlerde olduğu gibi. Kâbuslarım gibi. Başım dönmeye başladı.

En azından yalnız gelmiştim. Bunu fark ettiğimde yalnız olduğuma sevindim. Eğer bu çayırı Jacob'layken keşfetseydim, ona şu an içine daldığım dipsiz kuyuyu açıklamam imkansız olurdu. Ona parçalara bölündüğümü, göğsümdeki deliğin genişleyip beni ikiye ayırmaması için iki büklüm olup karnımı tuttuğumu nasıl açıklayabilirdim? Böyle daha rahattım.

Ve dönmek için neden bu kadar acele ettiğimi de kimseye açıklamak durumunda değildim. Bu aptal yeri bulmak için bu kadar çaba gösterdikten sonra, Jacob burada birkaç saniyeden daha fazla vakit geçirmem gerektiğini düşünürdü. Ama ben ayaklarımın üzerinde doğrulacak gücü arıyordum ve gerekirse emekleyerek kaçacaktım.

Yalnız olduğum için ne kadar şanslıydım!

Yalnız. Kelimeyi tekrar ettim ve acıya rağmen ayaklarımın üzerinde doğruldum. İşte o an, yaklaşık otuz ağaç kadar kuzeyde, ağaçların ardından bir şekil fırladı.

İçimden başımı döndüren bir duygu seli geçti. Hissettiğim ilk duygu şaşkınlıktı, kimseyi burada göreceğimi ummuyordum. Sonra, gözlerim hareketsiz figüre odaklandığında, onun hareketsizliği ve solgun teni içimin umutla dolmasına sebep oldu. Duygularımı saklamaya çalışarak ruhumu kamçılayan bu acıyla savaştım ve siyah saçların altındaki yüze baktım, bu görmeyi umduğum yüz değildi. Bir sonraki duygum korkuydu, bu bana acı çektiren yüz değildi, ama bana yüzü dönük olan bu adamın tek başına dolaşan bir yürüyüşçü olmadığını görebilecek kadar ona yakındım.

Ve en sonunda tanıdım.

"Laurent!" diye haykırdım şaşkın bir memnunlukla.

Bu oldukça mantıksız bir tepkiydi. Korkuyu hissettiğim an durmam gerekirdi.

Laurent, ilk tanıştığımızda James'in grubundaydı. Avda o yoktu – benim avlandığım av – ama bunun tek sebebi korkmuş olmasıydı çünkü ben daha büyük bir grup tarafından korunuyordum. Durum böyle olmasaydı, daha farklı olurdu çünkü onun o sıralarda beni yemek yapmakla ilgili bir sorunu yoktu. Fakat değişmiş olmalıydı çünkü diğer uygarlaşmış grubun yanına, Alaska'ya gitmişti ve o grup, ahlaki değerler sebebiyle insan kanı içmeye kesinlikle karşı çıkıyordu. Öteki aile... Adını hatırlamak istemiyordum.

Evet, korku daha yerinde bir duygu olabilirdi ama tek hissettiğim yüksek bir tatmin duygusuydu. Çayır tekrar sihirli bir yer olmuştu. Beklediğimden daha koyu bir büyü. Üzerinde yaşadığım dünyanın başka bir yerinde *o* yaşıyordu.

Laurent'in tamamen aynı görünmesi beni şaşırtmıştı. Ama son bir yılda değişmiş olmasını beklemem, hem salakça hem de çok insanca olurdu. Ama onda başka bir şey vardı... tam olarak adlandıramadığım bir şey.

"Bella?" dedi. Benden daha şaşkın gözüküyordu.

"Hatırlıyorsun." Gülümsedim. Bir vampirin beni hatırlamış olduğuna sevinmem çok saçmaydı.

Sırıttı. "Seni burada görmeyi ummuyordum." Bana doğru ilerledi, sersemlemiş gibiydi.

"Bence tam tersi. Ben burada yaşıyorum. Senin Alaska'ya gittiğini sanıyordum."

Yaklaşık on adım ilerimde durdu ve kafasını yana eğdi. Yüzü, gördüğüm en güzel yüzdü. Garip bir serbest kalmış heves duygusuyla onu inceliyordum. Bir şeyleri yapar gibi görünmem gerekmiyordu, söyleyemeyeceğim her şeyi zaten biliyordu.

"Haklısın," dedi. "Alaska'ya gittim. Yine de hiç beklemiyordum... Cullenlar'ın evini boş bulunca taşındılar zannettim."

Dudağımı ısırdım, isim içimdeki yarayı deşmişti. Kendime gelmem bir saniyemi aldı. Laurent meraklı gözlerle bekledi.

"Taşındılar," dedim.

"Hımm," diye mırıldandı. "Seni geride bırakmalarına şaşırdım. Onların evcil hayvanları gibi bir şeydin," dedi son derece masum gözlerle.

Dudaklarım alaycı bir gülümseyişle kıvrıldı. "Onun gibi bir şey."

"Hımm," dedi. Düşünceliydi.

Tam o sırada, neden aynı gözüktüğünü anladım. Carlisle, Laurent'in Tanya'nın ailesiyle kaldığını söyledikten sonra, onu kafamda canlandırmıştım. Onu çok nadir düşünürdüm, aynı altın gözlere sahipti. Tıpkı Cullenlar gibi. İsmi ürkerek söyledim. Bütün iyi vampirlerin gözleri gibiydi.

İstem dışı geriye bir adım attım, meraklı ve koyu kırmızı gözleri hareketlerimi takip ediyordu.

"Sık sık ziyaret ediyorlar mı?" diye sordu.

Sonra güzel kadife sesi duydum: "Yalan söyle."

Tekrar *onun* sesi geliyordu ama şaşırmamıştım. Yoksa hayal edilebilecek en kötü tehlikede miydim? Motosiklete binmek, bunun yanında çocuk oyuncağı gibi kalıyordu.

Sesin dediğini yaptım.

"Ara sıra." Sesimin hafif ve rahat çıkmasına çalıştım. "Tabii bana daha uzunmuş gibi geliyor. Nasıl sürekli meşgul olduklarını bilirsin..." Kekelemeye başlamıştım. Sesimi kesmeliydim.

"Hımm," dedi tekrar. "Ev sanki çok uzun zamandan beri boşmuş gibi kokuyor..."

"Bundan daha iyi bir yalan söylemelisin, Bella," diye uyardı ses.

Denedim. "Carlisle'a senin geldiğini söylerim. Ziyaretini kaçırdığı için üzülecek." Biraz düşünüyormuş gibi yaptım. "Ama sanırım Edward'a bahsetmesem daha iyi olur." İsmi söylerken zorlandım ve ifadem çarpıldı. Bütün çabalarım berbat olmuştu. "Çok aksi... hatırlarsın. James konusunda hâlâ hassas." Gözlerimi devirdim ve umursamaz bir şekilde elimi salladım ama sesimde hâlâ histerik bir ton vardı. Hatırlayacak mı, diye merak ediyordum.

"Gerçekten mi?" diye gülerek sordu Laurent. Şüpheciydi.

Sesim, paniğimi belli etmesin diye cevabımı kısa tuttum. "Hı Hı."

Laurent bir adım daha attı ve küçük çayıra baktı. Bu attığı adımla bana yaklaştığını fark etmiştim. Kafamdaki ses hafifçe hırıldadı.

"Ee, Denali'de işler nasıl? Carlisle senin Tanya'yla kaldığını söyledi." Sesim çok yüksek çıkmıştı.

Soru, onun durmasına sebep oldu. "Tanya'yı oldukça seviyorum." Biraz düşündü. "Hatta kız kardeşi Irina'yı daha çok... Hiçbir yerde bu kadar uzun süre kalmamıştım, bu yüzden de imkanlarını değerlendiriyorum. Ama kısıtlamalar çok zor... Diğerlerinin bu kadar uzun süre dayanabilmelerine şaşırıyorum." Suikastçı bir ifadeyle gülümsedi. "Bazen hile yaptığım oluyor."

Yutkunamadım. Ayağım arkaya doğru gitmeye başladı ama kırmızı gözleri bu hareketimi fark edince dondum.

"Ah," dedim kısılan sesimle. "Jasper'ın da bazı problemleri oldu."

"Kıpırdama," diye uyardı ses. Dediğini yapmaya çalıştım. Zordu, kaçma güdülerimi durdurmak oldukça zordu.

"Gerçekten mi?" Laurent ilgilenmiş gibiydi. "Bu yüzden mi gittiler?"

"Hayır," dedim dürüstçe. "Jasper evde dikkatlidir."

"Evet," diye onayladı. "Ben de."

İleriye doğru temkinli bir adım attı.

"Victoria seni buldu mu?" Bu soruyu sorarken adeta nefessiz kalmıştım, çaresizce dikkatini dağıtmaya çalışıyordum. Aklıma gelen ilk soru bu olmuştu ve ben de kelimeler ağzımdan çıkar çıkmaz pişman olmuştum. Victoria – beni James'le birlikte avlayan ve sonra yok olan – böyle bir anda düşünmek isteyeceğim en son kişiydi.

Ama soru onu durdurdu.

"Evet," dedi ve bir sonraki adımını çekinerek attı. "Aslında buraya ona bir iyilik yapmak için geldim." Yüzünü buruşturdu. "Bunu duyunca hiç mutlu olmayacak."

"Neyi?" dedim merakla, devam etmesini sağlamaya çalışıyordum. Ağaçlara baktı, benden uzaklara. Bu dağınıklığının avantajını kullandım ve geriye doğru bir adım attım.

Bana baktı ve gülümsedi. İfadesi onun siyah saçlı bir melek gibi görünmesini sağlamıştı.

"Seni benim öldürdüğümü duyunca," dedi baştan çıkarıcı bir mırıltıyla.

Geriye doğru başka bir adım daha attım. Kafamdaki çılgın homurtu onu duymamı zorlaştırmıştı.

"Bu bölümü kendine saklıyordu," diye neşeyle devam etti. "O sana biraz... küs, Bella."

"Bana mı?"

Kafasını salladı ve gülümsedi. "Biliyorum, bana da biraz modası geçmiş gibi geldi. Ama James onun eşi ve Edward onu öldürdü."

Burada, ölüm lafı geçtiğinde bile, ismi tekrar iyileşmemiş yaralarımı deşmişti.

Laurent tepkimi fark etti. "Seni öldürmenin, Edward'ı öldürmekten daha iyi olacağını düşündü: Adil bir karşılık, eşine karşılık eşi. Ona yardımcı olup olamayacağımı sordu. Seni bulmanın bu kadar kolay olacağını sanmıyordum. Belki de planında bir yanlışlık var. Onun hayal ettiği gibi bir intikam olmayacak. Edward seni burada korumasız bıraktığına göre, demek ki onun için pek bir anlam ifade etmiyormuşsun."

Göğsümdeki yaradan yeni bir esinti, yeni bir gözyaşı geçti.

Laurent yana eğildi ve ben de arkaya bir adım daha attım.

Durdu. "Sanırım bana kızacak."

"O zaman neden onu beklemiyorsun?"

Yüzüne haylaz bir gülümseme yayıldı. "Beni kötü bir zamanda yakaladın, Bella. Buraya Victoria'nın intikamını almak için gelmemiştim, avlanıyordum. Susamıştım ve sen de ağzımı sulandıracak kadar güzel kokuyorsun."

Laurent benim onaylamamı bekledi, sanki ona iltifat etmemi bekliyordu.

"Tehdit et," dedi güzel ses, sesi dehşet vericiydi.

"Senin olduğunu bilecek," dedim itaatkâr bir şekilde. "Bundan kaçamayacaksın."

"Nedenmiş?" Laurent'in gülümsemesi daha da büyüdü. Ağaçların aralarındaki boşluklara baktı. "Koku bir sonraki yağmurda yok olacak. Kimse senin cesedini bulamayacak. Basit bir şekilde ortadan kaybolacaksın, aynı diğer insanlar gibi. Edward, bunu yapanın ben olduğumu bilemeyecek bile, eğer araştırmak için kılını kıpırdatırsa tabii. Kişisel bir şey değil, emin olabilirsin Bella. Sadece susadım."

"Yalvar," dedi kafamdaki ses.

"Lütfen," dedim.

Laurent kafasını salladı, yüzü yumuşamıştı. "Şu şekilde bakmaya çalış, Bella. Seni ben bulduğum için çok şanslısın."

"Öyle miyim?" Bir adım daha attım.

Laurent takip etti, kıvrak ve zarifti.

"Evet. Çok çabuk olacağım. Hiçbir şey hissetmeyeceksin söz veriyorum. Victoria'ya da yalan söylerim. Senin için neler planladığını bir bilsen Bella..." Yavaşça kafasını salladı. "Sana yemin ederim, bunun için bana teşekkür edeceksin."

Korkuyla ona baktım.

Rüzgârın ona doğru savurduğu saçımın tellerini kokladı. "Ağız sulandırıcı," diye tekrarladı derin derin nefes alarak.

Fırlamak için gerildim, yere diz çökerken gözlerimi kıstım ve Edward'ın sinirli haykırışları yankılanmaya başladı. Adı, yarattığım bütün duvarları yıktı. *Edward, Edward.* Ölecektim. Artık onu düşünsem de bir şey fark etmezdi. *Edward, seni seviyorum.*

Kısılmış gözlerimin arasından, Laurent'in nefes almayı bıraktığını ve kafasını aniden sola çevirdiğini fark ettim. Kafamı ona çevirmeye ve baktığı yere bakmaya korkuyordum, beni zararsız hale getirmek için bir hileye başvurmasına ya da başka bir şekilde oyalanmasına gerek yoktu. Benden uzaklaşırken nasıl rahatladığımı anlatamam.

"İnanamıyorum," dedi. Sesi o kadar kısık çıkmıştı ki zor duymuştum.

Bunu duyunca gözlerimi açtım. Hayatımı birkaç saniye daha uzatan bu kesintinin sebebine bakmak için, gözlerim çayırda dolaştı. İlk önce hiçbir şey görmedim ve tekrar Laurent'e döndüm. Artık daha hızlı geriliyordu, gözleri ormanı tarıyordu.

Sonra onu gördüm, kocaman siyah bir şekil. Ağaçların arasından çıktı, bir gölge kadar sessizdi ve vampire doğru yürüyordu. Kocamandı, bir at kadar uzun ama kalındı, çok daha kaslıydı. Uzun ağzı açıldı ve kamçı gibi dişleri açığa çıktı. Dişlerinin arasından dehşet verici bir hırıltı çıktı, ses gök gürültüsü kadar yüksekti.

Ayı. Sadece bir ayı değildi. Herkesi dehşet içinde bırakan o koca siyah canavardı. Uzaktan, herkes onun ayı olduğunu düşünebilirdi. Başka hangi nesne bu kadar geniş ve güçlü gözükebilirdi?

Yavaşça çimenlerden yürüdü ve benim durduğum yerin üç metre yakınına geldi.

"Sakın kıpırdama," dedi Edward'ın sesi.

Canavarımsı yaratığa baktım, aklım onu isimlendirmek için afallamıştı. Sadece bir olasılık düşünebiliyordum. Ama yine de bir kurdun bu kadar büyük olabileceğini düşünemiyordum.

Boğazından başka bir hırıltı çıkınca sesten dolayı titredim.

Laurent ağaçların kenarına doğru gidiyordu ve ben donup kalmıştım, kafam karışmıştı. Neden Laurent geriye çekiliyordu? Kurt, canavar kadar büyüktü ama sadece bir hayvandı. Hangi sebepten ötürü bir vampir, bir hayvandan korkardı? Laurent korkmuştu. Gözleri, aynı benim gibi, korkudan iyice açılmıştı.

Sanki soruma cevap alır gibi, devasa kurdun yalnız olmadığını gördüm. İki kocaman hayvan çayıra doğru ilerlemeye başladılar. Bir tanesi koyu griydi, diğeri de kahverengi, ama hiçbiri ilki kadar uzun değildi. Gri kurt benim olduğum yere doğru yaklaştı, gözleri Laurent'e kilitlenmişti.

Ben tepki veremeden iki kurt daha geldi ve sanki güneye göç eden ördekler gibi, V şeklinde durdular. Paslı kahverengi canavar dokunabileceğim kadar yakındı.

Bir nefes aldım ve arkaya doğru fırladım. Bu yapabileceğim en aptalca hareketti. Tekrar dondum ve kurtların bana dönmesini bekledim, en uygun avlarıydım. Laurent'in kurtları yenebileceğini düşünüyordum. Her iki seçeneği değerlendirecek olursam, kurtlar tarafından yenmek en kötüsüydü.

Bana yakın olan kurt, kızıl kahve tonlarında olan, iç çekişimi duyarak bana döndü.

Kurdun gözleri koyuydu, simsiyahtı. Saniyenin onda biri kadar bana baktı, derin gözleri vahşi bir hayvan için oldukça zeki duruyordu.

O bana bakarken, bir an Jacob'ı düşündüm ve tekrar bir minnet duydum. En azından buraya yalnız gelmiştim, bu canavarlarla dolu masalımsı çayıra. En azından Jacob ölmeyecekti. Hiç değilse benim yüzümden ölmeyecekti.

Sonra kurtların liderinden kısık bir hırlama geldi, Laurent'e hırlıyordu.

Laurent, görülebilir bir korku ve şokla, canavar kurtlara bakıyordu. Sonra, birdenbire ağaçların arasında kaybolup gitti.

Kaçtı.

Bir saniye sonra kurtlar da peşinden gitti. Çimlerin üzerinde o kadar hızlı koşuyorlardı ve o kadar gürültülü uluyorlardı ki, kulaklarımı tıkamak zorunda kalmıştım. Ağaçların arasında kaybolduklarında ses de yok oldu.

Tekrar yalnız kaldım.

Dizlerimin bağı çözüldü ve ellerimin üzerine düştüm, boğazımda bir hıçkırık düğümlenmişti.

Gitmem gerektiğini biliyordum, hem de hemen. Bana geri dönmeden önce kurtlar Laurent'i ne kadar süre daha takip ederlerdi ki? Ya da Laurent onları kovalamadan? Acaba o geri gelir miydi?

Hareket edemedim. Ayaklarım ve kollarım titriyordu ve nasıl doğrulacağımı bilemiyordum.

Aklım hâlâ korku, dehşet ve karışıklıkla doluydu. Şahit olduklarımı anlayamıyordum.

Bir vampir, fazlaca iri olan köpeklerden korkup kaçmamalıydı. Kurtların dişleri, mermer tenine nasıl zarar verebilirdi ki?

Ve kurtların da, olağanüstü boyutlarına güvendikleri ve hiçbir şeyden korkmadıkları belliydi. Yine de Laurent'in peşine düşmelerini anlayamıyordum. Buzdan mermer teninin bir yemek gibi koktuğunu da zannetmiyordum. Neden benim gibi zayıf ve sıcakkanlı bir av varken Laurent'in peşine düşmüşlerdi?

Bir türlü kafamı toplayamıyordum.

Çayırdan soğuk bir hava esti ve çimler sanki üzerlerinden bir şey geçiyormuş gibi hareket etti.

Doğruldum ve zararsız esen rüzgâra arkamı döndüm. Panikten tökezledim. Sonra döndüm ve ağaçlara doğru koşmaya başladım.

Sonraki birkaç saat ıstırap doluydu. Çayıra çıkana kadar kat ettiğim yolun üç katını gittim.

İlk önce ne tarafa doğru gittiğime bakmadım, sadece neden kaçtığıma odaklanmıştım. Pusulamın olduğunu hatırladığım anda ise ormanın hiç bilmediğim, korkunç bir yerindeydim. Ellerim o kadar çok titriyordu ki, yönümü görebilmem için pusulayı çamurlu yerin üzerine koymam gerekti. Birkaç dakikada bir pusulayı yere koyup hâlen kuzeybatıya doğru gidip gitmediğimi kontrol ediyordum. Yaprakların üzerinde yürüyen görünmez yaratıkların sesini duyabiliyordum.

Bir karganın bağırmasıyla arkaya doğru fırladım ve kalın

ve genç bir ladin ağacının üzerine düştüm, kollarım çizildi ve saçlarım dallara takıldı. Bir sincabın hızla ağacın tepesine fırladığını görünce öyle yüksek bir sesle çığlık attım ki, çıkardığım sesten kulaklarım acıdı.

İleride, ağaçların arasında bir boşluk vardı. Kamyoneti park ettiğim yerin iki kilometre kadar güneyindeki boş bir yola çıktım. Yorulmuştum ama kamyonete kadar koştum. Kendimi arabanın içine atınca hıçkırarak ağlamaya başladım. Anahtarlarımı çıkartmadan korkuyla kapının kilidine bastım. Motorun sesini duymak beni rahatlattı. Ana yola çıkana kadar ağlamaya devam ettim.

Sakinleşmiştim ama eve vardığımda bitkindim. Charlie'nin motoru garajdaydı, saatin ne kadar geç olduğunu fark etmemiştim. Hava çoktan kararmıştı.

"Bella?" dedi Charlie, ben ön kapıyı kapatıp kilitlerken.

"Evet, benim." Sesim titrek çıkmıştı.

"Nerede kaldın?" Bir anda mutfağa girdi ve garip garip bakmaya başladı.

Kesinlikle Stanleyler'i aramıştı. Gerçeği söylesem iyi olurdu.

"Yürüyüş yaptım."

Gözleri kısıldı. "Hani Jessicalar'a gidecektin?"

"Canım bugün matematik çalışmak istemedi."

Charlie kollarını göğsünde kavuşturdu. "Sana ormandan uzak durmanı söylemiştim."

"Evet biliyorum. Merak etme, bir daha yapmam."

Charlie, sanki bana ilk defa bakıyor gibiydi. Ormanda toprağa bulanmıştım ve korkunç görünüyordum.

"Ne oldu?"

Tekrar, doğruyu söylemenin, en azından bir kısmını söylemenin, en iyisi olacağını fark ettim.

"Ayıyı gördüm." Sakince söylemeye çalıştım ama sesim yüksek ve titrek çıktı. "Ayı değil aslında, bir çeşit kurt. Ve beş taneler. Büyük siyah, gri ve kızılımsı kahverengi..."

Charlie'nin gözleri korkuyla doldu. Hızla yanıma yaklaştı ve elimi tuttu.

"İyi misin?"

Kafamı zayıfça salladım.

"Bana hemen neler olduğunu anlat."

"Bana fazla aldırış etmediler. Ama gittiklerinde, koştum ve koşarken de düştüm."

Omzumu tutmayı bıraktı ve bana sarıldı. Uzun bir süre boyunca hiçbir şey söylemedi.

"Kurtlar," diye mırıldandı.

"Efendim?"

"Orman koruyucusu, izlerin ayı izi olmadığını ama kurtların da o kadar büyük olamayacağını söyledi..."

"Bunlar kocamandı."

"Kaç tane gördün?"

"Beş."

Charlie kafasını salladı, kaşları gerginlikle havaya kalktı. "Başka yürüyüş yok."

"Sorun değil," diye söz verdim.

Charlie neler gördüğümü anlatmak için karakolu aradı. Onları tam olarak nerede gördüğüm konusunda biraz yalan söyledim çünkü babamın, ormanın derinliklerine indiğimi bilmesini istemiyordum. Ve hiç kimsenin de, beni arayan Laurent'i görmesini istemiyordum. Düşüncesi bile midemi bulandırmaya yetti.

"Aç mısın?" diye sordu telefonu kapattıktan sonra.

Kafamı salladım, aslında açlıktan midem kazınıyordu. Bütün gün hiçbir şey yememiştim.

"Sadece yorgunum," dedim. Merdivenlere yöneldim.

"Hey," diye seslendi. Sesi şüphe doluydu. "Jacob'ın bütün gün evde olmayacağını söylememiş miydin?"

"Billy öyle söylemişti." Kafam karışmıştı.

Bir süre yüzümü inceledikten sonra, "Tamam," dedi.

"Neden sordun?"

"Sabah Harry'yi almaya gittiğimde Jacob'ı arkadaşlarıyla bir dükkânın önünde gördüm. Ona merhaba demek için elimi salladım ama... sanırım beni görmedi. Galiba arkadaşlarıyla tartışıyordu. Garip görünüyordu, bir şeye üzülmüş gibiydi. Ve... değişikti. Bu çocuğun büyüdüğünü görebiliyorsun! Her gördüğümde daha çok uzuyor."

"Billy, Jake ve arkadaşlarının Port Angeles'a film seyretmeye gideceklerini söylemişti. Muhtemelen diğer arkadaşlarıyla buluşmak için oradaydı."

"Ah," diyerek kafasını salladı ve mutfağa gitmek için arkasını döndü.

Holde durdum ve Jacob'ın arkadaşlarıyla tartışmasını düşündüm. Acaba Embry'yi Sam hakkında mı konuşturuyordu. Belki de bu yüzden bugün beni ekmişti. Eğer sebebi Embry'yle bazı şeyleri yoluna sokmaksa, ona kızmazdım.

Odama gitmeden önce kilitleri tekrar kontrol ettim. Aptalca bir şeydi. Bu öğlen gördüğüm canavara kilitler engel olamazdı. Peki ya Laurent gelmeye kalkarsa...

Ya da Victoria.

Yatağa uzandım, ama o kadar çok titriyordum ki, uyumam imkansızdı. Yorganın altında kıvrılarak beni bekleyen korkunç gerçekleri düşündüm.

Yapabileceğim hiçbir şey yoktu. Alabileceğim tek bir önlem yoktu. Saklanabileceğim bir yer yoktu. Bana yardım edebilecek kimse yoktu.

Durumun tahmin ettiğimden daha kötü olduğunu fark etmek midemi bulandırmıştı. Çünkü bütün bunlar Charlie'yi de kapsıyordu. Yan odamda uyuyan babam, bana doğrultulmuş hedefin tam ortasındaydı. Benim kokum onları buraya getirecekti, burada olsam da olmasam da.

Vücudumu bir titreme sardı. Dişlerim birbirine çarpıyordu.

Kendimi sakinleştirmek için imkansızı hayal ettim: Büyük kurtların Laurent'i ormanda yakalayıp, sonsuzluğunu katlettiğini ve onun da, normal insanlar gibi yok olduğunu düşündüm. Eğer kurtlar onu yakaladılarsa, burada yalnız olduğumu Victoria'ya söyleyemezdi. Eğer dönmediyse, Victoria, Cullenlar'ın beni hâlen koruduğunu düşünecekti. Eğer kurtlar kavgayı kazandılarsa...

Benim iyi vampirlerim hiçbir zaman geri gelmeyeceklerdi.

Gözlerimi sımsıkı yumdum ve uykuya dalmayı bekledim.

Hayalimde, Victoria'nın gözleri susuzluktan simsiyah olmuştu ve dudakları mutluluktan yukarı kalkmış, dişleri ortaya çıkmıştı. Kırmızı saçları alev gibi parlıyor, sanki yüzünün etrafında dans ediyordu.

Laurent'in söyledikleri zihnimde canlandı. *Eğer senin için neler planladığını bilsen...*

Çığlık atmamak için ağzımı elimle kapattım.

11. TARİKAT

Sabahları gözlerimi her açtığımda hâlâ yaşıyor olmam beni şaşırtıyordu. Şaşkınlığın geçtikten sonar kalbim hızla çarpmaya ve ellerim terlemeye başlıyordu. Charlie'nin de yaşıyor olduğunu görene kadar tekrar nefes almakta zorlanıyordum.

Onun da telaşlandığını görebiliyordum; her seste yerimden hopladığımı görüyor ya da, ona göre, ortada hiçbir sebep yokken yüzümün bembeyaz olmasına şaşırıyordu. Sorduğu sorulardan, bunun Jacob'ın artık gelmiyor oluşundan kaynaklandığını düşündüğünü anlıyordum.

Yaşadığım korku, yeni bir haftanın daha geçtiğini ve Jacob'ın beni hâlâ aramamış olduğunu düşünmemi engelliyordu. Ama ne zamanki normal hayatıma konsantre olsam, tabii hayatıma normal denilebilirse, bunun düşüncesi beni üzüyordu.

Onu çok özlüyordum.

Yalnız olmam, aptalca korkularımdan daha kötüydü. Şimdi, her şeyden çok, onun umarsız kahkahalarına ve bulaşıcı gülümsemesine hasret kalmıştım. Onun el yapımı garajının güvenine ve soğuk parmaklarıma sardığı ellerine ihtiyacım vardı.

Pazartesi günü beni aramasını bekledim. Eğer Embry'yle

ilgili bir gelişme varsa, bana haber vermez miydi? Onu bu kadar zamandan beri oyalayanın, arkadaşlarıyla arasındaki problem olmasını dilemiştim, benden vazgeçtiğini düşünmek istemiyordum.

Salı günü onu aradım ama telefona cevap veren olmadı. Acaba hâlâ telefon hatlarında bir sorun mu vardı? Ya da Billy, telefonun ekranından kimin aradığını görmüş ve açmamış mıydı?

Çarşamba günü, Jacob'ın sıcak sesini duymak için, gece yarısına kadar her yarım saatte bir evlerini aradım, çok çaresizdim.

Perşembe, evin önünde duran kamyonetin içine oturdum. Kilitler kapalı ve anahtar elimde, yaklaşık bir saat kadar oturdum. Kendi kendimle kavga ediyordum, La Push'a gitmek istiyordum ama yapamadım.

Laurent'in Victoria'nın yanına gittiğinden emindim. Eğer La Push'a gidersem, onlardan birini oraya davet etmiş olacaktım. Ya Jacob yakınımdayken beni yakalarlarsa? Beni ne kadar incitiyor olsa da, Jacob'ın benden uzak duruyor olması aslında iyiydi. Onun için daha güvenliydi.

Charlie'yi güvende tutamamam kötüydü. Beni yakalayacakları saatler muhtemelen gece vaktiydi ama Charlie'yi evden nasıl çıkartabilirdim ki? Eğer ona gerçeği anlatsam, beni lastikten duvarlı odalardan birine kilitlerdi. Bunu kaldırabilirdim -hatta çok isterdim – tabii onun güvenliğini sağlayabileceksem. Ama Victoria yine de bana bakmak için onun evine gelirdi. Belki de beni burada bulması iyi olurdu, benimle işi bitince çeker giderdi.

Bu yüzden kaçamazdım. Yapabilecek olsam da, nereye gidebilirdim ki? Renée'ye mi? Korkunç gölgelerimi annemin evine taşıyamazdım, onun güneşli dünyasını karartamazdım. Onun hayatını kesinlikle tehlikeye atamazdım.

Korkular midemde bir delik açıyordu. Yakında birbirine uyan deliklerim olacaktı.

O gece, Charlie bana bir iyilik yaptı ve Harry'yi arayarak Blackler'in şehir dışında olup olmadıklarını sordu. Harry, Billy'nin çarşamba gecesi konsey toplantısına katıldığını ve bir yere gitmekten bahsetmediğini söyledi. Charlie kendimi üzmememi, Jacob'ın beni istediği zaman arayacağını söyledi.

Cuma öğlen, arabayla okuldan eve giderken bir anda kafama dank etti.

Tanıdık yola dikkat etmemiş, motorun gürültüsünün kafamı uyuşturup korkularımı yok etmesine izin vermiştim.

Sonra birden, bunu daha önceden göremediğim için kendimi çok salak hissettim. Tabii ya. Kafam benimle bitmemiş hesapları olan vampirler, kocaman devasa kurtlar, göğsümün ortasında eskimiş bir delikle o kadar meşguldü ki, bütün işaretler gözümün önünde olmasına rağmen fark edememiştim.

Jacob benden uzak duruyordu. Charlie, onun üzgün ve garip göründüğünü söylemişti...

Jacob'a neler olduğunu fark etmiştim.

Sorun Sam Uley'di. Hatta kâbuslarım bile bana bunu anlatmaya çalışıyordu. Sam, Jacob'ı elde etmişti. Öteki çocuklara ne oluyorsa, arkadaşıma da aynısı olmuştu. Sam'in tarikatına katılmıştı.

Benden vazgeçmemişti. Bunu şimdi anlıyordum.

Evin önünde durup motoru kapattım. Ne yapmalıydım? Olabilecek tehlikeleri kafamda tarttım.

Eğer Jacob'ı görmeye gidersem, Victoria ve Laurent'in beni onunla yakalamasına göz yummuş olacaktım.

Eğer peşinden gitmezsem, Sam onu daha korkutucu derinliklere çekip zorla çetenin içine sokacaktı. Belki de hemen bir şeyler yapmazsam, her şey için çok geç olacaktı.

Bir hafta geçmişti ve henüz benim için tek bir vampir bile gelmemişti. Bir hafta onların gelmesi için yeterli bir zamandı, demek ki öncelikli işleri ben değildim. Zaten, daha önceden de düşündüğüm gibi beni bulmaya gece gelirlerdi. La Push'a kadar takip edilmek, Jacob'ı Sam'e kaptırmaktan çok daha düşük bir ihtimaldi.

Korunmuş orman yolundan gitmek tehlikeye değerdi. Neler olduğunu biliyordum. Bu bir kurtarma operasyonuydu. Jacob'la konuşmaya gidecektim. Gerekirse onu kaçıracaktım. Bir televizyon kanalında beyin yıkama ile ilgili bir program seyretmiştim. Bir çeşit tedavisi olmalıydı.

Önce Charlie'yi aramam gerektiğinin iyi olacağına karar verdim. Belki La Push'ta olanlar her neyse, bunu polisin de bilmesi gerekiyordu. Hızla içeri girdim, bir an önce yola çıkmak istiyordum.

Karakoldaki telefona Charlie cevap verdi.

"Şef Swan."

"Baba, ben Bella."

"Ne oldu? Bir sorun mu var?"

Sesim titriyordu.

"Jacob için endişeliyim!"

"Neden?"

"Sanırım... Sanırım garip bir şeyler oluyor. Jacob, bana kendi yaşıtındaki arkadaşlarıyla ilgili garip bir şeyler olduğundan bahsetmişti. Şimdi de o aynı şekilde davranıyor ve korkuyorum."

"Ne gibi garip şeyler?" Profesyonel, polis gibi, konuşmaya başlamıştı. Bu iyiydi, beni ciddiye aldığını gösteriyordu.

"Önceleri korkmuş gibiydi, sonra beni yok saymaya başladı ve şimdi de... Sanırım o da çetenin bir üyesi oldu, Sam'in çetesinin. Sam Uley'in çetesinin."

"Sam Uley mi?" dedi Charlie şaşkınlıkla.

"Evet."

Charlie'nin sesi rahatlamıştı."Sanırım yanlış anlamışsın Bells. Sam Uley çok iyi bir çocuk. Aslında artık koca bir adam. İyi bir evlat. Billy'nin onun hakkında söylediklerini duymalısın. Arazideki gençlerle harikalar yaratıyorlar. O – "

Charlie bir an sustu. Ormanda kaybolduğum geceyi hatırladığını anladım ve çabucak cevap verdim.

"Baba, öyle bir şey değil. Jacob ondan korkuyordu."

"Billy'yle bu konu hakkında konuştun mu?" Beni sakinleştirmeye çalışıyordu. Sam'den bahseder bahsetmez onu kaybetmiştim.

"Billy telaşlı değil."

"Tamam Bella, o zaman bir sorun yoktur. Jacob henüz bir çocuk ve muhtemelen biraz ortalığı karıştırıyordun İyi olduğuna eminim. Her dakikasını seninle geçiremez."

"Bunun benimle bir ilgisi yok," diye ısrar ettim ama savaşı kaybetmiştim.

"Bununla ilgili telaş yapman gereksiz. Bırak, Jacob'la Billy ilgilensin."

"Charlie..."

"Bells, şu an önümde birikmiş bir sürü iş var. İki turist patikada kaybolmuşlar." Sesinde bir gerginlik vardı. "Bu kurt problemi gittikçe büyüyor."

Haberi duyunca sersemledim. Laurent'le başladıkları savaştan canlı çıkmalarına imkân yoktu...

"Onlara kurtların saldırdığından emin misin?" dedim.

"Korkarım tatlım. Bir – " Duraksadı. "Bir kaç iz varmış ve ... bu sefer kan da varmış."

"Ah!" O zaman bunun düşündüğüm durumla bir ilgisi yoktu. Laurent muhtemelen kurtlardan kurtulmuştu, ama neden? Çayırda gördüklerim gittikçe daha da garip, anlaması güç bir hal alıyordu.

"Dinle tatlım, gerçekten kapatmam gerek. Jacob'ı da merak etme, Bella. Eminim bir şeyi yoktur."

"Tamam," dedim. "Hoşça kal."

Bir an telefona boş boş bakakaldım. *Ne olacaksa olsun,* dedim.

Billy ikinci çalışta telefonu açtı.

"Alo?"

"Selam Billy," dedim biraz kızgınlıkla. Devam ederken daha arkadaşça konuşmayı denedim. "Jacob'la görüşebilir miyim?"

"Jake burada değil."

Ah ne şaşırtıcı. "Nerede olduğunu biliyor musun?"

"Arkadaşlarıyla beraber." Billy'nin sesi dikkatliydi.

"Ah, gerçekten mi? Tanıdığım birileri mi? Quil'le mi?" Kelimelerin sıradan çıkmasını denedim ama beceremedim.

"Hayır," dedi yavaşça. "Bugün Quil'le olduğunu sanmıyorum."

Sam'den önce kimin adını söylemem gerektiğini biliyordum.

"Embry'yle mi?" diye sordum.

Bu soruma cevap verirken Billy'nin sesi daha neşeli çıktı. "Evet, Embry'yle beraber."

Bu benim için yeterliydi. Embry onlardan biriydi.

"Tamam, geldiğinde beni aramasını söylersin, değil mi?"

"Elbette söylerim," dedi ve telefonu kapattı.

Telefonunu beklemektense La Push'a gitmeye karar verdim. Gerekirse bütün gece evinin önünde beklerdim. Okula gitmezdim. Bu çocuk bir şekilde eve gelecek ve geldiğinde de benimle konuşması gerekecekti.

Kafam yolculukla o kadar meşguldü ki, beklediğimden daha önce orman yoluna girdim.

Yolun kenarında, kafasında beysbol şapkası olan biri yürüyordu.

Bir an nefesim tıkandı, umarım bir kez olsun şanslıyımdır ve yürüyen Jacob'tur, diye düşündüm. Ama bu çocuk daha genişti ve şapkasına rağmen saçlarının kısa olduğu belli oluyordu. Arkasından görmeme rağmen onun Quil olduğunu biliyordum ama en son gördüğümden daha büyük gözüküyordu. Bu Quileute'teki çocuklara neler oluyordu? Birileri onları büyüme hormonuyla mı besliyordu?

Yanında durabilmek için ters yöne park ettim. Kamyonetimin gürültüsünü duyunca kafasını kaldırdı.

Quil'in ifadesi beni şaşırtmaktan ziyade korkutmuştu. Yüzü kasvetli ve düşünceliydi.

"Ah, selam Bella," dedi cansız bir ses tonuyla.

"Selam Quil... İyi misin?"

Bana üzgün üzgün baktı. "İyiyim."

"Seni gideceğin yere bırakayım mı?"

"Olur," diye mırıldandı. Kamyonetin etrafından dolandı ve yolcu kapısını açarak koltuğa oturdu.

"Nereye?"

"Benim evim kuzeyde, dükkânın tam arkasında," dedi.

"Bugün Jacob'ı gördün mü?" Neredeyse lafını bitirmesini beklememiştim.

Quil'e baktım ve sabırsızca cevabını bekledim. Ön pencereden dışarıya baktı ve, "Uzaktan," dedi.

"Uzaktan mı?"

"Onları takip etmeye çalıştım, Embry'yle beraberdi." Sesi kısıktı, motorun sesinden dolayı duymakta zorlanıyordum. Yakınlaştım. "Beni gördüklerini biliyorum. Ama döndüler ve ormanın içinde kayboldular. Yalnız olduklarını zannetmiyorum. Sanırım, Sam ve ekibi de onlarlaydı."

"Ormanın içinde bir saat kadar onları aradım ve onlara seslendim. Seninle karşılaştığımda daha düzlüğe yeni çıkmıştım."

"Demek Sam onu aldı." Dişlerimi sıkarak konuşmuştum.

Quil bana baktı. "Bu konuda bir bilgin var mı?"

Kafamı salladım. "Jake bana anlatmıştı... önceden."

"Önceden," diye tekrar etti ve içini çekti.

"Jacob da artık ötekiler kadar kötü mü?"

"Sam'den hiç ayrılmıyor." Quil kafasını çevirdi ve camdan dışarıya tükürdü.

"Ve bundan önce, herkesten uzak mı duruyordu? Üzgün müydü?"

Sesi kısık ama sertti. "Ötekiler gibi değildi. Belki bir gün. Sonra Sam onu yakaladı."

"Sence nedir bu? İlaç mı, başka bir şey mi?"

"Embry'nin ve Jacob'ın böyle bir şeye alet olacaklarını zannetmiyorum... ama ne biliyorum ki? Ve neden diğer insanlar endişelenmiyor?" Gözleri korku doluydu. "Jacob bunun bir parçası olmak istemedi... tarikatın. Onu neyin değiştirdiğini anlamıyorum." Bana baktı, yüzü korku doluydu. *"Bir sonraki ben olmak istemiyorum."*

Gözlerim onun korkusunun aynasıydı. ikinci defadır bunun tarikat olarak adlandırıldığını duyuyordum. Titredim. "Ailen yardımcı olur mu?"

Yüzünü ekşitti. "Tabii. Büyükbabam konseyde Jacob'ın babasıyla beraber. Onlara sorarsan, Sam Uley, bugüne kadar buraya gelmiş en muhteşem şey."

Uzun bir süre birbirimize baktık. La Push'taydık ve kamyonetim boş yolda yavaş yavaş ilerliyordu. Kasabanın tek dükkânının çok uzakta olmadığını gördüm.

"Şimdi ineyim," dedi. "Evim tam şurada." Dükkânın arkasındaki küçük, dikdörtgen şeklindeki tahta evi gösterdi. Kenara çektim.

"Jacob'ı bekleyeceğim," dedim.

"Bol şanslar." Kapıyı kapattı ve yürümeye başladı.

Quil'in yüzü aklımdan çıkmıyordu. U dönüşü yaptım ve Blackler'in evine doğru yol aldım. Bir sonraki olmaktan korkuyordu. Orada neler oluyordu?

Jacob'ın evinin önünde durdum, motoru kapattım ve camları açtım. Bugün hava ağırdı, hiç rüzgâr yoktu. Ayağımı ön panelin üzerine koydum ve beklemeye koyuldum.

Bir an bir hareket fark ettim. Döndüm ve Billy'nin şaşırmış bir şekilde, pencereden bana baktığını fark ettim. Ona olduğum yerden kıpırdamadan el salladım ve zorla gülümsedim.

Gözleri kısıldı ve perdeyi bıraktı.

Gittiği yere kadar bekleyecektim. Keşke yapabileceğim bir şey olsaydı, diye düşündüm. Sırt çantamın içinden bir kalem ve eski bir test çıkarttım. Kağıdın arkasına bir şeyler karalamaya başladım.

Daha sadece bir sıra karalamıştım ki, birinin kapıma sertçe vurduğunu işittim.

"Verimden sıçradım ve gelen kişinin Billy olduğunu düşündüm.

"Burada ne arıyorsun, Bella?" Jacob'tu.

Boş gözlerle ona baktım.

Jacob son birkaç hafta önce gördüğümden bu yana oldukça değişmişti. İlk fark ettiğim saçları oldu. Güzelim saçları kısacık kırpılmış, kafasını siyah bir saten gibi kaplamıştı. Yüz hatları sertleşmiş ve yaşlanmıştı. Boynu ve omuzları da farklıydı, sanki daha kalındı. Camın çerçevesini tutan elleri kocamandı, kasları ve damarları teninin altından açıkça gözüküyordu. Ama fiziksel değişiklikler önemsizdi.

Bu kadar tanınmaz görünmesinin asıl nedeni, ifadesiydi. Arkadaşça gülümsemesi de saçları gibi gitmişti, gözlerindeki sıcaklığın yerine kızgınlık gelmişti. Artık Jacob'da bir belirsizlik mevcuttu. Tıpkı benim güneşimin yok olması gibi.

"Jacob?" diye fısıldadım.

Bana baktı, gözleri gergin ve kızgındı.

Yalnız olmadığımızı fark ettim. Arkasında dört kişi vardı, hepsi uzun boylu ve koyu tenliydi, siyah saçları Jacob'ınkiler gibi kısacık kesilmişti. Kardeş gibi görünüyorlardı. Grubun içinden hangisinin Embry olduğunu seçemedim. Bu benzerlik, hepsinin gözlerindeki benzer düşmanlığın şiddetinden kaynaklanıyordu.

Bir çift göz hariç. Hepsinden birkaç yaş büyük olan Sam, en arkalarında duruyordu, yüzü sakin ve kendinden emindi. Boğazıma takılan düğümü yutmam gerekiyordu. Onu yumruklamak istiyordum. Hayır, daha fazlasını yapmak istiyordum. Şiddetli ve ölümcül olmayı, her şeyden çok istiyordum, kimsenin takışmaya cesaret edemeyeceği biri. Sam Uley'i korkutacak biri.

Bir vampir olmak isterdim.

Şiddet isteği beni hazırlıksız yakaladı ve içimde fırtınalar kopmasına sebep oldu. Bütün isteklerin arasında en yasaklısıydı. Bir düşmana karşı avantaj sağlamak istesem bile oldukça acıydı. Kendimi kontrol edebilmek için zor tuttum çünkü göğsümdeki delik adeta içimi oyuyordu.

"Ne istiyorsun?" diye ısrarla sordu. Yüzündeki ifade, benim yüzümdeki duygusal kıpırdanmaları gördükçe daha kızgın bir hal alıyordu.

"Seninle konuşmak istiyorum," dedim zayıf bir sesle.

"Devam et," dedi. Bakışları şiddetliydi. Onu, daha önce böyle bakarken görmemiştim, en azından bana. Bu şaşırtıcı bir şekilde canımı acıttı; fiziksel, kafama saplanan bir acı.

"Yalnız!" diye tısladım. Sesim daha güçlü çıkmıştı.

Arkasına baktı. Gözlerinin kime odaklandığını biliyordum. Hepsi Sam'in tepkisini bekliyordu.

Sam bir kere kafasını salladı, yüzünün şekli değişmemişti. Bilinmedik, akıcı bir dille kısa bir şey söyledi. İspanyolca ve Fransızca olmadığından emindim, içimden bir ses bu dilin Quiletçe olduğunu söylüyordu. Döndü ve Jacoblar'ın evine girdi. Ötekiler, Paul, Jared ve Embry, diye tahmin ediyordum, onu takip ettiler.

Jacob diğerleri gidince gözüme daha az sinirli gözüktü. Yüzü biraz daha sakindi ama biraz da umutsuzdu.

Derin bir nefes aldım. "Neyi bilmek istediğimi biliyorsun."

Cevap vermedi. Sadece bana tuhaf tuhaf baktı.

Ben de ona baktım ve sessizlik uzadı. Yüzündeki acı, cesaretimi kırmıştı. Boğazımda bir yumru vardı.

"Yürüyelim mi?" diye sordum, hazır hâlâ konuşabiliyorken.

Ne bir karşılık verdi ne de yüzü değişti.

Arabadan çıktım, karşı pencereden görünmeyen gözlerin beni takip ettiğini hissedebiliyordum. Kuzeydeki ağaçlara doğru yürümeye başladım. Yolun üzerindeki çim ve çamura basarken ayağımdan çıkan garip şapırtı sesinden başka bir şey duyulmuyordu. Önce beni takip etmediğini düşündüm. Ama etrafıma baktığımda, tam arkamda olduğunu ve ayaklarının benim bastığımdan daha sessiz bir yol üzerinde adım attıklarını gördüm.

Ağaçların altına geldiğimizde kendimi daha iyi hissettim, Sam artık bizi göremezdi. Doğru kelimeleri bulmak için çabaladım ama aklıma hiçbir şey gelmedi. Sadece Jacob'ın içine bulaştığı duruma daha çok sinirlendim... Billy'nin bunlara izin vermesine... Sam'in orada dikilip sakin ve kendinden emin durmasına...

Jacob aniden öne geçti, uzun ayaklarıyla benden daha büyük adımlar attı ve etrafımdan dolanarak karşıma geldi.

Yaptığı bu hareketle bir an kafam dağıldı. Jacob, bitmez tükenmez büyümesiyle benden üstündü.

"Haydi, şunu bir an önce halledelim," dedi sert ve kısık bir sesle.

Bekledim. Ne istediğimi biliyordu.

"Düşündüğün gibi değil." Sesi aniden bezgin çıkmaya başlamıştı. "Benim düşündüğüm gibi de değilmiş."

"Peki, ne o zaman?"

Uzun bir süre yüzümü inceledi, düşünüyordu. Gözlerindeki sinir tamamen kaybolmamıştı. "Sana anlatamam," dedi en sonunda.

Çenemi sıktım ve dişlerimin arasından konuştum. "Arkadaş olduğumuzu sanıyordum."

"Arkadaştık." Geçmiş zamanın üzerinde hafif bir vurgu vardı.

"Ama artık arkadaşlara ihtiyacın yok," dedim buruk bir sesle. "Sam var. Ne iyi, değil mi? Eskiden beri hep bunu istiyordun."

"Onu anlayamamışım."

"Ve şimdi ondaki ışığı gördün. Harika."

"Sandığım gibi değilmiş. Bu Sam'in hatası değil. Bana elinden geldiğince yardım etmeye çalışıyor." Sesi kırılgandı, kafamın üzerinden baktı, bakışlarındaki öfke gözlerinde tutuşuyor gibiydi.

"Sana yardım ediyor," diye şüpheyle konuştum. "Doğal olarak"

Ama Jacob dinliyormuş gibi görünmüyordu. Derin ve düşünceli nefesler alıyor, kendisini sakinleştirmeye çalışıyordu. O kadar delirmişti ki elleri titriyordu.

"Jacob, lütfen," diye fısıldadım. "Neler olduğunu anlatmayacak mısın? Belki sana yardım edebilirim."

"Bana artık hiç kimse yardım edemez." Sözcükler ağzından kısık bir mırıltı halinde çıkıyordu.

"Sana ne yaptı?" diye ısrar ettim, gözümde yaşlar birikmişti. Ona uzandım, daha önce yaptığım gibi, kollarımı açarak bir adım attım.

Bu sefer korkuyla geriledi. "Dokunma bana," diye fısıldadı.

"Sam'in nesi bu kadar çekici?" diye mırıldandım. Aptal gözyaşlarıma daha fazla hakim olamıyordum. Elimin tersiyle gözyaşlarımı sildim ve kollarımı göğsümde kavuşturdum.

"Sam'i suçlamayı kes artık." Kelimeler ağzından bir refleks gibi hızlı çıkmıştı. Elleri, artık olmayan saçlarına gitti ve sonra yine yanlarına düştü.

"Peki kimi suçlamalıyım?"

Dudakları, gülümser gibi kıvrıldı, kasvetli bir gülüştü.

"Bunu duymak istemezsin."

"Tabii isterim. Bilmek istiyorum ve *şimdi* bilmek istiyorum."

"Yanılıyorsun," diye geri çekildi.

"Sakın bana yanıldığımı söyleme. Beyni yıkanan ben değilim! Şimdi, eğer bu senin harika Samin'in hatası değilse, bana bunun kimin hatası olduğunu söyle!"

"Sen istedin," dedi, gözleri ışıldadı. "Eğer birilerini suçlamak istiyorsan, neden parmağını çok sevdiğin, ahlaksız ve pis kan emicilere doğrultmuyorsun?"

Ağzım şaşkınlıkla açıldı. Olduğum yerde donmuştum, sözcükleri beni adeta bıçaklamıştı. Acı, vücudumdaki bilindik izlerin üzerinden geçti, yara içimi dışıma çıkarttı. Onu doğru duyup duymadığımdan emin değildim. Yüzünde tereddütten eser yoktu. Sadece kızgınlık vardı.

Ağzım hâlâ bir karış açıktı.

"Sana duymak istemeyeceğini söylemiştim," dedi.

"Ne demek istediğini anlamıyorum," diye fısıldadım.

Tek kaşını kaldırdı. "Sanırım ne demek istediğimi çok iyi anlıyorsun. Söylememi istemiyorsun, değil mi? Seni incitmek istemiyorum."

"Ne demek istediğini anlamıyorum," dedim mekanik bir sesle.

"Cullenlar," dedi yavaşça, kelimeyi tam yüzümün ortasına doğru fısıldadı. "Onların isimlerini söylerken sana yaptıklarını gözlerinin içinde görebiliyorum."

İnkâr edercesine kafamı ileri geri salladım. Nereden biliyordu? Ve bunun Sam'in tarikatıyla ne ilgisi vardı? Bu çete vampirlerden nefret etme çetesi miydi? Eğer hiç vampir yaşamıyorsa, Forks'ta neden böyle bir çete kurulmuştu? Neden Jacob, Cullenlar'la ilgili çıkarılan hikâyeye inanmaya başlamıştı? Hem de bütün kanıtlar gitmişken ve bir daha geri dönmeyecekken...

Doğru karşılığı verebilmek biraz vaktimi aldı. "Lütfen bana Billy'nin anlamsız batıl inançlarını dinlediğini söyleme," dedim zayıfça alay ederek.

"Benim tahmin ettiğimden daha fazlasını biliyor."

"Ciddi ol Jacob."

Eleştiren gözlerle bana baktı.

"Batıl inançlar bir yana," dedim hızlıca. "Cullenlar'ı neyle suçladığını anlamıyorum. Taşınalı altı ayı geçti. Şu an Sam'in yaptıklarıyla ne ilgileri olabilir?"

"Sam hiçbir şey yapmıyor, Bella. Gittiklerini biliyorum. Ama bazen...bazı şeyler harekete geçiyor ve sonra her şey için çok geç oluyor."

"Neyler harekete geçiyor? Ne için çok geç? Onları neyle suçluyorsun?"

Burnumun dibine kadar geldi, gözlerindeki nefret açık seçik ortadaydı. "Var olmakla," diye tısladı.

Edward'ın sesini duyunca şaşırdım, oysaki korkmuyordum.

"Sessiz ol, Bella. Onu zorlama," dedi Edward kulağıma.

Edward'ın adını dikkatle çektiğim sınırların arkasına gömmüş olsam da, tekrar oraya gömmekte zorlanıyordum. Fakat artık acıtmıyordu, hele de sesini duyduğum zamanlarda.

Jacob önümde sinirden titriyordu.

Neden Edward'ın hayali kafamda canlanmıştı anlayamadım. Jacob kızgındı ama yine de Jacob'tu. Hiç adrenalin ve tehlike yoktu.

"Ona sakin olması için bir şans ver," dedi Edward'ın sesi ısrarla.

Kafamı salladım. "Saçmalıyorsun," dedim ikisine birden.

"İyi," dedi Jacob ve tekrar derin bir nefes aldı. "Seninle tartışmayacağım. Artık nasılsa bir şey fark etmez, zarar çoktan verildi."

"Ne zararı?"

Onun yüzüne doğru bağırdığımda benden hiç ürkmedi.

"Haydi geri gidelim. Artık söyleyecek başka bir şey kalmadı."

Ağzım açık kaldı. "Söyleyecek çok şey var! Daha hiçbir şey söylemedin!"

Beni dinlemedi ve eve doğru yürümeye başladı.

"Bugün Quil'le karşılaştım."

Bir an durdu ama arkasını dönmedi.

"Arkadaşın. Hatırlıyor musun?"

Jacob aniden döndü. "Quil mi?"

"Seni merak ediyor. Çıldırmış gibi."

Jacob, çaresiz gözlerle bana baktı.

Onu ısrarla konuşturmaya çalışıyordum. "Kendisinin bir sonraki kurban olacağından korkuyor."

Jacob destek almak için bir ağaca dayandı. Yüzü garip bir şekilde yeşile dönüyordu. "O, bir sonraki olmayacak," diye mırıldandı. "Olamaz. Artık bitti. Devam edemez. Neden? Neden?" Ağaca bir yumruk attı. Büyük bir ağaç değildi, Jacob'tan sadece bir iki metre daha uzundu. Ama yine de, yumrukları altında bazı dallarının kopmasına şaşırmıştım.

Jacob, kırılmış dallara keskin ve korkmuş gözlerle baktı.

"Geri dönmem gerek." Birden o kadar hızla yürümeye başladı ki, ona yetişmek için koşmam gerekti.

"Sam'e mi gidiyorsun?"

Mırıldanarak uzaklaşmaya başladı.

Onu kamyonetin arkasına kadar takip ettim. "Bekle!" diye seslendim Jacob eve doğru yürürken.

Döndü ve bana baktı, ellerinin titrediğini fark ettim.

"Eve dön, Bella. Artık seninle arkadaşlık edemem."

Gözyaşlarım tekrar dökülmeye başladı. "Sen... benden ayrılıyor musun?" Kelimeler yanlıştı ama Jake ve benim yaşadığımız lise aşkından daha fazlasıydı. Kuvvetliydi.

Acı bir kahkaha attı. "Eğer sorun bu olsaydı, Arkadaş kalalım' derdim. Ama onu bile söyleyemiyorum."

"Jacob... ama neden? Sam senin başka arkadaşlarının olmasına izin vermiyor mu? Lütfen Jake. Söz vermiştin. Sana ihtiyacım var!" Hayatımda daha önce varolan siyah boşluk tekrar benimle karşıma dikilmişti. Yalnızlık hissi boğazıma takıldı.

"Üzgünüm Bella." O kadar mesafeliydi ki, sanki ağzından çıkan bu kelimeler ona ait değildi.

Jacob'ın bunları gerçekten de içinden gelerek söylediğine inanmıyordum. Sanki o kızgın gözlerin anlatmak istediği başka bir şeyler vardı ama ben anlayamıyordum.

Belki bu Sam'le bile ilgili değildi. Belki bunun Cullenlar'la da bir alakası yoktu. Belki de kendisini umutsuz bir durumdan çıkartmaya çalışıyordu. Belki onun bunu yapmasına izin vermeliydim, eğer onun için en iyisi bu olacaksa. En doğrusu buydu.

"Üzgünüm... daha önceden... sana hissettiklerimi keşke değiştirebilseydim, Jacob." Çaresizdim, gerçeği uzatıp bir yalan şekline sokmaya kadar varmıştım. "Belki... belki değişebilirim," diye fısıldadım. "Belki bana biraz zaman verirsen... sadece beni şimdi bırakma, Jacob. Buna dayanamam."

Yüzü artık sinirli değil, can çekişir gibi bakıyordu. Titreyen eli bana uzandı.

"Hayır. Böyle düşünmemelisin Bella, lütfen. Kendini suçlama, bunun senin hatan olduğunu zannetme. Bu sefer bütün suç benim. Sana yemin ediyorum, seninle hiç ilgisi yok."

"Senin değil, kesinlikle benim hatam," diye fısıldadım.

"Gerçekten söylüyorum, Bella. Ben..." Sesi duygularını kontrol etmek isterken daha kısık çıkmıştı. "Senin arkadaşın olabilmek için yeterli değilim, ya da başka bir şeyin olmak için. Daha önceki gibi değilim artık. İyi değilim."

"Ne?" ona baktım, kafam karışmıştı ve şoke olmuştum. "Ne söylemeye çalışıyorsun? Sen benden çok daha iyisin, Jake. Sen iyisin! Sana olmadığını kim söyledi? Sam mi? Bu kötü bir yalan Jacob! Onun sana bunu söylemesine izin verme!"

Jacob'ın yüzü yine sert ve ciddi bir hal aldı. "Kimse bana bir şey söylemedi. Ben ne olduğumu biliyorum."

"Sen benim arkadaşımsın, sen busun! Jake, sakın!"

Giderek benden uzaklaşıyordu.

"Üzgünüm Bella," dedi tekrar, bu sefer kırık kırık geliyordu sesi. Döndü ve eve kadar koştu.

Olduğum yerden kıpırdayamıyordum. Küçük eve baktım, dört iri genci ve onlardan daha da iri iki adamı alamayacak kadar küçük gözüküyordu. İçerde hiç bir tepki yoktu. Perdenin kenarında bir kıpırdama olmadı, hiç ses veya hareket gelmedi. Boş gibi duruyordu.

Yağmur çiselemeye başladı. Belki Jacob geri gelir, diye gözümü evden ayıramıyordum. Gelmeliydi.

Yağmur hızlandı ve tabii ki rüzgâr da. Artık damlalar yukardan değil batıdan geliyordu. Okyanustan gelen yosun kokusunu alabiliyordum. Saçlarım yüzüme yapıştı, kirpiklerime takıldı. Bekledim.

En sonunda kapı açıldı ve rahatlamış bir ifadeyle ileriye doğru bir adım attım.

Billy, sandalyesiyle kapıdan çıktı. Arkasında kimseyi göremiyordum.

"Şimdi Charlie aradı, Bella. Ona senin eve gelmek üzere yola çıktığını söyledim." Gözlerinde küçümser bir ifade vardı.

Yorum yapmadım. Robot gibi arkamı döndüm ve kamyonetime bindim. Camları açık bırakmıştım, koltuklar ıslak ve yapışıktı. Bir önemi yoktu. Zaten sırılsıklamdım.

O kadar kötü değil! O kadar kötü değil! Aklım beni rahatlatmaya çalışıyordu. Doğruydu. O kadar kötü değildi. Dünyanın sonu değildi, bir kez daha değil. Sadece geriye kalan küçük bölümün sonuydu. O kadar.

O kadar kötü değil, diye onayladım, sonra ekledim, *ama yeteri kadar da kötü.*

Jake'in içimdeki deliği iyileştirdiğini, en azından deliği bir şekilde tıkadığını ve canımı acıtmasını engellediğini zannetmiştim. Yanılmıştım. Sadece kendi deliğini açıyordu. Artık bir İsveç peynirine dönmüş gibiydim. Nasıl oluyor da parçalara ayrılmıyordum?

Charlie kapının önünde beni bekliyordu.

"Billy aradı. Jake'le kavga ettiğinizi ve oldukça üzgün olduğunu söyledi," dedi ben kapıyı açınca.

Sonra yüzüme baktı. Yüzünde hatırladığı bazı şeylerden dolayı korkmuş bir ifade vardı. İçimden, yüzümün nasıl gözüktüğünü anlamaya çalıştım, ne gördüğünü bilmek istiyordum. Yüzüm boş ve soğuktu, bunun ona neyi hatırlattığını fark ettim.

"Tam olarak öyle olmadı," dedim.

Charlie kollarını bana doladı ve arabadan inmeme yardım etti. Islak kıyafetlerime bir şey demedi.

"O zaman neler oldu?" diye sordu içeriye girdiğimizde. Kanepenin üzerindeki battaniyeyi aldı ve üzerime sardı. Hâlâ titrediğimi fark ettim.

Sesim cansızdı. "Sam Uley, Jacob'ın artık benim arkadaşım olamayacağını söylemiş."

Charlie bana garip bir bakış attı. "Bunu sana kim söyledi?"

"Jacob," dedim, aslında tam olarak böyle söylememişti. Ama yine de doğruydu.

Charlie'nin kaşları kalktı. "Gerçekten bu Uley'le ilgili bir şeyler olduğunu mu düşünüyorsun?"

"Olduğunu biliyorum. Jacob bana ne olduğunu anlatmadı." Kıyafetlerimden damlayan suların yer muşambasında çıkarttığı sesi duyabiliyordum. "Gidip üzerimi değiştireceğim."

Charlie düşüncelerinde kaybolmuş gibiydi. "Tamam," dedi dalgın bir şekilde.

Çok üşümüştüm, ısınmak için bir duş almaya karar verdim ama sıcak suyun, vücut derecemi arttıramayacağını anladım. Vazgeçtiğimde hâlâ üşüyordum. Suyu kapattım. Bir an, aşağıdan Charlie'nin sesinin geldiğini fark ettim. Vücuduma bir havlu sardım ve banyonun kapısını araladım.

Charlie'nin sesi kızgındı. "Buna inanmıyorum. Hiç bir anlamı ifade etmiyor."

Bir sessizlik oldu ve onun hâlâ telefonda olduğunu fark ettim. Bir dakika geçti.

"Bunu Bella'nın üzerine atma!" diye bağırdı.

Sıçradım. Tekrar konuştuğunda sesi daha dikkatli ve daha alçak çıkıyordu. "Bella, zaten Jacob'la ikisinin sadece arkadaş olduklarını önceden açıkça belirtmişti... Peki, eğer bu öyleyse, neden baştan söylemedin? Hayır Billy, sanırım Bella bu konuda haklı... Çünkü ben kızımı tanıyorum, Jacob ilk önce korkmuş – " Sesi yarıda kesildi, tekrar konuşmaya başladığında bağırıyordu.

"Kendi kızımı sandığım kadar iyi tanımıyor muyum? Ne demek istiyorsun!" Bir saniye için sustu. Verdiği yanıt o kadar kısık sesliydi ki, duymakta zorlanmıştım. "Eğer ona tekrar hatırlatacağımı zannediyorsan, yanılıyorsun. Daha yeni üstesinden geliyordu ve bu da Jacob'ın sayesinde olmuştu. Eğer Jacob'ın bu Sam denen adamla yaptıkları yüzünden kızım depresyona girecekse, Jacob bana bir cevap vermek zorunda kalacak. Sen benim arkadaşımsın Billy, ama bu ailemi incitiyor."

Billy karşılık verirken başka bir sessizlik oldu.

"O konuda haklısın. Bu çocuklar çizgiyi aştılar ve ne olduğunu öğreneceğim. Bu duruma göz kulak olacağım, bundan emin olabilirsin." Artık Charlie değildi, Şef Swan'dı.

"Tamam. Evet. Hoşça kal." Telefonu hızla kapattı.

Parmak uçlarımda koridordan odama doğru yürüdüm. Charlie sinirle mırıldanıyordu.

Demek Billy beni suçluyordu.

Bugün Jacob'ın söylediği son şeyden sonra hâlâ kendimden korkuyor olmam garipti. Artık inanmıyordum. Karşılıksız tutkudan daha fazlası vardı ve Billy'nin bunu artık iddia etmeyi bırakmasına şaşırmıştım. Ne gibi bir sır saklıyorlarsa, tahmin ettiğimden daha büyüktü. En azından Charlie benim tarafımdaydı.

Pijamalarımı giydim ve yatağa uzandım. Hayat çok acımasız geliyordu. Delikler, artık delikler diyebilirdim çünkü iki taneydi, ağrıyorlardı. Edward'ın bugünkü sesini düşündüm, gerçek bir anı bile bu kadar can acıtamazdı. Uykuya dalıp gözyaşlarını artık yüzümü ıslatmayana kadar sesini düşünüp durdum.

Bu gece yeni bir rüya gördüm. Yağmur yağıyordu ve Jacob yanımda sessizce yürüyordu. Ayaklarım yerde, kuru çakılların üzerinde ses çıkartıyordu. Ama o benim Jacobum değildi, yeni, buruk ve zarif Jacob'tu. Yürüyüşündeki sağlamlık bana başkasını hatırlattı ve ben ona baktıkça yüz şekli değişmeye başladı. Kızıl kahvemsi teninin rengi süzülüp soluk beyaz bir kemik rengine döndü. Gözleri altın rengine döndü ve sonra kırmızıya ve sonra tekrar altın rengine. Kırpılmış saçları rüzgârdan sallandı ve rüzgârın değdiği yerleri bronza dönüştürdü. Ve yüzü o kadar güzelleşti ki, kalbimi paramparça etti. Ona uzandım ama o geriye bir adım attı.. Ve sonra Edward yok oldu.

Ne zaman kalktığımdan emin değildim ama ağlamaya başladım, belki de ben uyurken gözyaşlarını akmaya devam etmişti. Karanlık tavana gözlerimi diktim. Gecenin bir yarısı olduğunu hissedebiliyordum. Hâlâ yarı uykuluydum, belki yarıdan da fazla. Gözlerimi kapattım ve rüyasız bir uyku görmek için dua ettim.

Tam o sırada beni uyandıran gürültüyü duydum. Odamın camı keskin bir şeyle kazılıyor gibiydi, sanki tırnak gibi ve ses oldukça yüksekti.

12. DAVETSİZ MİSAFİR

Gözlerim korkudan açıldı. Aslında o kadar korkmuştum ve şaşırmıştım ki, hâlâ uykuda mıyım, uyanık mıyım emin değildim.

Bir şey camımı tekrar aynı ince, yüksek ses çıkartan şeyle kazıdı.

Üzerimde uykudan yeni uyanmış olmanın verdiği şaşkınlık ve mahmurluk vardı. Yatağımdan fırladım ve cama gittim, gözyaşlarını aksın diye gözlerimi kırpıştırdım.

Kocaman, karanlık bir şekil, camın diğer tarafında kararsızca yalpalıyordu. Arkaya geriledim, korkmuştum, boğazımda bir çığlık takılı kalmıştı.

Victoria.

Benim için gelmişti.

Ölecektim.

Ve Charlie de!

Boğazıma takılan çığlığı susturdum. Bunu sessizce halletmeliydim. Bir şekilde, Charlie'nin buraya gelip neler olduğunu araştırmasını engellemeliydim...

Sonra tanıdık, kısık sesli, koyu şekil bana seslendi.

"Bella!" diye tısladı. "Kahretsin, camı aç!"

Üzerimdeki korkuyu atmak iki saniyemi aldı, sonra aceleyle cama yaklaştım ve açtım.

"Ne yapıyorsun?"

Jacob, Charlie'nin ön bahçesindeki ladin ağacının tepesinde asılı duruyordu. Ağırlığı ağacı eğmişti ve sallanıyordu. Ayakları yerden on metre kadar yüksekte sallanıyordu. Ağacın tepesindeki ince dallar, rendeleniyormuş gibi sesler çıkartıyordu.

" Sana verdiğim sözü tutmaya çalışıyorum."

Islak ve bulanık gözlerimi kırpıştırdım, rüya gördüğüme emindim.

"Bana ne zaman Charlie'nin ağacının tepesinden düşüp ölmek için söz verdin?"

Homurdandı, bacaklarını sallayarak dengesini korumaya devam ediyordu. "Önümden çekil," dedi.

"Efendim?"

Tekrar bacaklarını salladı, arkaya ve öne, hızını artırdı. Ne yapmaya çalıştığını anlamıştım.

"Hayır, Jake!"

Yana kaçtım, artık çok geçti. Ikındı ve kendisini açık camdan içeriye firlattı.

Öleceğini düşündüm, ya da en azından sakat kalacağını. Ben şok içinde ona bakarken o hızlı bir şekilde odaya atladı.-Hafif bir düşme sesi çıktı.

İkimiz de otomatik olarak kapıya baktık ve bu gürültünün Charlie'yi uyandırıp uyandırmadığını anlamak için bekledik. Kısa bir an geçti ve Charlie'nin horlamasını duyduk.

Jacob'ın yüzüne geniş bir gülümseme yayıldı, kendinden oldukça memnun gözüküyordu. Ama bu tanıdığım ve sevdiğim gülümseme değildi, Sam'in sahip olduğu yeni yüzündeki yeni bir gülümsemeydi, eski samimiyetinin buruk bir taklidiydi.

Bu çocuğu unutmak için ağlaya ağlaya uyumuştum. Beni sertçe geri çevirmesi, göğsümde yeni bir delik açmıştı. Arkasından yeni bir kâbusa sürüklemişti, aynı bulaşıcı bir hastalık gibi hasar bırakmıştı. Ve şimdi burada, odamdaydı, sanki aramızda hiçbir şey geçmemiş gibi bana sırıtıyordu. Daha da kötüsü, gelişi gürültülü ve garipti, bana Edward'ın geceleri odama gelişini hatırlatmıştı ve bu da iyileşmemiş yaralarımın acımasına sebep olmuştu.

"Çık dışarı!" diye fısıldadım, fısıltıma katabildiğim kadar zehirli bir ton katmıştım.

Gözlerini kırptı, yüzünde şaşkın bir ifade vardı.

"Hayır," dedi. "Senden özür dilemeye geldim."

"Kabul etmiyorum!"

Onu camdan dışarıya itmeye kalktım. Eninde sonunda bu bir rüyaydı, gerçekten onun canını acıtmazdı. İşe yaramamıştı. Onu bir santim bile yerinden oynatamamıştım. Ellerimi çabucak bıraktım ve ondan uzaklaştım.

Üzerinde gömlek yoktu, camdan esen hava titretecek kadar soğuktu ve ellerimin onun çıplak göğsüne dokunmasından hoşlanmamıştım. Teni yanıyordu, tıpkı bana son kez dokunan elleri gibi. Sanki hâlâ ateşi var gibiydi.

Hasta gibi değildi. Bana doğru eğildi, o kadar büyüktü ki camı kaplıyordu. Verdiğim korkunç tepkiden sonra dili tutulmuş gibiydi.

Bir anda durum benim idare edemeyeceğim bir hal aldı. O kadar yorgundum ki o an bayılacağımı düşündüm. Durduğum yerde sallanıyor, gözlerimi açık tutmakta zorlanıyordum.

"Bella?" diye gergince fısıldadı. Tekrar sallandığımda dirseğimi tuttu ve beni yatağın üzerine yatırdı. Yatağa ulaştığımda ayaklarım hissizleşti ve yatağın üzerine yığıldım.

"İyi misin?"

Ona baktım, yanağımdaki gözyaşlarını henüz kurumamıştı. "Nasıl iyi olabilirim Jacob?"

"Haklısın," dedi ve derin bir nefes aldı. "Tamam... Bella çok üzgünüm." Özrü içtendi, buna şüphe yoktu, ama yüz hatları hâlâ sertti.

"Buraya neden geldin? Senden özür istemiyorum, Jake."

"Biliyorum," diye fısıldadı. "Ama olayları öyle bırakamazdım. Korkunçtu. Çok üzgünüm."

Kafamı hızla salladım. "Hiçbir şey anlamıyorum."

"Biliyorum. Açıklamak istiyorum – " Bir an sustu, ağzı açıldı. Sonra derin bir nefes aldı. "Ama açıklayamam," dedi, hâlâ sinirliydi. "Keşke açıklayabilseydim."

"Neden?"

Bir dakika kadar sessiz kaldı. Dik tutmakta zorlandığım kafamı yana çevirdim ve ifadesine baktım. "Sorun ne?"

Derin bir nefes verince nefesini tuttuğunu fark ettim. "Yapamam," diye mırıldandı sinirle.

"Neyi yapamazsın?"

Sorumu duymazlıktan geldi. "Bak Bella, kimseye anlatamayacağın bir sırrın olmadı mı hiç?"

Düşüncelerim bir an Cullenlar'a kaydı.

"Charlie'den ve annenden saklaman gereken? Benimle bile konuşamayacağın bir sır? Şimdi bile?"

Gözlerimin kısıldığını fark ettim. Sorusuna cevap vermedim, bu sessizliğimin bir kabul olduğunu biliyordum.

"Benim de aynı durumda olabileceğimi anlıyor musun?" Doğru kelimeleri söylemek için çabalıyordu. "Bazen sadakat, yapmak istediklerinin önüne geçer. Bazen anlatacağın şey, senin sırrın değildir."

Onunla tartışamadım. Kesinlikle haklıydı. Benim de, benim olmayan bir sırrım vardı, hatta korumak istediğim bir sır. Onun da bildiği bir sır.

Ama onun hâlen bunu nasıl bilebildiğini anlamıyordum, ya da Sam veya Billy'nin. Bu onları neden ilgilendiriyordu ki? Cullenlar gitmişti.

"Buraya neden geldiğini bilmiyorum, Jacob. Eğer bana cevaplar yerine bilmeceler anlatmaya geldiysen..."

"Üzgünüm," diye fısıldadı. "Bu çok sinir bozucu."

Uzun bir süre karanlıkta birbirimize baktık, ikimizin de yüzünde umutsuz bir ifade vardı.

"İşin bu kısmı beni öldürüyor," dedi aniden, "Senin biliyor olman. Ben sana her şeyi anlatmıştım!"

"Neden bahsediyorsun?"

Derin bir nefes aldı ve bana doğru eğildi, yüzündeki ifade bir anda umutsuzluktan, şiddete dönüşmüştü. Gözlerimin içine şiddetle baktı, sesi hızlı ve şevkle çıkıyordu. Kelimeleri tam suratımın ortasına doğru söyledi, nefesi teni kadar sıcaktı.

"Orta yolu bulabileceğimizi biliyorum çünkü bunu sen de biliyorsun, Bella! Sana anlatamam ama eğer sen tahmin edersen! Beni bu çıkmazdan kurtarırsın!"

"Tahmin etmemi mi istiyorsun? Neyi tahmin edeceğim?"

"Sırrımı! Yapabilirsin, cevabı biliyorsun!"

Gözlerimi kırpıştırdım, kafamı temizlemeye çalışıyordum. Çok yorgundum. Hiçbir şeyin bir anlamı yoktu.

Benim boş bakışlarıma baktı ve yüzü tekrar gerildi. "Bekle, bakayım sana yardımcı olabilecek miyim," dedi.

"Yardım etmek mi?" diye sordum, anlamaya çalışarak. Göz kapaklarım kapanmayı istiyordu ama açık tutuyordum.

"Evet," dedi, zor nefes alıyordu. "İpuçları gibi."

Yüzümü, kocaman ve sıcak avuçlarının içine aldı ve kendi yüzünden birkaç santim uzakta tuttu. Fısıldarken gözlerimin içine baktı, sanki kelimelerden başka bir şekilde anlatmak istiyordu.

"La Push'taki plajda ilk karşılaşmamızı hatırlıyor musun?"

"Tabii ki hatırlıyorum."

"Anlat bana."

Derin bir nefes aldım ve konsantre olmaya çalıştım. "Kamyonetim hakkında soru sordun..."

Kafasını salladı ve acele etmemi istedi.

"Rabbit hakkında konuştuk..."

"Devam et."

"Plajda yürüyüşe çıktık..." Benimle yürümesini istemiştim, acemice flört etmiştim ama başarılıydım, ondan bazı bilgiler almaya çalışıyordum.

Kafasını sallıyordu, siniri artmıştı.

Sesim çok az çıkıyordu. "Bana korkunç hikâyeler anlattın... Quileute efsaneleri."

Gözlerini kapattı ve tekrar açtı. "Evet." Kelime, sanki hayati bir yerin kenarında duruyor gibi sert ve coşkundu. Yavaşça konuştu, her kelimesinin arasında mesafe vardı. "Ne söylediğimi hatırlıyor musun?"

Karanlıkta bile, yüzümün renginin attığını görebiliyor olmalıydı. Bunu nasıl unutabilirdim? Jacob, o gün bana Edward'ın vampir olduğunu söylemişti.

Bana her şeyi bilen gözlerle baktı. "İyi düşün," dedi.

"Evet, hatırlıyorum," dedim.

Derin bir nefes aldı. "Bütün hikâyeyi hatırlıyor mus – " Sorusunu bitiremedi. Ağzı sanki boğazına bir şey takılmış gibi açılmıştı.

"Bütün hikâyeleri mi?" diye sordum.

Sessizce kafasını salladı.

Kafam altüst oldu. Sadece bir hikâye önemliydi. Beynim bu kadar yorgunken hatırlayamıyordum.

Jacob homurdandı ve yataktan aşağıya atladı. Yumruklarını alnına dayadı ve hızla nefes almaya başladı. "Bunu biliyorsun, bunu biliyorsun," diye mırıldandı kendi kendine.

"Jake? Jake lütfen. Çok yorgunum. Şu an kendimi iyi hissetmiyorum. Belki sabah..."

Düzenli bir kaç nefes aldı ve kafasını salladı. "Belki sana tekrar gelirim. Sanırım neden sadece bir hikâyeyi hatırladığını anlıyorum," dedi iğneleyici bir tonla. Yatağın yanına oturdu. "Bununla ilgili sana bir soru sormamın sakıncası var mı? Bilmek için ölüyorum."

"Neyle ilgili bir soru?" dedim dikkatlice.

"Sana anlattığım vampir hikayesiyle."

Tek kelime etmeden dikkatli gözlerle ona baktım ama yine de sorusunu sordu.

"Gerçekten bilmiyor muydun?" Sesi kısıktı. "Onun ne olduğunu sana söyleyenin ben olduğumu?"

Bunu nereden biliyordu? Neden inanmaya karar vermişti, neden *şimdi?* Dişlerimi sıktım. Ona baktım, konuşmak istemiyordum. Bunu anladı.

"Sadakatten bahsederken ne demek istediğimi anlıyor musun?" Sesi daha da kısık çıkıyordu. "Benim için de aynı, sadece daha kötü. Ne kadar sıkı bağlandığımı hayal bile edemezsin..."

Bu hoşuma gitmedi. Bağlanmaktan bahsederken gözlerini kapatıp acı çekiyor olmasından hoşlanmamıştım. Hoşlanmamaktan da fazla *nefret etmiştim,* ona acı veren her neyse, nefret etmiştim. Deli gibi nefret etmiştim.

Sam'in yüzü aklıma geldi.

Bana göre, bu tamamen gönüllü bir şeydi. Cullenlar'ın sırrını aşkım için korumuştum. Jacob için, bu şekilde değildi.

"Seni özgür bırakabilecek başka bir şey yok mu?" diye fısıldadım ve kırpılmış saçlarına dokundum.

Elleri titremeye başladı ama gözlerini açmadı. "Hayır. Artık hayatım boyunca içindeyim. Müebbet hapis gibi." Kısa bir kahkaha attı. "Belki daha da uzun."

"Hayır, Jake," dedim. "Ya kaçarsan? Sadece sen ve ben. Evi terk edersek, Sam'i terk edersek?"

"Bu kaçabileceğim bir şey değil, Bella", dedi. "Seninle beraber kaçardım aslında, eğer yapabilseydim." Omuzları da titriyordu. Derin bir nefes aldı. "Bak, gitmem gerek."

"Neden?"

"Her an bayılacakmış gibi gözüküyorsun. Uyuman gerek. Bütün kuvvetini kazanmanı istiyorum. Bunun üstesinden geleceksin, gelmelisin."

"Ve başka neden?"

Dondu. "Gizlenmem gerekti. Seni görmemem gerekiyor. Nerede olduğumu arıyor olmalılar." Dudakları büzüldü. "Sanırım onlara anlatmam gerek."

"Onlara hiçbir şey söylemen gerekmiyor."

"Söyleyeceğim."

İçimdeki sinir yükseldi. "Onlardan *nefret* ediyorum!"

Jacob bana kocaman açtığı gözleriyle baktı, şaşırmıştı. "Hayır, Bella. Onlardan nefret etme. Bu ne Sam'in ne de diğerlerinin hatası. Sana daha önceden anlattım, benim hatam. Sam aslında... evet, inanılmaz sükunetli. Jared ve Paul de mükemmeller, aslında Paul daha çok... Ve Embry her zaman benim arkadaşım oldu. Hiçbir şey değişmedi. Sam hakkında düşündüklerimden dolayı kendimi çok kötü hissediyorum..."

Sam inanılmaz sükunetli miydi? Ona inanamayarak baktım.

"Peki o zaman neden beni görmemen gerekiyor?" diye sordum ısrarla.

"Güvenli değil," dedi yere bakarak.

Kelimeleri beni ürküttü.

O da bunu biliyor muydu? Benden başka kimse bilmiyordu. Ama haklıydı, gecenin yarısıydı, avlanmak için harika bir zamandı. Jacob burada, odamda olmamalıydı. Eğer birisi benim için gelecekse, yalnız olmalıydım.

"Eğer bunun çok... çok riskli olduğunu düşünseydim," dedi. "Gelmezdim. Ama Bella," başını kaldırdı. "Sana bir söz verdim. Bunu tutmanın bu kadar zor olduğundan haberim yoktu ama bu denemeyeceğim anlamına gelmez."

Anlamadığımı görünce, "O aptal filmden sonra," diye hatırlattı. "Sana, seni incitmeyeceğime dair söz vermiştim... Ve bugün bu sözümü tutamadım, değil mi?"

"Yapmak istemediğini biliyordum, Jake. Sorun değil."

"Teşekkürler Bella." Elimi tuttu. "Burada seninle olabilmek için elimden geleni yapacağım, aynı söz verdiğim gibi." Gülümsedi. "Eğer bunu kendi kendine halledebilirsen harika olur, Bella. Biraz çaba göster."

Yüzümü hafifçe ekşittim. "Deneyeceğim."

"Ve seni tekrar görmeyi deneyeceğim. Bunu yapmamamı söyleyecekler, biliyorum."

"Onları dinleme."

"Denerim." Kafasını salladı. Başarısından pek emin değil gibiydi. "Çözdüğün zaman, bana gel ve anlat." Bir an aklına bir şey geldi ve aklına gelenden dolayı elleri titredi. "Eğer... eğer gelmek istersen."

"Seni neden görmek istemeyeyim?"

Yüzü sert ve buruk bir hal aldı, yüzde yüz eminim ki bu yüz Sam'e aitti. "Ah, bir sebebi var," dedi sert bir sesle. "Bak, artık gitmem gerek. Benim için bir şey yapar mısın?"

Başımı salladım.

"En azından ara beni. Eğer beni bir daha görmek istemesen de. Eğer öyleyse haberim olsun."

"Bu olmayacak – "

Elini kaldırdı ve beni susturdu. "Sadece bileyim."

Durdu ve cama döndü.

"Salaklaşma Jake," dedim. "Bacağını kıracaksın. Kapıyı kullan. Charlie seni yakalayamaz."

"Canımı acıtmam," diye mırıldandı ama yine de kapıya döndü. Benim yanımdan geçerken çekindi, sanki bir fikir onu bıçaklıyormuş gibi baktı.

Elini tutunca bir anda beni çekti ve sertçe göğsüne yasladı.

"Ne olur ne olmaz," diye mırıldandı, beni öyle bir kucakladı ki neredeyse kaburgalarım kırılacaktı.

"Nefes alamıyorum!" diye mırıldandım. Beni bıraktı ve tek eliyle belimden tutarak nazikçe yatağın üzerine bıraktı.

"Biraz uyu Bells. Kafanın çalışması gerek. Bunu yapabileceğini biliyorum. *Sana ihtiyacım* var. Seni kaybetmeyeceğim, Bella."

Tek adımda kapıya vardı, sessizce açtı ve kayboldu. Gıcırdayan basamağın sesini duyarım diye bekledim ama hiç ses çıkmadı.

Yatağa yattım, başım dönüyordu. Kafam karışmıştı, bitkindim. Gözlerimi yumdum, anlam vermeye çalışıyor, sadece şuursuzluğa doğru yutulmak istiyordum.

Özlemini çektiğim gibi huzurlu ve kaymak gibi bir uyku değildi, tabii ki değildi. Tekrar ormandaydım ve her zaman yaptığım gibi aranıyordum.

Her zamanki rüyam olmadığını hemen fark ettim. Tek bir şey hariç, etrafı aramak mecburiyetinde değildim. Alışkanlıktan etrafta aranıyordum çünkü burada benden beklenen buydu. Aslında burası her zamanki orman değildi. Koku farklıydı, ışık da farklıydı. Ağaçlık gibi değil de, okyanus gibi kokuyordu. Gökyüzünü göremiyordum, daha güneş batmamıştı, tepedeki yapraklar parlak griydi.

La Push'taki ormandı burası, plajın yanındaki olduğuna emindim. Eğer plajı bulursam güneşi görebileceğimi biliyordum, aceleyle ileriye koşturdum ve uzaktaki dalga seslerine doğru yürüdüm.

Jacob oradaydı. Elimi tuttu ve beni ormanın karanlık bölümlerine sürükledi.

"Jacob, sorun ne?" Yüzü korkmuş bir çocuğun yüzüydü ve saçları eskisi gibi güzeldi, boynunun arkasında at kuyruğu yapmıştı. Bütün gücüyle beni çekti ama ben karşı koydum, karanlığa gitmek istemiyordum.

"Koş, Bella, koşmalısın!" dedi korkuyla.

Beklenmedik deja vu o kadar güçlüydü ki, neredeyse uyanacaktım.

Burayı nereden hatırladığımı biliyordum. Çünkü başka bir rüyada buraya gelmiştim. Milyonlarca yıl önce, tamamen başka bir hayatta. Jacob'la sahilde yürüdükten sonraki gece gördüğüm rüyaydı bu, Edward'ın vampir olduğunu öğrendiğim ilk gece. O günü hatırlayınca, bu rüyayı gömdüğüm anıların arasından çıkarmıştım.

Sahilden bir ışık süzülüyordu. Bir an, Edward'ın ağaçların arasından yürüdüğünü, teninin parladığını, gözlerinin simsiyah ve tehlikeli bir şekilde baktığını gördüm. Beni eliyle çağırıp gülümsedi. Bir melek kadar güzeldi, dişleri sivri ve keskindi.

Jacob elimi bıraktı ve ciyak ciyak bağırdı. Titriyordu, ayaklarımın dibine düştü.

"Jacob!" diye haykırdım ama gitmişti.

Onun yerine koyu ve akıllı gözlerle bakan, kocaman, kızıl kahve bir kurt gelmişti.

Bu başka bir hayatta rüyasını gördüğüm aynı kurt değildi. Bu tam bir hafta önce gördüğüm büyük kızıl kahve kurttu. Kocamandı, canavarımsı ve bir ayıdan daha büyük.

Kurdun bakışlarında bir ima vardı, akıllı gözleriyle hayati bir şey ifade etmeye çalışıyordu. Jacob Black'in tanıdık siyah-kahve gözleriyle.

Ciğerlerimin sonuna kadar haykırarak uyandım.

Charlie'nin beni gelip kontrol etmesini bekledim. Çünkü her zamanki haykırışım değildi. Kafamı yastığıma gömdüm ve pamuktan kumaşı yüzüme sertçe bastırdım.

Ama Charlie gelmedi. Boğazımdan gelen garip çığlığı bastırmayı becerdim.

Şimdi hepsini hatırlıyordum, o gün Jacob'ın bana plajda anlattığı her kelimeyi, hatta vampirlerden önce anlattığı 'soğuk olanlarla' ilgili bölümü bile. Özellikle de ilk kısmını.

"Bizim eski hikâyelerimizi biliyor musun, nereden geldiğimizi, yani Quileutes'i?" diye sormuştu.

"Tam olarak değil, " demiştim.

"Aslında, bir sürü efsane var, bazıları ta sel zamanına kadar eskilere dayanıyor. Güya eski Quileutesliler kurtulabilmek için kanolarını dağın en uzun ağaçlarının tepelerine bağlamışlar, aynı Nuh ve gemisi gibi. Hikâyelerine kendinden de bir şeyler kattığını göstermek için gülümsedi. "Başka bir efsane der ki, bizler kurtlardan gelmişiz ve kurtlar hâlâ bizim kardeşlerimiz. Onları öldürmek kabileye ters düşer."

"Ve sonra soğuk olanlarla ilgili hikâyeler de var. " Sesi biraz daha kısılmıştı.

"Soğuk olanlar mı?"

"Evet. Soğuk olanlarla ilgili de hikâyeler var tıpkı kurt efsaneleri gibi ve bazıları oldukça yakın zamanda gerçekleşmiş. Bir efsaneye göre, benim büyük büyükbabam bazılarını tanıyormuş. O bazılarını bizim topraklarımızdan uzak tutmak için anlaşma yapmış." Jacob gözlerini devirdi.

"Senin büyük büyükbaban mı?"

"O bir kabile yaşlısıymış, babam gibi. Gördüğün gibi soğuk olanlar, kurtların doğal düşmanları, tam olarak kurtlar değil ama kurtlar adamlara dönüşür, aynı atalarımız gibi. Onlara kurt adam diyebilirsin."

"Kurt adamların düşmanları var mı?"

"Sadece bir tane."

Boğazıma bir şeyler takıldı, boğulacak gibi oldum. Yutkunmaya çalıştım ama oraya yerleşmişti, kıpırdamıyordu. Tükürmeye çalıştım.

"Kurt adam," dedim.

Evet, beni boğan kelime buydu.

Burası nasıl bir yerdi? Gerçekten böyle tarihi efsanelerin, minik, bilinmez kasabaların sınırlarında dolaşıyor olması, efsanevi canavarlarla yüzleşiyor olması normal miydi? Aklı başında ve normal bir şeyler var mıydı, yoksa her şey sadece sihir ve hayalet hikâyelerinden mi ibaretti?

Kafamı ellerimin arasına soktum, patlamasına engel olmaya çalışıyordum.

Küçük, kuru bir ses, bana sorunun ne olduğunu sordu. Zaten uzun zaman önce vampirlerin varlığını kabul etmemiş miydim?

Sesimin sonuna kadar bağırmak istedim. Bir tek efsane herkese yetmiyor muydu?

Edward Cullen'ın normalin ötesinde ve üstünde olduğunun farkındaydım. Ve ne olduğunu öğrenmek benim için pek de sürpriz olmamıştı, *bir şey* olduğu açıkça ortadaydı.

Ama Jacob? Jacob, sadece Jacob'tu, başka bir şey değildi. Jacob, benim arkadaşımdı. Jacob güvenebileceğim tek insandı.

Ve gerçekte insan bile değildi.

İçimden gelen çığlığı bastırmak için kendimi zorladım.

Bunun benimle ilgisi neydi?

Bunun cevabını biliyordum. Benimle ilgili kesinlikle yanlış bir şeyler vardı. Yoksa neden hayatım korku filmlerinden fırlamış karakterlerle dolu olsundu ki? Yoksa neden ben onlara çok değer verdiğimde, onlar kendi efsanevi yollarına gidip benim göğsümde derin yaralar açsındılar ki?

Kafamdaki her şey yer değiştirdi, daha önceden başka bir şey ifade eden şeyler, şimdi başka anlamlar ifade ediyordu.

Bir tarikat yoktu. Hiç tarikat olmadı, hiç çete de olmadı. Hayır, bu daha da kötüydü. Bir gruptu bu.

Edward'ın çayırında önümden geçen kurt adamların grubu...

Bir an aceleyle hareket etmeye başladım. Saate göz attım, oldukça erkendi ama umurumda değildi. Hemen şimdi, La Push'a gitmeliydim. Jacob'ı görmem gerekiyordu. Aklımı yitirmediğimi söylemesini istiyordum.

Birbirlerine uyup uymadığını umursamadan bulabildiğim ilk temiz kıyafetleri aldım ve merdivenleri ikişer ikişer indim. Koridordan geçerken neredeyse Charlie'ye çarpıyordum.

"Nereye gidiyorsun?" diye sordu, benim onu gördüğüme şaşırdığım gibi o da beni gördüğüne şaşırmıştı. "Saatin kaç olduğunu biliyor musun?"

"Evet, Jacob'ı görmeye gidiyorum."

"Sam'le olan şeyden sonra sandım ki..."

"Bu önemli değil, onunla hemen şu an konuşmam gerek."

"Oldukça erken." Yüzümün değişmediğini görünce dondu. "Kahvaltı etmek istemiyor musun?"

"Aç değilim." Kelimeler dudaklarımdan fırlamıştı. Çıkış yolumu kapatmıştı. Etrafından dolaşıp kaçmaya karar verdim ama daha sonra ona bir açıklama yapmam gerektiğini biliyordum. "Hemen dönerim, tamam mı?"

Charlie dondu. "Direk Jacob'ın evine gidiyorsun, değil mi? Başka yerlere uğramayacaksın?"

"Tabii ki hayır, nerede durabilirim ki?" Kelimelerim de, benim gibi hızlıydı.

"Bilemiyorum," dedi. "Sadece... başka bir saldırı olmuş. Yine kurtlar. Kaplıcaların ordaki otelin çok yakınında olmuş ve bu sefer bir şahit var. Kurban kaybolduğunda yoldan sadece on metre uzaklıktaymış. Karısı kocasını ararken, koca gri bir kurt görmüş ve yardım için koşmaya başlamış."

Mideme bir kramp girdi. "Bir kurt mu saldırmış?"

"Ondan hiçbir iz yok, sadece kan var." Charlie'nin yüzü acı doluydu. "Orman koruyucuları silahlandılar ve silahlı gönüllüler de onlara katıldı. Onlara katılmak için istekli bir sürü avcı var. Kurdun leşini getirene bir ödül bile veriyorlar. Ormanda oldukça fazla ateş açılacak ve bu beni korkutuyor." Kafasını salladı. "İnsanlar çok heyecanlandıkları zaman, kazalar olabiliyor.."

"Kurtlara ateş mi açacaklar?" Sesim oldukça yüksek çıkmıştı.

"Ne yapabiliriz ki? Nesi kötü?" diye sordu, gergin gözleri yüzümü inceliyordu. Kendimi kötü hissettim, her zamankinden daha beyaz gözüküyor olmalıydım.

Cevap veremedim. Eğer beni izlemiyor olsaydı, kafamı dizlerimin arasına koyardım. Kaybolmuş yürüyüşçüleri, kanlı pati izlerini unuturdum...

"Bak tatlım, bunun seni korkutmasına izin verme. Sadece kasabada ya da otobanda kal, başka hiçbir yerde durma, tamam mı?"

"Tamam," dedim zayıf bir sesle.

"Gitmem gerek."

Ona yakından baktım ve yürüyüş ayakkabılarını giymiş olduğunu gördüm, silahı da belindeydi.

"Kurtların peşinden gitmiyorsun, değil mi baba?"

"Yardım etmem gerek Bells. İnsanlar kayboluyor."

Sesim tekrar yükselmişti ve histerik çıkıyordu. "Hayır! Hayır gitme. Çok tehlikeli!"

"Gidip işimi yapmam gerek kızım. Karamsar olma, ben iyi olacağım." Kapıya döndü ve, "Çıkıyor musun?" diye sordu.

Midem hâlâ bulanıyordu. Onu durdurmak için ne söyleyebilirdim? Bir çözüm bulamayacak kadar başım dönüyordu.

"Bells?"

"Belki de La Push'a gitmek için çok erken," diye fısıldadım.

"Sana katılıyorum," dedi ve yağmura çıktı.

Gözden kaybolduğunda, yere yattım ve kafamı dizlerimin arasına gömdüm.

Charlie'nin peşinden gitmeli miyim? Ne söyleyebilirim?

Ya Jacob? Jacob benim en iyi arkadaşım, onu uyarmam gerek. Eğer o gerçekten... Korktum ve kendimi kelimeyi düşünmeye zorladım. O bir kurt adamsa, insanlar ona ateş edip vurabilir! Ona anlatmalıydım ve eğer koca kurtlar halinde gezerlerse arkadaşlarını da öldürebilirlerdi. Onlara durmalarını söylemem gerekiyordu.

Durmalıydılar! Charlie ormandaydı. Bunu önemserler miydi? Merak ettim... Şu ana kadar sadece yabancılar kayboldu. Bunun bir anlamı var mıydı ya da bu sadece bir tesadüf müydü?

En azından Jacob'ın önemseyeceğini biliyordum.

Onu uyarmam gerekiyordu.

Ya da... Uyarmış mıydım?

Jacob benim en yakın arkadaşımdı ama o da bir canavar mıydı? Gerçek miydi? Kötü müydü? Eğer o ve arkadaşları katilse, onları uyarmalı mıydım? Eğer masum yürüyüşçüleri öldürüyorlarsa, eğer gerçekten de korku filmindeki garip yaratıklarsa, onları korumam yanlış mı olurdu?

Jacob'ı ve arkadaşlarını Cullenlar'la kıyaslamam kaçınılmazdı.

Kurt adamlar hakkında en ufak bir şey bilmiyordum. Filmlerdekine yakın bir şey mi beklemem gerekiyordu, koca, kıllı, yarı adam yarı yaratık ya da başka bir şey, yoksa herhangi bir şey mi beklemeli miydim? Neden avlandıklarını bilmiyordum, açlıktan mı ya da susuzluktan mı, ya da sadece öldürme güdüsünden mi? Karar vermek zordu. Bilmemek zordu.

Ama Cullenlar'ın iyi olmak için dayanmalarından daha kötü olamazdı. Esme'yi düşündüm, onun iyi ve sevecen yüzünü hatırlayınca gözyaşlarını akmaya başladı, nasıl da anaç bir sevecenliği vardı. Carlisle'ı düşündüm, bir doktor olarak hayat kurtarabilmek için, kendisine kanı umursamamayı öğretmişti. Bundan daha zor başka hiçbir şey olamazdı.

Kurt adamlar ise başka bir yol seçmişlerdi.

Peki şimdi, *ben* ne seçmeliydim?

13. KATİL

La Push'a doğru giderken kendi kendime düşünüyordum; ya bu Jacob değil de, bir başkası olsaydı.

Hâlâ doğru şeyi yapıp yapmamak konusunda emin değildim.

Jacob'ın ve arkadaşlarının yaptıklarına göz yumamazdım. Dün gece ne söylediğini anlamıştım, onu bir daha görmek istememem konusunda, ve söylediği gibi onu arayabilirdim ama bu korkakça olurdu. Ona en azından yüz yüze bir görüşme borçluydum. Bir katille arkadaş olamazdım ve hiçbir şey söyleyemeden de duramazdım, katliamın devam etmesine göz yumamazdım. Bu beni de bir canavar yapardı.

Ama onu uyarmadan da olmazdı. Onu korumak için elimden geleni yapmalıydım.

Dudaklarım sıkı sıkı gerilmiş bir halde, Blackler'in evinin önünde durdum. En iyi arkadaşımın bir kurt adam olması yeteri kadar kötüydü. Bir canavar mıydı?

Ev karanlıktı, camlarda hiç ışık yoktu ama onları uyandırmak umurumda değildi. Yumruğumu hızla ve sinirli bir şekilde ön kapıya vurdum, ses duvarlardan yankılandı.

Yaklaşık bir dakika sonra Billy'nin sesini duydum. "Buyurun."

Kolu çevirdim, kilitli değildi. Billy eğilmiş, küçük mutfaktan hole doğru bakıyordu, üstünde bir bornoz vardı ve henüz sandalyesinde değildi. Beni görünce gözleri kocaman açıldı.

"Günaydın Bella. Bu kadar erken ne yapıyorsun?"

"Selam Billy, Jake'le konuşmam gerek. Nerede?"

"Gerçekten bilmiyorum."

"Bu sabah Charlie'nin ne yaptığını biliyor musun?" diye sordum, vakit kazanmaya çalışmaktan bıkmıştım.

"Bilmeli miyim?"

"O ve kasabanın yarısı ormanda, ellerinde silahlarla büyük kurtları avlıyorlar."

Billy'nin yüzü titredi.

"Jake'le bu konuyu konuşmak istiyorum, eğer müsaade edersen," diye devam ettim.

Billy uzun bir süre dudaklarını büzdü. "Sanırım uyuyor," dedi, kafasıyla ön odanın önündeki koridoru işaret ederek. "Son zamanlarda hep dışarıda. Çocuğun uyumaya ihtiyacı var, onu uyandırmasan iyi olur."

Jacob'ın bir dolap kadar minik odası, bir metre uzunluğundaki holdeki tek kapıydı. Kapıyı tıklatmadım bile. Kapıyı hızla açınca duvara çarptı.

Jacob, üzerinde hâlâ dünkü siyah kazağı vardı, çift kişilik yatağında çapraz olarak yatmıştı. Yatak odasının neredeyse tamamını kaplıyordu. Eğik yatıyor olmasına rağmen yine de yatağa sığmıyordu, ayakları bir taraftan, kafası diğer taraftan taşıyordu. Ağzı açık, horlayarak uyuyordu. Kapının sesini duymamıştı bile.

Yüzü huzurluydu, derin uykudayken bütün gergin çizgileri yumuşamıştı. Gözlerinin altında daha önceden fark etmediğim çizgiler vardı. Tuhaf boyutuna rağmen şimdi oldukça genç duruyordu, ve oldukça yorgun...

Geri çıktım ve kapıyı sessizce arkamdan kapattım.

Ön odaya doğru yürürken Billy bana meraklı gözlerle baktı.

"Sanırım biraz uyumasına izin vereceğim."

Billy kafasını salladı ve birbirimize baktık. Onun bu olaydaki rolünü sormak için yanıp tutuşuyordum.

Oğlunun ne olduğu hakkında ne düşünüyordu? Ama Sam'i en başından beri ne kadar desteklediğini biliyordum, bu yüzden de katillerin onu rahatsız etmediğini tahmin ettim. Kendisini nasıl haklı çıkarttığını hayal edemiyordum.

Karanlık gözlerinde bir sürü soru işareti olduğunu fark ettim ama o da tek bir şey söylemedi.

"Bak," dedim, derin sessizliği bozarak. "Bir süre aşağıda, plajda olacağım. Uyandığında, onu orda beklediğimi söyle, tamam mı?"

"Tabii, tabii," dedi Billy.

Gerçekten yapıp yapmayacağını merak ettim. Eğer yapmazsa, en azından denemiş olurdum, değil mi?

Plaja gittim ve boş toprak parka kamyoneti park ettim. Hâlâ karanlıktı. Uzun otların arasındaki yolu bulmadan önce, gözlerimin karanlığa alışmasını bekledim. Kara okyanustan esen rüzgârdan dolayı burası daha soğuktu. Ellerimi kar ceketimin ceplerine soktum. En azından yağmur durmuştu.

Kuzey tarafina ilerledim. St. James ya da diğer adaları göremiyordum, sadece suyun kenarının belirsiz şeklini görüyordum. Kayaların arasından dikkatlice yürüdüm, denizden gelen tahta parçalarına takılmamak için yere bakarak ilerliyordum.

Aradığımın ne olduğunun farkına varmadan onu buldum. Bir kaç adım ötemdeydi. Uzun, beyaz kemikten bir tahta parçası, derin kayaların üzerinde duruyordu. Kökleri denize iniyordu. Bunun, Jacob'la benim ilk konuşmamızı önünde yaptığımız ağaç olup olmadığını bilemiyordum. Ama aynı yer gibiydi, daha önce oturduğum bu yere tekrar oturdum ve görünmez denizi izlemeye başladım.

Jacob'ı öyle görmek, uykusunda savunmasız ve masum, nefretimi dağıtmıştı, bütün sinirim geçmişti. Yine de, Billy'nin yaptığı gibi, olanları görmezden gelemezdim ama Jacob'ı da suçlayamazdım. Sevginin bu şekilde çalışmadığına karar verdim. Birisiyle ilgilenmeye başladıktan sonra, mantıklı davranmak imkansız bir hal alıyordu. Jacob benim arkadaşımdı, birilerini öldürmüş olsun ya da olmasın. Ve bu konuda ne yapacağımı bilmiyordum.

Onu masumca uyurken düşününce, içimde onu *korumak* için dayanılmaz bir dürtü hissettim. Tamamen mantıksız.

Mantıksız ya da değil, onun masum yüzünü düşündüm ve gökyüzü griye dönerken bazı cevaplar ve onu korumak için bazı yöntemler bulmaya çalıştım.

"Merhaba Bella."

Karanlığın içinden gelen Jacob'ın sesi, korkudan yerimden zıplamama sebep oldu. Gürültülü kayalardan bir ses çıkmasını bekliyordum ama yine de ürkmüştüm. Güneşten dolayı siluetini görebiliyordum, kocaman gözüküyordu.

"Jake?"

Bir kaç adım ileride durdu, gergince, ağırlığını bir bacağından diğer bacağına aktarıyordu.

"Billy geldiğini söyledi, umarım çok bekletmedim. Senin bileceğini tahmin etmiştim."

"Evet, artık doğru hikâyeyi biliyorum," diye fısıldadım.

Uzun bir an sessizlik oldu.

"Sadece arayabilirdin," dedi sertçe.

Kafamı salladım. "Biliyorum."

Jacob, kayaların etrafında dolaşmaya başladı. Eğer kulağımla dikkat kesilirsem, ayağının kayaların yüzeyinde bıraktığı nazik sesleri duyabilirdim.

"Neden geldin?" dedi.

'Yüz yüze daha iyi olur diye düşündüm."

Homurdandı.

"Jacob seni uyarmak istiyorum."

"Orman koruyucuları ve avcılar hakkında mı? Merak etme. Biz zaten biliyorduk."

"Merak etme mi?" diye sordum inanamayarak. "Jake hepsinin silahı var! Tuzaklar kuruyorlar, ödüller koyuyorlar ve..."

"Kendi başımızın çaresine bakabiliriz," diye homurdandı. "Hiçbir şey yakalayamayacaklar. Sadece her şeyi zorlaştırıyorlar, onlar da yakın zamanda yok olacaklar."

"Jake!"

"Ne? Sana doğruyu söylüyorum."

Sesim nefretle dolmuştu. "Nasıl böyle söyleyebilirsin? Bu insanları tanıyorsun. Charlie de orada!"

Birdenbire durdu. "Peki ne yapabiliriz?"

Üzerimizdeki güneş bulutların arasından pembeleşmeye başlamıştı. Artık onun yüzünü görebiliyordum, kızgındı, hayal kırıklığına uğramıştı ve arkadan vurulmuştu.

"Mesela sen... kurt adam olmayabilir misin?"

Ellerini havaya kaldırdı. "Sanki bu konuda bir seçme hakkım varmış gibi!" diye bağırdı. "Eğer insanların yok olmasından korkuyorsan, bunun ne faydası olacak?"

"Seni anlamıyorum."

Bana baktı, gözleri kısılmış, ağzı bükülmüştü. "Beni neyin çıldırttığını sana söyleyeyim mi?"

Onun düşmanca bakışından ürkmüştüm. Bir cevap bekliyor gibiydi ve ben de kafamı salladım.

"Sen ikiyüzlüsün, Bella. Orada oturuyorsun ve benden korkuyorsun! Bu hiç adil değil!" Elleri sinirden titriyordu.

"ikiyüzlü mü? Bir canavardan korkmak beni nasıl bir ikiyüzlü yapar?"

"Ahh!" diye kükredi, titreyen yumruklarını gözlerinin üzerine götürmüştü. "Kendini bir dinler misin?"

"Ne?"

Bana doğru iki adım attı, üzerime eğildi ve sinirle baktı.

"Üzgünüm, senin istediğin tipte bir canavar olamadım, Bella. Sanırım çok iyi bir kan emici değilim, değil mi?"

Ayağa fırladım ve ona baktım. "Hayır değilsin!" dedim. "Bu sen değilsin, aptal!"

"Bu da ne demek oluyor?" Bütün vücudu titriyordu.

Edward'ın beni uyaran sesini duyduğumda şaşırmıştım. "Dikkatli ol, Bella," diye uyardı beni kadifemsi sesi. "Daha fazla zorlama. Onu sakinleştirmelisin."

Kafamdaki ses bile, bugün ne dediğini bilmiyordu.

Ama yine de onu dinledim. O ses için her şeyi yapabilirdim.

"Jacob," diye yalvardım, tonumu yumuşatmıştım. "İnsanları öldürmen gerçekten gerekli mi, Jacob? Başka bir yolu yok mu? Demek istediğim, eğer vampirler insanları öldürmeden durabiliyorlarsa, sen de deneyemez misin?"

Kaşları kalktı ve gözleri kocaman açıldı.

"İnsanları öldürmek mi?" dedi.

Artık titremiyordu. Bana inanamayarak baktı. "Senin kurt adamlara olan nefretinden konuştuğumuzu zannediyordum."

"Hayır Jake, hayır. Sorun senin kurt olman değil." Bu kelimeleri gerçekten hissederek söylüyordum. Onun koca bir kurda dönüşmesi umurumda bile değildi, o hâlâ Jacob'tu. "Eğer bir yolunu bulabilir ve insanları incitmezsen... beni tek üzen bu. Bunlar masum insanlar Jake, Charlie gibi ve bütün bunları görmezden gelemem."

"Hepsi bu mu? Gerçekten?" diye sözümü kesti, yüzünü bir gülümseme kaplamıştı. "Benden bir katil olduğum için mi korktun? Tek sebep bu mu?"

"Bu yeterli bir sebep değil mi sence?"

Gülmeye başladı.

"Jacob Black, bu hiç komik değil!"

"Tabii tabii," diye onayladı, hâlâ kıkırdıyordu.

Uzun bir adım attı ve beni sıkı sıkı kucakladı.

"Gerçekten de koca bir köpeğe dönüşmemi umursamıyor musun?" Sesi neşe doluydu.

"Hayır," dedim. "Jake, nefes alamıyorum!"

Beni bıraktı ama ellerimi tutmaya devam etti. "Ben bir katil değilim, Bella."

Yüzünü inceledim, ama doğruyu söylediği belliydi. İçim rahatlamıştı.

"Gerçekten mi?" dedim.

"Gerçekten," dedi.

Ona sıkıca sarıldım.

"Sana ikiyüzlü dediğim için özür dilerim," dedi.

"Sana katil dediğim için özür dilerim."

Güldü.

Aklıma bir şey geldi ve yüzünü görebilmek için kendimi geriye çektim. Kaşlarım gerginlikle kalkmıştı. "Peki ya Sam? Ya diğerleri?"

Kafasını salladı, gülümsüyordu. "Tabii ki de hayır. Birbirimize ne dediğimizi biliyor musun?"

"Koruyucular?"

"Kesinlikle."

"Ama anlamıyorum. Ormanda neler oluyor? Kaybolan yürüyüşçüler, kan?"

Yüzü ciddileşti, endişeli gözüküyordu. "İşimizi yapmaya çalışıyoruz, Bella. Onları korumaya çalışıyoruz ama her zaman geç kalıyoruz."

"Neden koruyorsunuz? Gerçekten de koca bir ayı mı var?"

"Bella, tatlım, biz insanları sadece tek bir şeyden koruyoruz, tek düşmanımızdan. Biz bu yüzden varolduk, onlar yüzünden."

Ona boş gözlerle baktım, anlamam bir kaç saniyemi almıştı. Sonra yüzümden kan çekildi ve dudaklarımdan bir inilti koptu.

Kafasını salladı. "Sana anlattım, insanlar neler olduğunu bilmiyorlar."

"Laurent," diye fısıldadım. "Hâlâ burada."

Jacob gözlerini kırptı ve kafasını yana eğdi. "Laurent kim?"

Ona cevap verebilmek için kafamdaki kaosu yerine oturtmaya çalıştım. "Biliyorsun, onu çayırda görmüştün. Sen de oradaydın... ve beni öldürmesine engel oldun..."

"O siyah saçlı asalak mı?" Sırıttı. "Adı bu mu?"

Titredim. "Ne zannediyordun?" diye fısıldadım. "Seni öldürebilirdi! Jake ne kadar tehlikeli olduğunu fark etmiyor musun – "

Kahkahası lafımı kesti. "Bella, tek başına bir vampir bizim gibi koca bir grup için sorun değil. Kolaydı, hiç eğlenemedik bile!"

"Kolay olan da ne?"

"Seni öldürecek olan kan emiciyi öldürmek. Bunu cinayetten saymıyorum," diye ekledi. "Vampirler insanlarla bir değil."

Kelimeleri sayıklar gibi söyledim. "Sen... Laurent'i... öldürdün mü?"

Kafasını salladı. "Aslında bir grup çalışmasıydı," dedi.

"Laurent öldü mü?" diye fısıldadım.

İfadesi değişti. "Buna üzülmedin, değil mi? Seni öldürecekti, ona saldırmadan önce fark etmiştik. Bunu biliyorsun, değil mi?"

"Biliyorum. Hayır üzgün değilim. Ben..." Oturmam gerekiyordu. Geriye doğru bir adım attım ve ağaca sırtımı dayadım. "Laurent öldü. Benim için gelemeyecek."

"Kızmadın mı? Senin arkadaşın falan değildi, değil mi?"

"Arkadaşım mı?" Ona baktım, kafam karışmıştı ve rahatlıktan başım dönüyordu. Kekelemeye başladım, gözlerim nemlenmişti.

"Hayır Jake. Çok rahatladım. Beni bulacağını sanıyordum,

her gece onu bekliyordum. Sadece, benimle işi bittikten sonra Charlie'yi yalnız bıraksın istiyordum. Çok korkmuştum Jacob... Ama nasıl? O bir vampirdi! Onu nasıl öldürdün? Çok güçlüydü, çok zor, tıpkı bir mermer gibi..."

Yanıma oturdu ve bir kolunu omzuma doladı. "Bunun için yaratıldık Bells. Biz de güçlüyüz. Keşke bana korktuğunu anlatsaydın. Hiç gerek yoktu."

"Sen yanımda değildin ki," diye mırıldandım.

" Haklısın."

"Bekle Jake, aslında bildiğini sanıyordum. Dün gece, benim odamda olmanın güvenli olmadığını söyledin. Ben de vampirin geldiğini biliyorsun sandım. Bundan bahsetmiyor muydun?"

Bir an kafası karışmış gibi baktı ve sonra kafasını kaşıdı. "Hayır demek istediğim bu değildi."

"O zaman neden güvenli olmadığını söyledin?"

Suçlu gözlerle bana baktı. "Sana benim için güvenli olmadığını söylemedim. Seni düşünüyordum."

"Ne demek istiyorsun?"

Yere baktı ve bir taşa tekme attı. "Senin yakınında olmaman için birden fazla sebep var, Bella. Sana sırrımızı anlatmamam gerekiyordu. Eğer çok sinirlenirsem... ya da çok üzülürsem... sen incinebilirsin."

Bunu dikkatlice düşündüm. "Sen az önce sinirlendiğinde... ben sana bağırırken... sen titriyorken...?"

"Evet." Başını iyice eğdi. "Tamamen benim aptallığım. Kendime hakim olmalıyım. Yemin ediyorum sinirlenmeyecektim, sen bana ne söylersen söyle. Ama seni kaybetmekten o kadar korktum ki... sen ne olduğumu öğrenince..."

"Çok sinirlenirsen neler olur?" diye fısıldadım.

"Kurda dönüşürüm."

"Demek dolunaya ihtiyacın yok."

Gözlerini kaldırdı. "Hollywood versiyonu tam olarak doğru değil." Sonra nefes aldı ve tekrar ciddileşti. "Senin gerilmene gerek yok, Bells. Bunun çaresine bakacağız. Ve Charlie ve diğerleriyle ilgileneceğiz. Ona bir şey olmasına izin vermem. Bu konuda bana güvenebilirsin."

Çok açık bir şeydi, bir kerede anlamam gereken bir şey ama o Jacob ve arkadaşlarının, Laurent'le kavga etmesi kafamı o kadar dağıtmıştı ki, o an bunu kaçırmıştım. Jacob gelecek zaman kullanmıştı.

Bunun üstesinden geleceğiz.

Henüz bitmemişti.

"Laurent öldü," dedim. Bütün vücudum buz kesmişti.

"Bella?" Jacob kül rengi yanağıma dokundu.

"Eğer Laurent... bir hafta önce... öldüyse... şu an insanları kim öldürüyor?"

Jacob kafasını salladı. "İki taneydiler. Eşinin de bizle kavga etmek isteyeceğini düşündük ama hep kaçıyor, sonra tekrar geliyor. Eğer neyin peşinde olduğunu bilirsek, onu yenmemiz daha kolay olabilir. Ama hiç anlam veremiyoruz. Kenarlarda dans ediyor, sanki bizim savunma mekanizmamızı test ediyor, bir yolunu bulmaya bakıyor ama ne? Nereye gitmek istiyor? Sam bizi ayırmaya çalıştığını söyledi, o zaman daha iyi bir fırsat elde edebilir..."

Sesinin tonu düşmeye başladı, sanki uzun bir tünelin en sonunda konuşuyor gibiydi, artık ayrı kelimeleri anlayamıyordum. Alnımı soğuk ter basmıştı ve midem, geçenlerde üşüttüğüm gibiydi. Aynı mide üşütmesi gibiydi.

Ondan çabucak uzaklaştım ve ağaca yaslandım. Vücudum şiddetle sarsılıyor, boş midem berbat bir şekilde bulanıyordu.

Victoria buradaydı. Beni arıyordu. Yabancıları ormanda öldürüyordu. Charlie'nin arama yaptığı ormanda...

Başım deli gibi dönmeye başladı.

Jacob'ın elleri omuzlarımı tuttu ve kayaların üzerine düşmemi engelledi. Yanaklarımda onun sıcak nefesini hissedebiliyordum. "Bella! Sorun ne?"

"Victoria."

İsmi söylediğimde Edward'ın sesi sinirle haykırdı.

Jacob'ın beni çöküntümden çıkartmaya çalıştığını hissediyordum. Gevşek başımı omuzlarının üzerine yatırdı. Beni dengede tutmak için çabalıyordu, bir şekilde çöküşüme engel olmaya çalışıyordu. Terli saçlarımı eliyle çekti.

"Kim?" diye sordu. "Beni duyabiliyor musun, Bella? Bella?"

"O Laurent'in eşi değildi," diye mırıldandım. "Sadece eski dostlar..."

"Biraz su ister misin? Doktora götüreyim mi? Ne yapmam gerektiğini söyle," diye ısrarla sordu.

"Hasta değilim, sadece korkuyorum," dedim fısıltıyla. Korkuyorum kelimesi yeterli değildi.

"Victoria'dan mı korkuyorsun?" Kafamı salladım, titriyordum. "Victoria kızıl saçlı kız, değil mi?" Tekrar titredim ve inildedim. "Evet."

"Onun eşi olmadığını nerden biliyorsun?"

"Laurent bana onun James'in eşi olduğunu söyledi," diye açıkladım ve içgüdüsel olarak elimin üzerindeki yara izine dokundum.

Yüzümü tuttu ve gözlerimin içine baktı. "Sana başka ne anlattı, Bella? Bu önemli. Ne istediğini biliyor musun?"

"Tabii ki," diye fısıldadım. "Beni istiyor." Gözleri kocaman açıldı ve sonra kısıldı. "Neden?" dedi.

"Edward, James'i öldürdü," dedim fısıltıyla. Jacob beni o kadar sıkı tutuyordu ki, içimdeki deliği tutmama gerek yoktu. "Sinirlenmiş. Ama Laurent bana dedi ki, o Edward'ı öldürmektense beni öldürmenin daha adil olduğunu düşünüyormuş. Eşe karşılık eş. Hâlâ bilmiyor, sanırım." Yutkundum. "Aramızın artık eskisi gibi olmadığını bilmiyor. En azından Edward açısından."

Jacob'ın dikkati dağılmıştı. Yüzü farklı farklı şekillere giriyordu. "Cullenlar neden gittiler?"

"Ben insandan başka bir şey değilim. Hiçbir özelliğim yok," diye açıkladım zayıfça titreyerek.

"Eğer o geri zekalı kan emici gerçekten yeteri kadar aptal olsaydı," diye hırladı.

"Lütfen," diye mırıldandım. "Lütfen, yapma."

Jacob çekindi, sonra kafasını salladı.

"Bu önemli," dedi tekrar, yüzü ciddileşmişti. "Bunu ötekilere hemen anlatmamız gerek."

Kalktı ve beni ayağa kaldırdı.

"iyiyim," diye yalan söyledim.

Elimden sıkıca tuttu. "Haydi gidiyoruz."

Beni kamyonete çekti.

"Nereye gidiyoruz?" diye sordum.

"Henüz emin değilim," diye itiraf etti. "Bir toplantı yapacağım. Hey, burada bir dakika bekle, tamam mı?" Beni kamyonete yasladı ve elimi bıraktı.

"Nereye gidiyorsun?"

"Hemen döneceğim," diye söz verdi. Sonra döndü ve otoparka koştu, karşıya geçti ve ormana girdi. Ağaçların içine girdi, bir geyik gibi hızlı ve dikkatliydi.

"Jacob!" diye arkasından bağırdım ama çoktan gitmişti.

Yalnız kalmak için iyi bir zaman değildi. Jacob gittikten saniyeler sonra aşırı derecede hızlı soluk alıp vermeye başladım. Kendimi kamyonetin içine sürükledim ve hemen kilitleri kapattım ama bu yine de benim daha iyi hissetmemi sağlamadı.

Victoria beni arıyordu. Beni henüz bulamamış olması sadece benim şansımdandı; şansım ve beş genç kurt adam sayesinde. Jacob'ın ne dediği mühim değildi, Victoria'nın yakınlara bir yerlere gelmiş olma fikri yeteri kadar korkutucuydu. Sinirlendiği zaman neye döndüğü umurumda değildi. Kafamın içinde onu görebiliyordum, vahşi yüzünü, alev gibi saçlarını, ölümcül, dayanıklı...

Ama Jacob'a göre, Laurent ölmüştü. Bu gerçekten mümkün müydü? Edward, bana bir vampiri öldürmenin zor olduğunu söylemişti. Sadece başka bir vampir bu işi yapabilirdi. Ama Jake de kurt adamların bunun için yaratıldığını söylemişti...

Charlie'ye göz kulak olduklarını söylemişti, kurt adamlara babamı güvende tuttukları için daha çok güvenmeliydim. Buna nasıl güvenebilirdim? Hiçbirimiz güvende değildik! Jacob en az tehlikede olandı, eğer kendisini Victoria ve Charlie'nin arasına sokmaya çalışıyorsa... Victoria'yla benim arama...

Kusacağımı hissettim.

Kamyonetin camına vurulan keskin bir vuruş sesiyle ürktüm. Jacob'tu, geri gelmişti. Kapıların kilidini titreyen parmaklarla açtım.

"Gerçekten korkuyorsun, değil mi?" diye sordu yolcu koltuğuna otururken.

Kafamı salladım.

"Korkma. Sana iyi bakacağız ve Charlie'ye de. Söz veriyorum."

"Senin Victoria'yı bulman, Victoria'nın beni bulmasından daha korkunç," diye fısıldadım.

Kahkaha attı. "Bize bu konuda daha fazla güvenmelisin. Gururumu kırma."

Kafamı salladım.

"Az önce nereye gittin?" diye sordum.

Dudaklarını sıktı ve hiçbir şey söylemedi.

"Ne? Sır mı?"

Kaşlarını çattı. "Aslında değil. Ama biraz garip. Seni delirtmek istemiyorum."

"Buna alıştım, biliyorsun." Gülümsemeye çalıştım ama pek başarılı olamadım.

Jacob gülümsedi. "Sanırım alıştın. Tamam. Gördüğün gibi bizler kurduz, biz... birbirimizi duyabiliriz."

Kafam karışmıştı.

"Sesleri değil," diye devam etti, "ama... düşünceleri duyabiliriz, sadece birbirimizi, birbirimizden ne kadar uzakta olduğumuz önemli değil. Aslında utanç verici, hiç sırrımız olmuyor. Çok çılgınca değil mi?"

"Dün gece demek istediğin bu muydu, beni gördüğünü onlara söyleyeceğini söylemiştin, istemiyor olsan da?"

"Çok hızlısın."

"Teşekkürler."

"Gariplikler konusunda da oldukça iyisin. Bunun seni rahatsız edeceğini düşünmüştüm."

"Hayır... aslında bunu yaptığını bildiğim ilk insan sen değilsin. O yüzden o kadar garip gelmiyor."

"Gerçekten mi? Dur bir dakika, kan emicilerden mi bahsediyorsun?"

"Onlara böyle dememeni tercih ederim."

Güldü. "Her neyse. O zaman Cullenlar diyeyim mi?"

"Sadece... sadece Edward."

Jacob şaşırmış gözüküyordu. "Bunların sadece hikâyeden ibaret olduğunu sanıyordum. Bazı vampirlerin başka şeyler yapabildiğini efsanelerde duymuştum ama sadece uydurma olduğunu düşünmüştüm."

"Artık hiçbir şey efsane değil sanki, ne dersin?" dedim alaycı bir ses tonuyla.

Suratını astı. "Sanırım değil. Tamam, Sam ve diğerleriyle buluşacağız. Motorlarımızı sürdüğümüz yere gelecekler."

Kamyonetin motorunu çalıştırdım ve yola çıktık.

"Az önce Sam'le konuşmak için bir kurda mı dönüştün?" diye sordum merakla.

Jacob kafasını salladı, utanmış gözüküyordu. "Gerçekten kısa tuttum. Neler olduğunu anlamasınlar diye seni düşünmemeye çalıştım. Sam'in seni getirmememi söyleyeceğinden korktum."

"Bu beni durduramazdı." Sam'in hâlâ kötü bir adam olduğunu düşünüyordum. Onun adını duyduğumda dişlerim birbirine kenetlenmişti.

"Evet ama beni durdururdu," Jacob biraz huysuzlaşmıştı. "Dün gece cümlelerimi bitiremememi hatırlıyor musun? Sana nasıl bütün hikâyeyi anlatamadığımı?"

"Evet. Sanki boğuluyor gibiydin."

Gülümsedi. "Yaklaştın sayılır. Sam sana anlatamayacağımı söyledi. O... grubun başı biliyorsun. O Alfa. Bize bir şey yapmamızı söylediğinde, ya da yapmamamızı. Eğer gerçekten söylüyorsa, onu duymazdan gelemeyiz."

"Garip," diye mırıldandım.

"Oldukça," beni onayladı. "Bu biraz kurtsal bir şey."

"Hah," Daha başka ne tepki verebileceğimi bilememiştim.

"Evet, kurtsal şeyler oldukça değişik. Hâlâ öğreniyorum. Sam için nasıl olduğunu hayal bile edemiyorum, hepsini kendi başına becermiş."

"Sam, yalnız mıymış?"

"Evet." Jacob'ın sesi yavaşladı. "Ben... değiştiğimde, daha çok... korkunçtu. Hayatımda yaşadığım en korkunç şeydi, hayal edebileceğim en kötü şeyden daha da kötüydü. Ama yalnız değildim. Sesler vardı, kafamda, bana neler olduğunu ve neler yapmam gerektiğini anlatan sesler. Bu benim aklımı yitirmemi engelledi sanırım. Ama Sam..." Kafasını salladı. "Sam hiç yardım almadı."

Buna biraz alışmam gerekiyordu. Jacob bu şekilde açıkladığında, Sam için merhamet göstermemek zordu. Kendi kendime, artık ondan nefret etmem gereken bir şey olmadığını hatırlatmam gerekiyordu.

"Seninle olduğum için sana kızarlar mı?" diye sordum.

Yüzünü ekşitti. "Muhtemelen."

"Belki de ben – "

"Hayır, sorun değil," dedi. "Bize yardımı olacak tonlarca şeyler biliyorsun. Sen cahil bir insan değilsin. Sen... bilmiyorum, bir casus gibi bir şeysin. Düşman sınırının arkasındasın."

Şaşırmıştım. Jacob'ın benden istediği bu muydu? Düşmanlarını yok edecek bir casus mu? Ben casus değildim. Bilgi toplamıyordum. Söylediği sözler, kendimi bir hain gibi hissetmeme sebep olmuştu.

Ama onun Victoria'yı durdurmasını istiyordum, değil mi?

Hayır.

Ben Victoria'nın *durdurulmasını* istiyordum, bana ölene kadar işkence yapıp Charlie'yi öldürmesini ya da başka bir yabancıyı öldürmesini istemiyordum. Sadece onu durduranın Jacob olmasını istemiyordum, ya da denemesini. Jacob'ın onun on metre yakınına yaklaşmasını istemiyordum.

"Kan emicilerin birbirlerinin düşüncelerini okuyabilmeleri gibi şeyler," diye devam etti, benim hayale daldığımı fark etmişti. "Bilmemiz gerekenler bu gibi şeyler. Bu gibi hikâyelerin doğru olması çok kötü. Bu her şeyi daha karmaşık hale getirebiliyor. Hey, sence bu Victoria böyle değişik bir şeyler yapabiliyor mudur?"

"Sanmıyorum." Emin değildim ve derin bir nefes aldım. "Bana söylerdi."

"O mu? Ha, Edward demek istiyorsun. Üzgünüm, unuttum. Onun adını söylemeyi sevmiyorsun. Ya da duymayı."

Göğsümün kenarlarından gelen ağrıyı hissetmemeye çalıştım. "Aslında sevmiyorum."

"Pardon."

"Beni nasıl bu kadar iyi tanıyorsun Jacob? Bazen sanki aklımı okuyabiliyormuşsun gibi geliyor."

"Hayır. Sadece biraz dikkat kesiliyorum."

Jacob'ın bana motosiklete binmeyi öğrettiği toprak yola gelmiştik.

"Burası iyi mi?" diye sordum.

"Evet."

Kenara çektim ve motoru durdurdum.

"Hâlâ çok mutlu değilsin, değil mi?" diye mırıldandı.

Kafamı salladım, kasvetli ormana bakıyordum.

" Hiç düşündün mü... belki... daha iyi durumdasındır?"

Yavaşça nefes aldım ve sonra nefesimi dışarıya verdim. "Hayır."

"O en iyisi değildi – "

"Lütfen Jacob," diye sözünü kestim, fısıltıyla yalvarıyordum. "Bunun hakkında konuşmasak olur mu? Dayanamıyorum."

"Tamam." Derin bir nefes aldı. "Söylediklerim için çok üzgünüm."

"Kendini kötü hissetme. Eğer bazı şeyler daha başka olsaydı, birileriyle konuşabiliyor olmak iyi olurdu."

Kafasını salladı. "Evet. Senden bir sırrı gizlemek için zor bir iki hafta geçirdim. Birileriyle konuşamıyor olmak çok kötü."

"Kötü," diye onayladım.

Jacob sert bir nefes aldı. "Geldiler. Hadi gidelim."

"Emin misin?" diye sordum o kapısını açarken. "Belki burada olmamalıyım."

"İdare ederler," dedi ve gülümsedi. "Kim koca, kötü bir kurttan korkar ki?"

"Ha ha," dedim. Ama kamyonetten indim ve hızlıca ön tarafından dolaşıp Jacob'ın yanına gittim. Çayırdaki koca canavarları hatırlıyordum. Ellerim Jacob'ın daha önceden titrediği kadar çok titriyordu, ama öfkeden değil korkudan.

Jake elimi tuttu ve sıktı. "İşte başlıyoruz."

14. AİLE

Korkuyla Jacob'ın yanında duruyordum. Gözlerim ormandaki diğer kurt adamları arıyordu. Ağaçların arkasından çıktılar, beklediğim gibi değillerdi. Kafamda kurt görüntüsü canlandırmıştım. Bunlar sadece dört tane, kocaman, yarı çıplak erkekti.

Bana erkek kardeşleri anımsattılar, dördüz. Hareketleri aynıydı, hepsinde, aynı kahverengimsi tondaki tenlerinin altında, aynı uzun, yuvarlak kaslar vardı. Aynı siyah kırpık saçlar. İfadeleri bile aynı anda değişiyordu.

Meraklı ve dikkatli bakıyorlardı. Beni orada gördüklerinde, ki ben Jacob'ın arkasına saklanıyordum, birden sinirlendiler.

Sam hâlâ en büyükleriydi, aslında Jacob onun büyüklüğüne gitgide yaklaşıyordu. Sam bir çocuk sayılmazdı. Yüzü daha yaşlı duruyordu. Bunun sebebi çizgiler veya yaşlanmaya ait kırışıklıklar değil, yüzündeki olgunluk ve ifadesindeki sabırdı.

"Ne yaptın Jacob?" dedi.

Diğerlerinden biri, tanıyamadığım, Jared ya da Paul'du, Sam'i geçti ve Jacob kendisini savunmadan önce konuştu.

"Jacob, neden kurallara uymuyorsun?" diye kızdı, ellerini

havada savurarak konuşuyordu. "Ne düşündüğünü zannediyorsun? Her şeyden daha mı önemli? Bütün kabileden daha mı önemli? İnsanların ölüyor olmalarından daha mı önemli?"

"Bize yardım edebilir" dedi Jacob sessizce.

"Yardım mı?" diye bağırdı kızgın çocuk. Kolları titremeye başladı. "Ah bu harika! Eminim asalak sevici bize yardım etmek için oluyordur!"

"Onunla bu şekilde konuşamazsın!" diye bağırdı Jacob.

Öteki çocuğun omuzlarından omuriliğine doğru bir titreme başladı.

"Paul! Sakin ol!" dedi Sam.

Paul kafasını ileri geri salladı, karşı koymak için değil de, sanki konsantre oluyormuşçasına.

"Tanrım, Paul," dedi diğer çocuklardan bir tanesi. "Kendine hakim ol."

Paul kafasını Jared'in tarafina çevirdi, dudakları hâlâ sinirden titriyordu. Sonra bakışlarını bana çevirdi. Jacob, ileri doğru bir adım atarak önüme geçti.

Bu işe yaradı.

"Tamam, onu koru!" diye haykırdı Paul ve vücudunu başka bir titreme dalgası sardı. Kafasını geriye attı, dişlerinin arasından gerçek bir hırlama geldi.

"Paul!" Sam ve Jacob aynı anda bağırmışlardı.

Paul şiddetle sarsılıyordu. Yere yaklaşırken, korkunç bir parçalanma sesi geldi ve çocuk patladı.

Çocuğun vücudunu koyu, gümüşümsü bir kürk kapladı. Yere çömeldi ve firlamaya hazır bir şekilde beklemeye başladı.

Kurdun ağzı çıktı ve dişleri çıkmıştı, kocaman göğsünden bir başka homurtu geldi. Karanlık, kızgın gözleri bana bakıyordu.

Aynı anda, Jacob yolun karşısına geçmiş, canavara doğru koşuyordu.

"Jacob!" diye çığlık attım.

Uzun adımının ortasında, Jacob'ın omuriliğinden bir titreme geçti.

Başka bir yırtılma sesiyle, Jacob da patladı. Derisi yırtıldı. Parça parça siyah ve beyaz giysiler havaya saçıldı. Her şey o kadar ani oldu ki, gözlerimi kırpıştırsam her şeyi kaçırabilirdim.

Jacob, diğer kurt adamı yakaladı. Kızgın hırıltıları, ağaçların arasında gök gürültüsü gibi çıkıyordu.

Siyah ve beyaz parçalar, Jacob'ın parçalanan kıyafetlerinden kalıntılar, etrafa saçılmıştı.

"Jacob!" Tekrar çığlık attım ve tereddütle ileriye doğru hareket ettim.

"Olduğun yerde kal, Bella," diye emretti Sam. Kavga eden kurtların hırıltılarının arasından onları duymak çok zordu. Jacob daha avantajlı gözüküyordu çünkü diğer kurttan daha büyük ve daha güçlü duruyordu. Gri kurda hızla vurdu ve onu ağaçların arkasına iteledi.

"Onu Emily'nin oraya götürün," dedi Sam olanları hayretle seyreden diğer çocuklara. Jacob başarıyla diğer kurdu yolun dışına çıkartmıştı. Ormanın içinde kaybolmuşlardı ama hırıltıları hâlâ geliyordu. Sam onların peşinden koştu.

Hırıltı ve pençe sesleri uzaklaştıkça azalıyordu. Birden ses kesildi ve yolu bir sessizlik kapladı.

Çocuklardan biri kahkahalarla gülmeye başladı.

Ona bakmak için döndüm.

Çocuk, sanırım benim bakışlarıma gülüyordu. "İşte her gün karşılaşmadığın bir şey gördün," dedi. Yüzü oldukça tanıdıktı, diğerlerinden daha zayıftı... Embry Call.

"Ben görüyorum," dedi diğer çocuk, Jared, homurdanarak. "Her gün."

"Paul her gün bu halde olmuyor ki," diye aksini iddia etti Embry, hâlâ gülüyordu. "Belki üçte ikisinde."

Jared durdu ve yerdeki beyaz parçalardan birini aldı ve Embry'ye uzattı.

"Tamamen parçalanmış," dedi Jared. "Billy'nin alabileceği son çift, artık Jacob çıplak ayak dolaşacak."

"Buna bir şey olmamış," dedi Embry, bir beyaz ayakkabıyı tutarak. "Jake tek ayak üstünde sıçrayabilir."

Jared, toprağın üzerinden değişik parça kumaşları toplamaya başladı. "Sam'in ayakkabılarını al, tamam mı? Diğerleri çöpe gidecek."

Embry ayakkabıları aldı ve Sam'in kaybolduğu ağaçların arasına koştu. Birkaç saniye sonra elinde yırtılmış kotla geri geldi. Jared, Jacob ve Paul'ün yırtılmış kıyafetlerini bir top haline getirdi. Sonra bir an benim orda olduğumu hatırladı.

Bana dikkatlice baktı.

"Hey, kusup bayılmayacaksın, değil mi?" dedi.

"Sanmıyorum," diye yutkundum.

"Çok iyi görünmüyorsun. Belki de oturmalısın."

"Tamam," diye mırıldandım.

"Jake bizi uyarmalıydı," dedi Embry.

"Kız arkadaşını bu işin içine sokmamalıydı. Ne umuyordu ki?"

Kafamı kaldırdım ve bu durumu hafife alan iki çocuğa baktım. "Onları merak bile etmiyor musunuz?" dedim.

Embry şaşırmıştı. "Merak mı? Neden?"

"Birbirlerini yaralayabilirler!"

Embry ve Jared kaba birer kahkaha attılar.

"Umarım Paul ona ağzının payını verir," dedi Jared. "Ona iyi bir ders verir."

Rengim attı.

"Evet doğru!" dedi Embry. "Jake'i gördün mü? Sam bile o şekilde uçamazdı. Paul'ün kendini kaybettiğini gördü ve atladı. Nasıl bir ataktı o öyle? Bu çocuk çok iyi."

"Paul uzun zamandan beri kavga ediyor. On dolarına iddiasına girerim ki bir iz bırakacak."

"Tamam. Jake'in doğal bir yeteneği var. Paul'ün hiç şansı yok."

Sırıtarak el sıkıştılar.

Onların bu rahatlığından dolayı kendimi rahatlatmaya çalıştım ama savaşan iki kurt adamı düşünürken bu imkânsızdı. Midem bulandı, başım meraktan çatlıyordu.

"Haydi, gidip Emily'yi görelim. Yemek hazır bizi bekliyordun" Embry bana baktı. "Bizi bırakabilir misin?"

"Sorun değil," dedim.

Jared tek kaşını kaldırdı. "Embry, belki de sen kullansan daha iyi olur. Hâlâ kusabilecekmiş gibi duruyor."

"İyi fikir. Anahtarlar nerde?" dedi Embry.

"Üzerinde."

Embry yolcu kapısını açtı. "Binsene," dedi neşeyle ve tek eliyle binmeme yardım etti. Sonra arkaya baktı ve "Sen arkaya oturabilirsin, Jared," dedi.

"Mühim değil. Midem çok hassas. Kustuğunda orda olmak istemiyorum."

"Bence göründüğünden güçlüdür. Ne de olsa vampirlerle takılıyordu."

"Beş dolarına iddiasına girerim," dedi Jared.

"Tamam. Senin paranı bu şekilde aldığım için üzülüyorum."

Embry bindi ve motoru çalıştırdı, Jared arkaya atladı. Kapısı kapanır kapanmaz Embry bana fısıldadı, "Sakın kusma, tamam mı? Sadece on dolarım var ve eğer Paul dişlerini Jacob'a geçirirse..."

"Tamam," dedim.

Embry bizi kasabaya götürdü.

"Hey, Jake uyarıyı nasıl boşladı ki?"

"Neyi?"

"Şey, emri. Biliyorsun, baklayı nasıl dilinin altından çıkarttı? Sana nasıl anlattı?"

"Ha, onu diyorsun," dedim ve dün gece Jacob'ın bana

gerçeği anlatırken nasıl boğulur gibi olduğunu hatırladım. "Söylemedi. Doğru tahminde bulundum."

Embry dudaklarını büktü, şaşırmış gibi bakıyordu. "Hımm. Olabilir tabii."

"Nereye gidiyoruz?" dedim.

"Emily'nin evine. O Sam'in kız arkadaşı... hayır aslında nişanlısı sanırım. İşleri bittikten sonra Sam onları yanımıza getirecek. Ve Paul ile Jake de yeni kıyafetler giyecekler, tabii eğer Paul'un kıyafeti yoksa."

"Emily'nin bundan haberi var mı...?"

"Evet. Ve sakın ona dik dik bakayım deme. Bu Sam'in hiç hoşuna gitmez."

Ona baktım. "Neden dik dik bakayım ki?"

Embry biraz rahatsız göründü. "Az önce gördüğün gibi, kurt adamlarla takılmanın bazı riskleri vardır." Hemen konuyu değiştirdi. "Hey, çayırdaki siyah saçlı kan emici konusunda iyi misin? Senin arkadaşın gibi gözükmüyordu ama..." Embry omuzlarını silkti.

"Hayır, benim arkadaşım falan değildi."

"Bu iyi. Biz bir şey başlatmak istemedik, biliyorsun, anlaşmayı falan bozmak gibi."

"Tabii, Jake bana uzun zaman önce anlaşmadan bahsetmişti. Neden Laurent'i öldürmek anlaşmayı bozsun ki?"

"Laurent," dedi homurdanarak, sanki vampirin bir isminin olmasından memnundu. "Evet, biz teknik olarak Cullenlar'ın tarafindayız. Onlardan birine saldıramayız, en azından ilk onlar anlaşmayı bozmadan. Ama o siyah saçlının bir akrabaları olup olmadıklarını bilmiyorduk. Sanki onu tanıyor gibiydin."

"Anlaşmayı nasıl bozabilirler?"

"Eğer bir insanı ısırırlarsa. Jake, bunun bu kadar ileri gitmesini istemiyordu."

"Hımm. Teşekkürler."

"Bizim için bir zevkti." Bunu gerçekten de hissederek söylemişti.

Embry, dar toprak yola girdi. "Kamyonetin çok yavaş," dedi.

"Üzgünüm."

Yolun en sonunda bir zamanlar gri olan minik bir ev vardı. Havadan yıpranmış mavi kapının arkasında dar bir pencere vardı ama camın önündeki saksıda parlak turuncu ve sarı renkteki kadife çiçekler, eve neşeli bir görüntü vermişti.

Embry kapıyı açtı ve derin bir nefes aldı. "Mmm. Emily yemek pişiriyor."

Jared kamyonetin arkasından atladı ve kapıya yöneldi ama Embry onu durdurdu. Bana anlamlı anlamlı baktı ve boğazını temizledi.

"Cüzdanım yanımda değil," dedi Jared.

"Sorun değil. Ben nasılsa unutmam."

Bir basamak tırmandılar ve kapının zilini çalmadan içeriye daldılar. Utangaçça onları takip ettim.

Ön oda, Billy'nin evindeki gibi, mutfaktı. Lavabonun yanındaki tezgâhın önünde bakır tenli, uzun ve düz, simsiyah saçlı genç bir kadın duruyordu. Minik kekleri pişirme kabından çıkartmış, kâğıt tabağa diziyordu. İlk önce, Embry'nin bana kıza dik dik bakmamasını söylemesinin sebebinin, kızın çok güzel olduğundan dolayı olduğunu zannetmiştim.

Ve sonra melodik bir sesle, "Acıktınız mı?" diye sordu ve yüzünde bir gülümsemeyle bize döndü.

Yüzünün sağ tarafında saçından yanağına kadar üç kalın, kırmızı iz vardı. Renkleri soluktu, uzun zaman önce olmuş gibiydi. Çizginin biri siyah badem şeklindeydi ve sağ gözünün kenarına uzanıyordu, öteki çizgi ise dudağının sağ kısmına doğru uzamış, ona kalıcı bir gülümseme ifadesi vermişti.

Embry'nin uyarısına müteşekkirdim, gözlerimi hemen elinde tuttuğu keklere çevirdim. Harika kokuyorlardı, aynı taze yaban mersinleri gibi.

"Ah," dedi Emily şaşırmıştı. "Bu kim?"

Ona baktım, yüzünün sol tarafına odaklanmaya çalışıyordum.

"Bella Swan," dedi Jared, omuzlarını silkerek. Daha önce adım bir konuşmada geçmiş gibiydi. "Kim olabilir?"

Bana baktı, yüzünün hiç bir kısmı arkadaşça değildi. "Demek sen vampir kızsın."

Gerildim. "Evet. Sen de kurt kız olmalısın?"

Bir kahkaha attılar. Yüzünün sol tarafı sıcakça gülümsedi. "Sanırım öyleyim." Jared'e döndü. "Sam nerede?"

"Bella, bu sabah Paul'u biraz şaşırttı."

Emily sağlam gözünü devirdi. "Ah Paul," dedi. "Sence işleri uzun sürer mi? Tam yumurtaları koymak üzereydim."

"Merak etme," dedi Embry. "Eğer geç kalırlarsa, hiçbir şeyi ziyan etmene izin vermeyiz."

Emily kıkırdadı ve dolabı açtı. "Hiç şüphem yok," dedi. "Bella, aç mısın? Lütfen çekinme ve bir kek al."

"Teşekkürler." Tabaktan bir tane kek aldım ve kenarlarından yemeye başladım. Çok lezzetliydi ve boş mideme çok iyi gelmişti. Embry üçüncüsünü aldı ve hepsini ağzına tıktı.

"Kardeşlerine de bırak," diye kızdı Emily. Tahta bir yemek kaşığıyla kafasına vurdu. Kelime beni şaşırtmıştı ama diğerleri gayet normal karşılamıştı.

Tezgâha dayandım ve üçünün bir aile gibi şakalaşmalarını seyrettim. Emily'nin mutfağında çok sıcak bir ortam vardı, beyaz dolaplar ve soluk tahta parkelerle oldukça canlı bir yerdi. Minik yuvarlak masanın üzerinde, çin porseleni bir sürahi duruyordu, üzerinde kır çiçekleri deseni vardı. Embry ve Jared burada tamamen kendilerini rahat hissediyorlarmış gibi görünüyorlardı.

Emily oldukça fazla sayıda yumurtayı bir kapta karıştırıyordu. Lavanta renkli gömleğinin kollarını yukarıya katlamıştı, yara izinin sağ eline kadar indiğini görebiliyordum.

Gerçekten de kurt adamlarla takılmanın bazı riskleri vardı, aynı Embry'nin dediği gibi.

Ön kapı açıldı ve Sam girdi.

"Emily," dedi ve sesindeki tondan ne kadar âşık olduğu fark ediliyordu. Odayı bir adımda geçti ve koca elleriyle Emily'nin yüzünü avuçlarının içine aldı. Dudaklarını öpmeden önce eğildi ve sağ yanağındaki izleri öptü.

"Hey, kesin şunu," dedi Jared. "Yemek yiyorum."

"O zaman kes sesini ve ye," dedi Sam, Emily'nin şekli bozulmuş dudağını öperken.

Bu herhangi bir romantik filmden daha da kötüydü, neşe ve hayat doluydu ve gerçek bir aşk olduğunu bangır bangır bağırıyordu. Kekimi tabağa koydum ve kollarımı vücuduma sardım.

Jacob ve Paul kapıdan girip dikkatleri üzerlerine çektikleri için memnundum ama onların kahkaha atıyor olmalarına şaşırmıştım. Paul, Jacob'ın omzuna hafif bir yumruk attı ve karşılık olarak Jacob onun böbreklerine doğru hafifçe vurdu. Tekrar kahkaha attılar. İkisi de tek parça halindeydiler.

Jacob odayı taradı ve benim biçimsizce mutfağın köşesindeki tezgâha yaslandığımı görünce durdu.

"Hey Bells," diye beni neşeyle karşıladı. Masanın yanından geçerken iki kek aldı ve yanımda durdu. "Olanlar için üzgünüm," diye mırıldandı. "Nasılsın?"

"Merak etme, iyiyim. Kekler harika." Kekimi tabaktan aldım ve yemeye devam ettim. Jacob yanıma gelir gelmez, kendimi daha iyi hissetmeye başlamıştım.

"Oo, şuna bak!" diye Jared lafımızı kesti.

Ona baktım ve onunla Embry'nin Paul'un alnındaki pembe çizgiyi incelediklerini gördüm. Embry haince gülümsüyordu.

"On beş dolar," diye böbürlendi.

"Sen mi yaptın?" diye fısıldadım Jacob'ın kulağına, iddiayı hatırlayarak.

"Ona hafifçe dokundum. Günbatımına kadar iyileşir."

"Günbatımına kadar mı?" Paul'un kolundaki çizgiye baktım. Garipti ama haftalar önce olmuş gibiydi.

"Kurt olayı," diye fısıldadı.

"Sen iyi misin?" diye sordum.

Kendini beğenmiş bir halde konuştu. "Üzerimde hiç çizik yok."

"Hey arkadaşlar," dedi Sam yüksek sesle, küçük odadaki bütün konuşmaları bölerek. "Jacob'ın bize söyleyecekleri var."

Paul hiç şaşırmış gözükmedi. Jacob bunu hem ona, hem de Sam'e açıklamış olmalıydı. Ya da ... düşüncelerini duymuşlardı.

"Kızıl saçlının ne istediğini biliyorum. Size daha önce bunu anlatmaya çalışıyordum." Paul'ün oturduğu sandalyenin ayağına vurdu.

"Ve?"dedi Jared.

Jacob'ın yüzü ciddileşti. "Eşinin intikamını almaya çalışıyor, eşi öldürdüğümüz o siyah saçlı asalak değildi. Cullenlar onun eşini öldürmüşler, bu yüzden de o şimdi Bella'nın peşinde."

Bu benim için yeni bir haber değildi, ama yine de titredim.

Jared, Embry ve Emily ağızları hayretten açılmış şekilde bana baktılar.

"O sadece bir kız," dedi Embry.

"Bunun bir önemi olduğunu sanmıyorum. İşte bu yüzden kan emiciler bizi geçmeye çalışıyor. O Forks'a doğru yol alıyor."

Bana bakmaya devam ettiler, ağızları hâlâ açıktı. Başımı eğdim.

"Harika," dedi Jared, dudaklarının kenarları gülümsemeyle kıvrılmıştı. "Bir yemimiz var."

Jacob, tezgâhın üzerindeki konserve açacağını Jared'in kafasına fırlattı. Jared'in elini beklediğimden hızlı davrandı ve alet kafasına gelmeden onu tuttu.

"Bella yem değil."

"Ne demek istediğimi biliyorsun," dedi Jared yüzsüzce.

"O zaman yolumuzu değiştiriyoruz," dedi Sam ikisinin kavgasını önemsemeden. "Yeni kuyular kazacağız. Bakalım içine düşecek mi. Bölünmemiz gerek ve bundan hoşlanmıyorum. Ama gerçekten Bella'nın peşindeyse, bizim dağılmış olmamızı umursayacağını zannetmiyorum."

"Quil yakında bize katılacak," dedi Embry. "O zaman eşit olarak bölünebiliriz."

Herkes yere baktı. Ben Jacob'ın yüzüne baktım, umutsuz görünüyordu, aynı dün öğlen evinin önündeki gibi. Kaderleriyle ne kadar rahat oldukları önemli değildi, bu mutlu mutfaktaki hiçbir kurt adam arkadaşlarıyla aynı kaderi paylaşmak istemiyordu.

"Buna güvenebiliriz," dedi Sam kısık bir sesle ve devam etti. "Paul, Jared ve Embry dışarıdan, Jacob ve ben içeriden dolanırız. Onu yakaladığımızda da çökertiriz."

Emily'nin Sam'in küçük grupta olmasından hoşlanmamış olduğunu fark ettim. Onun endişesi benim de Jacob'a endişeyle bakmama neden oldu.

Sam bakışlarımı yakaladı. "Jacob, senin bütün vaktini La Push'ta geçirmenin iyi olacağını düşünüyor. Senin nerede olduğunu bilemez."

"Peki ya Charlie?" dedim.

"Mart çılgınlığı devam ediyor," dedi Jacob. "Büyük ihtimalle Billy ve Harry onun işe gitmediği günlerde onu oyalayabilirler."

"Bir saniye," dedi Sam, tek elini kaldırarak. Bakışları Emily ve benim aramda gidip geldi. "Jacob bunun iyi olduğunu düşünüyor ama kendi kendine karar vermen gerekir. İki seçeneğin de risklerini düşünmelisin. Bu sabah neler olduğunu gördün, çok tehlikeli olabilir. Eğer bizimle kalmayı düşünürsen, güvenliğin hakkında sana söz veremem."

"Onu incitmem," diye mırıldandı Jacob başını yere eğerek

Sam, sanki Jacob'ı duymamış gibi davrandı. "Eğer kendini güvende hissedebileceğin başka bir yer varsa..."

Dudaklarımı ısırdım. Başkalarını tehlikeye sokmamak için nereye gidebilirdim? Renée'yi bunun içine sokamaz, hedefin tam ortasına sürükleyemezdim... "Victoria'yı başka yerlere götürmek istemiyorum," dedim.

Sam kafasını salladı. "Haklısın. Onun burada olması daha iyi, en azından biz buna bir son verebiliriz."

Ürktüm. Ne Jacob'ın ne de diğerlerinin Victoria'yı öldürmeyi denemelerini istiyordum. Jake'in yüzüne baktım, rahatlamış gözüküyordu, vampirleri avlamayı dert ediyormuş gibi değildi.

"Dikkatli olacaksın, değil mi?" diye sordum, boğazımda bir yumru vardı.

Erkekler bir anda kahkahalarla gülmeye başladılar. Herkes bana gülüyordu, Emily hariç. Göz göze geldik. Yüzü hâlâ güzeldi ama öfke doluydu. Uzaklara bakmam gerekti, o öfkedeki aşkı görünce ağrılarımın tekrar başlamasından korkuyordum.

"Yemek hazır," diye seslendi. Erkekler hızla masanın etrafına oturdular. Masa aralarında o kadar minik gözüküyordu ki, her an kırılacakmış gibi duruyordu. Emily'nin masanın ortasına yerleştirdiği kocaman omletleri inanılmaz derecede kısa bir sürede bitirdiler. Emily de, masadaki şamatadan kaçarak, benim gibi tezgâha yaslanarak yedi ve onları sıcak gözlerle izledi. Yüzünden açıkça onları ailesi gibi gördüğü belli oluyordu.

Aslında benim bir grup kurt adamdan beklediğim bu değildi.

Bütün günü La Push'ta geçirdim, genelde Billy'nin evindeydim. Billy, Charlie'nin telefonuna ve karakola mesaj bıraktı ve Charlie yemek vakti, iki pizza kutusuyla kapıda belirdi. İki kutu getirmesi iyiydi çünkü birini Jacob tek başına yedi.

Charlie'nin gece boyunca ikimize de şüpheyle baktığını fark ettim, özellikle de çok değişmiş olan Jacob'a. Saçını sordu, Jacob omuzlarını silkti ve kısa saçın daha rahat ve kullanışlı olduğunu söyledi.

Charlie ve ben eve gittiğimizde, Jacob'ın da evden çıkıp kurt olarak etrafta dolanacağını biliyordum. O ve kardeşleri sürekli olarak Victoria'nın geri dönüp dönmediklerini araştırıyorlardı.

Vazgeçmeyeceğini biliyordum. O kadar şanslı bir insan değildim.

Jacob beni yemekten sonra kamyonetime kadar bıraktı, camın kenarında oyalandı ve Charlie'nin arabasıyla uzaklaşmasını bekledi.

"Bu gece korkma," dedi Jacob. O sırada Charlie emniyet kemeriyle ilgili bir problem yaşıyordu. "Seni izliyor olacağız.

"Korkmam, merak etme," diye söz verdim.

"Aptalsın. Vampir avlamak çok eğlenceli. Bütün bu karmaşanın en güzel bölümü."

Kafamı salladım. "Eğer ben aptalsam, sen de tehlikeli bir dengesizsin."

Kıkırdadı. "Git ve dinlen, Bella. Yorgun gözüküyorsun."

"Denerim."

Charlie sabırsızca kornaya bastı.

"Yarın görüşürüz," dedi Jacob. "İlk iş olarak buraya gel."

"Tamam."

Charlie beni eve kadar takip etti. Dikiz aynasına çok az baktım. Onun yerine Sam, Jared, Embry ve Paul'ün nerede olduklarını düşündüm ve Jacob'ın onlara katılıp katılmadığını, merak ettim.

Eve vardığımızda, yukarıya gitmek için acele ediyordum ki, Charlie beni durdurdu.

"Bella neler oluyor? Hani Jacob bir çeteye katılmıştı ve ikiniz kavga etmiştiniz?"

"Barıştık."

"Peki ya çete?"

"Bilmiyorum, erkekleri anlamak güç. Onlar gizemli yaratıklar. Ama Sam Uley ve nişanlısı Emily'yle tanıştım. Çok şeker insanlar." Omuz silktim. "Bütün her şey bir yanlış anlamadan ibaretmiş."

Yüzü değişti. "Onun ve Emily'nin nişanlandıklarını bilmiyordum. Bu harika. Zavallı kızcağız."

"Ona ne olduğunu biliyor musun?"

"Kuzeyde, somon balığı üretimi sezonu sırasında bir ayı tarafindan saldırıya uğradı. Korkunç bir kazaydı, yaklaşık olarak bir yıl kadar önce oldu. Sam'in o olaydan sonra çok üzüldüğünü duymuştum."

"Bu çok korkunç," dedim. Bir yıl önce. Eminim o zamanlar La Push'ta sadece bir tane kurt adam vardı. Sam Emily'nin suratına her baktığında kahroluyor olmalıydı.

O gece, geçirdiğim günü kafamda değerlendirmeye çalışırken uzun süre uyanık kaldım. Billy, Jacob ve Charlie'yle yediğimiz akşam yemeğinden Blackler'in evindeki uzun öğleden sonrasına, Jacob'ın gelmesini gergin gergin beklememden Emily'nin mutfağına, kurtadamların kavgasının korkunçluğundan sabahleyin Jacob'la plajdaki konuşmamıza kadar her şeyi düşündüm.

Bu sabah Jacob'ın söylediklerini düşünüyordum, ikiyüzlülük hakkındakileri. Uzun bir süre boyunca bunu düşündüm. İkiyüzlü olduğumu düşünmek istemiyordum ama kendime yalan söylememin ne anlamı vardı ki?

Bacaklarımı karnıma çektim. Hayır, Edward bir katil değil. Karanlık geçmişinde bile, hiçbir zaman masum insanları öldürmedi.

Ama ya eğer *olduysa?* Ya, benim onu tanıdığım süre boyunca, o da diğer vampirler gibi olduysa? Ya insanlar o zamanda da ormanda kaybolduysa? Bunlar beni ondan uzaklaştırmaya yeter miydi?

Kafamı üzgünce salladım. Aşkta mantık yoktur, diye hatırlattım kendime. Birini ne kadar çok severseniz, her şeyin daha az anlamı olur.

Yan tarafa döndüm ve başka bir şeyler düşünmeye çalıştım. Jacob'ı ve kardeşlerini düşündüm. Karanlıkta koşuyor olmalıydılar. Kurtları kafamda canlandırırken uyuyakaldım, gece içinde görünmezlerdi ve beni tehlikeden koruyorlardı. Rüya gördüğümde, tekrar ormandaydım ama etrafa bakınmıyordum. Emily'nin yara izi olan elini tutmuş, gölgelerin arasına doğru yürüyor ve kurt adamlarımızın eve dönmelerini bekliyorduk.

15. BASINÇ

Forks'ta tekrar bahar tatili zamanıydı. Pazartesi sabahı kalktığımda bunu içime sindirmek için birkaç dakika daha yattım. Son bahar tatilimdi ve ben bir vampir tarafından takip ediliyordum. Bunun geleneksel bir hale gelmemesini diledim.

La Push'taki hayat tarzına alışmaya başlamıştım. Pazar gününü çoğunlukla sahilde geçirdim, Charlie, Blackler'in evinde Billy'yle birlikteydi. Jacob'la olmam gerekiyordu ama onun yapacak başka işleri vardı, o yüzden tek başıma takıldım. Charlie'den gizlediğim bir sırrım vardı.

Jacob beni kontrol etmeye geldiğinde, beni yalnız bıraktığı için özür diledi. Programının genelde bu kadar çılgınca olmadığını söyledi ama Victoria durdurulana kadar kurt adamların hepsi tetikteydiler.

Sahilde yürürken elimi hiç bırakmadı.

Jared'in söyledikleri beni kara kara düşündürüyordu. Jacob'ın kız arkadaşını işin içine sokmak, demişti. Sanırım dışardan böyle gözüküyordu. Jake ve ben gerçeği bildikten sonra, böyle varsayımların beni etkilemesine izin vermemeliydim. Eğer Jacob'ın bazı şeylerin göründüğü gibi olmasını istediğini bilmeseydim, belki de rahatsız olmazdım. Ama eli o kadar sıcaktı ki, hiç itiraz etmedim.

Salı öğleden sonra çalıştım. Jacob motoruyla beni takip etti ve güvenli bir şekilde işe varıp varmadığıma baktı.

Bunu fark eden Mike, "La Push'taki o çocukla çıkıyor musunuz? İkinci sınıftaki?" diye sordu, sesindeki içerleme tonunu zayıfça gizlemeye çalışarak.

Omuz silktim. "Hayır. Ama bütün boş vaktimi Jacob'la geçiriyorum. O benim en iyi arkadaşım."

Mike'ın gözleri kurnazca kısıldı. "Kendini kandırma, Bella. Çocuğun gözleri hep senin üzerinde."

"Biliyorum," diye iç çektim. "Hayat karışık."

"Ve kızlar da insafsız."

O gece, Sam ve Emily, Billy'nin evinde Charlie ve benimle birlikte tatlı yediler. Emily öyle bir kek getirmişti ki, Charlie yüz tane yapsa yine aynısı gibi olamazdı. Konuşmalar basit konular üzerinde gidip geldikçe, Charlie'nin artık La Push'taki çeteyi düşünmediğini fark ettim.

Jake ve ben erkenden kaçtık. Biraz özel zamana ihtiyacımız vardı. Garajına gittik ve Rabbit'in içinde oturduk. Jacob başını eğdi, yüzü yorgundu.

"Uykuya ihtiyacın var, Jake."

"Tamam uyurum."

Uzandı ve elimi tuttu. Teni adeta yanıyordu.

"Bu da kurtsal şeylerden biri mi?" dedim. "Sıcaklığın yani."

"Evet. Normal insanlardan biraz daha fazla ısınıyoruz. Artık hiç üşümüyorum." Çıplak karnını işaret etti. "Kar fırtınası çıksa, üşümem. Durduğum yerde kar taneleri yağmur damlalarına dönüşür."

"Ve çabuk iyileşirsin, bu da kurtsal bir şey mi?"

"Evet, görmek ister misin? Oldukça harika." Gözleri kocaman açıldı ve gülümsedi. Uzandı ve torpidoyu açarak bir dakika kadar içinde bir şeyler aradı. Bir çakı çıkarttı.

"Hayır, görmek istemiyorum!" Ne yapacağını anlayınca haykırdım. "Koy onu yerine!"

Jacob kıkırdadı ve bıçağı yerine koydu. "Tamam. Ama iyileşebiliyor olmamız iyi bir şey. Böyle bir ateşin varsa, doktoru bile gidip göremezsin. Ölürsün."

"Evet sanırım öyle." Bir dakika kadar düşündüm. "Ve bu kadar büyük olman... Bu da bunun bir parçası mı? Bu yüzden mi Quil'i bu kadar merak ediyorsun?"

"Evet ve Quil'in büyükbabası, onun alnında yumurta pişirebileceğini söylemiş." Jacob'ın yüzü umutsuzca kırıştı. "Çok uzun sürmez. Kesin bir yaş yok... sadece oluşuyor ve oluşuyor sonra aniden – " Sesi kesildi ve tekrar konuşana kadar bir dakika kadar bekledi. "Bazen, gerçekten üzülüyorsan ya da başka bir şey, daha erken tetikliyor. Ama ben mutsuz değildim, mutluydum." Acı acı gülümsedi. "Çoğunlukla senin sayende. O yüzden benimki erken olmadı. Sadece içimde oluşmaya devam etti, sanki saatli bir bomba gibi. Beni neyin ateşlediğini biliyor musun? O filmden döndüm ve Billy bana garip gözüktüğümü söyledi. Hepsi bu kadar. Ve sonra ben... ben patladım. Neredeyse yüzünü parçalıyordum... kendi öz babamın!" Titredi ve yüzü bembeyaz oldu.

"Bu gerçekten kötü mü, Jake?" Keşke ona yardım edebilseydim. "Çok kötü durumda mısın?"

"Hayır, değilim," dedi. "Artık değil. Senin bildiğin gibi değil. İlk başta çok zordu." Eğildi ve yanağını başıma dayadı.

Bir an için sessiz kaldı, ne düşündüğünü merak ettim. Belki de bilmek istemiyordum.

"En zor kısmı ne?" diye fısıldadım, hâlâ yardım edebilmeyi umuyordum.

"Kötü kısmı kontrol dışı hissetmek," dedi yavaşça. "Kendimden emin olamadığımı hissetmek, tıpkı senin benim yakınımda olmaman gibi, tıpkı diğer hiç kimsenin olmaması gibi. Ben bir canavarım ve birilerini incitebilirim. Emily'yi gördün. Sam bir an için kendini kaybetmiş... ve o da yakınında duruyormuş. Şimdi düzeltmek için yapabileceği hiçbir şey yok. Düşüncelerini duyuyorum ve nasıl olduğunu biliyorum..."

"Kim bir kâbus olmayı ister, ya da canavar?"

"Ve bana daha kolay oluyor... Bu beni Embry ve Sam'den daha az insan mı yapıyor? Bazen kendimi bu kadar kolay kaybediyor olmaktan korkuyorum."

"Zor mu? Kendine tekrar gelmen?"

"Önce," dedi. "Gidip gelmek için biraz pratik yapman gerekiyor. Ama benim için kolay."

"Neden?" diye merak ettim.

"Çünkü, Ephraim Black benim babamın büyükbabasıydı ve Quil Ateara da annemin büyükbabası."

"Quil?" diye sordum, şaşırmıştım.

"Onun büyük büyükbabası,." diye açıkladı. "Biliyorsun, Quil benim ikinci dereceden kuzenim."

"Ama senin büyük büyükbaban neden seni ilgilendiriyor?"

"Çünkü Ephraim ve Quil son gruptandılar. Levi Uley üçüncüydü. Benim iki taraftan da kanımda var. Hiç şansım yoktu. Aynı Quil'in şansı olmadığı gibi."

Boş bakıyordu.

"Peki en iyi tarafı ne?" dedim, onu neşelendirmeye çalışarak.

"En iyi kısmı," dedi, bir anda tekrar gülmeye başlamıştı, "Hız."

"Motosikletlerden daha mı iyi?"

Hevesle kafasını salladı. "Kıyas götürmez."

"Sen ne kadar hızlı...?"

"Koşmak mı?" Sorumu tamamlamıştı. "Yeteri kadar. Nasıl ölçebilirim ki? Bir keresinde şeyi yakaladık, adı neydi? Laurent mi? Sanırım senden ve diğerlerinden oldukça hızlı birisiydi o."

Hayal bile edemiyordum; kurtlar, vampirlerden daha hızlı koşuyorlardı. Cullenlar koştuklarında hızdan görünmez olurlardı.

"O zaman bana bilmediğim bir şey söyle," dedi. "Vampirler hakkında bir şey. Onların yanında olmaya nasıl katlanabiliyordun? Seni ürkütmüyor muydu?"

"Hayır," dedim sertçe.

Ses tonum onu bir an düşündürdü.

"O zaman söyle, kan emiciler neden James'i öldürdüler?"

"James beni öldürmeye çalıştı ve kaybetti. Geçen bahar Phoenix'de, hastanede yattığım zamanı hatırlıyor musun?"

Jacob'ın nefesi kesildi. "O kadar yakınına mı geldi?"

"Çok çok yakınıma geldi." Elimdeki yara izine dokundum. Jacob fark etti,çünkü kıpırdattığım elimi tutuyordu.

"Ne bu?" Sağ elimi aldı. "Bu senin garip yara izin, soğuk olan." Yıkından baktı, ve iç çekti.

"Evet, o düşündüğün şey," dedim . "James beni ısırdı."

Gözleri dışarı firladı, yüzü garip soluk bir renk aldı. Sanki her an kusacak gibiydi.

"Ama eğer ısırıldıysa...? Sen de...?" Sustu.

"Edward beni iki kere kurtardı," diye fısıldadım. "Zehri emdi. Biliyorsun, aynı yılan sokması gibi." İçimdeki delik acıyınca titredim.

Ama tek titreyen ben değildim. Jacob'ın bütün vücudunun titrediğini hissedebiliyordum.

"Dikkatli ol, Jake. Sakin ol."

"Evet," diye soludu. Kafasını ileri geri salladı. Bir dakika kadar sonra, sadece elleri titriyordu.

"İyi misin?"

"Evet. Bana her şeyi anlat. Düşünmemem için başka şeylerden bahset."

"Neyi bilmek istiyorsun?"

"Bilmiyorum." Gözlerini kapattı, konsantre olmaya çalıştı. "Başka şeyler. Diğer Cullenlar arasında ekstra yetenekleri olan var mıydı? Düşünce okumak gibi?"

İlk önce çekindim. Bu arkadaşa sorulacak tipten bir soru değildi, daha çok bir casusa sorulacak bir soruydu. Ama bildiklerimi saklamanın anlamı neydi ki? Şu an bir önemi yoktu ve onun kendisini kontrol etmesine yardımcı olacaktı.

Hızlı hızlı konuştum, aklımda sadece Emily'nin perişan olmuş yüzü ve Jacob'ın kollarındaki tüylerin çoğalması vardı. Rabbit'in içine bir kurdun nasıl sığabileceğini düşündüm. Jacob eğer kurda dönüşürse, bütün garajı yıkabilirdi.

"Jasper... etrafındaki insanların duygularını kontrol edebilirdi. Kötü yönde değil, sadece bazılarını sakinleştirmek için. Paul'e oldukça yardımcı olabilirdi," diye dalga geçtim. "Ve Alice olacak şeyleri görebilirdi. Geleceği, ama tam olarak değil. Bazıları değişiklik yaparsa görebiliyordu..."

Aynı beni ölmek üzereyken gördüğü gibi... ve onlardan birisi olduğumu görmüştü. İkisi de olmadı. Ve hiç olmayacak. Başım dönmeye başlamıştı, yeterli oksijen alamıyor gibiydim. Sanki ciğerlerim yoktu.

Jacob tamamen kontrol altındaydı ve yanımda hiç kıpırdamadan duruyordu.

"Bunu neden yapıyorsun?" diye sordu. Kollarımdan birini hafifçe çekti, o kolumu karnımın etrafına sarmıştım ve acımı dindirmeye çalışıyordum. Kıpırdattığımı fark etmemiştim bile. "Üzüldüğün zaman yapıyorsun, değil mi? Neden?"

"Onları düşünmek canımı acıtıyor," diye fısıldadım. "Sanki nefes alamıyorum... sanki parçalara bölünüyorum..." Bütün bunları Jacob'a anlatmış olmam tuhaftı. Artık hiç sırrımız kalmamıştı.

Saçlarımı okşadı. "Sorun değil Bella. Bu konuyu bir daha açmam. Üzgünüm."

"İyiyim," dedim. "Her zaman oluyor. Senin suçun değil."

"Ne kadar dağılmış bir çiftiz, değil mi?" dedi Jacob. "İkimiz de, şekillerimizi aynı tutamıyoruz."

"Maalesef," diye onayladım, hâlâ zor nefes alıyordum.

"En azından birbirimize sahibiz," dedi. Bu düşünce onu rahatlatmıştı.

Beni de rahatlatmıştı. "En azından," diye onayladım.

Ve tekrar beraberdik, her şey yolundaydı. Ama Jacob'ın yapması gereken korkunç ve tehlikeli bir işi vardı. Ve çoğunlukla yalnızdım, güvenliğim için hep La Push'taydım. Üzüntülerimi unutmak için yapabileceğim bir şey yoktu.

Kendimi garip hissettim, sürekli Billy'nin yanındaydım. Sonraki hafta matematik sınavım vardı ve ona çalıştım ama elimde yapacak bir şeyler kalmayınca Billy'yle muhabbet etmeye karar verdim. Ama Billy uzun sessizlikleri dolduran birisi değildi, o yüzden de gariplik devam etti.

Çarşamba öğleden sonra, değişiklik olsun diye Emily'nin yanına gittim. İlk başta gayet iyiydi. Emily o kadar neşeliydi ki hiç yerinde duramıyordu. O, minik evin içinde ve bahçede uçuşurken ve lekesiz yerleri silerken, minik yabani otları çekerken, kırılmış çiti onarırken, tarihi dokuma tezgâhına ip takarken ve sürekli yemek yaparken hep peşindeydim. Çocukların sürekli koşmalarından dolayı artan iştahlarından şikâyet etti ama onlara bakmak hoşuna gidiyor gibiydi. Onunla olmak iyiydi, sonuç olarak ikimiz de kurt kızlardık artık.

Orda olduğum sırada Sam geldi. Jacob'ın iyi olduğunu ve yeni haberler olmadığını öğrenene kadar kaldım ve sonra kaçtım. Aşk onları öylesine sarmıştı ki, benim ordaki varlığım bir şey ifade etmiyordu.

Sahile indim ve yarım ay şeklindeki kayanın etrafında gidip gelmeye başladım.

Yalnızken zaman geçmiyordu. Jacob'la aramızda gelişen dürüstlüğümüz, Cullenlar'ı gerektiğinden daha fazla düşünmeme sebep olmuştu. Kendimi oyalasam bile fark etmiyordu. Düşünecek o kadar çok şey vardı ki. Jacob ve kurt kardeşlerini acayip merak ediyordum, Charlie'yi ve diğer avcıları da merak ediyordum. Jacob'la olan ilişkimiz gittikçe daha da derinleşiyordu. Bu konuda ne yapmam gerektiğini de bilemiyordum. Bunların hiçbiri gerçek değildi, gerçek düşünceler değildi, vücudumdaki ağrıyı alacak derecede bir baskı yapmıyorlardı. En sonunda artık yürüyemeyecek hale geldim, nefes alamıyordum. Kayaların üzerine oturdum ve dizlerimi karnıma çektim.

Jacob beni öyle buldu. Beni anladığını biliyordum.

"Üzgünüm," dedi hemen. Beni yerden kaldırdı ve kollarını omzuma doladı. O ana dek ne kadar üşüdüğümü fark etmemiştim. Sıcaklığı titrememe neden oldu ama en azından o yanımdayken nefes alabiliyordum.

"Senin bahar tatilini berbat ediyorum," diye kendisini suçladı, plajda yürürken.

"Hayır etmiyorsun. Başka bir planım yoktu. Zaten bahar tatillerini sevmem."

"Yarın sabah izin alırım. Diğerleri bensiz koşabilir. Biz de eğlenceli bir şeyler yaparız."

Bu kelime çok alakasız gelmişti. Oldukça garipti. "Eğlence mi?"

"İhtiyacın olan şey bu, eğlence. Hımm..." Gri dalgalara baktı. Gözlerinde bir anda bir ışık çaktı.

"Buldum! Tutacak başka bir söz daha!"

"Neden bahsediyorsun?"

Elimi bıraktı ve sahilin güney kısmını gösterdi. Yarım ay şeklindeki kayanın, uçurumun kenarında durduğu yeri işaret etti. Anlayamamıştım.

"Seni yamaçtan dalmaya götürecektim ya."

Titredim.

"Evet, ama oldukça soğuk olur. Gerçi bugünkü kadar soğuk olmaz. Havanın değiştiğini fark edebiliyor musun? Basıncı? Yarın daha da sıcak olacak. Var mısın?"

Karanlık sular hiç çekici gelmiyordu ve buradan bakınca uçurum daha da yüksek görünüyordu.

Ama Edward'ın sesini duymayalı günler olmuştu. Bu da sorunun bir parçasıydı. Hayallerimdeki sese kendimi kaptırmıştım. Eğer uzun süre böyle devam ederse, her şey daha kötü olacaktı. Uçurumdan denize atlamak da bu durumun bir parçasıydı.

"Tamam. Varım. Eğleneceğiz."

"Bu bir randevu o zaman," dedi ve kollarını omzuma attı.

"Tamam, haydi şimdi gidip biraz uyuyalım." Gözlerinin altındaki morlukların yüzünde kalıcı izler bırakmasından korkuyordum.

***

Ertesi sabah erkenden kalktım ve çaktırmadan yedek kıyafetleri kamyonetin arkasına sakladım. Charlie bugünkü planımızı duysa çıldırırdı.

Bütün korkularımdan uzaklaşacak olmam beni heyecanlandırdı. Eğlenceli olabilirdi. Jacob'la çıkmak, Edward'la çıkmak... Kendime güldüm. Jake bizim ne kadar dağılmış bir çift olduğumuzu istediği kadar söyleyebilirdi ama gerçekten dağılan sadece bendim. Kurt adam yanımda normal kalıyordu.

Dışarıda Jacob'la buluşmayı bekliyordum, genelde benim gürültülü kamyonetimi duyup kapıya koşardı. Dışarı çıkmayınca uyuyor olabileceğini düşündüm. Dinlenebileceği kadar dinlenmesini istiyordum. Uykuya ihtiyacı vardı, hem de hava ısınırdı. Jake havayla ilgili söylediklerinde haklıydı, gece boyunca değişmişti. Atmosferde kalın bir bulut tabakası dolaşıyordu, hava bunaltıcıydı. Sanki gri bir battaniye gibi ısıtıyordu. Kazağımı kamyonette bıraktım.

Sessizce kapıyı tıklattım.

"İçeri gel, Bella," dedi Billy.

Mutfak masasında oturmuş, soğuk tahıl yiyordu.

"Jake uyuyor mu?"

"Hımm hayır." Kaşığını masanın üzerine bıraktı ve kaşlarını kaldırdı.

"Ne oldu?" dedim. Yüzünden bir şeyler olduğu belliydi.

"Embry, Jared ve Paul bu sabah taze bir iz görmüşler. Sam ve Jake onlara yardıma gitti. Sam umutluydu, dağların arkasında kapana kısılmış. Bu işi bitirmek için harika bir şansları olduğunu düşünüyor."

"Ah, hayır Billy," diye fısıldadım. "Hayır."

Gülümsedi. "Demek La Push'u bu kadar seviyorsun, burada kalmak istiyorsun?"

"Şakanın sırası değil, Billy."

"Haklısın," diye onayladı ama olanlara karşı hâlâ kayıtsızdı. Yaşlı gözlerinden geçenleri okumak zordu. "Bu biraz tehlikeli bir durum."

Dudağımı ısırdım.

"Onlar için zannettiğin kadar tehlikeli değil. Sam ne yaptığını biliyor. Bir tek kendin için endişelenmelisin. Vampir onlarla kavga etmek istemiyor. O sadece onlardan kaçıp seni yakalamayı istiyor."

"Sam, neler olup bittiğini nasıl biliyor?" diye ısrar ettim. "Sadece bir tek vampir öldürdüler, belki de sadece şansları yaver gitmişti."

"Yaptığımızı ciddiye alıyoruz, Bella. Hiçbir şey unutulmadı. Bilmeleri gereken her şey, babadan oğula, nesillerce aktarıldı."

Bu beni rahatlatmaya yetmedi. Victoria'yı, vahşi kedi gibi, zararlı görüntüsünü aklımdan çıkaramıyordum. Eğer kurtların etrafından geçemezse, kesinlikle içlerinden geçerdi.

Billy tekrar kahvaltısına döndü, ben de koltuğa oturdum ve televizyona bakmaya başladım. Dar odada kendimi kapana kısılmış gibi hissetmem çok uzun sürmedi, perdeleri örtülü camlardan dışarıyı göremediğim için üzgündüm.

"Sahile gidiyorum," dedim Billy'ye aniden ve kapıya yöneldim.

Dışarıda olmak bana umduğum kadar yardımcı olmadı. Bulutlar görünmez ağırlıklarıyla aşağıya doğru iniyorlar, bu da klostrofobik halimi daha da arttırıyordu. Orman, ben sahile doğru yürürken, garip bir şekilde boş gözüküyordu. Çok fazla hayvan görmedim, ne bir kuş ne de bir sincap. Hiç kuş sesi duymuyordum. Sessizlik ürkütücüydü, hatta ağaçların yapraklarını kıpırdatan rüzgâr sesi bile yoktu.

Bütün bunların hava şartları yüzünden olduğunu biliyordum ama yine de tedirgin olmuştum. Atmosferdeki ağır ve sıcak basınç, benim zayıf insani hislerimle bile algılanabilecek kadar yüksekti. Fırtına departmanında büyük bir şeyler olduğu kesindi. Bulutlar, yeryüzünde hiç esinti olmamasına rağmen gevşek gevşek sallanıyorlardı. En yakın bulutlar duman grisi olanlardı.. Gökyüzü vahşi bir şeyler planlıyormuş gibi görünüyordu. Hayvanlar muhtemelen saklanıyorlardı.

Sahile ulaştığımda, keşke gelmeseydim, dedim, buraya yeteri kadar doymuştum. Neredeyse her gün buraya gelip etrafta dolanıyordum. Gördüğüm kâbuslardan ne farkı vardı? Ama nereye gidebilirdim? Denizin önündeki ağaca doğru yürümeye başladım ve sırtımı köklerine yaslayabileyim diye arka tarafına oturdum. Kafamı kaldırıp kara kara düşünen kızgın gökyüzüne baktım, durgunluğu bitirecek ilk yağmur damlasını bekledim.

Jacob'ın ve arkadaşlarının içinde olduğu tehlikeyi düşünmemeye çalışıyordum. Jacob'a bir şey olmamalıydı. Fikrine bile tahammül edemiyordum. Zaten şimdiye kadar yeterince kaybım olmuştu. Acaba kader son kalan parçaları da benden alır mıydı? Bu bana hiç adil gelmiyordu. Ama belki de ben bilinmeyen bir kuralı yıkmış, bir sınırı aşmıştım. Belki de efsanelerin ve masalların içine bu kadar karışmam yanlıştı. İnsanların dünyasına arkamı dönmemeliydim. Belki...

Hayır. Jacob'a bir şey olmayacaktı. Buna inanmalıydım.

Yüksek sesle homurdandım ve oturduğum yerden kalktım. Böyle, hiçbir şey yapmadan oturamazdım, yürümekten daha da kötüydü.

Bu sabah, gerçekten de Edward'ı duyabilmeyi isterdim. Bugüne katlanabilmemi sağlayabilecek tek şey buydu. Delik son günlerde iltihaplanmıştı, sanki Jacob'ın olduğu zamanlarda canımı acıtamadığı için intikamını alır gibiydi. Kenarları yanıyordu.

Dalgalar gittikçe coştu, kayalara hızla çarpıyorlardı ama hâlâ rüzgâr esmiyordu. Fırtınanın basıncından dolayı kendimi yere çakılmış hissettim. Her şey etrafımda dönüyor gibiydi ama olduğum yerdeki her şey duruyordu. Hava elektrik yüklüydü, saçlarımdaki statiği hissedebiliyordum.

Daha uzaklarda, dalgalar kıyıdakilerden daha sinirliydiler. Dalgaların kıyıları harap ettiğini görebiliyordum. Havada hâlâ bir kıpırdanma yoktu ama bulutlar artık daha hızlı hareket ediyorlardı. Ürkütücü bir görüntüydü, sanki bulutlar kendi istekleri doğrultusunda hareket ediyorlardı. Titredim, gerçi bunun sadece basıncın bir etkisi olduğunu biliyordum.

Uçurumlar, morumsu gökyüzüne doğrultulmuş siyah birer bıçak gibi duruyorlardı. Bu bana Jacob'ın, Sam ve çetesiyle ilgili anlattıklarını hatırlattı. Çocukların, daha doğrusu kurt adamların, kendilerini boş havaya attıklarını zannetmiştim. Burgu halinde düşmeleri dün gibi aklımdaydı. Düşmenin getirdiği özgürlüğü hayal ettim. Edward'ın kafamdaki sesini hayal ettim; kızgın, kadifemsi, mükemmel... Göğsümdeki yanma ıstıraba dönüştü.

Bunu yatıştırmanın bir yolu olmalıydı. Acı gittikçe büyüyor ve her saniye geçtiğinde daha da dayanılmaz bir hal alıyordu. Tekrar uçuruma ve koca dalgalara baktım.

Neden olmasın? Neden şu an bu acıyı yatıştırmayayım?

Jacob, uçurumdan dalış yapmak için bana söz vermişti, değil mi? Sadece o müsait değil diye, beni oyalayacak bu şeyden vazgeçmem gerekmiyordu. Hatta Jacob kendi hayatını tehlikeye attığı için buna daha da çok ihtiyacım vardı. Kendini benim için tehlikeye atıyordu. Eğer benim için olmasaydı, Victoria burada insanları öldürüyor olmazdı... başka bir yerde olurdu, uzaklarda. Eğer Jacob'a bir şey olursa, bunun sorumlusu bendim. Bunu fark etmem beni derinden yaraladı ve Billy'nin evinin önüne park ettiğim kamyonetime koşmama sebep oldu.

Uçurumlara giden yolu biliyordum ama çıkıntıya giden yolu bulmaya çalışıyordum. Yolu takip ederken, dönüşlere ve çatallara bakıyordum, Jake'in beni alttaki çıkıntıya götüreceğini biliyordum ama yol tek çizgi halindeydi ve bana bir seçenek bırakmıyordu. Aşağıya inmek için başka bir yol arayacak vaktim yoktu. Fırtına gittikçe yaklaşıyordu. Rüzgâr sonunda esmeye başlamış, bulutlar yere daha da yakınlaşmıştı. Yolun kayalıkla birleştiği yere geldiğimde, ilk yağmur damlaları yüzüme çarpmaya başlamıştı.

Kendimi başka yol aramaktan vazgeçirecek sözleri bulmam zor değildi ama ben en tepeden atlamak istiyordum. Uzun düşüşü istiyordum, uçtuğumu hissetmek istiyordum.

Bunun, yaptığım en aptalca ve en umarsızca fikir olduğunu biliyordum. Düşüncelerim beni aptallaştırdı. Acı gittikçe azalıyordu, Edward'ın sesini az sonra duyabilecektim...

Okyanusun sesi sanki çok uzaktan geliyordu. Suyun sıcaklığını düşününce yüzümü ekşittim. Ama bunun beni durdurmasına izin vermeyecektim.

Rüzgâr artık daha da hızlı esiyor, yağmur damlaları hızla yüzüme çarpıyordu.

Kenara yaklaştım, önümdeki boşluğa bakmaya başladım. Kayanın en kenarına gelmiştim. Derin bir nefes aldım ve tuttum... bekledim.

"Bella."

Güldüm ve nefesimi verdim.

Evet? Sesli cevap vermemiştim, sesim güzel hayalimi bozsun istemiyordum. Sesi çok gerçekçiydi, çok yakındaydı. Onun sesini sadece yaptıklarımı onaylamadığı zamanlarda duyabiliyordum.

"Bunu yapma," diye yalvardı.

Benim insan olmamı sen istedin, diye hatırlattım. *Öyleyse seyret beni.*

"Lütfen. Benim için."

Ama sen benimle kalmadın.

"Lütfen." Üstümü ıslatan ve saçlarımı savuran yağmurun içinde sesi bir fısıltı gibi geliyordu. O kadar ıslaktım ki, sanki bu ikinci atlayışımdı.

"Hayır, Bella!" Şimdi sinirliydi, bu o kadar güzeldi ki.

Gülümsedim ve kollarımı ileriye uzattım, sanki dalıyormuş gibiydim, yüzümü yağmura doğru kaldırdım. Eskiden havuzda sürekli dalardım. İleriye eğildim ve daha fazla burgu yapabilmek için yere çömeldim.

Ve kendimi uçurumdan aşağıya attım.

Havadan meteor gibi düşerken bir çığlık attım ama bu korku değil, heyecan çığlığıydı. Ben dünyaya çarpmak için burgular atarak inerken, gururla yerçekimiyle savaşırken rüzgâr direniyordu.

Evet! Buz gibiydi, korktuğumdan daha soğuktu ama sadece suyun üst kısmı böyleydi.

Buz gibi siyah suyun diplerine doğru inerken kendimle gurur duyuyordum. Hiç korkmamıştım, sadece adrenalin vardı. Düşüş hiç de korkunç değildi. Zorluğu neredeydi?

Tam o sırada akım beni yakaladı.

Uçurumun yüksekliğine, yüksekliğin tehlikesine, dimdik yüzeye o kadar dalmıştım ki, beni bekleyen karanlık suyu düşünmeye hiç fırsatım olmamıştı. Beni bekleyen tehlikenin, aşağılarda pusuya yatmış olduğunu hiç hayal etmemiştim.

Sanki dalgalar benimle savaşıyor, beni top gibi, bir ileriye bir geriye atıyordu. Ne yapmam gerektiğini biliyordum, kıyıya gitmek için savaşmaktansa, paralel yüzmem gerektiğini biliyordum. Ama işin kötüsü kıyının ne tarafta olduğunu bilmiyordum.

Hatta yüzeyin ne tarafta olduğunu bile bilmiyordum.

Kızgın sular simsiyahtı, beni yukarıya çekebilecek bir parlaklık yoktu. Yerçekimi, havaya kıyasla daha güçlüydü ama dalgaların içinde bir faydası yoktu. Beni dibe çektiğini hissedemiyordum. Akım beni etrafında döndürüyordu.

Nefesimi içimde tutmak için savaşıyordum, dudaklarımı sımsıkı kapatmış, son oksijenimi depolamıştım.

Edward'ın hayalinin gelmiş olması beni şaşırtmadı. Eğer ölüyor olduğumu düşünecek olursak, bana bunu borçluydu. Ama neden bundan bu kadar emindim? Boğulacaktım. Boğuluyordum.

"Yüzmeye devam et!" Edward kafamın içinde yalvarıyordu.

Nereye? Karanlıktan başka bir şey yoktu. Yüzebileceğim hiçbir yer yoktu.

"Kes şunu!" diye emretti. "Pes etmeyi aklına bile getirme!"

Suyun soğukluğu, kollarımı ve ayaklarımı uyuşturuyordu. Artık hissizdim, çaresiz bir halde dönüp duruyordum.

Ama onu dinledim. Uzanmak için kollarımı zorladım, ayaklarımı daha hızlı hareket ettirmeye çalıştım. Çok iyi olduğumu zannetmiyordum. Mücadele etmenin bir manası kalmamıştı.

"Savaş!" diye bağırdı. "Kahretsin Bella, savaşmaya devam et."

Neden?

Artık daha fazla savaşmak istemiyordum. Bu, başımın dönmesinden, soğuktan ya da kol kaslarımın yorulmasından değildi. Artık bitiyor olmasına seviniyordum. Bu karşılaştığım en güzel ölüm şekliydi. Oldukça huzur dolu.

Aklıma klişeler geldi, hani hayatın film şeridi gibi gözlerinin önünden geçer ya. Ben oldukça şanslıydım. Kim yeniden her şeyi görmek ister ki?

Onu gördüm, ve savaşmak istemiyordum. Herhangi bir anıdan daha belirgindi. Bilinçaltını Edward'ın kusursuz detaylarını saklamıştı, final anı için saklamıştı. Onun, gerçekten karşımdaymış gibi, bütün detaylarını görüyordum, soğuk teninin dokusunu, dudaklarının şeklini, çenesinin çizgisini, kızgın gözlerindeki altın parlamaları.

"Hayır! Bella, hayır!"

Kulaklarıma buz gibi sular dolmuştu ama yine de sesini oldukça net bir şekilde duyabiliyordum. Söylediklerini duymazlıktan geldim ve sesinin güzelliğine konsantre oldum. Olduğum yerde mutluysam, neden savaşayım ki? Ciğerlerim daha fazla hava için yanarken ve buz gibi suyun içinde bacaklarıma kramplar girerken halimden memnundum. Gerçek mutluluğun ne olduğunu unutmuştum.

Mutluluk. Bütün bu ölme olayını katlanabilir yapmıştı.

Akıntı mücadeleyi kazandı ve beni sert bir şeyin üzerine attı, görünmez bir kayanın üzerine. Göğsüme, sanki bir demir gibi hızla çarptı ve ciğerlerimdeki havanın hepsi gümüş kabarcıklar halinde çıktı. Su bütün boğazıma doldu. Demir beni batırıyordu, Edward'dan uzaklaştırıyor, derin karanlıklara çekiyordu, okyanusun dibine.

Hoşça kal, Seni seviyorum.

16. PARİS

O an, başım yüzeye çıktı.

Ne kadar şaşırtıcı. Battığımdan emindim.

Akıntı yukarı çıkmamı engelliyordu. Beni sürekli kayalara vuruyordu, sırtımın ortasına sertçe çarpıp, ritmik olarak ciğerlerimdeki suyu çıkartıyor. Ağzımdan ve burnumdan sel gibi sular çıkıyordu. Tuz yakıyordu, ciğerlerimi yakıyordu ve boğazım öylesine suyla dolmuştu ki, nefes almakta zorluk çekiyordum. Kayalar sırtımı acıtıyordu. Bir şekilde tek parça kaldım. Dalgalar etrafımda deli gibi coşuyordu. Sudan başka hiçbir şey göremiyordum. Yüzüme uzandım.

"Nefes al!" diye vahşice emretti bir ses ve bu sesi duyunca içimde kaba bir bıçak acısı hissettim çünkü Edward'ın sesi değildi.

Emre uyamadım. Ağzımdan çıkan sular durmak bilmiyordu, nefes alamıyordum. Siyah, buz gibi su içimi kaplamıştı, yakıyordu.

Kaya tekrar sırtıma çarptı, tam iki kürek kemiğimin ortasına ve sular tekrar ciğerlerimden dışarıya çıktı.

"Nefes al, Bella! Haydi!" diye yalvardı Jacob.

Görüntümün önüne siyah noktalar yayıldı, gittikçe büyüyor ve büyüyordu, ışığı engelliyorlardı.

Kaya tekrar vurdu.

Kaya su kadar soğuk değildi, tenimde sıcaklığını hissedebiliyordum. Onun Jacob'ın eli olduğunu anladım, ciğerlerimdeki suyu boşaltmaya çalışıyordu. Beni sudan çekip çıkartan demir parçası da sıcaktı... Başım döndü, siyah noktalar her yeri kaplamıştı.

Tekrar mı ölüyordum? Bundan hoşlanmamıştım. Bu geçen seferki kadar iyi değildi. Şimdi sadece karanlıktı ve görmeye değer hiçbir şey yoktu. Dalgaların sesi bile karanlığın içinde yok olmuştu, hatta kulaklarımın içinden gelen *fooşş* sesleri bile gitmişti.

"Bella?" Jacob'ın sesi hâlâ gergindi ama önceki kadar vahşi değildi. "Bells, tatlım, beni duyabiliyor musun?"

Kafamın içindekiler uçup gitmiş, sanki çılgın sulara katılmışlardı...

"Ne kadar zamandan beri kendinde değil?" diye sordu bir başkası.

Hâlâ kıpırdayamadığımı fark ettim. Akıntı yoktu, dalgalar sadece zihnimdeki bir görüntüydü. Aklımdaki yüzey, dümdüz ve kıpırtısızdı.

"Bilmiyorum," dedi Jacob, çıldırmış gibiydi. Sesi çok yakından geliyordu. Elleri çok sıcaktı. Yanaklarımdaki ıslak saçları taradı. "Birkaç dakika? Onu sahile çekmem çok uzun sürmedi."

Kulaklarımda duyduğum *fooşşş* sesi dalgalardan gelmiyordu, bu ciğerlerimin içinde hareket eden havaydı. Nefes alıyordum.

Ve donuyordum. Binlerce, keskin, buz gibi boncuk, ayaklarıma, kollarıma ve yüzüme çarpıyor gibiydi.

"Nefes alıyor. Geri geliyor. Onu sıcak bir yere götürmeliyiz. Rengi iyi görünmüyor." Sam'in sesini tanımıştım.

"Sence onu kıpırdatabilir miyiz?"

"Sence düşerken sırtını ya da başka bir yerini incitmiş midir?"

"Bilmiyorum."

Gözlerimi açmaya çalıştım. Bir dakikamı aldı ama karanlık, mor bulutları gördüm. Üzerime buz gibi yağmur yağıyordu. "Jake?" sesim çatlak çıkıyordu.

Jacob'ın yüzü güneşi kapattı. "Ah!" Sesini bir rahatlık kaplamıştı. Yağmurdan gözleri ıslanmıştı. "Ah Bella! İyi misin? Beni duyabiliyor musun? Bir yerini incittin mi?"

"S-sad-ece bo-ğazımı," diye titredim. Dudaklarım soğuktan titriyordu.

"O zaman seni buradan götürelim," dedi Jacob. Kollarıyla beni hiç zorlanmadan kaldırdı, sanki boş bir kutuyu kaldırıyor gibiydi. Göğsü çıplak ve sıcaktı. Omuzlarını kamburlaştırarak üzerime yağmur gelmesini engelledi. Başımı kollarına yasladım. Karanlık ve korkunç sulara baktım.

"Her şey yolunda mı?" diye sordu Sam.

"Evet. Gerisini ben hallederim. Siz hastaneye geri dönün. Ben size daha sonra katılırım. Teşekkürler Sam."

Başım hâlâ dönüyordu. Söylediği kelimelerin hiçbiri anlam ifade etmiyordu. Sam cevap vermiyordu. Hiç ses yoktu. Gidip gitmediğini anlayamıyordum.

Su arkamızdan kumları yalıyordu, sanki ben kaçtığım için kızgın gibiydi. Gözlerime bir ışık yayıldı. Uzaktaki koyda, siyah suların arasında küçük bir ateş parçası görünüyordu. Bu görüntünün hiçbir anlamı yoktu, şuurumun yerinde olup olmadığını merak ettim. Siyah ve sarsıcı suları düşününce başım tekrar döndü. Suyun içinde kaybolmuştum, aşağıyı ve yukarıyı bulamıyordum. Kaybolmuştum... ama bir şekilde Jacob...

"Beni nasıl buldun?"

"Seni arıyordum," dedi.

"Kamyonetinin lastik izlerini takip ederken senin çığlığını duydum..." Titredi. "Neden atladın Bella? Havanın fırtınaya dönüştüğünü fark etmedin mi? Beni bekleyemez miydin?" Sesindeki rahatlamanın yerini öfke almıştı.

"Üzgünüm," diye mırıldandım. "Aptallık ettim."

"Evet gerçekten bir aptallıktı," diye onayladı. Kafasını sallarken saçlarından bir kaç damla su düştü. "Bak, aptalca işleri ben yakınındayken yapabilir misin? Ben yanında değilken uçurumlardan atlayabileceğini bilirken yaptığım işe konsantre olamam."

"Tamam," diye onayladım. "Sorun değil." Sesim sanki sigara tiryakisi gibi çıkıyordu. Boğazımı temizlemeye çalışırken bir an durdum. "Bugün neler oldu? Onu bulabildiniz mi?" Titreme sırası bendeydi, aslında üşümüyordum, vücudu beni ısıtıyordu.

Jacob kafasını salladı. "Hayır. Suya kaçtı, kan emiciler bu konuda bizden üstün. O yüzden eve koştum. Yüzerek seni bulmasından korktum. Sahilde oldukça fazla vakit geçiriyorsun..."

"Sam de seninle geldi... Herkes evinde mi?" Hâlâ onu aramadıklarını umuyordum.

"Evet, sayılır."

Çekiç gibi vuran yağmurun altında gözlerim kısılmıştı. Gözleri ya acıdan ya da meraktan üzgün bakıyordu.

Daha önceden anlam ifade etmeyen kelimeler şimdi ediyordu. "Sen... hastaneden bahsettin. Sam'e. Birilerine bir şey mi oldu? Seninle kavga mı etti?"

"Hayır, hayır. Geri döndüğümüzde, Em bize haber vermek için bekliyordu. Harry Clearwater. Harry bu sabah kalp krizi geçirmiş."

"Harry mi?" Söylediklerini idrak etmeye çalışıyordum. "Hayır, olamaz! Charlie biliyor mu?"

"Evet. O da orda, babamla beraber."

"Harry iyileşecek mi?"

Jacob'ın gözleri kısıldı. "Şu an durumu çok iyi gözükmüyor."

Aniden, kendimi suçlu hissettim. Uçurumdan atlamak çok beyinsizce bir hareketti. Şu an kimsenin beni düşünüyor olmasına gerek yoktu. Umarsız olmak için ne kadar da aptal bir zamanlamaydı.

"Ne yapabilirim?" diye sordum.

O sırada yağmur durdu. Jacob'ın evine geldiğimizi fark etmemiştim. Fırtına çatıya çarpıyordu.

"Burada kalabilirsin." Jacob beni kanepenin üzerine bıraktı. "Sakın kıpırdama. Ben sana kuru kıyafetler getireyim."

Gözlerim karanlığa alışsın diye biraz bekledim. Ön oda, Billy olmadan bomboş gözüküyordu.

Jacob birkaç saniye içinde geri geldi. Giyecek bir şeyler getirmişti. "Bunlar sana büyük gelebilir ama daha uygun bir şey bulamadım. Dışarıya çıkayım da üzerini değiştir."

"Hiçbir yere gitme. Kıpırdamak için çok yorgunum. Sadece benimle kal."

Jacob yere oturdu ve sırtını kanepeye yasladı. En son ne zaman uyuduğunu merak ettim. Benim hissettiğim kadar yorgun gözüküyordu.

Kafasını yanımdaki yastığa dayadı ve esnedi. "Sanırım bir kaç dakika dinlensem..."

Gözleri kapandı. Ben de benimkileri kapattım.

Zavallı Harry. Zavallı Sue. Charlie'nin onun yanında olacağını biliyordum. Harry onun en iyi arkadaşlarından biriydi. Jake'in bu konu hakkındaki negatif düşüncelerine rağmen, Harry'nin bu durumun üstesinden geleceğini ümit ettim. Charlie için. Sue, Leah ve Seth için...

Billy'nin kanepesi ısıtıcının tam yanındaydı ve üzerimde hâlâ ıslak giysiler olmasına rağmen artık ısınmıştım. Ciğerlerim çok acıyordu ama beni uyanık tutacağına şuursuzluğa itiyordu. Acaba uyumak bir hata mıydı? Acaba beyin sarsıntısından dolayı boğuluyor muydum? Jacob yumuşakça horlamaya başladı. Sesi bir ninni gibi gelmeye başladı. Hemen uyuyakaldım.

Uzun zamandan beri ilk defa normal bir rüya görüyordum. Bir anlamı yoktu, sadece bir sahne üzerine kurulmuş bir setti. Balkon vardı, geceydi ve boyanmış ay şeklinde bir şey yalandan bir gökyüzünden sarkıyordu. Gecelik içindeki kız, balkon demirlerine yaslanmış, kendi kendine konuşuyordu.

Anlamsız... Tekrar şuurumu kazanmaya çalıştığımda rüyamdaki kızın Juliet olduğunu fark ettim.

Jacob hâlâ uyuyordu, yere uzanmıştı, nefesleri derin ve düzenliydi. Ev, geldiğimizden daha karanlıktı, camdan dışarısı kapkaranlıktı. Hava sert ama sıcaktı ve neredeyse kupkuruydu. Boğazım her nefes alışımda acıyordu.

Kalkmam gerekiyordu, en azından bir şeyler içmek için. Ama vücudum hiç kıpırdamadan kanepenin üzerinde yatmayı istiyordu.

Kıpırdamaktansa, biraz daha Juliet'i düşündüm.

Eğer Romeo onu terk etseydi ne yapardı, diye merak ettim. Eğer Rosalind ona bir şans daha verseydi, fikrini değiştirir miydi? Juliet'le evlenmektense, sadece yok olup gider miydi?

Juliet'in nasıl düşüneceğini bildiğimi sanıyordum.

Eski hayatına asla geri dönemezdi. Hiç bir ilerleme de kaydetmezdi, bundan emindim. Hatta saçlarını grileşip, yaşlanana kadar bile yaşasa, her gözlerini kapattığında, Romeo'nun yüzünü görürdü. Ve en sonunda bunu kabullenirdi.

Acaba en sonunda Paris'le evlenir miydi? Sadece ailesini mutlu etmek ve barışı sağlamak için. Hayır, muhtemelen evlenmezdi, diye düşündüm. Aslında hikâye Paris'le ilgili fazla bir şey anlatmıyordu. Sadece bir figürdü, bir yer tutucuydu, bir tehditti.

Peki ya Paris için daha fazlası varsa?

Eğer Paris Juliet'in arkadaşıysa? Onun en yakın arkadaşı? Romeo'yla yaşadığı muhteşem hikâyeyi eğer bir tek Paris'e anlatabiliyorsa? Kendisini anlayabilecek tek insan oysa? Onun tekrar insan olarak hissedebilmesini sağlayabilecek tek arkadaşıysa? Ya hem sabırlı hem de iyi yürekliyse? Ya ona çok iyi bakabilecekse? Eğer Juliet onsuz yaşayamayacağını biliyorsa? Ya o gerçekten Juliet'i sevdiyse ve onun mutlu olmasını istediyse?

Ve... Juliet de Paris'i sevdiyse? Romeo gibi değil. Tabii ki öyle değil. Ama onun mutlu olmasını isteyecek kadar sevdiyse?

Jacob'ın yavaş ve derin nefes alış verişleri, odadaki tek sesti. Bir çocuğa ninni söyler gibiydi, sallanan sandalyenin çıkardığı ses gibi, eski bir saatin tik takları gibiydi. Rahatlığın sesiydi.

Eğer Romeo gitmişse ve bir daha geri dönmeyecekse, Paris'in teklifini kabul edip etmemek bir şey değiştirir miydi? Belki de hayatın artıklarını değerlendirmeliydi. Belki de bu, hayatta bir daha tadacağı en büyük mutluluklardan biriydi.

İç çektim ve boğazımı acıtınca inledim. Hikâyeyi çok derinden okuyordum. Romeo fikrini değiştirmeyecekti. Bu yüzden insanlar hâlâ onun ismini hatırlıyorlardı, ismi hep onunkiyle beraber söyleniyordu, Romeo ve Juliet. Bu yüzden iyi bir hikâyeydi. "Juliet terk ediliyor ve sonunda Paris'le birlikte oluyor" Böyle bir sondan asla iyi bir hikâye çıkmazdı.

Gözlerimi yumdum ve tekrar daldım aklımı başka yerlere yönlendirmeye çalıştım. Bu hikâye yerine gerçekleri düşündüm, mesela uçurumdan atlayıp, ne kadar büyük bir aptallık yaptığım gibi şeyler. Bir tek uçurum değil, motosikletler ve diğer bütün umarsızca davranışlar. Ya bana kötü bir şey olsaydı? Charlie ne yapardı? Harry'nin geçirdiği kalp krizi beni kendime getirmişti. Görmek istemediğim bir perspektif kazanmıştım. Eğer önceden doğruyu kabul etseydim, o zaman yolları değiştirmem gerekecekti. Bu şekilde yaşayabilir miydim?

Belki. Kolay olmazdı, hatta halüsinasyonlarımdan vazgeçmek beni mahvederdi ama yine de olgunlaşırdım. Belki de olgunlaşmayı denemeliydim. Belki yapabilirdim. Eğer Jacob benim olsaydı.

Bu kararı henüz veremezdim. Çok acıtıyordu. Başka bir şey düşünmeliydim.

Beni daha mutlu edecek bir şeyler düşünmeye çalışıyordum... düşerken hissettiğim hava, suyun siyahlığı, akımın beni kırbaçlaması... Edward'ın yüzü... Uzun süre oyalandım. Jacob'ın sıcak elleri, beni tekrar hayata döndürmeye çalışması... mor bulutlardan hızla yağan can acıtıcı yağmur... dalgaların arasındaki garip ateş...

Suyun üzerindeki o renklerde tanıdık bir şeyler vardı. Elbette gerçek bir yangın olamazdı -

Düşüncelerim bir arabanın sesiyle bölündü. Kalkmayı düşündüm ama sonra vazgeçtim.

Billy'nin sesini kolayca tanıdım.

Kapı ve ışık açıldı. Gözlerim ışığa alışana kadar hiçbir şey görmedim. Jake uyumaya çalıştı ve doğruldu.

"Kusura bakmayın," dedi Billy. "Sizi uyandırdık mı?"

Gözlerim yüzüne odaklanınca gözlerinin yaş dolu olduğunu gördüm.

"Oh, hayır Billy!" dedim.

Yavaşça kafasını salladı, yüzü acıyla doluydu. Jake babasına koştu ve elini tuttu. Acı, yüzüne çocuksu bir ifade vermişti.

Sam, Billy'nin arkasındaydı, sandalyesini itiyordu. Yüzünde her zamanki huzurundan eser yoktu.

"Çok üzgünüm," diye fısıldadım.

Billy kafasını salladı. "Hepimiz için zor olacak."

"Charlie nerede?"

"Baban hâlâ Sue ile birlikte hastanede. Yapılacak bir sürü işlem vardı."

Güçlükle yutkundum.

"Ben hastaneye dönsem iyi olacak," diye mırıldandı Sam ve dışarıya çıktı.

Billy elini Jacob'ınkinden çekti ve sandalyesini sürerek kendi odasına geçti.

Jake, bir müddet babasının arkasından baktı ve sonra yanıma oturdu. Yüzünü ellerinin arasına yerleştirdi. Omzunu okşadım, keşke söyleyebilecek bir şeyler olsaydı.

Bir süre sonra Jacob elimi tuttu ve yüzüne koydu.

"Kendini nasıl hissediyorsun? İyi misin? Seni doktora götürmeliydim."

"Beni merak etme," sesim yine çatlamıştı.

Kafasını eğdi ve bana baktı. Gözleri kıpkırmızıydı. "İyi görünmüyorsun."

"Kendimi iyi hissetmiyorum zaten."

"Kamyonetini alacağım ve seni eve bırakacağım. Charlie eve geldiğinde onun yanında olsan iyi olur."

"Haklısın."

Onu beklerken, kanepeye uzandım. Billy, kendi odasında sessizce oturuyordu. Kendimi onu dikizliyormuş gibi hissettim. Sanki özel bir üzüntünün ortasında rahatsızlık veriyordum.

Jake'in geri gelmesi çok uzun sürmedi. Kamyonetimin sesi sessizliği böldü. Tek kelime etmeden kanepeden kalkmama yardım etti, dışarının soğuğundan üşümeyeyim diye kollarını omuzlarımın etrafına doladı. Sürücü koltuğuna geçti ve bana sarıldı. Başımı göğsüne dayadım.

"Sen eve nasıl döneceksin?"

"Eve gitmiyorum. Hatırlarsan, hâlâ kan emiciyi yakalayamadık."

Titrememin soğukla bir ilgisi yoktu.

Sessizce yol aldık. Soğuk hava beni uyandırdı.

Artık hayatımı Jacob olmadan düşünemiyordum, bunu düşünmemeye çalıştım.

Jacob'ın kardeşim olmasını istediğimi hatırladım ve tek isteğimin ona sahip olmak olduğunu fark ettim. Bu şekilde sarılması beni rahatsız etmiyordu. Sadece hoşuma gidiyordu; sıcak, rahat ve tanıdık. Güvenli. Jacob, güvenli bir limandı benim için.

Ona sahip olabilirdim. Böyle bir gücüm vardı.

Ona her şeyi anlatmalıydım. Biliyordum. Adil olan tek yöntem buydu. Ona her şeyi açıklamalıydım. Zaten kırılmış olduğumu biliyordu, bu onu şaşırtmazdı, ama geri kalanları da bilmeliydi. Ben, kendi kendime de çılgın olduğumu itiraf etmeliydim, kafamda duyduğum sesleri açıklamalıydım. Bir karar vermeden önce her şeyi bilmeliydi.

Bunun gerekliliğini fark ettiğimde, her şeye rağmen beni kabul edeceğini biliyordum. Bir an durup düşünmezdi bile.

Kendimi buna vermeliydim, benliğimden neler kaldıysa, bütün kırılan parçalarımla birlikte kendimi vermeliydim. Ancak bu şekilde adil olabilirdim. Olabilir miydim?

Jacob'ı mutlu etmeye çalışmak yanlış mı olurdu? Hatta ona duyduğum sevgi sadece zayıflıktan duyduğum bir şeyse, hatta kalbim çok uzaklarda Romeo'sunu arıyorsa, çok mu yanlış olurdu?

Jacob kamyonetimi karanlık evin önüne park etti ve motoru durdurdu. Tıpkı diğer zamanlardaki gibi, düşüncelerimi hissedebiliyor gibiydi.

Öteki kolunu da etrafıma doladı ve göğsüne sımsıkı bastırdı. Tekrar bunun çok güzel bir his olduğunu düşündüm. Neredeyse tam bir insan oluyordum.

Harry'yi düşündüğünü biliyordum. Tekrar konuşmaya başladığında sesinde bir özür tonu vardı. "Üzgünüm. Biliyorum, benim hissettiğim gibi hissetmiyorsun, Bella. Yemin ederim bu umurumda değil."

Nefes alışım hızlandı ve boğazımı acıtmaya başladı.

Edward da, benim içinde bulunduğum şartlar içerisinde mutlu olmamı istemez miydi? Arkadaşça duyguların benim için yeterli olduğunu düşünmez miydi? Sanırım düşünürdü. Arkadaşım Jacob'a küçük bir parça aşk vermeme bir şey demezdi. En nihayetinde aynı aşk değildi.

Jake, yanağını saçlarıma yasladı.

Eğer yüzümü yana çevirseydim, eğer dudaklarımı onun

çıplak omuzlarıma dayasaydım, neler olabileceğini biliyordum. Oldukça kolay olurdu. Bir şey açıklamama gerek kalmazdı.

Ama yapabilir miydim? Acaba olmayan kalbime, değersiz hayatımı kurtarmak için, ihanet edebilir miydim?

Başımı çevirmeyi düşündüğümde midemde kelebekler uçuşuyor gibi oldu.

Ve sonra, sanki bir tehlike içerisindeymişim gibi, Edward'ın kadifemsi sesini duydum.

"Mutlu ol," dedi.

Dondum.

Jacob, gerginleştiğimi hissetti ve kollarını gevşeterek kapıya uzandı.

Bekle, demek istedim. *Bir dakika.* Ama hâlâ orada kilitliydim, Edward'ın kafamdaki yankısını dinliyordum.

Kamyonetin içine serin bir hava doldu.

"Ah!" Jacob'ın nefesi sanki birisi onu yumruklamış gibi kesildi. "Kahretsin!"

Kapıyı hızla çekti ve motoru çalıştırdı. Elleri o kadar çok titriyordu ki, bunu nasıl becerebildiğini anlayamamıştım.

"Sorun ne?"

Motora hızla gaz verdi, motor boğuldu ve kapandı.

"Vampir," diye bağırdı.

Kan beynime sıçradı ve başım döndü. "Nereden biliyorsun?"

"Çünkü koklayabiliyorum. Kahretsin!"

Jacob'ın gözleri vahşiydi, karanlık sokağa bakıyordu. Vücudunu saran ürpermenin farkında değildi. "Değişmek mi yoksa onu buradan çıkartmak mı?" diye kendi kendisine fısıldadı

Kısacık bir an için bana baktı, korku dolu gözlerime ve bembeyaz olmuş yüzüme ve sonra tekrar sokağı taradı. "Evet. Seni buradan çıkartacağım."

Motor çalıştı. Kamyoneti hızla döndürdü. Farlar kaldırımı, siyah ormanın ilk sırasını ve evimin karşısına doğru park etmiş arabayı aydınlattı.

"Dur!" dedim.

Siyah bir arabaydı, bildiğim bir araba. Otomobil bilgim hiç yoktu ama belli arabaları seçebiliyordum. Bu Mercedes S55 AMG'ydi. Beygir gücünü ve koltuklarının rengini biliyordum. Güçlü bir motorun çıkarttığı sesi tanıyabiliyordum. İçindeki pahalı deri kaplamaların kokusunu ve koyu renkli camlarından öğlenin akşam gibi göründüğünü biliyordum.

Bu Carlisle'ın arabasıydı.

"Dur!" diye haykırdım tekrar, bu sefer daha yüksek sesle haykırmıştım. Jacob sokaktan aşağıya doğru hızla gidiyordu.

"Ne?"

"Bu Victoria değil. Dur, dur! Geri dönmek istiyorum."

Frene o kadar hızla bastı ki, az kalsın camdan dışarıya uçacaktım.

"Ne?" tekrar sordu, şaşırıp kalmıştı. Korkuyla bana baktı.

"Bu Carlisle'ın arabası. Cullenlar. Biliyorum."

Yüzümden geçen ışıltıyı gördü ve kuvvetle titredi.

"Hey, sakin ol Jake. Her şey yolunda. Tehlike yok, gördün mü? Sakinleş."

"Evet, sakinim," diye soludu, başını direksiyona yasladı ve gözlerini kapattı. O, kurta dönüşmemek için konsantre olurken ben de arka camdan siyah arabaya baktım.

Sadece Carlisle, dedim kendime. Daha fazlasını bekleme. Belki Esme... *Dur orada,* dedim. Sadece Carlisle. Bu yeterliydi. Umduğumdan daha da fazlasıydı.

"Evinde bir vampir var," dedi Jacob. "Ve sen geri gitmek mi istiyorsun?"

Ona baktım ama gözlerimi Mercedes'ten ayırmak istemiyordum. Sanki başka tarafa bakarsam gidecekmiş gibi hissediyordum.

"Tabii ki," dedim, sorusuna şaşırmıştım. Tabii ki de, geri gitmek istiyordum.

Jacob'ın ifadesi sertleşti ve yüzüne acı bir maske yerleşti. Oysa ben, bunun sonsuza kadar gitmiş olduğunu düşünüyordum. Tam maske yerine gelmeden hemen önce, gözlerinde ihanetin ışıklarını sezdim. Elleri hâlâ titriyordu. Benden on yaş daha yaşlı gözüküyordu.

Derin bir nefes aldı. "Bunun bir tuzak olmadığına emin misin?" dedi yavaş bir sesle.

"Bu bir tuzak değil. Bu Carlisle. Beni geri götür!"

Geniş omuzları titredi ama gözleri düz ve duygusuzdu. "Hayır."

"Jake, her şey yolunda – "

"Hayır. Kendin git Bella." Sesi bir tokat gibiydi, beni ürkütmüştü. Çenesini sıktı ve sonra gevşetti.

"Bak Bella," dedi aynı sert sesiyle. "Geri gidemem. Sözleşme ya da değil, ama oradaki benim düşmanım."

"Bu öyle değil..."

"Sam'e hemen anlatmam gerek. Bu bazı şeyleri değiştirir. Onların topraklarında yakalanamayız."

"Jake, bu bir savaş değil."

Beni dinlemedi. Kamyoneti boşa aldı, motoru çalışır vaziyette bıraktı ve kapıdan dışarı çıktı.

"Hoşça kal Bella," dedi omzunun üzerinden. "Umarım ölmezsin." Karanlığa doğru koştu, o kadar titriyordu ki onu net olarak göremiyordum. Onu geri çağırmak için ağzımı açmadan yok oldu.

Bir anda içimi bir pişmanlık kapladı. Az önce Jacob'a ne yapmıştım öyle?

Ama bu pişmanlık beni uzun süre etkisi altında tutamadı.

Yan koltuğa geçtim ve geri vitese taktım. Benim ellerim de, en az Jake'inkiler kadar titriyordu. Kamyoneti döndürdüm ve eve doğru sürmeye başladım.

Farları söndürdüğümde oldukça karanlıktı. Charlie o kadar aceleyle çıkmıştı ki, verandanın ışıklarını açmayı unutmuştu. İçimde bir şüphe uyandı. Ev gölgeler içindeydi. Ya bu bir hileyse?

Siyah arabaya tekrar baktım, neredeyse gecenin içinde görünmezdi. Hayır. Arabayı tanıyordum.

Hâlâ ellerim titriyordu, kapının kilidine uzandım. Tam kapının koluna uzanmıştım ki, elimin altında kendi kendine döndü. Kapının açılmasını bekledim. Hol karanlıktı.

Seslenmek istedim ama boğazım oldukça kuruydu. Hızla nefes alıp veriyordum.

İçeriye bir adım attım ve ışığın düğmesini aradım. Etraf simsiyahtı, aynı siyah sular gibi...

. Aynı siyah suda olduğu gibi, imkansızdı ama üzerinde turuncu bir ateş vardı. Ateş olamayacak bir alev, ama sonra ne...? Parmaklarım duvarda geziniyordu, hâlâ ışığı arıyor, hâlâ titriyordum...

Bir anda, bu öğlen Jacob'ın bana söylediği bir şey kafamın içinde yankılanmaya başladı. *Suya girdi,* demişti. *Kan emiciler o konuda bizden üstün. Bu yüzden eve koştum, seni benden önce yakalamasından korktum.*

Elim düğmeyi ararken dondu, bütün vücudum dondu. Suyun üzerindeki turuncu rengin ne olduğunu anlamıştım.

Victoria'nın saçı, rüzgârda çılgınca esiyordu. Ateş rengindeydi...

Işık açıldı, ama donup kalmış elim düğmeyi bulamamıştı.

Işığa gözüm alışsın, diye birkaç kere göz kırptım ve birinin orada olduğunu gördüm, beni bekliyordu.

17. ZİYARETÇİ

Doğal olamayacak kadar beyazdı, kocaman simsiyah gözleriyle gözlerimin içine bakıyordu. Ziyaretçim kusursuzca, hareket etmeden duruyordu, hayal ettiğimden daha güzeldi.

Dizlerim titredi, neredeyse düşüyordum. Sonra ona doğru koştum.

"Alice, ah Alice!" dedim.

Ne kadar sert olduğunu unutmuştum, ona sarılmak sanki beton bir duvara çarpmak gibiydi.

"Bella!"

Kollarımı boynuna doladım, teninin kokusunu mümkün olduğunca içime çekmeye çalışıyordum. Değişik bir kokusu vardı, çiçek ya da baharat gibi değildi, limon ya da misk gibi de değildi. Dünyadaki hiçbir parfümle kıyaslanamazdı.

Soluklarımın başka bir şeye dönüştüğünü fark etmemiştim. Alice beni oturma odasındaki kanepeye, dizlerinin üzerine çekerken ağladığımın farkına vardım. Sanki serin bir taşın üzerine yatmak gibiydi ama taşın şekli benim vücudumun şekline göre şekil almıştı. Sırtımı yavaşça sıvazladı ve kendime gelmemi bekledi.

"Üzgünüm," dedim. "Sadece... seni gördüğüme... çok sevindim!"

"Tamam Bella. Her şey yolunda."

"Evet," diye haykırdım.

Alice iç çekti. "Ne kadar hayat dolu olduğunu unutmuşum," dedi imalı bir ses tonuyla.

Sel gibi akan gözyaşlarımın arasından ona baktım. Alice'in boynu sıkıydı, gergince beni kendinden uzakta tutuyordu, dudaklarını sertçe birbirine bastırmıştı. Gözleri zifiri karanlık gibi siyahtı.

Problemin ne olduğunu anlayınca geri çekildim. Susamıştı. Ve ben de iştah açıcı kokuyordum. Böyle bir şey düşünmeydi uzun zaman olmuştu. "Pardon."

"Bu benim hatam. Avlanmayalı uzun zaman oldu. Susamama izin vermemeliydim. Ama bugün biraz acelem vardı." Bakışları göz kamaştırıcıydı. "Konu açılmışken, bana hâlâ nasıl hayatta olduğunu anlatır mısın?"

Bu, hıçkırıklarımı durdurmama yetmişti. Neler olduğunu anlamıştım ve Alice'in neden burada olduğunu da.

Seslice yutkundum. "Beni düşerken gördün."

"Hayır," diye itiraz etti, gözleri kısılmıştı. "Seni atlarken gördüm."

Dudaklarımı büzdüm ve ona çılgınca gelmeyecek bir açıklama yapma gereği duydum.

Alice kafasını salladı. "Ona bunun olacağını söyledim ama bana inanmadı. *Bella bana söz verdi.*" Sesi onu o kadar iyi taklit etmişti ki, karnıma bir sancı girdi. *"Onun geleceğine bakma,"* diye onu taklit etmeye devam etti. *"Ona yeteri kadar zarar verdik."*

"Ama sadece bakmıyorum demek, *görmüyorum* anlamına gelmez ki," diye devam etti. "Seni atlarken gördüğümde, hiç düşünmeden direk uçağa atladım. Geç kalmış olabileceğimi biliyordum ama hiçbir şey yapmadan da duramazdım. Ve sonra buraya geldiğimde, belki bir şekilde Charlie'ye yardımcı olabileceğimi düşündüm ve belki de sana." Kafasını salladı. Sesi gergindi. "Senin suya girdiğini gördüm ve bekledim, senin dışarı çıkmanı bekledim ama sen çıkmadın. Neler oldu? Bunu Charlie'ye nasıl yaparsın? Bunun ona ne kadar zarar verebileceğini düşünemedin mi? Ve kardeşime? Hiç fikrin var mı Edward'ın ne – "

O an onu susturdum, tam onun adını söylediğinde. Onun devam etmesini isterdim ama onun yanlış anladığını fark ettim. Sesindeki muhteşem ton çok sürükleyiciydi ama lafını kesmem gerekiyordu.

"Alice, ben intihara teşebbüs etmiyordum."

Bana şüpheyle baktı. "Yani bir uçurumdan atlamadın mır

"Evet, ama..." Gülümsedim. "Eğlence amaçlıydı sadece."

Yüzü gerildi.

"Jacob'ın bazı arkadaşlarının uçurumdan daldıklarını gördüm," diye devam ettim. "Sanki... eğlenceli gibiydi ve benim canım çok sıkılıyordu..."

Bekledi.

"Fırtınanın dalgaları nasıl etkileyebileceğini düşünemedim. Aslında, suyu hiç düşünmedim bile."

Alice buna inanmadı. Hâlâ benim kendimi öldürmeye çalıştığımı düşündüğü belliydi. Konuyu başka yöne çevirmeyi düşündüm.

"Eğer benim daldığımı gördüysen, neden Jacob'ı da görmedin?"

Kafasını yana eğdi, dikkati dağılmıştı.

Devam ettim. "Eğer Jacob benden sonra atlamasaydı, boğulacaktım. Atladı ve beni dışarıya çıkarttı. Sanırım beni kıyıya kadar çekti. Ama bu kısmında pek kendimde değildim. Beni yakalamadan önce yaklaşık olarak bir dakika kadar suyun altında kaldım. Bunu nasıl göremedin?"

Şaşkınlıkla kaşlarını kaldırdı. "Seni birisi mi çekti?"

"Evet. Jacob benim hayatımı kurtardı."

Ona merakla baktım. Yüzünü esrarengiz duygular kaplamıştı. Bir şey onu rahatsız ediyordu. Sonra biraz düşündü ve eğilip omuzlarımı kokladı.

Dondum kaldım.

"Saçmalama," diye mırıldandı, biraz daha kokladı.

"Ne yapıyorsun?"

Sorumu cevaplamadı. "Az önce yanında kim vardı? Sanki birisiyle tartışıyor gibiydin."

"Jacob Black. O benim en yakın arkadaşım. Sanırım. En azından, öyleydi..." Jacob'ın sinirli olduğunu düşündüm, ihanete uğramış yüzünü hatırladım ve artık benim neyim olduğunu düşündüm.

Alice kafasını salladı, zihni meşgul gibiydi.

"Ne?"

"Bilmiyorum," dedi. "Ne anlama geldiğini bilmiyorum."

"En azından ölmedim."

Gözlerini devirdi. "Tek başına yaşayabileceğini düşünmesi tamamen sersemlik. Daha önce hiç kimseyi hayatını bu denli tehlikeye atacak kadar budalaca hareketler yaparken görmedim."

"Kurtuldum," dedim.

Başka bir şey düşünüyor gibiydi. "Peki, bu dalgalar senin için bu kadar tehlikeliyse, Jacob nasıl becerdi?"

"Jacob... çok güçlü."

Sesimdeki tereddüdü fark etti ve kaşları kalktı.

Bir an üzüntüden dudağımı ısırdım. Bu bir sır mıydı değil miydi? Eğer öyleyse benim en büyük sadakatim kimeydi? Jacob'a mı, Alice'e mi?

Sırları tutmak çok zor, diye düşündüm. Jacob her şeyi biliyordu, o halde alice de bilebilirdi.

"O aslında, bir çeşit... kurt adam," dedim hızlı hızlı. "Quileuteler çevrede vampir varsa, kurda dönüşüyorlar. Carlisle'ı çok uzun zamandan beri tanıyorlar. Sen Carlisle'la mıydın?"

Alice bir an bana alık alık baktı ve sonra kendisini toparladı, hızla gözlerini kırpıştırdı. "Evet, sanırım bu kokuyu açıklıyor," diye mırıldandı. "Ama neden onu göremediğimi de açıklıyor mu?" Kaşlarını çattı, porselen alnı kırışmıştı.

"Koku mu?" dedim.

"Korkunç kokuyorsun," dedi boş boş, kaşları hâlâ çatıktı. "Bir kurt adam mı? Bundan emin misin?"

"Oldukça eminim," dedim, aklıma Paul ve Jacob'ın yolun ortasında ettikleri kavga geldi. "Sanırım en son Carlisle burada kurt adamlarlayken, sen Forks'ta değildin."

Alice hâlâ düşünüyordu. Bir anda gözleri açıldı ve bana şok olmuş bir yüz ifadesiyle baktı. "Senin en yakın arkadaşın bir kurt adam mı?"

Koyun gibi kafamı salladım.

"Bu ne zamandan beri böyle?"

"Uzun zamandan beri değil," dedim. "Son birkaç haftadır bir kurt adam."

Bana dik dik baktı. "Genç bir kurt adam mı? Daha da kötü! Edward haklıydı. Sen tehlike çeken bir mıknatıssın. Senin beladan uzak durman gerekmiyor mu?"

"Kurt adamlarla ilgili bir kötülük yok," diyerek homurdandım, eleştirici ses tonuna karşılık.

"Kendilerini kaybedene kadar." Keskin keskin başını salladı. "Bu senin seçimin, Bella. Vampirler kasabayı terk ettikten sonra herkesle arkadaş olabilirdin. Ama sen gittin ve bulabildiğin en korkunç canavarı buldun."

Alice'le tartışmak istemiyordum. Onun gerçektende burada olmasına seviniyordum, onun mermer tenine dokunabiliyordum ve rüzgâr çanı gibi sesini duyabiliyordum ama o, her şeyi yanlış anlıyordu.

"Hayır, Alice, vampirler gerçekten gitmediler. En azından hepsi değil. Esas korkunç olan da bu. Eğer kurt adamlar olmasaydı, Victoria beni çoktan avlamıştı. Eğer Jake ve arkadaşları olmasaydı, Laurent beni ondan önce avlayacaktı."

"Victoria mı?" dedi şaşkınlıkla. "Laurent mi?"

Kafamı salladım, siyah gözlerini hayret kaplamıştı. Göğsüme parmağımı koydum ve "Tehlike mıknatısıyım, unuttun mu?" dedim.

Tekrar kafasını salladı. "Bana her şeyi anlat. En baştan başla."

En baştan başladım, motosikletleri ve kafamdaki sesleri atladım ama diğer her şeyi, bugünkü kaza dahil, anlattım. Alice, sıkılıp uçurumdan atlamamdan hoşlanmamıştı, bu yüzden bu bölümü hızlıca geçtim ve suyun üzerinde gördüğüm o garip ateşi ve ne anlama geldiğini düşündüğümü anlattım. Gözleri iyice kısıldı. Onun bakışlarının bu kadar garip olduğunu görmek garipti... çok tehlikeli görünüyordu; bir vampir gibi. Güçlükle yutkundum ve Harry'nin ölümüyle devam ettim.

Hikâyemi sözümü kesmeden dinledi. Ara sıra kafasını salladı. Alnındaki kırışıklıklar derinleşti, sanki mermer alnında kalıcı izler oluşmuştu. Hiç konuşmadı. İçimi tekrar Harry'nin üzüntüsü kaplamıştı. Charlie'yi düşündüm, biraz sonra eve gelirdi. Acaba ne haldeydi?

"Gitmemizin sana hiç faydası olmadı, değil mi?" diye mırıldandı.

Histerik bir kahkaha attım. "Gitmenizin sebebi bu değildi, değil mi? Yani benim iyiliğim için gitmediniz, değil mi?"

Alice yere bakarak suratını astı. "Aslında... sanırım ben bugün biraz ani hareket ettim. Sanırım izin almadan gelmemeliydim."

Yüzüme kan sıçradığını hissettim. Midem acıyordu. "Gitme Alice," diye fısıldadım. Parmaklarım beyaz gömleğinin yakasına yapışmıştı ve hızlı hızlı soluk alıp vermeye başlamıştım. "Lütfen beni bırakma."

Gözleri kocaman açıldı. "Tamam," dedi. "Bu gece hiçbir yere gitmiyorum. Derin bir nefes al."

Uymaya çalıştım ama ciğerlerimi hissedemiyordum.

Ben konuşabilecek duruma gelene kadar bekledi.

"Çok kötü görünüyorsun, Bella."

"Bugün neredeyse boğuldum," diye hatırlattım.

"Daha da derin bir şey bu. Tam bir harabe gibisin."

Ürktüm. "Bak, yapabildiğimin en iyisini yapıyorum."

"Ne demek istiyorsun?"

"Çok kolay olmadı. Ama çalışıyorum."

Kaşlarını çattı. "Ben ona söyledim," dedi kendi kendine.

"Alice." Derin bir iç çektim. "Ne bulacağını düşünüyordun? Yani, ölmüş olmam haricinde? Etrafta ıslıklar çalarak dolaştığımı mı? Beni benden iyi tanıyorsun."

"Tanıyorum. Ama iyi olacağını umuyordum."

"Budalalık konusunda beni aratmıyorsun."

Telefon çaldı.

"Bu Charlie olmalı," dedim ve ayağa kalktım. Alice'in taştan elini tuttum ve onu da benimle beraber mutfağa sürükledim. Onu gözümün önünden ayırmaya niyetim yoktu.

"Charlie?" diye açtım telefonu.

"Hayır, benim," dedi Jacob.

"Jake!"

Alice yüzüme dikkatlice bakıyordu.

"Sadece hâlâ hayatta olup olmadığına bakıyorum," dedi Jacob buruk bir sesle.

"Ben iyiyim. Sana söyledim o – "

"Tamam, anladım. Hoşça kal."

Jacob telefonu yüzüme kapattı.

Derin bir iç çektim ve kafamı tavana kaldırdım. "İşte bu sorun olacak."

Alice elimi sıktı. "Benim burada olmamdan pek memnun değiller."

"Pek değil. Ama bu onları ilgilendirmez."

Alice kollarını bana doladı. "Ee, ne yapıyoruz şimdi?" Sanki kendi kendine konuşuyor gibiydi. 'Yapılacak işler var."

"Ne işleri?"

Yüzü birden ciddileşti. "Tam emin değilim... Carlisle'ı görmem gerek."

Bu kadar erken mi ayrılıyordu? Mideme bir kramp daha girdi.

"Kalamaz mısın?" diye yalvardım. "Lütfen. Sadece birazcık daha. Seni çok özledim." Sesim çatallaştı.

"Eğer bunun iyi bir fikir olduğunu düşünüyorsan." Gözleri mutsuzdu.

"Aynen öyle düşünüyorum. Burada kalabilirsin, Charlie çok sevinir."

"Bella, benim bir evim var."

Kafamı salladım, canım sıkılmıştı ama teslim oldum.

"En azından kıyafetlerimin olduğu çantamı almalıyım."

Kollarımı ona doladım. "Alice, sen mükemmelsin."

"Ve sanırım biraz avlanmam gerek. Hemen," diye ekledi.

"Pardon." Geriye bir adım attım.

"Bir saatliğine beladan uzak durabilir misin?" diye sordu şüpheyle. Sonra, ben cevap veremeden, parmağını kaldırdı ve gözlerini kapattı. Yüzü pürüzsüz ve boştu.

Sonra gözlerini açtı ve soruma cevap verdi. "Evet, iyi olacaksın. En azından bu gece." Gülümsedi.

"Tekrar gelecek misin?" diye sordum kısık bir sesle.

"Söz veriyorum, bir saat içinde."

Mutfak masasındaki saate baktım. Bir kahkaha attı ve yanağıma bir öpücük kondurdu. Sonra gitti.

Derin bir nefes aldım. Alice geri gelecekti. Bir an kendimi harika hissettim.

Beni meşgul tutacak bir sürü iş vardı önümde. Duş birinci gerekli olan ihtiyacımdı. Kıyafetlerimi çıkartırken omuzlarımı kokladım ama burnuma, okyanus ve yosun kokusundan başka bir koku gelmiyordu. Acaba Alice kötü kokuyorsun derken bahsettiği neydi?

Yıkandıktan sonra tekrar mutfağa indim. Mutfakta, Charlie'nin bugün yemek yediğine dair bir iz yoktu, demek ki geldiğinde aç olacaktı. Kendi kendime bir şarkı mırıldandım ve mutfakta iş yapmaya başladım.

Perşembe günü yaptığım güveç fırında ısınırken, kanepeye çarşaf serdim ve eski bir yastık koydum. Alice'in bunlara ihtiyacı olmayacaktı ama Charlie görmek isteyecekti. Saate bakmamaya dikkat ediyordum. Paniklememe gerek yoktu çünkü Alice söz vermişti.

Aceleyle yemeği fırından aldım. Tadına bakmadım, yutkunurken boğazım acıyordu. Susamıştım, neredeyse iki litre su içtim. Bugün yuttuğum tuz, beni susatmıştı.

içeriye televizyon seyretmeye gittim.

Alice çoktan gelmiş, ona hazırladığım yatağın üzerinde oturuyordu. Bana gülümsedi ve yastığını düzeltti. "Teşekkürler."

"Erken geldin," dedim, sevinmiştim.

Yanına oturdum ve başımı omzuna dayadım. Soğuk kollarını bana sardı ve iç çekti.

"Bella. Seninle ne yapacağız biz?"

"Bilmiyorum," dedim. "Gerçekten benim için de oldukça zor."

"Sana inanıyorum."

Sessizlik oldu.

"O..." Derin bir nefes aldım. Şu an düşünebiliyor olsam bile, adını seslice söylemem çok zordu. "Edward senin burada olduğunu biliyor mu?" Alice gittiğinde bu acıyla baş edeceğime dair kendime söz verdim.

"Hayır."

Bunun doğru olmasının tek bir yolu vardı. "Carlisle ve Esme'yle birlikte değil mi?"

"Bir kaç ayda bir kontrole geliyor."

"Ah." Merakımı daha güvenli bir konuya yönlendirdim. "Buraya uçtuğunu söyledin... Nereden geldin?"

"Denali'deydim. Tanya'nın ailesini ziyaret etmiştim."

"Jasper da burada mı? Seninle mi geldi?"

Başını salladı. "Benim karışmamı onaylamadı. Söz vermiştik..." Sesi giderek azaldı ve tonu değişti. "Sence burada olmam Charlie'ye bir sorun olur mu?" diye sordu.

"Charlie senin mükemmel birisi olduğunu düşünüyor, Alice."

"Evet, zaten az sonra öğreneceğiz."

Birkaç saniye sonra motorunun sesini duydum. Hızla kalktım ve kapıya koştum.

Charlie yavaşça yürüdü, gözleri yere bakıyordu ve omuzları düşmüştü. Onu karşılamak için yürüdüm, ben onun beline sarılana kadar beni görmedi. Sonra bana sarıldı.

"Harry için çok üzgünüm, baba."

"Onu gerçekten çok özleyeceğim," diye mırıldandı.

"Sue nasıl?"

"Afallamış gibi. Sanki henüz idrak edemedi. Sam onunla beraber kalıyor..." Sesi inişli çıkışlıydı. "Zavallı çocuklar. Leah senden sadece bir yaş büyük ve Seth sadece on dört yaşında..." Başını salladı.

Kapıya doğru giderken kollarıyla bana sımsıkı sarılmıştı.

"Hımm, Baba?" Onu önceden uyarmam gerektiğini düşündüm. "İçeride kimin olduğunu tahmin edemezsin."

Bana boş boş baktı. Başını geriye çevirdi ve karşıya park etmiş Mercedes'i gördü. Verandanın ışığı, arabanın parlak siyah boyasını aydınlatıyordu. O daha tepki veremeden Alice kapıya gelmişti.

"Selam Charlie," dedi hafifçe. "Üzgünüm, çok kötü bir zamanda geldim."

"Alice Cullen?" Sanki onu gördüğüne inanamamış gibiydi. "Alice, bu sen misin?"

"Benim," dedi. "Buralardaydım."

"Peki ya Carlisle?"

"Hayır, tek başınayım."

Alice ve ben, aslında Carlisle'ı sormadığını biliyorduk. Kolları omuzlarımı iyice sıktı.

"Burada kalabilir mi?" dedim. "Gerçi onu çoktan davet ettim."

"Tabii ki," dedi Charlie. "Kalmanı çok isteriz, Alice."

"Teşekkürler Charlie. Biliyorum berbat bir zamanlama."

"Hayır, sorun değil, gerçekten. Harry'nin ailesi için yapabileceğim ne varsa yapacağım. O yüzden çok meşgul olacağım. Bella'nın bir arkadaşıyla beraber olması harika olacak."

"Baba, sana akşam yemeği hazırladım," dedim.

"Teşekkürler Bell." Mutfağa gitmeden önce bir kere daha omuzlarımı sıktı.

Alice tekrar kanepeye döndü ve ben de onu takip ettim. Bu sefer o beni omuzlarımdan çekti.

"Yorgun gözüküyorsun."

"Evet, "dedim ve omuzlarımı silktim. "Ölüme yakın tecrübelerden sonra yoruluyorum... Ee, Carlisle senin burada olman konusunda ne düşünüyor?"

"Bilmiyor. O ve Esme avlanmaya gittiler. Birkaç gün içinde onları görürüm."

"Ama ona anlatmayacaksın, değil mi?" diye sordum. Carlisle'dan bahsetmediğimi biliyordu.

"Hayır. Kafamı kopartır," dedi Alice sırıtarak.

Kahkaha attım ve içimi çektim.

Uyumak istemiyordum, bütün gece oturup Alice'le konuşmak istiyordum. Ne de olsa bütün gün Jacob'ın kanepesinde uyuklamıştım. Ama boğulmak benden birçok şey götürmüştü ve gözlerimi açık tutamıyordum. Kafamı onun taştan omzuna koyup dinlendirdim ve umduğumdan daha mutlu bir bilinçsizliğe sürüklendim.

Derin ve rüyasız bir uykudan erken kalktım, oldukça iyi dinlenmiştim ama her yerim tutulmuştu. Alice'e hazırladığım kanepede, battaniyelerin altında uyumuştum. Sonra mutfakta Charlie ile konuştuğunu duydum. Charlie ona kahvaltı hazırlıyordu.

"Ne kadar kötüydü Charlie?" diye sordu yumuşakça. İlk başta Clearwaters'dan bahsettiklerini düşündüm.

Charlie iç çekti. "Gerçekten kötüydü."

"Anlat bana. Biz gittikten sonra neler olduğunu bilmek istiyorum."

Dolap kapaklarından birisinin kapanma sesi geldi ve fırının düğmesini kapattı.

"Kendimi hiç bu kadar çaresiz hissetmemiştim," diye başladı Charlie. "Ne yapacağımı bilmiyordum. İlk hafta, onu hastaneye kaldırmayı bile düşündüm. Ne yiyor ne de içiyordu, hiç kıpırdamıyordu."

"Ama bu durumdan çıktı, değil mi?"

"Renée, onu Florida'ya götürecekti. Eğer hastaneye gitmesi gerekiyorsa, bunu yapan ben olmak istemiyordum. Annesiyle beraber olmasının faydası olacağını umdum. Ama biz onun kıyafetlerini bavula doldururken hınçla kalktı. Bella'yı hiç öyle yumruk sallarken görmemiştim. Hiç onu böyle bir öfke nöbeti içinde görmemiştim. Kıyafetlerini etrafa fırlatıyor ve onu uzaklaştıramayacağımızı söyleyerek bağırıyordu ve en sonunda ağlamaya başladı. Onunla tartışmadım... önce iyileşmesi gerekiyor gibiydi..."

Charlie sustu. Bunu dinlemek güçtü, ona ne kadar da acı vermiştim.

"Ama?" Alice devam etmesini sağladı.

"Okula ve işe döndü, yedi ve uyudu ve ödevlerini yaptı. Birisi ona bir soru sorduğunda cevap verdi. Ama boştu. Gözleri boş bakıyordu. Bir sürü ufak şeyler vardı... artık müzik dinlemiyordu. Çöpte bir sürü kırılmış CD buldum. Kitap okumuyordu, televizyon açıkken aynı odada oturmuyordu, zaten önceden de çok izlemezdi. En sonunda fark ettim; onu hatırlatacak her şeyden uzak duruyordu.

"Zorla konuşuyorduk, onu üzecek bir şey söylememeye çalışıyordum, en ufak bir şey onu ürkütüyordu. Sadece ben soru sorarsam cevap veriyordu.

"Her zaman yalnızdı. Arkadaşlarını geri aramadı ve bir süre sonra onlar da aramaktan vazgeçtiler.

"Burası yaşayan ölülerin yeriydi. Hâlâ onun uykusundan çığlıklar atarak uyandığını duyuyorum..."

Onun titrediğini fark ettim. Ben de titredim, hatırlıyordum. Ve sonra iç çektim. Onu hiç kandıramamıştım, bir saniye bile.

"Çok üzgünüm Charlie," dedi Alice, sesi üzgündü.

"Bu *senin* hatan değil." Bunu söylerken başka birisini sorumlu tuttuğu belliydi.

"Sen her zaman onun en iyi arkadaşıydın."

"Ama şimdi daha iyi gözüküyor."

"Evet. Jacob Black'le takılmaya başladığından beri gerçek bir ilerleme fark ettim. Yanaklarına renk geldi, eve her geldiğinde gözleri parlıyor. Artık daha mutlu." Durdu, tekrar konuşmaya başladığında ses tonu farklıydı. "Ondan bir ya da iki yaş küçük ve onu arkadaş olarak gördüğünü biliyorum ama artık belki de bazı şeyler daha farklı ya da o yöne doğru gidiyor, her neyse." Charlie bunu neredeyse saldırgan bir ses tonuyla söylemişti. Bir uyarı gibiydi ama Alice'e değil, ama bunu onun başkalarına söylemesi için söylediği belliydi. "Jake yaşıtlarından daha olgun," diye devam etti, sesi hâlâ korumacıydı. "Babasına bakıyor, Bella da annesine bakmıştı. Bu onu olgunlaştırıyor. Yakışıklı bir çocuk. Bella için oldukça iyi aslında."

"O zaman onunla arkadaş olması, Bella için çok iyi," diye onayladı Alice.

Charlie derin bir nefes aldı. "Tamam, sanırım bazı şeyleri abarttım. Bilemiyorum... Jacob'layken bile onun gözlerinde bir şeyler görüyorum. Ne kadar acı içinde olduğunu merak ediyorum. Bu normal değil Alice ve bu beni korkutuyor. Hiç normal değil. Sanki birisi onu terk etmedi... ama öldü." Sesi çatallaştı.

Sanki *birisi* öldü, sanki ölen *bendim.* Çünkü gerçek aşktan daha fazlasını kaybetmiştim. Sanki bütün bir geleceği kaybetmek gibiydi, bütün aileyi, seçtiğim bütün hayatı.

Charlie tekrar umutsuz ses tonuyla devam etti. "Bunun üstesinden gelebilecek mi, bilmiyorum. Bu onun doğasında var mı, emin değilim. Böyle konularda her zaman sabit fikirli olmuştur. Fikrini kolay kolay değiştirmez."

"O türünün tek örneği." Alice kuru bir sesle onayladı.

"Ve Alice..." Charlie devam etti. "Şimdi biliyorsun, seni çok severim ve seni gördüğüne çok mutlu oldu... Senin bu ziyaretin onu ne kadar etkiledi merak ediyorum."

"Ben de Charlie, ben de. Eğer bunları bilseydim, hiç gelmezdim. Çok üzgünüm."

"Özür dileme, tatlım. Kim bilir? Belki de ona iyi gelir."

"Umarım haklısındır."

Uzun bir sessizlik oldu, çatal sesleri ve Charlie'nin çiğneme sesleri geldi. Acaba Alice yemekleri nerede saklıyordu.

"Alice sana bir şey sormak istiyorum," dedi Charlie.

Alice sakindi. "Sor."

"O da ziyarete gelmeyecek, değil mi?" Charlie'nin sesindeki öfkeyi duyabiliyordum.

Alice yumuşak ve güven verici bir tonla konuştu, "Burada olduğumu bile bilmiyor. Onunla en son konuştuğumda Güney Afrika'daydı."

Yeni bilgileri duyunca gerildim ve daha dikkatli dinlemeye başladım.

"Bu da bir şey," dedi Charlie. "En azından kendisini eğlendiriyordun"

İlk defa, Alice'in sesinde bir sertlik vardı. "Ben olsam böyle düşünmezdim, Charlie." Bu tonu kullandığında gözlerinde ışıklar çaktığını biliyordum.

Bir sandalye masadan uzaklaştı ve oldukça yüksek bir ses çıkarttı. Charlie'nin ayağa kalktığını düşündüm, Alice'in böyle bir ses çıkartmasına imkan yoktu. Musluktan su sesi geldi.

Artık Edward hakkında daha fazla konuşmayacakları belliydi, o yüzden kalkmaya karar verdim.

Döndüm ve ses çıksın diye yayların üzerinde biraz hareket ettim. Sonra seslice esnedim.

Mutfaktan hiç ses gelmiyordu.

Gerindim ve esnedim.

"Alice?" diye seslendim. Boğazımdaki kırıklık, sesime güzel bir inandırıcılık katmıştı.

"Mutfaktayım, Bella," diye seslendi Alice. Benim onları dinlediğimi anladığına dair bir ipucu yoktu. Ama böyle şeyleri saklamakta üstüne yoktu.

Charlie'nin çıkması gerekiyordu. Sue Clearwater'a cenaze işlemleri için yardım edecekti. Alice olmadan oldukça uzun bir gün olurdu. Gitmekten hiç bahsetmedi ve ben de hiç sormadım. Gitmesinin kaçınılmaz olduğunu biliyordum ama bu düşünceyi kafamdan çıkarttım.

Bunun yerine onun ailesinden bahsettik, bir kişi hariç hepsinden.

Carlisle geceleri Ithaca'da çalışıyordu ve Cornell Üniversitesi'nde yarı zamanlı hocalık yapıyordu. Esme on yedinci yüzyıldan kalma bir evi restore ediyordu. Emmett ve Rosalie bir kaç aylığına Avrupa'ya, yeni bir halayına çıkmışlardı ama şimdi geri gelmişlerdi. Jasper da Cornell'deydi, bu sefer felsefe okuyordu. Ve Alice, geçen bahar kazara açığa çıkarttığım bilgiler doğrultusunda bazı kişisel araştırmalar yapıyordu. İnsan olduğu son yılları başarılı bir şekilde ortaya çıkartmıştı. Hiç hatırlamadığı hayatını.

"Adım Mary Alice Brandon'mış," dedi sessizce. "Cynthia isminde küçük bir kız kardeşim varmış. Onun kızı, yeğenim, hâlâ Biloxi'de yaşıyor."

"Neden seni oraya koyduklarını buldun mu?" Bir aile neden böyle uçlarda sürüklenirdi? Hele de kızları geleceği görebiliyorsa?

Başını salladı, topaz gözleri düşünceliydi. "Onlar hakkında fazla bilgi bulamadım. Bütün eski gazetelere göz attım. Ailem hakkında pek bir şey yok, gazetelere haber olacak kadar sosyal dairenin içinde değillermiş. Ailemin nişanı yazıyordu ve Cynthia'nın. Doğumum duyurulmuştu... ve ölümüm. Mezarımı buldum. Hatta eski koruma arşivinden kayıt formlarımı da buldum. Kayıt kâğıdının üzerindeki tarihle, mezarımın üzerindeki tarih aynı."

Ne söyleyeceğimi bilemiyordum. Uzun bir sessizlikten sonra, Alice daha hafif bir konuya geçti.

Cullenlar bir araya gelmişti ve biri hariç hepsi Cornell'in bahar tatilinde Denali'de Tanya ve ailesiyle beraberlerdi. Bütün önemsiz haberleri şevkle dinledim. Hiç en çok duymak istediğim o kişiden bahsetmedi. Bunun için minnettardım. Bir zamanlar aralarına katılmak istediğim aile hakkında bir şeyler duymak harikaydı.

Charlie hava kararana kadar gelmedi ve geldiğinde bir gece öncesinden daha yıpranmış görünüyordu. Tekrar Alice'le beraber kanepede yattım.

***

Güneş doğduğunda, Charlie merdivenlerden inerken sanki bir yabancıydı, eski bir takım elbise giyiyordu. Onu daha önce hiç böyle görmemiştim. Kapıda durmuş bizi uyandırmamaya çalışıyordu. Aynı Alice gibi, ben de uyuyormuş gibi yaptım ve gitmesine göz yumdum.

Kapıdan çıkar çıkmaz Alice kalktı. Yorganının altında tamamen giyinikti.

"Ee, bugün ne yapıyoruz?" dedi.

"Bilmiyorum. Aklına ilginç bir şeyler geliyor mu?"

Güldü ve başını salladı. "Ama hâlâ erken."

La Push'ta geçirdiğim bütün bu süre boyunca evdeki görevlerimi ihmal etmiştim. Bir kaç iş yapmaya karar verdim. Charlie'nin hayatını kolaylaştıracak bir şey yapmak istedim.

Belki temiz ve düzenli bir eve gelince kendini daha iyi hisseder, diye düşündüm. Banyoyla başladım, en bakımsız yer gibi gözüküyordu.

Ben iş yaparken Alice kapının eşiğinde durdu ve benim, aslında *bizim,* arkadaşlarımız hakkında sorular sordu. Yüzü sıradan ve ifadesizdi. Ona çok bir şey anlatamadığım için yüzünde bir memnuniyetsizlik olduğunu gördüm. Ya da ben, dün sabah o ve Charlie'nin konuşmalarına kulak misafiri olduğum için kendimi suçlu hissediyordum.

Dirseklerime kadar çamaşır suyuna bulanmış bir halde küveti ovalarken kapı çaldı.

Alice'e baktım. Yüzünde bir şaşkınlık, neredeyse bir telaş gördüm. Bu garipti, Alice hiç bir zaman şaşırmazdı.

"Geliyorum!" diye seslendim, kalktım ve kollarımı duruladım.

"Bella," dedi Alice, sesinde bir asabiyet vardı. "Sanırım kapıdakinin kim olacağını tahmin edebiliyorum ve dışarı çıksam iyi olacak."

"Tahmin mi?" dedim. Ne zamandan beri Alice'in tahmin etmesi gerekiyordu?

"Eğer bu dünkü gibi berbat bir yanılgı değilse o zaman kapıdaki ya Jacob Black ya da arkadaşlarından biri."

Ona baktım ve bir şeyleri yerine oturtmaya çalıştım. "Sen kurt adamları göremiyor musun?"

Güldü. "Sanırım göremiyorum." Oldukça rahatsızdı.

Kapı zili tekrar çaldı. Israrla ve sabırsızca çalıyordu.

"Bir yere gitmene gerek yok, Alice. Sen önce geldin."

Kahkaha attı. "Güven bana, beni ve Jacob Black'i aynı odada bulundurmak iyi bir fikir değil."

Yanağımı öptü ve Charlie'nin odasına gitti ve hiç şüphesiz arka pencereden kaçtı.

Kapı tekrar çaldı.

18. CENAZE

Merdivenlerden aşağıya koşarak indim ve kapıyı hızla açtım.

Tabii ki Jacob'tu. Alice, göremediği zaman bile haklıydı.

Yaklaşık olarak kapıdan iki metre uzakta duruyordu, burnu tiksinmekten kırışmıştı ama yüzü pürüzsüzdü; aynı bir maske gibi. Fakat beni kandıramadı, ellerindeki titremeyi hemen fark ettim.

Gözlerindeki düşmanlığı okuyabiliyordum. O berbat öğleden sonrasını hatırladım, Sam'i bana tercih etmişti. Kendimi savunmak için çenemin yukarıya kalktığını hissettim kendimi savunurcasına açılmıştı.

Jacob'ın Rabbit'i kaldırımda duruyordu, Jared tekerin yanında duruyor, Embry de yolcu koltuğunda oturuyordu. Bunun ne anlama geldiğini biliyordum, onun buraya yalnız gelmesinden korkmuşlardı. Buna üzüldüm ve biraz da rahatsız oldum. Cullenlar böyle değillerdi.

"Selam," dedim en sonunda o konuşmayınca.

Jake dudaklarını büktü, hâlâ kapıdan uzak duruyordu. Gözleri evin içini taradı.

Dişlerimi sıktım. "Burada değil. Bir şeye mi ihtiyacın var?"

Çekindi. "Yalnız mısın?"

"Evet," dedim.

"Seninle bir dakika konuşabilir miyim?"

"Tabii ki konuşabilirsin, Jacob. İçeri gel."

Jacob arabada oturan arkadaşlarına baktı. Embry'nin başını hafifçe salladığını fark ettim. Bu nedense beni rahatsız etti.

Dişlerimi sıkarak, "Tavuk," dedim.

Jake'in gözleri bana döndü, kalın, siyah kaşları öfkeyle çatılmıştı.

Önce Jared'e, sonra Embry'ye baktım. Bana bakışları hoşuma gitmemişti, gerçekten de Jacob'ı incitecek bir şey yapabileceğimi mi düşünüyorlardı? Jacob içeri girdikten sonra kapıyı yüzlerine kapattım.

Jacob, holde arkamda duruyor ve salondaki battaniyelere bakıyordu.

"Pijama partisi mi?" diye sordu, ses tonu iğneleyiciydi.

"Evet," dedim. Bu şekilde davrandığında Jacob'tan hoşlanmıyordum. "Senden ne haber?"

Tekrar burnunu kırıştırdı, sanki tiksindiği bir koku varmış gibiydi. *"Arkadaşın* nerede?" Sesindeki vurguyu fark ettim.

"Yapması gereken işleri vardı. Söyle Jacob, ne istiyorsun?"

Odadaki bir şey onu huysuzlaştırmıştı, uzun kolları titriyordu. Soruma cevap vermedi. Onun yerine mutfağa gitti, yorgun gözlerle etrafa bir göz attı.

Onu takip ettim.

"Hey," dedim, önünde durarak. Yürümeyi kesti ve bana baktı. "Sorun nedir?"

"Burada olmak hoşuma gitmiyor."

Bu beni incitmişti.

"O zaman buraya gelmen gerektiği için üzgünüm," diye mırıldandım. "Neden bana ne istediğini bir an önce söylemiyorsun, böylece hemen gidebilirsin."

"Sana bir kaç soru sormam gerekiyor. Çok vaktimi almaz. Cenazeye gitmem gerekiyor."

"Tamam. Haydi, sor o zaman." Muhtemelen kin olayını biraz fazla abartmıştım ama onun beni ne kadar incittiğini anlamasını istiyordum. Adil olmadığımı biliyordum. Sonuçta dün gece *kan emiciyi* ona tercih etmiştim. Önce ben onu incitmiştim.

Derin bir nefes aldı ve parmaklarının titremesi geçti. Yüzünü bir maske kapladı.

"Cullenlar'dan biri burada, seninle kalıyor," dedi.

"Evet, Alice Cullen."

Düşünceli şekilde kafasını salladı. "Ne kadar süre için burada?"

"Ne kadar isterse." Sesimde bir tartışma tonu vardı. "Bu açık bir davet."

"Ona lütfen ötekinden bahseder misin? Victoria'dan?"

Benzim attı. "Bahsettim bile."

Başını salladı. "Biliyorsun, Cullen buradayken ancak kendi toprağımızı koruyabiliriz. La Push'ta güvende olabilirsin. Seni burada koruyamam."

"Tamam," dedim.

Dışarıya baktı. Devam etmedi.

"Hepsi bu mu?"

Gözlerini pencereye dikti ve cevapladı. "Bir şey daha var."

Bekledim ama devam etmedi. En sonunda "Evet?" diye sordum.

"Geri kalanlar da gelecekler miymiş?" diye sordu sakin ve sessizce. Bana Sam'in her zamanki sakin tavrını hatırlatmıştı. Jacob, Sam gibi olmaya başlıyordu... Bunun beni neden bu kadar çok rahatsız ettiğini anlayamadım.

Şimdi susma sırası bendeydi. İnceleyen gözlerle bana baktı.

"Evet?" dedi. Sakin ifadesinin arkasındaki gerginliği gizlemekte zorlanıyordu.

"Hayır," dedim en sonunda. İsteksizce konuşuyordum. "Geri dönmüyorlar."

Bakışları değişmedi. "Tamam. Hepsi bu kadardı."

"Tamam, haydi koş şimdi. Git ve Sam'e, korkunç canavarların gelip seni almayacağını haber ver."

"Tamam," diye tekrar etti, hâlâ sakindi.

Hepsi bu kadar gibi gözüküyordu. Jacob mutfaktan fişek gibi çıktı. Ön kapının açılmasını bekledim ama hiçbir şey duymadım. Ocağın üzerindeki saatin tik tak ettiğini duyabiliyordum. Bu kadar sessizce gitmesine şaşırmıştım.

Ne büyük bir felaket. Nasıl bu kadar kısa bir süre içerisinde, onu kendime bu kadar yabancılaştırmıştım?

Alice geri döndüğünde, beni affedecek miydi? Ya affetmezse?

Tezgâha yaslandım ve kafamı ellerimin arasına gömdüm. Nasıl her şeyi bu kadar berbat edebilmiştim? Ama daha başka ne yapabilirdim?

"Bella...?" Jacob canı sıkkın bir şekilde seslendi.

Yüzümü ellerimin arasından çektim ve Jacob'ın mutfak kapısında çekinerek durduğunu gördüm, gitmemişti. O sırada elimde parlayan damlaları görünce ağladığımı fark ettim.

Jacob'ın sakin ifadesi yok olmuştu, yüzü gergindi ve kendinden emin değil gibi görünüyordu. Hızlıca bana doğru yürüdü, gözlerimiz aynı hizaya gelsin diye kafasını eğdi.

"Tekrar yaptım, değil mi?"

"Neyi yaptın?" Sesim çatallaşmıştı.

"Tekrar sözümü tutamadım. Üzgünüm."

"Önemli değil," diye mırıldandım. "Bu sefer ben başlattım."

Yüzü buruştu. "Onlar hakkında neler hissettiğini biliyorum. Beni bu kadar şaşırtmamalıydı."

Gözlerindeki nefreti görebiliyordum. Ona Alice'in gerçekten nasıl birisi olduğunu anlatmak istiyordum ama şu anın bunun için doğru zamanı olmadığını biliyordum.

O yüzden sadece, "Üzgünüm," diyebildim tekrardan.

"Bunun için üzülmeyelim, tamam mı? Sadece ziyaret ediyor, değil mi? Gidecek ve her şey eski haline dönecek."

"İkinizle de aynı anda arkadaş olamaz mıyım?" Sesim incindiğimi açığa çıkartmıştı.

Başını yavaşça salladı. "Hayır, zannetmiyorum."

Burnumu çektim ve koca ayaklarına baktım. "Ama bekleyeceksin, değil mi? Hâlâ benim arkadaşım olacaksın, Alice'i seviyor olsam bile, değil mi?"

Gözlerine bakmadım, son cümlem hakkında ne düşündüğünü görmekten korkuyordum. Cevap vermek bir dakikasını aldı, o yüzden de bakmamakta haklı olduğumu düşündüm.

"Evet, hep senin arkadaşın olacağım," dedi kabaca. "Neyi seversen sev."

"Söz mü?"

"Söz."

Kollarının beni sardığını hissettim ve başımı göğsüne dayadım. Hâlâ burnumu çekiyordum. "Bu berbat."

"Evet." Saçımı kokladı ve, "Iyy," dedi.

"Ne?" dedim. Kafamı kaldırdım ve burnunu buruşturduğunu gördüm. "Neden herkes koktuğumu düşünüyor. Kokmuyorum!"

Gülümsedi. "Evet, kokuyorsun, onlar gibi kokuyorsun. Çamaşır suyu. Çok tatlı. Ve... buzlu. Burnumu yakıyor."

"Gerçekten mi?" bu garipti. Bence, Alice çok güzel kokuyordu. En azından, kokusu bir insana güzel geliyordu. "O zaman, neden Alice de koktuğumu düşünüyor ?"

Bu sözlerim üzerine gülümsemesi yok oldu. "Belki ben de ona güzel kokmuyorumdur."

"Ama ikiniz de bana oldukça güzel kokuyorsunuz." Başımı tekrar ona yasladım. Kapıdan çıkar çıkmaz onu özleyecektım. Kötü bir zamanlamaydı, bir yandan da Alice'in sonsuza kadar kalmasını istiyordum. O gittiğinde, mecazi anlamda, ölecektim. Ama uzun süre Jake'i görmeden nasıl yaşardım? *Ne facia ama.*

"Seni özleyeceğim," diye fısıldadı Jacob. Sanki düşüncelerimin bir yankısıydı. "Hem de her dakika. Umarım bir an önce gider."

"Gerçekten bu şekilde olmak zorunda değil, Jake."

İçini çekti. "Evet, böyle olmak zorunda Bella. Sen... onu seviyorsun. O yüzden onun yakınlarında olmamam gerek. Bunu kaldırabilecek kadar sakin miyim, bilemiyorum. Anlaşmayı bozarsam Sam çıldırır ve eminim sen de arkadaşını öldürmemden pek hoşlanmazsın."

Bunu söyler söylemez geri çekildim ama o kollarını daha da sıktı ve gitmeme izfin vermedi. "Kaçmanın hiç anlamı yok. Durum böyle, Bella."

"Durumun böyle olmasından hoşlanmıyorum."

Jacob çenemi tuttu ve ona bakmam için hafifçe kaldırdı. "Evet. İkimiz de aynı anda insanken her şey daha güzeldi, değil mi?"

Derin bir nefes aldım.

Uzun bir süre birbirimize baktık. Eli tenimi okşuyordu. Yüzümde, dalgın bir üzüntü vardı, biliyorum. Kısa bir süre için de olsa, henüz onunla vedalaşmak istemiyordum. Birbirimizin gözlerinin içine baktık. Yüz ifadesi değişti.

Beni bıraktı ve öteki eliyle, yanaklarıma düşen saçları geriye doğru itti. Parmaklarının titrediğini hissedebiliyordum ama bu sefer sinirden değildi. Avuç içini yanağıma dayadı, yüzüm sıcacık avuçlarının arasındaydı.

"Bella," diye fısıldadı.

Donmuştum.

Hayır! Henüz bu kararı vermemiştim. Bunu yapabileceğimden emin değildim ve artık düşünmek için vaktim yoktu.

Eğer onu reddedersem, sonuçlarının ne olacağını bilmemem tam bir aptallık olurdu.

Ona baktım. Benim Jacob'ım değildi, ama olabilirdi. Yüzü tanıdıktı ve sevdiğim yüzdü. Bir sürü yönden onu seviyordum. Benim güvenli bir sığınağımdı. Ama şimdi, onun bana ait olmasını seçebilirdim.

Alice geri dönmüştü ama bu hiçbir şeyi değiştirmiyordu. Gerçek aşk artık kaybolmuştu. Prens, tılsımlı uykumdan uyandırmak için beni öpmeye gelmeyecekti. Ben de bir prenses değildim zaten. Peri masallarında, *öteki* öpücüklerle ilgili bir protokol var mıydı? Hiç büyü içermeyen sıradan bir çeşit var mıydı?

Belki de kolay olurdu, elini tutmak ya da kollarının beni sarması. Belki de kendimi iyi hissedebilirdim. Belki de bu ihanet sayılmazdı. Üstelik, kime ihanet ediyordum ki? Sadece kendime.

Jacob, gözlerini benimkilerin üzerinde tutarak hafifçe eğildi. Henüz karar verememiştim.

Telefonun ani ve keskin çalışı ikimizi de yerinde hoplatmıştı ama o yine de istifini bozmadı. Elini çenemden çekti ve üzerimden uzanarak telefonun ahizesini aldı ama diğer eli hâlâ güvenle yüzümü tutuyordu. Kara gözleri, gözlerimi serbest bırakmıyordu. Kafam, tepki veremeyecek kadar karışıktı.

"Swanlar'ın evi," dedi Jacob. Sesi kısık ama kuvvetliydi.

Telefonun diğer ucundaki kişi cevap verince Jacob birden değişti. Dikleşti ve elini yüzümden çekildi. Gözleri düzleşti, yüzü boş bir ifade aldı. Arayanın Alice olduğuna emindim.

Kendime geldim ve telefonu almak için elimi uzattım. Jacob elimi görmezden geldi.

"Burada değil," dedi Jacob. Kelimeleri tehditkar çıkıyordu.

Kısa bir yanıt geldi, sanki karşı taraf daha fazla bir bilgi istiyordu çünkü Jacob istemeden de olsa ekledi, "Cenazede."

Sonra Jacob telefonu kapattı. "Pis kan emici," diye mırıldandı. Bana döndüğünde yüzünde acı bir maske vardı.

"Kimin yüzüne kapattın?" Yutkundum, çileden çıkmıştım. "Benim evimde ve benim telefonumda?"

"Sakin ol! O yüzüme kapattı!"

"O? Arayan kimdi?"

Küçümseyerek, "Doktor Carlisle Cullen," dedi.

"Neden telefonu bana vermedin?!"

"Seni istemedi," dedi Jacob soğuk bir ses tonuyla. Yüzü düz ve ifadesizdi ama elleri titriyordu. "Charlie'nin nerede olduğunu sordu, ben de söyledim. Nezaket kurallarını yerine getirdiğimi düşünüyorum."

"Beni dinle Jacob Black – "

Ama beni dinlemediği oldukça açıktı. Hızla kafasını çevirip arkasına baktı, sanki öteki odadan birisi benim adımı söylemişti. Gözleri açıldı, vücudu gerildi ve bedeni zangırdamaya başladı. Ben de kulak kesildim ama hiçbir ses duymadım.

"Hoşça kal Bells," dedi ve ön kapıya koştu.

Arkasından koştum. "Ne oldu?"

Ve sonra ona çarptım çünkü geriye doğru sıçramıştı. Etrafında döndü ve beni yan tarafa düşürdü. Yumak halinde yere düştüm, ayaklarım onunkilere dolanmıştı.

O arka kapıya doğru koştururken ben de ayağa kalkmaya çalıştım, sonra tekrar dondu.

Alice hareketsizce merdivenlerin başında duruyordu.

"Bella," dedi boğulur gibi.

Ayağa kalktım. Gözleri sersem gibi bakıyordu. Yüzü süzülmüş, kemikten daha da beyaz gözüküyordu. İnce vücudu çalkalanıyor gibiydi.

"Alice, ne oldu?" diye haykırdım, ellerimi onun yüzüne bastırdım ve sakinleştirmeye çalıştım.

Gözleri benim gözlerime kilitlendi, acı doluydu.

"Edward." Tek söyleyebildiği buydu. Sesi fısıltı halinde çıkmıştı.

Vücudum, Alice'in cevabını aklımdan daha önce anladı. Önce odanın neden döndüğünü ya da kulaklarımdan gelen boş uğultunun nereden geldiğini anlamadım. Aklım kendisini zorluyordu ama Alice'in kasvetli yüzüyle Edward'ın ne alakası olduğunu anlayamıyordum.

Jacob'ın küplere binmiş sesi kulaklarımda çınlıyordu, küfür ediyordu. Yeni arkadaşları belli ki üzerinde kötü bir etki yaratıyorlardı.

Nasıl geldiğimi bilmiyordum ama kanepenin üzerindeydim ve Jacob hâlâ küfrediyordu. Sanki deprem oluyordu, altımdaki kanepe deliler gibi sallanıyordu.

"Ona ne yaptın?" diye bağırdı Jacob.

Alice onu duymazlıktan geldi. "Bella? Bella, kendine gel. Acele etmemiz lazım."

"Geri çekil," dedi Jacob.

"Sakin ol Jacob Black," dedi Alice. "Onun bu kadar yakınındayken bunu yapmak istemezsin."

"Kendimi kontrol etmede bir problem yaşayacağımı zannetmiyorum," diye cevap verdi sertçe. Sesi daha sakin çıkıyordu.

"Alice?" Sesim zayıftı. "Neler oldu?" diye sordum, aslında cevabı duymak istemiyordum.

"Bilmiyorum," diye inledi. "Ne düşünüyor?!"

Başım dönmesine rağmen ayağa kalkmaya çalıştım. Jacob'ın kolumu tuttuğunu fark ettim. Sallanan oydu, kanepe değil.

Gözlerim tekrar Alice'i bulduğunda, çantasından küçük, gümüş rengi bir cep telefonu çıkarıyordu. Parmakları numaraları o kadar hızlı çevirdi ki, göremedim bile.

"Rose, *hemen* Carlisle'le konuşmam gerek." Sesi sert çıkıyordu. "Tamam, gelir gelmez. Hayır, uçakta olacağım. Baksana, Edward'dan bir haber aldınız mı?"

Alice durakladı. Ağzı şaşkınlıkla açılmıştı. Sanki bir korku filmi seyreder gibiydi ve elindeki telefon titriyordu.

"Neden?" diye soludu. "Bunun *neden* yapasın ki, Rosalie?"

Cevap neydi, bilemiyorum, ama çenesi sinirden sımsıkı kitlendi. Gözleri daraldı.

"Her iki durumda da haksızsın, Rosalie. Sence bu bir problem olmayacak mı?" Sesi hâlâ sertti. "Evet, bu doğru. O çok iyi. Ben yanılmışım... Uzun hikâye... Ama sen o konuda hatalısın, bu yüzden arıyorum... Evet bu tam olarak gördüğüm şey."

Alice'in sesi sertti ve dudakları gerilmişti. "Bunun için artık çok geç Rose. Pişmanlıklarını inanacak birilerine sakla." Alice, telefonu hızla kapattı.

"Alice." Henüz onun konuşmasına izin veremezdim. Konuşmaya başlayıp, hayatımda geriye kalan parçaları da yıkıp yok etmesinden önce birkaç saniyeye ihtiyacım vardı. "Alice, Carlisle geri geldi aslında. Senden önce aradı..."

Bana boş boş baktı. "Ne zaman aradı?"

"Sen gelmeden yarım dakika kadar önce."

"Ne söyledi?" Sabırsızlıkla cevabımı bekliyordu.

"Ben konuşmadım." Jacob'a baktım.

Alice insanın içine işleyen bakışlarını ona çevirdi. Ürktü ama yanımda durmaya devam etti. Biçimsizce, sanki beni korumaya çalışır gibi yanıma oturdu.

"Charlie'yi sordu ve ona Charlie'nin burada olmadığını söyledim," diye mırıldandı Jacob öfkeyle.

"Hepsi bu kadar mı?" Alice buz gibi sesiyle ısrarla sordu.

"Sonra yüzüme kapattı," dedi Jacob. Omuriliğinden aşağıya bir ürperme geldi, beni de salladı.

"Sen de ona Charlie'nin cenazede olduğunu söyledin," diye hatırlattım.

Alice kafasını hızla bana çevirdi. "Tam olarak hangi kelimelerle söyledi?"

"Dedi ki, 'Burada değil', ve sonra Carlisle, Charlie'nin nerede olduğunu sorunca Jacob da 'Cenazede' dedi."

Alice inledi ve dizlerinin üzerine çöktü.

"Anlat bana Alice," diye fısıldadım.

"Telefondaki Carlisle değildi," dedi umutsuzca.

"Bana yalancı mı diyorsun?" Jacob sinirle bağırdı.

Alice onu duymazlıktan geldi ve bana baktı.

"Edward'dı." Kelimeleri fısıltıya dönüştü. "Senin öldüğünü zannediyor."

Aklım tekrar çalışmaya başlamıştı. Bunlar korktuğum sözler değildi ve içim rahatladı.

"Rosalie ona kendimi öldürdüğümü söyledi, değil mi?" dedim rahatlayarak.

"Evet," dedi Alice, gözleri tekrar sertçe bakıyordu.

"Rose da inanmış. Benim geleceği gördüğüme o kadar çok inanıyorlar ki. Ama onun Edward'ı arayıp bunu söylemesi..." Sesi korkuyla titredi.

"Ve Edward burayı aradığında, Jacob'ın benim cenazemden bahsettiğini zannetti." Ona ne kadar yakınlaştığımı fark edince içime iğneler saplandı, sesinden sadece birkaç santim uzaktaydım. Tırnaklarımı Jacob'ın koluna geçirdim ama o hissetmedi bile.

Alice bana garip garip baktı. "Üzgün değilsin," diye fısıldadı.

"Evet, kötü bir zamanlama oldu, ama her şey düzelir. Bir dahaki aradığında, ona birileri... gerçekten... ne olduğunu..." Bir an sustum. Bakışları, boğazıma bir yumru takılmasına sebep oldu.

Neden bu kadar paniklemişti? Neden korkuyla bakıyordu? Az önce Rosalie'ye telefonda söylediği neydi? Ne gördüğüne dair... ve Rosalie'nin pişmanlığı, Rosalie benimle ilgili olan hiçbir şeyden pişmanlık duymazdı. Ama eğer ailesini incitirse, kardeşini incitirse...

"Bella." Alice fısıldadı. "Edward tekrar aramayacak. Rosalie'ye inandı."

"Ben anlamıyorum."

"İtalya'ya gidiyor."

Anlamam için sadece tek bir kalp atışlık süre yetti.

Edward'ın sesi bana geri gelmişti ama bu onun zihnimde yankılanan mükemmel sesi değildi. Sadece zayıf hafızamın tekdüze sesiydi. Ama kelimeler göğsümü delmek için yeterliydiler. Beni sevmesi için her şeyi vereceğim kelimeler.

Evet, sensiz yaşayamayacaktım, demişti bana, bu odada birlikte Romeo ve Juliet'i seyrederken. *Ama nasıl yapacağımdan emin değildim... Emmett ve Jasper bana yardım etmezlerdi biliyordum... o yüzden İtalya'ya gidip Volturiler'i kışkırtmayı düşündüm... Onları sinirlendirmezsin. Tabii, ölmek istemiyorsan.*

Tabii, ölmek istemiyorsan.

"HAYIR!" Bütün bu fısıltıların arkasından öyle bir çığlık attım ki, ikisi de yerinden zıpladı. "Hayır! Hayır, hayır, hayır! Yapamaz! Bunu yapamaz!"

"Arkadaşın artık seni kurtarmanın çok geç olduğunu söyleyince karar vermiş olmalı."

"Ama o... o gitti! Artık beni istemiyordu! Şimdi ne farkı var ki? Eninde sonunda öleceğimi biliyordu!"

"Senden daha uzun yaşamayı planladığını zannetmiyorum," dedi Alice.

"Ne cüretle yapar bunu!" diye bağırdım. Ayağa kalkınca Jacob da tekrar kalktı ve Alice'le benim aramda durmaya çalıştı.

"Jacob çekil önümden!" Titreyen vücudunu çaresiz bir sabırsızlıkla ittim. "Şimdi ne yapacağız?" diye yalvardım Alice'e. Bir şeyler yapılmalıydı. "Onu arayamaz mıyız? Carlisle arayamaz mı?"

Başını sallıyordu. "İlk önce onu aramayı denedim. Telefonunu Rio'da, çöp tenekesinin yanına bırakmış. Bir başkası cevapladı..."

'Daha önce acele etmemiz gerekiyor dedin. Nasıl acele edeceğiz. Haydi ne yapmamız gerekiyorsa yapalım!"

"Bella, sanırım sana sorabilirim..." Kararsızlıkla sustu.

"Sor bana!" diye bağırdım.

Ellerini omuzlarıma koydu, olduğum yerde durdum. "Belki geç kalmış olabiliriz. Onun Volturi'ye gittiğini gördüm... ve ölmek istiyordu." İkimiz de korkuyla haykırdık ve gözlerim, ağlamaktan neredeyse kör olmuştu. "Her şey onlara bağlı. Onlar karar verene kadar da, görmeme imkan yok."

"Ya hayır derlerse. Belki de Edward'ın yedek bir planı vardır. Onlar şehirlerini koruyorlar. Eğer Edward barışı bozacak bir şey yaparsa, onu durduracaklarını zannediyor. Ve haklı. Durduracaklar."

Şaşkınlıkla Alice'e baktım. Hâlâ neden burada durduğumuzu açıklayan bir şey söylememişti.

"Eğer onun bu isteğini onaylamışlarsa, çok geç kaldık. Eğer hayır derlerse ve Edward da yedek plana geçip onları kızdırırsa, yine geç kalmışızdır. Ama belki de... yetişebiliriz."

"Haydi gidelim!"

"Dinle Bella! Vaktinde gittik ya da gitmedik, biz Volturi Şehrinin göbeğinde olacağız. Eğer başarılı olduysa onun suç ortağı gibi görüneceğim. Sen çok fazla şey bilen bir insansın ve güzel kokuyorsun. Hepimizi ortadan kaldırabilirler, bu yemeğe geç kalma cezası gibi bir şey değil."

"Bizi burada tutan sorun bu mu?"diye sordum hayretle. "Eğer sen korkuyorsan, ben yalnız başıma giderim." Hesabımda ne kadar para kaldığını hemen hesapladım ve geri kalanını Alice'in borç verip vermeyeceğini düşündüm.

"Ben sadece seni öldürmelerinden korkuyorum."

Tiksintiyle homurdandım. "Ben kendimi az kalsın öldürüyordum! Bana ne yapmam gerektiğini söyle!"

"Charlie'ye bir not yaz. Ben havaalanını ararım."

"Charlie," dedim üzgünce.

Varlığım onu korumuyordu ama onu burada tek başına bırakıp...

"Charlie'ye bir şey olmasına izin vermeyeceğim." Jacob'ın sesi kaba ve kızgındı. "Başlarım anlaşmaya."

Ona baktım.

"Çabuk ol Bella," dedi Alice aceleyle.

Mutfağa koştum, çekmeceleri açıyor içindekileri yerlere fırlatıyordum. Kalem arıyordum. Pürüzsüz, kahverengi bir el bana kalem uzattı.

"Teşekkürler," diye mırıldandım ve kalemin kapağını ağzımla çıkarttım. Sessizce bana telefonun başında duran not kâğıtlarını uzattı.

Baba, diye başladım. *Ben Alice'le beraberim. Edward'ın başı belada. Geri döndüğümde beni cezalandırabilirsin. Biliyorum kötü bir zamanlama. Seni çok seviyorum. Bella.*

"Gitme," diye fısıldadı Jacob. Alice artık etrafımızda olmadığı için siniri geçmişti.

Onunla tartışarak vakit harcamayacaktım. "Lütfen, lütfen, lütfen Charlie'ye iyi bak," dedim ve ön odadan fırladım. Alice, çantasını omzuna almış, beni bekliyordu.

"Cüzdanını al, kimliğe ihtiyacın olacak. Lütfen bana pasaportunun olduğunu söyle. Bir tane pasaport uyduracak vaktimiz yok."

Başımı salladım ve merdivenlerden yukarıya fırladım. Annemin, Phil ile Meksika'da bir sahilde evlenmek istediğini söylediği güne minnettardım. Diğer planları gibi bu da boşa çıkmıştı. Ama ben bütün hazırlıklarımı tamamladıktan sonra.

Odama koştum. Eski cüzdanımı, temiz bir bluzu, eşofman altımı sırt çantama tıktım ve en üste de diş fırçamı koydum. Merdivenlerden aşağıya koşturdum. Deja vu hissi artık iyice boğucu olmaya başlamıştı. En azından, geçen sefer olduğu gibi Charlie'yle yüz yüze vedalaşmak zorunda değildim.

Jacob ve Alice, açık kapının önünde karşı karşıya duruyorlardı, birbirlerinden oldukça uzaktaydılar. İkisi de benim gürültüyle kapıya geldiğimi fark etmiş gibi görünmüyorlardı.

"Kendini bazı durumlarda kontrol edebiliyorsundur ama onu yanlarına götürdüğün bu asalaklar – "Jacob, onu suçlarken çok gergindi.

"Evet. Evet haklısın, köpek." Alice de hırlıyordu. "Volturiler bizim ırkımızın özüdür. Beni kokladığında saçlarının dikleşmesine sebep olan onlar. Onlar senin kâbuslarının esas maddesi, içgüdülerinin ardındaki korku."

"Ve sen, bir şişe şarap gibi, Bella'yı onların partisine götürüyorsun," diye haykırdı.

"Onu burada yalnız bıraksam daha mı iyi olur? Victoria sezdirmeden onu avlamaya çalışırken?"

"Kızıl saçlıyla başa çıkabiliriz."

"O zaman neden hâlâ avlanıyor?"

Jacob hırladı ve vücudunu bir titreme sardı.

"Kesin şunu!" diye bağırdım ikisine birden. "Geri döndüğümüzde kavga edersiniz, haydi gidelim!"

Alice hızla arabaya gitti. Onun peşinden koşturdum, sonra kapıyı kilitlemek için geri döndüm.

Jacob, titreyen elleriyle kolumu tuttu. "Lütfen, Bella. Sana yalvarıyorum."

Koyu gözleri yaşlarla parlıyordu. Boğazıma bir yumru takıldı.

"Jake, gitmem – "

"Gerek değil aslında. Gerçekten gerek yok. Burada benimle kalabilirsin. Hayatta olursun. Charlie için. Benim için."

Alice sabırsızca gaza basınca arabadan bir gürültü yükseldi.

Başımı salladım, gözyaşlarını etrafa sıçradı. Kolumu çektim ve benimle daha fazla kavga etmedi.

"Sakın ölme, Bella," dedi. "Gitme. Gitme."

Ya onu bir daha göremezsem?

Bu düşünceyle, sessiz gözyaşlarını hıçkırığa dönüştü. Kollarımı onun beline doladım ve kısa bir süre sarıldım.

Gözyaşlarıyla ıslanmış yüzümü göğsüne dayadım. Elini saçlarıma attı, sanki beni tutmak istiyordu.

"Hoşça kal, Jake." Elini saçımdan çektim ve avuç içini öptüm. Yüzüne bakamıyordum. "Üzgünüm," dedim.

Sonra döndüm ve arabaya koştum. Yolcu kapısı açıktı ve beni bekliyordu. Sırt çantamı arka koltuğa fırlattım ve oturup kapıyı kapattım.

"Charlie'ye iyi bak!" diye bağırırken camdan dışarıya baktım ama Jacob çoktan gitmişti. Alice gaza bastığında ağacın kenarında beyaz bir şey gördüm. Bir ayakkabı.

19. YARIŞ

Uçağı kıl payı yakaladık ve sonra işkence başladı. Uçağın motorlar kapalıydı, kabin ekibi etrafta yürüyor, koridorda bir yukarı bir aşağı dolanıyorlardı. Başımızın üzerindeki kompartımanlardaki çantalara bakıyorlar ve her şeyin sığıp sığmadığını kontrol ediyorlardı. Herkes oldukça rahat görünüyordu. Alice'in eli sertçe omzumda duruyor, ben yerimde gergince hoplarken beni bastırıyordu.

"Koşmaktan daha hızlı," diye hatırlattı bana.

Yerimde bir kez daha hoplarken başımı salladım

En sonunda uçak tembelce hareket etmeye başladı. Yavaş yavaş hızlanması bana işkence gibi geldi. Havalanırken biraz rahatlarım zannediyordum ama sabırsızlığım bir türlü azalmıyordu.

Alice önündeki koltuğun arkasındaki telefonu kaldırdı, uçak hâlâ yükseliyordu, hostes, onaylamayan gözlerle Alice'e baktı fakat yüzümdeki ifadeyi görünce yanımıza gelmekten vazgeçti.

Alice'in Jasper'a ne söylediğini duymamaya çalıştım, tekrar duymak istemiyordum ama bazı kelimeler arada kaçıyordu.

"Emin olamıyorum, onu değişik şeyler yaparken görüyorum, sürekli fikrini değiştiriyor... Şehirde bir öldürme alemi, güvenliğe saldırmak... Çoğunlukla kendisini açığa vuracak şeyler, bunların çabuk tepki alacağını kim, nereden biliyor?"

"Hayır, yapamazsın." Alice'in sesi duyulamayacak kadar kısık çıkmaya başlamıştı. Onu duymaya çalıştım. "Emmett'a söyle olmaz... O zaman Emmett ve Rosalie'nin peşinden git ve onlar geri getir... Jasper'ı düşün. Eğer birimizi görürse, ne yapacağını sanıyorsun?"

Kafasını salladı. "Kesinlikle. Sanırım Bella tek şansımız. Eğer bir şansımız varsa... Yapılabilecek her şeyi yapacağım ama Carlisle'ı hazırla, pek avantajımız yok gibi... Onu ben de düşündüm... Evet, söz veriyorum." Sesi yalvarır gibi çıkmaya başlamıştı. "Beni takip etme. Söz veriyorum Jasper. Bir şekilde yapacağım. Çıkacağım... Seni seviyorum."

Telefonu kapattı ve gözlerini yumarak arkasına yaslandı. "Ona yalan söylemekten nefret ediyorum."

"Bana her şeyi anlat Alice," diye yalvardım. "Anlamıyorum. Neden Jasper'a Emmett'ı durdurmasını söyledin, neden gelip bize yardım edemezler?"

"İki sebepten," diye fısıldadı, gözleri hâlâ kapalıydı. "İlkini ona söyledim. Edward'ı kendimiz *durdurabiliriz*. Eğer Emmett onu bulursa, belki ona senin yaşadığını açıklayabiliriz. Ama Edward'ı durduramayız. Eğer onun için gittiğimizi görürse, daha hızlı hareket eder. Bir arabayı bir duvara ya da başka bir yere fırlatır, işte o zaman Volturi onu yere indirir.

"Bu da ikinci sebep, Jasper'a söyleyemediğim sebep. Eğer Volturi Edward'ı öldürürse, onlar da kavga ederler Bella." Gözlerini açtı ve bana baktı, yalvarır gibiydi. "Eğer biz kazanabilirsek... eğer dördümüz kardeşimi savaşarak kurtarabilirsek, belki daha farklı olur. Ama yapamayız ve Bella, Jasper'ı bu şekilde kaybedemem."

Neden benim anlamam için yalvardığını anlamıştım.

Jasper'ı koruyordu, bizim için ve Edward için. Anlamıştım

Başımı salladım.

"Edward seni duyamaz mı?" diye sordum. "Senin düşüncelerini duyduğunda, yaşadığımı bilemez mi ve her şey düzelmez mi?"

Hâlâ onun bu şekilde hareket edeceğine inanamıyordum. Hiç anlamı yoktu! O gün söylediği sözleri acıyla hatırladım, Romeo ve Juliet kendilerini öldürüyorlardı, biri diğerinin peşinden ölüyordu. *Sensiz yaşayamazdım,* demişti, sanki kesin böyle bir son olmalı gibi. Ama ormanda söylediği sözler, beni terk ederken söyledikleri, sanki her şeyi silmişti.

"Eğer dinliyor olsaydı," diye açıkladı. "Ama ister inan ister inanma, düşüncelerine de yalan söyleyebilirsin. Eğer ölseydin bile hâlâ ona yalan söyleyebilirdim. Ve 'yaşıyor' diye düşünürdüm. O da bilirdi."

Sessizce dişlerimi sıktım.

"Eğer bunu sensiz yapmanın bir şekli olsaydı Bella, seni böyle bir tehlikeye atmazdım."

"Saçmalama. Endişelenmen gereken son kişi benim." Başımı sabırsızca salladım. "Ne demek istediğini anlat, Jasper'a neden yalan söylemek zorunda olduğun kısmı."

Vahşice gülümsedi. "Onlar beni öldürmeden önce orayı terk edeceğime söz verdim. Garanti edebileceğim bir şey değil." Kaşlarını kaldırdı, tehlikeyi ciddiye almamı istiyordu.

"Bu Volturiler kim?" diye fısıldadım. "Onları, Emmett, Jasper, Rosalie ve senden daha tehlikeli yapan nedir?" Daha korkunç bir şey olduğunu hayal etmek zordu.

Derin bir nefes aldı ve aniden omzumun üzerinden baktı. Ben de arkamı döndüm ve koridorun öteki tarafındaki adamın bizi dinleyip dinlemediğine baktım. İş adamı gibi görünüyordu, koyu bir takım elbisesi, kravatı ve dizlerinin üzerinde de diz üstü bilgisayarı vardı. Ona öfkeyle bakarken, bilgisayarını açtı ve kulaklıklarını taktı.

Alice'e daha da yaklaştım. Dudakları neredeyse kulaklarıma yapışmıştı.

"İsmi hatırlamana şaşırdım," dedi. "İtalya'ya gidiyor dediğimde, hemen ne demek olduğunu anladın. Sana açıklamam gerektiğini düşünüyordum. Edward sana ne kadarını anlattı?"

"Sadece onların eski ve güçlü bir aile olduklarından bahsetti, tıpkı kraliyet ailesi gibi. Eğer ölmek istemiyorsan, onları sinirlendirmemen gerekiyormuş," diye fısıldadım. Son kelime ağzımdan boğulurcasına çıkmıştı.

"Anlaman gerek," dedi, kelimeleri yavaş ve daha ölçülüydü. "Biz Cullenlar bazı konularda tekiz. Birçoğumuzun hep beraber, huzur içinde yaşaması olağandışı bir durum. Bu kuzeyde yaşayan Tanya'nın ailesi içinde aynı, ve Carlisle, onlardan kaçınmanın bizim uygarlaşmamızı kolaylaştırdığını düşünüyor. Bağlarımızı, kurtulmak veya rahatlık üzerine değil, sevgi üzerine kurmalıymışız. James'in sözleşmesi bile oldukça genişti ve Laurent'in onu nasıl rahatça bozduğunu gördün. Bizim türümüz tek başına yolculuk eder, ya da çift halinde, bu genel bir kuraldır. Carlisle'in ailesi bildiğim en büyük varoluş. Sadece tek bir istisna var. Volturiler.

"Aslında üç kişiler: Aro, Caius ve Marcus."

"Onları gördüm," diye mırıldandım. "Carlisle'in çalışma odasındaki resimde."

Alice kafasını salladı. "Zaman içinde onlara iki bayan katıldı, ve beşi bir aileyi oluşturdu. Emin değilim ama yaşları sayesinde barış içerisinde yaşayabilmeyi becerdiler. Hepsi, nereden baksan, üç bin yıl yaşındalar. Belki de dayanmalarını sağlayan bir yetenekleri var. Edward'la benim gibi, Aro ve Marcus'un da sahip olduğu bazı yetenekler var."

Ben sormadan devam etti. "Ya da sadece sevginin gücü onları bir arada tutuyor."

"Ama eğer onlar beş kişiyse – "

"Aile beş kişiden oluşuyor," diye düzeltti. "Muhafızları saymıyorum."

Derin bir nefes aldım. "Bu ciddi... gibi."

"Ah evet," dedi. "En son duyduğumda, dokuz tane kalıcı

muhafiz vardı. Ötekiler daha çok..; geçiciler. Sürekli değişiyor. Ve çoğu da yetenekli. Hepsinin ürkütücü bir yeteneği var, ben onların yanında sıfır kalırım. Volturi onları özel olarak seçer."

Olasılıkların ne kadar kötü olduğunu düşünmemeye çalıştım.

Tekrar başını salladı, sanki ne düşündüğümü biliyor gibiydi. "Çok fazla yüzleşmeye gelmezler. Kimse onlara dalaşacak kadar salak değildir. Sürekli şehirlerinde kalırlar, sadece görev için şehrin dışına çıkarlar."

"Görev?" Meraklanmıştım.

"Edward, sana ne yaptıklarını anlatmadı mı?"

"Hayır," dedim, yüzümde boş bir bakış vardı.

Alice tekrar arkamdaki işadamına göz attı ve soğuk dudaklarını kulağıma yapıştırdı.

"Onlara kraliyet demesinin bir sebebi var... egemen sınıflar. Milenyumdan itibaren, kurallarımızı yürütmek için konumlarını kabul ettirdiler. Bunun tam tercümesi cezalandırıcı suçlular oluyor. Bu görevi azimli bir şekilde yürütüyorlar."

Gözlerim fal taşı gibi açıldı. "Kurallar mı var?" Sesim çok yüksek çıkmıştı.

"Sus!"

"Bunu bana birisinin daha önceden söylemesi gerekmiyor muydu?" diye sinirle mırıldandım. "Yani demek istediğim, ben de sizlerden birisi olmak istiyordum! Birileri bu kuralı bana açıklasaydı, iyi olmaz mıydı?"

Alice tepkime güldü. "O kadar karışık değil Bella. Sadece bir kısıtlama var ve düşünürsen, bunu kendi kendine de bulabilirsin."

Düşündüm. "Hayır, hiçbir fikrim yok."

Düş kırıklığıyla başını salladı. "Bu açıkça ortada. Varlığımızı bir sır olarak tutmalıyız."

"Hımm," dedim. Gerçekten de oldukça açıktı.

"Çok anlamlı ve bazılarımızın denetime ihtiyacı yok," diye devam etti. "Ama, birkaç yüzyıl sonra, bazen içimizden birisinin sıkıldığı oluyor. Ya da çıldırıyor. Bilemiyorum. Sonra Volturi araya girerek uzlaştırıyor."

"O zaman Edward..."

"Onlara kendi şehirlerinde karşı çıkmayı planlıyor, Etruscanlar'dan, yani son üç bin yıldan beri gizlenen şehir. Şehirlerini koruma konusunda çok hassaslar ve bu yüzden de şehrin sınırları içerisinde avlanmaya izin vermiyorlar. Volterra muhtemelen dünya üzerindeki en güvenli şehir, en azından vampir saldırıları olmuyor."

"Ama sen onların oradan çıkmadıklarını söyledin. Nasıl besleniyorlar?"

"Çıkmazlar. Yiyeceklerini dışarıdan getiriyorlar, bazen oldukça uzaklardan. Bu da, Volterra'yı patlamalardan uzak tutmaları gerekmiyorsa, koruyucuların bir şeyler yapmasını sağlıyor."

"Yani Edward'ın yaratacağı gibi durumlar olmazsa." İsmini söyleyebilmek inanılmaz derecede güzeldi.

"Daha önce böyle bir durumla karşılaşıp karşılaşmadıklarını bilmiyorum," diye mırıldandı. "Çevrede intihar etmek isteyen çok fazla vampir yok."

Acıdan sessizce inledim. Alice, ince, güçlü kolunu omuzlarıma sardı.

'Yapabileceğimiz her şeyi yapacağız ,Bella. Henüz bitmedi."

"Henüz değil." Beni rahatlatmasına izin verdim, aslında bizim şansımızın çok düşük olduğunu biliyordu. "Ve eğer biz de elimize yüzümüze bulaştırırsak, Volturi bizim de işimizi bitirir."

Alice sertleşti, "Bunu sanki iyi bir şeymiş gibi söylüyorsun."

Omzumu silktim.

"Saçmalama Bella, belki de tekrar New York'a döner ve Forks'a gideriz."

"Ne?"

"Biliyor musun, eğer Edward için geç kalmışsak, seni hemen Charlie'ye geri götüreceğim. Başını belaya sokmanı istemiyorum. Bunu anladın mı?"

"Tamam Alice."

Gözlerimi iyice görebilmek için geriye çekildi. "Hiç bela yok."

"İzci sözü," dedim.

Gözlerini devirdi.

"Bırak da şimdi bu konuya yoğunlaşayım. Neler planladığını görmeye çalışıyorum."

Kolunu omzumdan çekmedi ama başını koltuğa yasladı ve gözlerini yumdu. Boştaki elini yüzünün yanına bastırdı ve parmak uçlarıyla şakaklarına masaj yaptı.

Uzun süre onun cazibesine bakakaldım. Bir an hareketsiz kaldı, yüzü sanki taştan bir heykel gibiydi. Dakikalar geçti. Eğer tanımıyor olsaydım, onun uyumuş olduğunu düşünürdüm.

Düşüncelerimi bu konudan uzaklaştıramıyordum. Kaybetme şansımız oldukça yüksekti. Çığlık atmak istiyordum.

Neler olabileceğini tahmin de edemiyordum. Belki, eğer biz çok, çok, çok şanslıysak, bir şekilde Edward'ı kurtarabilirdim. Ama onu kurtarmamın onunla beraber yaşayacağım anlamına gelmediğini bilemeyecek kadar aptal da değildim. Beni istemesi için ortada yeni bir sebep yoktu. Onu tekrar görmek ve tekrar kaybetmek...

Acıya karşı direndim. Onun hayatını kurtarmak için ödeyeceğim bedel buydu. Ödeyecektim.

Uçakta bir film gösteriliyordu ve yanımda oturan kişinin kulaklıkları vardı. Bazen minik ekrandaki figürlerin hareketlerini seyrediyordum ama filmin romantik film mi, korku filmi mi olduğunu anlayamıyordum.

Sonsuz gibi görünen bir zaman sonunda uçak, New York'a inmek üzere alçalmaya başladı. Alice hâlâ trans halindeydi. Heyecanlandım ve eline dokunmak için uzandım.

"Alice," dedim en sonunda. "Alice gitmemiz gerek."

Koluna dokundum.

Gözleri yavaşça açıldı. Kafasını bir sağa bir sola salladı.

"Yeni bir şeyler var mı?" diye sordum kısık bir sesle sordum.

"Tam olarak yok." Çok kısık konuşmuştu, onu zar zor duydum. "Yaklaşıyor. Nasıl sorması gerektiğini düşünüyor."

Diğer uçağı yakalayabilmemiz için koşmamız gerekiyordu. Bu beklemekten daha iyiydi. Uçak havalanır havalanmaz, Alice gözlerini kapattı ve önceki uçakta yaptığı gibi transa geçti. Olabildiğim kadar sabırla bekledim. Tekrar karanlık olduğunda, pencereden dışarıya baktım, dışarısı kapkaranlıktı.

Düşüncelerimi kontrol edebilmeme yardımcı olan geçmiş aylara minnettardım. Korkunç olasılıkları oturup düşünmektense, daha küçük problemler üzerine yoğunlaştım. Eğer geri dönersem, Charlie'ye söyleyeceklerim gibi. İşte bu, beni saatlerce oyalamaya yeterdi. Ve Jacob? Beni beklemek için söz vermişti ama o söz hâlâ geçerli miydi? Acaba Forks'a tek başıma mı dönecektim, kimsesiz? Belki de, ne olursa olsun, kurtulmak istemiyordum.

Alice beni omuzlarımdan sarsınca uyandım, uykuya daldığımı fark etmemiştim.

"Bella," dedi. Sesi karanlık kabinde uyuyan insanların arasında oldukça yüksek çıkmıştı.

"Ne oldu?"

Alice'in gözleri, okuma ışığının altında parıl parıl parlıyordu.

Gülümsüyordu. "Harika bir haber. Düşünüyorlar ama hayır demeye karar verdiler."

"Volturiler mi?" diye mırıldandım.

"Tabii ki Bella, ne söyleyeceklerini görebiliyorum."

"Anlatsana."

Hosteslerden biri yanımıza yaklaştı. "Bayanlar, size yastık getirmemi ister misiniz?" Bizi uyarır gibi, kısık sesle sormuştu.

"Hayır, teşekkürler." Alice hostese baktı ve şeker şeker gülümsedi. Hostes, afallamış bir halde yerine geri döndü.

"Anlat hadi!"

Kulağıma fısıldadı. "Onun yeteneğinin yararlı olduğunu düşünüyorlar. Ona aralarında görev vermeyi teklif edecekler."

"O ne söyleyecek?"

"Henüz bunu göremiyorum ama iddiasına girerim çok iyi bir şeyler olacak." Tekrar gülümsedi. "İlgilerini çekti, onu yok etmek istemiyorlar. Aslında 'ziyan etmek' daha doğru bir kelime olur. Belki de onu yaratıcı olmaya ikna edebilirler. Planları hakkında ne kadar uzun süre düşünürse, bizim için de o kadar iyi olur. "

Bu, kendimi umutlu ve rahatlamış hissetmem için yeterli değildi. Hâlâ geç kalabilirdik. Ve eğer ben Volturi Şehri'nin içine giremezsem, Alice'in beni sürükleyerek eve götürmesine engel olamazdım.

"Alice?"

"Ne?"

"Kafam karıştı. Nasıl oluyor da, her şeyi bu kadar düzgün görebiliyorsun? Bazen de gerçekleşmeyen şeyleri görüyorsun."

Gözleri kısıldı. Acaba ne düşündüğümü tahmin etmiş miydi.

"Açıkça görebiliyorum çünkü çok yakın zamanda olmuş ve konsantre olabiliyorum. Diğer olacak şeyler kendi kendilerine geliyorlar, onlar sadece kısa bir bakış, güçsüz olasılıklar. Artı, ben kendi türümü seninkinden daha rahat görebiliyorum. Edward'ı görmem daha kolay çünkü ona daha bağlıyım."

"Bazen beni de görüyorsun," diye hatırlattım ona.

Başını salladı. "Bu kadar değil."

"Keşke benim hakkımda gördüklerin gerçek olsaydı. En başta, benimle ilgili ilk gördüklerin, tanışmadan öncekiler..."

"Ne demek istiyorsun?"

"Beni sizden biri olarak görmüştün."

Derin bir nefes aldı. "O zamanki bir olasılıktı."

"O zamanki," diye tekrarladım.

"Aslında Bella..." İlk önce çekindi, fakat sonra, "Dürüst olmak gerekirse, her şey iyice saçma bir hal aldı. Seni kendi kendime değiştirmeyi bile düşünüyorum," dedi.

Ona baktım, donup kalmıştım. Eğer fikrini değiştirirse, bu şekilde bir umudu kaybetmeyi göze alamazdım.

"Seni korkuttum mu?" diye merakla sordu. "Bunun istediğin bir şey olduğunu zannediyordum."

"İstiyorum!" diye yutkundum. "Alice hemen şimdi yap! Sana yardım ederim ve seni yavaşlatmam. Isır beni!"

"Sus," diye uyardı. Hostes yine bizim tarafımıza doğru bakıyordu. "Mantıklı olmaya çalış," diye fısıldadı. "Yeterli zamanımız yok. Yarın Volterra'ya girmemiz gerekiyor. Günlerce acıdan kıvranacaksın." Yüzünü buruşturdu. "Ve diğer yolcuların da iyi tepki vereceklerini zannetmiyorum."

Dudağımı ısırdım. "Eğer şimdi yapmazsan, fikrini değiştirirsin."

"Hayır." Kaşlarını kaldırdı, ifadesi mutsuzdu. "Sanmıyorum. Edward kızgın olacak, ama ne yapabilir ki?"

Kalbim hızla atmaya başladı. "Hiçbir şey."

Sessizce güldü ve nefes aldı. "Bana çok fazla güveniyorsun, Bella. Yapabileceğimi zannetmiyorum. Seni öldürebilirim de."

"Şansımı denerim."

"Çok acayipsin, bir insana göre bile."

"Teşekkürler."

"Önce yarını geçirmeliyiz."

"İyi noktaya parmak bastın." Ama en azından içimde bir umut vardı. Eğer Alice sözünü tutarsa, ve eğer beni öldürmezse, Edward istediği yere gider, ben de onu takip edebilirdim. Oyalanmasına müsaade etmezdim. Belki, güzel ve güçlü olursam, oyalanmasına gerek bile kalmazdı.

"Haydi uyu," dedi. "Yeni bir şeyler olursa, seni uyandırıp haber veririm."

"Haklısın," diye homurdandım. Alice bacaklarını koltuğa çekti, kollarını bacaklarının etrafına doladı ve alnını dizlerine dayadı. Konsantre olurken öne ve arkaya doğru sallandı.

Başımı koltuğa yasladım ve ona baktım, bir süre sonra titremeye başladı.

"Neler oluyor?" dedim.

"Ona hayır dediler," dedi sessizce. Heyecanı yok olmuştu.

Sesim panikten boğulur gibi çıktı. "Şimdi ne yapmayı düşünüyor?"

"İlk başta karmaşıktı. Sadece titreşimler görüyordum çünkü planları çok çabuk değişiyordu."

"Ne planları?" diye baskı yaptım.

"Kötü bir saat geçirdi," diye fısıldadı. "Avlanmaya çıkmaya karar verdi."

Bana baktı ve anladığımı fark etti.

"Şehirde," diye açıkladı. "Çok yaklaştı. Ama son dakikada fikrini değiştirdi."

"Carlisle'ı düş kırıklığına uğratmak istemiyor," diye mırıldandım.

"Muhtemelen," dedi.

"Yeteri kadar vaktimiz olacak mı?" Konuşurken, kabindeki basınçta bir değişiklik oldu ve uçağın aşağı doğru eğildiğini fark ettim.

"Umarım. Son kararına sadık kalırsa, belki."

"Ne o?"

"Basit tutmak istiyor. Sadece güneşe doğru yürüyecek."

Güneşe doğru yürümek mi? Hepsi bu kadar mı?

Yeterli olurdu. Edward'ın çayırdaki görüntüsü kafama kazınmıştı. Bunu gören hiçbir insan unutamaz. Volturi buna izin vermezdi. Eğer şehirlerinin bilinmesini istemiyorlarsa, buna izin vermezdi.

Açık pencereden içeriye vuran hafif gri ışığa baktım. "Geç kalacağız," diye fısıldadım. Boğazım panikten kupkuru olmuştu.

Başını salladı. "Şu an, melodram yaratmaya çalışıyor. Mümkün olduğunca fazla seyirci olsun istiyor, o yüzden ana meydana gidecek, saat kulesinin altına. Duvarlar orada daha yüksek. Güneş tam tepeye çıkana kadar bekleyecek."

"O zaman öğlene kadar vaktimiz var."

"Eğer şanslıysak. Eğer bu fikrinden vazgeçmezse."

Pilot, hoparlörlerden bir anons yaptı, önce Fransızca, sonra ingilizce ve en yakın havaalanına ineceğimizi söyledi. İkaz ışıkları yandı.

"Floransa'dan Volterra'ya ne kadar bir mesafe var?"

"Ne kadar hızlı sürdüğüne bağlı... Bella?"

"Evet?"

Şüpheyle bana baktı. "Araba hırsızlığı hakkında ne düşünüyorsun?"

***

Parlak sarı renkli bir Porsche'un, lastiklerinden çığlıklar ata ata durduğum yere yaklaştığını gördüm.

"Çabuk ol Bella!" diye sabırsızca bağırdı Alice.

Kapıya koştum ve kendimi içeriye attım.

"Ah, Alice," diye şikâyet ettim. "Araba çalarken daha az dikkat çekecek bir şey seçemez miydin?"

Arabanın içi siyah deri kaplamaydı ve camları da simsiyahtı. içerisi daha güvenli gibiydi, karanlıktı.

Alice, zikzaklar halinde gidiyordu, havaalanının trafiğine

göre oldukça hızlıydı. O, arabalar arasındaki azıcık boşluktan hızla geçerken, kemerime sımsıkı tutunuyordum.

"Daha hızlı bir araba çalamaz mıydın, diye sormanı beklerdim ama sanmıyorum. Sanırım şanslıydım."

"Bizi yakalamak için yolu kapatırlarsa, rahatlarım."

Güldü. "Bana güven, Bella. Her türlü engeli geçebilirim," dedi ve gaza basarak söylediğini kanıtladı.

Dışarıyı seyretmenin daha iyi olacağını düşündüm. Floransa'yı geçmiş, Toskana'da ilerliyorduk. Bu benim başka bir ülkeye yaptığım ilk gezimdi, ve belki de sonuncusuydu. Alice'in sürüşü beni korkutuyordu, onun sürüşüne çok güveniyor olsam bile korkuyordum. Ve tepeleri ya da duvarla Çevrili şehirleri göremeyecek kadar gergindim.

"Başka bir şeyler görebiliyor musun?"

"Bir şeyler oluyor," diye mırıldandı Alice. "Bir festival gibi bir şey. Sokaklar insanlarla ve kırmızı bayraklarla dolu. Bugün günlerden ne?"

Tam emin değildim. "On dokuzu sanırım."

"Bu çok ironik. Bugün Aziz Marcus Günü."

"Ne demek yani?"

Kara kara baktı. "Şehir her sene kutlamalar yapar. Efsaneye göre, bir Hıristiyan misyoneri, Marcus baba, bin beş yüz yıl önce Volterra'daki bütün vampirleri kovmuş. Hikâyeye göre, Romanya'da vampirleri kovmaya çalışırken şehit düşmüş. Ama bu çok mantıksız çünkü o hiçbir zaman şehri terk etmemiş. Haçlar ve sarımsaklarla ilgili batıl inançlar, işte bu sırada ortaya çıkmış. Marcus Baba onları çok başarıyla kullanırmış. Böylece vampirler Volterra'da sorun yaratmamışlar." Gülüşü küçümser gibiydi. "Ama son zamanlarda daha çok şehir ya da polis kutlamasına döndü. En nihayetinde Volterra oldukça güvenli bir şehir ve bunun polis sayesinde olduğu zannediliyor."

Onun *ironik* derken neyi kastettiğini anlamıştım. "Eğer

Edward bunu Aziz Marcus Gününde yaparsa, çok mutlu olmayacaklar, değil mi?"

Başını salladı, vahşice baktı. "Hayır, çok çabuk hareket edecekler."

Uzaklara baktım, dişlerimi o kadar çok sıkıyordum ki, neredeyse alt dudağımı yırtacaktım. Bir yerimin kanaması, şu an için çok da iyi bir fikir değildi.

Soluk mayi gökyüzündeki güneş oldukça yüksekti.

"Hâlâ öğlen mi yapmayı planlıyor?"

"Evet. Beklemeye karar verdi. Ve onlar da onu bekliyorlar."

"Ne yapmam gerektiğini söyle."

Gözlerini dolambaçlı yoldan hiç ayırmadı. Hız göstergesi en sağ tarafa dayanmıştı.

"Senin bir şey yapmana gerek yok. Işığa doğru hareket etmeden önce seni görmesi yeterli. Ve seni, beni görmeden önce görmeli."

"Bunu nasıl becereceğiz?"

Küçük kırmızı bir araba, yarışır gibi Alice'i geçti.

"Seni oldukça yakınına götürmeyi deneyeceğim ve sen de sana gösterdiğim doğruda yürüyeceksin."

Başımı sallayarak onayladım.

"Düşmemeye dikkat et," diye ekledi. "Bugün hiçbir sendelemeyi kaldıracak vaktimiz yok."

İnledim. Bu tam benlikti; her şeyi berbat etmek, dünyayı yok etmek, hem de bir saniye içinde.

Alice zamanla yarışırken güneş de en tepeye çıkmaya devam ediyordu. Çok parlaktı ve bu benim paniklememe neden oldu. Belki de öğleni beklemezdi.

"Orada," dedi Alice aniden, ilerideki tepenin üzerindeki kale gibi yeri göstererek.

Oraya bakınca yeni bir korkuyla yüzleştim. Dün sabah, Alice'in merdivenin başında onun ismini söylediği ilk andan itibaren içimde sadece tek bir korku vardı. Ve şimdi, yüksek tepenin üzerindeki tarihi duvarlara ve kulelere bakarken içimi, daha bencil ve korkunç bir heyecan sarmıştı.

Şehrin çok güzel olduğunu düşünmekten kendimi alamıyordum ve bu beni kesinlikle dehşete düşürüyordu.

"Volterra," dedi Alice, soğuk ve tekdüze bir sesle.

20. VOLTERRA

Tepeyi tırmanmaya başladık. Yol gittikçe kalabalıklaşıyordu. Daha yükseğe doğru çıktıkça arabalar birbirlerine daha yakın gittiği için Alice aralarından geçemiyordu. Minik kahverengi Peugeot marka arabanın arkasından yavaşça ilerlemeye başladık.

"Alice," diye mırıldandım. Arabadaki saat sanki hızlanmış gibiydi.

"Tek yol bu," diye beni yatıştırmaya çalıştı.

Arabalar ilerlemeye devam etti, her seferde bir tane araba ilerliyordu. Güneş parlakça yükseliyordu.

Arabalar şehre doğru teker teker ilerliyordu. Yakınlaştıkça, arabaların yolun kenarına çekip geri kalan yolu yürüyerek tırmandıklarını gördüm. Önce insanların sabırsızlandığını düşündüm ama sonra virajı döndük ve şehrin duvarının dışındaki otoparkın dolu olduğunu gördüm, insanlar kapıya doğru yürüyorlardı. Hiç kimsenin arabasıyla içeri girmesine izin yoktu.

"Alice," dedim aceleyle.

"Biliyorum," dedi. Yüzü buzdan oyulmuş gibiydi.

Hava oldukça rüzgârlıydı. Kalabalıkta yürüyen insanlar şapkalarını tutuyorlar ve rüzgârda savrulan saçlarını kulaklarının arkasına sıkıştırıyorlardı. Elbiseleri dalgalanıyordu. Kırmızı renkler gözüme çarpıyordu. Kırmızı gömlekler, kırmızı şapkalar, uzun kurdeleler gibi kapılara asılmış kırmızı bayraklar rüzgârda dalgalanıyordu. Etrafa bakınırken, kıpkırmızı bir eşarbın bir kadının saçlarından ayrılıp rüzgârla uçtuğunu gördüm. Kadın, uzanmaya çalıştı, zıpladı ama eşarp daha da yükseldi.

"Bella." Dedi Alice şiddetli ve kısık bir sesle. "Korumanın ne karar vereceğini göremiyorum. Eğer bu işe yaramazsa, yalnız girmek zorundasın. Koşman gerek. Sadece Palazzo dei Priori'yi sor ve sana gösterdikleri yöne doğru koş. Sakın kaybolma."

"Palazzo dei Priori, Palazzo dei Priori." İsmi unutmamak için arka arkaya tekrar etmeye başladım.

"Ya da 'Saat Kulesi' dersin, eğer İngilizce biliyorlarsa. Ben de etrafı dolaşıp, duvarın üzerinden atlayabileceğim bir yer bulabilecek miyim diye bakınacağım."

Başımı salladım. "Palazzo dei Priori."

"Edward saat kulesinin altında olacak, meydanın kuzey tarafında. Orada, sağda, dar bir geçit yolu var. Ordaki gölgede bekliyor. Güneşe doğru yürümeye başlamadan dikkatini çekmelisin."

Gergince kafamı salladım.

Alice sıranın en önüne yaklaştı. Koyu mavi üniformalı bir adam trafiği kontrolü altında tutmaya ve insanları dolmuş otoparktan geri döndürmeye çalışıyordu. Herkes sırayla U dönüşü yapıyor ve yolun kenarına park ediyorlardı. Şimdi Alice'in sırasıydı.

Üniformalı adam tembel tembel işini yapıyor, hiç dikkat etmiyordu. Alice hızlandı, adamın etrafından geçerek kapıya doğru ilerledi. Adam bize doğru bir şeyler bağırdı ama yerinden kıpırdamadı ve sonra bizim yaptığımızı yapmasın diye bir sonraki arabaya çılgınca elini kolunu sallamaya başladı.

Kapıdaki adam da benzer bir üniforma giyiyordu. Biz ona

yaklaşırken, turistler de kalabalık halinde kaldırımlarda yürüyorlar ve yanlarından geçmeye çalışan Porsche'a bakıyorlardı.

Güvenlik görevlisi yolun ortasına kadar yürüdü. Alice, durmadan önce arabayı dikkatli bir açıya getirdi. Güneş penceremden yansıyordu ama Alice gölgedeydi. Arkaya eğilerek çantasını buldu ve içinden bir şey aldı.

Koruma rahatsız olmuş bir ifadeyle yanımıza geldi ve sinirli sinirli arabanın camını tıklattı.

Alice camı yarısına kadar açtı. Adam, koyu camların arkasındaki yüzü görünce biraz daha yumuşadı.

"Üzgünüm bayan, bugün şehre sadece tur otobüsleri girebiliyor," dedi. Özür diler gibi konuşuyordu, sanki bu kadar güzel bir bayana daha iyi haberler verebilmeyi ister gibiydi.

"Bu özel bir tur," dedi Alice, cazibeli bir gülüşle. Elini camdan çıkarttı. Önce şaşkınlıktan dondum kaldım ama sonra dirseğine kadar uzun, ten rengi bir eldiven giydiğini görünce rahatladım. Görevlinin hâlâ yukarda duran elini aldı ve arabaya çekti. Avucunun içine bir şeyler koydu ve parmaklarını üzerine kapattı.

Eline bakınca adamın yüzünün rengi attı ve kalın bir rulo halinde duran paraya baktı. En dıştaki para bin dolarlık bir banknottu.

"Bu bir şaka mı?" diye mırıldandı.

Alice gülümsedi "Eğer sen komik olduğunu düşünüyorsan."

Alice'e baktı, gözleri kocaman açılmıştı. Gergince saate baktım. Eğer Edward planını uygulayacaksa, sadece birkaç dakikamız kalmıştı.

"Yalnız biraz acelem var," dedi gülümseyerek.

Görevli bir iki kere gözlerini kırptı ve parayı cebine koydu. Pencereden birkaç adım uzaklaştı ve bize elini salladı. Geçen insanlardan hiçbiri değiştokuşu görmemişti. Alice şehre doğru ilerledi ve ikimiz de rahat bir nefes aldık.

Sokak oldukça dardı ve aynı renk taşlarla döşenmişti. Tarçın renkli binalar sokağı gölgeleriyle karartmışlardı. Sanki bir geçit yolu havasındaydı. Kırmızı bayraklar duvarları süslüyordu, aralarında sadece bir kaç metre mesafe vardı.

Kalabalıktı ve insan trafiği bizi yavaşlatıyordu.

"Sadece biraz ileride," diye beni cesaretlendirdi. Kapının kolunu tuttum ve kendimi sokağa atmaya hazırdım.

Hızlı hamlelerle ve ani duruşlarla sürmeye devam etti. Kalabalıktaki insanlar, yumruklarını kaldırarak kızgın kelimeler söylüyorlardı. Anlayamadığıma seviniyordum. Sonra minik bir yola girdi, belli ki burası arabalar için değildi ve insanlar ezilmemek için yan dönerek duvara dayanmak zorunda kalmışlardı. Sokağın bitiminde başka bir sokağa geldik. Burada binalar daha yüksekti ve kaldırıma hiç güneş ışığı vurmuyordu. Buradaki kalabalık diğer yerlerdekine göre daha çoktu. Alice arabayı durdurdu. Daha yanaşmadan kapıyı açtım.

Bana sokağın genişlediği ve güneş ışığının girdiği yeri işaret etti. "Orada, biz şu an meydanın güney bitimindeyiz. Dümdüz koş, saat kulesine doğru. Ben de diğer taraftan dolanacağım."

Nefes almak için durdu ve sonra "Her yerdeler," diye bağırdı.

Olduğum yerde dondum ama beni dışarıya itti. "Onları boş ver. İki dakikan kaldı. Git Bella, git!" diye haykırdı, Alice'in gölgeler arasından kaybolmasını seyretmek için bile durmadım. Kapıyı arkamdan kapatmadım. Önümdeki şişman kadına çarptım ve dümdüz koşmaya devam ettim.

Karanlık şeritten çıkarken, bir anda gelen güneş ışığı gözlerimi kör etmeye yetti. Rüzgâr esti ve saçlarımı gözlerime sokarak etrafı görmeme engel oldu. O yüzden çarptığım duvarı göremedim.

Hiç yol yoktu, dip dibe yürüyen vücutların arasında hiç boşluk yoktu. Onları kızgınca iteledim, beni iteleyen elleriyle savaştım. Aralarından geçerken bağırtılar duydum ama hiçbir şey anlamadım çünkü bildiğim bir dilde konuşmuyorlardı. Yüzleri, sinirden ve şaşkınlıktan buruşmuştu. Her yer kıpkırmızıydı. Sarışın bir kadın bana suratını asarak baktı, kırmızı eşarbı, sanki korkunç bir yara gibi boynuna dolanmıştı. Bir çocuk, babasının omuzlarının üzerine oturmuş, dişlerini sıkarak bana bakıyordu, dudaklarına plastik vampir dişleri takılıydı.

İtiş kakışlar devam etti ve beni ters yöne döndürdü. Nihayet saati görebiliyordum, öbür türlü yönümü bulmama imkan yoktu. Ama saatin iki kolu da merhametsiz güneşe dönmüştü. Kalabalığı şiddetle yarsam da çok geç olacağını biliyordum. Henüz yolu yarılamamıştım. Yetişemeyecektim. Salaktım, yavaştım, insandım ve sadece bu yüzden, hepimiz ölecektik.

Kalabalığı dinledim, Edward'ı gören birilerinin çığlığını duymayı bekledim.

Kalabalığın ortasındaki boşluğu görünce hızla oraya yürümeye başladım. Ne olduğunu gidene kadar anlamadım. Yaklaştığımda geniş, kare şeklinde bir havuz olduğunu fark ettim.

Sevinçten neredeyse ağlayacaktım. Kenarından içine girdim ve dizlerime kadar gelen suyun içinde yürümeye başladım. Hava güneşli olmasında rağmen rüzgâr buz gibiydi ve ıslak olmam bu durumu daha da kötü bir hale getirmişti. Ama havuz oldukça genişti ve meydanın ortasını daha çabuk geçmemi sağladı. En uzak kenarına gelince duraklamadan duvarın üzerinden atladım ve tekrar kalabalığın içine karıştım.

Üzerimden sıçrattığım buz gibi sular üzerlerine gelmesin, diye kalabalık bana yol vermeye başlamıştı. Tekrar saate baktım.

Meydanda derin ve sesli bir çınlama yankılandı. Ayağımın altındaki taşlar sesten titredi. Çocuklar ağlamaya başlayarak kulaklarını tıkadılar. Koşarken bağırmaya başladım.

"Edward!" dedim, faydasız olduğunu biliyordum. Kalabalık oldukça gürültülüydü ve nefessiz kalmıştım. Yine de bağırmaya devam ettim.

Saat tekrar çaldı, annesinin kucağındaki bir çocuğun yanından geçtim, çocuğun saçları güneş ışığından parlıyordu. Uzun boylu, kırmızı ceketli adamlar, ben yanlarından geçerken insanları uyarıyordu. Saat tekrar çaldı.

Gözlerim umutla kulenin altındaki dar geçişi taradı. Saat tekrar çaldı.

Görmek çok zordu. Rüzgâr yüzümü yalayarak geçti ve gözlerimi yaktı. Rüzgârdan mı gözlerim yaşarmıştı, yoksa saat tekrar çaldığı için mi ağlıyordum, bilmiyordum.

Geçitin ağzında dört kişilik minik bir aile duruyordu. İki kız kıpkırmızı elbiseler giyinmişlerdi, koyu saçlarında birbirinin aynısı tokalar vardı. Babaları uzun değildi. Sanki arkalarındaki gölgede parlak bir şey görebiliyordum, tam babanın omzunun üzerinden. Onlara doğru aceleyle koştum. Saat çaldı ve küçük kız elleriyle kulaklarını tıkadı.

Büyük olan kızın boyu, annesinin beline geliyordu. Sonra annesinin elini çekiştirerek karanlığı işaret etti. Saat çaldı ve artık daha yakındım.

Kulakları sağır eden sesin oldukça yakınındaydım. Baba bana şaşkınlıkla baktı, hızla onlara doğru koşuyor ve sürekli Edward'ın adını haykırıyordum.

Büyük olan kız kıkırdadı ve annesine bir şey söyleyerek için tekrar gölgeye döndü.

Babanın etrafından dolanarak geçide saptım ve arkalarındaki kasvetli geçide doğru koşturdum.

"Edward, hayır!" diye bağırdım ama gürültülü çan yüzünden sesim duyulmuyordu.

Onu artık görebiliyordum. Ve onun beni göremediğini de görüyordum.

Gerçekten oydu, bu sefer halüsinasyon görmüyordum. Ve

onu görünce, hayallerimde eksiklik olduğunu ve Edward'a karşı hiç adil davranmadıklarını fark ettim.

Edward bir heykel gibi duruyordu, geçidin ağzının sadece birkaç metre uzağındaydı. Gözleri kapalıydı ve avuçları ileriye doğru açılmıştı. İfadesi oldukça huzurluydu, sanki mutlu şeyler düşünüyor gibiydi. Mermer gibi göğsü çıplaktı, ayaklarının dibinde beyaz kumaş parçaları vardı. Kaldırımdan yansıyan ışık teninde parlıyordu.

Hayatımda daha önce hiç bu kadar güzel bir şey görmemiştim. Son yedi ayın hiç bir anlamı yoktu. Ormanda söylediği sözleri bir şey ifade etmiyordu. Ve beni istememesi umurumda bile değildi. Ondan başka bir şey istemiyordum.

Saat çaldı ve ışığa doğru bir adım attı.

"Hayır!" diye bağırdım. "Edward bana bak!"

Dinlemiyordu. Sadece hafifçe gülümsüyordu. Ayağını kaldırdı ve ışığa çıkmak için son adımını atmaya hazırlandı.

Ona doğru atladım, o kadar hızlı çarpıştık ki, eğer kollarıyla beni yakalamasaydı kafamın üzerine düşebilirdim.

Kapalı gözleri, saat tekrar çalarken yavaşça açıldı.

Şaşkınlıkla bana baktı.

"İnanılmaz," dedi, sesi merak içinde ama neşeliydi. "Carlisle haklıymış."

"Edward." Nefes almayı denedim ama sesim çıkmıyordu. "Gölgeye doğru gitmelisin. Hem de hemen!"

Sersemlemiş gibiydi. Elleri yumuşakça yanaklarımı okşadı. Onu geriye doğru ittiğimi fark etmemiş gibiydi. Saat çaldı ama tepki vermedi.

Çok garipti, ikimizin de ölümcül bir tehlike içerisinde olduğumuzun farkındaydım. Yine de kendimi iyi hissediyordum. Kalbim yerinden fırlayacak kadar hızlı atıyor, kanım damarlarımda sıcacık akıyordu. Ciğerlerim Edward'ın teninden gelen tatlı mayhoş bir kokuyla dolmuştu. Sanki göğsümde hiç delik olmamıştı. Harika hissediyordum, iyileşmemiştim ama sanki hiç yaralanmamış gibiydim.

"Bu kadar çabuk olduğuna inanamıyorum. Hiçbir şey hissetmedim, harikaymış," diyerek gözlerini kapattı ve dudaklarını saçlarıma gömdü. Sesi, bal kadar tatlıydı. *"Soluğunun balını çeken ölümün gücü, yetmemiş güzelliğini almaya,"* diye mırıldandı ve Juliet'in mezarı başında Romeo'nun söylediklerini tekrar ettiğini fark ettim. Saat son kez çaldı. "Her zamanki gibi kokuyorsun," diye devam etti. "Belki de cehennemdeyim. Umurumda değil."

"Ben ölmedim," diye lafını kestim. "Sen de ölmedin! Lütfen Edward, gitmemiz gerek. Çok uzakta değillerdir."

Kollarını tuttum. Kaşları şaşkınlıktan havaya kalktı.

"Ne demek bu?" diye sordu kibarca.

"Ölmedik, yani henüz! Ama buradan hemen gitmeliyiz Volturiler gelmeden – "

Nihayet demek istediklerimi anlamıştı. Daha ben lafımı bitirmeden, bir anda beni kaldırarak gölgeye çekti ve sırtımı duvara dayadı. Kolları genişçe ve korumacı bir halde açılmıştı.

Kollarının altından baktım ve iki karanlık şeklin gölgelerin arasından çıktığını gördüm.

"Selamlar beyler," dedi Edward sakin ve mutlu bir şekilde. "Sizin servisinize ihtiyacım olduğunu zannetmiyorum. Eğer efendinize selamlarımı iletirseniz çok sevinirim."

"Bunu yetkili makamlara iletelim mi?" diye fısıldadı düz bir ses tehditkar bir şekilde.

"Bunun gerekli olduğunu sanmıyorum." Edward'ın sesi sert çıkıyordu. "Kurallarınızı biliyorum Felix ve hiç bir kuralı yıkmadım."

"Felix sadece güneşin yakınlığını vurgulamak istedi," dedi öteki gölge daha sakin bir tonla. İkisi birden duman renkli, yere kadar uzanan cübbelerin altına gizlenmişlerdi. "Bırakın da, daha iyi gizlenecek yer bulalım."

"Tam arkanızda olacağım," dedi Edward kuru kuru. "Bella, neden meydana gidip festivale katılmıyorsun?"

"Hayır, kızı da getir," dedi ilk gölge pis pis sırıtarak.

"Sanmıyorum." Sesindeki naziklik gitmişti. Edward'ın sesi düz ve buz gibiydi. Ağırlığını diğer bacağının üzerine verdi, onun kavgaya hazırlandığını fark etmiştim.

"Hayır," dedim.

"Şşşt," diye mırıldandı bana.

"Felix," dedi ikinci ve daha makûl olan gölge. "Burada olmaz." Edward'a döndü. "Aro sadece seninle tekrar konuşmak istiyor, eğer bize artık ihtiyacın yoksa..."

"Kesinlikle," dedi Edward. "Ama kız gitsin."

"Korkarım bu mümkün değil," dedi kibar olan gölge pişman bir şekilde. "Kurallara uymak zorundayız."

"O zaman korkarım Aro'nun davetini geri çevireceğim Demetri."

"İşte bu harika," dedi Felix. Gözlerim derin gölgeye odaklanmıştı ve Felix'in uzun, şişman ve geniş omuzlu olduğunu görmüştüm. Vücudu bana Emmett'i hatırlattı.

"Aro hayal kırıklığına uğrayacak," dedi Demetri.

"Eminim bunu atlatır," dedi Edward.

Felix ve Demetri geçidin ağzında duruyorlardı ve çıkarlarken Edward aralarında kalsın diye biri sola biri sağa geçti. Onu, insanlar görmesin, diye geçidin diplerine doğru çekmek istiyorlardı. Tenlerine ışık gelmiyordu, cübbelerinin altında güvendeydiler.

Edward, yerinden bir santim bile kıpırdamadı. Beni korumak için önümde duruyordu.

Aniden Edward'ın başı geçidin karanlık kısmına döndü, Demetri ve Felix de aynı şeyi yaptılar. Benim hislerimin algılamadığı bir ses duymuş olmalıydılar.

"Haydi birbirimize görgülü davranalım, olmaz mı?" dedi kıvrak bir ses. "Aramızda bayanlar var."

Alice yavaşça Edward'ın yanına geldi. Yüzünde hiç gerginlik hissedilmiyordu. Oldukça zayıf ve kırılganmış gibi duruyordu. Küçük kolları bir çocuğunkiler gibi sallanıyordu.

Demetri ve Felix, birden dikildiler, cübbeleri, geçidin içinden esen hafif rüzgârla sallandı. Felix'in yüzü ekşidi. Muhtemelen, çift sayılardan hoşlanmıyorlardı.

"Yalnız değiliz," diye hatırlattı Alice.

Demetri omzunun üzerinden baktı. Minik bir aile, kırmızı elbiseli kızlarıyla beraber bizi seyrediyorlardı. Anneleri, panik halinde babalarına bir şeyler söylüyordu, gözü üzerimizdeydi. Demetri onunla göz göze gelince, kadın gözlerini başka tarafa çevirdi. Adam, alana doğru birkaç adım attı ve kırmızı ceketli birinin omzuna dokundu.

Demetri kafasını salladı. "Lütfen Edward, makûl olalım," dedi.

"Olalım," diye kabul etti Edward. "Şimdi biz gideceğiz, hiç kimse bir şey yapmayacak."

Demetri gergince nefes aldı. "En azından bunu baş başa konuşalım."

Kırmızı giyinmiş altı tane adam, bize garip garip bakarak orada duran aileye katıldılar. Edward'ın beni korumak için önümde durduğunun farkındaydım, eminim onları harekete geçiren de buydu. Onların kaçması için çığlık atmak istedim.

Edward dişlerini sesli sesli gıcırdattı. "Hayır."

Felix gülümsedi.

"Yeter."

Arkamızdan gelen ses yüksek ve tizdi.

Edward'ın kolunun altından çaktırmadan baktım. Ses küçük, karanlık bir şekilden çıkmıştı. Kenarlarının dalgalandığını görünce, onlardan birisi olduğunu anladım. Başka kim olabilirdi?

İlk önce genç bir çocuk olduğunu zannettim. Alice kadar zayıftı, uzun, soluk kahverengi saçları kısacık kesilmişti. Cübbenin altındaki vücudu, ince ve çift cinsiyetli gibiydi. Ama yüzü bir erkek için oldukça güzeldi. Geniş gözleri, kalın dudaklarıyla bir meleğe benziyordu.

Felix ve Demetri anında rahatlayıp geriye çekildiler ve duvarın gölgesine doğru gittiler.

Edward kollarını indirdi ve o da rahat bir pozisyon aldı.

"Jane," dedi.

Alice kollarını göğsünde kavuşturdu, ifadesi kayıtsızdı.

"Beni takip edin," dedi Jane, çocuksu sesi monoton çıkmıştı. Arkasını döndü ve yavaşça karanlıkta ilerledi. Felix bize bakarak sırıttı.

Alice, minik Jane'in arkasından yürüdü. Edward kollarını belime doladı ve beni yanına çekti. Geçit, yokuş aşağı indikçe daralıyordu. Gözlerimde çılgın soru işaretleriyle Edward'a baktım ama o sadece kafasını salladı. Aslında arkamdan geldiklerini duyamıyordum ama arkamda olduklarından emindim.

"Evet, Alice," dedi Edward. "Sanırım seni burada gördüğüme şaşırmamalıyım."

"Benim hatamdı," dedi Alice. "Ve düzeltmek de benim görevimdi."

"Neler oldu?" Sesi kibardı sanki çok merak etmiyor gibiydi. Bunun arkamızdan bizi dinleyenler yüzünden olduğunu biliyordum.

"Uzun hikâye." Alice'in gözleri bana döndü ve sonra uzaklara baktı. "Özetlemek gerekirse, bir uçurumdan atladı, ama kendini öldürmek için değil. Bella bu aralar bütün korkunç sporları deniyor."

Yüzüm kızardı ve gözlerimi başka tarafa çevirdim, artık göremediğim karanlık gölgeye bakıyordum. Alice'in düşüncelerini duyduğunu biliyordum. Neredeyse boğulmalar, vampirlerden kaçmak, kurt adamdan arkadaşlar...

"Hımm," dedi Edward sertçe.

Geçide doğru hafif bir kıvrım vardı ve hâlâ yokuş aşağı gidiyorduk, bu yüzden varana kadar kare şeklindeki çıkmaz yolu görmemiştim. Penceresiz, düz, tuğladan bir duvardı.

İsmi Jane olan minik artık görünmüyordu.

Alice hiç çekinmedi, duvara doğru yürürken hiç istifini bozmadı. Sonra tüm zarafetiyle sokağa çıkan ufak delikten geçti.

Bir kanalizasyona benziyordu. Alice yok olana kadar fark etmemiştim ama kapı yarım açıktı. Delik küçücük ve siyahtı.

Korktum.

"Korkma Bella," dedi Edward kısık bir sesle. "Alice seni tutar."

Deliğe şüpheyle baktım. Eğer Demetri ve Felix arkamızda sessizce beklemiyor olsaydı, büyük ihtimalle ilk o giderdi.

Eğildim ve bacaklarımı daracık delikten soktum.

"Alice?" diye korkuyla seslendim.

"Buradayım, Bella," dedi. Sesi beni rahatlatmaktan çok uzaktı.

Edward, buz gibi soğuk elleriyle beni dirseklerimden tuttu ve hafifçe deliğin içine indirdi.

"Hazır mısın?" dedi.

"Bırakabilirsin," dedi Alice.

Gözlerimi kapattım ve çığlık atmayayım diye elimi ağzıma bastırdım. Edward düşmem için beni bıraktı.

Sessiz ve kısaydı. Aradan bir saniye bile geçmeden, sessizce Alice'in beni bekleyen kollarına düştüm.

Kolları o kadar sertti ki, her yerimin moraracağına emindim.

Karanlık görünüyordu ama aşağısı o kadar da karanlık değildi. Yukarıdan gelen ışık ayağımın altındaki taşlara vurarak hafif bir parlaklık veriyordu. Işık bir saniye kadar gitti ve Edward tam arkamda belirdi. Kollarını bana doladı, kendisine doğru çekti ve beni ileriye çekmeye başladı. Kollarımı onun soğuk beline doladım ve yerdeki taşlara takılarak düştüm. Tepemizdeki delikten, kapanan ağır mazgalın sesleri geldi.

Sokaktan gelen hafif ışık yok oldu. Sendeleyen ayaklarım karanlık boşlukta yankı yapıyordu, boşluk çok geniş gibiydi ama yine de tam olarak emin değildim. Çılgınca atan kalbimden ve ıslak yere basan ayaklarımdan başka hiçbir ses duymuyordum, sadece bir kere sabırsız bir sesin arkamdan fısıldadığını duymuştum.

Edward bana sıkıca sarıldı. Boşta kalan eliyle yüzümü tuttu, baş parmağı dudaklarımın üzerinde dolandı. Yüzünü saçlarıma bastırdı. Bunun belki de tek kavuşmamız olduğunu fark edince kendimi ona daha da yaklaştırdım.

Artık beni istiyor gibiydi ve bu, korkunç yeraltı tünelini ve bir de arkamızdan gelen serseri vampirleri unutmama yeterdi. Muhtemelen suçluluk duygusundan başka bir şey değildi, aynı benim ölümüme sebep olduğunu düşünüp kendini öldürmek istemesine neden olan suçluluk duygusu gibi. Fakat dudaklarının alnıma dokunduğunu hissedince bütün nedenleri bir köşeye bıraktım. En azından ölmeden önce tekrar onunla beraberdim. Bu onsuz, uzun bir yaşamdan daha iyiydi.

Ona keşke tam olarak neler olabileceğini sorsaydım. Nasıl öleceğimizi bilmeyi istiyordum. Gerçi bunu bilmenin bir faydasını görecek değildim ya, neyse. Ama konuşamadım, fısıldayamadım bile. Etrafımız çevriliydi. Ötekiler her şeyi duyabilirlerdi; her nefesimi, her kalp atışımı.

Ayağımızın altındaki yol aşağıya doğru eğilerek devam ediyor ve bizi daha da derinlere indiriyordu. Bu da klostrofobimin iyice ortaya çıkmasına neden oluyordu. Edward'ın yüzümde tuttuğu eli, çığlık atmamı engelliyordu.

Nereden geldiğini bilmediğim ışık, yavaşça gri bir renge dönüşmeye başladı. Eğik bir tüneldeydik. Gri taşları, uzun sıralar boyunca abanozlar sarmıştı, sanki kanayan mürekkepler görünüyorlardı.

Sanırım korkudan titriyordum. Dişlerim birbirine çarpana kadar üşüdüğümü fark etmemiştim. Giysilerim hâlâ ıslakt ve şehrin altındaki hava kış gibiydi. Aynı Edward'ın teni gibi.

Teninin beni daha da üşüttüğünü fark etti ve beni bıraktı. Sadece elimi tutuyordu.

"H-h-hayır," diyerek kollarımı etrafına sardım. Donuyor olmam umurumda bile değildi. Ne kadar vaktimiz kaldığını kim bilebilirdi ki?

Soğuk eli kolumu ovuşturdu, beni sürtünerek ısıtmaya çalışıyordu.

Aceleyle tünelin içinde ilerliyorduk ya da bana öyle gibi geliyordu. Yavaş ilerleyişim, sanırım Felix'i kızdırmıştı ve sürekli oflayıp pufluyordu.

Tünelin sonunda bir mazgal vardı. Mazgalın demir çubukları paslıydı ve kolum kadar kalınlardı. Bir de, daha ince demirlerle yapılmış, açık duran küçük bir kapı vardı. Edward ileriye giderek daha büyük ve parlak taştan bir odaya girdi. Mazgal arkamızdan çat diye kapandı ve bir kilit sesi geldi. Korkmasam, arkama dönüp bakacaktım

Uzun odanın diğer tarafında alçak, tahtadan bir kapı vardı. Oldukça kalındı, açık olduğu için ne kadar kalın olduğunu rahatlıkla görebiliyordum.

Kapıdan geçtik, etrafıma şaşkınlıkla baktım ve hemen rahatladım. Diğer yandan Edward gerilmiş, çenesi sımsıkı birbirine yapışmıştı.

21. KARAR

Parlak ışıklı bir holdeydik. Duvarlar kırık beyazdı, yerler gri renkte bir halıyla kaplıydı. Bilindik dikdörtgen flüoresan ışıklar, tavanda çifter çifter sıralanmıştı. Burası daha sıcaktı. Bu hol, iğrenç taştan kanalizasyona kıyasla daha güzeldi.

Edward benim düşüncelerimi onaylamıyor gibiydi. Uzun hole baktı ve koridorun sonunda duran asansörün yanındaki ince, siyah örtüye sarılı figürü gördü.

Beni yanına çekti ve Alice de öteki tarafıma geldi. Ağır kapı arkamızdan gürültüyle kapandı ve sonra ağır bir düşme sesi geldi.

Jane asansörün yanında bekledi ve bize kapıyı açtı. Yüzünde umursamaz ve duygusuz bir ifade vardı.

Asansörün içine girince Volturi vampirleri rahatladılar. Cübbelerini fırlattılar ve şapkaları omuzlarına düştü. Hem Felix hem de Demetri'nin cildi zeytin gibiydi. Felix'in siyah saçları kısacık kesilmişti ama Demetri'nin dalgalı saçları omuzlarına kadar geliyordu. Gözlerinin kenarları kıpkırmızıydı ama gözbebekleri siyahtı. Örtülerinin altındaki elbiseleri modern, soluk ve renksizdi. Köşeye çömeldim ve Edward'a yaslandım. Eli hâlâ kolumu ovuyordu. Gözlerini Jane'in üzerinden ayırmıyordu.

Asansör yukarıya çıktı ve lüks bir resepsiyona geldik. Duvarlar tahta panellerle kaplıydı, yerdeki halılar kalın ve yeşil renkteydi. Duvarlarda hiç cam yoktu ama geniş, parlak resimler vardı. Soluk deri koltuklar sıcak ve samimi gruplar halinde yerleştirilmişlerdi ve parlak cam sehpaların üzerlerinde kristal vazolar vardı, içlerine capcanlı renklerde çiçekler konulmuştu. Çiçeklerin kokusu bana cenaze evini hatırlatıyordu.

Odanın tam ortasında yüksek, maun ağacından yapılmış bir masa vardı. Arkasında oturan kadına hayretle bakakaldım.

Uzundu, koyu bir teni ve yeşil gözleri vardı. Başka bir yerde olsa gözüme çok güzel gözükebilirdi ama burada değil. Çünkü o da benim gibi bir insandı. Bir insanın burada ne yapıyor olduğunu anlayamadım. Pek kolay olmamalıydı çünkü etrafı vampirlerle çevriliydi.

Nazikçe gülümsedi. "İyi günler, Jane," dedi. Jane'in yanında bizi gördüğüne şaşırmamıştı. Edward'ın göğsü beyaz ışıkların altında parıl parıldı, ben ise tamamen iğrenç ve darmadağın bir haldeydim.

Jane başını salladı. "Gianna." Odanın arkasındaki kapıya doğru ilerledi ve biz de onu takip ettik.

Felix, masanın yanından geçerken Gianna'ya göz kırptı, o da kıkırdadı.

Tahta kapının öteki tarafında daha farklı bir resepsiyon vardı. Burada, gri takım giymiş, soluk tenli bir çocuk duruyordu ve muhtemelen Jane'in ikiziydi. Saçları daha koyuydu ama dudakları onunkiler kadar dolgun değildi. Sıcakkanlı birine benziyordu. Bizimle tanışmak için ilerledi. Gülümseyerek ona uzandı. "Jane."

"Alec," diye cevapladı ve çocuğa sarıldı. İkisi de birbirinin iki yanağını birden öptüler. Sonra bize baktı.

"Sizi bir tane için gönderdiler ve siz iki buçukla geldiniz," dedi bana bakarak. "İyi iş çıkartmışsınız."

Sonra bir kahkaha attı. Sesi bir bebeğin mutluluk çığlığı gibi çıkmıştı.

"Tekrar hoş geldin Edward," dedi Alec. "Daha iyi gözüküyorsun."

"Evet," diye onayladı Edward tekdüze bir sesle. Edward'ın sert yüzüne baktım ve ruh halinin daha önceden nasıl olduğunu merak ettim.

Alec kıkırdadı ve uzun uzun beni inceledi. "Ve bütün bu sorunların nedeni bu mu?" diye sordu kuşkulu bir sesle.

Edward sadece soğuk bir şekilde gülümsemekle yetindi. Sonra birden dondu.

Felix gülümsedi ve elini kaldırıp Edward'ı çağırdı.

Alice, Edward'ın koluna dokundu. "Sabırlı ol," diye uyardı.

Birbirlerine uzun uzun baktılar. Alice'in ona ne söylediğini duyabilmeyi çok isterdim. Sanırım Felix'e saldırmamakla ilgili bir şeydi çünkü Edward derin bir nefes aldı ve tekrar Alec'e döndü.

"Aro seni tekrar gördüğüne sevinecek," dedi Alec, sanki hiçbir şey olmamış gibi.

"O zaman onu daha fazla bekletmeyelim," dedi Jane.

Edward başını salladı.

Alec ve Jane el ele tutuştular, tekrar geniş, gösterişli bir hole çıktılar. Bu yerin hiç sonu yok muydu?

Holün sonundaki altın kaplama kapıları pas geçtiler, yolun yarısında durdular ve sade tahtadan kapıyı açtılar. Kilitli değildi. Alec, Jane için kapıyı tuttu.

Edward, beni kapının öteki tarafına çekerken haykırmak istedim. Meydandaki taşın aynısıydı, aynı geçit ve aynı kanalizasyon. Yine karanlık ve soğuktu.

Taş çok büyük değildi. Hemen daha parlak, derin bir odaya açıldı.

İki kat yukarıda, uzun pencerelerden vuran parlak güneş ışığı, altındaki taşlara vuruyordu. Hiç yapay ışık yoktu. Odadaki tek mobilya, birkaç ağır tahta sandalyeydi. Yuvarlak tahta taştan uzakta duruyorlardı. Dairenin tam ortasında başka bir kanalizasyon vardı. Bunu, sokaktaki gibi bir çıkış olarak mı kullandıklarını merak ettim.

Oda boş değildi. Birbiriyle konuşan bir sürü insanla doluydu. Kısık sesteki mırıltılar sanki bir melodi gibiydi. Bir çift soluk tenli kadın yazlık elbiseleri içinde, ışığın altında oturmuşlardı ve tenleri, prizma gibi, ışığı gökkuşağı renginde duvarlara yansıtıyordu.

Bütün zarif yüzler, biz odaya girince bize doğru döndü. Çoğu ölümsüzler gibi gösterişsiz pantolonlar ve gömlekler giymişti. Ama ilk konuşmaya başlayan adamın üzerinde uzun bir cübbe vardı. Simsiyahtı ve yere değiyordu. Bir an, uzun simsiyah saçlarını cübbesinin başlığı zannettim.

"Sevgili Jane, geri döndün!" dedi neşeyle.

Olağanüstü bir zarafetle yanımıza gelince ağzım bir karış açık kaldı. Alice bile, ki onun hareketleri de dans eder gibiydi, onunla karşılaştırılamazdı.

Yüzünü görünce bir kez daha şaşırdım. Yüzü diğerlerinden çok farklıydı. Yanımıza gelirken tek başına değildi, bütün grup etrafını sarmıştı. Bazısı takip ediyor, bazısı da koruması gibi önünden yürüyordu. Yüzünün güzel mi çirkin mi olduğuna karar veremedim. Sanırım yüzünün şekli mükemmeldi. Ama o da, benim gibi, diğer vampirlerden farklıydı. Derisi transparan gibi ve bembeyazdı, aynı soğan derisine benziyordu ve çok hassas gözüküyordu. İçimde yanağına dokunmak için korkunç bir şevk uyandı. Acaba Edward'ınkinden ya da Alice'inkinden daha mı yumuşaktı? Gözleri kırmızıydı, etrafındakilerle aynıydı ama daha bulutlu bir rengi vardı.

Ahenkli adımlarla Jane'in yanına gitti, yüzünü kağıdımsı ellerinin arasına aldı, dolgun dudaklarını öptü ve uçarak bir adım geriye gitti.

"Evet, Sahip." Jane gülümsedi, yüzü melek bir çocuk gibiydi. "Onu tekrar canlı geri getirdim, tam istediğiniz gibi."

"Ah, Jane." O da gülümsedi. "Sen mükemmelsin."

Sisli bakışlarını bize çevirdi ve gülümsemesi daha da belirginleşti.

"Ve Alice'le Bella da burada!" diye neşelenerek elleriyle alkış yaptı. "Bu harika bir sürpriz! Mükemmel!"

İsimlerimizi bu kadar laubali söylemesine şaşkınlıkla bakakaldım, sanki onun eski birer arkadaşıydık ve ziyaretine gelmiştik.

İri refakatçimize baktı. "Felix, bana bir iyilik yap ve abime misafirlerimiz olduğunu ilet. Eminim bunu kaçırmak istemeyecektir."

"Tabii, efendim." Felix başını salladı ve geldiğimiz yöne dönerek gözden kayboldu.

"Görüyor musun, Edward?" Tuhaf vampir Edward'a döndü ve azarlayan bir büyükbaba havasında gülümsedi. "Sana ne söylemiştim? Dün sana istediğini vermediğim için mutlu değil misin?"

"Evet Aro, mutluyum," diye onayladı. Belime sarılı kolu, belimi daha da fa

zla sıktı.

"Mutlu sonlara bayılıyorum." Aro derin bir nefes aldı. "Oldukça nadir rastlıyoruz. Ama bütün hikâyeyi istiyorum. Bu nasıl oldu? Alice?" Meraklı ve bulutlu gözlerini Alice'e çevirdi. "Kardeşin senin hata yapmayacağını düşünüyordu ama belli ki bir hata olmuş."

"Ah, ben hata yapmaktan oldukça uzağım," dedi Alice, hayran bırakan gülümsemesiyle. Oldukça rahat gözüküyordu ama elleri yumruk gibi sıkılıydı. "Bugün de gördüğün gibi, çıkarttığım sorunların çaresine hemen bakabiliyorum."

"Çok alçakgönüllüsün," dedi Aro azarlarcasına. "Senin bazı garip kahramanlıklarını gördüm ve kabul etmeliyim ki senin yeteneğin gibisini hiç görmedim. Muhteşem!"

Alice, Edward'a bir bakış attı. Aro bunu kaçırmadı.

"Üzgünüm, henüz doğru düzgün tanıştırılmadık, değil

mi? Gerçi seni çoktan tanıyormuş gibiyim. Kardeşin bizi dün bir şekilde tanıştırdı. Gördüğün gibi, kardeşinin bazı yeteneklerini paylaşıyorum, sadece sınırlarım onunkiler kadar geniş değil." Aro başını salladı, sesi kıskançlık doluydu.

"Ve oldukça da güçlü," diye ekledi Edward. Sonra Alice'e bakarak kısaca anlatmaya başladı, "Aro'nun, düşünceleri okuyabilmek için fiziksel dokunmaya ihtiyacı var ama benden daha çoğunu duyuyor. Biliyorsun, ben, o an kafandan ne geçiyorsa onu duyabiliyorum. Aro ise aklından gelmiş geçmiş her şeyi okuyabiliyor."

Alice hafifçe kaşını kaldırdı ve Edward başını eğdi.

Aro bunu da kaçırmamıştı.

Aro omzunun üzerinden baktı ve diğer herkesin kafası da aynı yöne döndü.

En yavaş dönen bendim. Felix arkadaydı ve arkasından iki siyah cübbeli adam geliyordu. İkisi de Aro'ya çok benziyordu, hatta bir tanesinin saçları aynıydı. Öteki adamın saçları şaşırtıcı derecede beyazdı ve omuzlarına kadar iniyordu. Yüzleri tıpatıp aynıydı, kâğıt kadar ince tenliydiler.

Carlisle'ın tablosundaki üçlü tamamdı, üç yüzyıl önce o resim yapıldığından bu yana hiç değişmemişlerdi.

"Marcus, Caius bakın!" Aro şarkı gibi mırıldandı. "Bella hayatta ve Alice de onunla beraber burada! Sizce de bu harika değil mi?"

İki adam da, sanki harika kelimesi bu duruma pek uygun değilmiş gibi ona baktılar. Koyu saçlı adam oldukça sıkılmış görünüyordu, sanki Aro'nun bu coşkusundan bıkmış gibiydi.

Onların bu ilgisizliği Aro'nun keyfini kaçırmaya yetmedi.

"Haydi hikâyeyi dinleyelim," Aro neredeyse o hafif sesiyle şarkı söyler gibiydi.

Beyaz saçlı yaşlı vampir arkaya doğru birkaç adım atarak tahtadan tahta oturdu. Ötekisi de Aro'nun yanında durdu ve elini uzattı. İlk önce Aro'nun elini tutacağını zannettim. Ama sadece Aro'nun avucuna dokundu ve sonra geri çekti. Aro siyah kaşını kaldırdı.

Edward homurdandı ve Alice merakla ona baktı.

"Teşekkürler Marcus," dedi Aro. "Bu oldukça enteresan."

O an Marcus'un, Aro'ya dokunarak düşüncelerini dinlettiğini fark ettim.

Marcus pek ilgileniyormuş gibi gözükmüyordu. Aro'dan uzaklaşarak başkasının yanına gitti, bu Caius olmalıydı. Duvarın dibine oturdu. İki vampir onlara katıldı, daha önceden tahmin ettiğim gibi korumalarıydı. İki yazlık elbiseli kadın, Caius'un yanına oturdular. Korumaya ihtiyacı olan vampir fikri bana oldukça saçma geliyordu.

Aro bir alkış tuttu. "Harika," dedi. "Tam anlamıyla harika."

Alice'in hayal kırıklığına uğramış gibi bir hali vardı. Edward ona döndü ve kısık sesle, çabucak her şeyi anlattı. "Marcus ilişkileri görüyor. Bizimkinin yoğunluğu onu şaşırtmış."

Aro gülümsedi. "Çok güzel," dedi. Sonra bize döndü. "Marcus'u şaşırtmanın biraz zaman aldığını söylemeliyim."

Marcus'un ölü gibi görünen yüzüne baktım ve buna inandım.

"Sadece anlamak çok zor, şu an bile," Aro derin düşüncelere dalmış gibi konuşuyordu. Edward'ın belime dolanmış koluna baktı. Aro'nun karışık düşüncelerini takip etmekte zorlanıyordum. "Ona nasıl bu kadar yakın durabiliyorsun?"

"Büyük bir çaba göstermem gerekiyor," dedi Edward sakince.

"Ama yine de, *la tua cantante!* Ne büyük ziyan!"

Edward gülümsedi ama bu gülümseyişi hiç içten değildi. "Ben daha çok bir bedel gibi bakıyorum."

Aro kuşkuluydu. "Oldukça yüksek bir bedel."

"Her şeyin bir bedeli var."

Aro kahkaha attı. "Eğer onu senin anılarında koklamasaydım, hiç kimsenin kanının bu kadar kuvvetli olduğunu düşünmezdim. Ben bile hiç böyle bir şey hissetmedim. Böyle bir yetenek için her şeyi yapmaya hazır bir sürü insan var ve..."

"Boşa çaba harcamayın," dedi Edward, sesi vahşiydi.

Aro tekrar güldü. "Ah sevgili dostum Carlisle'ı nasıl özledim! Bana onu hatırlatıyorsun, gerçi o senin kadar sinirli değil."

"Carlisle, birçok konuda beni gölgede bırakır."

"Kendine hakim olma konusunda birisinin onu yenebileceğini hiç düşünmemiştim, ama onu utandıracak derecede iyisin."

"Zor," Edward sabırsızlanmaya başlamıştı. Ön hazırlıklardan yorulmuş gibi bir hali vardı. Bu beni daha da korkutuyordu, sırada neyin olduğunu hayal etmeye korkuyordum.

"Başarısından çok memnunum," dedi Aro. "Onunla ilgili sende gördüğüm anılar benim için güzel bir hediye. Aslında beni bu kadar... mutlu etmesine şaşırıyorum, seçtiği bu alışılmışın dışındaki yolun başarısı. Zamanını boşa harcayacağını düşünüyordum. Kendine özgü öngörüsünü paylaşmak isteyen başka kişiler bulmakla ilgili planıyla dalga geçiyordum. Ama yanıldığım için mutluyum."

Edward cevap vermedi.

"Ama *senin* kendini bu derece tutabilmen!" Aro derin bir iç çekti. "Böyle büyük bir gücün mümkün olduğunu bilmiyordum. Kendini siren sesine alıştırmak, hem de sadece bir kere değil, tekrar tekrar... Eğer kendim hissetmiyor olsaydım, inanmazdım."

Edward Aro'nun ona karşı olan hayranlığına hiç tepki vermedi. Bu ifadeyi iyi biliyordum. Bütün bunların altında ne olduğunu tahmin etmeye çalışıyordu. Düzenli nefes alıp vermek için çabalıyordum.

"Sana ne kadar çekici geldiğini bilmek..." Aro güldü. "Beni susatmaya yetiyor."

Edward gerilmişti.

"Rahatsız olmana gerek yok," dedi Aro, tekrar güvenini tazelemeye çalışarak. "Ona bir zararım olmaz. Ama sadece merak ediyorum, özellikle de bir konuyu." Bana ilgiyle baktı. "Sorabilir miyim?"

"Sor *ona,*" dedi Edward düz bir sesle.

"Tabii, ne kadar kabayım!" dedi Aro. "Bella." Artık direk benimle konuşuyordu. "Senin Edward'ın etkili yeteneğindeki tek istisna olmana hayret ediyorum. Böyle bir şeyin meydana gelmesi çok enteresan! Merak ediyorum, ikimizin yetenekleri de birçok yönden aynı, eğer benim denememe izin verirse, deneyebilir miyim?"

Gözlerim korkuyla parlıyordu. Aro'nun kibarca sormasına karşısında başka bir seçeneğim olmadığını biliyordum. Onun bana dokunacak olması beni ürkütüyordu ve aynı şekilde onun garip tenine dokunacak olmak da iğrenç bir düşünceydi.

Edward cesaret verircesine başını salladı. Ya Aro'nun beni incitmeyeceğinden emindi, ya da ortada başka bir seçenek yoktu. Hangisi olduğunu bilemiyordum.

Aro'ya döndüm ve elimi yavaşça öne doğru uzattım. Elim titriyordu.

Yaklaştı, ifadesinin güvenilir olmasına dikkat ettiğini fark ettim. Ama kâğıdımsı yüzü çok garipti, yabancı ve korkutucuydu, güven vermekten oldukça uzaktı. Yüzündeki bakış kelimelerinden daha dostçaydı.

Aro uzandı, sanki elimi sıkar gibi tuttu ve dayanıksız gibi gözüken teniyle bana dokundu. Sertti ama kırılgan gibiydi. Mermerden ziyade tortu gibiydi ve tahmin ettiğimden daha da soğuktu.

Tiril tiril gözleriyle bana gülümsedi. Ondan başka yere bakmama imkan yoktu. Garip garip bana bakıyordu.

Aro'nun yüzü değişti. Kendine güven gitti ve yerine şüphe oturdu ama bu duyguyu hemen arkadaşça bir ifadenin altına sakladı.

"Oldukça enteresan," dedi elimi bırakarak.

Gözlerim Edward'a döndü.

Aro düşünceli bir ifadeyle yürüdü. Bir dakika kadar sessiz kaldı, gözleri üçümüz arasında gidip geliyordu. Sonra aniden başını salladı.

"Bir ilk," dedi kendisine. "Acaba bizim yeteneklerimize karşı bağışıklık mı kazanmış... Jane, hayatım?"

"Hayır!" dedi Edward. Alice kolunu tuttu. Edward Alice'i itti.

Minik Jane, Aro'ya gülümsedi. "Efendim?"

Edward hırıldıyordu, Aro'ya kötü kötü bakıyordu. Oda sessizleşti, herkes inanamayarak ona bakıyordu. Sanki çok ayıp bir şeyler yapıyor gibiydi. Felix'in umutla ileriye doğru bir adım attığını gördüm. Fakat Aro ona bakınca Felix olduğu yerde kaldı.

Sonra Jane'le konuşmaya devam etti. "Canım merak ediyorum acaba Bella sana karşı da bağışıklık kazanmış mı?"

Aro'yu Edward'ın kızgın hırlamalarının arasından zorlukla duyabiliyordum. Caius bir hayalet gibi bize yaklaştı.

Jane, güzel bir gülümsemeyle bize döndü.

"Sakın!" diye bağırdı Alice, Edward kıza yaklaşırken.

Daha ben tepki bile veremeden ve hiç kimse aralarına giremeden Edward yerdeydi.

Hiç kimse dokunmamıştı ama taş zeminin üzerinde acıyla yatıyordu. Korkuyla onu izliyordum.

Jane gülümseyerek ona bakıyordu. İşte o an her şeyi anladım. Alice bana bazı ürkütücü yeteneklerden bahsetmişti, neden herkes Jane'e saygı duyuyordu ve neden Edward o bana bir şey yapamadan önüme atlamıştı, hepsini şimdi anlıyordum.

"Dur!" diye feryat ettim, sesim sessizlik içinde yankı yapmıştı. İleriye atlayarak aralarına girdim. Ama Alice kollarını bana doladı ve çırpınışlarıma aldırmadan beni tuttu. Edward, hiç ses çıkarmadan yerde yatıyordu. Başım çatlayacak gibiydi.

"Jane," diye seslendi Aro. Jane hâlâ mutlulukla gülümsüyordu ama gözlerinde soru işaretleri vardı.

Aro kafasını bana çevirdi.

Jane gülümseyerek bana döndü.

Onunla göz göze gelmek istemiyordum. Edward'ın Alice'in kollarının arasında anlamsızca çırpınmasını izliyordum.

"O iyi," dedi Alice. Edward ayağa kalktı. Korku dolu gözleri benimkilerle buluştu. İlk önce, korkusunun az önce yaşadıklarından olduğunu zannettim. Ama sonra hemen Jane'e ve bana baktı, artık rahatlamıştı.

Ben de Jane'e baktım. Artık gülümsemiyordu. Gözlerini bana dikmiş, bakıyordu. Ürkmüştüm, canımın acıyacağı anı bekliyordum.

Hiçbir şey olmadı.

Edward tekrar yanıma yaklaştı. Alice'in koluna dokundu ve Alice onu serbest bıraktı.

Aro gülmeye başladı. "Bu harika!"

Jane öfkeyle tıslamaya başladı. İleriye eğildi ve fırlamak için hazırlandı.

"Hayatım, lütfen kendine gel," dedi Aro sakinleştirici bir tonda. Omzuna hafifçe dokundu. "Hepimizi mahcup etti."

Jane'in üst dudağı yukarı kıvrıldı ve keskin dişleri ortaya çıktı. Hâlâ bana bakıyordu.

Aro tekrar kahkaha attı. "Çok cesursun, Edward. Bir keresinde Jane'den bunu bana yapmasını istedim, sırf meraktan." Kafasını hayranlıkla salladı.

Edward iğrenmiş gibi bakıyordu.

"Ee, şimdi ne yapıyoruz?" dedi Aro.

Edward ve Alice gerginleştiler. Bekledikleri bölüm gelmişti. Titremeye başladım.

"Acaba fikrini değiştirecek bir şeyler oldu mu?" diye sordu Aro, Edward'a umutla bakarak. "Yeteneğini minik şirketimizde kullanabilirdik."

Edward çekindi. Göz ucuyla, Felix ve Jane'in yüzlerini ekşittiklerini görebiliyordum.

Edward konuşmadan önce kelimeleri tarttı. "Hiç... sanmıyorum."

"Alice?" diye sordu Aro, hâlâ umutluydu. "Belki sen aramıza katılmak istersin?"

"Hayır, teşekkürler," dedi Alice.

"Peki ya sen Bella?" Aro tek kaşını kaldırdı.

Edward kulağıma hafifçe tısladı. Aro'ya boş boş baktım. Şaka mı yapıyordu? Ya da bana yemeğe kalıp kalamayacağımı mı soruyordu?

Beyaz saçlı Caius sessizliği bozdu.

"Ne?" dedi Aro, sesi artık fısıltı halinde değil dümdüz çıkıyordu.

"Caius, ondaki potansiyeli gördüğüne eminim," dedi Aro onu azarlayıcı bir ses tonuyla. "Jane ve Alec'den bu yana, beklenen yeteneği bulamamıştık. Bizden birisi olduğunu düşünebiliyor musun?"

Caius iğneleyici bir ifadeyle başka tarafa baktı. Jane'in gözleri, bu kıyaslamadan dolayı öfkeyle dolmuştu

Edward, kızgın bir halde arkamda duruyordu.

"Hayır teşekkürler," dedim. Sesim daha çok bir fısıltı gibi çıkmıştı.

Aro derin bir iç çekti. "Bu çok kötü oldu. Ne büyük bir ziyan."

Edward tısladı. "Katıl ya da öl, hepsi bu mu? Bu odaya getirilmeden önce daha farklı bir şeyler ummuştum."

Sesindeki ton beni şaşırttı. Kızgındı ama yine de kelimelerini düzgünce seçmiş gibi konuşuyordu.

"Tabii ki değil," dedi Aro şaşkınlıkla. "Biz burada, başka bir sebepten ötürü toplanmıştık Edward, Heidi'nin geri dönmesini bekliyorduk. Sizi beklemiyorduk."

"Aro," diye tısladı Caius. "Ama kanun onları suçlu buluyor."

Edward, Caius'a döndü. "Ne gibi?" dedi. Caius'un ne düşündüğünü biliyor olmalıydı ama onun ağzından duymak istediği belliydi.

Caius iskeletimsi parmağını bana çevirdi. "Çok fazla biliyor. Bizim sırlarımızı ona verdin." Sesi incecikti.

"Burada da birkaç insan var," diye hatırlattı Edward. Onun tatlı resepsiyonistten bahsettiğini biliyordum.

Caius'un yüzü buruştu.

"Evet," dedi. "Ama bize faydalı olmaları bittiği anda, yemeğimiz olurlar. Sizin planınız bu değil. Eğer bizim sırlarımızı birilerine anlatırsa, onu yok etmeye hazır mısın? Sanmıyorum," dedi.

'Yapmam – " diye başladım. Sonra Caius'un buz gibi bakışıyla sustum.

"Onu bizden biri yapmak gibi bir niyetiniz de yok," diye devam etti. "Bu nedenle savunmasız. Hayatıyla ödeyecek. İsterseniz siz gidebilirsiniz."

Edward dişlerini gösterdi.

"Ben de böyle düşünmüştüm," dedi Caius. Sesinde memnunluğa benzer bir ifade vardı. Felix hevesle eğildi.

"Eğer..." diyerek araya girdi Aro. Konuşmanın gittiği yönden pek memnun olmamıştı. "Eğer ona ölümsüzlüğü vermek istersen?"

Edward dudaklarını buruşturdu. "Eğer yaparsam?"

Aro tekrar mutlulukla gülümsedi. "O zaman eve gitmekte özgür olursunuz ve arkadaşım Carlisle'a selam söylersiniz."

Caius'un siniri geçti ve rahatladı.

Edward dudaklarını vahşice sıktı. Gözlerime baktı, ben de ona baktım.

"Yap lütfen," fısıldadım. "Lütfen."

Bu gerçekten de iğrenç bir fikir miydi? Beni değiştirmektense, ölmeyi mi tercih ederdi? Sanki mideme bir tekme yemiş gibi hissediyordum.

Edward, acı çeker gibi bana baktı.

Ve sonra Alice aramıza girdi, Aro'ya doğru ilerledi. Ona bakmak için döndük.

Aro, ortaya gelerek Alice'le buluştu ve elini tuttu.

Başını eğerek gözlerini kapattı. Konsantre olmuştu. Alice hareketsizdi, yüzü ifadesizdi. Edward'ın dişlerinin gıcırdadığını duydum.

Hiç kimse kıpırdamadı. Aro, Alice'in elini tutarken donmuş gibiydi. Saniyeler geçti, giderek daha çok geriliyordum. Acaba daha ne kadar zaman böyle bekleyecektik?

Bir acı dolu dakika daha geçti ve Aro'nun sesi sessizliği bozdu.

Güldü, kafası hâlâ eğikti. Yavaşça başını kaldırdı, gözleri heyecan doluydu. "Bu çok etkileyici!"

Alice kuru kuru gülümsedi. "Beğendiğine sevindim."

"Senin gördüğün şeyleri görmek, özellikle de henüz olmamış olanları!" Başını merakla salladı.

"Ama olacaklar," diye hatırlattı Alice sakin bir sesle.

"Evet, evet bu yeterli. Kesinlikle bir sorun yok."

Caius biraz hayal kırıklığına uğramıştı.

"Aro," dedi Caius.

"Sevgili Caius," diye gülümsedi Aro. "Sinirlenme. Olasılıkları düşün! Bize bugün katılmadılar ama her zaman için böyle bir ihtimal var. Genç Alice'in bizim evimize katacağı neşeye bak... bunun haricinde Bella'nın neye dönüşeceğini çok merak ediyorum!"

Aro ikna olmuş gibiydi. Alice'in öngörülerinin ne kadar kişisel olduğunun farkında değil miydi? Bir gün benim değiştireceğini düşünüp, ertesi gün bu fikrini değiştirebilirdi. Milyonlarca minik karar, onun kararları ve daha başkaları.

Ve gerçekten de Alice'in istemesi önemli miydi? Vampir olmam ne gibi bir fark yaratacaktı? Bu fikir Edward'a tiksindirici geliyordu. Onun için ölüm, benim sonsuza kadar etrafında olmamdan daha mı iyiydi? İçimin karardığını hissettim.

"O zaman biz özgür mü olacağız?" dedi Edward.

"Evet, evet," dedi Aro mutlulukla. "Ama lütfen tekrar ziyaretimize gelin. Oldukça büyüleyiciydi!"

"Ve biz de sizi ziyaret edeceğiz," diye söz verdi Caius. "Kendi verdiğiniz sözü tuttuğunuza emin olmak için. Sizin yerinizde olsaydım bunu daha fazla ertelemezdim. Kimseye ikinci bir şans vermeyiz."

Edward'ın çenesi gerildi ama başını salladı.

Caius budalaca gülümsedi ve Marcus'un kıpırdamadan oturduğu yere gitti.

Felix hafifçe inledi.

"Ah Felix." Aro gülümsedi. "Heidi her an burada olur. Sabırlı ol."

"Hımm." Edward'ın sesiydi bu. "O zaman biz bir an önce gitsek iyi olur."

"Evet," diye onayladı Aro. "Bu çok iyi bir fikir. Yalnız lütfen, eğer sizin için de bir sakıncası yoksa, havanın kararmasını bekleyin."

"Tabii ki," dedi Edward. Kaçmadan önce günün bitmesini beklemek tüylerimi diken diken etmişti.

"Burada," diye ekledi Aro, Felix'e bir parmağıyla emir vererek. Felix ileriye geldi ve Aro'nun gri cübbesini alıp Edward'a uzattı. "Bunu al. Biraz göze çarpıyorsun."

Edward uzun cübbeyi aldı ama başlığını kapatmadı.

Aro derin bir iç çekti. "Sana yakıştı."

Edward gülümsedi ama sonrasında tekrar yüzü asıldı.

"Teşekkürler Aro. Aşağıda bekleyeceğiz."

"Hoşça kalın, genç arkadaşlarım," dedi Aro. Gözleri ışıl ışıldı.

"Haydi gidelim," dedi Edward aceleyle.

Demetri onu takip etmemiz için eliyle işaret yaptı ve geldiğimiz yönden gitmeye başladık.

Edward beni kendisine çekti. Alice dibimde duruyordu, yüz hatları sertti.

"O kadar hızlı değil," diye mırıldandı.

Korku dolu gözlerle ona baktım ama o sadece üzgün gibiydi. Tam o sırada, girişteki odadan gelen gürültülü, kaba sesleri duydum.

"Ama bu çok nadir bir şey," dedi bir adam.

"Ortaçağa özgü," dedi tiz bir kadın sesi.

Büyük bir kalabalık, minik kapıya doğru yaklaşıyordu. Demetri yer açmamız için bize işaret etti. Onlar geçsin diye soğuk duvara dayandık.

En öndeki çift, konuşmalarından Amerikalı oldukları anlaşılıyordu, paha biçercesine etraflarına bakınıyorlardı.

"Hoş geldiniz sayın misafirler! Volterra'ya hoşgeldiniz!" Aro'nun şarkı söyler gibi konuşmasını duyabiliyordum.

Diğerleri, kırk ya da daha fazlaydılar, çiftin hemen arkasından girdiler. Bazıları turist gibi etraflarına bakınıyorlardı. Hatta birkaçı fotoğraf bile çekti. Diğerlerinin kafası karışmış gibiydi, sanki onları bu odaya getiren hikâyenin artık bir anlamı yok gibiydi. Aralarından kısa boylu, koyu tenli kadın gözüme çarptı. Boynunun etrafinda tespih vardı ve ucundaki hacı eliyle sıkı sıkı kavramıştı. Diğerlerine nazaran daha yavaş yürüyordu, birisine dokunarak anlamadığım bir dilde sorular soruyordu. Kimse onu anlamıyordu ve sesi panikten daha da artıyordu.

Edward yüzümü göğsüne dayadı ama çok geçti. Çoktan anlamıştım.

Bir boşluk olur olmaz Edward beni hızla kapıya doğru itti. Yüzümdeki korkunç ifadeyi tahmin edebiliyordum ve gözyaşlarını sicim gibi akmaya başlamıştı.

Gösterişli koridor sessizdi. Heykel gibi duran, güzel kadın dışında kimse yoktu. Bize merakla baktı, özellikle de bana.

"Evine hoş geldin Heidi," diye selamladı Demetri kadını.

Heidi boş boş gülümsedi. Bana Rosalie'yi hatırlatmıştı, aslında hiç benzer bir yanları yoktu, sadece o da, bu kadın kadar güzeldi. Başka bir tarafa bakamıyordum.

Güzelliğini ortaya çıkartacak kıyafetler giymişti. İnanılmaz uzun bacaklarında koyu külotlu çorap vardı ve mini eteğinin altında mükemmel görünüyorlardı. Üstündeki bluz, uzun kollu ve boğazlıydı ama üzerine yapışacak kadar dardı. Kırmızı bir yağmurluk giyiyordu. Uzun kırmızı kahve saçları parlıyordu ve gözleri mordu; muhtemelen kırmızı gözlerinin üzerine taktığı mavi lenslerden dolayı böyle gözüküyordu.

"Demetri," diye karşılık verdi ipeksi bir sesle. Gözleri benim yüzüm ve Edward'ın gri cübbesi arasında gidip geliyordu.

"İyi avlanmışsın," dedi Demetri. İşte o zaman onun sadece bir avcı değil, aynı zamanda bir yem olduğunu anladım.

"Teşekkürler." Gülümsemesi nefes kesiciydi. "Sen gelmiyor musun?"

"Bir dakika içinde. Bana da birkaç tane ayır."

Heidi başını salladı ve kapıdan geçmeden önce bir kez daha merakla bana baktı.

Edward'a yetişmek için koşmam gerekiyordu. Ama yine de, daha biz holün sonundaki gösterişli kapıya varmadan başlayan çığlıkları duymadan çıkmayı başaramamıştık.

22. UÇUŞ

Demetri, neşe içinde bizi resepsiyon odasına bıraktı. Gianna, hâlâ masanın arkasında duruyordu. Görünmeyen kolonlardan etrafa rahatlatıcı bir müzik sesi yayılıyordu.

"Hava kararmadan sakın gitmeyin," diye uyardı Demetri bizi.

Edward başını salladı ve Demetri hızla gitti.

Gianna, bütün bu olanlara şaşırmış gözükmüyordu.

"İyi misin?" diye sordu Edward hafifçe, kadının duymasına imkan yoktu. Sesi sert ve gergindi. İçinde olduğumuz durumdan dolayı hâlâ gergindi.

"Düşmeden onu bir yere oturtsan iyi olur," dedi Alice. "Parçalara ayrılacak gibi görünüyor."

Tam o sırada titrediğimi, şiddetle titrediğimi fark ettim. Bütün vücudum, dişlerime kadar zangır zangır titriyor ve etrafımdaki oda giderek bulanıklaşıyordu. O an aklıma Jacob geldi, acaba kurt adama dönüşmeden önce o da böyle mi hissetmişti.

Anlam veremediğim bir ses duydum, garipti. Titrediğim için nereden geldiğini kestiremiyordum.

"Sus Bella Sus," dedi Edward, ve beni masadaki meraklı insandan uzaklaştırarak ilerideki koltuğun üzerine çekti.

"Sanırım histeri krizi geçiriyor. Belki ona bir tokat atsan iyi edersin," dedi Alice.

Edward ona kızgın bir bakış attı.

O an anladım. Ah. Ses benden geliyordu. Müziği kesen ses benim göğsümden gelen hıçkırıklardı. Beni sarsan buydu.

"Her şey yolunda, güvendesin, her şey yolunda," diye tekrar tekrar mırıldandı. Beni dizine oturttu ve kalın yünlü cübbeyi üzerime sararak beni ısıtmaya çalıştı.

Bu şekilde tepki vermek çok salaklıktı. Kurtulmuştu, ben de kurtulmuştum ve özgür kalır kalmaz beni terk edebilirdi. Gözlerim yaşlarla doluydu, yüzündeki ifadeyi göremiyordum.

Ama, gözyaşlarını kafamdakileri temizleyemiyordu. Tespihinin ucundaki haça tutunmuş kadının görüntüsü aklımdan çıkmıyordu.

"Bütün o insanlar," diye hıçkırdım.

"Biliyorum," diye fısıldadı.

"Bu çok korkunç."

"Evet öyle. Görmeni hiç istemezdim."

Başımı soğuk göğsüne dayadım, kalın cübbesiyle gözümü sildim. Birkaç derin nefes alarak kendimi sakinleştirmeye çalıştım.

"Size getirebileceğim bir şey var mı?" diye sordu Gianna sakin, kibar bir ses tonuyla. Yüzünün bir vampire yakın durmasından rahatsız olmuş gibi bir hali yoktu. Ya tamamen ilgisizdi ya da işinde çok iyiydi.

"Hayır," dedi Edward soğukça.

Başını salladı, bana gülümsedi ve gözden kayboldu.

Bizi duyamayacak kadar uzaklaşmasını bekledim. "Burada neler olduğunu biliyor mu?" dedim, sesim kısıktı. Artık kendimi kontrol altında tutabiliyordum.

"Evet. Her şeyi biliyor," dedi Edward.

"Onu da bir gün öldüreceklerini biliyor mu?"

"Evet, sanırım öyle bir olasılığın farkında," dedi.

Bu beni şaşırttı.

Edward'ın yüzünü okumakta zorlanmıştım. "Onu tutmaya karar vereceklerini ümit ediyor."

Kanın yüzümden çekildiğini hissettim. "Onlardan biri mi olmak istiyor?"

Başını bir kere salladı, gözleri sertçe yüzümü inceliyordu.

Titredim. "Bunu nasıl ister?" diye fısıldadım, cevabı beklemekten ziyade kendimle konuşuyordum. "O insanların, odayı o şekilde doldurduğunu görüp de hâlâ nasıl böyle bir şeyi ister?"

Edward cevap vermedi. Söylediklerimden dolayı yüzü buruşmuştu.

Onun o güzel yüzüne bakarak neden ifadesinin değiştiğini anlamaya çalıştım. Ve o an nerede olduğumu anladım, Edward'ın kollarındaydım ve bizi kimse öldürmeyecekti.

"Edward," diye ağladım, tekrar hıçkırmaya başlamıştım. Çok aptalca bir tepkiydi. Gözyaşlarını o kadar yoğundu ki yüzünü göremiyordum. Emin olabilmek için çok fazla bir vaktim yoktu, sadece güneş batana kadar... Her şey tekrar bir peri masalı gibiydi ama sihri bozan zamanlar vardı.

"Sorun ne?" diye sordu, hâlâ gergindi.

Kollarımı boynuna doladım. Ona daha da sıkı sarıldım. "Şu an mutlu olmam çok mu kötü?" diye sordum. Sesim çatallaştı.

Beni itmedi. Beni soğuk ve sert göğsüne çekti, o kadar sıkı tutuyordu ki nefes almakta zorlanıyordum. "Tam olarak ne demek istediğini biliyorum," diye fısıldadı. "Ama mutlu olmak için bir sürü nedenimiz var. Bir tanesi de hâlâ hayatta olmamız."

"Evet," diye onayladım. "Bu iyi bir neden."

"Ve beraberiz," dedi. Nefesini yüzümde hissettim, o kadar tatlıydı ki başımı döndürdü.

Sadece başımı salladım.

"Ve, eğer şansımız devam ederse, yarın da hayatta olaca-

"Umarım," dedim tedirgince.

"Şansımız oldukça iyi görünüyor," dedi Alice. O kadar sessizdi ki, onun varlığını unutmuştum. "Jasper'ı yirmi dört saatten daha kısa bir süre içerisinde göreceğim," dedi.

Şanslı Alice. Geleceğinden emin olabiliyordu.

Gözlerimi uzun bir süre Edward'ın yüzünden ayıramadım. Ona baktım, geleceğin hiç olmamasını diledim. Bu anın sonsuza kadar sürmesini diledim, eğer bitecekse ben de varlığımı sonlandırmak istedim.

Edward bana baktı, koyu gözleri yumuşaktı ve aynı şekilde düşündüğünü farz etmek kolaydı. Ben de öyle yaptım. Öyleymiş gibi düşündüm ve o an her şey daha tatlı geldi.

Parmak uçları gözlerimin altındaki mor halkalarda gezindi. "Çok yorgun görünüyorsun."

"Sen de çok susamışsın," diye fısıldadım. Göz bebeklerinin altındaki mor yaralara bakıyordum.

Omuz silkti. "Önemli değil."

"Emin misin? Alice'le oturabilirim," dedim ama hiç istekli değildim. Bir santim uzaklaşmasındansa, beni öldürmesini tercih ederdim.

"Saçmalama." Derin bir nefes alıp verdi, nefesi yüzümü yalayıp geçti. "Kendimi hiç bu kadar kontrol altında tutmamıştım."

Ona soracak milyonlarca sorum vardı. Bir tanesi tam dudaklarımdan çıkıyordu ki, dilimi tuttum. Bu anı bozmak istemiyordum.

Burada, onun kollarında, beni istediğini hayal etmek çok kolaydı. Neden böyle davrandığını düşünmek istemiyordum. Hâlâ tehlikenin ortasındayken, beni sakin tutmak için mi böyle davranıyordu, yoksa bulunduğumuz yerden dolayı kendisini suçlu mu hissediyordu? Belki de ayrı kaldığımız zamanda beni özlemişti.

Kollarının arasında sessizce uzandım. Yüzünü yeniden ezberlemeye çalışıyordum.

O da sanki aynısını yapıyormuş gibi yüzüme bakıyordu, bir yandan da Alice'le eve nasıl döneceklerini tartışıyorlardı. Konuşmaları o kadar kısık ve hızlıydı ki, Gianna'nın anlayamayacağını biliyordum. Ben bile yarısını kaçırmıştım. Acaba sarı Porsche sahibine ulaşmış mıydı?

"O *şarkıcılarla* ilgili olan konuşma da neydi?" diye sordu Alice bir an.

"La tua cantante," dedi Edward. Sesi melodik çıkmıştı.

"Evet o," dedi Alice. Ben de merak etmiştim.

Edward'ın omzunu silktiğini hissettim. "Bella'nın bana gelen kokusu gibi, o şekilde kokan birisine taktıkları bir isim var. Ona benim şarkıcım diyorlar çünkü onun kanı benim için şarkı söylüyor."

Alice bir kahkaha attı.

Uyuyabilecek kadar yorgundum ama yorgunluğumla mücadele ediyordum. Onunla geçirdiğim zamanın bir saniyesini bile kaçırmaya niyetim yoktu. Sonra bir ara, Alice'le konuşurken bir anda eğildi ve beni öptü. Cam kadar düz dudakları saçlarımda gezindi, alnımda ve burnumun ucunda. Kalbimin atışının sesi odayı dolduruyordu sanki.

Cennetteydim; cehennemin ortasında bir cennet.

Zamanı takip edemiyordum. Edward'ın kolları beni daha sıkı sarıp, hem o hem de Alice arkadaki odaya doğru ihtiyatla bakınca panik oldum. Alec geliyordu. Üzerinde hâlâ, öğlen yemeğine rağmen hiç leke olmamış gri takımı vardı. Edward'a sıkıca sarıldım.

Haberler iyiydi.

"Artık gitmekte özgürsünüz," dedi Alec. Sesi sıcaktı, sanki uzun zamandan beri arkadaşımızdı. "Sadece şehirde fazla oyalanmayın."

Edward'ın sesi buz gibiydi. "Bu hiç sorun olmayacak."

Alec gülümsedi, başını salladı ve tekrar gözden kayboldu.

"Sağdaki koridoru takip edin ve ilk asansöre binin," dedi Gianna. Edward ayağa kalkmam için yardım ediyordu. "Lobi iki kat aşağıda ve sokağa çıkıyor. Şimdilik hoşça kalın," dedi memnuniyetle. Onun bu yetenekleri acaba kendisini kurtarmaya yetecek miydi?

Alice ona karanlık bir bakış attı.

Başka bir çıkış olduğu için mutluydum. Başka bir şehir altı yürüyüşünü kaldırabileceğimi zannetmiyordum.

Oldukça lüks döşenmiş lobiden geçtik. Geriye dönüp ortaçağ kalesine bakan bir tek bendim.

Sokaklardaki eğlence hâlâ devam ediyordu. Sokak lambaları daha yeni yeni yanıyordu. Gökyüzü, donuk ve soluk griydi ama sokaklardaki binalar birbirine o kadar yakın duruyorlardı ki, etraf daha karanlık görünüyordu.

Edward'ın uzun, yerde sürünen cübbesi çok göze çarpmıyordu. Başka bir gün olsa dikkat çekebilirdi. Etrafta başka siyah cüppeliler de vardı ve bugün, meydandaki çocuğun ağzındaki gördüğüm plastik dişler oldukça modaydı.

"Saçmalık," dedi Edward.

Alice'in arkamdan yok olduğunu fark etmemiştim.

"Alice nerede?" dedim panikle.

"Çantanı sabah sakladığı yerden çıkartmaya gitti."

Diş fırçamı yanıma aldığımı unutmuştum. Bir an gülümsedim.

"Eminim, bir tane de araba çalıyordur," diye tahmin ettim.

Gülümsedi. "Dışarı çıktıktan sonra."

Giriş kapısına daha çok vardı. Edward, benim yorulduğumu görünce koluyla belimden kaldırarak, yürümeme yardımcı oldu.

Koyu renkte bir arabaya doğru gittik, girişin sağında, gölgelerin arasında bekliyordu. Edward sürmek için ısrar edeceğine benimle beraber arkaya oturdu.

Alice özür diler gibiydi. "Üzgünüm." Arabaya baktı. "Çok fazla seçeneğimiz yoktu."

"Önemli değil, Alice." Sırıttı. "Her yerde 911 Porsche Turbolar olamaz, değil mi?"

İç çekti. "Kanuna uygun olarak onlardan bir tane almalıyım. Muhteşemdi."

"Noel'de senin için bir tane alırım," diye söz verdi Edward.

Alice, Edward'a bakmak için dönünce korktum. Virajlı yolda, oldukça hızlı bir şekilde gidiyorduk..

"Sarı," dedi Edward'a.

Edward bana sıkıca sarıldı. Gri cübbesinin altında sıcak ve rahattım. Hatta rahattan da fazla.

"Şimdi uyuyabilirsin, Bella," dedi. "Her şey bitti."

Tehlikeden bahsettiğini biliyordum ama yine de cevap vermeden önce yutkunmam gerekti.

"Uyumak istemiyorum. Yorgun değilim." İkinci kısım yalandı. Neredeyse gözlerimi kapatmak üzereydim. Arabanın içi loştu ama onun yüzünü görmeme yetecek kadar ışık vardı.

Dudaklarını kulağıma bastırdı. "Dene," dedi.

Başımı salladım.

İçini çekti. "Hâlâ inatçısın."

İnatçıydım, göz kapaklarımla savaştım ve kazandım.

Karanlık yol en zor kısmıydı, Floransa'daki parlak ışıklı havaalanında her şey oldukça kolaydı. Dişlerimi fırçalayıp, temiz kıyafetler giydim. Alice, Edward'a yeni kıyafetler aldı ve o gri cübbeyi geçidin sonundaki çöp kutusuna attı. Roma'ya gitmek çok vaktimizi almayacaktı ve yol boyunca uyumamaya dayanabilirdim. Ama Roma'dan Atlanta'ya gitmenin daha zor olacağını biliyordum o yüzden de hostesten bir kola getirmesini rica ettim.

"Bella," dedi Edward onaylamayarak. Kafeine karşı dayanıksız olduğumu biliyordu.

Alice arkamızdaydı. Onun Jasper'la telefonda konuştuğunu duyabiliyordum.

"Uyumak istemiyorum," diye hatırlattım. Ona gerçek bir bahane söyledim. "Eğer şimdi gözlerimi kapatırsam, görmek istemeyeceğim şeyler görürüm. Kâbuslar görürüm."

Bunun üzerine benimle tartışmaya devam etmedi.

Konuşmak için çok iyi bir zaman olabilirdi, ihtiyacım olan cevapları alabilirdim; ihtiyacım değil de, istediğim. Duyabileceklerimi düşünerek, zaten çoktan bir umutsuzluğa kapılmıştım. Önümüzde uzun bir yolculuk vardı ve uçaktan kaçamazdı, en azından kolayca kaçamazdı. Alice'den başka hiç kimse bizi duyamazdı. Geç olmuştu ve yolcuların bir çoğu ışıklarını kapatmaya başlamışlardı. Hem konuşmak bana yorgunluğumu unutturabilirdi.

Ama aksine, dilimi ısırarak kendime engel oldum. Yorgun olduğum için doğru düşünemiyor olabilirdim ve bu geceyi sorusuz geçirmeye karar verdim.

Kolayı içmeye devam ettim ve gözümü hiç kırpmadım. Edward beni kollarının arasında tutmaktan oldukça memnun gözüküyordu, parmakları yüzümde dolaşıyordu. Ben de onun yüzüne dokunuyor, kendimi durduramıyordum. Sonradan, yine tek başıma kaldığımda, canımın acıyacağını biliyordum. Saçlarımı öpmeye devam ediyordu, alnımı, bileklerimi... ama dudaklarımı hiç öpmedi. Aslında bu iyiydi. Kaç kere bir kalbin ezilip, tekrar atmaya devam etmesi beklenebilirdi ki? Son günlerde beni bitirebilecek bir sürü şey atlatmıştım ama bunlar güçlenmemi sağlamamıştı. Aksine daha da kırılgan hissediyordum. Tek bir kelime beni darmadağın edebilirdi.

Edward konuşmuyordu. Belki de uyumamı istiyordu. Belki de söyleyecek hiçbir şeyi yoktu.

Göz kapaklarımla girdiğim savaşı ben kazandım. Atlanta'daki havaalanına vardığımızda hâlâ uyanıktım. Hatta Edward camı kapatmadan hemen önce, güneşin Seattle'ın üzerine doğduğunu görmüştüm. Kendimle gurur duyuyordum. Bir dakikayı bile kaçırmamıştım.

Ne Alice ne de Edward, Sea-Tac havaalanında bizi karşılayanları görünce şaşırmadılar ama ben hazırlıksız yakalanmıştım. İlk gördüğüm kişi Jasper'dı ama o beni görmemişti. Gözleri bir tek Alice'i görüyordu. Alice hemen onun yanına gitti ama etraftaki diğer çiftler gibi birbirlerine sarılmadılar. Sadece birbirlerinin yüzüne baktılar. O an, o kadar özeldi ki, kafamı çevirmek zorunda kaldım.

Carlisle ve Esme bir köşede sessizce bizi bekliyorlardı. Metal detektörlerden uzakta, geniş bir sütunun altındaydılar. Esme uzandı ve özlemle beni kucakladı. Edward'ın kolları hâlâ bana sarılı duruyordu.

"Çok teşekkür ederim," dedi kulağıma.

Sonra kollarını Edward'a doladı, sanki ağlıyormuş gibiydi.

"Bir daha sakın beni bu duruma sokma," dedi, neredeyse hırlıyordu.

Edward gülümsedi, pişmandı. "Üzgünüm, anne."

"Teşekkürler Bella," dedi Carlisle. "Sana borçluyuz."

"Ne demek," diye mırıldandım. Uykusuz gece etkisini gösteriyordu. Kafam, vücudumdan ayrılmış gibiydi.

"Ayakta duracak hali yok," dedi Esme, Edward'ı azarlayarak. "Onu eve götürelim."

Böyle bir anda eve gitmek isteyip istemediğimden emin değildim, tökezledim, etrafı çok iyi seçemiyordum. Havaalanından çıkarken bir kolumda Edward, diğer kolumda da Esme vardı. Alice ve Jasper arkamızdalar mıydı, bilmiyordum. Dönüp bakmak için çok yorgundum.

Arabaya geldiğimizde yürüyor olmama rağmen uykuda gibiydim. Emmett ve Rosalie'yi arabanın arka tarafında otururken gördüğümde biraz kendime geldim. Edward gerildi.

"Sakın," dedi Esme. "Kendini çok kötü hissediyor."

"Hissetmeli," dedi Edward, sesini kısık tutamıyordu.

"Onun hatası değil," dedim.

"Bırak kendisini savunsun," dedi Esme. "Biz Alice ve Jasper'la geliriz."

Edward, bizi bekleyen inanılmaz güzellikteki sarışın vampire dik dik baktı.

"Lütfen Edward," dedim. Ben de Rosalie'yle aynı arabada gitmeyi en az onun kadar istemiyordum ama onun ailesini yeteri kadar birbirinden ayırmıştım.

Edward derin bir nefes aldı ve beni arabaya doğru çekti.

Emmett ve Rosalie, hiç konuşmadan ön koltuğa oturdular, Edward da beni arka koltuğa oturttu. Göz kapaklarımkapanmak üzereydi. Başımı Edward'ın göğsüne yaslayarak, gözlerimi kapattım. Arabanın çalıştığını duydum.

"Edward," diye başladı Rosalie.

"Biliyorum." Edward'ın terslemesi pek de asil değildi.

"Bella?" dedi Rosalie yumuşak bir ses tonuyla.

Göz kapaklarım şaşkınlıkla açıldı. İlk defa direk olarak benimle konuşuyordu.

"Efendim Rosalie?" diye sordum çekinerek.

"Gerçekten çok üzgünüm, Bella. İnan çok perişan oldum ve senin, kardeşimi kurtarmak için gösterdiğin cesarete müteşekkirim. Lütfen beni affettiğini söyle."

Onun bu kadar utangaç olmasına şaşırmıştım ama çok içten gözüküyordu.

"Tabii ki, Rosalie," diye mırıldandım, onun benden daha az nefret etmesini sağlamaya çalışarak. "Senin suçun değildi. O aptal uçurumdan atlayan bendim. Tabii ki seni affederim."

Kelimeler ağzımdan yalpalayarak çıkıyordu.

"Kendine gelene kadar sayılmaz, Rose," dedi Emmett.

"Ben kendimdeyim," dedim.

"Bırakın uyusun," diye ısrar etti Edward. Sesi daha sıcaktı.

Arabaya bir sessizlik hakim oldu. Sessizliği bozan tek şey motorun homurtusuydu. Uyuyakalmış olmalıydım çünkü sanki saniyeler sonra kapı açıldı ve Edward beni arabadan dışarıya taşıdı. Gözlerim açılmıyordu. Önce hâlâ havaalanındayız zannettim.

Ve sonra Charlie'yi duydum.

"Bella!" diye seslendi.

"Charlie," dedim üzerimdeki sersemliği atmaya çalışarak.

"Şşt," dedi Edward. "Her şey yolunda, evdesin ve güvendesin. Sadece uyu."

"Buraya gelmeye yüzün olacağını zannetmiyordum." Charlie Edward'a karşı oldukça öfkeliydi.

"Kes şunu baba," diye homurdandım. Beni duymadı.

"Neyi var?" diye sordu Charlie.

"Sadece biraz yorgun, Charlie," dedi Edward sessizce. "Lütfen bırak dinlensin."

"Bana ne yapacağımı söyleme!" Charlie bağırıyordu. "Hemen onu bana ver. Ellerini kızımın üzerinden çek!"

Edward beni Charlie'ye vermeye çalışırken ben Edward'a sıkıca yapıştım. Babamın kolumu çektiğini hissediyordum.

"Bırak baba," dedim yüksek sesle. Göz kapaklarımı açık tutmaya çalışıyordum. Charlie'ye baktım. "Bana kız."

Evin önündeydik. Tepemizdeki bulut o kadar kalındı ki, saati tahmin edemiyordum.

"Emin ol, sana da kızgınım," dedi Charlie. "İçeri gir."

"Tamam. Edward, beni yere bırakır mısın?"

Edward beni yere bıraktı. Ayakta durduğumu biliyordum ama bacaklarımı hissetmiyordum. Yine de ileriye doğru yürümeye çalıştım fakat ayağım takıldı ve tam yüzüm, kaldırımın soğuk betonuna çarpacağı sırada Edward'ın kolu beni tuttu.

"Bırak onu yukarıya kadar taşıyayım," dedi Edward. "Sonra gideceğim."

"Hayır," diye ağladım panikle. Henüz beklediğim cevabı almamıştım. En azından biraz daha kalmalıydı.

"Çok uzakta olmayacağım," diye fısıldadı Edward kulağıma.

Charlie'nin cevabını duymadım ama Edward eve doğru yöneldi. Gözlerimi ancak merdivenlerin başına kadar açık tutabildim. En son hatırladığım, Edward'ın soğuk ellerinin, ellerimden ayrılmasıydı.

23. GERÇEK

Çok uzun süredir uyuduğuma dair bir hisse kapılmıştım. Vücudum sanki hiç kıpırdamamışım gibi tutulmuş ve sertti. Sersem gibiydim, renkli rüyalar ve kâbuslar kafamın içinde dolanıp duruyorlardı. Gerçek gibiydi. Korkunç ve güzel duygular, birbirlerine karışmışlardı. Canavarlar, kibar kırmızı gözlü şeytanlar vardı. Uyanmama rağmen hâlâ rüyanın etkisindeydim. İsimleri bile hatırlayabiliyordum. Ama en güçlü ve en açık kısmı, korku kısmı değildi. En net hatırladığım şey bir melekti.

Onu bırakıp uyanmak zor oldu. Her gece görmeyi reddettiğim rüyaların aksine bu rüyayı itelemek istemiyordum. Daha zinde olmak için çaba gösterdim ve gerçeğe odaklandım. Haftanın hangi gününde olduğumuzu hatırlamıyordum ama Jacob, okul ya da işin beni beklediğine emindim. Derin bir nefes aldım, yeni bir günle nasıl yüzleşeceğimi merak ediyordum.

Soğuk bir şey alnıma yumuşak bir baskı yaptı.

Gözlerimi sımsıkı yumdum. Hâlâ rüya görüyordum ama o kadar gerçekçiydi ki. Uyanmaya çok yakındım... ve her an uyanabilirdim ve uyandığımda o gitmiş olacaktı.

Sonradan oldukça gerçek olduğunu fark ettim, benim için

fazlasıyla gerçekti. Hayal ettiğim ve bana sarılan taştan kollar çok gerçekçiydi. Bunun biraz daha ilerlemesini istersem, daha sonra çok üzülebilirdim. Teslim olur gibi bir iç çektim ve göz kapaklarımı açtın.

Nefesim kesildi ve yumruklarımı gözlerimin üzerine kapattım.

Evet, gerçekten çok ileri gitmiştim, hayal gücümün bu kadar başını alıp gitmesine izin vermem bir hataydı. 'İzin vermek' yanlış kelimeydi. Başını alıp gitmesi için zorlamıştım ve şimdi aklım başından gitmişti.

Artık kesinlikle çıldırmıştım ama yine de gördüğüm hayalden çok memnundum.

Tekrar gözlerimi áçtım. Edward hâlâ oradaydı, güzel yüzü benimkinden sadece bir kaç santim uzaktaydı.

"Seni korkuttum mu?" Bu çok güzeldi, hayal devam ediyordu. Yüz, ses, koku, her şey... Boğulmaktan çok daha iyiydi. Hayalimdeki uydurma Edward, ifademin değişmesini seyretti. Gözbebekleri simsiyahtı ve altlarında morluklar vardı. Bu beni şaşırttı çünkü halüsinasyon Edward genelde daha iyi durumda olurdu.

İki kere gözlerimi kırptım ve çaresizce yaşadığım son gerçek anı düşünmeye çalıştım. Rüyamda Alice de vardı. Gerçekten geri gelip gelmediğini merak ettim. Boğulduğum gün geldiğini düşünüyordum.

"Ah, saçmalık," dedim. Uyumaktan boğazım kurumuştu.

"Sorun ne Bella?"

Kaşlarımı mutsuzca çatarak ona baktım. Yüzü, öncekinden daha da endişeliydi.

"Öldüm değil mi?" dedim. "Boğuldum. Saçmalık, saçmalık, saçmalık! Bu Charlie'yi öldürecek"

Edward da kaşlarını çattı. "Sen ölmedin."

"O zaman neden uyanamıyorum?" diye sordum kaşlarımı kaldırarak.

"Sen uyanıksın, Bella."

Başımı salladım. "Tabii, tabii. Böyle düşünmemi istiyorsun. Kalktığımda daha kötü olacak. Eğer kalkarsam, ki kalkmayacağım, çünkü ölüyüm. Bu çok kötü. Zavallı Charlie. Ve Renée ve Jake..."

"Beni nasıl kâbusla karıştırdığını anlayabiliyorum." Kısa süreli gülüşü gaddardı. "Ama neden cehenneme geldiğini hayal edemiyorum. Ben yokken hiç birilerini öldürdün mü?"

Yüzümü ekşittim. "Kesinlikle hayır. Eğer cehennemdeysem, senin benimle olmaman gerekirdi."

Derin bir nefes aldı.

Aklım yerine geliyordu. Gözlerimi isteksizce yüzünden uzaklaştırdım ve karanlık, açık pencereye baktım sonra tekrar ona döndüm. Detayları hatırlamak için uzunca bir süre ona baktım... Yanaklarımın cansızca kızardığını hissettim çünkü Edward gerçekten ama gerçekten yanımdaydı ve ben vaktimi salaklıkla harcıyordum.

"O zaman her şey gerçekten oldu mu?" Rüyamın gerçek olduğuna inanmak imkansızdı.

"Eğer nerdeyse İtalya'da bir katliama kurban gittiğimizi söylüyorsan, evet."

"Ne garip," dedim düşünceli düşünceli. "Gerçekten İtalya'ya gittim. Albuquerque'den daha uzağa gitmediğimi biliyor muydun?"

Gözlerini devirdi. "Belki tekrar uyumalısın. Hiç mantıklı konuşmuyorsun."

"Artık yorgun hissetmiyorum." Yavaş yavaş her şeyi anlamaya başlıyordum. "Saat kaç? Ne kadar zamandır uyuyorum?"

"Saat gece biri biraz geçti. Yani yaklaşık on dört saattir."

O konuşurken gerindim. Her yerim tutulmuştu.

"Charlie?" diye sordum.

Edward kaşlarını çattı. "Uyuyor. Şu an kuralları yıktığımı bilsen iyi olur. Aslında teknik olarak bana bu kapıdan ayağımı sokamayacağımı söylemişti ama ben camdan geldim..."

"Charlie, eve girmeni yasakladı mı?" diye sordum, şaşkınlığım yavaşça kızgınlığa dönüşüyordu.

Gözleri üzgündü. "Başka bir şey mi bekliyordun?"

Gözlerim çıldırmış gibiydi. Babamla konuşmam gereken birkaç şey vardı. Belki de ona artık reşit olduğumu anlatmam gerekiyordu.

"Hikâye ne?" diye sordum. Gerçekten merak etmiştim ama bir yandan da konuşmayı sıradan tutmaya çalışıyordum. İçimde büyüyen çılgın öfkeyle onu korkutmayayım, diye sakin olmaya çalışıyordum.

"Ne demek istiyorsun?"

"Charlie'ye ne anlatmamı istiyorsun? Yok olmamın bahanesi ne... Kaç gün uzaktaydım ben?" Kafamdan saatleri hesaplamaya çalıştım.

"Sadece üç gün."

"Aslında, senin daha iyi bir açıklaman vardır, diye ümit ediyordum. Bende hiçbir şey yok."

"Harika."

"Belki de Alice'in bir fikri vardır," diyerek beni rahatlatmaya çalıştı.

Ve rahatladım. Daha sonra neyle uğraşmam gerektiği kimin umurundaydı? Burada olduğu her saniye, bu kadar yakınımda olması, kusursuz yüzünün alarmlı saatimden gelen hafif ışığın altında parlaması, çok değerliydi ve ziyan olmaması gerekiyordu.

"O zaman," dedim ve sorularıma başlamaya karar verdim. Güvenle eve teslim edilmiştim ve her an gitmek isteyebilirdi. Onu konuşturmam gerekiyordu. Üstelik, bu geçici cennet onun sesi olmadan tamam sayılmazdı. "Üç gün öncesine kadar neler yapıyordun?"

"Çok eğlenceli bir şey yapmıyordum."

"Elbette," diye mırıldandım.

"Neden böyle yüzünü asıyorsun?"

"Aslında..." Dudaklarımı düşünceli bir şekilde buruşturdum. "Eğer sadece bir rüya olsaydın, söyleyeceğin tam da bu olurdu."

Derin bir iç çekti. "Eğer sana anlatırsam, artık hiç kâbus görmeyeceğine emin misin?"

"Kâbus!" Küçümser gibi tekrar ettim. Cevabımı bekledi. "Belki," dedim. Sonra ikinci bir defa daha düşündüm. "Eğer bana anlatırsan."

"Ben... avlanıyordum."

"Söyleyebileceğin en şey bu mu?" diye itiraz ettim. "Bu kesinlikle benim uyanık olduğumu kanıtlamıyor."

Çekindi ve sonra yavaşça konuşmaya başladı, sözlerini dikkatle seçiyordu. "Yemek için avlanmıyordum... aslında takip ediyordum."

"Ne takip ediyordun?" diye merakla sordum.

"Sonuç olarak hiçbir şey." Kelimeleri ifadesiyle uyuşmuyordu, üzgün görünüyordu ve rahatsız gibiydi.

"Anlamıyorum."

Çekindi, yüzü saatten yansıyan ışık yüzünden yeşil gibi gözüküyordu.

"Ben – " Derin bir nefes aldı. "Sana bir özür borçluyum. Hayır, tabii ki sana çok, çok daha fazlasını borçluyum. Ama bilmelisin," Kelimeler ağzından yavaşça çıkıyordu. Altüst olduğu zamanlarda söylediği bütün kelimelerini yakalayabilmek için konsantre olmam gerekirdi. "Hiçbir fikrim yoktu. Arkamda nasıl bir felaket bıraktığımı bilmiyordum. Burasının senin için güvenli olduğunu zannetmiştim. Oldukça güvenli. Victoria hakkında hiç bir bilgim yoktu, geri geleceğini bilmiyordum. Victoria'nın böyle bir tepki vereceğini düşünmemiştim. James'e bu kadar bağlandığını bilmiyordum. Şimdi neden olduğunu anlıyorum. Victoria, onu kaybetme olasılığı olduğunu hiç düşünmemişti. Kendine olan güveni, James'le ilgili düşüncelerini gölgeliyordu. Onların arasındaki bağı göremedim. Tabii, bu, seni böyle bir tehlikeyle bırakmanın bahanesi olamaz. Alice'e ne dediğini duyduğum ve hayatını olgunlaşmamış, uçuk kaçık, Victoria'dan da kötü *kurt adamların* eline bıraktığını öğrendiğim an – " Titredi ve bir süre durdu. "Lütfen, bunların bir teki hakkında bile hiçbir fikrim olmadığını bilmelisin. Kendimi kötü hissediyorum, şu an bile midem bulanıyor ve seni güvenli ellerde gördüğümde bile fena oluyorum."

"Dur," diye lafını kestim. Bana acı dolu gözlerle baktı. Doğru kelimeleri bulmaya çalıştım. Onu, kendisini suçlu hissettiği ve ona acı veren bu hayalden kurtarmak için kelimeler aradım. Becerebilecek miydim, bilemiyordum. Ama doğru yapabilmem için *denemem* gerekiyordu. Hayatındaki suçluluk ve ıstırabın kaynağı olmak istemiyordum. Bana neye mal olacaksa olsun, o mutlu olmalıydı.

Gerçi bütün bunları konuşmamızın en sonunda söylemeyi planlıyordum.

Aylarca Charlie'ye normal görünme çalışmalarım sayesinde artık yüzümü ifadesiz tutabiliyordum.

"Edward," dedim. İsmini söylerken boğazım yandı. Delikteki hayaleti hissedebiliyordum, Edward gider gitmez, deliği daha da yırtmak için hazır bekliyordu. "Bu artık durmalı. Olayları bu şekilde düşünemezsin. Buna izin veremezsin... bu *suçluluk duygusunun...* hayatını mahvetmesine. Bana olanlardan dolayı kendini sorumlu hissedemezsin. Hiçbiri senin hatan değildi, bunlar sadece hayatın bana verdikleri. O yüzden, eğer bir gün bir otobüsün önüne düşersem, ya da bir dahaki sefere artık her ne olacaksa, bunun senin suçun olmadığını bilmelisin. Beni kurtaramadığın için koşa koşa İtalya'ya gitmemelisin. Hatta ölmek için uçurumdan atladığımda bile, bu benim kararımdır, *senin hatan değil.* Biliyorum... bütün bu suçlamalara göğüs germek senin doğanda var ama bunun seni bu denli uç noktalara götürmesine izin vermemelisin! Bu çok sorumsuzca bir hareket. Esme'yi ve Carlisle'i düşün ve–"

Derin bir nefes almak için durdum, sakinleşmeyi umuyordum. Onu serbest bırakmalıydım. Bunun bir daha olmasına izin vermemeliydim.

"Isabella Marie Swan," diye fısıldadı, yüzünde çok garip bir ifade vardı. Sanki çıldırmış gibiydi. "Sen gerçekten de Volturi'ye *suçluluk duygusundan* dolayı ölmeyi istediğim için gittiğime mi inanıyorsun?"

Yüzümdeki boş bakışı hissedebiliyordum. "Öyle değil mi?"

"Suçluluk hissetmek mi? Elbette, hem de ölesiye. Düşünebileceğinden daha çok."

"O zaman... ne söylemeye çalışıyorsun? Anlayamıyorum."

"Bella, Volturi'ye gittim çünkü senin öldüğünü zannettim," dedi, sesi yumuşak, gözleri şiddetliydi. "Ölümünde hiç sorumluluğum olmasa bile, hatta benim hatam *olmasa* bile, İtalya'ya giderdim. Açıkçası, daha dikkatli olmalıydım. Direk Alice'le konuşmalıydım, Rosalie'ye inanmamalıydım. Ama gerçekten de, o çocuk Charlie'nin cenazede olduğunu söylediğinde ne düşünmem gerekiyordu? İhtimaller neydi?"

Sonra tekrar, "İhtimaller..." diye mırıldandı ama dikkati dağılmıştı. Sesi çok kısıktı. "İhtimaller bizi bu hale getirdi. Hata üstüne hata. Romeo'yu bir daha asla eleştirmeyeceğim.

"Ama hâlâ anlamıyorum," dedim. "Benim söylemek istediğim. Ee?"

"Efendim?"

"Ya *ölmüş* olsaydım?"

Bana cevap vermeden önce uzunca bir süre baktı. "Sana daha önce söylediklerimi hatırlamıyor musun?"

"Bana söylediğin *her şeyi* hatırlıyorum."

Soğuk parmak ucuyla alt dudağıma dokundu. "Bella, bir yanlış anlama içerisinde gibisin." Gözlerini kapattı, başını ileri geri salladı, güzel yüzünde yarım bir gülümseme vardı.

"Sana daha önce anlattığımı zannediyordum. Bella, senin olmadığın bir dünyada yaşayamam."

"Ben..." Doğru kelimeyi bulmaya çalışıyordum. "Kafam karıştı." Bu doğruydu. Söylediklerinden bir anlam çıkartamıyordum.

Gözlerimin içine baktı. "Ben iyi bir yalancıyım, Bella. Böyle olmam gerek."

Dondum, adeta kaslarım kilitlenmişti. Göğsümdeki fay hattı kırılmıştı, acısı nefesimi kesti.

Beni omuzlarımdan sarstı, sert duruşumu gevşetmeye çalışıyordu. "Bırak da bitireyim! Ben iyi bir yalancıyım ama yine de bana bu kadar çabuk inanmış olman." Geri çekildi. "Bu... dayanılmaz."

Bekledim, hâlâ donuktum.

"Biz ormandayken, sana hoşça kal derken – "

Hatırlamak istemedim. Şu anda kalmak için kendimi zorluyordum.

"Beni bırakmayacaktın," diye fısıldadı. "Bunu görebiliyordum. Bunu yapmak istemiyordum, bunu yapmak beni öldürürdü, ama biliyordum ki, eğer seni sevmediğime inandıramasaydım, kendi hayatına dönmen daha uzun zaman alırdı. Eğer benim *umursamadığımı* görürsen, sen de umursamazsın, diye düşündüm."

"Temiz bir son," diye fısıldadım ama dudaklarım kıpırdamamıştı.

"Kesinlikle. Ama bunun bu kadar kolay olacağını sanmıyordum! Bunu imkansız olduğunu, saatlerce düşünüp kurduğum bu yalana inanmayacağını düşündüm. Yalan söyledim ve çok üzgünüm... Üzgünüm çünkü seni incittim, üzgünüm çünkü gereksiz bir çabaydı. Seni koruyamadığım için üzgünüm. Seni kurtarmak için sana yalan söyledim ve işe yaramadı. Çok üzgünüm. Ama bana nasıl inanırsın? Seni sevdiğimi binlerce kez söylememden sonra, nasıl olur da, o tek kelimenin benimle ilgili inancını yıkmasını sağlarsın?"

Cevap vermedim. Akıllı bir cevap veremeyecek kadar şoktaydım.

"Senin gözlerinde görebiliyorum, seni istemediğime gerçekten de *inanmıştın.* En anlamsızı, en komiği de, *sana* ihtiyacım olmadan yaşayabileceğimi düşünmendi!"

Hâlâ donuktum. Kelimeleri anlamsızdı çünkü imkansızdı.

Tekrar omuzlarımı sarstı, çok sert değil ama dişlerimi birbirine çarptıracak kadar.

"Bella, gerçekten de, ne düşünüyordun?"

Ve ağlamaya başladım. Gözyaşları sel gibi yanaklarımdan aşağıya akmaya başladı.

"Biliyordum," dedim. "Rüya gördüğümü *biliyordum.*"

"Sen imkansız birisin," dedi ve sert, kızgın bir kahkaha attı. "Bana inanman için ne yapabilirim? Uyumuyorsun, ölmedin. Buradayım ve seni seviyorum. Seni *her zaman* sevdim ve *hep* seveceğim. Senden uzak olduğum her saniye, seni düşünüyordum, hayalimde yüzünü canlandırıyordum. Seni istemediğimi söylemek hayatımda işlediğim en büyük günahtı."

Başımı salladım, gözlerimin kenarlarından gözyaşları damlıyordu.

"Bana inanmıyorsun, değil mi?" diye fısıldadı, yüzü her zamankinden daha da soluktu. "Neden yalana inanabiliyorsun da, gerçeğe inanamıyorsun?"

"Beni sevebilmen hiçbir zaman mantıklı gelmemişti," diye açıkladım, sesim çatlak çatlak çıkıyordu. "Bunu hep biliyordum."

Gözleri kısıldı.

"Seni uyanık olduğuna inandıracağım," diye söz verdi.

Yüzümü demir gibi ellerinin arasına aldı, başımı çevirmek istememe rağmen sıkı sıkı tutuyordu.

"Lütfen yapma," diye fısıldadım.

Durdu, dudakları dudaklarımdan sadece iki santim uzaktaydı.

"Neden?" diye ısrar etti. Nefesi yüzüme çarpınca başım döndü.

"Uyandığım zaman – " İtiraz etmek için ağzını açınca lafımı geri aldım, "tamam, onu unut. Sen tekrar gittiğinde, bu sefer her şey daha zor olacak."

Yüzüme bakabilmek için geriye gitti.

"Dün, sana dokunduğumda, çok çekimserdin, hâlâ aynısın. Nedenini bilmem gerek. Çok geç kaldığım için mi? Seni çok incittiğim için mi? Çünkü sen bunun üstesinden geldin ve artık sana bir şey ifade etmiyor muyum? Sana hak veriyorum. Kararına itiraz etmeyeceğim. O yüzden benim hislerimi düşünme lütfen, sadece bana, sana bütün bu yaptıklarımdan sonra hâlâ beni seviyor musun, onu söyle. Sevebilir misin?" diye fısıldadı.

"Bu ne kadar aptalca bir soru böyle?"

"Sadece cevap ver. Lütfen."

Uzun bir süre ona baktım. "Sana karşı hissettiklerim hiçbir zaman değişmeyecek. Tabii ki seni seviyorum ve bununla ilgili yapabileceğin hiçbir şey yok!"

"Tek duymak istediğim buydu."

Sonra dudakları benimkilerin üzerine kapandı ve ben itiraz edemedim. Bunun sebebi benden binlerce kat daha güçlü olması değildi. Hatırladığım diğer öpüşleri gibi dikkatli değildi.

Öpüşüne karşılık verdim, kalbim yerinden fırlayacakmış gibiydi. Nefes alışlarım hızlandıkça ritmi bozuluyordu. Parmaklarım arzuyla yüzünde dolaşıyordu. Mermer vücudunu kendi hatlarımın üzerinde hissedebiliyordum ve beni dinlemediği için çok memnundum, dünyada hiçbir acı bu ana duyduğum özlemle kıyaslanamazdı. Elleri yüzümü ezberlercesine dolaşıyordu. Dudakları benimkilerden ayrılınca adımı fısıldadı.

Başım dönmeye başladığında, geri çekildi ve kulağını kalbime dayadı.

Uzandım, büyülenmiştim, nefesimin düzene girmesini bekledim.

"Bu arada," dedi sıradan bir ses tonuyla. "Seni bırakmıyorum."

Hiçbir şey söylemeyince sessizliğimden şüphe duydu.

Başını kaldırıp bana baktı. "Hiçbir yere gitmiyorum. Sen olmadan asla," dedi daha ciddi bir tonda.

"Seni ilk başta terk ettim çünkü, senin normal, insani bir hayatın olsun istiyordum. Sana ne yaptığımı görebiliyordum, seni tehlikenin kenarında tutuyordum ve ait olduğun dünyadan uzaklaştırıyordum, seninle olduğum her dakika senin hayatını tehlikeye sokuyordum. O yüzden denemem gerekiyordu. Bir şeyler yapmam lazımdı ve seni terk etmek tek yolmuş gibi geldi. Eğer bensiz olmanın daha iyi geleceğini düşünmeseydim, seni hiç terk edemezdim. Aslında oldukça bencilim. Tek istediğim ve tek ihtiyacım seninle birlikte olmak ve seni bir daha asla terk edemem, biliyorum. Neyse ki, kalmak için bir sürü bahanem var! Aramıza ne kadar mesafe sokarsam sokayım, bensiz güvende olmayacaksın."

"Bana hiçbir söz verme," diye fısıldadım. Eğer kendimi umudun kollarına bırakırsam ve bir şey olmazsa... bu beni öldürürdü. O merhametsiz vampirler benim işimi bitirememiş olabilirlerdi ama umut... bunu başarabilirdi.

Siyah gözlerinde öfke vardı. "Sana yalan söylediğimi mi düşünüyorsun?"

"Hayır, hayır yalan değil." Başımı salladım, daha tutarlı düşünmeye çalıştım. "Şimdi böyle söylüyorsun. Ama ya yarın, beni terk etmek için bulduğun sebepleri düşünürsen? Ya da gelecek ay, Jasper beni ısırmak isterse?"

Ürktü.

Beni terk etmeden önceki son günleri düşündüm. "İlk kararını hiç düşünmedin, değil mi? Yine en nihayetinde, sana en doğru gelen neyse onu yapacaksın."

"Ben zannettiğin kadar kuvvetli değilim," dedi. "Doğru

ve yanlış artık benim için sona ermişti, zaten her koşulda sana geri geliyordum. Rosalie bana haberleri vermeden önce de sürekli bunu düşünüyordum. Camında belirip beni geri alman için yalvaracaktım. Şimdi sana yalvarmayı çok isterim, eğer istersen."

Gülümsedim. "Ciddi ol, lütfen."

"Ciddiyim," diye ısrar etti. "Lütfen sana anlatmaya çalıştıklarımı dinler misin? Benim için ne anlama geldiğini anlatmama müsaade eder misin?"

Bekledi, gerçekten dinlediğime emin olmak için yüzüme bakıyordu.

"Bella, senden önce, hayatım tıpkı aysız bir gece gibiydi. Çok karanlık, ama yıldızlar vardı, sebepler... Ve sen, gökyüzüme bir meteor gibi girdin. Ve bir anda her şey yanmaya başladı, parlaklık vardı, güzellik vardı. Sen gittiğinde ve meteor ufka düştüğünde, her şey simsiyah oldu. Hiçbir şey değişmedi ama gözlerim ışık yüzünden kör olmuştu. Artık yıldızları da göremiyordum. Ve artık hiçbir şeyin bir anlamı yoktu."

Ona inanmak istedim. Ama bu bana anlattığı, *benim, onsuz* geçirdiğim hayata benziyordu.

"Gözlerin alışır," dedim.

"Tek sorun da bu, alışamaz."

"Peki ya dikkatinin dağılması?"

Bir kahkaha attı. "O da yalanın bir parçasıydı, aşkım. Acıdan dikkat dağılmıyor. Kalbim neredeyse on dokuz yıldır atmıyordu, ama bu farklı. Sanki kalbim gitmişti, sanki içim oyuktu. Sanki seni içimde barındıran her şeyimi burada, seninle beraber bırakmıştım."

"Bu komik," diye mırıldandım.

"Komik mi?"

"Garip demek istedim. Sadece bana böyle olduğunu zannediyordum. Her yerim seni özlüyordu. Uzun zamandan beri nefes alamıyordum." Ciğerlerimi havayla doldurdum ve duyduğum histen büyük bir zevk aldım. "Ve kalbim. Kesinlikle kaybolmuştu."

Gözlerini kapattı ve kulağını tekrar kalbime dayadı. Yanağımı onun saçlarının arasına gömdüm ve tenime dokunuşunu hissettim, lezzetli kokusunu içime çektim.

"Takip etmek, dikkatini dağıtmadı o zaman?" diye sordum merakla. Aynı zamanda kendi dikkatimi de dağıtmaya çalışıyordum. Umudun tehlikesi içindeydim. Kalbim yerinde durmuyor, adeta göğsümün içinde şarkılar söylüyordu.

"Hayır." İçini çekti. "Bu hiç dikkat dağıtıcı bir şey değildi. Bir mecburiyetti."

"Bu da ne demek?"

"Anlamı şu, Victoria'dan hiç bir tehlike beklemesem de, bununla uzaklaşmasına izin vermeyecektim... Aslında, dediğim gibi, bu konuda korkuncum. Onu Teksas'a kadar takip ettim ama sonra yanlış bir izin arkasında Brezilya'ya kadar indim ama o, aslında buraya geldi." Homurdandı. "Doğru kıtada bile değildim!"

"Sen Victoria'yı mı avlıyordun?" diye bağırdım.

Charlie'nin uzaktaki horlama sesi bir an durdu ve sonra yine eski ritmine kavuştu.

"Pek değil," dedi Edward. Kafası karışık bir bakışla kızgın yüzüme bakıyordu. "Ama bu sefer daha iyi olacağım. Artık uzun bir süre nefes alıp veremeyecek."

"Bu belli zaten," dedim. Delilik. Emmett ve Jasper ona yardım ediyor olsa bile. Benim diğer hayallerimden daha da korkunçtu: Jacob Black, Victoria'nın kötü ve yırtıcı figürünün biraz ilerisinde duruyor. Edward'ı orada canlandıramıyordum, hatta benim yarı insandan olan en iyi arkadaşımdan daha dayanıklı olsa bile.

"Victoria için artık geç. Onu bırakabilirdim ama şimdi değil, bundan sonra – "

Tekrar lafını kestim, sakin konuşmaya çalıştım. "Terk etmeyeceğine söz vermemiş miydin?" Kelimeleri söylemekten korkuyordum ama içime atmaya da niyetim yoktu. "Bunun aslında kovalamacayla bir ilgisi yok, öyle değil mi?"

Donakaldı. Göğsünden bir hırıltı yükseldi. "Sözümü tutacağım Bella. Ama Victoria ölecek. Yakında."

"Bu kadar aceleci olmayalım," dedim, paniğimi saklamaya çalışarak. "Belki geri gelmeyecek. Muhtemelen Jake'in grubu onu korkutmaya yetti. Onu aramaya gerek yok. Hem Victoria'dan daha büyük problemlerim var."

Edward başını salladı. "Doğru. Kurt adamlar."

Homurdandım. "Jacob'tan bahsetmiyordum. Problemim, bir avuç dolusu genç kurt adamın başlarını belaya sokmalarından daha da büyük."

Edward bir şey söyleyecekmiş gibi baktı ve sonra sustu. Dişleri birbirine kenetlendi ve dişlerinin arasından konuştu. "Gerçekten mi?" diye sordu. "O zaman en büyük problemin ne? Victoria'nın dönüşünü bu kadar önemsiz kılan nedir?"

"İkinci en büyüğe ne dersin?" dedim.

"Tamam," diye onayladı kuşkulu bir sesle.

Durdum. İsmi söyleyebileceğimden emin değildim. "Bana bakmak için gelen başkaları da var."

Derin bir iç çekti. Tepkisi, Victoria konusuna gösterdiği kadar büyük değildi.

"Volturiler sadece *ikinci* büyük sorun mu?"

"Bu konuda pek üzülmüş gibi durmuyorsun," dedim.

"Aslında, bunu düşünmek için yeteri kadar vaktimiz var. Zaman, onlar için sana olduğundan daha farklı, hatta bana da. Onlar yılları senin günleri saydığın gibi sayıyorlar. Onların aklına geldiğinde muhtemelen otuz yaşında olursun."

Yüzümü bir korku dalgası sardı.

Otuz.

O zaman sözlerinin hiç bir anlamı yoktu. Eğer bir gün otuz yaşıma basacaksam, bu uzun süre kalmayı düşünmediği anlamına geliyordu.

"Korkmana gerek yok," dedi, gözlerimin kenarından akan yaşları görünce gerilmişti. "Seni incitmelerine izin vermem."

"Sen buradayken." O gittikten sonra bana olacaklar umurumda bile değildi.

Taş gibi elleriyle yüzümü tuttu, gece gibi karanlık gözleriyle bana baktı. "Seni bir daha asla terk etmeyeceğim."

"Ama sen otuz dedin," diye fısıldadım. Gözyaşları akıyordu. "Kalacaksın ama benim yaşlanmama izin vereceksin? Doğru mu?"

Gözleri yumuşadı ama dudakları sertleşti. "Evet tam olarak bunu yapacağım. Başka nasıl bir seçeneğim var? Sensiz olamam ama senin ruhunu da yok edemem."

"Bu gerçekte..." Sesimi sabit tutmaya çalıştım ama bu soru çok zordu. Aro, ona neredeyse beni ölümsüz yapması için yalvardığında yüzünün girdiği şekli hatırladım. O garip bakışı. Beni insan olarak bırakmak istemesi, gerçekten ruhumla mı ilgiliydi yoksa beni çevresinde çok uzun süre görmek istemediğinden miydi?"

"Evet?" dedi, sorumu bekliyordu.

Başka bir soru sordum. Neredeyse o kadar sert bir soru.

"Peki ya çok yaşlanırsam ve insanlar senin annen olduğumu zannederlerse? Ya da babaannen?" Rüyamdaki aynada ninemin yüzünü gördüğümü hatırladım.

Bütün yüzü yumuşamıştı. Yanaklarımdaki ve dudaklarımdaki gözyaşlarını sildi. "Bunun benim için bir önemi yok." Nefesi yüzümü okşuyordu. "Benim için dünyanın en güzel şeyi olacaksın. Tabii ki..." Çekindi, biraz geriye kaçındı. "Eğer benden vazgeçersen, eğer daha başka bir şeyler istersen, bunu anlayabilirim Bella. Eğer beni terk etmek istersen, sana yemin ederim sana engel olmayacağım."

"Yakın zamanda öleceğimi biliyorsun, değil mi?" diye ısrar ettim.

Bunu da düşünmüştü. "Ben de arkandan geleceğim."

"Bu cidden..." Doğru kelimeyi aradım. "Hasta bir düşünce."

"Bella, yapılabilecek tek şey bu."

"Biraz düşünelim istersen," dedim. Sinirlendiğim zaman daha açık düşünebiliyordum. "Volturi'yi hatırlıyorsun, değil mi? Sonsuza kadar insan kalamam. Beni öldürürler. Otuzuma kadar beni düşünmeseler bile... Sence gerçekten beni unutacaklar mı?"

"Hayır," dedi yavaşça kafasını sallayarak. "Unutmazlar. Ama..."

"Ama ne?"

Ben ona dikkatlice bakarken gülümsedi. Belli ki çılgın olan bir tek ben değildim.

"Planlarım var."

"Ve bu planlar," dedim, her kelimede sesim daha sert çıkıyordu. "Bu planlar benim insan olarak kalmam için."

Davranışım, ifadesini sertleştirmişti. "Doğal olarak." Ses tonu sert, ilahi yüzü küstahtı.

Uzun bir süre birbirimize baktık.

Sonra ben derin bir nefes aldım, omuzlarımı dikleştirdim ve dik oturabilmek için kollarını ittim.

"Gitmemi mi istiyorsun?" diye sordu ve onun bu fikirden dolayı incindiğini gördüm.

"Hayır," dedim. "Ben gidiyorum."

Ben yataktan inerken ve karanlık odanın içinde ayakkabılarımı ararken bana şüpheyle baktı.

"Nereye gittiğini sorabilir miyim?" diye sordu.

"Sizin evinize gidiyorum," dedim. Etrafı göremediğim için hâlâ elimle yoklayarak ayakkabılarımı arıyordum.

Kalktı ve yanıma geldi. "Ayakkabıların burada. Oraya neyle gitmeyi düşünüyorsun?"

"Kamyonetimle."

"Bu muhtemelen Charlie'yi uyandırır," dedi.

"Biliyorum. Ama dürüst olmak gerekirse, zaten haftalarca cezalandırılacağım. Başım daha fazla ne kadar belaya girebilir ki?"

"Hiç. Seni değil beni suçlayacak."

"Eğer daha iyi bir fikrin varsa, seni dinlemeye hazırım."

"Burada kal," dedi ama ifadesi pek umutlu değildi.

"Hiç şansın yok. Ama sen kal ve kendi evin gibi hisset."

Dalga geçişimin bu kadar doğal oluşuna şaşırmama rağmen kapıya yöneldim.

Benden önce kapıya gitmiş, yolumu kapatıyordu.

Dondum ve cama döndüm. Aslında yerden çok yüksekte değildi ve aşağısı da çoğunlukla çimdi...

"Tamam," dedi. "Ben seni götürürüm."

Omuz silktim. "Fark etmez. Ama sende orada olsan iyi olur."

"Nedenmiş o?"

"Çünkü harikulade inatçı birisin ve eminim, görüşlerine bir şans verilsin istersin."

"Hangi konudaki görüşlerime?"

"Bu artık bir tek seninle ilgili değil. Evrenin merkezi sen değilsin, biliyorsun." Elbette, kendi özel evrenim tamamen farklı bir hikâyeydi. "Eğer beni insan olarak bırakıp Volturiler'i üzerinize getirmek istiyorsan, o zaman ailenin de fikrini almalıyız."

"Ne fikri?" diye sordu.

"Benim ölümsüzlüğüm. Oy kullanılmasını istiyorum."

24. OYLAMA

Bu durumdan hiç hoşlanmadığı yüzünden okunuyordu. Ama daha fazla tartışmaya girmeden beni kucaklayarak camdan dışarıya atladı. Hayal ettiğimden daha uzak bir yere inmiştik.

"Tamam o zaman," dedi, sesi onaylamayan bir tondaydı. "Atla gidelim."

Sırtına çıkmama yardım etti ve koşmaya başladı. Aradan uzun süre geçmiş olmasına rağmen hiç zorlanmamıştım. Kolaydı. Bu bir kere öğrendikten sonra hiç unutmayacağın şeylerden biriydi, bisiklete binmek gibi.

Orman, sessiz ve karanlıktı. Yüzüme çarpan hızlı rüzgâr ne kadar hızlı gittiğimizin bir göstergesiydi. Hava nemliydi, İtalya'daki meydanda olduğu gibi, rüzgâr gözlerimi yakmıyordu. Ormanda böyle koşmak eskiden beni korkuturdu, gözlerimi kapatırdım. Şimdi ise bu düşünce bana çok aptalca geliyordu. Gözlerimi açabildiğim kadar açtım, çenemi Edward'ın omzuna ve yanağımı da boynuna yasladım. Hız beni heyecanlandırıyordu. Motosikletten yüzlerce kat daha iyiydi.

Yüzümü ona döndüm ve dudaklarımı buz gibi boynuna dayadım.

"Teşekkürler," dedi, şekilleri hızdan belirsizleşmiş ağaçların arasından geçerken. "Bu artık uyanık olduğunu bildiğin anlamına mı geliyor?"

Güldüm. Sesi rahat ve doğal çıkmıştı. "Pek değil. Tam aksine. Uyanmamaya çalışıyorum. Bu gece değil."

"Bir şekilde senin güvenini tekrar kazanacağım," diye mırıldandı, daha çok kendi kendine konuşur gibiydi.

"Sana güveniyorum," dedim. "Kendime güvenmiyorum."

"Açıklar mısın, lütfen."

Yavaşlayarak yürümeye başladı, karanlığın içinde nehrin yakınlarda bir yerlerde olduğumuzu fark ettim.

"Evet." Doğru kelimeleri bulmak için çabalıyordum. "Kendime güvenmiyorum çünkü... yeterli değilim. Seni hak etmiyorum. Seni elimde tutabilecek hiçbir özelliğim yok."

Durdu ve beni sırtından indirdi. Kollarını sıkıca etrafıma sardı ve beni çekip göğsüne bastırdı.

"Beni tutabilirsin," diye fısıldadı. "Hiç şüphen olmasın."

Ama nasıl olmazdı?

"Bana hâlâ söylemedin..." diye mırıldandı.

"Neyi?"

"En büyük probleminin ne olduğunu."

"Sana bir tahmin hakkı vereceğim." Derin bir iç çektim ve işaret parmağımla burnunun ucuna dokundum.

Başını salladı. "Ben Volturi'den daha kötüyüm," dedi sırıtarak. "Sanırım bunu hakettim."

Gözlerimi devirdim. "Volturi'nin bana yapabileceği en kötü şey beni öldürmek."

Gergin gözlerle bekledi.

"Beni terk edebilirsin," diye açıkladım. "Volturi, Victoria... bunların hiçbiri beni terk edebilecek olma ihtimalinden daha kötü değil."

Karanlık olmasına rağmen yüzünün ıstırapla çevrildiğini görebiliyordum. Jane, ona işkence yaptığı zaman da yüzü bu şekle girmişti. Midemin bulandığını hissettim ve gerçeği söylediğim için pişman oldum.

"Sakın," diye fısıldayarak yüzüne dokundum. "Sakın üzülme."

Dudağının bir kenarı yukarı kalktı ama gözlerindeki ifade değişmedi. "Keşke seni terk etmeyeceğime ikna etmenin bir yolu olsaydı," diye fısıldadı. "Sanırım zaman seni ikna edecek."

Zaman fikrini sevdim. "Tamam," diye onayladım.

Yüzü hâlâ üzgündü. Tutarsızlığımla dikkatini dağıtmayı denedim.

"O zaman... kalıyorsun. Eşyalarımı geri alabilir miyim?" Sesimi mümkün olduğunca hafif bir tonda tutmaya özen gösterdim.

Gayretim işe yaradı ve bir kahkaha attı. Ama gözlerinde hâlâ bir ıstırap vardı. "Eşyaların hiçbir zaman gitmedi," dedi. "Biliyorum yanlıştı, sana hatırlatacak bir şey bırakmadım. Salakça ve çocukçaydı ama sana kendimden bir şeyler bırakmak istedim. CD, resimler, biletler... Hepsi yer döşemesinin altında."

"Gerçekten mi?"

Başını salladı. Sevindiğimi görünce o da hafifçe neşelendi. Ama yine de yüzündeki acı tamamen silinmemişti.

"Sanırım," dedim yavaşça, "Emin değilim ama belki de bütün bu süre boyunca bunun farkındaydım."

"Neyin farkındaydın?".

"Bir tarafım, belki de bilinçaltım, hiçbir zaman, beni hâlâ düşündüğüne ve hayatta olup olmadığımı merak ettiğine karşı olan inancını yitirmedi. Muhtemelen bu yüzden o sesleri duyuyordum."

Uzun bir süre derin bir sessizlik oldu. "Sesler mi?" diye sordu.

"Aslında sadece tek bir ses. Senin sesin. Uzun hikâye." Yüzündeki merakı görünce, keşke bu meseleyi hiç açmasaydım, diye düşündüm. Diğerleri gibi delirdiğimi düşünür müydü? Diğerleri bu konuda haklı mıydı?

"Vaktim var."

"Oldukça acıklı."

Bekledi.

Nasıl açıklayacağımdan emin değildim. "Alice'in uç noktadaki sporlardan bahsettiğini hatırlıyor musun?"

"Eğlence olsun diye uçurumdan atladın."

"Eh, evet. Ve ondan önce motosikletle – "

"Motosiklet mi?" diye sordu. Bu sesi çok iyi tanıyordum ve bu yüzden de sakin çıkan bu sesin arkasında patlamaya hazır bir tonun yattığının farkındaydım..

"Sanırım Alice'e o konudan bahsetmedim."

"Hayır."

"Evet, o konuda... Görüyorsun ki, bir şeyi fark etmiştim... ben ne zaman tehlikeli ve aptalca bir şey yapsam... seni daha kolay hatırlayabiliyordum. Sesinin sinirliyken nasıl çıktığını hatırlayabiliyordum. Duyabiliyordum, sanki sen yanımdaymışsın gibi rahatça duyuyordum. Sanki tekrar beni korumaya çalışıyordun. Sanki benim incinmemi istemiyordun."

"Ve, seni bu kadar rahat duyabilmemin sebebinin altında yatanı merak ettim. Beni sevmekten hiçbir zaman vazgeçmeyeceğini biliyordum."

Bütün bunları söylerken yavaş yavaş bir şeylerin farkına varmaya başlamıştım.

Onun kelimeleri ağzından boğulur gibi çıkmıştı. "Sen... hayatını... tehlikeye attın... çünkü duyduğun – "

"Şşt," diye lafını kestim. "Dur bir saniye. Sanırım burada bir şeylerin farkına varıyorum."

Port Angeles'taki o geceyi düşündüm, ilk halüsinasyonumu. İki seçeneğim vardı. Delilik veya isteğimi gerçekleştirmek. Üçüncü bir seçenek göremiyordum.

Ama ya eğer...

Ya eğer bir şeyin gerçekten doğru olduğuna inanıyorsan

ama yanlışsan? Ya eğer azimle doğru olduğundan eminsen, ve gerçeği düşünemiyorsan?

Üçüncü seçenek: Edward beni sevdi. Aramızdaki bağı hiç bir yokluk, uzaklık ya da zaman kopartamadı. Ve benden ne kadar özel, güzel, parlak ya da mükemmel olursa olsun, benim kadar terse dönemezdi. Ben nasıl ona aitsem, o da bana aitti.

Kendime anlatmaya çalıştığım bu muydu?

"Ah!"

"Bella?"

"Tamam, anladım."

"Anladığın nedir?" diye sordu.

"Beni seviyorsun," dedim şaşkınlıkla.

Onun gözleri hâlâ endişeliydi ama bir an için yüzünden çok sevdiğim gülümsemesinin gelip geçtiğini gördüm. "Gerçekten seviyorum."

Kalbim sanki kaburgalarımı delip geçecekmiş gibi atmaya başladı. Göğsümü dolduruyor, boğazımı tıkıyordu. Konuşamıyordum.

Gerçekten, o da beni, benim onu istediğim gibi istiyordu; sonsuza kadar. İnsani yönlerimi almak istemiyordu, işte bu yüzden çaresizce beni ölümlü olarak bırakmak istiyordu.

Yüzümü soğuk ellerinin arasına aldı ve ben neredeyse kendimden geçene kadar beni öptü. Sanki orman etrafımda dönüyordu. Sonra alnını benimkine dayadı. Bu sefer her zamankinden daha hızlı nefes alan bir tek ben değildim.

"Sen bu konuda benden daha iyiydin, biliyorsun," dedi.

"Hangi konuda iyiydim?"

"Sağ kalmakta. Biliyorsun, en azından çaba gösterdin. Ayağa kalktın, Charlie için normal bir hayat sürmeyi denedin, hayatının çizgisine devam ettin. Ben iz sürerken, ben... tamamen işe yaramazdım. Ailemin etrafında olamadım, hiç kimsenin etrafında olamadım. Tek yaptığım kendimi çaresizliğin kollarına bırakmaktı." Şaşkın şaşkın sırıttı. "Sesler duymaktan daha da zavallıcaydı. Ve biliyorsun, bunu ben de yapabiliyorum."

Beni anlayabildiğini fark ettiğimde oldukça rahatlamıştım bütün bunlardan bir anlam çıkarabilmesine sevinmiştim. En azından, bana deliymişim gibi bakmıyordu. Bana... beni seviyormuş gibi bakıyordu.

"Ben sadece tek bir ses duydum," diye düzelttim.

Gülerek beni tekrar kendine çekti ve eve doğru yürümeye başladık.

Eve yaklaşınca durdu ve bana baktı.

"Ne söyleyecekleri umurumda bile değil," dedi.

"Bu artık onları da etkiliyor."

Kaygısız bir şekilde omuzlarını silkti.

Açık duran ön kapıya doğru öncülük etti ve ışıkları açtı. Oda tıpkı hatırladığım gibiydi; piyano ve beyaz koltuklar. Ne toz vardı ne de beyaz örtüler. .

Edward onlara seslendi. "Carlisle? Esme? Rosalie? Emmett? Jasper? Alice?"

Carlisle arkamda belirdi, sanki uzun zamandan beri orada duruyormuş gibiydi. "Tekrar hoş geldin, Bella." Gülümsedi. "Bu sabah senin için ne yapabiliriz? Saate bakacak olursak, pek de normal bir ziyaret sayılmaz, değil mi?"

Başımı salladım. "Eğer bir sakıncası yoksa, herkesle aynı anda konuşmak istiyorum. Çok önemli bir konu hakkında."

Konuşurken Edward'ın yüzüne bakmadan edemedim. Carlisle'a tekrar baktığımda, onun da Edward'a baktığını gördüm.

"Tabii ki," dedi Carlisle. "Neden diğer odaya geçmiyoruz?"

Carlisle parlak oturma odasına doğru yürüdü ve köşeyi dönerek yemek odasına geçip ışıkları açtı. Duvarlar beyazdı, tavan yüksekti, aynı oturma odasındaki gibi. Odanın tam ortasında neredeyse yere kadar inen avize vardı ve geniş, cilalanmış oval masanın etrafında sekiz sandalye duruyordu. Carlisle en baştaki sandalyeyi oturmam için geriye çekti.

Cullenlar'ın daha önce hiç yemek odasını kullandıklarını görmemiştim. Sadece sahne olsun diye bir yemek odaları vardı. Evde yemezlerdi.

Sandalyeye oturmak için döndüğümde artık yalnız olmadığımızı fark ettim. Esme, Edward'ı takip etmişti ve onun arkasından da bütün aile üyeleri gelmişti.

Carlisle sağıma, Edward da soluma oturdu. Diğer herkes, büyük bir sessizlik içinde sandalyelere geçtiler. Alice bana gülümsüyordu, konuyu tabii ki biliyordu. Emmett ve Jasper merakla bana bakıyor, Rosalie de hafifçe gülümsüyordu. Ona karşılık olarak mahcup mahcup gülümsedim. Buna alışmam uzun sürecekti.

Carlisle, "Evet seni dinliyoruz," dedi.

Yutkundum. Bana bakan gözler sinirlerimi bozmuştu. Edward masanın altından elimi tuttu. Ona baktım ama o diğerlerine bakıyordu.

"Evet," dedim ve durdum. "Umarım Alice size Volterra'da olanları anlatmıştır?"

"Her şeyi," dedi Alice.

"Harika." Rahatlayarak derin bir nefes aldım. "O zaman hepimiz neden burada olduğumu biliyorsunuz."

Ben düşüncelerimi sıraya koyarken sabırla beni beklediler.

"Benim bir problemim var," diye başladım. "Alice, Volturi'ye sizlerden birisine dönüşeceğime dair bir söz verdi. Kontrol etmek için birilerini gönderecekler ve bunun önemsenmeyecek bir şey olmadığına eminim."

"Ve, artık bu hepinizi ilgilendiriyor. Bu konuda çok üzgünüm." Hepsinin güzel yüzüne baktım ama en güzelini en sona sakladım. Edward'ın dudakları aşağıya bükülmüştü. "Ama eğer beni istemezseniz, o zaman sizi zorlamayacağım, Alice istesin ya da istemesin."

Esme konuşmak için ağzını açtı ama ben parmağımı kaldırarak onu susturdum.

"Lütfen, bırak bitireyim. Hepiniz ne istediğimi çok iyi biliyorsunuz. Ve eminim Edward'ın ne düşündüğünü de biliyorsunuz. Sanırım burada en adil kararı oy kullanarak verebileceğiz. Eğer beni istemediğinize karar verirseniz o zaman... Sanırım İtalya'ya tek başıma giderim. Onların buraya gelmelerine müsaade edemem."

Edward'ın göğsünden derin bir hırıltı yükseldi. Duymazlıktan geldim.

"Hiçbirinizi böyle bir tehlikenin içine sokamam. Bu yüzden de, benim vampir olup olmamamla ilgili evet veya hayır diyerek oy kullanmanızı istiyorum."

Vampir derken hafifçe gülümsedim ve oylamaya başlamak için Carlisle'a döndüm.

"Bir dakika," dedi Edward.

Ona kısık gözlerle baktım. Kaşlarını kaldırdı ve elimi sıktı.

"Oy kullanmaya başlamadan önce bir şey söylemek istiyorum."

Derin bir iç çektim.

"Bella'nın bahsettiği tehlike hakkında," diye devam etti. "Fazla gergin olmamıza gerek olmadığını düşünüyorum."

Serbest elini parlayan masanın üzerine koydu ve öne eğildi.

"Görüyorsunuz," diye söze başladı ve masanın etrafında oturan herkese tek tek baktı. "Aro'nun elini sıkmamanın altında birden fazla sebep vardı. Düşünmedikleri bir şey vardı ve ben onların bunu fark etmesini istemedim." Gülümsedi.

"Neymiş?" diye sordu Alice.

"Volturiler kendilerine fazla güveniyorlar ve bunun için iyi bir nedenleri var. Birini bulmak istediklerinde, bu onlar için çok büyük bir sorun değil. Demetri'yi hatırlıyor musun?"

Titredim. Bunu evet olarak algıladı.

"İnsanları buluyor. Böyle bir yeteneği var, bu yüzden onu yanlarında tutuyorlar."

"Şimdi, onlarla olduğumuz süre boyunca bizi kurtarabilecek bir şeyler arıyordum ve Demetri'nin yeteneğinin nasıl çalıştığını fark ettim. O bir iz sürücü. Jarres'den bin kat daha iyi iz sürüyor. Tatları mı yakalıyor desem? Nasıl anlatabilirim bilemiyorum... birilerinin aklındaki... düşünceleri... ve onu takip ediyor. Çok uzak mesafelerde de çalışıyor. Ama Aro'nun küçük deneyinden sonra..." Edward omuz silkti.

"Beni bulamayacağını düşünüyorsun," dedim.

Kendini beğenmişçesine güldü. "Eminim. Tamamen öteki hissine güveniyor."

"Ve bu sorunları nasıl çözüyor?"

"Oldukça basit. Alice onlar bizi ziyaret edeceklerini zaman önceden haber verecek ve ben de seni saklayacağım. O zaman da hiçbir şey yapamayacaklar." Vahşi bir zevkle konuşuyordu. "Samanlıkta iğne aramak gibi bir şey olacak."

O ve Emmett birbirlerine bakarak sırıttılar.

"Ama seni bulabilirler," dedim.

"Ve ben de başımın çaresine bakabilirim."

Emmett bir kahkaha attı ve masanın karşısından uzanarak omzuna hafifçe bir yumruk attı.

"Harika bir plan kardeşim," dedi heyecanla.

Edward kolunu uzatarak Emmett'ın yumruğuna dokundu.

"Hayır," dedi Rosalie.

"Kesinlikle değil," dedim.

"Harika," dedi Jasper.

"Salaklar," dedi Alice.

Esme sadece Edward'a bakıyordu.

Sandalyemde dikleştim ve tekrar konuya odaklandım. Bu benim toplantımdı.

"Tamam o zaman. Edward kendi fikrini sundu," dedim rahatça. "Haydi oy kullanalım."

Edward'a baktım, onun fikrini almak istiyordum. "Ailene katılmamı istiyor musun?"

Gözleri sert ve simsiyahtı. "O şekilde değil. İnsan olarak kalmanı istiyorum."

Başımı salladım ve yüzümü iş kadını havasında tutarak devam ettim.

"Alice?"

"Evet."

"Jasper?"

"Evet," dedi, sesi ağır çıkmıştı. Biraz şaşırmıştım çünkü onun oyundan emin değildim ama tepki vermeden devam ettim.

"Rosalie?"

Çekindi, dolgun ve mükemmel dudaklarını ısırdı. "Hayır."

Yüzümü ifadesiz tutmaya devam ettim, başımı hafifçe çevirdim ama elini kaldırdı.

"Bırak açıklayayım," diye yalvardı. "Bu, seni kızkardeşim olarak görmüyorum anlamına gelmez. Sadece... bu kendim için seçeceğim bir hayat değil. Keşke birisi de benim içirt hayır oyunu kullansaydı."

Başımı salladım ve sonra Emmett'e döndüm.

"Kesinlikle evet!" Gülümsedi. "Demetri'yle kavga edecek başka bir şey buluruz."

Esme'ye bakarken hâlâ gülümsüyordum.

"Tabii ki evet, Bella. Seni zaten aileden görüyorum."

"Teşekkürler Esme," diye mırıldandım ve Carlisle'a döndüm.

Bir anda gerildim, keşke ilk başta onun oyunu sorsaydım. En önemli oyun bu olduğundan emindim, çoğunluktan daha önemliydi.

Carlisle bana bakmıyordu.

"Edward," dedi.

"Hayır," dedi Edward..

"Mantıklı olan bu," diye ısrar etti Carlisle. "Onsuz yaşamamayı seçtin ve bu bana başka bir seçenek bırakmıyor."

Edward elimi bıraktı ve odadan çıktı.

"Sanırım oyumu biliyorsun," dedi Carlisle.

Edward'ın arkasından bakıyordum. "Teşekkürler," diye mırıldandım.

Diğer odadan kulakları sağır edici bir şangırtı geldi.

Ürktüm ve hızla konuştum. "Tek duymak istediğim buydu. Teşekkür ederim. Beni tutmak istediğiniz için. Ben de tıpkı sizin gibi düşünüyorum."

Esme yanıma geldi ve soğuk kollarıyla bana sarıldı.

"Bella," dedi.

Ben de ona sarıldım.

"Evet Alice," dedim Esme beni bıraktığında. "Bunu nerede yapmak istersin?"

Alice bana baktı, gözleri korkuyla açılmıştı.

"Hayır! Hayır! HAYIR!" Edward hırlayarak yan odadan geldi. Eğildi ve bağırmaya başladı. "Delirdin mi? Aklını mı yitirdin?"

Korkuyla kulaklarıma kapattım.

"Bella," Alice gergin sesle araya girdi. "Buna hazır olduğumu zannetmiyorum. Hazırlanmaya ihtiyacım var..."

"Söz vermiştin," dedim.

"Biliyorum, ama... Cidden Bella! Nasıl öldürmeden yapabileceğim hakkında hiçbir fikrim yok."

"Yapabilirsin," diye cesaret verdim. "Sana güveniyorum."

Edward kızgın sesler çıkartıyordu..

Alice hızlıca kafasını salladı, paniklemişti.

"Carlisle?" dedim.

Edward yüzümü tuttu ve ona bakmam için zorladı. Öteki elini Carlisle'a doğru uzatmıştı.

Carlisle onu görmezden geldi. "Ben yapabilirim," dedi

soruma cevap olarak. Onun ifadesini görebilmeyi çok isterdim. "Benim kontrolümü kaybetmeyeceğimden emin olabilirsin."

"Harika."

"Bekle," dedi Edward dişlerinin arasından. "Hemen şimdi olmak zorunda değil."

"Şimdi olmaması için bir sebep yok," dedım.

"Sana birkaç sebep söyleyebilirim."

"Elbette," dedim ekşi ekşi. "Şimdi bırak beni."

Yüzümü serbest bıraktı ve kollarını göğsünde kavuşturdu. "İki saat içinde, Charlie seni aramaya gelecek."

"Üçü de." Bir an dona kaldım.

Bu en zor kısmıydı. Charlie, Renée. Ve şimdi de Jacob. Kaybedeceğim insanlar, inciteceğim insanlar. Keşke tek ızdırap çekecek kişi ben olsaydım ama bunun imkansız olduğunu biliyordum.

Bir yandan, insan olarak kaldıkça onları daha da çok incitiyordum. Charlie'ye olan yakınlığımdan dolayı onu sürekli bir tehlike içinde bırakıyordum. Jake'in düşmanlarını yakınlaştırarak onu tehlikeye atıyordum. Ve Renée'yi, kendi öz annemi, sırf düşmanlarımı peşimden sürüklememek için ziyaret etmiyordum.

Ben bir tehlike mıknatısıydım, bunu kabul ediyordum.

Bunu kabul ederek, kendi başımın çaresine bakarak, sevdiklerimi korumak istiyordum. Onlarla *beraber* olamayacak olsam bile, güçlü olmalıydım.

"Bunu daha *gösterişsiz* yapabilmek adına," dedi Edward. "Size bu konuşmayı sonlandırmayı ve en azından Bella'nın liseden mezun olup, Charlie'nin evinden taşınmasını beklemenizi öneriyorum."

"Bu oldukça mantıklı bir fikir, Bella," dedi Carlisle.

Charlie'nin bu sabah kalktığındaki tepkisini düşündüm. Harry'yi kaybetmiş ve üzerine benim ortalıktan açıklama yapmadan kaybolmamdan dolayı yıkılmıştı. Şimdi benim

Bir dakika kadar düşündü. "Tamam. Zaman sınırlarını unut. Eğer benim seni değiştirmemi istiyorsan, o zaman tek bir şartı yerine getirmen yeterli."

"Şart mı? Ne şartı?"

Gözleri dikkatliydi ve yavaşça konuştu. "Önce benimle evlen."

Ona baktım, bekliyordum... "Evet. Can alıcı nokta ne?"

İçini çekti. "Egomu zedeliyorsun, Bella. Sana evlenme teklifi ettim, bunun şaka olduğunu mu düşünüyorsun?"

"Edward lütfen ciddi ol."

"Ben yüzde yüz ciddiyim." Bana bakan yüzünde şaka yapar gibi bir hal yoktu.

"Ah hadi, daha sadece on sekiz yaşındaydım."

"Tamam, ben de yaklaşık olarak yüz on yaşımdayım. Artık kendime çeki düzen verme vaktim geldi."

Pencereden karanlık geceye doğru baktım.

"Bak, biliyorsun evlilik listemin en başında olan bir şey değil. Renée ve Charlie için ölüm öpücüğü gibi bir şeydi."

"Enteresan bir kelime seçimi."

"Ne demek istediğimi biliyorsun."

Derin bir nefes aldı. "Lütfen bağlanmaktan korktuğunu söyleme bana," sesi inanmıyormuş gibiydi.

"Tam olarak değil. Tek korkum... Renée. Onun otuzundan önce evlenmemek gibi garip bir fikri var."

"Evleneceğine sonsuzluğa sahip olmanı mı tercih ediyor," dedi gülerek.

"Espri yaptığını mı sanıyorsun?"

"Bella, eğer ruhunu sonsuzluğa teslim edip vampir olmakla, evlenerek birine bağlanma isteğini karşılaştırıyorsan..." Başını salladı. "Eğer benimle evlenmeye cesaretin yoksa, o zaman – "

"Tamam," diye lafını kestim. "Ne olacak eğer yaparsam? Eğer beni şimdi Vegas'a götürmeni istersem ne olur? Üç gün içinde vampir olabilecek miyim?"

Güldü, dişleri karanlıkta parlıyordu. "Tabii," dedi blöfüme karşılık olarak. "Arabayı getireyim."

"Lanet olsun," diye mırıldandım. "Sana on sekiz ay veririm."

"Olmaz," dedi gülerek. "Ben bu şartı sevdim."

"Tamam. Mezun olduğumda Carlisle beni değiştirir."

"Eğer gerçekten istediğin buysa." Omzunu silkti ve bir melek gibi gülümsedi.

"Sen imkansızsın," diye hırladım. "Canavar."

"Bu yüzden mi benimle evlenmiyorsun?"

Tekrar hırladım.

Bana doğru eğildi, "Lütfen Bella," dedi.

Bir dakika kadar nefes almayı unuttum. Kendime geldiğimde başımı hızla salladım, bulutlanmış aklımı kendine getirmeye çalıştım.

"Eğer bir yüzükle birlikte teklif etseydim, kabul eder miydin?"

"Hayır! Yüzük olmaz!" Sesim çok yüksek çıkmıştı.

"İşte becerdin," diye fısıldadı.

"Ah."

"Charlie kesin kalkar. Gitsem iyi olacak," dedi Edward teslim olmuş gibi.

Kalbim sanki duracak gibi oldu.

Yüzüme baktı. "Senin dolabına saklanmam çocuksu olur mu?"

"Hayır," diye fısıldadım hevesle. "Lütfen kal."

Edward gülümsedi ve yok oldu.

Charlie gelip beni kontrol etsin diye karanlıkta bekledim. Edward ne yaptığını çok iyi biliyordu. Tabii, Carlisle seçeneği hâlâ duruyordu ama şimdi Edward'ın beni değiştirme olasılığı da vardı ve bunu çok istiyordum. Çok sahtekârdı.

Kapım açıldı.

"Günaydın, baba."

"Günaydın Bella." Yakalandığı için utandı. "Uyanık olduğunu bilmiyordum."

"Evet. Duş alabilmek için kalkmanı bekliyordum." Ayağa kalktım.

"Bekle," dedi Charlie ışığı açarak. "Biraz konuşalım."

Yüzümü ekşittim. Alice'e iyi bir bahane sormayı unutmuştum.

"Başın belada biliyorsun."

"Evet, biliyorum."

"Son üç gün neredeyse aklımı oynattım. Harry'nin cenazesinden eve geldim ve sen yoktun. Jacob, senin Alice Cullen'la kaçtığını ve başının belada olduğunu söyledi. Bana ne bir numara bıraktın ne de aradın. Nerede olduğunu ve ne zaman geleceğini bilmiyordum. Hiç bir fikrin var mı nasıl... nasıl..." Cümleyi bitiremedi. Keskin bir nefes aldı ve devam etti. "Bana, seni şu an Jacksonville'e yollamamamı sağlayacak bir sebep söyler misin?"

Gözlerim kısıldı. Beni tehdit edecekti, öyle mi? Bu oyunda ikimiz de oynayabilirdik. Dik oturdum ve yorganı üzerime çektim. "Çünkü gitmeyeceğim."

"Şimdi beni iyi dinle genç bayan – "

"Bak baba, yaptıklarımın bütün sorumluluğunu alıyorum ve beni istediğin kadar cezalandırmaya hakkın var. Hatta bütün işleri, çamaşırı ve bulaşığı yaparım, sen benim dersimi aldığımı düşünene kadar. Ve eğer beni kovmak istersen bunu da anlarım ama bu yüzden beni Florida'ya gönderemezsin."

Yüzü kıpkırmızı oldu. Cevap vermeden önce bir kaç kere derin nefes aldı.

"Nerede olduğunu açıklayabilir misin?"

Kahretsin. "Bir... acil bir durum vardı."

Kaşlarını kaldırdı.

Yanaklarımı havayla doldurdum ve seslice üfledim. "Sana ne söylemem gerektiğini bilmiyorum baba. Tamamen yanlış anlamalardan kaynaklanan bir şey."

Güvensiz bir ifadeyle bana bakıyordu.

"Alice uçurumdan atladığımı Rosalie'ye söylemiş..." Mümkün olduğunca doğruya yakın anlatmaya çalışıyordum ama devam etmeden önce Charlie'nin bana bakışlarından uçurumla ilgili hiçbir şey bilmediğini hatırladım.

Lanet olsun. Sanki yeteri kadar başım belada değildi.

"Sanırım sana bundan bahsetmemiştim," dedim boğulurcasına. "Önemli bir şey değil. Sadece Jake'le beraber yüzüyorduk. Her neyse, Rosalie Edward'a söylemiş ve o da üzülmüş. Kendimi öldürmeye çalıştığımı sanmış. Telefonuna cevap vermeyince de, Alice, yüzyüze konuşalım diye beni Los Angeles'a götürdü." Omzumu silktim ve çaresizce anlattıklarıma inanmasını bekledim.

Charlie'nin yüzü donmuştu. "Kendini öldürmeye mi çalıştın, Bella?"

"Hayır, tabii ki değil. Sadece Jake'le eğleniyorduk. Uçurum dalışı. La Push'taki çocuklar hep yapıyorlar. Dediğim gibi önemli bir şey değil."

Charlie'nin yüzü öfkeden kıpkırmızı olmuştu. "Bunun Edward Cullen'la ne ilgisi var? Seni aylar önce ortada bıraktı-"

Lafını kestim. "Başka bir yanlış anlama."

Tekrar yüzü kızardı. "O zaman geri döndü?"

"Son planından emin değilim. Ama sanırım evet."

Başını salladı, alnındaki damar atıyordu. "Senin ondan uzak durmanı istiyorum, Bella. Ona güvenmiyorum. İşe yaramaz birisi. Seni tekrar mahvetmesine izin veremem."

"Tamam," dedim kabaca.

Charlie ayağa kalktı. "Oh." Bir an rahatladı. "Beni zorlayacağını düşünmüştüm."

"Olacağım," dedim gözlerine bakarak. "Yani, pekâlâ taşınırım."

Gözleri dışarı fırladı, yüzü morardı. Onun sağlığından

emin olamadığım için sustum. Harry'den daha genç değildi...

"Baba, taşınmak istemiyorum," dedim yumuşak bir sesle. "Seni seviyorum. Beni merak ettiğini biliyorum ama bana bu konuda güvenmeni istiyorum. Ve eğer kalmamı istiyorsan, Edward'a daha sakin davranmanı rica ediyorum. Benim burada yaşamamı istiyor musun, istemiyor musun?"

"Bu hiç adil değil Bella. Biliyorsun ki kalmanı istiyorum."

"O zaman Edward'a nazik ol çünkü ben neredeysem, o da orada." Kendime güvenerek konuşmuştum. Kendime olan inancım hâlâ yerindeydi.

"Benim çatım altında değil," dedi öfkeyle.

Derin bir iç çektim. "Bak, bunun hakkında daha fazla konuşmayacağım. Bunu birkaç gün düşünsen iyi olur, tamam mı? Ama şunu da aklında tut, Edward ve ben bir paket gibiyiz."

"Bella-"

"Bunu düşün," diye ısrar ettim. "Bunu düşünürken, beni biraz yalnız bırakabilir misin? Gerçekten de duş almam gerekiyor."

Charlie hızla kalktı ve arkasından kapıyı çarparak çıktı. Sinirle merdivenlerden aşağıya indiğini duydum.

Yorganı üstümden çektim, Edward çoktan dışarı çıkmış, sallanan sandalyede oturuyordu.

"Olanlar için üzgünüm," diye fısıldadım.

"Daha kötüsünü hak ettim," diye mırıldandı. "Lütfen, benim yüzümden Charlie'yle tartışma."

"Merak etme," dedim ve temiz kıyafetler aldım. "Ne kadar gerekliyse, o kadar tartışacağım, daha fazla değil. Yoksa bana gidecek başka yerim olmadığını mı söylüyorsun?"

"Vampir dolu bir eve mi taşınacaksın?"

"Benim gibi birisi için en güvenlisi bu olur sanırım. Ayrıca..." Gülümsedim. "Eğer Charlie beni kovarsa, o zaman mezuniyetimi beklememize gerek kalmaz, değil mi?"

Çenesi kasıldı. "Bu sonsuz saçmalık için oldukça hevesli-sin," diye mırıldandı.

"Böyle düşünmediğini biliyorum."

"Öyle mi?" dedi öfkeyle.

"Evet, düşünmüyorsun."

Tam konuşmaya başlayacaktı ki, onu susturdum.

"Eğer kendi ruhunu kaybettiğine gerçekten inanıyorsan, o zaman ben seni Volterra'da bulduğumda ne olduğunu he-men anlardın. Halbuki sen, *'Bu harika, Carlisle haklıydı'* de-din," diye hatırlattım ona. "Demek ki, içinde bir umut var."

Edward hiçbir şey söyleyemedi.

"O yüzden, bırak da ikimiz de umutlu olalım, tamam mı?" dedim. "Aslında çok da mühim değil. Eğer sen varsan, cennete ihtiyacım yok."

Yavaşça kalktı ve ellerini yüzümün iki tarafına koyarak gözlerime baktı. "Sonsuza kadar," diye söz verdi.

"Tek istediğim bu," dedim ve parmak uçlarımda yüksele-rek dudaklarından öptüm.

SONSÖZ – ANLAŞMA

Neredeyse her şey normale dönmüştü. Hem de düşündüğümden daha kısa bir sürede. Hastane Carlisle'ı işine geri aldı. Yurtdışındayken kaçırdığım matematik sınavı yüzünden, Alice ve Edward, şu an mezuniyete benden daha yakındılar. Birden üniversite öncelikli planım olmuştu (Edward'ın bana yaptığı tekliften vazgeçme ihtimaline karşı üniversite hâlâ plan B olarak duruyordu.). Birçok üniversitenin son başvuru tarihini kaçırmıştım ama Edward her gün doldurmam için bana yeni başvuru formları getiriyordu. O çoktan Harvard rotasını çizmişti, bu yüzden de rahatı yerindeydi ama benim yüzden bu onu rahatsız etmedi, ertelemelerim sayesinde ikimiz de bir sonraki seneyi Peninsula Meslek Yüksekokulu'nda geçirebilirdik.

Charlie halinden pek memnun değildi, Edward'la da hâlâ konuşmuyordu. Ama en azından Edward, belirlenmiş ziyaret saatlerim dahilinde, eve gelebiliyordu. Benim dışarı çıkmam yasaktı.

Okul ve iş tek istisnaydılar. Kasvetli, solgun sarı okul duvarları artık bana çok daha çekici geliyordu. Bunun tek sebebi arkamdaki sırada oturan kişiydi.

Edward, sene başındaki programına kaldığı yerden devam

ettiği için derslerimiz yine aynıydı. Geçen dönemki ruh halimden dolayı, Cullenlar'ın Los Angeles'a taşınmasının ardından arkamdaki sıraya kimse oturmamıştı. Mike bile, sürekli bu fırsatı kollamasına rağmen aramıza güvenli bir mesafe koymuştu. Edward geri dönünce, geride kalan son sekiz ay rahatsız bir kâbus gibi gelmeye başlamıştı.

Neredeyse her şey aynıydı ama bazı farklar vardı. Bunlardan ilki ev hapsiydi. Diğeri de Jacob'tu. Sonbahardan önce, Jacob Black'le iyi arkadaş değildim. Bu yüzden de o zaman onu bu kadar özlemiyordum.

La Push'a gidemiyordum ve Jacob da beni görmeye gelmiyordu. Telefonlarıma bile cevap vermiyordu.

Telefon konuşmalarını geceleri yapıyordum, akşamları kovulduktan, Charlie uyuduktan sonra ve Edward'ın gizlice camdan içeri girmesinden hemen önce. Tam bu arada aramaya özen gösteriyordum çünkü ben Jacob'ın adını her andığımda Edward yüzünü ekşitiyordu. Tahminimce, kurt adamlarla aralarında karşılıklı bir önyargı vardı ama Jacob'ın sürekli 'kan emiciler' demesi gibi kelimeler söylemiyordu.

Bu yüzden Jacob'tan çok fazla bahsetmemeye özen gösteriyordum.

Gerçi Edward yanımdayken, mutsuz şeyler için kendimi üzmek oldukça zordu, hatta eski en iyi arkadaşım hakkında bile. Şu an benim yüzümden oldukça mutsuz olduğuna emindim. Ne zaman Jake'i düşünsem, onunla artık hiç konuşmadığım için çok üzülüyordum.

Peri masalı tekrar başlamıştı. Prens dönmüş, kötü büyü bozulmuştu. Ama çözülemeyen karakter hakkında ne yapmam gerektiğini bilemiyordum. Gökten düşen bu üç elma neredeydi?

Haftalar geçmesine rağmen Jacob hâlâ telefonlarıma cevap vermiyordu. Artık merak etmeye başlamıştım. Sanki beynimin içinde sürekli damlayan bir musluk vardı ve ben onu ne kapatabiliyordum ne de duymazdan gelebiliyordum. Pıt, pıt, pıt. Jacob, Jacob, Jacob.

"Bu çok kaba!" dedim öfkeyle, bir cumartesi öğleden sonra, Edward beni işten almaya geldiği zaman. Bir şeylere sinirlenmek, suçluluk hissetmekten daha iyiydi. "Yargısız infaz!"

Değişik bir tepki almak için yeni bir yöntem denemeye karar vermiştim. Bu sefer Jake'i işteyken aramış ve hiçbir yardımı olmayan Billy'ye ulaşabilmiştim.

"Billy, onun benimle konuşmak istemediğini söyledi," dedim sinirle, bir yandan yan cama vuran yağmura bakıyordum.

"Oradaydı ve üç adım atıp telefona gelemedi! Genelde Billy, ya dışarıda olduğunu ya da uyuduğunu söylerdi. Yani demek istediğim, bana yalan söyleyip söylemediğini bilmiyorum ama en azından kaldırabileceğim kibar bir yol olurdu. Sanırım artık Billy de benden nefret ediyor. Bu hiç adil değil!"

"Bu senin hatan değil, Bella," dedi Edward. "Kimse senden nefret etmiyor."

"Ama öyle görünüyor," diye mırıldandım ve kollarımı göğsümde kavuşturdum. Bu alışkanlıktan başka bir şey değildi çünkü artık göğsümde bir delik yoktu. Artık o boşluk duygusunu hatırlayamıyordum bile.

"Jacob bizim geri döndüğümüzü biliyor ve eminim senin benimle beraber olduğunu da biliyordur," dedi Edward. "Benim yakınıma gelmeyecek. Aramızdaki düşmanlık oldukça derin."

"Bu çok aptalca. Senin diğer vampirler gibi olmadığını biliyor."

"Ama yine de uzak durmak için iyi sebepleri var."

Ön camdan dışarıya dalgın gözlerle bakıyordum, Jacob'ın yüzü gözümün önünden gitmiyordu. Yüzünde acı bir ifade vardı ve bundan nefret ediyordum.

"Bella, biz neysek oyuz," dedi Edward. "Ben kendimi

kontrol altında tutabilirim ama onun tutabileceğinden emin değilim. Henüz çok genç. Kesinlikle bir kavga çıkarır ve onu öl – " Bir an sustu ve sonra hızla devam etti. "Onu incitmeden önce durabilir miyim bilemiyorum. Sen mutsuz olursun ve bunun olmasını da istemiyorum."

Edward böyle söyleyince aklıma Jacob'ın söylediği sözler geldi, *Bunu kaldırabilecek kadar sakin miyim, bilemiyorum... Eminim sen de arkadaşını öldürmemden pek hoşlanmazsın.* Ama o zaman sakinliğini korumayı başarmıştı...

"Edward Cullen," diye fısıldadım. "Sen onu *öldürmekten* mi bahsedecektin? Öyle mi?"

Uzaklara baktı ve gözlerini yağmura dikti. Kırmızı ışığın yeşile döndüğünü fark etmemiştim ve tekrar ilerlemeye başladı, yavaşça sürüyordu. Genelde böyle kullanmazdı.

"Denerim... yapmamayı denerim," dedi Edward en sonunda.

Ağzım bir karış açık ona bakakaldım ama o ileriye doğru bakmaya devam etti. Köşe başındaki dur tabelasının altında durduk.

Romeo geri geldiğinde Paris'e ne olduğunu hatırladım. Sahne oldukça basitti. *Kavga ederler. Paris yenilir.*

Ama bu çok saçma. İmkansız.

"İyi," dedim ve derin bir nefes aldım, kafamı sallayarak içinden geçen kelimeleri dağıtmaya çalıştım. "Böyle bir şey hiçbir zaman olmayacak, o yüzden de merak edecek bir şey yok. Ve biliyorsun, Charlie şu an saate bakıyordun Başım iyice belaya girmeden beni eve bıraksan iyi olur."

Yüzümü ona çevirdim ve hafifçe gülümsedim.

Yüzüne her baktığımda, o inanılmaz mükemmel yüze, kalbim güçlü ve sağlıklı bir şekilde çarpıyordu. Bu sefer, normalden daha hızla çarpıyordu.

"Senin başın zaten yeteri kadar belada, Bella," diye fısıldadı dudaklarını kıpırdatmadan.

Yaklaştım, kolunu tuttum ve ne gördüğüne bakmak için

gözlerini takip ettim. Ne görmeyi umduğumu bilmiyordum, belki ateş gibi saçları rüzgârda dalgalanan Victoria, sıraya dizilmiş uzun cübbeliler ya da bir grup öfkeli kurt adam. Ama görünürde hiçbir şey yoktu.

"Ne var? Ne oldu?"

Tekrar bana baktı, ifadesi paniğimi bastırmak istercesine yumuşaktı.

"Charlie... muhtemelen seni öldürmeyecek, ama düşünüyor," dedi. Tekrar ileriye doğru yola koyuldu ama evi geçerek ağaçların arasına park etti.

"Ne yaptım?" dedim.

Edward eve baktı. Ben de gözlerini takip ettim ve Charlie'nin motorunun yanına park etmiş aracı gördüm. Parlak ve kırmızı, görmemek imkansızdı. Motosikletim, evin önüne park edilmişti.

Edward, Charlie'nin beni öldüreceğini söylemişti, o zaman bunun *benim* olduğunu biliyor olması gerekiyordu. Bunun arkasında tek bir kişi olabilirdi.

"Hayır!" dedim. "*Neden*? Jacob bunu bana neden yapsın?" Arkadan bıçaklandığımı hissettim. Jacob'a güvenmiştim, her sırrımı paylaşacak kadar güvenmiştim. O benim güvenli limanımdı. Elbette şu an her şey o kadar iyi gitmiyordu ama yine de güvenin değiştiğini zannetmiyordum. Bunun değişebileceğini düşünmemiştim!

Bunu hak etmek için ne yapmıştım? Charlie çıldıracaktı ve daha da kötüsü, bana kırılacak ve korkacaktı. Zaten yeteri kadar korkmadı mı? Jake'in bu kadar adi olabileceğini hiç düşünmemiştim. Yaşlar gözümden fışkırdı ama bunlar üzüntü gözyaşları değildi. İhanete uğramıştım. O kadar sinirlenmiştim ki, kalbim sinirden patlayacak gibi hissediyordum.

"Hâlâ orada mı?" diye fısıldadım.

"Evet. Bizi bekliyor." Edward ormanı işaret etti.

Arabadan atladım, ellerimi yumruk yapmış bir halde hızla ağaçlara doğru ilerledim.

Neden Edward benden daha hızlı olmak zorundaydı?

Daha patikaya varmadan beni belimden yakaladı.

"Bırak beni! Onu öldüreceğim! Hain!" diye ağaçlara doğru bağırdım.

"Charlie seni duyacak," diye uyardı beni Edward.

İçgüdüsel olarak eve baktım ve tek gördüğüm parlak kırmızı motosikletti. Başım zonkladı.

"Bırak da Jacob'la konuşayım sonra Charlie'yle konuşurum." Kollarından kurtulmak için çırpındım.

"Jacob Black beni görmek istiyor. O yüzden hâlâ burada."

Bu beni durdurdu, benim için kavga edeceklerdi. Ellerim gevşedi. *Kavga ederler ve Paris kaybeder.*

Kızgındım ama o kadar da kızgın değildim.

"Konuşmak için mi?" diye sordum.

"Aşağı yukarı."

"Nasıl yani?" Sesim titredi.

Edward yüzümdeki saçları geriye itti. "Merak etme, buraya benimle kavga etmek için gelmedi. Grubu adına konuşmacı olarak burada."

Edward tekrar eve baktı, sonra belimi tutan kollarını gevşetti ve beni ağaçlığa çekti. "Acele etmeliyiz. Charlie sabırsızlanıyor."

Çok uzağa gitmemize gerek yoktu, Jacob patikanın başında bekliyordu. Yosunlu ağacın arkasından geldi, yüzünde sert ve acılı bir ifade vardı, tam tahmin ettiğim gibiydi. İlk önce bana, sonra da Edward'a baktı. Ayakları çıplak, titreyen elleri yumruk yumruktu. Onu en son gördüğümden daha iri görünüyordu. Edward'dan daha uzun olduğuna emindim.

Ama Edward onu görür görmez durdu ve bizimle Jacob arasında geniş bir alan bıraktı. Beni arkasına çekti. Yana eğildim ve suçlarcasına Jacob'a baktım.

Onun kızgın ve alaycı ifadesini görünce sadece sinirleneceğimi düşünmüştüm. Aksine, bu bana onu son gördüğüm günü hatırlattı, gözleri yaşlıydı. Jacob'a baktıkça sinirim azaldı.. Onu en son gördüğümden beri epey bir zaman geçmişti. Tekrar karşılaşmamızın böyle olmasından nefret ediyordum.

"Bella," dedi Jacob.

"Neden?" diye fısıldadım, boğazımdaki yumrudan dolayı konuşmakta güçlük çekiyordum. "Bunu bana neden yaptın, Jacob?"

Alaycı bakışları yok oldu ama yüzü hâlâ sert ve şiddetliydi. "Böylesi en iyisi."

"Bu da ne demek oluyor? Charlie'nin beni boğazlamasını mı istiyorsun? Ya da kalp krizi geçirmesini mi, aynı Harry gibi? Bana ne kadar sinirli olduğun umurumda değil ama bunu Charlie'ye nasıl yaparsın?"

Jacob'ın kaşları çatıldı ama cevap vermedi.

"Kimseyi incitmek istemedi. Sadece benimle vakit geçiremeyesin diye senin cezalandırılmanı istedi," diye mırıldandı Edward, Jacob'ın düşüncelerini bana aktarırken.

Jacob'ın gözleri nefretle Edward'a döndü.

"Ah Jake!" dedim. "Ben zaten cezalıyım! Neden La Push'a gelip telefonlarıma çıkmadığın için kıçını tekmelemediğimi sanıyorsun?"

Jacob'ın gözleri tekrar bana döndü, bu sefer kafası karışmış gibi bakıyordu. "Bu yüzden mi?" diye sordu. Sanki pişman gibiydi.

"Seni benim bırakmadığımı zannetmiş, Charlie'nin değil," diye açıkladı tekrar Edward.

"Kes şunu," dedi Jacob.

Edward cevap vermedi.

Jacob ürperdi ve dişlerini sıktı. "Bella, senin yeteneklerini abartmıyormuş," dedi dişlerinin arasından. "O zaman zaten neden burada olduğumu biliyor olmalısın."

"Evet," dedi Edward yumuşak bir sesle. "Ama sen başlamadan önce bir şey söylemek istiyorum."

Jacob bekledi, kollarındaki titreme azalsın diye yumruklarını gevşetti.

"Teşekkür ederim," dedi Edward. Sesi samimiydi. "Sana ne kadar müteşekkir olduğumu anlatamam. Sana varlığımın sonuna kadar borçluyum."

Jacob ona boş boş baktı ve bir anda titremesi durdu. Hızlıca bana baktı ama benim yüzümde de neler olduğunu anlamadığına dair bir bakış vardı.

"Bella'yı hayatta tuttuğun için," diye açıkladı Edward, sesi sert ve sıcaktı. "Ben... yapamadığımda."

"Edward – " diye söze başladım ama elini kaldırıp beni susturdu. Gözü Jacob'ın üzerindeydi.

"Senin için yapmadım."

"Biliyorum. Ama bu yine de benim hissettiklerimi azaltmıyor. Bilmeni istedim. Eğer senin için yapabileceğim bir şey varsa, gücüm yettiğince..."

Jacob tek kaşını kaldırdı.

Edward başını salladı. "Bu benim kontrolümde değil."

"O zaman kimin?" diye hırladı Jacob.

Edward bana baktı. "Onun. Ben çabuk öğrenirim Jacob Black ve aynı hatayı iki kere yapmam. Beni kovana kadar buradayım."

Bir an onun altınımsı gözlerine daldım. Konuşmanın içinde kaybolduğumu anlamak zor değildi. Jacob'ın Edward'dan tek istediği Edward'ın gitmesiydi.

"Hiçbir zaman," diye fısıldadım, Edward'ın gözlerine kilitlenmiştim.

Jacob boğulur gibi bir ses çıkarttı.

İstemeyerek gözlerimi Edward'ın gözlerinden ayırdım ve Jacob'a baktım. "İstediğin başka bir şey var mı Jacob? Başımın belaya girmesini istedin ve bu görevi başarıyla tamamladın. Charlie artık beni askeri okula gönderir. Ama bu beni Edward'dan uzak tutamaz. *Bunu* hiçbir güç beceremez. Daha fazla ne istiyorsun?"

Jacob gözlerini Edward'ın gözlerinden ayırmadan, "Sadece kan emici arkadaşlarına anlaşmadaki bir-iki önemli noktayı hatırlatmak istedim. Onun şu an boğazını sıkmamı engelleyen tek şey, o anlaşma."

"Unutmadık," dedi Edward.

"Hangi önemli noktalar?" diye sordum.

Jacob hâlâ Edward'a bakıyordu ama bana cevap verdi. "Anlaşma oldukça özel. Eğer bir insanı ısırırlarsa anlaşma iptal olur. *Isırmaktan* bahsediyorum, öldürmek değil," dedi üzerine basa basa ve bana baktı. Gözleri soğuktu.

Bunu kavramam birkaç saniyemi aldı ve gözlerim birden onunkiler kadar soğudu.

"Bu seni ilgilendirmez."

Uyarı vermeye gelmişti ama bunu biliyor olması imkansızdı. Bu uyarının sadece bir önlem olduğunu düşünmüş olmalıydı. Fark etmemişti, belki de inanmak istemiyordu, ama ben çoktan kararımı vermiştim. Gerçekten de, Cullen ailesinin bir üyesi olmak istiyordum.

Cevabım Jacob'ı neredeyse şoka soktu. Yumruklarını şakaklarına dayadı, gözlerini sıkıca kapattı ve kasılmalarını kontrol altına almak için eğildi. Yüzündeki kızıl kahve tonlar soluk yeşile döndü.

"Jake? İyi misin?" diye sordum.

Yarım adım ilerledim ama Edward beni yakaladı ve yine kendi vücudunun arkasına sakladı. "Dikkatli ol! Şu an kendini kontrol edemiyor," diye beni uyardı.

Ama Jacob tekrar kendine geldi, sadece kolları titriyordu. Edward'a nefret dolu bir bakış attı. "Ah. Onu hiçbir zaman *incitmem.*"

Hem Edward hem de ben, sesindeki suçlamayı fark ettik. Edward'ın dudaklarından bir tıslama çıktı. Jacob refleks olarak tekrar yumruklarını sıktı.

"BELLA!" Charlie bağırıyordu. "ŞU SANİYEDE EVDE OLMANI İSTİYORUM!"

Hepimiz donakaldık ve bağırtının arkasından gelen sessizliği dinledik.

İlk konuşan bendim, sesim titriyordu. "Lanet olsun."

Jacob'ın kızgın gözleri bir an yumuşadı. "Çok üzgünüm," diye mırıldandı. "Elimden geleni yapmak zorundaydım, denedim..."

"Teşekkürler." Sesimdeki ürperme alaycı çıkmasını engelledi. Patikaya baktım, Charlie'nin yolun yarısına kadar kızgın boğalar gibi geldiğini tahmin ediyordum. Senaryodaki kırmızı bayrak bendim.

"Bir şey daha," dedi Edward bana ve sonra Jacob'a baktı. "Victoria'yla ilgili hiçbir şey bulamadık, sizde bir yenilik var mı?"

Jacob düşünür düşünmez cevabını biliyordu ama Jacob yine de söyledi. "Bella bir süre burada yoktu. Onun kontrolünü yitirdiğini düşünmesini sağladık. Çemberi daralttık ve onu tuzağa düşürmeye hazırlanıyoruz..."

Omuriliğimden bir ürperti geçti.

"Ama sonra sanki yer yarıldı da içine girdi. Senin kokunu duydu ve kaçtı. O zamandan beri de buraya gelmedi."

Edward başını salladı. "Geri geldiğinde, bir daha sorun çıkmayacak. Biz – "

"Bizim topraklarımızda öldürdü," diye tısladı Jacob. "O bizim!"

"Hayır – " dedim ve konuşmalarını kestim.

"BELLA! ONUN ARABASINI GÖRÜYORUM VE SENİN ORADA OLDUĞUNU BİLİYORUM. EĞER BİR DAKİKA İÇERİSİNDE EVE GELMEZSEN...!" Charlie tehdidini bitirmeye gerek duymadı.

"Haydi gidelim," dedi Edward.

Döndüm ve Jacob'a baktım. Onu tekrar görebilecek miydim?

"Üzgünüm," diye fısıldadı. O kadar kısık sesle konuştu